William Horwood

Die Wölfe der Zeit

DIE REISE INS HERZLAND

Zu diesem Buch

Endlich ist für die Wölfe die Zeit gekommen, wieder Besitz von ihrem alten Herzland zu ergreifen. Vor tausend Jahren nämlich hatten die Menschen sie daraus verjagt. Wulf, der größte und mächtigste der Wolfsgötter, konnte das Herzland nicht länger schützen. Er verstieß gegen seine eigenen Gesetze und mußte zur Strafe tausend Jahre lang das Leben der sterblichen Wölfe teilen. Überall in Europa hören nun die Wölfe den geheimnisvollen Ruf und folgen ihm ... Mit dem ersten Band des zweibändigen Fantasy-Epos »Die Wölfe der Zeit« eroberte William Horwood die Herzen seiner Leser. In der besten Tradition englischer Tier-Fantasy fordert er sie auf, die alten Klischees vom Wolf als grausamem Raubtier zu vergessen und statt dessen Welt und Leben mit ihren Augen zu sehen.

William Horwood, geboren in Oxford, studierte Wirtschaftswissenschaften und Geographie, bevor er Journalist und Autor wurde. Seit 1979 hat er elf Romane veröffentlicht, die in England und international zu Long- und Bestsellern wurden. »Der Stein von Duncton« gilt inzwischen als Klassiker der phantastischen Literatur. Mit seinen Romanen über das Leben der Wölfe errang Horwood Weltruf.

William Horwood

DIE WÖLFE DER ZEIT

DIE REISE INS HERZLAND · ROMAN

Aus dem Englischen von
Michael Morgental

Piper München Zürich

Ungekürzte Taschenbuchausgabe
Juni 2003

Titel der englischen Originalausgabe:
»The Wolves of Time. Journey to the Heartland«,
HarperCollinsPublishers, London 1995

Deutsche Erstausgabe:
Weitbrecht Verlag in K. Thienemanns Verlag, Stuttgart 1998
Umschlagkonzept: Büro Hamburg
Umschlaggestaltung: Nele Schütz Design, München
Umschlagabbildung: John Dawson / The Greenwich Workshop, Inc.
Satz: KCS GmbH, Buchholz / Hamburg
Druck und Bindung: Clausen & Bosse, Leck
Printed in Germany ISBN 3-492-26512-X

www.piper.de

Prolog

Die Reise ins Herzland

Ein nebliger Morgen dämmert herauf. Es ist der erste Tag des Herbstes, jener Tag, an dem nach altem Brauch die jüngeren, umherschweifenden Wölfe das Rudel verlassen. In unserem kleinen und bescheidenen Rudel – sein Name ist so unbedeutend wie der Ort, um den unser Leben kreist, eine verfallene Stadt, die jetzt von den Menschen verlassen ist – bin ich der einzige, der wegziehen wird. Meine Geschwister haben ihren Platz im Rudel gefunden, ich jedoch nicht. Sie sind damit zufrieden, im vertrauten Umkreis ihre Rolle zu spielen, doch ich habe andere Träume und möchte auf Wolfswegen wandern, die mich vielleicht bis zu den Sternen führen – oder ins Vergessen.

Es wird keinen Abschied geben. Die Wanderer verschwinden so unmerklich wie Schatten, die vergehen, denn das Rudel empfindet diese Wölfe als beunruhigend und tut so, als hätte es sie nie gegeben. Es sei denn, ein Wanderer erreicht Großes. Dann darf er zurückkehren und wird geehrt, man hört ihm zu, und er darf das Heulen anführen.

Bis letzte Nacht hatte ich das Heraufdämmern dieses Tages gefürchtet. Obwohl meine Träume sich von denen der anderen unterschieden, schienen sie mich immer weniger zu beflügeln, je näher dieser Tag kam. Meine Vision, die zu Beginn des Sommers deutlicher gewesen war, wurde mit der Zeit verschwommen und verworren. Aber jetzt, an diesem neuen Morgen, kann ich es nicht erwarten, bis die Morgennebel sich lichten und mein Rudelführer das Zeichen gibt, daß ich losziehen darf. Denn jetzt, Wulf sei gepriesen, werde ich nicht allein wandern.

Vor einer Woche – mir scheint seitdem schon ein ganzes Leben vergangen zu sein – kam ein alter Wolf bei uns an und bat um den Schutz unseres Rudels. Er war der älteste Wolf, den ich je gesehen hatte. Sein Pelz war abgewetzt und dünn, er hatte fast keine Zähne mehr, und seine Augen waren weiß vor Blindheit. Einige wollten ihm den Zutritt zu unserem Kreis verweigern und sagten, er könne vielleicht eine Seuche haben oder einen Fluch über uns bringen. Mein Vater, unser Anführer, kannte jedoch seine Pflicht und übergab den Wolf meiner Obhut. Ich gewann dadurch allerdings wenig Ansehen! Bis letzte Nacht …

Der letzte Sommermond hatte schon begonnen abzunehmen, als der alte Wolf sein langes Schweigen brach und zu heulen begann, mit einer vor Alter brüchigen Stimme, die jedoch in ihrer Einfachheit und Weisheit zumindest mir schön erschien.

Das ganze Rudel versammelte sich um ihn, mit mir an seiner rechten Seite, als er eine Geschichte heulte, die wir alle gut kannten, die Geschichte von den Wölfen der Zeit. Während er heulte, überquerte der Mond den Himmel, und die Sterne wanderten durch die Nacht. Keiner von uns hatte diese Geschichte je mit soviel Wahrhaftigkeit vorgetragen gehört. Selbst mein Vater weinte.

Als der Wolf schließlich in Schweigen verfiel, gab mein Vater sehr bewegt zu verstehen, daß es eine große Ehre wäre, für ihn zu sorgen, solange ihm daran gelegen sei, bei uns zu bleiben. Vielleicht könne er bei uns den Trost seiner alten Tage finden …

Der alte Wolf schüttelte den Kopf, streckte sich in meine Richtung und antwortete mit einer Frage: »Welcher Tag ist morgen?«

»Der erste Tag des Herbstes«, antwortete mein Vater.

»Der Tag, an dem die Wanderer losziehen. Kluge Wölfe bleiben nicht länger, als sie erwünscht sind. Auch ich werde aufbrechen. Wanderer müssen sich auf die Reise begeben, sie müssen wandern, und schließlich gehen sie auf die Suche. Ihre Suche ist nie zu Ende.«

Das Rudel zog sich zurück, die meisten zum Schlafen, einige, um Wache zu halten. Ich führte den alten Wolf auf den Platz, der ihm zugewiesen war, und fragte ihn, ob ich ihm einen Dienst erweisen könne. Er aß wenig während des Tages, deshalb plagte ihn manchmal der Hunger in der

Nacht. Oft nahm er sich dann etwas zum Fressen. Diesmal schüttelte er den Kopf.

»Wohin gehst du morgen?« fragte ich. Er erschien mir plötzlich so gebrechlich.

»Für mich ist nur noch ein Ort übrig«, erwiderte er, und seine blinden Augen suchten nach den Sternen, die sie nicht sehen konnten.

Ich wartete darauf, daß er fortfuhr. Schließlich redete er weiter.

»Hast du Angst vor der Reise, die dir bevorsteht?« fragte er mich.

Ich sagte, ich hätte Angst, und tatsächlich zitterten meine Pfoten, wenn ich nur daran dachte.

»Aber du bist jung und stark und kannst sehen.«

»Ich weiß nicht, wohin ich gehen soll«, erwiderte ich und fügte ein wenig wehmütig hinzu: »Aber du scheinst zu wissen, wohin du gehst!«

Ich erwartete, ihn sanft lachen zu hören, doch er lachte nicht.

»Würde es dir etwas ausmachen«, fragte er plötzlich, »mir ein bißchen auf dem Weg zu helfen?«

»O nein!« sagte ich voller Freude. »Wohin werden wir gehen?«

»An einen Ort, den ich vor langer Zeit verließ und zu dem eines Tages zurückzukehren ich versprochen habe ...«

Während er dies sagte, hörte ich den Wind im nahen Gras meinen Namen flüstern und hatte plötzlich große Angst. Ich erkannte, daß der Wolf, der mich um meine Hilfe gebeten hatte, kein gewöhnlicher Wolf war.

»Die Geschichte, die du für uns geheult hast, ist mehr als nur eine Legende, nicht wahr?« fragte ich, obwohl ich nicht weiß, wie ich den Mut fand, einen solchen Gedanken auszusprechen.

»Ja«, antwortete er.

»Also dann ...« begann ich und bemerkte, wie ich wieder zitterte. »Und leben noch welche von den Wölfen der Zeit?«

Er bewegte sich verlegen hin und her, doch schließlich seufzte er.

»Einer lebt noch«, sagte er.

Da wußte ich mit Sicherheit den Namen des Wolfes, der meiner Obhut anvertraut worden war.

»Wie heißt der Ort, den du vor so langer Zeit verlassen hast?« fragte ich.

Er wandte sich mir zu, das Licht der Sterne in seinen Augen und den Glanz des wandernden Mondes auf seinem alten Pelz. Nie hatte ich gewußt, daß ein Wolf so verletzlich aussehen konnte.

»Heimat«, erwiderte er.

Die Nebel haben sich gelichtet, und mein Rudelführer, mein Vater, hat sich bewegt. Die Sonne erhebt sich, und das Rudel mit ihr.

Der alte Wolf hat sich gestreckt und ist aufgestanden. Die anderen gehen uns aus dem Weg, und es kommt uns schon so vor, als wären wir nie dagewesen.

»Komm«, sagt er, »komm ...«

War es wirklich so gewesen wie jetzt, damals, als jene großen Wölfe, deren Namen wir letzte Nacht in unserem Geheul geehrt haben, sich aufmachten, um sich zusammenzutun und die Wölfe der Zeit zu werden?

»Ja, ja«, sagt er, während wir losziehen, »es war genauso wie jetzt ...«

Erstes Buch
Der Ruf

Worin ein Bukov-Wolf es wagt, die Wölfe der Zeit herabzuheulen

Kapitel 1

Der Wolf Tervicz vom Bukov-Rudel kommt zu dem Schluß, daß er es ist, der die Wölfe der Zeit herabheulen muß

Es war im Spätsommer. Hoch in den schluchtenreichen Zentralkarpaten stand ein männlicher Wolf still am Rande einer Felsenklippe. Seine Augen blickten verärgert, enttäuscht schüttelte er den Kopf. Er war nicht mehr jung, aber seine Haltung war die eines Wolfes, der noch nicht als erwachsen anerkannt war.

Der Grund seines Ärgers, ein altes, graues Männchen, hatte sich in einiger Entfernung auf dem felsigen Boden niedergelegt, neben sich zwei weitere Wölfe, ein Weibchen und noch ein Männchen. Die Luft war heiß und trocken, begann aber am Ende dieses Tages abzukühlen. Überall im Umkreis, nah und fern, ragten die zerklüfteten Felswände unwirtlicher Berge auf, deren Konturen in der dunstigen Atmosphäre bläulich verschwammen. Außer den Büscheln getrockneter Gräser und Disteln gab es Zeichen von Vegetation nur tief unten in der Schlucht, neben der das einzelne Männchen stand. Dort toste ein Wildbach, graublau und weiß. Verstümmelte Bäume und Farnsträucher klammerten sich an Felsen, feucht vom Gischt und düster vom Mangel an Sonnenschein.

Keiner der Wölfe wirkte gesund oder gut genährt, keiner sah glücklich aus. Alle erschienen überfordert, als hätten sie unter dem Druck der vereinten Kräfte anderer Rudel, der Menschen, eines schwierigen Klimas und einer harten Landschaft gestanden, nicht tage- oder wochenlang, nicht einmal monatelang, sondern jahrelang.

Tatsächlich jahrzehntelang.

Diese vier unzufriedenen Wölfe waren die letzten des Bukov-Rudels, und ihr Anführer war der alte Wolf, der sie nicht aufgrund von Körperstärke, sondern mit der Stärke seines Geistes führte. Sein Name war Zcale, und er war der gewaltige und übellaunige Vater der anderen drei. Das zornige Männchen, das jetzt dastand und auf die schroffe Landschaft starrte, als hoffte es, dort Trost zu finden, war Tervicz, ein Sohn, von dem sein Vater sehr enttäuscht zu sein schien.

Ein trockener und bitterer Wind wehte um seine Pfoten, streute ihm Felsenstaub ins Gesicht und flüsterte in den bleichen und fleckigen Pelzen der anderen drei, die etwas unterhalb von ihm lagerten.

»Du kannst es nicht, Wolf, du weißt das so gut wie ich«, sagte Zcale und brach damit müde ihr Schweigen, »und wenn du es nicht weißt, dann bist du ein noch größerer Narr, als du immer schon warst. Geheul gibt es nicht mehr für uns, wenn wir überleben wollen. Geheul hören die madjarischen Wölfe – und die Menschen. Dein Narr von einem Großvater wurde von den Menschen getötet, nachdem er einen Neumond herabgeheult hatte. Deine Mutter, Wulfin möge sie segnen, starb durch die Rachen der Madjaren, nachdem sie eines Nachts eine Geschichte geheult hatte, und das nicht einmal laut. Trotzdem hörten sie es, und ich … Ich konnte nicht euch alle und dazu auch noch sie retten …«

Tervicz gab es auf zu streiten, zuckte mit den Achseln, kletterte von dem kleinen Rudel fort und blieb stolz auf einem Sims über den Schluchten stehen, wo sie ihr geheimes Zuhause eingerichtet hatten. Dort brütete er schweigend, suchte wieder Raum zu finden und wünschte sich, er wüßte, wie man zornig ist, wie man sich streitet, wie man gewinnt.

Zcale neigte den Kopf. In seinen alten Augen stand wieder die Qual jener Nacht des Schreckens, als er gezwungen war zu wählen: Sollte er die drei Jungen in Sicherheit bringen oder Widerstand leisten und sie alle, ihre Mutter eingeschlossen, gegen eine Übermacht schützen, die zu groß war, als daß einer von ihnen hätte überleben können? Vielleicht hatte es nie eine Wahl gegeben. Ihre Mutter hatte lange genug gegen die Madjaren gekämpft, damit Zcale und die anderen in die Sicherheit der Schluchten über ihrem Territorium hinaufsteigen konnten. Vielleicht hatte sie in ihrem Tod den Trost gehabt, daß ihre letzte überlebende Brut und der Wolf, den sie so sehr liebte, davongekommen waren und vielleicht noch eine Chance hatten.

Die Jahre waren vergangen, und Zcale fühlte die Last des Verlustes seiner Gefährtin. Aber wie einsam und zermürbend die Jahre auch gewesen waren, er hatte bei der Aufzucht ihrer Jungen durchgehalten und sie gelehrt, stolz darauf zu sein, daß sie Bukov-Wölfe waren, selbst wenn sie die letzten ihrer Art waren. Wenn er auch oft schroff war, so wußte doch jeder von ihnen auf seine Weise, daß Liebe und Angst um sie ihn so gemacht hatten, wie er war, und daß ohne ihn keiner mehr am Leben wäre.

Aber jetzt ging er dem Sterben entgegen, sein Körper wurde mager, sein Schlaf jeden Tag länger, sein Atem schlechter, und all die gewohnten Streitereien waren die letzten mit seinen eigenen Jungen, die er – je näher der Tod kam – mit einer gewissen Enttäuschung betrachtete.

Szaba war gesund, aber sie war ein Weibchen, und es gab keinen Bukov-Wolf mehr, der sich mit ihr paaren konnte. Es gab nur noch ihre eigenen Brüder, und die, nun ja ... In einem so kleinen Rudel mit soviel Inzucht in der Vergangenheit ging das nicht. Sie konnte oder würde auch nicht einen Madjaren nehmen, um sich mit ihm zu paaren, denn Generationen hindurch hatte der Stamm der Madjaren fast alle ihre Stammesgenossen getötet. Überdies, um sich zu paaren, müßte sie sich zuerst als Leitwölfin eines Rudels durchsetzen, und welche madjarischen Weibchen würden es zulassen, daß sie sich über sie erhob, selbst wenn sie die Fähigkeit dazu hätte? Trotz allem hegte sie, wie jedes Weibchen, Hoffnungen, Junge zu gebären und zu erleben, wie sie stark wurden.

Dann war da Tervicz' Bruder Kubrat mit seinen verkrüppelten und langsamen Beinen: Sein Körper war verkrümmt, nur sein Kopf war heil und in Ordnung. Was für ein Wolf wäre er gewesen! Seine Augen waren klar wie der Frühlingshimmel, sein Geist war überragend, und durch ihn hätten sich vielleicht die Träume der Bukov-Wölfe erfüllt. Aber er war zur Schwäche verflucht, und wie überragend auch sein Geist sein mochte, wie klug auch seine Gedanken, was konnte er mit einem solchen Körper je werden?

Geliebt, das war alles. Geliebt und behütet, einer, dem man

auch zuhörte, denn seine sanfte Stimme konnte für eine Weile Träume Wirklichkeit werden lassen. Er erinnerte sich an jede alte Geschichte, die ihre Mutter ihnen jemals erzählt hatte, und konnte sie nacherzählen. In ihm war der Geist des Rudels noch lebendig, und wenn er auch langsam war, so war er doch in den letzten Jahren zu ihrem Mittelpunkt geworden. Wenn die Zeiten schwer waren, dann war es notwendig, an ihn zu denken, ihm den Rücken zu decken, während er langsam floh. Das ließ sie stets gemeinsam handeln, wie es ein Rudel immer tun sollte.

Damit blieb der arme Tervicz als einziges gesundes Männchen übrig, aber bis jetzt war er für diese Rolle auf traurige Weise ungeeignet erschienen. Er war gut genug gebaut, wenn auch nicht so stark, wie Kubrat gewesen wäre ... Er redete und dachte gut, wenn auch nicht so brillant wie Kubrat und nicht so einfallsreich wie seine Schwester Szaba. Er kannte auch das Territorium und dessen Wege gut genug, aber nicht so gut, wie es Zcale von ihm wünschte. Kurz gesagt, Tervicz war eine Enttäuschung, und Zcale ließ ihn das wissen.

Tervicz hatte noch eine andere Eigenschaft, die seinen Vater schrecklich ärgerte, aber auch die Tränen in seine alten Augen treten ließ. Trotz allen Tadels, den er erdulden mußte, und der Empfindung, daß er den Anforderungen nicht entsprach, war Tervicz jedem von ihnen gegenüber loyal. Er war freundlich, und wenn er sich beklagte, dann nur vor sich selbst und niemals vor den anderen.

»Ich wünschte mir«, sagte Zcale an jenem Tag, als Tervicz sich vom Streit über das Heulen zurückgezogen hatte, »daß er dann und wann einmal zornig würde oder aggressiv oder ...«

»Das liegt nicht in seiner Natur, Vater, und er wird auch nie so sein«, erklärte Szaba zum tausendsten Mal. »Er ist ein Wolf, der geboren wurde, um für andere zu sorgen, nicht, um zu führen. Er weiß es, und wir wissen es, und alle deine Klagen über ihn werden das nie ändern.«

»Er ist ein Wolf«, fuhr Kubrat fort und verlagerte sich schwerfällig, um Tervicz besser sehen zu können, »der immer zuerst an sein Rudel denkt und dann erst an sich selbst.«

Kubrat lächelte seinem Bruder zu. Seine Augen waren bleich, seine Zuneigung warm wie der Wind eines Sommerabends. Seine Liebe war so greifbar und unausgesprochen wie der Anbruch der Nacht oder des Tages.

»Er ist ein Wolf ganz wie eure Mutter«, räumte Zcale ein, »und ich wünsche mir, er würde zornig über mich, denn ich behandle ihn schlecht. Du, Kubrat, kannst uns nie führen, und er ... Ich wünschte ... Ich wollte ...«

Zcale folgte Kubrats Blick auf Tervicz. In seinen Augen lag etwas wie Verzweiflung.

»Wir alle verstehen dein Leiden«, sagte Kubrat, und seine Stimme war jetzt etwas weniger sanft, »besonders Tervicz. Warum sonst, glaubst du, läßt er sich das von dir gefallen? Wenn du mich so behandelt hättest wie ihn, dann hätte ich mich schon zu wehren gewußt ...«

In Kubrats Stimme klang ein eisiger Unterton an, und in seinen Augen war ein schroffer Blick, bevor sie wieder sanft wurden.

»Ja, und du wärest ein würdiger Anführer gewesen«, versetzte Zcale mit einem bekümmerten Nicken, das auf Kubrats verdorrten Leib und seine schwachen und zitternden Glieder hindeutete.

»Tervicz ist alles, was wir haben«, erwiderte Szaba, »aber anstatt ihm gut zuzureden, mäkelst du an ihm herum.«

»Nun denn, wer kümmert sich jetzt noch um meine Ansichten?« sagte Zcale mit rauher Stimme. »Ihr alle wißt, daß ich bald sterbe und daß ihr über solche Dinge unter euch streiten könnt, wenn ich nicht mehr da bin – ein Weibchen, ein Krüppel und ein Schwächling! Gebt mir einen Tag oder zwei oder höchstens drei. Dann schiebt meinen nutzlosen Körper über den Rand der Schlucht und laßt ihn zu den Stromschnellen dort tief unten hinabstürzen. Denkt daran, ich werde Wulf nicht viel zu sagen haben, wenn ich ihm begegne. Was kann ich mit dem Leben vorweisen, das ich geführt habe? Könnt ihr mir das sagen? Was Tervicz betrifft, alles, was er überhaupt tun will, ist, die Geschichten aus der

Vergangenheit herzuheulen, genau wie seine Mutter es tat, und ihr seht doch, was es ihr eingebracht hat! Wenn du ihm nicht diese Geschichten erzählt hättest, Kubrat, und wenn du nicht mit ihm mitfühlen würdest, Szaba …«

»Natürlich fühle ich mit«, sagte Szaba. Sie war beunruhigt, weil ihr Vater den Tod und Wulf erwähnt hatte, doch sie versuchte, es zu ignorieren. »Kubrat ist gleicher Meinung mit mir, nicht wahr, mein Lieber?«

»Mag sein«, fuhr Zcale fort, »aber dann ist Kubrat wenigstens vernünftig genug, um nicht laut zu heulen und damit Madjaren und Menschen anzulocken. Wir können unsere Geschichten auch flüstern und uns an sie erinnern. Wir können …«

Szaba schüttelte den Kopf.

»Vater, das können wir nicht. Aber von uns vieren ist Tervicz der einzige, der unsere Geschichte so sehr ehrt, daß er die Gegenwart riskieren will, indem er die Vergangenheit feiert. Achte ihn wenigstens deshalb.«

»Ihn achten?« rief Zcale rauh und starrte den Hang hinauf, wo Tervicz noch immer allein stand. »Ich achte ihn und ich liebe ihn, wie ich euch alle liebe. Wie auch eure Mutter ihn geliebt hat. Nichts auf der ganzen Welt würde mir mehr Freude bereiten, als zu hören, wie er uns stolz die Geschichte von den Wölfen der Zeit heult, so wie sie geheult werden soll. Zu hören, wie sie sich über den nächtlichen Himmel ausbreitet, mit ihren Gestalten von Tragik und Hoffnung, von Verzweiflung und kommendem Triumph, wie sie in den Schluchten dieser Gegend hier widerhallt. Dann könnte ich für einen Augenblick vergessen, was ich bin, nämlich ein kranker, furchtsamer Bukov-Wolf, und mir vorstellen, was ich sein könnte, nämlich der Vater von Wölfen, die die Bestimmung des Bukov-Rudels erfüllen. Ach, eine Bestimmung, die jetzt nie, nie Wirklichkeit werden kann.«

»Dann laß ihn für dich heulen, Vater. Es ist jetzt die Jahreszeit, um von den Wölfen der Zeit zu heulen, doch schon drei Jahre hat dies keiner mehr von uns getan, außer stumm in den Schatten und den Höhlen, wo keiner es hören kann, am wenigsten von allen die Götter.«

»Eure Mutter starb, als sie bestrebt war, von diesen mythischen Wölfen zu heulen. Sie ...« er hustete, würgte fast, schob Szaba beiseite und sagte dann: »Sie hat getan, was ich zu tun mich weigerte, und sie ist daran gestorben.«

»Vater, sie hat uns erzählt, daß niemand dieses Geheul so gut vollbringen kann wie du, und sie dachte, wenn sie anfinge, dann würde dies dich dazu bringen weiterzumachen, wie es gemacht werden sollte ...«

»Hat sie das gesagt?« ächzte der alte Zcale, als hätte er das noch nie zuvor gehört.

»Du weißt, daß sie es gesagt hat«, sagte Szaba geduldig. »Jetzt will Tervicz das Geheul anstimmen, und das ist sein Recht als stärkstes Männchen unter uns. Wir haben hier gute Plätze, um zu entkommen, falls er gehört werden sollte. Die Winde sind launisch und seltsam und werden einem, der uns vielleicht zuhört, nicht leicht verraten, wo wir sind. Auf jeden Fall würde ein mutiges Heulen unserer ältesten Geschichte sicherlich dazu dienen, die Madjaren daran zu erinnern, daß wir noch da sind.«

»Mit solchen Worten sprach ich zu eurer Mutter an dem Abend, als sie starb, und dann weigerte ich mich, es selbst zu tun. Die Worte waren so überzeugend, und sie begann zu heulen, bis ... Wie dem auch sei, Tervicz kennt dieses große Geheul nicht ganz. Die Tradition ist schon tot.«

»Sie stirbt vielleicht, Vater, doch sie ist noch nicht ganz tot«, sagte Kubrat sanft, »genau wie du!«

Zcale ließ ein kurzes, bitteres Lächeln über sein Gesicht huschen.

»Ich wollte sehen, wie ein Bukov-Wolf zum Herzland aufbricht, einer, der dafür bestimmt ist. Einer unserer Art hätte dabei sein sollen, als die Wölfe der Zeit zurückkamen. Aber die Götter haben uns nie gerufen, und jetzt ist es zu spät.«

Auf den Hängen über ihnen bewegte sich Tervicz nahe an den Rand der Schlucht heran. Auf seinem Gesicht lag das Licht der Spätnachmittagssonne. Plötzlich sprenkelte ein Licht seinen Kopf und seine Augen, als er sich umwandte, um auf sie herabzuschauen, ein Licht, das Szaba und Kubrat einen Schauer über das Rückgrat laufen ließ, das ihr Vater jedoch nicht sah, weil er nicht hinschaute.

»Er ist kein Bukov-Wolf«, murmelte ihr Vater bitter, bevor er sich müde von ihnen abwandte, sich niederlegte und die Augen schloß. »Nichts ist uns mehr geblieben«, flüsterte er, »nichts als Niedergang und Verlust. Nichts als Tod und unser aller Ausrottung.«

Die anderen hörten kaum auf ihn. Es lag etwas in der Art, wie Tervicz sie anschaute, etwas, das keiner von ihnen zuvor gesehen hatte. Es war mehr als ein Trick des Lichtes, als er anscheinend einen Satz in die Luft machte, während er sich umdrehte und den Hang herab getrottet und gesprungen kam, um sich ihnen wieder anzuschließen.

»Fühlst du dich jetzt besser?« fragte Zcale, als er Tervicz hörte. Er setzte sich auf und wandte sich ihm zu. Ein Anführer bis zuletzt, so schien es, der sich den anderen aufdrängen wollte. Der Ausdruck von Liebe für Tervicz, den er kurz zuvor noch gezeigt hatte, war jetzt aus seiner Stimme verschwunden. Noch während sein Sohn ihm antwortete, wandte sich Zcale von ihm ab, uninteressiert an allem, was Tervicz sagen mochte.

So hörte er nicht, wie Tervicz murmelte: »Ich fühle mich … seltsam, nicht besser.«

Dann ging er geradewegs zu Kubrat und schob dessen Hinterbeine ein bißchen zur Seite, auf eine Weise, die so selbstverständlich und doch so fürsorglich war, daß jeder, der es sah, spürte, daß er diesen kleinen Dienst schon tausendmal zuvor getan hatte und ihn aus Liebe tat.

»Der Wind scheint aufzufrischen«, sagte er und wandte sich seiner Schwester zu. »Und doch erscheint er ungewiß.«

»Was war seltsam, Tervicz?« fragte sie leise. »War es etwas, das du gesehen hast?«

Tervicz' Blick war ungewöhnlich düster. Er blickte zu seinem Vater hinüber und sagte ruhig: »Er sieht krank aus. Er sieht alt aus. Der Wind, Szaba, er hat mir etwas zugeflüstert.«

»Was?«

»Unmöglichkeiten.«

»Und die sind?«

Szaba hatte weniger Geduld mit solchen Mehrdeutigkeiten als Kubrat. Sie war nüchtern und zog ein offenes Wort vor. Aber dann sagte Tervicz in der Tat etwas Seltsames: Was er sagte, ließ sie zittern und Kubrat einen so besorgten Blick zuwerfen, daß auch er etwas näher gerückt kam. Ihr Vater murmelte etwas vor sich hin und blickte sich in der Runde um, wie er es oft tat, bevor er einschlief, mit Kummer und Besorgnis, als erwarte er, daß Madjaren und Menschen aus den Spalten der nahen Felsen gestürmt kämen.

Tervicz sagte: »Die Unmöglichkeiten, nach denen du fragst, sind: erstens, daß ich die Geschichte von den Wölfen der Zeit herheule, und zweitens, allein weiterzuwandern. Der Wind hat mir zugeflüstert, daß ich das tun muß, Szaba.«

»Das sind Unmöglichkeiten, mein Lieber.«

»Das sind keine Unmöglichkeiten«, sagte er, »sie geschehen schon.«

Das sagte er so ruhig, so sicher. Sie hatte noch nie in ihrem ganzen Leben Tervicz etwas mit solcher Gewißheit sagen hören.

»Wirklich?« fragte sie.

»In alten Zeiten glaubte man, der Wind sei Wulfs eigene Stimme. Ich habe jetzt eben mehr als nur den Wind flüstern hören, Szaba. Ich habe im Abendlicht Wulfs Blick auf mir gespürt, und ich hörte ihn meinen Namen rufen und mir befehlen, die alte Geschichte herzuheulen und nach Westen zu wandern.«

»In das Herzland ...« sagte sie leise.

»Ich habe darüber nachgedacht«, sagte Tervicz sehr ruhig, »daß Vater vielleicht, bevor er stirbt – ganz gleich, was er sagen mag –, uns gerne die alten Geschichten heulen hört, so wie es die Bukov-Wölfe zu tun pflegten.«

»Tervicz, du weißt, daß das das letzte ist, was er will!« Sie war schockiert, denn ihr Bruder war nie so offen und rebellisch gewesen wie jetzt. Und auch nicht so einschüchternd fremdartig.

»Er sagt, das sei das letzte, was er will«, sagte Kubrat. »Wenn es das ist, was Tervicz meint, dann stimme ich ihm zu.«

»Genau das meine ich. Deshalb werde ich die Geschichten herheulen und sogar die Legende von den Wölfen der Zeit, was auch immer er sagt. Natürlich würde ich es vorziehen, wenn er mir helfen würde, da ich dieses Geheul noch nie zuvor vollbracht habe. Aber wenn er mir nicht hilft, nun, dann muß ich es wohl allein versuchen.«

Der Wind fuhr ihnen in den Pelz und zerrte an dem Heidekraut am Rande der Schlucht. Er trug Sand mit sich, den er auf die Felsen über ihren Köpfen blies, und er wirbelte und drehte sich und trocknete ihre Mäuler aus.

Tervicz schaute Szaba mit einer Art Schrecken in seinen Augen an – aber das war nicht die Furcht eines Wolfes, der noch weiterhin schwach war und nicht fähig, das zu tun, was andere tun konnten. Dies war die Furcht eines Wolfes, der es gewagt hatte, in die Zukunft zu blicken, und der weiß, daß seine Tatzen auf einem Weg stehen, dessen Verlauf ungewiß und dessen Ende unsicher ist, der jedoch auch weiß, daß er losziehen muß.

»Mein Lieber, was hast du gerade gesehen?«

Tervicz blickte so seltsam drein, und der Wind wirbelte so beunruhigend, daß Kubrat wißbegierig zu ihnen heranhumpelte.

»Ja, was ist es, Wolf?« fragte er.

Aber Tervicz mußte ihnen nicht antworten, denn der Wind flüsterte um sie herum. Das Licht war hell und fremdartig, und es leuchtete in seinem Pelz und in seinen Augen. Er wandte sich von ihnen ab, schaute über die Schluchten hinaus und sagte: »Unsere Zeit ist gekommen, Szaba. Jetzt ist die Zeit der Bukov-Wölfe, Kubrat. Ich ... Ich weiß es, ich spüre es. Es ist ein Fluß, der Hochwasser führt und der mich gepackt hat und mich mitnehmen wird, bevor noch ein weiterer Tag um ist.«

»Aber was ...?« begann Kubrat.

»Die Zeit des Redens ist vorbei«, sagte Tervicz mit einer Stimme, die die eines Älteren hätte sein können, der alle Wortwechsel gehört und erwogen hatte und jetzt wußte, daß die Zeit für die Tat gekommen war. »Ganze Jahrhunderte des Redens sind endlich zu diesem Punkt gelangt, zum Jetzt.«

Er wandte sich von ihnen ab und stieg langsam den Hang hinauf, um wieder die stolze und eindrucksvolle Haltung einzunehmen, in der er zuvor verharrt war. Er kletterte in einen goldenen Abendhimmel, auf Geheiß des flüsternden Windes. Als er so ging, war in ihm plötzlich aller Stolz und alle Tradition des Bukov-Rudels gegenwärtig.

Tervicz blieb am Rand der Schlucht stehen. Als seine Geschwister ihn beobachteten, erschien es ihnen, als wäre er aus dem Felsen selbst und aus dem Himmel, nah und fern, und aus Dunkelheit und Licht. Er hob den Kopf zum Himmel, öffnete sein Maul und begann die ersten Abschnitte ihrer alten Geschichte zu heulen:

»In jenen fernen Tagen, als die Wölfe neben den Menschen gleichberechtigt über die Erde streiften, da liefen die Wolfswege kreuz und quer durch ganz Europa. Sie waren die Lebenslinien der Wölfe, Pfade, mit denen die Rudelwölfe, die sich ihrer Zugehörigkeit gewiß waren, ihren Weg von Treffpunkt zu Treffpunkt zu finden pflegten oder die sie in Sicherheit führten, wenn sie von ihrem Rudel getrennt waren. Pfade auch, denen die Ausgestoßenen folgten, wenn sie von einem Rudel zum anderen wanderten, Pfade, auf denen die Götter selber unerkannt reisten, um über uns alle zu wachen. Diese Wolfswege wurden von Wulf selbst angelegt, dem größten und mächtigsten der Wolfsgötter, während er sein irdisches Revier kennzeichnete, von dem Tag an, als er aus dem Felsen ausgebrochen war, der ihn vom Beginn aller Zeit an gefangengehalten hatte, bis zur Zeit seiner Reife und seines Aufstiegs zu den Sternen ...«

Unten schrak der alte Zcale aus seinem Schlummer, wandte sich um und sah seinen Sohn, seinen schwachen, enttäuschenden Sohn, der da stolz über ihm stand und die Geschichten aus alter Zeit heulte.

»Nein! Nein!« schrie er. »Das kannst du nicht!«

»Hilf ihm, Vater, zeig es ihm«, sagte Kubrat sanft. »Hilf ihm, wie du gewiß unserer Mutter helfen wolltest, an dem Tag, als sie starb.«

»Ich kann nicht, und er darf nicht. Die Madjaren, die Menschen ...« sagte Zcale mit rauher Stimme. Seine Augen waren wild angesichts der Gefahren, die er immer gefürchtet hatte.

»Hilf ihm, Vater«, drängte Szaba, während Tervicz weiterheulte und sich bemühte, das richtige Geheul für die Geschichte zu finden, die er erzählte, »gib ihm jetzt deine Liebe.«

»Er weiß nicht … Was er heult, ist nicht richtig …«

»Uns klingt es richtig!« erklärte Kubrat.

»Es könnte besser sein, es könnte noch mehr …«

»Dann geh und hilf ihm«, befahl Kubrat heftig. »Tu es jetzt! Das ist alles, was er jemals brauchte.«

Als Tervicz weiterheulte und seine Stimme schwach zu werden begann, weil kein anderer ihn begleitete, da kletterte Zcale hinauf in das Licht, das auf seinen Sohn leuchtete, und murmelte: »Nein, nein, mein Sohn, so nicht, niemals so! Hier, ich werde dir zeigen, wie es richtig geht, um Wulfs willen und mir selbst zuliebe!«

Zcale hob den Kopf, öffnete sein Maul und schloß sich dem Geheul an, stimmte ein, so gewaltig, so aufrichtig, daß Szaba sich ihnen anschloß und schließlich auch Kubrat den Hang hinaufkroch, in das Licht des Abends. So heulten alle vier zusammen, die Bukov-Wölfe, hinweg über die Schluchten der Karpaten, und die Echos schlossen sich ihnen an und brachten in dieses große, prophetische Geheul zum Himmel die Stimmen aller vergangenen Generationen, die je die Geschichte von den Wölfen der Zeit geheult hatten.

Über Karpatien hinaus, hin zum Herzland der Tatra und dann nach Norden und Süden, nach Osten und Westen, würde das Heulen von denen gehört werden, die die Wölfe der Zeit sein werden.

Das Geheul der Bukov-Wölfe war Wulfs Ruf an das Leben, das er beinahe verloren hatte. Ihr Geheul, das Tervicz so mutig begonnen hatte, war der Beginn von Wulfs letzter sterblicher Geburt.

Lauscht nun.

Kapitel 2

Die Bukov-Wölfe heulen die Geschichte von Wulf und Wulfins Fall in die Welt der sterblichen Wölfe

In jenen langen Jahren, als er Weisheit fand (so begann das Geheul der Bukov-Wölfe), reiste Wulf aus dem Herzland, in dem er geboren worden war, an die kalte, graue Ostsee im Norden und von dort zur Wärme der Adria im Süden. Dann wanderte er von den Dünenlandschaften der Atlantikküste auf der Iberischen Halbinsel quer durch bis zum Ural, dem Gebirge tief im russischen Hinterland, das die östlichste Ausdehnung seines Territoriums markierte. So entstanden die Wolfswege, und die Plätze, an denen Wulf sein müdes Haupt zur Ruhe legte, wurden zu den heiligen Orten, die er in ihrem urtümlichen Zustand kennenlernte.

Damals befreite er aus Felsen und Bäumen und einsamen Seen die anderen Wolfsgötter, die sein Rudel bilden sollten. Diese Götter wanderten in seinem Gefolge und halfen ihm, die letzten Wolfswege zu schaffen.

Als er sich dem Alter der Reife näherte, fühlte Wulf das Verlangen nach einer Gefährtin, die ihm an Stärke und Weisheit ebenbürtig wäre und ihm helfen sollte, das Rudel zu führen. Doch es gab keine Gefährtin für ihn, und die Wolfswege schienen alle vollendet zu sein, außer dem letzten, der zurück zu dem Ort führte, von dem er ausgegangen war, zu dem Felsen, der Wulfsfelsen hieß und sich in der geheimen Mitte der nebligen Höhen des Herzlandes erhob.

So kam es, daß er um die Zeit seiner Reife ans Ende seiner Reise gelangte, dorthin, wo seine irdischen Wanderungen begonnen hatten. Auf dem Felsen, aus dem er ausgebrochen war, um frei zu sein, wartete Wulfin, die Wölfin. Woher sie gekommen war, wußte er nicht, denn Wulfin, die Mutter, die andere Seite des Lichtes, die andere Seite der Finsternis, ist ein Mysterium wie Wulf selbst. Er wußte nichts über sie, aber er sah sie und wurde von ihr angenommen, und jetzt war das Rudel der Götter fast vollständig.

Jedoch noch nicht ganz. Denn Wulf und Wulfin paarten

sich und bestimmten, daß ihre Jungen die sterbliche Wolfheit bilden und zusammen, alle sterblichen Wölfe gemeinsam, der zuletzt gefundene Gott sein sollten – jeder sterbliche Wolf Teil von etwas, das größer war als er selbst und dessen Wahrheit sie während ihres Lebens nur erraten und erst nach ihrem Tod völlig erkennen konnten. Einzeln, für sich allein, waren die erdgebundenen Wölfe sterblich, alle zusammen als Einer waren sie ein weiterer Gott.

So zogen die Götter die sterblichen Jungen auf, und jeder von ihnen gab seine Weisheit auf seine eigene Art an sie weiter – das Wissen von Felsen, Bäumen und Seen, das Wissen vom Leben, das Wissen vom Tod und das allergrößte, die Furchtlosigkeit, durch die das Selbst stirbt und die Gottnatur erneut gefunden wird.

Die Jungen wuchsen heran, und Wulf und seine Mitgötter, männliche wie weibliche, gerieten in Erregung über das, was da geschah. Einige hatten Verlangen nach ihnen, und andere waren eifersüchtig auf sie, denn Götter haben besondere Schwächen.

Also bestimmte Wulf, daß sich kein Gott zu einem sterblichen Wolf gesellen solle. So würde die sterbliche Wolfheit ihren Ursprung vergessen, und die Götter, die sie hervorgebracht und genährt hatten, würden für die sterblichen Wölfe unsichtbar sein. Wenn einer der Götter dieses Gesetz bräche und sich mit einem sterblichen Wolf zusammentäte, dann solle seine Strafe und Qual so viele Jahre dauern, wie er Tage mit dem sterblichen Wolf verbracht hatte.

Dies bestimmte Wulf inmitten der Überreste des Wulfsfelsens, der ihn geboren hatte, und er sagte: »Laßt sie ihren Ursprung nicht wissen, denn sonst werden sie davon träumen, was sie sein könnten, und sie werden ihre Augen nicht dem öffnen, was sie sind. Jedoch werden sie uns daran erinnern, was wir sind, und mit ihrer Sterblichkeit werden sie uns lehren, unser Sein zu ehren. Als Gegenleistung werden wir über sie wachen und sie leiten, wie die Schatten und das Licht des Waldes mich geleitet haben, als ich die Wolfswege schuf, damit alle folgen können.«

»Doch laß ihnen eine ferne Erinnerung an uns«, fügte seine

Gefährtin Wulfin weise hinzu, »laß sie manchmal in die Sterne schauen, auf daß sie dort die Abbilder der Wolfswege sehen, die du geschaffen hast, damit etwas von unserer Göttlichkeit zu ihnen gelangt, wenn sie bedrückt und voller Furcht sind und wenn sie träumen und unseren Mut suchen. Laß sie auch im Innersten ihres Herzens wissen, daß sie zusammen einen Gott bilden, der uns gleich ist und von uns geachtet und geliebt wird. Denn ein solcher Glaube an sich selbst wird sie dazu bringen, uns zu ehren und alles, was wir ehren: alles Leben, die Einheit aller Dinge.«

Wulf der Große schaute auf die Jungen, die er gezeugt hatte, wie sie zwischen den Felsbrocken des Wulfsfelsens spielten, und sagte: »So soll es sein.«

Dann nahmen die Götter von den sterblichen Jungen Abschied, einer nach dem anderen. Sie beobachteten traurig, wie ihre Schutzbefohlenen sie aus ihrem Blickfeld weichen sahen, zurück in die Gestalten von Felsen, Bäumen und Seen, aus denen sie einst von Wulf befreit worden waren, bis nur noch der Wind zurückblieb und von dem flüsterte, was gewesen war. Nun waren die sterblichen Wölfe allein auf der Erde und wußten nicht, daß die Götter ihnen so nah waren, in Felsen, Bäumen und Seen, und sie empfanden nur den Verlust von allem, was sie großgezogen und ihnen Liebe gegeben hatte.

Die Jungen waren verwirrt. Halb erinnerten sie sich daran, was sie verloren hatten, halb glaubten sie, sie seien mehr, als jeder von ihnen als einzelner war. Dann mühten sie sich zu suchen, was sie nicht finden konnten. Die sterbliche Wolfheit zerstreute sich aus dem Herzland, folgte den Wolfspfaden, die Wulf selbst angelegt hatte, wanderte an den heiligen Plätzen vorüber, wo er sich ausgeruht hatte, vergaß ihre Vergangenheit und ihre Aufzucht, vergaß am Ende sogar, daß das Herzland die Heimat gewesen war, und lernte statt dessen es zu fürchten und sich nie den nebligen Höhen zu nähern, wo sich der Wulfsfelsen erhob.

Doch in der Seele eines jeden Wolfs blieb ein wunderbares Echo jenes sagenhaften Ortes zurück. In der Erinnerung eines jeden Rudels haftete, von Generation zu Generation weitergegeben, ein Teil der Wahrheit, nämlich daß die Wolfheit selbst ein Gott war und daß sie einmal in ihrer Vergangenheit eins gewesen waren, von göttlicher Natur und ewig.

Jahrtausende hindurch wanderten die Wölfe ohne Furcht, Herren des Territoriums, das Wulf ihnen bereitet hatte, und sie ehrten das übrige Leben – sogar die Menschen –, so wie sie sich selbst ehrten. Ihre geschworenen Feinde waren die großen Katzen, die gefährlichen mit den Säbelzähnen, die von ihrem Kriegsgott Smilodon angeführt wurden.

Die Zeit verging, und die Schatten wurden länger über der Erde, als die Menschen aufhörten zu jagen und zu sammeln und statt dessen Siedlungen anlegten und so die Berührung mit der Wildnis verloren. Um diese Zeit war es, daß die Menschen zum Fluch der Wölfe wurden, zu den Dämonen, zur Fäulnis in der wilden Rose des Lebens. Sie, die einst schwach gewesen waren, wurden jetzt stark.

Die Menschen bauten ihre Palisaden und trennten sich von dem Leben auf der anderen Seite. Sie schliefen unruhig, aus Furcht, ihre Palisaden könnten umfallen. Sie stießen um sich und wälzten sich herum und schufen sich Alpträume aus dem, was jenseits der Palisaden lag, und ihre Ängste bündelten sich in der Gestalt des Wolfes. Die in der natürlichen Welt Verbündete gewesen waren, wurden zu Feinden. Die Menschen erklärten den Wölfen den Krieg und sahen in deren glänzenden, grimmigen Augen und gierigen Zähnen eine Wildnis, die sie jetzt fürchteten. Die Menschen gruben und bauten, schaufelten und rammten, töteten Tiere und Pflanzen – und töteten sogar einander selbst. Aber wie die Pilze, die in umgestürzten Wäldern gedeihen, ernährten sie sich vom Verfall und wurden dick vom Tod.

Damals begann die Zerstörung der alten Wolfswege und auch der heiligen Plätze, wo die Wölfe ihre Gemeinschaft mit den Göttern und der Wildnis herbeigeheult hatten. Selbst dorthin drang die Entweihung durch die Menschen und breitete sich aus.

Die Menschen bauten ihre Palisaden quer über die Wolfswege, und dort, wo die Wolfswege die Gewässer und die Flüsse überquert hatten, wo die Wölfe haltmachen und trinken und sich in den lauteren Wassern des Lebens reinigen konnten, wurden Brücken gebaut, die die Menschen für hochheilig erklärten. Die Wölfe, die dachten, ihre Wege seien noch sicher, kamen zu diesen Brücken in aller Unschuld, doch die Menschen töteten sie.

Dann begann wahrlich die Zeit von Furcht und Schrecken.

Wölfe wurden lebendig an ihren Pfoten an die hölzernen Pfeiler der Brücken genagelt, damit andere sie sehen und als Warnung nehmen sollten. Einige Wölfe wurden enthauptet, ihre Köpfe wurden aufgespießt, als Zeichen der Stärke und der Entschlossenheit der Menschen. Die abergläubischen Menschen aßen Wölfe und bildeten sich ein, sie würden so die Wildnis verschlingen und zähmen.

Wölfe wurden geblendet und kastriert, und die Ungeborenen wurden aus den Leibern ihrer Mütter gerissen und bei lebendigem Leibe verbrannt, den Wolfsgöttern zum wilden Hohn. Doch nur wenige Wölfe, die solche Schrecken beobachteten, überlebten. Die meisten von ihnen lebten und starben fern von den Menschen, erfuhren nie etwas von der Finsternis, die mitten unter ihnen aufkeimte, und sahen oder hörten ihren Feind nicht kommen, bis es zu spät war.

So kam es, daß die arglosen Wölfe altes Wissen lernten, das Ehrfurcht vor den Menschen, den Plätzen und voreinander lehrte.

»Laßt eure Brüder und Schwestern Plätze haben, so wie ihr die euren habt, und wenn sie euch das Eure nehmen, dann denkt daran, daß sie irgendwo etwas verlassen, was dann frei ist. Nach Norden mag ein Wolf gehen, meine Lieben, und nach Süden, nach Osten mögt ihr wandern oder nach Westen: Zu allen Plätzen führen die Wolfswege, und ein Wolf, der sie kennt, kann immer seine Bestimmung finden.«

So wurden die Wölfe gelehrt, daß die Erde allen gemeinsam gehört und daß ein Wolf, der zuviel für sich nehmen möchte, daraus keinen Nutzen haben wird. Auch kann kein Wolf die ganze Erde kennen, denn niemand als die Götter selbst kann alle Orte kennen oder an allen Orten zugegen sein. Ein Wolf sollte sich trösten zu wissen, daß es immer einen Platz für ihn gibt.

Wenn Wolfsjunge diese Dinge lernten, dann lernten sie auch, daß, wie der Leib ihrer Mutter ein Ort der Sicherheit, des Trostes und des Friedens ist, das Herzland den Zufluchtsort der Wolfheit darstellt, ihren Anfang und ihr Ende.

Einige wenige Wölfe stellten Vermutungen darüber an, wo dieser Ort war, und manchmal wagten sich Pilger, Ausgestoßene oder Träumer weit von ihrem Heimatterritorium fort, um den Weg ins Herzland zu suchen, um dort ihren Traum auszusprechen, daß sie einst auch zu den Göttern gehörten und wieder Götter sein wollten. Aber nach der Zeit, als die Wolfswege von den Menschen unterbrochen wurden, ging der Heimweg in das Herzland verloren.

Es hieß, die letzte Wölfin, die noch gewagt hatte, am Wulfsfelsen selbst zu beten, habe zum Hutsul-Zweig des Bukov-Rudels in den südöstlichen Karpaten gehört, und ihr Name war Harbesch. Sie war es, die das Wissen vom Wolfspfad zum Wulfsfelsen an eines ihrer Jungen weitergab – doch dessen Name wußte niemand, da er ein Geschwistergeheimnis war, das nie ausgesprochen wurde. Zu seiner Zeit gab er das geheime Wissen über den Weg zum Wulfsfelsen an eines seiner eigenen Jungen weiter, und so wurde es von Generation zu Generation unter den Bukov-Wölfen weitergegeben.

»Ja, ja, ja!« schrie der alte Zcale und brach in das Geheul ein. »Ihr habt dies alles gut geheult, und unterwegs habt ihr noch mehr gelernt, indem ihr einander zugehört und mir gelauscht habt. Aber jetzt kommen wir dazu, wie die Götter sterblich wurden, und das ist der Anfang des Sterbens der Wolfheit, ein Sterben, dessen letzten Augenblicke wir beobachten, da wir ein Teil davon sind.«

Zcale hustete heftig, denn das Heulen war weit mehr gewesen, als er sich hätte zumuten dürfen. Jetzt, wo er es unterbrochen hatte, wurde offenkundig, daß er sich erschöpft hatte.

»Nein, nein …« stotterte er und lehnte sich an Szaba an, »ich möchte, daß ihr fortfahrt. Laßt mich hören, wie meine Kinder heulen, laßt es mich hören, denn es ist eine Art Trost für mich, obwohl ich wünsche … Ich wünsche, daß ihr …«

Er keuchte und würgte, Tränen traten in seine Augen, und eine Weile konnte er kaum atmen.

»... ich wünsche«, gelang es ihm endlich zu sagen, »daß ihr weitermacht, sonst bin ich tot, bevor ihr zum Ende kommt!«

Diese letzten Worte sagte er an Tervicz gerichtet. Soweit sie sich erinnern konnten, war dies das erste Mal, daß er so zu ihm sprach, als sei er der Führer,

»Mach weiter, Wolf, um Wulfs willen!«

»Also dann«, begann Tervicz, »müssen wir von Wulfs Fall heulen, denn erst danach wurden die Wölfe der Zeit aus der Bukovina losgeschickt ...«

»Aus dem Herzland, Wolf, nicht aus der Bukovina ...« sagte Zcale sichtlich gereizt. »Erzähl es, erzähl es, erzähl es, und bevor ich sterbe, kann ich dir noch sagen, was du hinzufügen mußt. Ich werde jetzt bald sterben, bald ... bald ..., noch bevor du bei diesem Tempo zum Ende kommst!«

»Aber, Vater, du hast uns alles erzählt, was du weißt, so hast du uns oft gesagt«, sagte Szaba.

Zcale warf einen Blick zum dunkler werdenden Abendhimmel empor, einen Blick, der in seiner Erschöpfung fast komisch wirkte, den Blick eines Vaters, der völlig daran verzweifelt, daß eines seiner Jungen überhaupt jemals Wolfssinn zeigen wird.

»Ich hab euch nicht das Geheimnis des Herzlandes erzählt.«

»Aber ...« begann Kubrat, denn selbst er hatte nie vermutet, daß Zcale ihnen nicht alle Geschichten erzählt haben könnte, die er kannte.

»Verdammt noch mal«, versetzte Zcale keuchend, »heult endlich!«

Eilig begann Tervicz, und die anderen folgten seiner Führung ...

Warum haben dann die Götter der sterblichen Wolfheit nicht geholfen, den Aufstieg der Menschen zu verhindern? War das nicht ihre Aufgabe? Oder lag es daran, daß sie es nicht sahen?

Die Wahrheit ist, daß die Götter so fehlbar und blind wie die sterbliche Wolfheit sein können – und noch anmaßender. Als die Menschen ihr unerbittliches Zerstörungswerk fortsetzten, waren die Götter nicht bereit zu sehen, daß ein Fluch über die Wolfheit hereinbrach. Doch jetzt war das ureigene Verhängnis des Wolfes nahe. Unter den Göttern sah es der am wenigsten, der der Weiseste von ihnen hätte sein sollen: Wulf selbst. Und warum? Weil er sein eigenes Gesetz gebrochen und sich zu einer sterblichen Wölfin gesellt hatte.

Das erste Mal, als Wulf mit seiner sterblichen Gefährtin zusammenging, vergab ihm Wulfin, und Wulf schämte sich. Das zweite Mal vergab ihm Wulfin, und Wulf war zornig. Das dritte Mal … Als Wulf zum dritten Mal mit seiner sterblichen Gefährtin ging, war der Himmel voller Sternschnuppen, die Erde erbebte unter fallenden Meteoriten, und die Wälder standen das ganze Jahr seiner Sünde in Flammen. Seine sterbliche Gefährtin empfing einen Wurf. Als Wulfin Wulfs Sünde nicht verzieh, sagte er stolz: »Aber ich bin Wulf, und du kannst mir kein Leid antun.«

Sie tat es auch nicht, denn sie brauchte es nicht zu tun. Der Götter eigene Gesetze waren von Wulf selbst gebrochen worden, und so wie eine Rose von dem verborgenen Wurm in ihrem Inneren verzehrt werden kann, so begann Wulf selbst zu sterben.

Während der Bauch seiner sterblichen Gefährtin zunahm, wurde er schwächer, Tag um Tag und Monat um Monat. Er verlor seine Führungsstellung an Wulfin. Auch Götter müssen nach dem Gesetz leben – und auch unter dem Gesetz leiden.

Wulfin hatte die Gefahr gesehen, die in der zunehmenden Stärke der Menschen und der bösen Natur ihrer Angst lag. Sie war maßlos zornig, daß ihr Gefährte das Rudel der Götter selbst so gefährdet hatte, als er seine Stärke einer sterblichen Wölfin geschenkt hatte. Wulfin erklärte, was bald geschehen würde.

»Nach dem Gesetz, das du selber geschaffen hast, wirst du für schuldig befunden, und mit der Strafe, die du festgelegt hast, sollst du selbst gestraft werden. Tausend Tage bist du mit einer sterblichen Wölfin gegangen. Tausend Jahre mußt du nun mit den sterblichen Wölfen laufen und ihr Leid und ihr Elend kennenlernen. Du, der du hättest sehen sollen, wie die Stärke der Menschen zunimmt und die Wildnis verdirbt, du wirst nun diese Qualen ein ganzes Jahrtausend lang erleiden. Du selbst sollst eines der beiden Jungen sein, die von deiner sterblichen Gefährtin geboren werden, und da du die sterbliche Wolfheit ihren Ursprung nicht hast wissen lassen, wirst auch du vergessen, was du einst gewesen bist. Du sollst von gewöhnlichen Wölfen geboren werden, um wie sterbliche Wölfe zu sterben und wiedergeboren zu werden, Leben um Leben, ohne zu wissen, was du einst warst. Du sollst Tod um Tod erleiden und in jedem Leben wieder etwas lernen von dem, was ein Gott wissen sollte. Jedesmal sollst du etwas wissender wiedergeboren werden. Und wie deine Weisheit zunimmt, so soll auch dein Leiden zunehmen. Bis ein Leben für dich kommt, mehr als neunhundertneunzig sterbliche Jahre von jetzt an, in dem du alles lernen mußt, was du aufs neue in einem Leben gelernt hast, alles erleiden mußt, was du erlitten hast, alles verlieren, was du verloren hast, und doch mußt du noch immer streben, deinen Kopf zu den Sternen zu heben und zu sehen, was du einst verloren hast. Wenn du dann noch die Stärke hast, der Gott zu sein, der du einst warst, dann wirst du einmal mehr dich als Wulf erheben. Wenn nicht, dann wird die Wolfheit sterben.«

Der sterbende Wulf starrte seine Wulfin an, blickte in ihre klaren Augen und sah, was er verloren hatte. Er sah, daß er sie liebte und daß sie, trotz allem, auch ihn liebte.

»Und was ist mit dem anderen Jungen, das meine sterbliche Gefährtin zur Welt bringen wird?« flüsterte er.

Wulfin schwieg lange, unsicher, ob sie sagen sollte, wer dieses Junge sein mußte. Aber dann sagte sie schließlich: »Dieses Junge werde ich selbst sein, damit du nicht allein auf der Erde bist und damit dich all dein Leiden hindurch ein anderer sterblicher Wolf wahrhaft liebt.«

»Wirst du wissen, wer ich bin?« fragte Wulf, als aus dem Herzland der Wölfe das Geburtsgeheul seiner sterblichen

Gefährtin ihn hinab zur Erde zu rufen begann, hinein in ein dunkles Jahrtausend der Sterblichkeit.

»Ich werde nicht vergessen«, flüsterte Wulfin und berührte ihn. »Ich werde wissen, aber mit wem kann ich mein Leiden teilen? Gewiß bin ich mitverantwortlich für deinen Fall, und mein Leiden wird sein, das Leiden all deiner Leben zu beobachten und unfähig zu sein, dir wirklich zu helfen, bis das letzte deiner Leben anbricht.«

Wulf sah, wie tief ihre Liebe für ihn war. Als er starb, war sein Geheul schwach und sanft, wie das Gefiepe eines neugeborenen Jungen, das nach der Wölfin ruft, die es noch nicht sehen kann. So fiel Wulf von den Göttern zur Erde, und so folgte ihm Wulfin, um sterblich wiedergeboren zu werden und den Fluch eines dunklen Jahrtausends zu durchleben; der eine, um danach zu streben, wieder die Welt als Gott zu sehen, die andere, um dem, den sie liebte, all den Trost zu bringen, den sie konnte.

Mit dem Fall von Wulf und Wulfin und der Zerstreuung des Rudels der Götter begann Rudel um Rudel der sterblichen Wölfe seinen Glauben zu verlieren. Überall in Wulfs Territorium fanden die Menschen die Wölfe schwach. Mehr und mehr Wolfspfade wurden zerschnitten, die Rudel wurden getrennt. Der Feldzug zu ihrer Ausrottung hatte mit dem Beginn dieses verhängnisvollen Jahrtausends angefangen.

Stolz und Torheit, Untreue und Versagen in der Liebe, sie brachten die Wölfe zu Fall und bewirkten, daß sie fast ausgerottet wurden in der Zeit, die auf Wulfs Bestrafung folgte. Schlimmer noch war das Vergessen, denn wenn Gemeinschaften zerbrechen, wenn nicht einmal die Wanderer weit reisen können, ohne zu Ausgestoßenen ihrer Art zu werden, dann verschwindet mit dem Tod eines jeden Wolfes etwas von der Vergangenheit, so daß jede Gemeinschaft nur noch Bruchstücke dessen hütet, was sie einst wußte und gemeinsam hatte.

Selbst die Geschichten von den Göttern und von dem Fluch, der auf Wulf ruhte, gerieten fast in Vergessenheit, außer daß irgendwo in dem verflossenen Jahrtausend ein Wolf, der – ohne es zu wissen – Wulf selbst war, lebte und starb und wiedergeboren wurde, jedesmal ein wenig weiser, nie wissend, was er war, aber immer bestrebt, wieder die Göttlichkeit zu finden, die er gekannt und verloren hatte und die für alle Ewigkeit wiederzugewinnen er schließlich in seinem letzten Leben noch einmal Gelegenheit haben würde.

Das Geheul nahm langsam ab und erstarb, bis das restliche Bukov-Rudel stumm dalag und zuschaute, wie die Nacht vom Himmel Besitz ergriff und langsam der Mond aufging. In der Schlucht tief unter ihnen verlor sich der Schimmer des Wasserlaufes als letztes in der Dunkelheit, doch wo er geglitzert hatte, blieb das Tosen. Die Luft wurde kühl, und der Wind kräuselte das magere Gras auf den Felssimsen.

»Gut denn«, seufzte Zcale. »Das war gut und hat Freude gemacht. Meine Jungen können doch heulen! Und du, Tervicz, hast mir Freude gemacht, indem du darauf beharrt hast! Aber ich bin so müde, ich fühle solche Schmerzen, und die Nacht liegt so weit ausgedehnt vor uns. Ich hätte gern noch einen weiteren Morgen geschaut und wieder die aufgehende Sonne auf meinem Gesicht gespürt. Das wäre …«

»Vater!« sagte Szaba und rückte näher an ihn heran.

Sie kamen alle ein bißchen näher, Flanke an Flanke, Pfote an Pfote, und sie spürten, daß sie mit dem Heulen eins geworden waren und daß sie sich nicht wieder trennen wollten. Was Zcale anging, so wußten sie nicht, ob er wirklich im Sterben lag, wie er zu meinen schien, oder ob seine seltsame und rastlose Stimmung nur die Erregung über das Heulen war, das sie vollbracht hatten, und über all das, was es versprach. Aber dann …

»Ich würde gerne hören, wie ihr die Wölfe der Zeit herheult«, erklärte er plötzlich, »genau wie es eure Vorfahren Generationen hindurch in der Vergangenheit getan haben. Die Zeit der Wölfe kommt – das habe ich schon seit vielen Jahren gewußt. Ich habe euch gezügelt, euch zusammengehalten für diesen Tag. Ihr kennt nun die Geschichte und werdet sie jetzt heulen, damit ich in dem Wissen sterben kann, daß ihr sie kennt. Wenn ihr damit fertig seid, werde ich euch etwas über die Madjaren sagen, über diesen üblen und verräterischen Stamm, der sich von den Bukov-Wölfen gemästet hat, so wie er sich von allen Wölfen mästete, die das Unglück hatten, unter seinen Einfluß zu geraten. Madjaren sind der Fluch meines Lebens gewesen: Ich möchte jetzt in der Hoffnung sterben, daß ihr langes und unheilvolles Regiment vorüber ist, was gewiß sein wird, wenn erst die Wölfe der Zeit ins Herzland zurückkehren können, das sie vor so langer Zeit verlassen haben. Aber darüber müßt ihr mir alle erzählen, nicht wahr?«

»So ist es, Vater«, sagte Szaba besänftigend.

»Dann sag Tervicz, er soll damit beginnen! Jahrhunderte können warten, doch Augenblicke warten nie!«

»Ja, Vater«, sagten sie, lächelten sich zu und fühlten sich einander nahe und entschlossen wie schon lange nicht mehr.

»Und möge Wulfin selbst unser Heulen leiten«, sagte Tervicz und hob den Kopf zu den Sternen, um das Geheul zu beginnen, dessen Zweck so einfach wie erhaben war: die Wölfe der Zeit aufs neue ins Herzland zu rufen.

Kapitel 3

Wir hören die Geschichte vom dunklen Jahrtausend und erleben das Herabheulen der Wölfe der Zeit

Mit dem Fall von Wulf und Wulfin in die Sterblichkeit begann für die Wolfheit der lange Niedergang. Der Glaube war verloren. Die Geschichten von den Göttern waren verloren. Die Wolfspfade waren verloren. Der Stolz war verloren. Wolf wandte sich gegen Wolf, Rudel gegen Rudel, und so entstand die derzeitige Verwirrung der Wolfheit und ihr derzeitiges Elend, bis sogar das Herzland seine Friedlichkeit verlor und von Streit zerrissen und durch Schändung entweiht wurde. Rechthaberische Kriege wurden ausgefochten, als Rudel von Osten und Westen, von Norden und Süden für sich in Anspruch nahmen, daß sie auserwählt seien, die alte Zufluchtstätte zu bewachen.

Von diesen langen Kriegen muß man nur eines wissen und erinnern: Wölfe, die einander in Wulfs Namen umbringen, haben immer unrecht. Der einzige Weg, solchen Wölfen entgegenzutreten und sie zu besiegen, ist, gerecht für den Frieden einzutreten. Die Finsternis verbraucht sich. Am Ende kehrt immer das Licht zurück.

Aber selbst wenn endlich eine Generation solche Wahrheiten gelernt hatte, dann mußte die nächste sie wieder lernen. In diesem Lernen lag viel Leid, da ein Stamm über den anderen aufstieg. Die Sieger der einen Generation wurden Verlierer in der nächsten, zogen sich zurück, um sich neu zu formieren, und rückten dann wieder vor. Aus all der Verwirrung der kriegsgeplagten Jahrhunderte bildeten sich gewisse Verhaltensweisen und wurden beständig. Von Westen her näherten sich die Teutonen dem Herzland, Wölfe voller Stärke und Entschlossenheit, gut geführt, gut im Folgen, erbarmungslos im Kampf.

Von Norden und Osten rückten die großen russischen Wölfe vor. Ihre Hauptgruppe hielt sich in den sagenhaften Wäldern von Bialowieza auf und überquerte die nördliche polnische Ebene. Eine zweite Gruppe sammelte sich in den Feuchtgebieten des Flusses Dnjepr und rückte nach Süden und Westen über das Hochland der Ukraine auf die Tatra und das Herzland vor. Diese Wölfe waren riesig und wild, so gefährlich wie die Teutonen, aber auf ihre Weise von ihnen so verschieden, wie die rauhe See sich von den Vorgebirgen unterscheidet, gegen die sie anbrandet.

Aus dem Süden, aus den sonnenverbrannten Tälern des Peloponnes und Phrygiens, kamen die südlichen Wölfe. Sie waren kleiner, und ihr Fell schimmerte rot in der Abendsonne. Zänkische, tückische Wölfe waren sie, die sich Generationen hindurch an die geringsten Kränkungen erinnerten und neben Wulf und Wulfin auch gleicherweise Hrein verehrten, den Gott der Gaunerei und der Heiterkeit, dessen Gelächter in der Grausamkeit stärker sein konnte als in der Freundlichkeit.

Teutonen, Russen und Südwölfe: diese drei großen Stämme trafen im Herzland aufeinander und brachten ihm Jahrhunderte hindurch Chaos und Verwirrung. In jenen Zeiten wurde Wulf immer wieder aufs neue geboren, einmal getötet als Teutone, dann wiedergeboren, um als Russe zu sterben, das nächste Mal wiederkehrend als Wolf aus dem Peloponnes. Er wußte nie, was er gewesen war, jedes Mal wurde er ein wenig weiser, aber jedes Mal wurde er am Ende zerbrochen und zerrissen von Verlangen und Illusion. Er lernte und lernte und litt seinen Weg in jeden neuen Tod.

Wie ein Schatten, immer in Bewegung, nie lange an einem Ort, folgte ihm in dieser Zeit Wulfin, geboren, um Wulfs Wiedergeburten zu erdulden, geboren, um zu leiden und zu lieben, beladen mit dem Wissen, was er einst gewesen war und daß er vielleicht am Ende des dunklen Jahrtausends nicht genug gelernt haben würde, um sich zu befreien, wenn sein letztes Leben kam.

Viele Namen nahmen diese beiden an, die jetzt alle vergessen sind. Doch wir wissen, daß irgendwann in dem Hin und Her, in dem Auf und Ab der großen Herzland-Kriege, als Teutonen, Russen und Südwölfe nacheinander dominierten und dann wieder unterlagen, Wulf in den Stamm der Madjaren geboren wurde.

Unbekannt und verachtet war dieser Wolf, der unter einem madjarischen Namen lebte – ein Gott, der nicht wußte, was er war, ein geschwächter Gott, ein Sterblicher –, und er sah eine Wahrheit, die kein anderer sah. Keiner der drei großen Stämme konnte jemals für immer siegen, denn während sie untereinander kämpften, bemerkten sie nicht, wie die Menschen in den Heimatländern ihrer Stämme beständig stärker wurden.

Aber dieser madjarische Führer sah es, denn die Menschen hatten seinen Stamm schon beinahe ausgerottet. Er sah einfach, daß das, was seinen Wölfen widerfahren war, nun auch dem Rest widerfahren würde. Damals leitete dieser neue Anführer, Wulf, der sich selbst nicht kannte, die Madjaren hinaus aus den Tälern und hinauf auf die Hügel der Ukraine, und dann weckte er in ihnen den Glauben, das Herzland selbst würde am Ende ihnen gehören, wenn sie die rauheren Höhen der Karpaten unter ihre Herrschaft brächten und dort auf den rechten Zeitpunkt warteten.

»Wir sind die Erwählten«, sagte dieser falsche, gebrochene Gottwolf, und die Madjaren glaubten es, glaubten es noch vor dem wahren Glauben selbst. »Wir sind auserwählt, die Wächter zu sein.« Sein Name wurde noch lange nach seinem Tod geehrt und verehrt. Gott? Natürlich war er ein Gott! Für die schrecklichen Madjaren war er gut genug, so daß eine Anrufung seines Namens vor einem Kampf gleichbedeutend war mit dem Sieg.

So begannen die Jahrhunderte des Aufstiegs der Madjaren, und sie wurden immer stärker und stärker, während die anderen drei Stämme in ihrem ursprünglichen Gebiet von den Menschen untergraben wurden. Ein Wolf ohne ein Territorium ist ein Wanderer, ein Vagabund. Ein Stamm ohne Territorium erwacht eines Tages und entdeckt, daß er überhaupt kein Stamm mehr ist.

So entdeckten die drei großen Stämme zu spät, daß sie in nicht wiederherstellbarer Weise geschwächt worden waren, und sie richteten ihren Blick wieder vom Herzland ab, zurück auf ihr verlorenes Territorium, um es wiederzugewinnen. Doch sie fanden, daß ihnen nur noch das höhere Heideland geblieben war, unfruchtbare Gegenden, wo die Menschen keine Landwirtschaft betreiben und nicht einmal viel Vieh züchten konnten. So zogen sich die Teutonen in das bairische Heideland zurück, die Russen in die kalten Waldländer der Mitte und des Nordens und die Südwölfe in das trockene Wüstenhochland des alten Phrygiens und in die Verborgenheit.

Auf diese Weise übernahmen die Madjaren, indem sie den rechten Augenblick abwarteten, die Herrschaft über das Herzland und nannten sich seine rechtmäßigen Wächter. Sie glaubten, sie seien auserwählt und das gebe ihnen das Recht, alle zu vernichten, die es wagten, ihnen zu drohen, ganz gleich, ob die Drohung echt war oder nur eingebildet.

Währenddessen blieb alle diese Jahrhunderte des Kampfes und des Selbstverrats hindurch nur ein kleiner Stamm allein Wulf und Wulfin treu, unbemerkt und fast vergessen. Er verbündete sich nie mit Teutonen, Russen oder Südwölfen und widerstand erfolgreich allen Versuchen der Madjaren, in ihr Territorium einzudringen und ihr Blut zu zersetzen. Ein sanfter Stamm von Wölfen, die nur für eines berühmt waren, und das war nicht ihre Stärke oder List, nicht ihre Intelligenz oder etwas anderes, sondern nur dies eine: ihr Heulen. Scharfsinnig und geschickt waren die Bukov-Wölfe im Geheul und auch geistreich. Sie wußten die Höhen der Kalksteinschluchten, in denen sie lebten, auszunützen, um ein Geheul anschwellen zu lassen, ihm ein Echo zu geben oder zu erreichen, daß es sich umkehrte und sich selbst verspottete, wenn sein Thema zu ernst wurde. Sie waren fähig emporzusteigen und zu drohen, anzusteigen und zu warnen, zu schweben und zu stützen, wenn dies die Themen erforderten.

Geheimnisvoll war das Geheul der Bukov-Wölfe, das viele verschiedene Stämme und Rudel von Wölfen aus der Ferne hörten, die jedoch den Bukov-Wölfen selbst nur selten begegneten, doch anderen davon erzählten, die ihrerseits es wieder anderen erzählten, so daß durch die Jahrhunderte hindurch man von diesen isolierten Wölfen ihr Geheul am besten kannte. Und so wurde das älteste und heiligste Wissen der sterblichen Wolfheit von den Bukov-Wölfen besser bewahrt und nacherzählt als von jedem anderen Stamm.

Die Bukov-Wölfe erzählten nicht nur alte Geschichten. Diejenigen, die das Vorrecht gehabt hatten, ihnen zu lauschen, sprachen mit Staunen und Ehrfurcht vom Humor und vom Esprit ihres gegenwärtigen Geheuls, wobei sie vom vergeblichen Kommen und Gehen der Teutonen, Russen und Südwölfe erzählten. Als dann die Madjaren an Stärke gewannen und ihre Rechte als »die Auserwählten« und die »Wächter« beanspruchten, da verschonten die Bukov-Wölfe sie nicht mit ihren fröhlichen Bemerkungen aus der Ferne.

Die »erstaunlichen Madjaren«, die »madjarischen Elstern«, die »benebelten Madjaren, ausgewählt von Wulf weiß wem, um wer weiß was zu bewachen« – so lauteten einige der sarkastischen Bemerkungen, die die Bukov-Wölfe in ihrem Geheul machten, und so lauteten folglich einige der Redewendungen und Redensarten, die andere in ihre Heimatländer mitnahmen und dort verbreiteten.

Natürlich nahmen die Madjaren, die immer eine humorlose Bande gewesen waren, diesen Spott nicht freundlich auf, und je mehr ihre Macht zunahm, desto mehr wuchs ihr Haß auf die Bukov-Wölfe und ihre Entschlossenheit, sie auszurotten. In diesem Kampf hatten sie trotz der Unzugänglichkeit des Bukov-Territoriums beständig Erfolg.

Aber immer noch heulten die Bukov-Wölfe, schickten ihre alten und neuen Geschichten in die Welt und vermischten alte und ehrfürchtige Erzählungen von den unsterblichen Göttern mit ihrem Gelächter und Spott über die sterblichen Wölfe. Aber der Spott wandelte sich in Verachtung, als die Bukov-Wölfe hörten, wie die Madjaren eine unheilvolle und unselige Beziehung zu den Menschen begonnen hatten.

Einige sagten, es hätte angefangen, als ein Menschenjunges in der Tatra verlorenging und von einer umherirrenden Wölfin gefunden wurde, die es säugte, ihm beistand und es aufzog. Andere behaupteten, es sei anders herum gewesen. Ein Wolfjunges sei von den Menschen mitgenommen worden, sie zogen es auf und lehrten es, sie zu den Wölfen zurückzuführen. Wie auch immer, in jenen seltsamen und schattigen Tälern, in denen Menschen wie Wölfe von den draußen lebenden Wölfen abgeschnitten waren, kam eine Vereinigung ihrer voneinander abweichenden Gesinnungen zustande, und wie die Inzucht in einem Rudel, das sich nicht mehr draußen nach neuem Blut umschaut, brachte sie Monster hervor – wenn schon nicht Monster des Leibes, so doch Monster des Geistes. Wölfe dienten den Menschen und Menschen den Wölfen, und etwas Bestialisches schlich an jenen verborgenen Orten umher, für das es keinen anderen Namen als den der Schande gibt.

Es war etwa um diese Zeit, daß die Madjaren, die so lange die »Wächter des Herzlandes« gewesen waren, selbst verdorben wurden und daß ihr Niedergang begann. Ihre Natur war vergiftet durch die Pest der Zusammenarbeit mit den Menschen; die Menschen wurden gequält von dem Gift der

Zusammenarbeit mit den Wölfen. Nicht alle von ihnen, nicht unter allen Umständen. Einer oder zwei vielleicht in jeder Generation, doch das ist genug. Wenn eine Krankheit in einem Rudelmitglied ausbricht, dann werden oft andere angesteckt …

Etwa um diese Zeit wurde die große Bukov-Wölfin Harbesch geboren, vielleicht die größte Leitwölfin, die es je im Bukov-Rudel gegeben hat. Sie sah die Gefahren voraus, die in dem fatalen Bündnis der Madjaren mit den Menschen lagen – nicht nur für ihren eigenen Stamm, sondern für die ganze Wolfheit. In dem Geheul, das sie leitete, schickte sie viele Warnungen über dieses Bündnis hinaus, durch das die Madjaren lernten, Wohltaten und Nahrung von den Menschen zu erhalten, im Austausch dafür, daß sie die Menschen bei der Verfolgung anderer Wölfe als der Madjaren führten.

Sie sah, wie die Teutonen in Baiern von den madjarischen Wölfen verraten wurden, und sie weinte darüber. Sie sah auch, wie ein Rudel von Madjaren sich nach Süden auf den Peloponnes wagte und die Menschen in die Hochburg der dortigen Wölfe führte und so zu deren Vernichtung beitrug. Harbesch warnte, daß am Ende die Menschen sich gegen ihre madjarischen »Gefährten« wenden und auch sie vernichten würden. Aber immer erinnerte Harbesch ihren Stamm daran, daß schließlich die Pflicht der Bukov-Wölfe im Dienst an Wulf und Wulfin lag, daß sie das alte Wissen und den alten Glauben und die Treue gegenüber den Göttern bewahren müßten, bis zu dem Tag, an dem Wulf aufs neue sich aus der Sterblichkeit, zu der er verflucht worden war, erheben und eine Auferstehung der Wolfheit anführen würde.

Niemand weiß, wie oder wann genau Harbesch die größte und kühnste Entscheidung ihres Lebens fällte, nämlich sich allein aus ihrem eigenen Territorium herauszuwagen und zu versuchen, den Weg durch das Herzland zum Wulfsfelsen zu finden. Einige sagen, der Antrieb für diese Reise sei das Verlangen gewesen, für das Leben eines ihrer Jungen zu beten, eines Männchens, das Menschen, geführt von Madjaren, zu Wulf weiß was für einem üblen Zweck gefangen hatten. Hier hatte schließlich der Alptraum, den sie vorhersah, sie selbst heimgesucht. Andere sagen, daß Wulfin sie anleitete, den Wulfsfelsen zu finden – und gewiß war es Wulfin, die sie führte und schützte, hin und zurück durch ein Territorium, über das die mörderischen Madjaren wachten.

Als Harbesch zu ihrem frohlockenden Stamm zurückkehrte, war sie alt und hatte nur mehr wenig Zeit zu leben. Der Sohn, den sie an die Menschen verloren hatte, kehrte verdorben zurück, gemein und fremdartig, aber Harbesch, die jetzt eine Heilerin war, heilte ihn und bewies, daß die Pest der Menschen gereinigt, das Gift ausgetrieben werden konnte. Diesem geheilten Sohn vermachte sie das Geheimnis des Weges zum Wulfsfelsen, und er vermachte es seinerseits, als die Zeit seines Todes nahte, einem seiner Jungen. Auf diese Weise wurde das Geheimnis vom Weg zum Wulfsfelsen im Bukov-Rudel lebendig gehalten, für jene Zeit, wo es wieder gebraucht würde.

Obwohl inzwischen Jahrhunderte seit der Ankunft der Madjaren vergangen waren, blieben immer noch, wie es bei besiegten Stämmen üblich ist, Träume und Groll zurück, die von den Jungen jeder Generation vergeblich wieder zum Leben erweckt wurden. Sie waren Grund eines sinnlosen Krieges und unnötigen Leidens und Sterbens. So kam ein schicksalhafter Tag, als ein Anführer der Teutonen die Reste der drei großen Stämme zu einem letzten Angriff auf die Madjaren im Herzland vereinte. Ein Feldzug, die die Madjaren nicht durch Konfrontation, sondern durch Rückzug gewannen, indem sie die vereinigte Streitmacht der anderen Wölfe zu weit weglockten, geradewegs hinein in das Gewehrfeuer der lauernden Menschen.

Tod und Flucht folgten, schließlich Zwietracht und blutiger Streit, als die letzten der vom Unglück verfolgten Schar sich zur Beratung an einem gewissen See im Süden des Tatra-Gebirges trafen, den die Legende den Roten See oder den Blutsee nennt. Hier gingen die Überbleibsel der Rudel aufeinander los, während einige Madjaren von der Sicherheit der nahen Hänge aus herausfordernd zuschauten. Warum Leib und Leben riskieren, wenn der Feind sich selbst zerstört? Diese Regel verstanden die Madjaren.

Noch ein anderer Wolf war dort zugegen, ein Männchen aus dem Bukov-Rudel, ein Nachkomme von Harbesch selbst. Er war zu jener Zeit der Bewahrer des Geheimnisses. Dieser Wolf war auf seiner tapferen und geheimen Wanderung zum Wulfsfelsen auf diese letzte Schlacht der großen Stämme gestoßen. Er schaute zu und weinte. Wolf tötete Wolf, und dort, wo diese Schlacht ausgefochten wurde, tief im Herzland, sind noch heute die Felsen rot vom Blut der Wölfe, das an jenem Tag vergossen worden war. Der See wurde rot vom Blut der Erschlagenen und bekam so seinen Namen.

Er schaute zu, er sah, und er verstand diese Wahrheit: Die Madjaren waren wie Geier, die andere sich töten ließen, damit sie sich an deren Tod mästen konnten. Elstern, die sich von den Schwächen und Träumen anderer ernährten. Die madjarischen Elstern! Er sah auch, daß Menschen zuschauten, wußte jedoch nicht, ob deren Anwesenheit den Madjaren bekannt war oder nicht.

Schließlich waren unter den Kämpfenden nur noch zwölf Wölfe übrig, einige aus dem Osten, einige aus dem Westen, einige aus dem Norden und einige aus dem Süden. Währenddessen grinsten oben in den Schatten die Madjaren, da sie wußten, daß ihre Zeit gekommen war. Doch sie zögerten hinabzusteigen zu dem Platz, wo die Schlacht stattgefunden hatte, denn sie lebten von der Schwäche der anderen, nicht von ihrer eigenen Stärke.

So stieg also der Bukov-Wolf hinab und trat unter die Verwundeten, kümmerte sich um die zwölf, die noch lebten, ehrte die vielen Toten, bis seine Pfoten rot waren vom Blut, das geflossen war, und seine Augen weinten Tränen des Mitleids mit der Wolfheit.

Dieser große Bukov-Wolf stand am Ende still da. Der Kampf verebbte um ihn herum, und die zwölf kamen zu ihm, ein verwundetes lebendes Rudel, das mitten im Tod überlebt hatte.

»Was für ein Wolf bist du?« fragte einer der Russen.

»Ich bin vom Bukov-Rudel.«

»Bewahrer des Geheimnisses vom Wulfsfelsen?« fragte ein Teutone.

»Ja.«

Schweigen herrschte. Nur das qualvolle Atmen der Verwundeten war zu hören. Es war ein Teil des Wissens der Wolfheit, das noch keiner vergessen hatte, daß eines Tages ein Bukov-Wolf kommen würde, der den Weg zurück zum Wulfsfelsen wüßte. Und hier war ein Bukov-Wolf zugegen …

»Führe uns zum Wulfsfelsen, damit wir Unterweisung finden«, sagte ein Südwolf und sprach damit für sie alle, »denn wir haben sicherlich unseren Weg verloren.«

»Wulf ist nicht dort und auch nicht Wulfin. Indem wir ihren Weg verloren haben, haben wir auch den unseren verloren«, sagte der Bukov-Wolf.

»Nun, wir werden dich …« begann einer von den anderen.

»Wir werden ihn zwingen, es nur uns zu sagen!« sagten die beiden russischen Wölfe.

»Wir werden ihm keine andere Wahl lassen, als alles uns allein zu enthüllen«, knurrte einer der Teutonen einem anderen zu.

Der Bukov-Wolf lauschte, während sie miteinander stritten, und sah, daß sogar die ernsthaft Verwundeten stritten, daß sogar diejenigen, die dringend Ruhe brauchten, wenn sie überleben wollten, sich in den Streit einmischten. Ihre Gier und Lust nach Macht überwältigte ihr Verlangen nach Leben und ihr Bedürfnis nach Frieden.

Einen ganzen Tag und eine ganze Nacht tobte ihr Streit um den schweigenden Bukov-Wolf, bis sie müde wurden und einer von ihnen fragte: »Und was meinst du? Schließlich streiten wir um dein Leben.«

Der Bukov-Wolf schüttelte den Kopf und lächelte: »Es ist euer Leben, nicht meines, und meines ist mir weniger wert, als eures euch wert zu sein scheint.«

»Was meinst du also, was wir tun sollten?« fragte ein anderer nach einem unbehaglichen Schweigen mit mehr Höflichkeit, denn endlich begannen sie zu begreifen, daß der Bukov-Wolf so weise war, wie die Legenden es erzählten.

»Ich werde euch allen einen Vorschlag machen, den ihr ganz nach Belieben annehmen oder ablehnen könnt. Ich reise zu dem Wulfsfelsen, genau wie es vor vielen Generationen meine Ahnin Harbesch getan hat, die ihn als letzte auf der Suche nach Unterweisung besuchte. Das Geheimnis dieser Reise wurde die Generationen hindurch weitergegeben, bis es zu mir kam, und ich sehe nur Verwirrung und Unsicherheit. Wölfe sind sterblich, Wulf selbst eingeschlossen. Ich weiß nicht, wann ich sterben werde, und ich habe noch kein Junges bekommen, an das ich mein Wissen weitergeben könnte. Ich weiß nicht, ob ich den Wulfsfelsen erreiche, aber ich glaube, eher nicht. Unsere Legenden erzählen, daß Harbesch die letzte war, bis zum Ende des dunklen Jahrtausends. Nun denn, dieses Jahrtausend scheint mir noch voll im Schwange zu sein. Aber es geht um die Reise dorthin und den Versuch dazu. Was ich lernen werde, weiß ich nicht, aber was ihr zueinander gesagt habt, darüber werde ich nachdenken. Ich kann nichts Schlimmeres tun als ihr!«

Sie starrten ihn an, einige unzufrieden, einige bittend, andere aggressiv und einige wenige auch boshaft.

»Einige von euch mögen versuchen mir zu folgen, aber nun ja, zum einen bin ich mir nicht sicher, wohin ich gehen werde, und zum anderen bin ich der einzige, der nicht verletzt oder verwundet ist, und ihr werdet es vielleicht schwer finden, bei mir zu bleiben. Denen, die noch hier sind, wenn ich zurückkehre, werde ich erzählen, was ich erfahren habe. Inzwischen helft einander zu heilen und laßt euch gewarnt sein: Dort oben in den Höhen um uns herum lauern madjarische Wölfe, sie warten auf euren Tod oder eure Flucht oder auf eine Gelegenheit, euch einen nach dem anderen zu erledigen. Heilung, Einigkeit und Geduld ist jetzt euer einziger Weg.«

Damit war der Bukov-Wolf verschwunden.

Acht Tage und acht Nächte war er fort gewesen, als er zurückkam. Von den zwölfen, die er lebend zurückgelassen hatte, waren drei schon fort, um ihrem eigenen Weg zu folgen, da sie nicht glaubten, er werde zurückkommen, und ein vierter war gestorben, so daß nur noch acht übrig waren.

Auch der Bukov-Wolf hatte sich verändert, obwohl es schwer war zu sagen, wie. Er schien weniger selbstbewußt zu sein, doch stärker, weniger sicher, aber zufriedener, weniger geneigt zu lächeln, jedoch mehr von Freude erfüllt. Er zeigte mehr Macht in seinem Verhalten als jeder Wolf, den sie bisher gekannt hatten, und als er zu ihnen herabkam, zum See, wo sie ihr Rudel gebildet hatten, da waren seine Pfoten wund von den Geröllhalden, die er überquert hatte, und seine Schultern waren aufgerissen von den schroffen Felsen des Ortes, an dem er gewesen war. Keiner wagte ihn zu fragen, ob er den Wulfsfelsen gesehen hatte. Er redete nie darüber. Er kam zu ihnen und wartete darauf, daß einer von ihnen sprechen würde, so wie ein großer Anführer darauf wartet, daß sein Rudel anwesend ist, und es nicht nötig hat, einen zu schelten oder einem anderen zu drohen, bis alle schweigen und gehorsam sind.

»Wolf von Bukov, wir werden tun, was du vorschlägst«, sagten sie. »Sprich davon, was du erfahren hast.«

»Dann hört zu«, begann er, »und möge etwas von Wulfs verlorener Weisheit heute bei uns sein und auch etwas von Wulfins Liebe: Das dunkle Jahrtausend wird noch dunkler werden. Die Menschen werden uns beinahe ausrotten. Die Geschichten, die wir erzählen, die Legenden, die wir gelernt haben, fast all unser Wissen wird am Ende verloren sein. Kein Stamm, kein Rudel, kein einzelner Wolf kann sich in den schrecklichen Jahrhunderten, die noch kommen, jemals daran erinnern, was die Wolfheit wissen muß, wenn sie ihre Götter wieder entdecken und Wulf aufs neue ehren will. Auch wird kein Bukov-Wolf sich nur an die Hälfte dessen erinnern können, was ich weiß, denn die zermürbenden Jahrhunderte werden es tilgen und kaum etwas zurücklassen. Nur einen Mythos ohne Gehalt, eine Legende ohne Bedeutung, eine Geschichte, deren Anfang und Ende ganz vergessen ist. Schon geschieht es. Ich, dem das Geheimnis des Weges zum Wulfsfelsen mitgeteilt wurde, konnte ihn nicht finden, sondern wanderte unbestimmt dahin, wie ein Wolf, der krank ist und den Weg nicht sehen kann. Er war da, aber ich wußte nicht wo. Ich dachte an alles, was mir erzählt worden war, und ich kam zu der Einsicht, daß ich nicht dazu bestimmt war, den Wulfsfelsen zu finden – weder ich noch mein Sohn und auch nicht sein Sohn nach ihm. Keiner von uns, viele Generationen lang. Den Wulfsfelsen zu finden ist etwas zu Großes, als daß es ein sterblicher Wolf tun könnte, um so mehr, wenn Wulf selbst nicht mehr in den Sternen ist. Aber zusammen könnten wir ihn vielleicht finden, wenn die rechte Zeit gekommen ist; wenn das dunkle Jahrtausend fast vorbei und Wulf durch seine Leben zur Weisheit gereist ist. Dann, dann wird er Hilfe brauchen, um wieder einen Weg nach Hause zu finden, den er vergessen hat, als er in die Sterblichkeit fiel. Und wer wird ihm helfen?«

Der Bukov-Wolf blickte um sich, auf die acht Wölfe, die ihm lauschten, und fragte erneut: »Welche Wölfe werden ihm helfen?«

Das Licht war grau, der See kräuselte sich im kühlen Wind, die Höhen über ihnen waren immer noch dunkel von dem Regen, der am Tag zuvor gefallen war. Über ihnen, nicht weit weg, an einem Ort, den sie alle kannten, beobachteten drei Madjaren sie, verwundert, unsicher, gelangweilt.

Noch höher im Norden stand eine andere Wölfin und blickte hinab. Keiner der Wölfe sah sie. Wo sie stand, sammelte sich weiches Licht, wo sie wartete, war der Wind still, wo sie, Wulfin, wachte, war Leiden gemischt mit Hoffnung.

Ihr Maul bewegte sich mit den Worten, die der Bukov-Wolf weit unten sprach: »Wer von euch wird helfen?«

»Ich.«

»Ich auch ...«

»Und ich ebenfalls ...«

So kamen sie einer nach dem anderen, Freunde und Feinde, Verletzte und Genesende, Teutonen, Russen und Südwölfe, hervor und gelobten ihre Hilfe dem, der eines Tages sie alle brauchen würde, und der, wenn er sie bekam, sie alle retten würde.

»Und ich«, sagte der Bukov-Wolf schließlich, »ich werde der neunte und letzte unserer Gefährtenschaft sein. Denn wir, die wir einander zu lange bekämpft und den Weg zur Weisheit vielleicht viel zu spät gesehen haben, werden jetzt aus dem Herzland wegziehen und das Geheimnis mit uns nehmen. Nämlich daß keiner den Wulfsfelsen allein finden kann, außer Wulf selbst, und selbst er kann es nicht ohne unsere Hilfe. Deshalb werden wir uns bewahren für diese zukünftige Zeit am Ende des dunklen Jahrtausends, wenn wir wieder gebraucht werden, indem wir zu den sicheren Orten am Rande der Wolfheit reisen, wo die Menschen uns am wenigsten jagen. Dort werden wir den Teil des Wissens weitergeben, den wir kennen, damit in der Zukunft, wenn die Zeit gekommen ist, unsere Vorfahren zurückkehren und einander wiederbringen können, was wir als einzelne vergessen haben.«

»Wohin sollen wir gehen?« fragte einer von ihnen.

»In das ferne Iberien werde ich reisen«, begann einer.

»In die Einöden des Nordens«, fuhr ein anderer fort.

»Zu den fernen Apenninen«, flüsterte ein dritter, der immer davon geträumt hatte, dorthin zu gehen.

»Folgt also euren Träumen«, sagte der Bukov-Wolf, »nach Nordrußland und nach Phrygien, auf den Peloponnes und ins Hochland der Auvergne, zu all den Orten, wo es die Menschen besonders schwer finden zu leben. Dort werden wir unsere Heimstätten schaffen, dort werden wir überleben und auf Wulfs Ruf warten.«

»Und was werden wir sein, wir, die wir die Herzlande den Madjaren und den zukünftigen Jahrhunderten überlassen?« fragte ein anderer.

»Der Name unseres Rudels soll sein *Die Wölfe der Zeit*, denn wir beginnen eine Reise, deren Wege und Strecken und Entfernungen wir noch nicht ahnen können und deren Ende in einer Zeit sein wird, die wir nie kennen werden, vollendet von Wölfen, die unsere Nachkommen sind, geboren aus einer Entscheidung und einem Schicksal, das wir heute festgelegt haben.«

Dann begannen die Wölfe der Zeit ein Geheul, wie es die Wolfheit noch nie zuvor gehört hatte. Es stieg in den Wind auf, hallte von den Felsen wider und senkte für immer Furcht in die Herzen der Madjaren, ein Heulen, das sagte: »Wir kommen aus der Vergangenheit, wir bemühen uns, in der Gegenwart so gut zu leben, wie wir können, und in der

Zukunft werden wir, dieses Rudel, zurückkehren, denn wir sind die Wölfe der Zeit.«

Noch bevor das Geheul vollendet war, zerstreuten sich die Wölfe, einer nach dem anderen. Sie begannen ihre langen Reisen zu den fernsten Plätzen der Wolfheit, bis nur noch der Bukov-Wolf übrig war. Sein Geheul dauerte am längsten, seine Reise war die kürzeste, denn einer von ihnen mußte in der Nähe bleiben und helfen, rechtzeitig in jener fernen Zeit sie wieder nach Hause in das Herzland zu rufen.

Denn alle würden gebraucht, um dem einen zu helfen, der wieder den Weg zum Wulfsfelsen finden mußte, wo die Wolfheit geboren war und wohin, wenn sie überleben sollte, Wulf selbst aus seinen Leiden durch das dunkle Jahrtausend reisen mußte.

Kapitel 4

Tervicz erhält den Segen seines Vaters für die Reise und für die Prüfungen, die ihm bevorstehen

Als das Geheul sein Ende erreichte, sahen sie, daß die Sterne begonnen hatten zu verblassen und daß die lange Nacht vorüber war. Unter ihnen in den Schluchten und jenseits der Karpaten erstarben die Echos des Geheuls und schwebten hinweg über die Entfernungen von Raum und Zeit. Getragen vom wispernden Wind, suchten sie jene sterblichen Wölfe, die noch einmal das Rudel der Wölfe der Zeit bilden würden, und riefen sie zurück in das Herzland der Wölfe, um Wulf selbst zu helfen.

»Gut, sehr gut!« murmelte Zcale mit ungewöhnlicher Befriedigung. Seine Augen funkelten im Licht der Morgendämmerung. »Nun, ihr alle, und besonders du, Tervicz. Ich habe etwas zu sagen und habe nur wenig Zeit dafür.«

»Das hast du schon zuvor gesagt!« sagte Kubrat und zwinkerte seinen Geschwistern über den Kopf ihres Vaters zu. Es klang für sie, als wäre sein Tod jetzt nicht ganz so nahe wie am vorhergehenden Abend. In dem alten Wolf steckte noch Leben.

»Kein Respekt, kein Verständnis!« murmelte Zcale und kratzte sich an der Flanke, fast in alter Gewohnheit, doch er strahlte allgemeines Wohlwollen und gute Laune aus, als löse er sich von etwas, das er lange getragen hatte, und als sei er froh darüber.

»Tervicz, du hast dich in diesen vergangenen Stunden als würdig erwiesen, und ich werde dir meinen Segen nicht versagen, wenn du losziehst ...«

»Losziehst?« fragte Szaba, doch Tervicz selbst nickte zu den Worten seines Vaters.

»Ich sagte losziehen, und das meine ich auch«, sagte Zcale gereizt. »Es gibt keinen Grund, warum er nicht losziehen sollte. Für gewöhnlich gibt es in jeder Generation einen Bukov-Wolf, der loszieht. Es gibt eine Menge zu tun dort draußen, außerhalb unseres Territoriums. Es gibt eine Menge Orte zu sehen, eine Menge Wölfe aufzuspüren, und die Wege von ...«

Ein fernes Heulen aus dem Osten unterbrach seine Worte.

»Verdammte Madjaren!« sagte Zcale verächtlich. »Aber darüber möchte ich reden. Über die Zeit. Ihr habt mich oft genug danach gefragt, aber bis jetzt habe ich keinen Sinn darin gesehen, euch zu erzählen, was ich weiß. Aber jetzt, da Tervicz uns verläßt, gibt es Dinge, die ihr alle wissen solltet. Kein Grund, die Sache aufzubauschen ... Ich werde euch erzählen, was geschah, als ihr geboren wurdet, und warum es geschah. Dann könnt ihr eure eigenen Schlüsse ziehen. Vielleicht wird die Zeit kommen, da dieses Rudel wieder eigene Junge haben wird, obwohl nur Wulf weiß, wie. Nicht mehr zu meiner Zeit, das ist schade! Aber wer weiß, auf wen Tervicz stoßen und welche Wölfe er mit sich zurückbringen wird? Denn er wird zurückkommen. Was, Tervicz?«

Tervicz grinste etwas nervös. Das ferne Heulen stieg wieder an, es klang schroff im Vergleich zum Laut der Bukov-Wölfe und aggressiv.

»Nun denn, laßt mich euch erzählen, wie es vor all diesen

Jahren war ...« Ihr Vater begann mit leiser Stimme. Die Stirn gefurcht, Schmerz in den Augen, brach ihm oft die Stimme ob der Tränen, die er all die Jahre hindurch zurückgehalten hatte, denn ein Rudelführer sollte nie eine Schwäche zeigen, und es hätte auch nicht den drei Jungwölfen geholfen, die er bis zur Reife zu schützen und großzuziehen hatte.

Jetzt begann er zu weinen, und Szaba weinte mit ihm, während Kubrat ihn mit weit aufgerissenen Augen beunruhigt anstarrte. Tervicz, einst so lange der Gegenstand von Furcht und Kummer seines Vaters, begann zu begreifen, daß dies alles so gewesen war, weil er überhaupt nicht der Schwächste, sondern der Stärkste war, derjenige, der es schaffen und überleben konnte und der eines Tages das Rudel würde führen müssen.

Dann begann Zcale seine Geschichte zu heulen, und die drei schlossen sich ihm offen an und bildeten mit ihren Stimmen den Kehrreim zu seinem Geheul und fügten dem Kummer und der Furcht ihres Vaters ihre eigenen Geschichten und Erinnerungen an.

Dies war kein langes nächtliches Wolfsgeheul, keine alte Geschichte von Göttern und Wölfen. Dies war das kurze und eindringliche Geheul eines Rudels über die Prüfungen der jüngsten Vergangenheit und über die Hoffnungen einer Zukunft, die jetzt so schnell über sie kamen wie die aufgehende Sonne über den Bergen im Osten, in deren westliche Höhen und gefährliche Täler Tervicz bald zu reisen beginnen mußte, um sein Schicksal und ebenso das des Rudels zu finden. Dann begann Zcale zu erzählen ...

Hört, wie es geschah, das Schreckliche, das unserem Rudel widerfuhr, ich habe keine Freude daran, es zu erzählen, überhaupt keine Freude. Ihr Wölfe habt immer nur mich gekannt, was nicht viel ist, angesichts des großen Erbes und der Tradition, zu denen ihr gehört. Was also ist fehlgegangen?

Bevor ihr geboren wurdet, bestand das Bukov-Rudel aus zwei Gruppen. Der Anführer der Hauptgruppe war mein Cousin Goran – ihr habt gehört, wie ich über ihn sprach. Er war zäh und stärker als ich. Sein Teil des Rudels lebte unten in den Schluchten, wo die Jagd besser war. Den kleineren Teil des Rudels, der hier lebte, wo wir uns jetzt befinden, führte ich an. Als Rudelführer war Goran nicht schlecht, aber er war sehr eifersüchtig. Er wollte nicht, daß ich meine eigene Gefährtin hatte und hier ein eigenes Rudel gründete, und ich kann nicht sagen, daß ich es ihm verübelte. Ich bekam, was ich konnte, wenn ich konnte. Aber die Sache wurde nicht einfacher durch seine Leitwölfin. Sie war eine von zwei Schwestern. Ihr Name war Dendrine. Sie war ein sadistisches Miststück, anders kann man es nicht sagen. Sie besiegte andere Weibchen nicht nur, sie verstümmelte oder tötete sie, wenn sie konnte, und auch junge Männchen. Ihr bevorzugter Trick war, sie über den Rand der Schlucht zu treiben. Miststück.

Das Komische daran war, falls dies das richtige Wort ist, daß sie gar nicht so stark war. Aber sie war verdammt schlau. Männchen und Weibchen blickten ihr in die Augen und empfanden Furcht. Natürlich konnte Goran nichts dagegen tun, da sie die rechtmäßige Leitwölfin war.

Ich erwähnte ihre Schwester, sie hieß Amish, und ich liebte sie. Und sie liebte mich. Wir liebten einander, seit wir Junge gewesen waren. Nun, Schwestern sind dazu bestimmt, einander zu hassen, aber diese beiden waren einander treu ergeben, obwohl sie, Wulf weiß es, verschieden waren. Die eine war böse und tückisch, die andere so ehrlich wie frischer Regen. Dendrine war die Stärkere, und Amish forderte sie nie heraus. Dendrine bedrohte mich nicht, denn sie wußte, daß ihre Schwester mich liebte. Ich hätte … Ich hätte es ihr ins Gesicht sagen sollen.

So ging es jedenfalls über Jahre hinweg, und solange Amish keine Jungen bekam und wir alle Dendrine ihren Willen ließen, ging alles gut und niemand hatte etwas gegen meine Liebelei mit Amish. Die einzige Bedrohung waren die Madjaren, die immer noch ihre traditionelle Feindschaft gegen die Bukov-Wölfe hegten. Aber in jenen Tagen hatten sie ihre eigenen Schwierigkeiten. Es gibt oder gab gewöhnlich vier Rudel im Stamm der Madjaren. Das Tatra-Rudel ist das größte, und sie sind die Wächter des Herzlandes, das sich irgendwo in den Höhen der Tatra befindet. Südlich der

Tatra lebten die Slowaken, aber sie waren in schlimme Zeiten geraten, denn sie waren den Plätzen der Menschen am nächsten. Stolz waren sie und haßten die Madjaren, waren aber von ihnen unterworfen worden. Die Madjaren mochten slowakische Weibchen, da die ein gutes Hinterteil hatten.

Im Norden und Osten der hohen Karpaten lebte der ukrainische Zweig, aus dessen Ländern die wahren Madjaren ursprünglich gekommen waren. Die Ukrainer waren den Madjaren gegenüber loyal und schätzten sie hoch, hielten sie für heilig und geheimnisvoll, diese verdammten Narren. Als letzte waren da die Maramurianer, die, wie ihr wißt, ihr Territorium im Westen und Südwesten unseres Gebietes hatten – und noch haben – oder, anders ausgedrückt, auf der östlichen und südöstlichen Seite der Madjaren. Die Maramurianer sind grausam und hassen die Bukov-Wölfe. Die Jahre hindurch sind sie es gewesen, die uns am meisten verfolgt haben.

Das war die Lage, als ich heranwuchs, doch wir sahen nie viel von diesen anderen Wölfen, wegen der inneren Schwierigkeiten, die ich erwähnt habe. Was wir wußten, hatten wir von Wanderern auf beiden Seiten erfahren, die in jenen Tagen ziemlich frei reisen konnten und nur gelegentlich gefangen oder getötet wurden. Aber genauso oft wurden sie auch von der anderen Seite aufgenommen, vielleicht weil sie deren Wohlwollen gewannen, indem sie vor Gefahren durch die Menschen warnten, worin Wanderer oft gut sind, oder wegen ihrer eigenen Stärke. Ich sage euch, kein Stamm ist so rein, wie er vorgibt zu sein – nicht einmal die Bukov-Wölfe und am wenigsten von allen die Madjaren.

Ich habe Schwierigkeiten erwähnt. Schwierigkeiten enden gewöhnlich in Machtkämpfen. Ich möchte keine Einzelheiten erzählen, denn ich kenne sie nicht, und alle Beteiligten sind sowieso schon gestorben. Alles, was ich weiß, ist, daß ein oder zwei Jahre vor eurer Geburt ein Wolf von der ukrainischen Seite einige Anhänger in die Tatra mitnahm, den obersten Anführer stürzte und die Macht für sich selbst nahm. Ich weiß nicht, wie dieser Ukrainer hieß, aber ich weiß, unter welchem Namen er bekannt wurde: Zänker. Er war schlau, ein guter Anführer und grausam. Das war alles, was ich wußte, bis er zu uns zu Besuch kam.

Er schickte Unterhändler zu den Bukov-Wölfen, die behaupteten, er wolle den Jahren des Kämpfens ein Ende bereiten. »Wir sind doch alle Wölfe«, sagte er. Von diesem Augenblick an gerieten die Bukov-Wölfe in Schwierigkeiten. Dendrine langweilte sich mit Goran und erklärte sich freiwillig dazu bereit, zu diesem Wolf Zänker zu gehen und mit ihm zu reden. Ich erinnere mich noch, wie sie sich auf den Weg machte, als wäre es erst gestern gewesen, und trotz allem bewunderte ich sie. Für das, was sie tat, brauchte es Mut – aber vielleicht wußte sie damals mehr als ich. Vielleicht sah sie, daß ihre Chance gekommen war, und nahm sie wahr.

Sie war ein kraftvolles Weibchen. Zwar sah sie nicht sonderlich gut aus, aber sie war eindrucksvoll. Ihre Augen waren die meiste Zeit hart, aber wenn sie sanft blickten, dann ließen sie einen sanft werden. Meistens jedoch jagten sie einem Angst ein. Also zog Dendrine los, und das war der Anfang vom Ende der Bukov-Wölfe.

Als sie zurückkam, war sie verändert. Sie war anmaßender, selbstgefälliger, und ihr Leib wurde dick mit Jungen. Überflüssig zu sagen, daß in ihrer Abwesenheit ein anderes Weibchen – nicht Amish, die hielt sich da heraus – versucht hatte, ihren Platz einzunehmen. Dendrine tötete sie. Riß ihr die Kehle auf.

Das Blut war noch kaum an ihrem Maul getrocknet, als Madjaren auftauchten, auf Wegen, die nur Dendrine ihnen verraten haben konnte. Eine Menge Madjaren, angeführt von Zänker. Er war, auf seine Weise, liebenswürdig. Ein besserer Anführer als Goran, gewiß.

Nun, ich werde euch erzählen, was geschah. Sie sagten, sie kämen in Frieden, doch binnen Stunden waren die meisten Bukov-Wölfe tot. Es war Amish, die mich rettete – sie kannte Dendrine besser als jeder andere Wolf, und zum ersten Mal hörte ich sie sagen: »Ich traue ihr nicht, Zcale, diesmal nicht. Blut ist an ihrem Maul, und Blut ist in ihrem Herzen. Wir ziehen uns jetzt zurück. In ihren Augen ist Mord.«

Ich sagte, wir könnten nicht weggehen, wir seien dem Rudel verpflichtet.

Sie sagte: »Zcale, du bist deinen Jungen verpflichtet.«

»Welchen Jungen?« fragte ich.

»Die du mit mir gezeugt hast.«

Damals erfuhr ich es zum ersten Mal. Ich brachte sie hinauf zu den Höhen, die ich am besten von allen kannte, auf Wegen, auf denen die Madjaren nicht folgen konnten. Kurz nachdem wir gegangen waren, muß das Töten begonnen haben. Bis zum heutigen Tag könnt ihr den roten Blutflecken an der Stirnseite der Schlucht sehen, wo das Bukov-Rudel erschlagen und hinabgeworfen wurde. Von ihnen allen überlebte nur Dendrine, die Verräterin der Bukov-Wölfe, Zänkers Gefährtin und neue Leitwölfin des Rudels, die einem Mörder zuliebe zur Mörderin geworden war. O ja, eure Tante wurde die Leitwölfin der Madjaren, Zänkers Genossin.

Was Amish anging, so hatte sie mich angelogen, um mich zu retten. Sie wußte, daß ich sonst geblieben wäre, um den anderen zu helfen. Sie war nicht trächtig, und sie wurde noch ein ganzes Jahr lang nicht trächtig. Zu dieser Zeit waren wir das letzte Bukov-Paar. Das war ein gutes Jahr, das beste meines Lebens. Hoch droben in den hohen Schluchten lernten wir zu lieben und – wie Amish sagte – liebten es zu lernen.

Dann wurdet ihr drei geboren – jedes von uns geliebt. Du, Szaba, weil du immer sanft warst. Du, Kubrat, weil du immer neugierig auf alles warst, trotz deiner Schwierigkeiten, und du Tervicz, weil du immer so hilfreich warst, wie ein Wolf sein sollte – uns allen gegenüber. Wir heulten nie, da wir nicht Aufmerksamkeit auf uns lenken wollten. Wir schwiegen und blieben verborgen.

Aber dann, einige Monate nach eurer Geburt, setzte eure Mutter, Wulf möge sie segnen, es sich in den Kopf, die Wölfe der Zeit herbeizuheulen. Sie sagte, irgend jemand müsse es tun. Sie sagte, es gebe kein Zeichen der Anwesenheit von madjarischen Wölfen, und sobald sie versuchen würden, uns zu erwischen, könnten wir schon fort sein.

»Ich kann nicht für immer stumm bleiben«, sagte Amish,

»sonst sind wir keine Bukov-Wölfe. Wir sind berühmt für unser Geheul, also laßt uns heulen.«

Das erste Mal, als sie heulte, war es gut.

Das zweite Mal folgte uns niemand.

Das dritte Mal kamen die Madjaren.

Ich hätte sie überhaupt nicht heulen lassen sollen, aber ich ließ es zu. Ich versagte ihr gegenüber als Anführer. Es war allein meine Schuld.

Sie heulte, und ich hielt mich mit euch dreien abseits. Die Madjaren müssen auf der Lauer gelegen haben. Fragt mich nicht wie oder warum, aber sie kamen, ohne unser Wissen.

Ich sah, wie sie Amish angriffen.

Ich sah Dendrine unter ihnen.

Ich sah, wie die Schwester der Schwester die Kehle aufriß. Ich sah, wie meine Geliebte umgebracht wurde. Ich sah die Augen des Bösen.

Ich konnte ihr nicht zu Hilfe kommen, weil ich euch drei retten mußte. Ich rettete euch und verlor sie. Das hätte sie so gewollt. Aber … in jener Nacht verlor ich mein Leben. Mein Herz war gebrochen. Dendrine hatte es gebrochen.

Das ist die Wahrheit über das, was geschehen ist, und wie eure Tante Dendrine eine Madjarin wurde. Sie ist eine verfluchte Wölfin. Amish hatte ihr nie etwas zuleide getan und nie ein böses Wort über sie gesagt, obwohl sie, Wulf weiß es, allen Grund dazu hatte. Eure Tante hat eure Mutter umgebracht, und ich habe seitdem geschwiegen, als wäre mein Herz aus Stein.

Aber letzte Nacht haben wir wieder geheult, zusammen als Rudel, so stolz, wie wir sein sollten, und genauso, wie eure Mutter es gewollt hätte. Wir heulten die Wölfe der Zeit herbei.

Jetzt wird Tervicz aufbrechen, um das Herzland zu suchen und Hilfe für das Bukov-Rudel. Und ihr, Szaba und Kubrat, werdet hier weiterleben …

»Und du, Vater … du auch.«

»Ich? Ich bin mehr tot als lebendig …«

Plötzlich stürzte sich Tervicz auf ihn und zwickte ihn.

»Du gehst mit ihnen, Vater. Ich befehle es.«

Zcale starrte Tervicz an, ein Wolf den anderen, und dann lachten alle, alle rollten umher, alle spielten, wie ein Rudel spielen sollte.

»Ich werde mein Bestes tun«, sagte Zcale. »Ich sorge dafür, daß sie sicher sind.«

»Also …« sagte Tervicz, und während sie Abschied nahmen und einander versprachen, eines Tages wieder zusammenzukommen, wenn Wulf es wollte, stieg die Sonne über ihnen empor und wärmte die Felsen.

»Wir werden hier sein und auf deine Rückkehr warten«, sagte Szaba.

Tervicz nickte und sagte: »Ja, ja, ihr werdet warten.«

Sie alle versuchten, es zu glauben.

»Du bist jetzt unsere Zukunft, Tervicz, deshalb geh vorsichtig, wie alle großen Wölfe. Erinnere dich an alles, das ich …«

»Ich werde es nie vergessen«, sagte Tervicz, »niemals. Und eines Tages werde ich zurückkehren und euch alle hier finden.«

Er konnte sich nicht überwinden zu sagen »einige von euch«, obwohl er in Wahrheit daran zweifelte, je einen von ihnen lebend wiederzusehen. Tod war in ihren Augen. Aber mußte Szaba, der das Leben so wenig gegeben hatte, sterben, bevor es ihr endlich etwas gab? War Hoffnung auf ihn alles, was sie für ihr Leid bekam?

»Ich weiß, du wirst zurückkommen, Tervicz, und du wirst eine Gefährtin an deiner Seite haben. Ein ganzes Rudel Jungwölfe wird dir folgen, und wir werden wissen … Wir werden wissen, mein Lieber … Wir werden …« Doch ihre Stimme war brüchig geworden, als sie die »Jungwölfe« erwähnte, bei dem Gedanken an die Jungen, deren Mutter sie hätte sein können, an die Jungwölfe, die sie hätte großziehen können. Ihre Augen füllten sich mit Tränen, und ihr fleckiger, vorzeitig gealterter Kopf sank auf seine Flanke.

»Szaba, laß ihn in Ruhe mit deinem Gerede und deinen Launen!« rief ihr Vater. »Es ist an der Zeit, daß er loszieht, es sei denn, er ist so schwach und kraftlos, wie ich es immer gesagt habe. Los, Tervicz, Wulf helfe dir, das reicht als Abschied. Geh und zeig der Welt, was ein Bukov-Wolf vollbringen kann, und komm nicht zurück, bis du im Herzland gewesen bist und die Wölfe der Zeit gefunden hast. Los, Wolf ...«

Tervicz wandte sich ärgerlich seinem Vater zu, aufgebracht, weil er sich in Szabas Tränen eingemischt hatte, immer noch verärgert über ihn, weil er sie alle ein Leben lang getriezt hatte. Keuchend, würgend, mit aufgerissenem Maul und funkelnden Zähnen rangen sie, und Tervicz wußte plötzlich, daß er die Kraft hatte zu gewinnen.

»Ja«, knurrte sein Vater ihm ins Ohr, so daß nur er es hören konnte, »ja, du könntest ...« In Zcales Stimme war schreckliche Müdigkeit, aber ebenso auch Erleichterung. »Aber ich wünsche für dich mehr, Tervicz. Ich möchte, daß du hier weg bist, bevor Verantwortung dich an diesen von Wulf verlassenen Ort bindet«, sagte er plötzlich.

Der Septemberwind flüsterte in den nahen Felsen und im Gras, ein Wind, der seinen Namen rief und sagte: »Komm jetzt, Tervicz, denn wir brauchen deine Hilfe.« Er hörte es, und sein Vater hörte es, und ihr Kampfgriff wandelte sich von Abneigung und Unsicherheit zu einem Augenblick gegenseitiger Zuneigung. Tervicz erkannte, was sein Vater war und immer gewesen war, wie stark er in diesen langen vergangenen Jahren hatte sein müssen, stark genug, um das Rudel zu führen, bis ein anderer an seiner Stelle stark wurde.

»Vater!« flüsterte er zur Antwort.

»Geh jetzt!« sagte sein Vater, ging mit Pfoten und Zähnen auf ihn los und trieb ihn zurück. »Geh und suche dein Schicksal und das unsere! Geh, Wolf!«

Tervicz rollte weg, in Unterwerfung und Gehorsam. Zum letzten Mal machte er diese symbolische Geste. Er stand auf und blickte seinen Vater von gleich zu gleich an.

»Ich werde zurückkommen und euch finden«, sagte er. Er blickte den Hang hinauf, den er erklimmen mußte, holte tief Atem, warf Szaba einen letzten Blick zu und lächelte. Der Wind fuhr ihnen allen durch das Fell, kündete von Herbst und von Veränderung – dann war er fort, das Herzland zu suchen und neue Gefährten.

»Ja, geh jetzt, Wolf«, flüsterte Zcale, »und wisse, daß ich stolz auf dich bin, wie auf euch alle.«

Tervicz ging nach Osten, in Richtung auf die Gefahren durch die Madjaren, zum Herzland hin, auf die Reise zum gleichen Schicksal wie alle Wölfe der Zeit.

Zweites Buch

Rudelführer und Leitwölfin

Worin der nordische Wolf Klimt von Tornesdal und Elhana, die verdrängte Leitwölfin des süditalienischen Benevento-Rudels, den Ruf hören und ihre Reise ins Herzland beginnen

Kapitel 1

Wir begegnen Klimt von Tornesdal, als er erfährt, wie er auf Wulfs Ruf antworten muß

An einem windigen Septemberabend war zwischen den quietschenden Kränen und den Wellblechgebäuden im Hafen von Helsingborg an der südlichsten Spitze Schwedens der Tod auf der Jagd. Das war sieben Jahre vor dem Ereignis, das einige das Kommen des Wolfes nannten. Die Beute, die die Menschen an jenem Abend suchten, war ein einzelner männlicher Wolf, der letzte seiner Art in Skandinavien.

Der Tod kommt in vielen Gestalten zu den Wölfen, aber dies war der Tod, wie ihn nur die Menschen auszuteilen wissen: mit hetzenden Hunden, hellen Suchlichtern, verwirrenden Rufen und dem plötzlichen Donner und Aufblitzen des glitzernden Gewehrs, das oft verstümmelt, bevor es tötet.

An jenem kalten Abend in Helsingborg war der Wolf am Ende einer Flucht vor den Menschen angelangt, die sechs Wochen gedauert und ihn gezwungen hatte, zu rennen und zu schleichen, sich zu verstecken und zu zittern und schließlich seinen geschwächten, verwundeten Körper vierhundert schreckliche Meilen dahinzuschleifen.

Jetzt wußte er nicht mehr, wohin er gehen sollte. Er wandte sich um und stellte sich ein letztes Mal mutig den Menschen entgegen. Zu seiner Linken war das Ödland mit dem steinigen Boden, das er gerade durchquert hatte. Von dort kamen jetzt zwei Menschen mit ihren knurrenden Hunden auf ihn zu. Zu seiner Rechten befanden sich die schroffen Rechtecke der Metallcontainer, an deren Ecken sich noch mehr Menschen versammelten und mit ihren Lichtern in seine bernsteinfarbenen Augen leuchteten.

Hinter ihm erhob sich die Betonmauer, die doppelt so hoch war wie er. Dahinter waren die Brandung und der Ansturm des Meeres zu hören. Als er an ihr angelangt war, hatte er gerade noch die Kraft besessen zu springen und hinaufzukriechen, um zu sehen, ob er auf diesem Weg entkommen konnte. Aber dort unten in der Dunkelheit hatte er nur den weißen Gischt der Wellen gesehen, die gegen die Seemauer schlugen, und den wirbelnden Schaum, wenn die Wellen in sich zurückfielen.

Jetzt befand er sich wieder im Schatten der Mauer und beobachtete, wie sich die Menschen vorsichtig näherten. Er nahm die gemischte Witterung von Aggression und Lust am Töten wahr, den Gestank ihres Schweißes und den verwirrenden Geruch ihrer Furcht.

Trotz seiner gegenwärtigen Schwäche war er ein schöner Wolf. Sein Fell war dunkel, sein Leib wohlgestaltet, und in seinem Gesicht und in seinen Augen zeigte sich eine kraftvolle, flinke Intelligenz, die jeder Kreatur, ob Mensch oder Hund oder sonst einem Lebewesen, Angst einjagte. Darüber hinaus umgaben ihn ein Schatten von großem Leid und Verlust und der Mut, mit denen er sie überlebt hatte. Dies war kein gewöhnlicher Wolf.

Sein Name war Klimt von Tornesdal.

Klimt richtete sich trotzig auf, mit erhobenem Schwanz und aufgestellten Nackenhaaren, die Zähne gefletscht, wachsame Augen im gefurchten Gesicht. Seine natürliche Angst wurde überwältigt von der Traurigkeit, daß seine Reise und der große Traum, von dem er dazu inspiriert worden war, ihn nur zu diesem schlimmen Ort geführt hatten. Er hob den Kopf und schaute kurz zu den Sternen empor, die durch einen Spalt in den Wolken schienen, und er flüsterte das alte Gebet, das alle Wölfe wiederholen, wenn sie fürchten, ihr Leben sei in Gefahr: »Großer Wulf, da ich bis zur Leere des Todes gekommen bin und in seine Dunkelheit schaue, überlasse ich dir meinen Willen. Wenn du mir aus der Gefahr, in der ich schwebe, einen Wolfsweg zur Sicherheit zeigst, dann werde ich den Rest meines Lebens dem Dienst deines Namens widmen, aber wenn du willst, daß ich den Wolfsweg zu den Sternen gehe, dann gewähre mir, daß ich ihn mit Mut und Anmut gehe.«

Als er sich den Menschen zu seiner Linken zuwandte, die ihre Hunde loszubinden begannen, machte er einen Schritt nach vorn, um im Gleichgewicht zu sein, wenn er auf ihren Angriff reagierte. Dann sprach er den Schlußteil des Gebetes.

»Großer Wulf, Klimt aus deinem Gefolge, der in Tornesdal im Norden geboren ist, ruft deinen Namen an: Höre ihn!«

Er sah stolz und schrecklich aus, als er ruhig wurde zum Beginn seines letzten Kampfes. Er sah nicht die Lichter der Menschen, er roch nicht die Blutgier ihrer Jagdhunde, und er hörte nicht das Geräusch der anbrandenden See hinter ihm …

Als er den Namen seines geliebten Territoriums aussprach, sah er wieder den weißen Schnee auf den Fjälls, roch den Duft der Kiefern und hörte das sommerliche Rauschen der Gewässer. Er erinnerte sich an den seltsamen Impuls und das tragische Schicksal, die ihn dazu bewegt hatten, sich von allem abzuwenden, was er kannte, und nach Süden zu wandern, wo die Menschen lebten.

Einen langen Augenblick weilte Klimt auf dieser verlockenden Schwelle zu der süßen Erinnerung an eine Zeit, bevor alle Schwierigkeiten begonnen hatten. Er fühlte eine Woge der Müdigkeit und wünschte sich so sehr zu schlafen, endlich zu vergessen und nie mehr kämpfen zu müssen. Aber er schüttelte sich wieder in die Wirklichkeit zurück, denn es gibt einen Schlaf, aus dem es keine Wiederkehr gibt, und dazu war er noch nicht bereit.

»Also will ich immer noch leben«, sagte er staunend zu sich selbst. »Sogar jetzt!«

Der Wind wühlte sich durch sein Fell, als spottete er über einen so kühnen Wunsch – noch leben zu wollen. Er fuhr ihm durch den Pelz, stieg hinter ihm über die Mauer und jagte dann hinab auf die schwarze See in Klimts Rücken.

»Nein!« hörte er einen Wolf knurren. »Nein!«

Es war seine eigene Stimme. Seine eigene letzte Kraft bewegte ihn einen Augenblick lang vorwärts, um die Hunde irrezuführen.

Als der erste Hund in seinem Ansturm anhielt und der zweite seinen Lauf begann, wandte sich Klimt um und sprang auf die Mauer hinter sich. Die Hunde schnellten zu seiner Linken hoch. Klimt hielt sanft inne, denn er spürte, daß er einen Augenblick lang im Vorteil war. Er blickte hinab in die wogende Dunkelheit des Meeres. Er hatte keine Angst mehr, empfand keinen Schmerz, er war nur erleichtert zu wissen, daß für ihn alles zu Ende war. Wulf befahl ihm, diesen Weg zu gehen, anstatt in den Mäulern von Hunden zu sterben, zu Füßen der Menschen.

Klimt witterte und schnüffelte einen Moment länger nach der brandenden, dunklen See drunten, während die Hunde hochsprangen und die Menschen ihre Gewehre hoben. Er warf ihnen einen letzten Blick zu, bevor er sich umwandte und von den Lichtern fortsprang, von der Mauer hinab, hinunter in die abstoßende Leere des Meeres. Die Welt wurde schwarz.

Nicht die Kälte des Wassers überraschte ihn, sondern die Macht der Strömung, so stark wie ein eisführender Fluß im Frühling. Schon als er in die unheimliche Finsternis hinabsank, spürte er, wie sie an ihm zog und ihn packte. Er war bereit, ihr nachzugeben, bereit, von ihrer Macht mitgerissen zu werden. Er war bereit, so zu sterben und vom Kampf um ein Leben befreit zu werden, das nicht länger lebenswert war, bis er einen scharfen Stich im Wasser spürte. Etwas aus Metall versuchte ihn zu verletzen. Ein Werk der Menschen stach nach ihm, fing ihn ein, kämpfte mit ihm, drückte ihn hinab.

Da ging es Klimt auf, daß er wahrhaft dem Tode nahe war. Seine Lungen drohten zu bersten, als er entdeckte, daß selbst jetzt, kurz vor dem Ende, sein Zorn noch nicht erstorben war und daß er noch den Willen hatte zu leben.

»Nein! Ich will nicht sterben!«

So kämpfte er sich nach oben, auf ein schimmerndes Licht zu, hinauf mit dem Drang zum Atmen, hinaus durch die Meeresfläche in die Nacht, in einen sternenübersäten Himmel und in ein Licht, das die See hinter ihm absuchte, während die Strömung ihn fortzog – so stark und flink, als hielte ihn eine kalte Kreatur in ihrem Rachen.

Klimt bemühte sich zu schwimmen, sich zu bewegen, da jetzt die Kälte ihren Tribut forderte und ihm das Leben zu entziehen begann. Seine verzweifelten rudernden Pfoten und Hinterläufe wurden steif und versagten ihm den Dienst.

Er wußte, daß er jetzt sterben würde, selbst nachdem er noch einmal den Willen zum Leben gefunden hatte.

Die Menschen waren weit hinter ihm. Vor ihm war das dunkle Meer, und zu seiner Linken erhoben sich Felsen, die irgendwo oben von Lichtern beleuchtet wurden, von Lichtern, die sich in Paaren bewegten. Fahrzeuge. Verzweifelt wandte er sich ihnen zu. Verzweifelt schwamm er dahin. Er fühlte, daß ihn das Leben fast verlassen hatte, nicht einschläfernd wie zuvor, sondern deutlich, hier und jetzt, im eisigen, betäubenden Griff der Kälte.

»Wulf, hilf mir«, keuchte er und wiederholte das einfachste Gebet: »O mein Gott, hilf mir.«

Die Strömung ließ nach, eine Woge hob seinen Körper und trug ihn auf die nahen Felsen zu. Die Mole, die jetzt vor ihm lag, sank tief unter ihn und schien dann mit aller Gewalt auf ihn zuzukommen, als er in einem Gewühl von rudernden Pfoten und Schaum wieder aufs Land geschleudert wurde und sich dort festkrallte. Mit seinem einzigen Leben.

Er zog sich schwach über die Wasserlinie empor, als eine weitere Welle hinter ihm anrollte, ihn umdrehte und seine linke Flanke auf noch mehr Felsen stieß. Einen Moment lang versuchte sie durch ihren schäumenden Rückzug Klimt wieder in das Meer zu ziehen, aber er klammerte sich an das Land, das er gefunden hatte. Als das Wasser zurückgewichen war, zog er sich wild entschlossen auf den schlüpfrigen, mit Seegras bedeckten Felsen höher hinauf, bevor eine neue Welle kam.

Als sie eintraf und sich unter ihm erschöpfte, wußte er, daß er in Sicherheit war. Er schüttelte sich, der Gischt spritzte hoch und fing die Lichter ein, die sich paarweise oben auf dem Land bewegten.

Er blickte zu den Sternen empor. Sie waren so, wie sie immer gewesen waren. Ihre Bedeutung verstand er nicht, aber sie waren noch da. Etwas, schien es, war beständig, und Wulf hatte ihn erhört. Wulf war da!

Dann kam flüsternd der Wind zwischen die Felsen und wisperte ihm unmittelbar in seine Seele: »Klimt. Wolf. Komm nun ins Herzland.«

Klimt hörte den Ruf des Gottes im Wind geflüstert und wußte, er mußte sich bemühen, am Leben zu bleiben.

»Was kann ich für dich tun?« antwortete er leise, denn er hatte versprochen, er würde sein Leben Wulf weihen, wenn er überlebte.

Der Wind wisperte wieder, rief dann seinen Namen, als käme der von den Sternen selber, und schien zu sagen: »Hilf uns! Hilf uns allen!«

Der letzte Wolf von Skandinavien zog seinen zerschlagenen Leib über den Rand der Mole hoch und fand sich an einem Halteplatz ratternder, dröhnender Lastwagen. Ihm war kalt, und er konnte immer noch die Hunde und Menschen hören. Ihm war kalt, doch er war voller Vertrauen. Wulf hatte ihn zu Hilfe gerufen. Es würde einen Wolfsweg ins Herzland geben, und wenn er dort ankam – »und das werde ich, das werde ich«, flüsterte er leidenschaftlich –, dann würde er Wulf dienen bis zum Ende.

Aber dann kam ein letzter Schock. Die hohen Schatten bewegten sich, und aus ihnen trat ein Mensch hervor, der plötzlich vor Klimt stand und ihn mit Augen anstarrte, die dunkler waren als die dunkelsten Schatten um ihn herum. Klimt blickte ihn an, zitternd und fast zermürbt von Müdigkeit und Kälte, denn er wußte, daß er nicht mehr rennen konnte. Aber der Mann starrte ihn nur an, und in einem Aufblitzen von Staunen und Erleichterung erkannte Klimt, daß die Witterung des Menschen harmlos war. Der Mensch roch so schwach und müde wie er selbst und genauso verloren. Klimt wagte sich näher an den Menschen heran und starrte zu ihm empor.

Ein Dröhnen drang aus der Nähe, als einer der großen Lastwagen seine Lichter einschaltete, seine Reihe verließ und in einem langsamen Bogen wendete, auf die Schatten zu, in denen Klimt lag. Dann wehte wie ein Wunder ein süßer Duft aus den Wäldern seiner Jugend heran. Der Wind hatte gewispert, und Wulf zeigte ihm, was er tun mußte. Klimt erhob sich und lief neben dem Lastwagen her. Er roch die großen, gespaltenen Kiefernstämme, die der Wagen trug, und versuchte, auf sie hinaufzuklettern. Er fiel zurück, rannte schneller nach vorn, flog mit einem einzigen, gewaltigen Sprung durch die Luft und nahm ein Territorium aus krachendem, bebendem Holz in Besitz. Unter der Plane fand er irgendwo einen warmen Platz, an dem es duftete wie in Tornesdal, wo er geboren worden war. Er wußte, die Götter wollten, daß er sein Leben neu begann.

Klimt hob in der rüttelnden Finsternis den Kopf, sah einen Schlitz mit Himmel und Sternen und entbot Wulf wie Wulfin ein stummes Geheul. Sie hatten einen Weg für ihn gefunden, der ihn aus der Hölle fortbringen würde. Der Lastwagen wendete und wendete wieder und fuhr nach Süden, auf eine lärmende Rampe hinauf, dann auf ein Schiff, und dann ging es weiter über das Meer.

Nun ergab sich Klimt endlich der Dunkelheit, die ihn so lange gelockt hatte. Er vertraute den versöhnlichen Göttern, daß sie über ihn wachten und ihn auch weiterhin führten.

Hinter ihm, unter den quietschenden Reihen der Kräne und Ladebäume von Helsingborg, kehrten inzwischen die Männer mit Hunden und Gewehren zu ihren Fahrzeugen zurück.

»Wir haben den Bastard im Meer verloren«, sagte einer zu einem anderen, der noch still dastand.

»Der Wolf ist ertrunken«, sagte ein weiterer verärgert und enttäuscht.

Der, der still dagestanden hatte, blickte sie an und erkannte, daß er nicht in die Augen von Männern schaute, sondern in die von Menschen, die die Geißel der Wölfe waren. Er sah sie so, wie die Wölfe sie sahen, und roch ihren Gestank aus Schweiß, Angst und blinder Arroganz. Dann wandte er sich um und blickte über das Wasser hin, auf dem die Fähre und der Wolf verschwunden waren. Er wußte, wenn er dem Fluch der Menschen entkommen und einen anderen Ausweg aus der Finsternis finden wollte, dann mußte er jetzt einen Wolfsweg suchen und lernen, ihm zu folgen.

Kapitel 2

Elhana vom Benevento-Rudel in Süditalien findet den Mut, auf den Ruf der Götter zu antworten

Im gleichen September, nach ihrer Niederlage als Leitwölfin des Benevento-Rudels in den Monti del Matese in Kampanien, des letzten lebensfähigen Rudels in ganz Italien, litt Elhana tagelang an Leib und Seele.

Elhana war eine elegante Wölfin mit hellem Fell. Trotz ihrer gegenwärtigen Erniedrigung und ihrer gedrückten Stimmung war sie ein Weibchen, das die Blicke auf sich zog. Ihre Augen waren groß und klar, und obwohl sich in ihnen das Selbstbewußtsein und die Macht einer geborenen Leitwölfin zeigte, waren sie freundlich und mitfühlend. Ihre Pfoten waren vielleicht ein bißchen groß, ihre Beine ein bißchen lang, so daß in ihren Bewegungen sich eine seltsame linkische Jugendlichkeit zeigte, doch wurde sie durch ihre Stärke und ihre Schnelligkeit ausgeglichen. Aber jetzt war sie einfach verletzt …

Zuerst war da die Erniedrigung der Niederlage gegenüber ihrer Tochter Pescara. Von dem Moment an, als Pescara nach ihrer Geburt ihre Augen geöffnet hatte, war in ihnen ein kalter und nackter Hunger nach Macht gewesen, ein Verlangen, jedes Weibchen beiseite zu schieben, das ihr in den Weg kam. Elhana hatte ihre Tochter nie geliebt, denn ihr war, als hätte sich der tückische Wolfsgott Hrein in ihren Schoß gestohlen und dort das dämonische Junge abgelegt.

Dazu kam der Zorn darüber, daß sie, Elhana, die Leitwölfin des Rudels, das sie liebte und dessen Tradition sie ehrte, durch List und Ränke und nicht durch Stärke besiegt worden sein sollte. Denn sie glaubte, daß ohne die Liebe und die Hilfe des Anführers des Rudels, Abruzzo, Pescara ihr nicht so mitgespielt haben könnte. Abruzzo hatte ein schreckliches Unrecht begangen: Der Anführer eines Rudels sollte sich nie in die Auseinandersetzungen zwischen der Leitwölfin und ihren Herausforderinnen einmischen. Er hatte nicht nur seine Tochter Pescara befriedigt, sondern sich auch noch schützend vor sie gestellt, als Elhana dagegen protestieren wollte. Das alles ging so schnell, so plötzlich, so völlig ohne die Etikette des Vorrituals und der Herausforderung vor sich, daß sogar Elhana überrascht worden war, die doch so gut in allen Künsten einer Leitwölfin trainiert war – ausgenommen in der Listigkeit einer Tochter, wie es schien.

»Doch wahr ist, meine Liebe, daß sie ihren Vorteil ausgenutzt hat, als wäre sie von den Göttern inspiriert«, sagte die alte Lauria, Elhanas geliebte Mutter, Pescaras Großmutter.

»Von Hrein inspiriert«, sagte Elhana und schaute über den Ruheplatz, ob Pescara sie beide sah.

»Nun ...« sagte Lauria, selbst eine frühere Leitwölfin, jetzt eine sich durchkämpfende gewöhnliche Wölfin, die nur noch die Kraft für einen Sommer in ihrem alten Leib besaß, »du mußt zugeben, daß sie das Licht der Göttlichkeit übernommen hat.«

Elhana nickte, ließ sich nieder und erinnerte sich daran, wie sie selbst das »Licht« übernommen hatte, von dem die meisten Rudelführer und Leitwölfinnen eine Zeitlang erfüllt sind, wenn sie den Kampf um die Führung gewinnen. Auf diese Weise werden Wölfe, die vorher nur gleichrangige Gegner waren, für einige Zeit unangreifbar und bringen dem Rudel sein Gleichgewicht zurück. Sie hatte erkannt, daß das Licht nichts anderes war als inneres Selbstvertrauen, geboren aus Erfolg und Macht, und daß es einen Wolf so schnell verläßt, wie es kommt.

Von den Felsen, hinter denen Mutter und Tochter lagen, kam plötzlich jemand heruntergesprungen: Pescara stürzte sich boshaft auf Elhana und zwickte sie in den Hinterlauf. Dann wandte sie sich um, blieb stehen, während der Staub um sie herum aufstieg, und schaute mit einem boshaften, triumphierenden Blick auf ihre Mutter, bevor sie langsam mit erhobenem Schwanz davonging. Das alles nur, um das Rudel daran zu erinnern, wer sie jetzt war – nur, um Eindruck zu machen. Aber Elhana bemerkte auch, daß Pescara nicht mehr tat als das. Ein Zwicken genügte, um ihre Herrschaft zu zeigen. Eine direkte Konfrontation mit Elhana wäre jetzt nicht klug, denn verletzter Stolz und rechtschaffener Zorn geben einem Wolf viel Kraft, und Pescara war noch nicht bereit, aufs Spiel zu setzen, was sie erst kürzlich und so jung gewonnen hatte. Auch Elhana wollte keinen zweiten Kampf und keine weitere Niederlage riskieren, denn damit hätte sie alle Chancen vertan, je wiederzugewinnen, was sie verloren hatte.

Elhana schaute in die warmen Augen ihrer Mutter und wußte, wie so oft in der Vergangenheit, daß sie nicht über das sprechen würde, was sie beschäftigte. Sie wußte, daß Lauria es gern hatte, wenn Wölfe mit ihren Problemen allein fertig wurden. In den verletzten Stolz und den Zorn mischte sich auch Erleichterung, daß sie jetzt, wo sie keine Leitwölfin mehr war, sich nicht mehr Abruzzos rauhen und widerwärtigen Umarmungen ergeben mußte.

Elhana seufzte, verschob ihre Pfote, um den pochenden Schmerz zu verringern, und schloß halb die Augen, während ihre Mutter ihren verletzten Hals pflegte, warm und feucht und so liebevoll wie damals, als sie noch Welpe gewesen war. Es hatte auch Vorteile, keine Leitwölfin zu sein, und diese Pflege war einer davon.

Sie seufzte wehmütig, während sie sich selbst eingestand, daß sie damals, als sie Leitwölfin geworden war, darauf gesetzt hatte, daß Abruzzo nicht lange bleiben würde. Sie hatte gehofft, daß ihr wahrer Geliebter, Umbrio, ihn vor Ende der Jahreszeit besiegen würde und daß sie zusammen das Rudel wieder groß machen konnten. Zusammen …

Es sollte nicht sein, denn die Götter begünstigten Umbrio nicht. Etwas war in Elhanas Herz in jener Nacht gestorben, als Umbrio auf so schreckliche Weise umgekommen war, geschwächt durch die schwärenden Wunden, Folgen der Verletzungen durch die Gewehre der Menschen, und dann von Abruzzo erledigt, wild und erbarmungslos. Danach hatte Abruzzo, keuchend und schwitzend ob des grotesken Triumphs, seinen Rivalen besiegt zu haben, sie heimgesucht. Sein Gesichtsfell war noch besudelt gewesen mit dem Blut des Wolfes, den sie geliebt hatte …

So war die romantische Unschuld in Elhanas Herz gestorben, zusammen mit der Hoffnung und dem Glauben, die ihre Mutter ihr mit ihren Geschichten und Lehren eingeflößt hatte. Sie glaubte kaum noch daran, daß dort oben im Himmel die Sterne eine Geschichte erzählten und daß dies ihre eigene Geschichte war, Mutter eines Rudels sein, stark, entschlossen, gerecht, prächtig, an ihrer Seite einen Wolf, der sie lieben würde, so wie sie ihn liebte – all diese Hoffnung war fast verschwunden.

Die Jahre der Pflicht waren so langsam vergangen, aber jetzt, da sie die Rolle der Leitwölfin nicht länger spielen mußte, erkannte sie, daß sie wenigstens wieder zu träumen beginnen konnte.

»Du schaust besser aus, meine Liebe«, flüsterte Lauria ein wenig später.

»Ich habe davon geträumt, was sein könnte, genau wie du es mich gelehrt hast, als ich jung war.«

Lauria lächelte mit den Augen und nickte zum nördlichen Himmel, wo der erste Stern hell leuchtete, obwohl die Sonne noch nicht auf der anderen Seite des Bergrückens hinter ihnen untergegangen war.

»Ich habe dich in den Sternen gesehen, in der Nacht, als ich dich gebar, geradewegs über dem Himmel. Dort liefst du mit den Göttern selbst und führtest sie zu einem Ziel, das sie vor dem Schicksal retten wird, das die Wolfspfade viele Jahrhunderte hindurch verflucht hat«, sagte Lauria, wie sie es schon oft zuvor getan hatte. »Mein ganzes Leben lang habe ich diese große Vision gesehen, aber bis zur Nacht deiner Geburt dachte ich, ich sähe mich selbst. Aber du bist es, meine Liebe, du, die es wagen muß, mit den Göttern zu laufen. Deine Zeit als Leitwölfin hier diente nur der Vorbereitung ... Habe ich dir nicht gesagt, daß es dein Vater war, der ...?«

Elhana hob eine Pfote, um die Rede ihrer Mutter zu stoppen, da die anderen Wölfe bei diesem Gerede unruhig wurden. »Es ist zu spät für ihn, mir noch zu helfen, Mutter. Mein Vater Ambato ist lang, lang von uns gegangen. Ich bin jetzt nur eine einfache Wölfin, und falls ich wieder Leitwölfin sein soll ...«

Lauria schüttelte den Kopf. In der abendlichen Düsternis wurden ihre weisen Augen ernst, als sie sagte: »Du willst nicht wieder Leitwölfin sein, nicht hier, deshalb wirst du es nie mehr sein. Nicht hier.«

»Irgendwo anders?« flüsterte Elhana, die tief in ihrem Herzen, an einem Ort, wo sie selbst ihre Mutter nicht einließ, den glühenden Glauben hegte, daß die Götter auf irgendeine Weise mit ihr waren und sie ehren würden, wenn sie nur den rechten Weg finden könnte, um vorwärts zu gehen.

»Irgendwo!« sagte Lauria heftig. »Schau auf die Sterne, sieh, wie sie aufgehen und dahinziehen, und finde für dich selbst heraus, welchen Weg sie dich zu gehen heißen. Ich kann es dir nicht sagen. Kein Wolf kann es. Es muß von innen kommen. Aber man weiß, daß die Götter gewisse Wölfe rufen. Nun, dein Vater ...«

Nun schweifte sie doch in eine lange Geschichte ab, die Elhana gut kannte, die Geschichte, daß ihr Vater nicht der gewesen war, der er hätte sein sollen, und nicht einmal der, den Lauria mit aller Leidenschaft und Hilflosigkeit der Jugend liebte, sondern überhaupt ein anderer. Es schien, daß Laurias Rudelführer auf die Jagd gegangen war und daß sie, voller Kummer über die Enttäuschungen jugendlicher Liebe und voller Haß über die sinnliche Brutalität des Anführers, mit dem sie als Leitwölfin sich paaren mußte, Trost bei Ambato gefunden hatte, einem Männchen von niedrigerem Rang. Er war am Rande des Rudels angesiedelt, ein Wolf der Träume, der, da er keine Hoffnung hatte, Macht im Rudel zu gewinnen, Zuflucht zu Wanderungen genommen hatte und zu Träumen von fernen Plätzen, wo er (in der Sicherheit der Phantasie, wie es Lauria schien) große Dinge tun konnte.

Ambato fehlte der Mut, das Rudel zu verlassen, aber ihm fehlte nicht die Leidenschaft, Lauria glauben zu machen, es gäbe da etwas ganz Großes, das für den Wolf, der es finden konnte, alle Angelegenheiten des Rudels wirklich belanglos scheinen ließe. Solche Träume und Leidenschaften verwandeln sich leicht in Liebe, und Lauria und Ambato fanden eine Liebe, die um so süßer erschien, da sie verboten war, eine Sache von Augenblicken und geheimen, sonnigen Lichtungen. Trotz der brutalen Aufmerksamkeiten ihres Führers hatte sie bisher noch keine Jungen bekommen, aber in einem der verstohlenen Momente mit Ambato wurde Lauria trächtig, und in dem Wurf, den sie gebar, war auch Elhana.

Ambato blieb lange genug, um zu sehen, wie seine Jungen geboren wurden, und um Lauria zu versichern, daß sie recht hatte, wenn sie dachte, Elhana sei gesegnet. Doch er blieb nicht lang genug, daß Elhana sich später an ihn richtig erinnern konnte, es sei denn, es war die Erinnerung, die sie eine Vision dunkler, ernster Augen sehen ließ, die von den Sternen herabschauten und sie immer daran erinnerten, daß es etwas Größeres als das Benevento-Rudel gab und daß sie es eines Tages, eines fernen Tages, suchen mußte.

Lauria erzählte Elhana vom Herzland und wiederholte viele Male diese Bruchstücke einer größeren Geschichte, die alles waren, was Ambato von der epischen Erzählung über die Wölfe der Zeit wußte, die in vergangenen Zeitaltern gelebt hatten, bevor der Niedergang der Wölfe kam und die Götter zu verblassen begannen.

»Wer waren sie?« fragte Elhana, genau wie Lauria Ambato gefragt hatte. »Erzähl mir von ihnen.«

Aber wer oder was sie waren, wußte Lauria nicht, genau wie Ambato es nicht gewußt hatte, außer daß vor langer, langer Zeit, vor der Ankunft des dunklen Jahrtausends, ein weiser Hutsul-Wolf aus der Bukovina in den Karpaten einige Wölfe aus dem Herzland ausgeschickt hatte, hinaus an die weit entfernten, peripheren Orte. Er schickte sie zu einer Zeit aus, als die Rudel des Herzlandes einander vernichteten. Die ausgeschickten Wölfe sollten die Wahrheit über Wulf selbst und die Treue zu ihm bewahren. Eines Tages, so sagte dieser weise Wolf, würden die Wölfe der Zeit zurückkehren können und das alte Wissen mit sich bringen. So würde die Wolfheit gerettet werden.

Auf dieses tragische, edle Thema hatte Ambato, der Träumer, viele Geschichten für Lauria aufgebaut, und sie hatte ihrerseits diese Geschichten Elhana und anderen aus dem Rudel nacherzählt. Ambato, der die Gefahr spürte, daß der Rudelführer eines Tages erfahren könnte, wessen »seine« Jungen tatsächlich waren, fand schließlich den Mut, das Rudel zu verlassen und nordwärts zu ziehen, dorthin, wo er das Herzland vermutete. Falls er je dort ankäme, so sagte er Lauria, wollte er den Göttern selbst seine Dienste anbieten und sie bitten, sich für Elhana, die besondere Frucht ihrer Liebe, einzusetzen.

»Aber was kann ein gewöhnlicher Wolf den Göttern geben, das sie nicht schon haben«, fragte Elhana zweifelnd und rieb ihre schmerzenden Glieder.

»Dein Leben, meine Liebe, deine Sterblichkeit«, erwiderte Lauria. »Jetzt ruh dich aus und schlafe ohne Bange, denn du bist keine Leitwölfin mehr und mußt dich nicht über die Dinge sorgen, über die eine Leitwölfin sich Sorgen macht, zumindest nicht hier.«

Der Abend schritt voran. Am Abendhimmel leuchteten allmählich die Sterne auf, deren Muster alle Geheimnisse der Wolfswege enthielten und alles, was war, was ist und was sein wird.

»Erzähle mir von den Wolfswegen, wie du es früher immer getan hast«, sagte Elhana, aber sie brauchte gar nicht zu bitten, denn ihre Mutter hatte schon den Kopf dem Himmel zugewandt und knurrte die Wege: Ariano, Vulture, Rionera, Gravinadi und so weiter, den Weg zum heiligen Ort Acri im Süden, dann genau nach Norden nach Gargano, wo das sagenhafte letzte Geheul des Severo-Rudels gehört worden war und dem Wolf Peschici die Stärke verliehen hatte, sich ins Landesinnere zu wagen und um sein Recht zur Führung des Benevento-Rudels zu kämpfen. So begann das Schicksal dieses größten Rudels der legendären italienischen Wölfe.

Der Nachthimmel dunkelte, die Sterne wurden heller, und der Mond begann über den Bergen am östlichen Himmel emporzusteigen. Impulsiv erhob sich Lauria und tappte in die Nacht davon. Elhana zögerte nur einen Augenblick und folgte ihr. Einige vom Rudel blickten hinter ihnen her, einige schauten auf Pescara. Die neue Leitwölfin ließ sich nicht herab zu zeigen, daß sie überhaupt gesehen hatte, wie die beiden das Rudel verließen.

Schweigen sank über das Rudel herab. Dann und wann wurden Ohren aufgestellt, wenn es ein Geräusch gab. Ein Wolf sagte: »In der Richtung habe ich gestern Menschen gewittert«, und ein anderer knurrte bestätigend. Lauria, die alte Wölfin, würde zweifellos heulen – alle Wölfe in diesem Rudel hatten das Recht dazu, wenn sie wollten –, und vielleicht würden andere lostraben und sich ihr anschließen, um neben ihr zu stehen, in ihre Träume einzutreten und an ihren Gebeten teilzunehmen. Vielleicht.

Pescara schlug warnend mit ihrem Schwanz. Ein einzelner Wolf mochte heulen, falls er wollte, und auch andere mit ihm– wie Lauria und Elhana, die eine zu voll von alten Geschichten und Träumen, die andere zu sehr erniedrigt durch ihre Niederlage, als daß sie im Augenblick ernst genommen werden müßte. Aber andere ... Pescara erhob sich plötzlich, trottete um das Rudel herum und zwickte die Weibchen und einige der rangniederen Männchen, ganz wie es ihr gefiel, dann legte sie sich wieder hin. In dieser Nacht mußten die anderen bleiben, wo sie waren.

Die Männchen faulenzten, und diejenigen, deren Rang niedriger war als der ihre, lagen wachsam da. Die wenigen stärkeren Männchen zogen es vor zu schlafen, wie ihr Führer Abruzzo. Oder sie versuchten zu schlafen. In dem Warten auf das Geheul lag eine Wachheit. Sollte doch Lauria beginnen, dann konnten sie, die sie kannten und verehrten, zu den Sternen emporblicken und versuchen, sich die Wolfswege vorzustellen, die sie lange vergessen hatten und die nur Lauria noch kannte. Einst, vor langer, langer Zeit, hatten ihre Ahnen gewußt, wie man alle Wege in den Sternen sehen konnte, alle Wege. Doch jetzt war viel von diesem Wissen verloren.

Es dauerte lange, bis Laurias Heulen erklang, und es kam aus der Ferne, denn sie hatte ihren Standort etwas weiter oben in den Bergen gewählt. Deshalb klang ihr Geheul sanft und gedämpft, eher eine Klage als ein Ruf. Doch einige vom Rudel standen auf, die Ohren aufgerichtet, die Schnauzen der Richtung zugewandt, in die sie gegangen war. Sie schlossen die Augen halb und spürten die Inbrunst des Geheuls und das Verlangen, das es in ihnen weckte.

»Nein!« knurrte Pescara. »Nnnneeiinn!«

Keiner der Wölfe bewegte sich, nicht einmal, als sie hörten, wie sich Elhanas Geheul dem ihrer Mutter anschloß, wie beider Heulen zusammen aufstieg, wie zuerst das eine und dann das andere die Führung übernahm, zuerst das eine und dann das andere zurückfiel.

Bald darauf begann die alte Lauria dem Muster der Wolfswege nachzuspüren, und Elhana folgte ihr. Hinauf, hinauf zu den Sternen erhob sich ihr kraftvolles Geheul und folgte zuerst den ganzen Mustern, die die eine der anderen gelehrt hatte, und dann suchte es später stoßweise jene Bruchstücke, die Lauria zu lernen versucht hatte, als sie jung gewesen war.

»Ich wünschte, ich hätte besser zugehört, meine Liebe, denn einige dieser Wölfe wußten soviel und konnten einem die ganzen Wolfswege in den Norden erzählen … Falmari, Calamani, San … Sang … Sanguida! Aber es gibt noch so viele mehr.«

»Falmari, Calamani, Sanguida«, heulte Elhana sanft zum Himmel empor. »Diese Orte muß es noch geben«, flüsterte sie träumerisch.

»Es gibt sie noch, und so viele andere, die wir vergessen haben. Aber es gibt sie noch.«

»Glaubst du, es gibt noch Wölfe nördlich von hier?«

»In den nördlichen Teilen dieses Gebirges? Vielleicht. Nun, dein Vater ist nach Norden gewandert …«

»Ambato …« flüsterte Elhana.

Runzeln erschienen um Laurias Augen im Sternenlicht, als sie sich an die längst vergangene Zeit erinnerte, wo sie jung genug gewesen war, um geliebt zu werden und sich im scheckigen Sonnenlicht der alten Olivenhaine einer Liebelei hinzugeben.

»Ich kann mich an sein Gesicht erinnern, an seine gehetzten Blicke«, sagte sie. »Ich kann mich an so vieles von Ambato erinnern. Aber etwas ist jetzt meinem Gedächtnis entfallen: Ich kann mich nicht an den Klang seiner Stimme erinnern, wenn er mir sagte, daß er mich liebt …«

»Warum ist er wirklich fortgezogen?«

»Er sagte, Wulf der Große selbst habe ihn gerufen, ihm zu helfen, und er müsse gehen.«

Ihr Geheul endete. Sie legten sich auf den Felsen, wo sie

gestanden hatten, betteten ihre Köpfe auf ihre Pfoten und betrachteten die Sterne. Laurias Augen schlossen sich zum Schlaf, doch Elhana blieb wach, wie das alte Wissen es verlangte: einer mußte die Wache halten. So blickte sie zum nördlichen Himmel empor und folgte den Fragmenten der dortigen Muster, versuchte zu entscheiden, in welche Richtung die Wolfswege gegangen wären und wie ihre Muster sich vielleicht in den Bäumen und Felsen und Seen darunter wiederholten, die jetzt alle dunkel waren und schwiegen.

»Kann es sein, daß die Lande der Wolfheit wirklich so weit gewesen sind wie die Himmel selbst?« fragte sie. »Und gibt es Wölfe, die heute nacht diesen gleichen Himmel betrachten und dieselben Sterne sehen und nicht die Muster der Sterne kennen, unter denen ich zu laufen gelernt habe? Ich könnte ihnen sagen, was ich weiß, und sie könnten mir erzählen, und zusammen ...«

Lange Zeit in jener Nacht wagte Elhana den Traum des Außenseiters zu träumen, der davon handelt, zu einem neuen und besseren Ort zu wandern, um dort ein neues Lebensziel zu finden und eine neue Gemeinschaft aufzubauen.

Sie seufzte, döste halb ein und schlief sogar kurze Zeit. Als Leitwölfin hatte sie jedoch die Fähigkeit entwickelt, ihre Ohren für Geräusche gespitzt zu halten und ihre Augen halb offen für die Welt um sich herum – oder, wie in dieser Nacht, halb geschlossen und blind für das, was sich über dem nördlichen Himmel ausbreitete.

Irgendwann in dieser tiefen Nacht begann der Himmel sich zu bewölken, und die Sterne verschwanden in der Schwärze. Die Wolfswege, die aus der Erinnerung verschwunden waren, wurden jetzt der Sicht entzogen. Dunkle Wolken schoben sich vor den Mond. Ein Wind strich durch das trockene, dunkle Gras. Elhana hörte ihn nicht.

Der Himmel wurde noch dunkler, und das Geflüster des Windes klang deutlicher wie ein Ruf, ein Gewisper, eine Bitte. Doch Elhana hörte es immer noch nicht.

Die Wolken wurden dicht, die Sternen waren nun alle verschwunden, und die Luft war wieder totenstill. Vergessen und Schlaf gingen über die Lande der italienischen Wölfe. Da kam ein letzter Windstoß, der unsichtbar in die Nacht aufstieg und flüsternd herabkam, die dunkle Erde berührte, wanderte und suchte, zum letzten Mal rief. »Hilf uns, jetzt«, rief er in das tote Gras und in die verlassenen Spalten des Gebirges.

»Hilf uns!« rief er ein letztes Mal und wirbelte den Staub und das Geröll des ungewöhnlich trockenen Sommers auf und schleuderte sie in das verwundete Gesicht Elhanas vom Benevento-Rudel.

Sie tauchte so schnell aus ihrem Schlaf auf, wie ein Hochwasser führender Fluß dahinschießt, wenn er durch Felsen hindurchgezwungen wird. Sie fuhr hoch und war wach. Ihr Rückenfell sträubte sich, ihr Maul öffnete sich zu einem warnenden Knurren. Sie erhob sich und hörte den Ruf des Windes, wie er wieder nach Norden verhallte: »Hilf uns!«

»Was ist?« wisperte Lauria, die ebenfalls erwacht war. »Was ist?«

Sie witterte Elhanas Unruhe und Furcht. Ihre Tochter war in der Dunkelheit kaum zu sehen.

»Aus meinem Traum heraus hörte ich die Götter mich rufen ...« flüsterte Elhana. »Ich dachte, ich hätte die Stimme von Wulfin selbst gehört.«

Ihre Augen waren voller Traurigkeit. Aber als ihre Mutter sie anschaute, sah diese voll Staunen, wie das Licht der Sterne auf dem Gesicht ihrer Tochter zu leuchten begann. Lauria wagte sich kaum zu bewegen und konnte kaum atmen. Langsam wandte sie den Kopf nach Norden und blickte zum Himmel empor und sah, wie ein großes Muster von Sternen langsam enthüllt wurde.

»Schau! Schau, meine Liebe!«

Zitternd, voller Furcht, tief beeindruckt, die Pfoten völlig reglos auf dem Boden, schaute Elhana und sah, daß die großen, dunklen Wolken mächtig aufgerissen waren, von einer Stelle direkt über ihnen bis zum fernen Norden, und an den rissigen Rändern der Wolken glomm und schimmerte das Mondlicht, während in dem schwarzen Raum jenseits der Wolken, der sich so weit dehnte, wie das Auge schauen konnte, ein Muster von Sternen erschien, das im Zickzack nach Norden verlief.

»Schau und erinnere dich«, flüsterte Lauria, »denn die Götter zeigen dir den Wolfsweg, der für uns so lange verloren und vergessen war, den Weg über unser großes Territorium hinaus. Schau und präge es dir in dein Gedächtnis ein!«

Elhana sah das Muster deutlich, sie legte den Kopf zurück und begann seinen Verlauf zu heulen, von der Stelle, wo es direkt über ihnen begann. Langsam, Stern um Stern, Sternengruppe um Sternengruppe, heulte sie nordwärts. Und während sie den Wolfsweg heulte, schlossen sich die Wolken, ihrem Geheul folgend, bis ein letzter Stern übrigblieb, der die Stelle zeigte, wo der Wolfsweg endete. Er leuchtete heller als die übrigen, und die Wolken verdeckten ihn nicht.

»Wo ist dieser Stern?« fragte Elhana.

»Ich weiß es nicht«, flüsterte Lauria, »es sei denn ... Es sei denn, dieser Stern kennzeichnet das ferne, vergessene Herzland. Such es, meine Liebe, folge dem Stern, folge ihm für uns alle ...«

Elhana blieb reglos wie ein Felsen. »Die Götter haben mich gerufen«, flüsterte sie, »und sie haben mir den Weg nach Norden gezeigt. Ich kenne ihn.«

»Das haben sie. Dann geh, meine Tochter. Folge ihm und finde den Ort, auf den der letzte Stern, den du siehst, herabscheint ... Finde heraus, ob er über dem Herzland der Wolfheit hängt: Das ist deine Bestimmung. Dort wirst du ein neues Rudel und einen neuen Gefährten finden.«

Elhana wandte sich wieder ihrer Mutter zu und verneigte sich vor ihr, links und rechts, Schulter an Schulter.

»Geh, meine Liebe, geh jetzt«, sagte Lauria eindringlich. »Folge dem Traum, der in der Nacht geboren wurde, als ich dich gebar, und der sich heute nacht gezeigt hat.«

Es war ein Befehl, der die Unausweichlichkeit des Wissens enthielt, doch immer noch zögerte Elhana, als sie den Leib ihrer Mutter an ihrem eigenen spürte, ihren süßen Duft roch, ihre sanfte Stimme hörte.

»Ich erinnere mich«, wisperte Lauria und staunte, daß sie

sich jetzt an etwas so Gewöhnliches erinnern sollte, »an die Stimme deines Vaters ...«

»Als er dir sagte, daß er dich liebt?«

Die alte Lauria schüttelte den Kopf.

»Nein, nicht daran, nicht an jenen Augenblick. Ich erinnere mich daran, was er mir in der Nacht sagte, als er fortging: ›Sage ihr, ich bin vorausgegangen, sage ihr, ich werde auf sie warten ... sag ihr das‹.«

»Wem?« flüsterte Elhana, die Augen auf den Stern des Schicksals gerichtet.

»Dir, meine Liebe, dir ... Er ist vorausgegangen, damit du eines Tages den Mut finden mögest, ihm zu folgen. Dieser Tag ist heute nacht gekommen.«

»Ja ...« flüsterte Elhana.

Sie trennte sich von Lauria, blickte ein letztes Mal auf ihre Mutter zurück, wandte sich um und lief in die Nacht, so zuversichtlich, als wäre gar nichts dabei.

Lauria erhob sich stolz und heulte zum bewölkten Himmel empor. Ein Heulen des Triumphs und des Schicksals, ein Geheul, das so zwingend war, daß tief unten das Rudel sich beim ersten Laut regte und sie sich, wie sehr auch Pescara versuchte, sie an ihren Plätzen zu halten, einer nach dem anderen umwandten, die Starken gefolgt von den Schwachen, denn sie spürten das Verlangen in diesem Geheul. Sie rannten durch die Nacht, ein Wolf nach dem anderen, um sich zur alten Lauria zu stellen, als sie Abschied von Elhana nahm.

Sie heulten, um den Göttern, die im Nordhimmel wohnten, zu sagen, daß sie aus ihren Reihen eine große Wölfin schickten, die nach Norden wanderte, um das Herzland zu suchen und, wie eine alte Prophezeiung es vorschrieb, den Göttern zu helfen, in Richtung auf den Stern, den sie alle sahen in dieser Nacht, als Wulfin rief.

Kapitel 3

Klimt erinnert sich an seine Jugend, den Verlust seiner ganzen Familie und ist entschlossen, seine Reise fortzusetzen

Klimt sprang von dem Holztransporter herab, der ihn aus der Hölle fortgetragen hatte. Dabei leitete ihn der gleiche Überlebensinstinkt, der ihn vorher auf den Laster hatte hinaufspringen lassen. Fast ein Tag war vergangen, wieder war die Abenddämmerung gekommen, und nun witterte er frische Luft.

Wohin auch immer der Lastwagen ihn gebracht hatte, es war dunkel und still gewesen, abgesehen von einem sanften Schwanken von einer Seite zur anderen und dem Geruch von Öl und von salzigem Meer. Dann kamen Lichter und menschliche Stimmen, danach wieder Stille. Zuerst hatte er geschlafen, dann folgte eine wachsame Ruhe, und er hatte Zeit, seinen Körper zu untersuchen. Er fand, daß er nichts Schlimmeres davongetragen hatte als Prellungen von den Felsen und den hervorstehenden Teilen im Meer. Zwei alte Wunden an seinen Flanken und eine auf seiner linken Pfote bluteten wieder und schmerzten. Er mußte einen sicheren Ort finden, um sich auszuruhen, zu heilen und zu überlegen, wie er am besten weiterreiste.

»Wulf wird mir nur helfen, wenn ich mir selber helfe«, sagte er sich, schob die Abdeckung beiseite, die ihn verbarg, und äugte hinaus. Nichts als Dunkelheit und Knarren. Am besten war, wenn er sich ruhig und still verhielt.

So war die Zeit vergangen, bis er wieder Menschenstimmen hörte. Eine, nein, zwei kamen an der Stelle vorbei, wo er lag, nur einen einfachen Sprung entfernt. Kratzen, Knarren, Klopfen, schließlich ein Knall und ein Gedröhn, der Lastwagen schwankte unter ihm und fuhr los.

Er lauschte viel, aber er witterte mehr, atmete die vorüberwehende Luft ein und staunte, daß es so viele Gerüche gab, die er nicht kannte.

»Zumindest einige davon sind Nahrung!« murmelte er

wehmütig vor sich hin. »Also werde ich vielleicht nicht verhungern!«

Das Geräusch des Lasters wuchs plötzlich an und wurde zu einem beständigen jaulenden Dröhnen. Als er hinausspähte, sah er eine graue, tote Landschaft vorüberfliegen. Gerade Stämme, die zu Bäumen zu gehören schienen, huschten vor dem Himmel vorbei, doch hatten sie bernsteinfarbene Lichter an ihren Wipfeln. Die Straße, auf die er hinabblickte, flog zu schnell vorbei. Er wußte, daß er nicht fliehen konnte, ohne sich zu verletzen, und für einige Zeit überkam ihn Panik. Aber dann erinnerte er sich, daß dieses Menschending, das ihn trug, schon zuvor langsam geworden war und angehalten hatte; gewiß würde es das wieder tun. Keine Kreatur reist ununterbrochen.

»Bei der ersten Gelegenheit, die ich habe, haue ich ab!« beschloß er.

So kam die Abenddämmerung, der Laster wurde langsam und hielt an. Klimt hatte sich zum Sprung bereit gemacht, aber in der Nähe gab es Lichter und Menschen, und andere Fahrzeuge lärmten herum. Sein Instinkt sagte ihm, er solle bleiben, wo er war. Der Lastwagen setzte sich erneut in Bewegung und beschleunigte, bis er sein früheres Tempo erreichte. Klimt hatte sich am Rand des Lasters wieder hingekauert, streckte die Schnauze in die Luft und wartete auf den richtigen Moment.

Der kam erst, als die Nacht über die seltsamen, hellen Menschenlichter herabsank, die entlang des Weges standen, den sie fuhren. Der Lastwagen wurde langsamer, Klimt blickte hinaus und sah einen Saum aus schmutzigem Gras, nur einen einzigen Sprung entfernt. Er spannte seinen Leib, machte sich bereit und dann … beschleunigte der Lastwagen erneut. Dies wiederholte sich viermal, bis der richtige Zeitpunkt kam und die Luft frischer roch als zuvor.

Klimt schob die Abdeckung beiseite, drehte sich ein wenig, um in die Richtung zu schauen, in die sie fuhren, und als der Lastwagen seine Fahrt verlangsamte, sprang Klimt in ein neues Leben und auf ein neues Territorium. Er schlug auf dem grasbewachsenen Boden auf, rollte in einem Durcheinander von Pfoten und kratzenden Pflanzen dahin und stand plötzlich aufrecht und regungslos da. Der Laster dröhnte fort in die Ferne. Andere Fahrzeuge rasten oben auf der Straße vorbei, und wenn sie herankamen, hatten ihre Lichter die Form des Mondes, waren aber hell wie die Sonne, ihre Rücklichter aber waren rot wie Blut.

Lichter und immer mehr Lichter. Klimt hatte so etwas noch nie gesehen. Er witterte schnell die Umgebung und fand nichts, das ihm Sorgen machte, obwohl einiges seltsam war, nicht zuletzt der Geruch von Aas. Das konnte warten. Er kroch weiter den Abhang hinab und blickte hinaus auf ein Panorama, wie er es noch nie zuvor gesehen hatte. Überall Lichter, fast so viele wie die Sterne, aber es waren keine lebendigen Sterne. Die meisten waren orange oder gelb und verliefen in Reihen, wobei jeder Lichtpunkt an Größe abnahm, und sie schufen sanfte Kurven, die sich überkreuzten. Diese Lichter schienen zu dröhnen. An ihnen entlang bewegten sich beständig andere Lichter. Die roten entfernten sich langsam, die weißgelben wurden größer, während sie dröhnten, bis sie ebenfalls irgendwo zu seiner Rechten verschwanden.

Das alles war von Menschen geschaffen, war seltsam, und doch war kein Mensch zu sehen, kein Menschengeruch zu wittern. Nein, nein, was er witterte, war das Meer. Dessen kräftiger Geruch kam mit einem leichten Wind aus dem Norden, dazu der Geruch von Öl. Er spähte durch den Dunst, den die nahen Lichter verursachten, und sah in der Ferne Wasser glitzern, über dem schwache Lichter auf und ab tanzten.

Er schaute zum Himmel empor und sah dort große Wolken aus Licht, die weich dahinschwebten und sich veränderten, außer an einer Stelle: direkt über seinem Kopf.

»Echte Sterne«, flüsterte Klimt, »nicht von den Menschen geschaffen.«

Er stand auf und wandte sich hangaufwärts, um das Aas zu suchen. Eine Saatkrähe, noch nicht lange tot. Und dann noch eine ..., sehr seltsam. Er witterte angestrengt an ihnen nach Gift, aber es gab keines. Er stieß ihre zerquetschten Körper mit einer Pfote und kostete prüfend, bevor er sie dankbar, aber vorsichtig verspeiste. Vögel reichten einstweilen. Er spuckte Federn und Knochen aus, leckte sich das Maul ab und überdachte die ungewohnte Tatsache, daß er sich gut fühlte.

»Die Menschen jagen mich nicht!« dachte er. »Die Menschen wissen nicht, daß ich hier bin.«

Er streckte die Vorderpfoten nach vorn und die Hinterpfoten nach hinten und drückte den Rücken durch. Seine Hinterkeulen zitterten, sein Kopf reckte sich mit offenem Rachen nach oben, die Zähne fingen die fernen Lichter ein. Seine Nasenspitze verließ den Schutz des Schattens und ragte ins Licht. Klimt richtete sich wieder auf und trabte weiter die Böschung hinab, um mit der Erkundung der Umgebung zu beginnen.

Während der Abend voranschritt, hörte das Dröhnen der Autos und Lastwagen nicht auf, doch unter den Brücken oder in den Wasserdurchlässen aus Beton, die er entdeckte und aus denen er trank, ließ das Geräusch nach. Manchmal hallte es wider oder flüsterte nur noch.

In der Dunkelheit gab es Leben. Wie zum Beispiel die Fledermäuse, die er entdeckte. Sie lebten in den dunklen Schlupfwinkeln unter einer Eisenbahnüberführung, und er beobachtete sie eine lange Zeit, wie sie aus ihrem Zuhause ins Licht hinaus und wieder zurück flatterten. Noch nie zuvor hatte er bleiche, durchscheinende Fledermäuse gesehen, nur die schwarzen Silhouetten, die aus der Dämmerung hervorschossen und vor dem Mond vorüberflogen.

Da gab es Wühlmäuse. Drei davon fing er. Es gab eine Kröte, groß und fett, widerlich anzufassen und zu riechen, geschweige denn zu schmecken. Es gab allerdings keine Hunde, außer einem, den er in der Ferne bellen hörte. Statt dessen witterte er einen Fuchs, die einzige wesentliche Kreatur, die er entdeckte. Die Spur war allerdings schon alt.

Er fand eine Ente, die schon verweste, weit entfernt vom Wasser. In der Tat fand er viele tote Dinge am Rand der Straßen, die die Laster benutzten. Er begriff plötzlich, warum, als er das Dahinrasen der Lastwagen der Menschen beobachtete. Sie kamen zu schnell heran, mit einem ohrenbetäubenden Krach, und die Dünste entlang des Weges trugen dazu bei, die Sinne eines Geschöpfs abzustumpfen. Hier war es so leicht, getötet zu werden.

»Doch mitten an diesem unnatürlichen Ort fühle ich mich sicherer als zuvor in der Nähe der Menschen. Vielleicht ...« dachte er, »weil hier keine Menschen sind, nur ihre dahinrasenden Dinger und ihre unzähligen Straßen und die Lichter, die mehr auffallen als die Sterne.«

Schließlich wandte er sich nach Norden. Er war gezwungen, eine der Straßen zu überqueren, da es keine andere Wahl gab. Nach vielem Suchen fand er einen Weg über das flache graue Gebilde hinüber zum Gras, und von dort zu den hügeligen Dünen, hinter denen es nach Meer roch.

Tief zwischen den Dünen gab es keine Lichter, und er konnte die Sterne über sich sehen. Aber am Rand des Himmels sah er ringsum die Lichter der Menschen glühen, und er staunte, wie sehr sie den normalen Himmel übertrumpften. Etwas bewegte sich, huschte vorbei. Kaninchen! Er hatte ihre Spur etwas weiter hinten gewittert, doch jetzt hörte er sie in der Nähe. Er ließ sie in Ruhe, denn er war schon zum Teil durch seine Funde gesättigt, vor allem aber war er zu aufgeregt wegen all dem, was er sah und spürte.

Er wußte nicht, warum er sich so sicher fühlte, so gebieterisch, als Herr der Nacht der Menschen. Er kam auf eine holperige Fahrspur und witterte ein Menschending. Kleiner als ein Lastwagen. Als er es erreichte, spürte er, wie warm es war, obwohl seine Monde schon untergegangen waren. Er äugte aus dem Schatten seitlich zu dem Ding empor und sah etwas sehr Seltsames: Im Inneren des Menschendings schaute ein Menschenkopf reglos vor sich hin. Er umkreiste das Ding vorsichtig und entdeckte auf der anderen Seite einen weiteren Kopf, der sich bewegte. Kurz war eine leise Stimme zu hören. Klimt ging fort in die Nacht. Wo die Wellen ans Ufer schlugen, fand er einen sicheren Platz, setzte sich hin, starrte über das Meer und dachte: »Was sind die Menschen?«

Dies hatte er seinen Vater mehr als einmal gefragt und

dabei entdeckt, daß es mehr als eine Antwort gab. Schließlich lief es auf das hinaus: Die Menschen waren, so wie Schneestürme waren. Sie kamen und sie gingen, sie töteten Wölfe oder sie töteten keine Wölfe, es gab keine Antwort auf die Frage, was sie waren, nur die Tatsache, daß sie waren, und ein Wolf mußte einfach alles hinnehmen, was das bedeutete.

»Wann sind die Menschen gekommen, vor oder nach den Wölfen?« hatte er seinen Vater gefragt, wie es junge Wölfe tun, die über die Antworten auf eine Frage nachdenken und dann eine neue Frage finden und danach noch eine …

»Sie kamen danach.«

Seine Mutter hatte das gesagt, mit jener ruhigen und maßvollen Stimme, die sie benutzte, wenn hinter dem, was sie zu sagen begonnen hatte, eine Geschichte steckte, die es zu erzählen gab.

»Wie lange ist das her?«

Seine Mutter hatte gelächelt, und Klimt hatte sich entspannt, denn er liebte ihre Geschichten über die Frühzeit der Wölfe, als Wulf selbst über die Erde gestreift war und sein Götterrudel von den nebligen Höhen des inneren Herzlandes herabgeführt hatte, von dort, wo sich – zu gefährlich, als daß ein sterblicher Wolf sich ihm nähern konnte – der Wulfsfelsen erhob, aus dem Wulf gekommen war. Der Wulfsfelsen war das Tor der Götter in die Sterblichkeit und die Schwelle, die ein sterblicher Wolf überschreiten mußte, wenn er seine Pfote auf einen Wolfsweg zu den Sternen setzen wollte.

»Kein Wolf weiß, wann die sterblichen Wölfe auf die Erde kamen«, hatte sie begonnen zu erzählen, »aber wir wissen dies: Am Anfang gab es drei Arten erdgebundener Kreaturen – die großen Katzen, die großen Wölfe und die Menschen. Die Katzen kamen als erste, die Wölfe als zweite und die Menschen als letzte. Die Katzen begannen als erste ihren Niedergang, die Wölfe als zweite, und die Menschen erleben ihren Niedergang als letzte. Keine Kreatur herrscht für immer vor, es sei denn, ihre Götter bleiben sicher am Himmel. Am Ende sterben alle Kreaturen, alle Stämme, alle Wesen, um von anderen ersetzt zu werden.«

Wie traurig waren die Augen seiner Mutter gewesen, als sie dies sagte, und – obwohl er dies nicht wußte – wie ähnlich den seinen. Traurigkeit war vielleicht der Schneestaub über Klimts Herz gewesen, das die Wärme der Sonne brauchte und eine leidenschaftliche Liebe.

»Ich weiß, wann die Katzengötter in den Ländern, die wir kennen, zu sterben begannen«, war seine Mutter fortgefahren, »und ihre sterblichen Verwandten zurückließen, die nur noch belanglose Schatten zwischen den Waldbäumen werfen und sich vor den Wölfen verstecken. Du weißt es auch, Klimt, denn ich habe es dir erzählt.«

»Das war, als die sterblichen Wölfe den Kriegsgott der Katzen, Smilodon mit den Säbelzähnen, im Schatten des Wulfsfelsens besiegten«, hatte Klimt nacherzählt. Er wußte, daß seine Mutter vor Beginn einer neuen Geschichte gern einen Bezug zu einer alten herstellte, einfach um sicherzugehen, daß er aufmerksam war und sich daran erinnerte, was vorausgegangen war.

»So war es, mein Lieber. Smilodon starb, und die Wölfe waren endlich den Katzen überlegen, während die Menschen noch nicht ihre Stärke gefunden hatten und noch nicht begriffen, daß sie nur durch die Zerstörung der heiligen Wolfswege uns überlegen sein konnten. Aber ... das war vor langer Zeit, und obwohl wir nie zu der Erniedrigung hinabsanken, die die Katzen erlitten haben – sie wurden zu Spielzeugen der Menschen –, so sind wir doch besiegt worden, und unser Niedergang war um so schmerzvoller, da er in der Erinnerung unserer Geschichten enthalten ist. Aber da gab es einen Wolf aus der Bukovina, der wußte es ... habe ich dir von ihm erzählt?«

»Die Bukovina ist im Osten des Herzlandes, soviel hast du mir jedenfalls erzählt.«

»Ah ...« Seine Mutter hatte wieder dieses leichte Lächeln gelächelt und ihm das wenige erzählt, das sie davon wußte, wie die Wölfe der Zeit, inspiriert von einem Bukov-Wolf, vom Herzland ausgeschickt wurden, damit sie sich an fernen Orten versteckten, wo die Menschen nicht hinkamen, und dort auf den Niedergang der Menschen warteten, so daß es

Wölfe gäbe, die bereit waren, ins Herzland zurückzukehren, wenn die Zeit gekommen war und Wulf sie rief.

»Wann wird das sein?« hatte Klimt gefragt. Er war unermüdlich und nicht mit einer großen Geschichte zufrieden, er wollte immer mehr. »Ist ein Wolf von dem Rudel der alten Wölfe der Zeit hierhergekommen?«

»Das ist ein Traum, mein Lieber, nur ein Traum, denn jetzt sind nur noch sterbliche Wölfe übrig, und die Wölfe der Zeit, wohin immer sie gegangen sind, können jetzt ihren Weg von den fernen Jahrhunderten, in denen sie sich verbargen, in die Gegenwart nicht finden: unser Niedergang war zu groß.«

»Mhmm!« hatte Klimts Vater gesagt. »Es gibt immer Raum für Träume, mein Lieber, und welcher Wolf kann sagen, daß sie nie wahr werden? Gewiß kann es kein Wolf einem anderen sagen, oder keiner von uns würde je irgendwohin ziehen, im Leib oder im Geist. Also erzähle Klimt nicht, daß die Wölfe der Zeit tot sind – erzähle ihm, daß sie in schlafenden Schatten leben und auf den Tag warten, da sie wieder gerufen werden. Erzähle ihm das!«

»Du hast es ihm schon selbst erzählt!« hatte seine Mutter erwidert, denn sie sah den Hoffnungsschimmer in Klimts jungen Augen …

Die Zeit, als er so jung gewesen war, schien so lang her zu sein, und jetzt war da anderes Wissen, über das er nachdenken mußte, wichtigeres und schrecklicheres Wissen als Träume und Prophezeiungen. Alle Wölfe wußten, daß die Menschen nie getötet werden durften, niemals. Aber er, Klimt, hatte einen Menschen getötet, und er fühlte etwas, von dem er wußte, daß es sein Vater nie gefühlt hatte und auch seine Mutter nicht und – soweit er wußte – kein anderer Wolf: Er fühlte keine Angst vor Menschen. Als er einen getötet hatte, war seine Angst von ihm abgefallen.

Staunend sann er nach und überlegte, ob er zusammen mit dieser Angst auch eine andere verloren hatte, die Angst vor dem Tod selbst. Waren die beiden Ängste vielleicht dieselbe? Er hatte keine Angst vor dem Sterben gehabt, als er das letzte

Mal Menschen gegenübergestanden war, bevor er sich umgewandt hatte und ins Meer gesprungen war.

»Ich habe das nicht aus Angst getan – nein, das war es nicht –, sondern weil ich nicht wollte, daß sie mich bekommen. Das Meer mag mich sterben sehen, aber nicht die Menschen …«

Ruhelos stand er auf, hob den Kopf und witterte die Luft, dann suchte er sich langsam seinen Weg durch die Dünen, die das Meer säumten. Er wandte sich wieder dem Geräusch der See zu und sah, wie sie sanft über den Schlamm leckte, der seine Pfoten einsog, wenn er darauf trat. Er zog sich auf trockeneres Land zurück und wanderte an der verlassenen Küste entlang, lauschte dem Nachtgegacker der Wasservögel und vernahm von irgendwoher das scharfe Flöten eines Austernfischers.

Warum erschienen ihm hier in der Dunkelheit, die in allen Richtungen von Lichtern und Bauwerken der Menschen und dem Brummen der unaufhörlich sich bewegenden Menschendinger eingegrenzt war, diese Geräusche schöner als je zuvor?

Er blickte über die Finsternis des Meeres zu dem Schatten von Land auf der anderen Seite und erkannte, daß er auf das Territorium schaute, von dem er geflohen war. Er wußte auch: Bevor er ihm für immer den Rücken zukehren und auf der Suche nach dem Herzland weiterziehen konnte, mußte er sich allem stellen, was er verloren hatte, und einen Platz dafür in seinem Herzen finden.

Er zog sich in den Schutz einer Düne zurück, ließ sich im tiefsten Schatten nieder und durchlebte ein letztes Mal die Erinnerungen, vor denen er geflohen war. Er erinnerte sich wieder an die Prophezeiung vom Herzland und dem Dienst an allen Wölfen, die sein Vater für ihn gemacht hatte und die ihm die Kraft und den Mut zum Überleben gegeben hatte.

Der Fluß Torne entspringt in den Bergen von Skandinaviens fernem Norden. Tornesdal, sein Tal, verläuft südostwärts in den Bottnischen Meerbusen. Klimts Mutter war eine lappische Wölfin, die von den Fjälls des Nordostens herabgewandert war. Sein Vater stammte aus Norwegen und hatte die Witterung der Kiefernwälder im Blut. Beide waren Vagabunden gewesen. Sie begegneten einander und paarten sich. Als ihr Revier wählten sie den unteren Teil von Tornesdal. Es war ein Kompromiß. Sie hatten zwei Würfe. Aus dem ersten wuchsen die Rüden und Fähen heran, die ihnen halfen, den zweiten Wurf von drei Jungen großzuziehen, in dem Klimt einer der beiden Rüden war.

Auf ihre unterschiedlichen Arten lehrten Klimts Eltern ihn alles, was sie vom Wolfswissen wußten, und flüsterten von den lappischen Geheimnissen des Führens und Wanderns und von den rachsüchtigen alten Göttern, aus deren Sturz die Götter Wulf und Wulfin entstanden waren.

»Auch Götter stürzen«, war sein Vater geneigt zu sagen, allerdings mit einer Selbstironie, die Klimt nicht verstand, weil er damals noch zu jung war. Statt dessen hatte er zum Nachthimmel emporgeschaut und sich Götter vorgestellt, jeder aus einer Million Sternen bestehend, und wie sie zur Erde fielen. »Gewöhnlich ist es der Stolz«, erklärte sein Vater, »der Gleichgültigkeit denjenigen gegenüber ausbrütet, für die ein Gott sorgen sollte, so wie ein Vater für seine Jungen und ein Anführer für sein Rudel. Ein Anführer ist niemals wichtiger als sein Rudel, niemals!«

»Aber sind sie nicht dasselbe?« sagte Klimt, der Wortwechsel gern hatte. »Hast du das nicht einmal gesagt?«

»Hat er vielleicht gesagt – er sagt eine Menge Dinge«, hatte seine Mutter erwidert. »Du wirst herausfinden, daß die Wahrheit anwächst, mein Lieber. Aber ... ein Anführer und ein Rudel sind nicht immer dasselbe. Es gibt andere Rudel als dieses und andere Arten, sie zu führen. Wir haben dir nur eine Art gezeigt, und die ist nicht notwendigerweise die beste. Mein Vater zum Beispiel hätte, als er Rudelführer war, nie so geredet wie dein Vater. Er war in seiner Art zu festgefahren, auch zu sehr geneigt zu glauben, er habe immer recht.«

»Stolz?« fragte Klimt. »Wie Götter?«

»Genau so«, fuhr sein Vater fort. »Die alten Götter stürzten, und Wulf und Wulfin übernahmen ihren Platz. Das war zu der Zeit, als die Welt, wie wir sie kennen, gemacht wurde. Aber nach einiger Zeit fiel Wulf selbst und ließ Wulfin zurück, die dann die Wolfswege der Sterne allein wanderte und nach ihm suchte ...«

»Diese Geschichte hast du mir vor langer Zeit erzählt!« sagte Klimt abschätzig.

»Dann verstehst du ja, warum die sterbliche Wolfheit im Niedergang begriffen ist«, rief sein Vater verdrießlich aus. »Wulf tat seiner Leitwölfin Wulfin Unrecht und paarte sich mit einer sterblichen Wölfin. So starb er als Gott und wurde als sterblicher Wolf geboren – geboren, um zu sterben und erneut zu sterben, in dem nie endenden Kreislauf von Leben und Tod, aus dem es für einen unserer Art kein Entkommen gibt, es sei denn, er kann den Wolfsweg zu den Sternen erklimmen und selber ein Gott sein, wie Wulf einst einer war.«

»Wie könnte ein Wolf das tun?« überlegte Klimt und blickte zu den Sternen empor. »Wurde Wulf wirklich als sterblicher Wolf wiedergeboren?«

»Wenn nicht, welche Hoffnung bleibt dann uns noch oder für die Wolfheit?« erwiderte sein Vater.

»Aber du hast gesagt, daß die Wolfheit stirbt«, sagte Klimt respektlos. Er war noch zu jung, um an seine eigene Sterblichkeit zu glauben, geschweige denn an die seiner ganzen Art.

»Eines Tages, mein Sohn, wirst du sehen, daß wir sterben ...« sagte sein Vater und blickte traurig auf Klimts Mutter, die düster nickte. »Deine Mutter hat ihr eigenes Rudel verlassen, weil sie glaubte, sie könnte dadurch allen Wölfen helfen.«

»Ich hatte gedacht, der eine oder andere der übrigen Götter, vielleicht Wulfin selbst, könnte mir einen Weg zeigen. Aber ... na ja ...«

»Sie hat dir den Weg zu mir gezeigt«, sagte Klimts Vater sanft und mit viel Liebe.

Klimt erinnerte sich daran, wie er die beiden dann angeschaut und zum ersten Mal erkannt hatte, daß sie die ganze Welt für ihn waren und daß sie eines Tages nicht mehr sein würden. Sie waren sterblich, und als er dies erkannte, sah er auch zum ersten Mal, daß er ebenfalls sterblich war. Wenn es etwas gab, das in seinem Leben zu tun war, dann sollte er es lieber früher als später tun. Solche Dinge und auch vieles andere lernte Klimt in dem Frieden, der damals in Tornesdal herrschte.

Er lernte auch vieles über die Wolfswege, die Wulf selbst während seiner irdischen Wanderung markiert hatte, als er im Aufstieg war, bevor er ein Gott wurde. Diese Wolfswege waren die alten Pfade der Wölfe durch Wald und Gebirge, an See und Fluß entlang zum Meer, an allen Orten der Erde.

»Und warum gibt es sie, mein Sohn?« fragte Klimts Vater rhetorisch. »Damit Wölfe sicher von einem Ort zum anderen wandern können, als Vagabunden oder als Einzelgänger oder in Rudeln, die sich abgespalten haben und ein neues Revier suchen. Und wie erinnern wir uns der Wolfswege? Durch Muster der Sterne, die du auch lernen mußt, damit du als Erwachsener, wenn du ein Rudel führst, weißt, welchen Weg du gehen mußt.«

Das war die Hoffnung, aber mit der Zeit fand Klimt, daß die Wirklichkeit anders war. Seine Eltern kannten nicht alle Wolfswege der Sterne, nur Bruchstücke davon, die ihr eigenes Revier abdeckten, und die Orte, wo sie geboren waren. Ihm wurde gezeigt, wie die Sterne, die Linien und Winkel zwischen ihnen einen Wolf vom Berggipfel zum See führten, vom See zum Fjäll, vom Fjäll zum Tal, von der Mündung zweier Flüsse hinauf zu einem Bergpaß, und er staunte, daß die Sterne dort oben Führer über die ganze Erde waren, auf eine Weise, die jetzt dem Gedächtnis der Wölfe entfallen war.

»Kein Wolf kennt alle Wege oder kann alle Sterne deuten, außer Wulf selbst«, sagte sein Vater zu ihm. »Deshalb ist er ein Gott – oder war es!«

»Nicht einmal Wulfin, seine Gefährtin?« fragte Klimt. »Kennt sie die Wolfswege nicht?«

»Ja, ja, vielleicht kannte sie sie auch, vielleicht. Aber unter sterblichen Wölfen, in alter Zeit, kannte jedes Rudel seine Wolfswege und wie sie mit den anschließenden Revieren verknüpft waren. Vagabunden konnten diesen Wegen von Rudel zu Rudel folgen.«

»Aber Rudel mögen keine Vagabunden«, sagte Klimt.

»Das kommt darauf an«, sagte sein Vater. »Vagabunden werden geduldet, wenn sie Geschichten und Geheimnisse weitergeben und wenn sie ihre Geschichten in der Morgen- und Abenddämmerung heulen und auf dem Platz bleiben, der ihnen zukommt. Sie leben von den Resten, die ein Rudel zurückläßt, während sie im Raum zwischen den Revieren herumwandern.«

»Wo beginnen die Wolfswege, und wo enden sie?« fragte Klimt.

»An dem Ort, wo Wulf seine sterbliche Reise begann und wohin er am Ende zurückkehrte und der das Herzland der Wölfe genannt wird. Dorthin führen alle Wolfswege. Anfang und Ende aller Dinge ist in der Mitte des Herzlandes, wo sich der Wulfsfelsen befindet. Aber wo das ist, das wissen wir nordischen Wölfe nicht. Westwärts und über die Ostsee, wahrscheinlich. Außerhalb unserer Reichweite, sicherlich!«

Von dem Augenblick an, als der junge Wolf vom Herzland hörte und von dem heiligen Ort, der Wulfsfelsen genannt wurde, da spürte er eine Welle von Erregung und eine Ahnung von einem ehrfurchtgebietenden Mysterium. Er schaute oft zu den Sternen empor und überlegte, daß inmitten ihrer Myriaden Lichtpunkte der besondere Wolfsweg verloren und vergessen lag, der ihn zu dem heiligen Ort führen könnte. Es war gewiß ein besonderer Weg.

Klimt war im späten Frühling geboren worden als ein Junges, das so kräftig war, wie ein Wolfsjunges nur sein konnte. Von den ersten Wochen ihrer Scheinkämpfe an dominierte er die anderen beiden Rüden seines Wurfes. Seine klaren Augen und seine feste Haltung zwangen seine Geschwister, sich ihm unterzuordnen. Doch wenn ein anderer Wolf sie bedrohte, und sei es nur im Spiel, dann ging Klimt auf ihn los, ganz gleich, wie stark der Wolf war. So hatte Klimt von Anfang an sein eigenes kleines Rudel.

Bis zum Herbst seines Geburtsjahres war er durchaus glücklich. Das Wilfern mit den Geschwistern, sein sich entwickelndes Heulen, die Erkundung des Reviers waren Freuden, die alle teilen konnten. Aber in jenem Oktober kamen die Menschen, seine Schwester wurde totgeschossen, und einer seiner erwachsenen Brüder wurde so schlimm verstümmelt, daß er starb.

Damals fiel ein Schatten über Klimts starkes Gesicht, und er verlor seine Unschuld. Er wandte sich vom Spiel mit seinem Vater dem Gespräch mit seiner lappischen Mutter zu, die ihm Dinge zu erzählen begann, von denen sie nie zuvor gesprochen hatte. Sie sprach von den Göttern und wie Wulf vor tausend Jahren gesündigt hatte …

»Was hat er getan?«

»Er hat sein eigenes Gesetz gebrochen«, sagte Klimts Mutter kurz und bündig. »Das gegenwärtige Elend der Wolfheit ist das Ergebnis davon. Wir sind zum Niedergang vor dem Zorn der Menschen verdammt, aus unseren Heimatländern vertrieben und verflucht, die vergessenen Wolfswege zu wandern, bis es keinen Ort mehr gibt, wohin wir gehen können.«

Auf ihre geheimnisvolle, dunkle Art erzählte sie von Schicksal und Fluch, warnte ihn und flüsterte davon, wie die Götter im Niedergang begriffen seien. Wieder und wieder erzählte sie die Geschichten, jedes Mal ein bißchen anders, und jedes Mal half sie ihm ein bißchen mehr Wahrheit anzusammeln.

»Für tausend Jahre wird unsere Art sterben, so hat man mir erzählt, und dann werden wir eine Gelegenheit erhalten, uns zu erlösen. Aber frage mich nicht, wie oder warum. Die schlafenden Götter werden als sterbliche Wölfe erwachen, was immer das bedeuten mag, und sie werden ein Leben zur Verfügung haben, um alles wieder recht zu machen. Nur ein Leben – gerade Zeit genug, die Menschen zu lehren, daß auch sie sterblich sind.«

»Höre nicht auf sie«, pflegte sein Vater zu sagen. »Sie wird alt, und ihre Zeit ist vorüber. Sie sagt, man habe ihr all diese Geschichten erzählt, aber wenn du mich fragst, so hat sie sie sich ausgedacht!« Seine Eltern pflegten dann miteinander zu lachen, voller Zuneigung und Liebe.

Klimts erster Winter war eine Zeit neuer Erkundungen, die er meistens in der Gesellschaft seines Bruders unternahm. Sie gingen hinauf zu den gefrorenen Seen oder auf die Tundra-Fjälls, um nach Rentieren Ausschau zu halten, die im tieferen Gelände von ihren Herden getrennt worden waren. Sie hetzten sie, wenn sie konnten, aber noch ohne große Hoffnung, sie selber zu töten, wie es das Rudel unter der Führerschaft ihres Vaters tat. Manchmal zog Klimt allein los. Während einer solchen Erkundung spürte er zum ersten Mal den Ruf einer Macht, die außerhalb von ihm selbst war, den Ruf, den seine Mutter einmal als eine »Einladung zum Werk der Götter« beschrieben hatte.

»Du wirst es wissen, wenn du es spürst, und du bist derjenige, der es spüren wird, du als einziger aller meiner Sprößlinge. Wenn dieser Ruf kommt, dann gehorche ihm, wie du einem Ruf zur Rettung deines eigenen Lebens gehorchen würdest ...«

Es kam ein Tag, da spürte er oben an den Seen den Ruf. Nichts hatte er je so eindringlich empfunden. Gerade noch hatte er das kühle Wasser eines Baches getrunken und auf die Kieselsteine gestarrt, über denen sich das Wasser kräuselte, und im nächsten Augenblick durchlief seinen Leib die grelle Erregung der Angst. Er drehte sich nach oben und blieb dann reglos stehen, während das Wasser von seiner Schnauze tröpfelte. Er versuchte zu hören, zu riechen, zu sehen, was ihm solche Unruhe verursachte.

Dann kam etwas, das seinen Ohren wie ein fernes Heulen vorkam, weit tiefer als jedes sterbliche Geheul, das er bisher gehört hatte. Es schien von jenseits der Zeit zu kommen, so gewiß wie Felsen oder Wasser oder Sonne. Plötzlich empfand er keine Angst mehr, sondern Macht. Es war der Ruf der Götter, und es gab keinen Zweifel, was er tun mußte. Ohne nachzudenken trottete er zu dem schmalen Ufer, den Weg zurück, den er gekommen war, hinab, hinab in tieferes Gelände, wo das Rudel sein mußte. Dort wurde er jetzt gebraucht.

Er mußte nicht einmal am Boden herumschnüffeln, um die Witterung des Rudels aufzunehmen. Er fand seine Verwandten, wie sie sich um einen Rentierkadaver rauften, auf den sie gestoßen waren. Fast alle waren älter als er, was bedeutete, daß er hätte warten müssen. Einer von den erwachsenen Brüdern hatte den Kadaver gefunden und sein Recht, zuerst davon zu fressen, ausgeübt. Jetzt, als Klimt ankam, führte sein Vater die anderen beim Fressen an.

Trotz der Drohungen seines Vaters witterte Klimt an dem Rentier, und es gefiel ihm nicht. Aber welcher Wolf würde auf ihn hören? Er tat sein Bestes, um sie zu warnen, aber nur bei zweien hatte er Erfolg. Einer war der Bruder, der sich ihm immer unterordnete; er war außerhalb des Kreises der Fressenden geblieben. Und die andere war seine Mutter, die nach ein paar Bissen Klimts Geknurr und Gezwick und Gebettel nachgab und alles wieder herauswürgte, was sie gefressen hatte, bevor sie sich zurückzog.

Es ist nicht notwendig, jetzt den Schrecken des Geheuls ins Gedächtnis zu rufen, das dann folgte, als alle Wölfe, die davon gefressen hatten, einer nach dem anderen qualvoll an dem Gift starben, das die Menschen auf das Rentier getan hatten. Schlimmer noch war der Tod ihres Vaters, der seinen eigenen Magen erbrach.

Bei Anbruch des nächsten Tages waren von denen, die von dem vergifteten Ren gefressen hatten, alle bis auf einen gestorben. Doch auch dieser eine war dem Ende nahe. Klimts Mutter war krank und sehr schwach. Nur er und sein Bruder, der das Fleisch nicht angerührt hatte, waren wohlauf. Am Ende eines weiteren Tages war Klimt der Führer des Rudels – wenn man es noch ein Rudel nennen konnte – von nur drei Wölfen. Das Gift war sehr stark, so daß Klimts Mutter den vollen Gebrauch ihrer Gliedmaßen nicht wiedergewann. Es war ein harter Kampf den ganzen dunklen Winter hindurch, während sie darauf warteten, daß die Frühlingssonne ihre Gesundheit wiederherstellte.

Aber eines war nun ganz sicher. Die Art und Weise, wie Klimt gespürt hatte, daß etwas nicht stimmte, und wie er angerannt gekommen war, um dem Rudel zu helfen, auch wenn er sie nicht hatte dazu überreden können, sich selbst zu helfen, überzeugte seine Mutter, daß er ein besonderer Wolf war.

»Die Götter haben an dir Gefallen, Klimt, sie beobachten dich … Jetzt mußt du dich darauf vorbereiten, nach Norden zu ziehen. Mein Vater war ein russischer Wolf, und sein Vater wiederum stammte aus dem berühmten Mezen-Rudel. Ich muß dir davon erzählt haben …«

Das hatte sie natürlich, aber es hielt sie nicht davon ab, aufs neue die großen, dunklen russischen Steppenwölfe zu beschreiben, die größer sind als die lappischen Wölfe. Diese Geschichte zu erzählen ließ sie ihren Schmerz vergessen.

»Du trägst ihr Blut in deinen Adern. Nun versprich mir, daß du dich nach Norden wenden und sie suchen wirst, wenn ich nicht mehr bin. Der sichere Weg ist, so weit weg von den Menschen, wie es geht. Nimm deinen Bruder …«

»Aber wir kennen die Wolfswege über diese kalten Länder nicht.«

»Wulf der Große wird euch führen …«

»Ich dachte, er sei gefallen …« sagte Klimt schelmisch.

»Ist er auch, ist er auch, aber was ist ein Gott, wenn nicht ein Beispiel, und das kann euch immer noch inspirieren!«

»Ja«, sagten die Brüder gehorsam.

Die Krankheit verließ ihre Mutter selbst dann nicht, als endlich die Frühlingssonne warm schien. Sie führten sie ein kleines Stück nach Norden, wo sie noch die ersten Blüten auf den Fjälls erlebte, über die sie in ihrer Jugend gewandert war und wo sie Klimts Vater gefunden hatte. Sie schnupperte noch einmal an den Heidelbeertrieben und nickte in ihren letzten Momenten in Richtung auf die Stellen, wo im Sommer das Wollgras seinen Flaum aussenden würde.

»Versprich mir, daß du nach Norden gehst und deine russischen Verwandten suchst, Klimt. Versprich es, in Wulfs Namen!«

Was konnte es schon schaden, einer sterbenden Wölfin Versprechungen zu machen, wenn ihr das den Übergang zu den Sternen erleichtern würde? Klimt versprach es und glaubte sogar, sie würden weiter nach Rußland ziehen und dort das Mezen-Rudel finden.

Aber es sollte nicht sein.

Die Menschen kamen, und drei Tage später starb Klimts Bruder, verstrickt in eine einfache Drahtfalle, aus der er nicht befreit werden konnte. Gift, Draht, Gewehrschüsse – die Menschen teilten den Tod auf viele Arten aus. Gegen alle konnte ein Wolf nur wenig ausrichten. Was einen Gegenangriff auf die Menschen anging, so kannte er die Wolfslehre gut genug: Wölfe töten keine Menschen.

Einige Nächte, nachdem der letzte seiner Verwandten gestorben und Klimt tieftraurig vom Fjäll herabgewandert war, zurück in den Wald von Tornesdal, da hatte er einen Traum über seine Bestimmung, der noch viel stärker als zuvor die Empfindung in ihm hinterließ, er werde gerufen.

Er träumte, daß die Sterne hell über seinem Kopf leuchteten und daß sich in ihnen ein Muster zu formen schien, welches sich nach Süden über das Firmament hin ausdehnte und dann weiter in die Ferne, bevor es sich nach Osten wandte. An seinem Ende leuchtete ein heller, einsamer Stern. Klimt hörte seinen Namen rufen, und er wußte, daß er dem Wolfsweg folgen und den Stern finden mußte, der gewiß das Herzland und vielleicht sogar den Wulfsfelsen selbst kennzeichnete.

Es schien ein Traum zu sein, aber als er erwachte, glaubte er, es sei seine sichere Bestimmung. So kehrte er Tornesdal und den lappischen Ländern den Rücken, um sich nach Süden zu begeben, wo die Menschen lebten. Er glaubte, Wulf habe ihm den Weg gezeigt und würde ihm folgen. Das Versprechen gegenüber seiner Mutter schob er beiseite, auch wenn ihm dabei unbehaglich zumute war, denn sie hatte ihn Wulfs Namen anrufen lassen, als er versprach, nach Norden zu ziehen …

»Ich habe es ihr versprochen«, flüsterte Klimt jetzt, während tiefer unten das Meer an der Küste leckte, »und eines Tages werde ich dieses Versprechen erfüllen …«

Ein Brachvogel rief, nahebei huschten Wühlmäuse umher.

Die Sterne erloschen hinter einer neuen Wolke. Klimt ließ sich nieder und versuchte zu schlafen, doch er konnte es nicht. Die Vergangenheit überwältigte ihn und ließ ihn diese ganze Nacht hindurch nicht mehr los.

Kapitel 4

Klimt bietet seiner bitteren Vergangenheit die Stirn und zieht weiter – in der Hoffnung auf eine bessere Zukunft

Nach dem Tod seines Bruders war Klimt vorsichtig weiter nach Süden gezogen und dabei Skandinaviens gebirgigem Rückgrat auf der Ostseite gefolgt, immer so nahe wie möglich an der Baumgrenze, wenn nicht Wetter und Terrain ihn in tieferliegende Gebiete trieben. Er war jetzt ein vagabundierender Wolf, der sich kein festes Revier nahm. Er jagte alle Säugetiere, die er finden konnte, aber nie Vieh von Menschen, es sei denn, es war krank oder tot. Den Menschen ging er ganz und gar aus dem Weg, ihren Lichtern, ihren Gerüchen, ihren Fahrspuren, ihren Häusern.

Er wanderte langsam und überwinterte hoch oben in den Seegebieten von Hanaven. In den letzten Wochen des Winters verhungerte er fast, bevor Leben und Beute in die schneebedeckte Landschaft zurückkehrten. Im neuen Frühling, als alles vor Leben strotzte, die Wälder nach Leben dufteten und im Licht zu leuchten begannen, fing die Einsamkeit an, ihn heimzusuchen wie ein Dorn, der sich in seine Pfote gebohrt hatte und nicht herauskommen wollte.

Er zog weiter, manchmal eilend und voller Panik, erschrocken über den eigenen Schatten. An anderen Tagen wanderte er überhaupt nicht, sackte matt in sich zusammen und hatte das Gefühl, es habe keinen Sinn weiterzuziehen. Den Traum von seiner Bestimmung hatte er seit langem aufgegeben, und wenn er ihn manchmal heimsuchte, dann schüttelte Klimt den Kopf und flüsterte: »Nein!«

Der folgende Herbst und der Winter waren eine Zeit der Düsternis für Klimt. Sein Fell war verdreckt, seine Augen starrten halbtot. Es kam ihm vor, als hätte er nicht nur alle seine Verwandten verloren und wäre für immer allein, sondern als hätten auch Wulf und Wulfin ihn verlassen. Er kannte die Verzweiflung und empfand schließlich das Bedürfnis zu beten.

»Großer Wulf, mein Name ist Klimt von Tornesdal, und ich reise in deinem Namen ... Jetzt sehe ich nichts als Finsternis vor mir und Finsternis hinter mir. Leite mich!«

Gebete eines Wolfes zu den Göttern werden selten unmittelbar beantwortet und niemals so, wie ein Wolf es erwartet. Und doch, wenn sie mit Vertrauen und einem offenen Herzen gesprochen wurden, dann werden sie am Ende immer beantwortet.

Anfang Februar entschloß sich Klimt, auf seiner Reise nach Süden wieder kehrtzumachen. Er stieg in tiefer gelegene Gebiete hinunter, um sich den Weg nach Norden zu erleichtern. Seine Mutter hatte recht gehabt, aber in Wahrheit war seine Verzweiflung so groß, daß er sich nicht länger darum sorgte, ob die Menschen ihn finden würden. Der Tod wäre für ihn eine Befreiung gewesen.

In der Stunde seiner tiefsten Finsternis schien dann sein Gebet beantwortet zu werden. Denn am späten Nachmittag des dritten Tages seiner Rückkehr nach Norden hörte er irgendwo in den Bergen über ihm einen Wolf heulen, fern, aber deutlich. Er erhob sich und stand ganz still, den Kopf seitlich gehoben, die Ohren aufgestellt. Nur der Schwanz zuckte hin und her. Dann reckte er den Kopf vor, öffnete sein Maul halb, und während er den Kopf langsam hob, heulte er eine einsame Antwort hinaus, hielt inne und lauschte. Seit der letzte Wolf seines Rudels gestorben war, hatte er fast nie mehr geheult, damit die Menschen ihn nicht hörten, aber die Erregung, einen von seiner eigenen Art zu hören, und der Zwang, mit ihm Kontakt aufzunehmen, überwältigten alle Vorsicht und Furcht.

Nach einer Pause, die eine Ewigkeit zu dauern schien, hörte er wieder das ferne Heulen. Aufgeregt rannte er ein Stück in die Richtung, aus der das Geheul kam, und heulte erneut, kräftiger diesmal. Er wartete nicht auf die Antwort, sondern trabte hinauf, zwischen den Bäumen hindurch, über die Viehweiden, schneller und schneller, bis die Abenddämmerung kam und sein Herz sich mit Sehnsucht füllte.

Er hielt an und wartete, während die Dunkelheit sich herabsenkte, und lauschte. Die Nacht kam. Der Mond versteckte sich hinter den Wolken. Sterne waren nur gelegentlich und schwach zu sehen. Immer noch wartete er. Dann plötzlich hörte er wieder das Geheul, viel lauter und näher, nur einen Schatten weit unten am Hang. Er antwortete und rannte darauf zu, vorsichtig, denn außer den Bäumen gab es hier Felsen und tief eingeschnittene Rinnen vom Schmelzwasser im Frühling. Während er rannte, witterte er in der Luft und am Boden und versuchte, den anderen Wolf zu identifizieren.

Es ertönte wieder ein kurzes Geheul, diesmal sehr nah. Er hatte die Witterung, klar und süß wie Heu. Noch als sie zwischen den Bäumen hervortrat und er ihre schattenhafte Gestalt sah, da wußte Klimt, daß es eine Fähe war. Einen quälenden Augenblick lang fühlte er den stechenden Schmerz einer schrecklichen Vorahnung, der verlangte, daß er auf der Stelle kehrtmachte und davonlief, nicht zu seinem eigenen Vorteil, sondern ihr zuliebe. Aber ihre Witterung war gut, und das Verlangen, das er verspürte, war mächtiger als die Schatten in seinen Gedanken.

So ging er geradewegs auf sie zu, Nase an Nase, Flanke an Flanke, und witterte sie ganz. Eine schnelle Wendung und ein Stoß, dann ein Knurren, und er hatte seine Überlegenheit bewiesen. Sie gab das sanfteste Wilfern von sich. Immer wieder witterten und schnüffelten sie in die Nacht, umkreisten sich, bis der Schnee an der Stelle, wo sie sich begegneten, zwischen den Bäumen niedergetreten war. Dann wandte er sich stolz von ihr ab und ließ sich nieder, den Kopf zwischen die Pfoten gelegt. Sie lief davon, markierte einen Baum mit ihrem Geruch, winselte und ließ sich innerhalb von Riech- und Hörweite, aber außerhalb der Sichtweite nieder. Die

Nacht schritt voran. Klimt schlief, wie er seit Monaten nicht mehr geschlafen hatte, erregt und zufrieden. Als der Morgen kam, begannen sie miteinander zu reden.

Ihr Name war Elsinor. Sie war wie er nach Süden gezogen, aber von einem Revier südlich von Tornesdal, entlang der bottnischen Küste. Die Menschen hatten ihrem Rudel zugesetzt, und sie hatte den Kontakt damit verloren oder hatte sich eher entschlossen, den Kontakt abzubrechen. Sie war jung und hatte sich noch nicht gepaart. Ihr Pelz war fahler und rötlicher als der seine. Seit ihrer Begegnung spürte Klimt, daß sein Leben sich grundlegend verändert hatte, und er vergaß all seine Sorgen. Seine Schritte waren voller Leben, in seinen und auch in ihren Augen war ein Leuchten. Jeder empfand den anderen als das schönste Geschöpf, das ihm je begegnet war.

Der Winter verlor seine Düsternis, und der kommende Frühling gewann an Reiz. Klimt fand, daß sein Gebet beantwortet worden war, und begann wieder an Wulf zu glauben. In diesem neuen Frühling war er nicht einsam.

Die ersten Tage blieben sie in dem Gebiet, wo sie einander gefunden hatten, aber bald war ein neues Bedürfnis entstanden – nach einem eigenen Revier, von dem sich ein Rudel ernähren konnte.

»Warum warst du auf dem Weg nach Süden, Elsinor?« fragte er eines Morgens.

»Es kam mir richtig vor«, antwortete sie sanft, »und ich fühlte mich in diese Richtung gezogen.«

»Ja …« sagte er und erinnerte sich an seinen Traum. War dies Wulfs Methode, ihn nach Süden zu bringen?

»Sollen wir jetzt in diese Richtung ziehen?« fragte sie schüchtern, und in diesem Augenblick begriff er, daß er, Klimt von Tornesdal, Anführer eines Rudels war, wie klein es jetzt auch sein mochte, und daß es seinen Entscheidungen gehorchen würde. Anführer! Er empfand einen Stolz und ein Gefühl der Entschlossenheit, das er nie zuvor gekannt hatte.

»Ja«, antwortete er. »Wir werden den Wolfswegen nach Süden folgen.«

»Wozu?« fragte sie.

Dann erzählte er ihr seinen Traum von seiner Bestimmung, als er gehört hatte, wie Wulfs Stimme ihn rief.

»Wir werden nach Süden ziehen, und im Frühling werden wir ein Territorium für unsere Jungen finden. Wenn sie genug herangewachsen sind, werden wir sie noch weiter nach Süden führen und versuchen, einen Weg in das Herzland der Wölfe zu finden. Das ist unsere Bestimmung.« Er sprach entschlossen und stand stolz vor ihr. Sie erhob sich und wartete darauf, daß er sie hinaus ins Morgenlicht führte.

Ende Februar paarten sie sich, während sie noch unterwegs waren. Anfang April wußte sie, daß sie trächtig war und daß sie ein Revier finden mußten. Eine Schwierigkeit bestand darin, daß es um so mehr Menschen gab, je weiter sie nach Süden kamen, auch weiter oben in den Tälern. Das erste mögliche Gebiet, das sie fanden, gefiel Elsinor nicht recht. Fünf Tage später, als sie schon schwer wurde und nur haltmachen wollte, um ein Versteck für die Geburt herzurichten, schien das zweite Gebiet gut zu sein. Aber nach nur zwei Tagen sichtete sie ein Mensch und verfolgte sie.

Sie schleppten sich weiter. Elsinor wurde jeden Tag müder, bis sie schließlich einen Platz in einem Seenland fanden, der geschützt und frei von Menschen war und auch Beute bereithielt, kleine wie große.

»Das geht«, sagte Klimt vorsichtig.

»Das muß gehen«, sagte Elsinor und begann nahe an einem Bach, der zu einem See hinabfloß, ein Versteck herzurichten.

Zehn Tage später wurden ihre Jungen geboren, und sie gaben ihnen Namen: Avendal und Sturma waren die Fähen und Torne der Rüde, benannt nach dem heimatlichen Revier des Vaters. An den Tagen, die darauf folgten, waren sie mit Füttern und Pflegen der Jungen beschäftigt, erlebten immer wieder kleine Entdeckungen, ergatterten sich zwischendurch gesegneten Schlaf und beobachteten stundenlang, wie die Jungen begannen, sich hinauszuwagen und in der Aprilsonne zu spielen. Es war eine Zeit des Reifens für sie alle.

Klimt schien größer und ernsthafter zu werden. Seine Augen waren immer wachsam. Den Winter hindurch war sein Fell dichter geworden, und jetzt im Frühling, als seine Familie – sein erstes Rudel – wuchs, wurde sein Pelz wieder dunkler. Manchmal beobachtete ihn Elsinor vom Versteck aus, wenn er seinen Jungen erlaubte, in Scheinkämpfen auf ihn loszugehen, und sie dann alle quiekend um ihn herumpurzelten. Dann empfand sie, daß er mehr war als ein gewöhnlicher Wolf, denn das Licht des Schicksals lag auf ihm, heller als die Sommersonne. Und doch gab es auch Schatten, aber sie wußte nicht, woher sie kamen.

Manchmal hörten sie Schüsse in der Ferne.

»Das sind die Menschen«, flüsterte sie, so daß die Jungen es nicht hörten. »Ich fürchte sie, Klimt. Ich habe Angst, daß sie uns finden und wir unsere Jungen dann nicht schützen können.«

Er nickte, sein Blick verdüsterte sich.

»Das fürchte ich auch. Sobald unsere Jungen alt genug sind, werden wir weiterziehen, in tiefere Wälder, wo sie uns nicht jagen können, falls sie uns finden.«

Die Schatten, die sie gefürchtet hatten, stiegen empor, wurden düster und nahmen auf viel schrecklichere Weise feste Gestalt an, als es selbst im schlimmsten Alptraum eines Wolfes vorkommt. Wulf der Große hatte Klimt zugelächelt, doch jetzt runzelte er die Stirn und wandte ihm den Rücken zu.

Es war an einem Tag Ende Juni, als die Jungen schon hübsch herangewachsen waren. Elsinor überließ sie Klimts Aufsicht und ging den Abhang hinab, um am Bach zu trinken.

Während die Jungen sich mit ihrem Vater balgten, stieg plötzlich eine schwarze Saatkrähe über den Bäumen am See empor, und Klimt blickte beunruhigt auf. Im gleichen Augenblick ertönte ein Schuß, scharf und laut, und dann noch einer. Dann ein dritter. Schweigen folgte. Die drei Jungen erstarrten vor Angst und rannten zu Klimt, der sie in den Schutz des Verstecks scheuchte. Er befahl ihnen, dort zu bleiben. Dann wandte er sich um und lief in die Richtung, die Elsinor eingeschlagen hatte. Erst als er näher kam, sah er sie gekrümmt daliegen, halb im Wasser, halb am Ufer.

Hartnäckig stieß er sie mit der Schnauze am Kopf und in

die Flanke und entdeckte mit zunehmendem Schrecken, daß sie überall Wunden hatte.

»Elsinor ...«

Noch während er ihren Namen flüsterte, sah er, wie das dahinrauschende Wasser ihr Blut mit sich nahm. Da wußte er, sie war tot. Betäubung überfiel ihn und verhinderte, daß Erschrecken und Trauer sich in Panik verwandelten. Die Jungen! Er wandte sich von Elsinor ab, kletterte geschwind das Ufer des Baches empor und setzte gerade an, zurück ins Versteck zu laufen, da sah er einen Menschen und die Bewegung der Hunde. Klimt blieb stehen, seine Augen verengten sich, und noch während er den Blitz sah und den Knall hörte, spürte er den Schmerz, der an seiner linken Flanke entlangbrannte.

Sogar das hätte er noch hingenommen und wäre weiter vorwärts gerannt, da er ganz verzweifelt zum Versteck gelangen und seine Jungen schützen wollte. Aber der Mensch hatte einen kurzen Befehl gegeben, und jetzt waren die Hunde hinter Klimt her. Er rannte, kämpfte, krachte zwischen den Bäumen und durch das Unterholz hindurch, in Bäche hinein und stürzte sich in das Chaos von Angriff und schneller Verteidigung.

Dann endete alles so plötzlich, wie es begonnen hatte. In der Ferne ertönte ein Pfiff. Die Hunde, die er blutig gebissen, aber nicht verstümmelt hatte, ließen von ihm ab und waren schnell verschwunden. Er blieb erschrocken und allein zurück, sein Leib war von ihren Zähnen aufgerissen und verwundet, voller Beulen von den Stößen gegen Bäume und Felsen, die er abbekommen hatte.

Er witterte die Luft, lief hierhin und dorthin und orientierte sich auf ihm bekanntes Terrain hin. So schnell er konnte, humpelte er den Hang hinauf zu dem Versteck. Falls der Mensch dort war, würde er es noch einmal darauf ankommen lassen ...

Er sah sie, bevor er das Versteck erreichte: Sturma in der einen Richtung ausgestreckt, Torne in der anderen, beide tot. Tornes Kopf war ... Jetzt war Klimt von Sinnen, die Augen wild aufgerissen und winselte wie ein Welpe. Er ging in das

Versteck, um Avendal zu finden, doch sie war nicht da, nur die Witterung seines ganzen Rudels, seines ganzen gestohlenen Lebens.

Wild und verzweifelt durchsuchte er die Lichtung rings um das Versteck, aber er fand Avendal nicht. Er wilferte sanft, während er dahinlief, in der Hoffnung, daß sie sich vielleicht versteckthielt. Aber ihm antwortete kein Geräusch und kein Geruch, nur der Tod. Er ließ von seiner hoffnungslosen Suche ab und wandte sich der Stelle zu, wo Elsinor gestorben war, doch auch ihr Körper war verschwunden. Man hatte sie weggeschafft. Nur die Empfindung für die Wölfin, die er geliebt hatte, blieb zurück – und der tödliche Geruch des Menschen.

Klimt wußte nicht, was er tun sollte. Er heulte nach der kleinen Avendal, er wanderte in der Lichtung umher, er leckte seine beiden toten Jungen ab, er starrte vor sich hin und winselte in einer Trauer, die so groß war, daß er nicht die Schmerzen der Wunden spürte, die ihm selbst zugefügt worden waren.

Dann kam die Abenddämmerung und mit ihr ein Gefühl des völligen Verlustes. Als die ersten Sterne am Himmel erschienen, hörte er in der Ferne ein Quietschen, einen harten Knall und dann Avendals fernen Schrei, kurz, scharf und schrill. Er erhob sich, drehte den Kopf und richtete die Ohren in diese Richtung. Dann hörte er sie wieder plärren, mit einem Laut, den ein Junges nie von sich geben sollte. Als er losrannte, wußte er, daß dies kein einfaches Geplärr war, sondern ein Schrei der Qual und des Verlustes, ein Laut, den kein Wolf je vergißt, wenn er ihn einmal gehört hatte, und den kein Vater verzeihen konnte.

Als er sich dem Schreien näherte, wurde er vorsichtig. Man hatte einmal versucht, ihn zu töten, und man könnte es ein weiteres Mal versuchen. Seine Sinne und Instinkte, die ihn bisher an diesem Tag verlassen zu haben schienen, waren jetzt geschärft und warnten ihn, er solle langsam machen, wie schrecklich sich auch der Ruf seiner Tochter anhören mochte. Plötzlich wußte Klimt, daß der Mensch auf ihn wartete.

Er wählte eine Route, die ihn in den Windschatten dieses Lautes brachte, und hielt an. Avendals Geplärr ertönte jetzt schwächer und seltener. Langsam und ruhig kroch er zwischen den Bäumen hindurch, nutzte jede Deckung aus, die er finden konnte, und witterte, was vor ihm lag: Da war sicherlich Avendal, eine Witterung von Angst und heller Verzweiflung, der Mensch, diesen Geruch kannte er, und die Hunde. Da er sich im Windschatten befand, konnten sie ihn noch nicht riechen.

Langsam wie ein länger werdender Schatten kroch er weiter, bis er nahe genug war, um den Menschen zu hören, der sich umwandte, raschelte, die Hunde tätschelte. Und schließlich sah er im trüben Licht der Sterne Avendal. Sie baumelte an ihren Vorderpfoten von einem Baum, ihr übriger Körper hing herab. Sie winselte jetzt, ihr Kopf war zurückgefallen, und manchmal zappelten ihre Hinterpfoten nutzlos in der dünnen Luft, während sich ihr Maul zu einem stummen Schrei öffnete. Klimt starrte auf die Pfoten und erkannte, daß seine Tochter Avendal an den Ast genagelt war. Er begriff, daß sein eigenes Junges als Köder diente, um ihn herzulocken.

Nur ein Wolf hätte das getan, was Klimt dann tat: überhaupt nichts, außer seine Ohren vor Avendals Todesschreien zu verschließen, die immer schwächer und mitleiderregender wurden, je mehr die Nacht voranschritt. Nichts, als sie ihren letzten Schrei ausstieß und in einem endgültigen, ewigen Schrei der Verlassenheit erstarrte. Nichts, als der Mensch fluchte, sich aus seinem Versteck erhob und den Hunden befahl, ihm zu folgen. Nichts als zu denken, zu wissen, für sich selbst zu wiederholen: »Die alte Lehre ist falsch, und jetzt werde ich die Lehre brechen. Ich kenne keine Furcht mehr. Ich werde die Lehre brechen, die meine Mutter mich gelehrt hat, daß Wölfe die Menschen immer fürchten müssen, daß Wölfe nie Menschen töten dürfen, daß Wölfe sich den Menschen unterordnen müssen.«

Klimt wartete, bis der Mensch geräuschvoll hangabwärts durch den Wald gegangen war, bevor er sich im Dunkel der Nacht erhob. Er ging zu der Stelle, wo der Körper der armen

Avendal hing, und machte einen einzigen sanften Sprung, um sie ein letztes Mal zu berühren, als wollte er mit dieser Liebkosung ihren unschuldigen Geist auf den Wolfsweg zu den Sternen schicken.

»Nimm sie an, Wulf«, flüsterte er unter ihrer Leiche, die hin und her schwang, »und vergib mir, was ich jetzt tun muß.«

Avendal baumelte über ihm, bis sie schließlich still hing und ihr Geist über allen Schmerz und alles Leiden hinausgegangen war, hinauf zu den Sternen, deren Namen sie noch nicht gelernt hatte.

Klimt pirschte stumm durch den Wald, hinter dem Menschen und den Hunden her. Er sah nicht wie der Bote des Todes aus, sondern wie der Tod selbst, mit wilden Augen, zerzaustem Fell, unbewegtem Maul. Er holte den Menschen ein, blieb dabei aber sorgfältig dem Wind abgekehrt. Seine Augen waren Funken eines tödlichen Feuers im Rücken und an der Seite des Menschen.

Sie kamen zu einer Fahrspur. Klimt war froh darüber, denn er brauchte genügend Raum, um den Boden vor sich zu sehen. Der Mensch blieb stehen, hängte das Gewehr über die Schulter und ging dann erst weiter. Die Hunde folgten ihm dicht auf den Fersen, bis Klimt leise knurrte, laut genug, daß es der Hund, der die Nachhut bildete, hören konnte. Er wandte sich um, blieb stehen, ging einige Schritte zurück, um die Quelle des Geräuschs zu suchen. Alles, was der Hund zu sehen bekam, war der Kopf des Wolfs, der mit aufgerissenem Maul auf ihn zugeschossen kam, ihn an der Kehle schnappte und zubiß und ihn in die rote Dunkelheit des Todes schickte.

Als der Mensch und sein anderer Hund sich umdrehten, stürzte Klimt vom Fahrweg herunter. Er war nun außer Sichtweite, stürmte zwischen den Bäumen hindurch an beiden vorbei und trat dann wieder vor ihnen auf den Weg, während sie zu dem sterbenden Hund zurückgingen. Klimt trabte mit steifen Beinen auf den Rücken des Menschen zu und knurrte erst, als er nur noch einen einzigen wilden Sprung von ihm entfernt war. Der Mann drehte sich um, aber

Klimt war schon über ihm, ging auf sein rundes weißes Gesicht los und biß in Fleisch und Knochen. Zähne brachen heraus, als Klimt zum ersten Mal das warme Blut eines Menschen schmeckte. Der Mensch fiel gurgelnd hin, kreischende Schreie drangen in Klimts Rachen. Als der Mensch auf dem Boden aufschlug, lockerte Klimt seinen Biß. Während der Schrei des Menschen ungehindert aufstieg, machte sich Klimt über ihn her, um ihm die weiche, weiße Kehle aufzureißen. Das Töten war vom Instinkt geleitet, aber voller wildem Haß. Klimt ignorierte den Angriff des Hundes an seiner Flanke, bis er wußte, daß er sein Werk vollbracht hatte.

Der Mann schauderte, seine Hände stießen kurz in Klimts Gesicht, dann sank er schwach zurück. Seine Beine stießen noch einen Augenblick um sich, bis sie still waren.

Erst jetzt hob Klimt seinen blutigen Rachen und wandte sich dem Hund zu. Er warf sich mit solcher Macht auf das Tier, daß er es vom Weg in das Unterholz schob. Der Hund versuchte einen Gegenzug, fiel zurück, drehte sich um und floh jaulend durch den Wald.

Dann war alles still. Als Klimts heftiger Atem sich beruhigt hatte, war das einzige Geräusch der Wind in den Fichten über seinem Kopf.

»Großer Wulf, vergib mir«, flüsterte er zu den Sternen empor, aber ihr Licht war kalt, und er hörte keine Antwort. »Wulf, der Mensch hat Elsinor getötet«, verteidigte er sich. »Der Mensch hat alle meine Jungen umgebracht. Wulf ...«, aber es gab keine Worte, die den Bruch der Lehre rechtfertigen konnten.

Er starrte in die undurchdringliche Dunkelheit jenseits der Sterne und wußte, daß seine Strafe begonnen hatte. Die Einsamkeit war hundertfach zurückgekehrt.

»Ich habe nichts mehr außer der Erinnerung an deine Stimme, großer Wulf, die mich ruft, den Wolfsweg in das Herzland zu suchen, dessen Route du mir in den Sternen gezeigt hast ... Jetzt habe ich nur noch die Hoffnung, daß du von mir willst, daß ich das tue. Habe Erbarmen mit Klimt von Tornesdal, leite ihn, denn er hat alles verloren, was er besaß, alle Verwandten, alle Liebe, alle Führerschaft.«

Er schaute ein letztes Mal auf den am Boden liegenden Menschen und auf den Hund, den er getötet hatte, dann blickte er den von den Sternen beschienenen Weg hinauf und hinab, verließ ihn in Richtung Süden und verschwand zwischen den Bäumen.

Das war der Beginn seiner alptraumhaften Wanderung nach Helsingborg. Binnen zwei Tagen begannen die Menschen ihn zu jagen. Wieder gab es Hunde und Menschen auf den Straßen. Es gab die sich bewegenden, blendenden Lichter der Motorfahrzeuge und dröhnende Lichter am Himmel. Es gab Aas als Köder und Fallen, und eines Tages erschien eine lange Reihe von Menschen, die auf den Wald einschlugen, um Klimt herauszuscheuchen.

Oft wurde auf ihn geschossen, zweimal wurde er getroffen. Einmal wurde er vergiftet. Er wurde von einem Laster auf der Straße gestreift, als er dort völlig erschöpft zusammengebrochen war. Die Wunden, die er anfangs davongetragen hatte, eiterten, und er erlitt eine Blutvergiftung. Dreimal hetzten ihn Hunde, und dreimal wehrte er sie ab.

Wenn er einen Platz fand, wo er sich versteckte, um sich zu erholen, dann fanden sie ihn ebenfalls. Wenn er versuchte zu jagen, dann sahen sie ihn. Wenn er nicht jagte, dann hungerte er. So war er unausweichlich schwächer geworden, während er weiter nach Süden zog. Sie hatten ihn umzingelt. Doch nicht ein einziges Mal fühlte er sich versucht, sich wieder nach Norden zu wenden. In jener Nacht, als seine Familie umgebracht wurde und er den Menschen tötete, hatte er in seinem Gebet zum schweigenden Wulf ein Gelübde erneuert, das Herzland der Wolfheit zu erreichen. Nur dort würde er Sühne für seine Sünden finden. Wenn Wulf ihn nur soweit kommen ließe …

Klimt schaute auf das Meer hinaus und sah das erste Licht der Morgendämmerung über dem Land, das er hinter sich gelassen hatte. Während er schaute, wehte ein Nebel von Norden her, und das Land seiner Geburt und all seiner Erinnerungen verschwand.

Doch nicht sein Zorn.

Er wandte sich nach Osten und sah, daß die Lichter der Menschen auf den Straßen und Wegen im beginnenden Sonnenaufgang verblaßten.

»Ich mag dich nicht, Wulf«, flüsterte er und war über sich selbst überrascht, aber auch erleichtert, daß er es wagte, einen so lästerlichen Gedanken zuzugeben. »Ich mag dich nicht, großer Wulf, weil du mich im Stich gelassen hast.«

Trotzdem würde er weiterziehen, wie er es versprochen hatte, und die Routen wählen, die er schon herausgefunden hatte und die, nach allem, was er wußte, Wolfswege sein mußten.

»Ich mag dich nicht ...«

Er sprach nicht weiter. Die Sonne ging auf, und er sah Lastwagen und Autos, die sich auf der Autobahn dahinbewegten, von der er in der vergangenen Nacht herabgekommen war. Bald würden die Strahlen der Sonne das Gelände erreichen, das er überqueren mußte, falls er wieder in die Schatten des toten Landes um die Autobahn zurückkehren wollte.

»Totes Land«, überlegte er und wiederholte das passende Wort, während er zwischen den Dünen vorsichtig auf das Gebrumm des Verkehrs zuging. »Totes Land ist das Land, das die Menschen schaffen und in dem sie sich nicht ohne ihre Lastwagen bewegen, die Lastwagen aber sehen es nicht. Das tote Land ist gutes Land für einen Wolf.«

Diese Einsicht vermittelte ihm die Erkenntnis, welche Strecke er sich suchen mußte. Während er dann durch die verblassenden Schatten trabte und seine Pfoten und das Fell an seinen Flanken vom Tau der Gräser feucht wurden, packte ihn plötzlich das überwältigende Gefühl, daß er nicht allein war. Es schien ihm, als käme hinter ihm ein ganzes Rudel von Wölfen, die seiner Führung folgten.

»Wenn ich mich nicht umschaue«, dachte er, »dann können sie dasein.« Es war für ihn mehr als ein Spiel. Er zog stolz dahin, den Schwanz erhoben, den Kopf hoch, die Augen wach – nicht nur um seiner selbst willen, sondern auch all den anderen zuliebe.

Aber welche anderen? Er blieb stehen, verwirrt über das so mächtige Gefühl, daß er nicht allein war. Er blickte sich um.

Doch da war nur das Gras und Sandnarben in den Dünen und das Glitzern des Meeres, von dem er gerade gekommen war.

»Ich … bin … nicht … allein …« flüsterte er und staunte über die Kraft seines Glaubens. »Es gibt andere Wölfe. Es gibt sie!«

Das Gefühl, ein Rudel Wölfe anzuführen, das er gerade für kurze Zeit empfunden hatte, bezog sich auf eine Zeit, die noch kommen würde.

»Ich bin nicht allein«, flüsterte er erneut und empfand eine Welle der Dankbarkeit Wulf gegenüber, dem er noch vor wenigen Augenblicken gesagt hatte, daß er ihn nicht mochte. Wulf hatte ihm geantwortet: Es gibt noch andere.

Klimts Augen weiteten sich vor Staunen und Freude. In zwei geschmeidigen Sprüngen, die eine Gruppe Kaninchen eiligst Schutz suchen ließ, wandte er sich von den Schatten ab und begab sich auf den Gipfel einer hohen Düne. Einen Augenblick lang konnte er es riskieren, gesehen zu werden, denn er feierte die Erkenntnis, daß er nicht allein war. Langsam blickte er nach Osten und Westen, Norden und Süden.

»Ich bin nicht der einzige Wolf, der zum Herzland reist, nicht wahr, Wulf? Nein, ich bin nicht der einzige. Aber sie werden einen Anführer brauchen, und vielleicht bin ich derjenige, den du ausgewählt hast. Doch ich würde dir sicherlich besser dienen, wenn ich verstünde, warum du den Menschen erlaubt hast, meine Familie zu töten …«

Noch als er die Frage überdachte, formulierte er eine Antwort, wenn sie auch nicht von der Art war, die er mochte: »So kann Klimt die Gefühle von Verlust und Verzweiflung kennenlernen, die seine Vorfahren tausend Jahre lang empfunden haben! So hat Klimt seine Lektion gelernt: nicht zu viel zu fühlen. Denn er muß andere führen und sich über ihr Leiden erheben, damit die Wolfheit wieder stark wird.«

»Großer Wulf«, knurrte er, »wenn du so argumentierst, dann macht es mich noch zorniger. Die Rettung aller Wölfe ist keinen solchen Tod wert, wie ihn mein Junges Avendal erlitten hat. Es sei denn …« seine Augen verengten sich, während sein Gesicht und seine Haltung so reglos und fürchterlich wurden wie kaltes, graues Eis, »es sei denn, du wünschst, daß ich Zorn gegen die Menschen hege. Hast du deshalb erlaubt, daß ich weiterlebe, obwohl ich die Lehre gebrochen habe? Soll ich deshalb nach Osten reisen? Nun, wie auch immer die Wahrheit sein mag, ich werde in das Herzland reisen und dir dienen, und ich werde andere führen, damit sie das gleiche tun. Wir werden solche Wölfe werden, daß *du* dich fragen wirst, ob du *unser* wert bist!«

Klimts Gedanken hatten sich plötzlich beruhigt und waren klar. Letzte Nacht hatte er sich der Vergangenheit gestellt und sie angenommen. Er hatte überlebt. Heute stellte er sich der Zukunft und spürte, daß er auch sie überleben konnte.

»Es wird hart sein, aber nicht härter als alles, was ich schon erfahren habe. Die Reise wird lang sein, und der Winter mag mich einholen, bevor ich das Herzland erreiche. Das spielt keine Rolle, denn am Ende werde ich dort ankommen, und dann werde ich ein solches Rudel bilden, daß die Wolfheit davon erneuert wird und die Menschen zittern werden!«

Vielleicht war ein gewisser Wahnsinn in seinen Augen, eine Besessenheit, Erfolg zu haben. Aber jeder, der ihn in der Morgensonne auf jener Düne gesehen hätte, mit der Ostsee dahinter und der Autobahn der Menschen davor, hätte keinen Zweifel daran gehabt, daß hier ein Wolf stand, dessen Zeit gekommen war.

Kapitel 5

Elhana begegnet einem wandernden Wolf, der ihr hilft, sich selbst kennenzulernen und von dem sie über die Zerstörung der Landschaft erfährt, die die Menschen verursachen

Tausend Meilen im Süden zog Elhana vom Benevento-Rudel nach Norden in einen Winter, der so hart, kalt und unbarmherzig war, wie sie es bisher nur in Legenden über den Norden gehört hatte.

Der erste Teil der Reise war gut verlaufen, denn er hatte sie in die Abruzzen hinaufgeführt, wo Wölfe immer abgeschieden von den Menschen in Sicherheit gelebt hatten. Hier und da witterte sie ihre Markierungen und Spuren, während sie deren Revier durchquerte, zweimal hörte sie ihr Geheul, aber sie ging ihnen aus dem Weg und wandte sich schließlich von den frischeren Spuren ab, da sie allein und ohne Einmischung anderer zu reisen wünschte.

Ihr ganzes Leben lang war sie Mitglied eines Rudels gewesen, und sie vertraute darauf, daß sie auch in Zukunft wieder einem Rudel angehören würde. In der Zwischenzeit war sie zufrieden, das Leben einer Vagabundin zu führen und allein den Sonnenuntergang und das Erscheinen der Sterne zu beobachten. Ihr war, als bereitete sie sich auf eine Herausforderung vor, die auf sie zukäme, wenn sie das Ende des Wolfsweges erreicht hatte, dem sie jetzt folgte und dessen Muster sie ganz deutlich in sternklaren Nächten sah. Warum hatte sie es nie zuvor gesehen? Waren alle Wolfswege so – Muster, die schon seit Jahrhunderten da gewesen waren und darauf gewartet hatten, daß Wölfe sie sahen? Ging es mit aller Weisheit so? Waren die Wölfe zu blind, zu unwissend oder zu ängstlich, um es zu sehen? Waren die Götter die Wesen, die diese Muster geschaffen hatten? Oder waren es einfach Wölfe, die die Geduld und die Liebe entdeckt hatten, die sie brauchten, um darauf zu warten, bis andere, die langsamer und weniger beherzt waren, sie auch sahen?

Elhana stellte sich solche Fragen, aber sie fand keine Antworten, wenn sie zu den Sternen aufblickte. Als dann der Winter kam, gab es immer weniger Nächte, in denen sich die Sterne zeigten, und dann noch weniger, als die Dezemberwinde bitter und scharf wurden. Sie umging die höheren Pässe und bevorzugte niedrigeres Gebiet und den Schutz der Maronenwälder, deren Düfte und Geräusche sie von ihrem heimatlichen Territorium her kannte. Die strengeren Winde ließen die entlaubten Haselnußsträucher blasser erscheinen, die hochaufgeschossenen Kreuzdornbüsche verknäuelter und unordentlicher, als sie es bisher gewohnt gewesen war. Im Januar fühlte sie sich müde, und sie fror. Sie stieg wieder höher hinauf und fand dort ein sicheres, verlassenes Revier, in dem nur eine einspurige Menschenstraße Anlaß zur Sorge war und wo es felsige Stellen gab, an denen sie sich verstecken und das Tal drunten beobachten konnte. Sie machte dort für ein, zwei Tage halt, dann für länger, und schließlich zog sie überhaupt nicht mehr weiter.

Erst im Februar, als die ersten Frühlingsboten erschienen und die Tage länger wurden, empfand sie eine neue Ruhelosigkeit und eine Art Einsamkeit. Lauria fehlte ihr. Es fehlte ihr auch die Gemeinschaft. Ihre Träume vom fernen Herzland und dem neuen Leben, das sie am Ende eines Wolfsweges finden würde, schienen verblaßt zu sein.

Sie schob die Weiterreise einige Tage hinaus und wäre noch länger an ihrem sicheren Ort geblieben, wenn nicht das Wetter milder geworden wäre. Die Sonne schien in der Tagesmitte und wärmte ihr wieder den Rücken. Elhana staunte, wie diese Frühlingssonne neues Leben in ihr weckte und die Trübnis des Winters vertrieb, die ihr schon wie ein Gebrechen vorgekommen war.

»Ich kann nicht ohne Sonne leben«, sagte sie sich und hegte plötzlich Bedenken über die Reise nach Norden, auf der sie sich befand. Sie hatte gehört, wie ihre Mutter Legenden vom Norden erzählte, wo viele Monate hindurch die Sonne überhaupt nicht aufging und ihre Strahlen schwach waren, wenn sie überhaupt aufstieg, und wo die Sommer kurz waren.

Aber jetzt erneuerte die Sonne ihre Lebensgeister. Sie

brachte noch einige Tage damit zu, ruhelos an der Nordgrenze ihres selbstgewählten Reviers herumzuwandern, dann zog sie weiter. Bis jetzt war ihre Route nach Norden verlaufen und dem Gebirgsgrat der italienischen Halbinsel gefolgt, aber nun wandte sich der Gebirgszug mehr nach Nordwesten. Von den Aussichtspunkten, die ihr eine klare Sicht gewährten, sah sie unter sich eine weite, flache Ebene, die sich nordwärts erstreckte und auf der bei Nacht Menschenlichter zu sehen waren sowie die weißen und roten Lichter von Fahrzeugen auf den Straßen, die dort unten verliefen.

Sie spürte, daß sie bald die Sicherheit der menschenleeren Berge verlassen und die Ebene überqueren mußte. Von dem, was auf der Nordseite lag, hatte sie keine Vorstellung, außer daß es ein höher gelegener Landstrich sein mußte. Als dann an einem Nachmittag der Himmel nach heftigen Stürmen und Regenfällen aufzuklaren begann und die Dämmerung hereinbrach, sah Elhana, daß sich die Lichter viel weiter über die dunkle Ebene erstreckten, als es ihr vorher bewußt gewesen war. Die Nacht wurde immer klarer, die Sterne wimmelten am Himmel, und der Mond ging auf.

An jenem Abend bekam Elhana einen ersten Eindruck von der Größe des Gebirgszuges, der jenseits der Ebene lag, die sie durchqueren mußte. Im Licht der Sterne und des Mondes zeichnete er sich nur als eine einzige, riesige, dunkle Silhouette ab. Seine Entfernung war schwer zu schätzen, aber seine Masse und Ausdehnung war mächtiger, als sie es sich hätte vorstellen können. Zwar war sie in den Abruzzen an einigen großen Bergen vorübergekommen, doch was sie jetzt vor sich aufragen sah, ließ die bisherigen Berge klein erscheinen.

Sie war beunruhigt und zugleich erregt, bis der Morgen des klarsten Tages anbrach, den sie je gesehen hatte. Zum ersten Mal sah sie die neu aufgegangene Sonne auf die weißen Schneefelder und dunklen Felsenhöhen der Alpen scheinen. Da erkannte sie, daß sie den Mut würde finden müssen, dorthin zu ziehen, wenn sie je das Herzland erreichen wollte.

Sie hatte nie wirklich daran gezweifelt, daß die Götter mit ihr waren. Jetzt dankte sie ihnen mit frohem Herzen, daß sie sicher durch den Winter in den Sonnenschein eines neuen Frühlings gekommen war, und betete, daß sie sie weiterhin leiteten. Sie sprach ihre Gebete sanft, mit Erregung in den Augen und dem Licht der Sonne im Pelz – es waren die unbefangenen Gebete eines Geschöpfes, das keinen Grund sah, seinen Göttern nicht zu vertrauen, und das daran glaubte, auch weiterhin unter ihrem Schutz zu stehen.

Dieses Empfinden blieb ihr auch am nächsten Tag treu, als sie witterte, daß ein Wolf auf ihrem Weg vorübergekommen war. Sie heulte nicht, sondern folgte der Witterung, um zu sehen, woher sie kam, und bevor der Geruch verflog, fand sie, daß die Spur ihren bisherigen Pfad mehr als einmal kreuzte.

»Man folgt mir also!«

Sie empfand eher Freude als Besorgnis, denn die Witterung war männlich, allerdings von einem alten Rüden, und der Frühling lag in der Luft. Sie wandte sich um und setzte ihren Weg fort, bergab zu den Ausläufern, wo sie eine Stelle finden wollte, von der aus sie in die Ebene losziehen konnte. Aber sie beeilte sich nicht, verharrte hier und da, ging im Kreis, stöberte herum, um dem Wolf, der ihr folgte, die Sache zu erleichtern, und binnen kurzem stieß sie wieder auf seine Witterung und wußte, daß er in der Nähe war.

Beim Benevento-Rudel war eine solche Behutsamkeit nicht unbekannt, aber ein Wolf, der einem anderen folgte, hätte sich bald genug gezeigt, selbst wenn er im Rang niedriger war. Dieser Wolf war zweifellos ein Vagabund wie sie und würde sich wahrscheinlich nicht auf der Stelle unterordnen. Gewiß war es geschickt von ihm, sich außer Sichtweite zu halten.

Erst als der Morgen kam, zeigte er sich endlich, kam zu der Stelle, wo sie fraß, und blieb in einiger Entfernung stehen. Sie sah mit einer gewissen Enttäuschung, daß er alt und mager war. Sein Blick war mißtrauisch. Für einen Rüden war er nicht groß, nicht größer als sie selbst, aber er benahm sich würdig.

Sie prüften einander einige Zeit, und als er näher herankam, erhob sie sich und wandte sich ihm zu. Sie blieben einen

Augenblick lang Schnauze an Schnauze stehen und beschnupperten einander von oben bis unten.

»Ich bin Elhana vom Benevento-Rudel«, sagte sie schließlich, »und ich bin unterwegs nach Norden.«

Er nickte, als hätte er erwartet, daß sie das sagte, und flüsterte träumerisch: »Benevento«. Sie blickten sich in die Augen.

»Mein Name«, begann er, aber sie wußte ihn schon, bevor er ihn aussprach.

Ambato, der Wolf, den ihre Mutter gekannt hatte. Der Wolf, der vor so langer Zeit nach Norden gezogen war. Der Wolf, der …

»Du weißt, wer ich bin?« sagte er sanft.

»Ambato, auch vom Benevento-Rudel.«

Er schüttelte den Kopf. »Jetzt von keinem Rudel, aber ja, einst war ich ein Benevento-Wolf. Ich bin Ambato. Und du, meine Liebe … Du hast lange Zeit gebraucht, bis du kamst.«

Das Wort »Tochter« lag in der Luft, aber es blieb unausgesprochen. In Rudeln wie dem ihren kam die Vaterschaft vom Rudelführer und von seinem Schutz der Jungen in der Zeit ihrer Pflege und Aufzucht, nicht aus einem geheimen und illegitimen Akt der Paarung. Doch jeder von beiden wußte, was der andere war, und empfand eine Sympathie, die aus den Banden des Blutes entsprang.

»Was hat dich vermuten lassen, daß ich dieses Wegs kommen würde?« fragte sie.

Er seufzte, wandte sich ab und blickte über die Ebene. »Ich habe natürlich deinen Namen nicht gekannt, aber im letzten September sah ich einen Wolfsweg, der am Himmel markiert war.«

»Mit einem nördlichen Stern, der das Ende kennzeichnete?«

»Genau so. Nun ja, ich schaute auf diesen Wolfsweg und kannte den Teil sehr gut, der von hier nach Südosten verläuft, denn ich bin ihn selbst schon gewandert, wie du schon zu wissen scheinst.«

»Meine Mutter …«

»Lauria … Ja, Lauria war es.«

»Lauria *ist* es.«

Er blickte sie traurig an, und plötzlich erkannte sie mit schrecklicher, schrecklicher Gewißheit, daß ihre Mutter nicht mehr am Leben war. Sie wußte es und spürte einen Schmerz in ihrem Herzen, als sie sich an die düsterste Zeit vor Beginn des Frühlings erinnerte, als alles traurig und kalt gewesen war und sie sich niedergeschlagen gefühlt hatte. Hatte ihre Mutter in jenen Wochen den Wolfsweg zu den Sternen eingeschlagen? Konnte ein so wichtiger Teil ihres Lebens verlorengehen, ohne daß sie es zu der Zeit wußte?

Ambato schien ihren Kummer zu verstehen. Obwohl er nichts sagte, bedeuteten ihr seine Gegenwart und sein Mitgefühl plötzlich alles.

»Warum bist du hier?« fragte sie ihn wie betäubt.

Er nickte in Richtung auf die Ebene im Norden. »Ich habe ein Leben lang gewartet, um die Kraft zu finden, noch einmal über sie hinwegzuziehen. Ich bin kein … nun, sagen wir mal, ich bin kein Wolf mit viel Mut. Es brauchte deine Mutter, um mich auf den Weg zu bringen. Vielleicht braucht es meine Tochter, mir zu helfen weiterzuziehen.«

Als er dies sagte, blickte er fast demütig drein, aber in seinen Augen war ein Lächeln humorvoller Selbstkritik, und Elhana verstand, wie ihre Mutter sich hatte in ihn verlieben können.

»Zweimal habe ich es versucht, und zweimal habe ich wieder kehrtgemacht«, fuhr er fort, »denn mir war es, als wären die Götter dagegen gewesen. Schließlich kam ich zu dem Schluß, daß ich die Unterstützung eines anderen Wolfs brauchte. Ich wanderte fast bis in die Abruzzen zurück, um Hilfe zu finden, aber welcher Wolf will sich einem alten Vagabunden wie mir anschließen? Ich machte wieder kehrt, bevor ich überhaupt mit einem Wolf gesprochen hatte! Du siehst, wie schwach ich bin!«

»Ja!« sagte Elhana impulsiv, und ihre Augen lächelten.

Ambato lachte. »Weißt du, Elhana, als ich diesen Nordstern sah, da war ich mir sicher, daß die Zeit gekommen war, auf die die Wolfheit tausend Jahre gewartet hatte. Und daß du kommen würdest oder ein Wolf wie du, um mich weiterzuführen … Ja, das sagte ich deiner Mutter, als du geboren wurdest.«

»Welche Zeit war gekommen?«

»Die Zeit, da für Wulf das letzte seiner sterblichen Leben beginnt, an dessen Ende entweder unsere Götter wiedergeboren oder die Wölfe aussterben werden. Denn die Wölfe der Zeit sind wieder auf ihrem Weg zurück in das Herzland, von West und Ost, von Nord und … Süd.«

»Wer sind die Wölfe der Zeit?«

»Es sind Wölfe, die schon ins Herzland reisen, so wie wir jetzt. Nicht alle, die losgezogen sind, werden dorthin gelangen, und von denen, die dort ankommen, werden nicht alle erwählt sein, sich dem großen Rudel anzuschließen, das gebildet wird, um den Göttern zu dienen und mitzuhelfen, daß sie wieder zu den Sternen emporsteigen. Aber gewiß kennst du die Legenden so gut wie ich?«

»Ich weiß nur, was Lauria mir erzählt hat, und das war das, was du ihr erzählt hast. Sie sagte immer, daß sie vieles vergessen hätte von dem, was du ihr erzählt hattest, oder eher, daß sie es nicht halb so gut erzählen konnte.«

»Dann muß ich dir erzählen, was ich kann …«

»Ambato, du hast gerade eben gesagt, daß du keinen Wolf finden konntest, der mit einem ›alten Vagabunden‹ wie dir reisen würde.«

Er nickte.

»Ich werde mit dir reisen!« sagte sie freudig erregt.

»Wann?« fragte er und lachte über ihre Impulsivität.

»Jetzt!«

»Jetzt?« rief er zweifelnd aus.

Sie nickte. »Genau jetzt, und du kannst mir von den Wölfen der Zeit erzählen, während wir die Ebene überqueren, vor der du zweimal umgekehrt bist.«

»Jetzt …« sagte er zweifelnd und blickte über die große Ebene hinweg.

»Jetzt«, sagte sie entschlossen und machte sich vor ihm auf den Weg. Dabei schaute sie nicht ein einziges Mal zurück, ob er ihr folgte oder nicht. Wenn er ihr nicht folgte, dann würde er nie wieder einen Gefährten finden – oder den Mut. Ambato zögerte nicht länger und folgte ihr.

Ambato hatte recht gehabt, als er auf der Hut gewesen war, in die norditalienische Ebene hinauszuziehen. Straßen und Menschen gab es hier so zahlreich, daß es unmöglich war, eine Route zu finden, die ihnen volle Deckung gab. Obwohl sie sich ihren Weg sorgfältig suchten, mußten sie viele Risiken eingehen. Oft wurde von Menschen auf sie geschossen, einmal sogar von Menschen, die sie nicht einmal sahen oder witterten. Einmal wurde Elhana bei Nacht fast von einem fahrenden Fahrzeug überrollt, als sie einen Ort mit Rennstraßen und Dünsten und Lichtern überqueren wollten. Verwirrt blieb sie dort mitten drin stehen, direkt vor dem anrollenden Fahrzeug. Ambato rettete sie, indem er dorthin zurückrannte, wo sie in den Fluten von Licht und Geräuschen stehengeblieben war, verwirrt und unfähig, über die Lichter hinaus zum Nachthimmel hinaufzuschauen und sich dadurch über den weiteren Weg zu orientieren.

Er biß sie in die Flanke, schrie sie an und stieß sie. Plötzlich war sie wieder da und rief: »Führe mich von hier weg, zeig mir den Weg …«

Solche Ereignisse nahmen Ambato die Lust, alte Geschichten von den Göttern zu erzählen, und auch Elhana hatte kein Verlangen, solche Geschichten zu hören. In dieser Gegend, in die ihre Reise sie geführt hatte, konnten sie nur ans Überleben denken. Sie hatten ständig das Gefühl, daß sie noch von etwas Größerem als den Menschen gejagt wurden. Allerdings erfuhren sie nie, wer oder was ihr Feind war.

Sie empfanden eine archaische Furcht, die ihnen dunkle Bilder von großen, geisterhaften Wesenheiten eingab, die hinter ihnen her waren, ihre Witterung schnupperten, ihrer Spur nachjagten, die jämmerlich kleinen Abfallhaufen durchwühlten, die die beiden Wölfe auf ihrem verzweifelten Weg hinterlassen hatten, an den aussortierten Knochen der wenigen Kadaver kauten, die sie gefunden hatten, und das Gekaute dann mit schwarzem Speichel ausspuckten, bevor sie ihre dämonischen Häupter hoben und sie weiter verfolgten.

Es wurde sogar noch schwieriger, offenes Land zu finden oder den Himmel bei Nacht zu sehen und Führung von den Sternen und vom Mond zu bekommen, denn der Himmel war von einer Dunst- und Rauchglocke verdeckt, die von dem Widerschein der schrecklichen Lichter erhellt wurde, die die Menschen entzündeten. Selbst bei Tag, wo sie die Sonne hätten nutzen können, war der Himmel von einem giftigen Gelb verdeckt. Die Sonne wirkte oft diffus und verloren, ihre Hitze schien um sie herum niederzusinken und das Gift ausschwitzen zu lassen, das das Land befallen hatte, so daß sie sich schmutzig und besudelt vorkamen.

Ambato und Elhana sahen sich nach Norden getrieben, in ein Territorium, in dem es immer mehr Menschen und Menschenwerk gab. Panik erfüllte sie und das schreckliche Gefühl, daß sie vielleicht nie daraus entkommen würden. Sie waren schon froh über die momentanen Atempausen, die ihnen ein staubiges Feld ermöglichte oder ein ausgetrockneter Graben, in den Rohre der Menschen einen klebrigen, orangefarbenen Schmutz spien.

Wie sehr auch Elhana versuchte, einen klaren Kopf zu behalten und wieder zu der Ruhe zu kommen, die sie oben in den Bergen empfunden hatte, sie schaffte es nicht. Es war Ambato, der sie bei Sinnen hielt.

»Ich werde dir eine Geschichte von den Göttern erzählen«, flüsterte er, wenn sie sich ausruhten oder wenn das Gefühl der Bedrohung durch die dunklen Gestalten, die ihnen folgten, zu stark wurde. Elhana flüchtete dann in eine bruchstückhafte Welt aus Mythen und Überlieferungen, in der sogar Wulfs Gesicht selbst befleckt und besudelt erschien, wie die Landschaft, in der sie gefangen waren.

Tage vergingen und Nächte, und die Zeit verlor ihre beruhigenden Rhythmen, da sie in Fragmente der Gegenwart und der Vergangenheit zerfiel, in Stücke von hier und jetzt. In Gejagtwerden und Sichverstecken in Löchern oder unter verfallenen Menschendingen. In Momente, in denen sie Aas schnappten und den Gestank oder widerlichen Geschmack von Nahrung erduldeten, falls es überhaupt Nahrung war, was sie in den roten Säcken fanden, die in der Sonne schimmerten, anschwollen und manchmal barsten und die Maden freigaben, die sich darin vermehrt hatten.

Die Zeit kam Elhana wie eine Ewigkeit vor, wenn sie beobachtete, wie eine Made, die sie aus ihrem Maul ausgespuckt hatte, von den Haaren ihrer Pfote in den Schatten des Sackes zurückkroch, in dem sie das tote Ding gefunden hatte, von dem sich die Made ernährte. Oder die Zeit wurde zu einem kurzen Augenblick, in dem die Sonne am Morgen aufging, den Himmel überquerte und in die Nacht versank. Die Zeit stand Kopf.

An einem Nachmittag nahmen dann die dunklen Schemen, die ihnen gefolgt waren und nie von ihnen abgelassen hatten, die körperliche Gestalt einer Meute Hunde an. Sie kamen aus einem Streifen Brachland angerannt, bellten und sprangen hoch und rasten in einem abgestimmten Angriff auf die Wölfe los.

Hinter Ambato und Elhana lag die vielspurige Straße, die sie gezwungenermaßen überquert hatten. Zurück zur Straßenböschung konnten sie nicht fliehen, da einige der schmutzigen Meutemitglieder schon dorthin gelaufen waren, um ihnen diesen Weg abzuschneiden. Zu ihrer Linken war ein hoher Zaun, in dessen Drahtgeflecht Plastikbeutel und anderer Abfall hing. Vor ihnen lag nur das wellige Brachland, in dem es kein Anzeichen für einen Zufluchtsort gab, außer einer dunklen hölzernen Palisade am anderen Ende, hinter der – wie sie wußten – eine Bahnlinie verlief. Doch diese Holzwand war zu weit weg, als daß sie sie hätten erreichen können.

Sie rannten trotzdem in diese Richtung los, die Hunde hinterher. Der Boden riß ihre dahingleitenden Pfoten auf, Staub bedeckte ihre Zungen, der Druck ihres Herzschlages füllte die Brust bis zum Bersten. Ein Rädchen im Getriebe der Zerstörung. Elhana wandte sich um, knurrte und griff an. Der attackierte Hund zog sich zurück, die anderen wurden langsamer, hielten sich auf Distanz, keuchten und knurrten und versuchten, sie von vorn zu umzingeln und alle Fluchtwege abzuschneiden.

Die Wölfe setzten sich erneut in Bewegung. Ambato beschloß, sich blitzschnell umzudrehen und dem Anführer der Meute die Flanke aufzureißen. Dadurch würden auch die anderen Hunde wieder langsamer werden. Zusammen waren sie stark genug, die Wölfe zu besiegen, aber einzeln waren sie den Wölfen nicht ebenbürtig, deren Stop-Start-Taktik und plötzliche Angriffe bei den Hunden Verwirrung zu stiften und deren Angriffsmuster zu sprengen schien.

Als dieser letzte Angriff auf einen Hund seinen Zweck erfüllt hatte, sauste Ambato wieder davon und holte Elhana ein. Er führte sie zu der einzigen Lücke, die sie in dem hohen, rohen Zaun am Rand der Eisenbahn entdecken konnten.

Wären die Hunde besser geführt worden, dann hätten sie ohne Schwierigkeiten den beiden Wölfen den Weg abgeschnitten. Aber Ambatos letzter Angriff veranlaßte den Hund sogar, den er verwundet hatte, in seinem Schmerz und seiner Verwirrung auf einen seiner Freunde loszugehen. Dieses zeitweilige Durcheinander bei den Hunden ermöglichte den beiden Wölfen, den Abstand herzustellen, den sie brauchten. Elhana schlüpfte als erste durch die Lücke, und als Ambato hinter ihr hindurchsprang, drehte sie sich knurrend um und fiel über den ersten Hund her, der durch die Lücke zu kommen versuchte. Er jaulte auf und wich zu den anderen zurück. Elhana nutzte die Verwirrung der Hunde aus, sprang durch die Lücke zurück und fiel über zwei weitere Hunde her, bevor sie erneut durch die Lücke schlüpfte und sich, keuchend und blutbesudelt, Ambato anschloß.

Während die Hunde sich neu sammelten, hatten Ambato und Elhana genügend Zeit herauszufinden, daß sie sich nicht an einer Eisenbahnlinie befanden, wie sie gedacht hatten, sondern am oberen Rand eines steilen Abhangs, an dem der Zaun entlanglief. Über ein Durcheinander aus Steinen und Abfall und schließlich Schlamm ging es hinab zum mächtigen Lauf eines Flusses, der weit größer war als jeder, den sie bisher gesehen hatten.

Seine Farbe war ein milchiges Weißgelb, zweifellos von

den Ablagerungen und dem Dreck, den er mit sich trug, hervorgerufen. Wenn dies noch nicht als Beweis seiner Verschmutzung ausreichte, so ließ ihnen der Gestank, den er ausströmte, keinen Zweifel mehr: ein scharfer, widerlicher Geruch, der schon beim Atmen die Kehle ätzte. Aber an der Stelle, an der sie standen, konnten sie sich unmöglich verteidigen, denn schon beim geringsten Schritt fort vom Zaun wären sie den lockeren, gefährlichen Abhang hinabgeschlittert und dann sehr schnell in den Fluß gefallen.

Auf der anderen Seite des Flusses, ein gutes Stück weit weg, erhoben sich die Mauern und Schornsteine, speienden Rohre und rostenden Kräne der Schwerindustrie, deren wenig einladende Anlagen sich stromauf und stromab erstreckten, soweit die Wölfe schauen konnten.

Dann war plötzlich der erste Hund da und knurrte, und ein weiterer an seiner Seite. Die Wölfe wußten, daß sie keine Wahl hatten. Zurückzugehen war unmöglich, den Zaun entlang zu fliehen war schwierig und gefährlich. Zwei der Hunde hatten einen Weg durch den Zaun oder darunter hindurch gefunden und kamen schon auf sie losgerannt.

»Der Fluß ist unsere einzige Chance, Wulf helfe uns!« schrie Ambato und suchte einen Weg über die trügerische Uferböschung hinab. Elhana folgte dicht hinter ihm. Er witterte über das abscheuliche Wasser hinweg, äugte zum anderen Ufer hinüber und schaute auf die schnelle Strömung, dann wandte er sich um und fügte hinzu, wobei er auf eine Besonderheit etwas stromabwärts hinwies: »Halte dich auf diesen Schornstein zu, wenn du das andere Ufer erreichst. Wir treffen uns dort, falls wir getrennt werden …«

Dann glitt er ins Wasser. Elhana blieb so dicht hinter ihm, wie sie konnte. Sie schwammen um ihr Leben. Ihr erster Feind, die Hundemeute, gab jetzt die Jagd so schnell auf, wie sie sie begonnen hatte, und wich dem zweiten Feind, der der Fluß selber war.

Die Strömung ergriff die Wölfe, das widerliche Wasser biß sie, sein Geschmack war faulig und dumpfig. Doch es hatte eine gute Eigenschaft: Nach der langen, heißen Jagd war es kühl, und sie konnten ihr Ziel sehen. So schwammen sie weiter, und jeder von beiden achtete darauf, daß der andere in der Nähe war. Elhana erwies sich bald als die bessere Schwimmerin, doch als sie sich dem anderen Ufer näherten, wurde sie langsamer. Ambato ermutigte sie durchzuhalten. Die Strömung war so stark, daß sie an dem Schornstein vorbeigetrieben wurden, den Ambato als ihren Treffpunkt vorgeschlagen hatte. Sie erreichten das Ufer erst, als der Kamin schon hinter ihnen verschwunden war und sie eine Biegung des Flusses umrundeten.

Es gab noch mehr Schornsteine, zischenden Dampf und Hindernisse im Fluß, an denen Gegenströmungen entstanden, die an den Wölfen zogen. Und dann war da anstatt des Ufers eine von Menschen geschaffene Mauer, die sie nicht hinaufklettern konnten. Schließlich erreichten sie die langsameren Wasser eines Nebenlaufes, der in den großen Fluß mündete. Sie schwammen ihn durch schlammiges Wasser hinauf und erreichten einige glitschige Stufen, die sie hinaufklettern konnten. In der Ferne hörten sie das Gebell und Gekläff der Hunde, näher waren die Geräusche von Maschinen und Menschen. Schmutzig und vor Schlamm triefend, mit ölig glänzendem Fell, schlichen sie die Stufen empor und verbargen sich in den Schatten alter Maschinen.

Während sie versuchten, sich zu säubern, sagten sie nichts, aber beide dachten dasselbe: Trotz der Trostlosigkeit dieses Ortes, den sie erreicht hatten, würden sie nicht zurückgehen. Die unbekannte Zukunft war alles, was sie hatten.

Drittes Buch

Wulfs Gefolgschaft

Worin Aragon aus Spanien,
Lounel aus der Auvergne
und Kobrin aus Russland auf das
Geheul der Bukov-Wölfe antworten.
Dem einen geht es um Ehre, dem
anderen um den Geist, dem
dritten um Krieg

Kapitel 1

Wir sind Zeugen der außergewöhnlichen Begegnung zwischen einem Wolf von Geist, Lounel aus der Auvergne, und einem noch geheimnisvolleren Wesen, dem Menschen

Am Ende waren sie zu dritt gewesen, alles Rüden, alle mit dem gleichen fahlen Fell und dem gleichen dünnen Rücken und der gleichen blassen Augenfarbe. Sie waren die letzten drei, und weil sie Rüden waren, würden sie keine Nachkommen haben. Das Rudel aber war in Wirklichkeit an jenem Tag vor tausend Tagen gestorben, als die letzte Fähe gestorben war, die so lange durchgehalten hatte. Sie war ihnen entglitten, obwohl sie sie winselnd umgeben und ihren alten Pelz geleckt hatten.

Aber das war noch nicht das Schlimmste gewesen. Das Schlimmste war: Sie konnten nicht heulen. Sie konnten nicht zu den Göttern rufen und sie bitten, den Geist ihrer Mutter anzunehmen, die sie so sehr geliebt hatten. Sie war ihrer aller Mutter gewesen. Die beiden älteren Söhne stammten aus ihrem ersten Wurf, der jüngste war der einzige Sohn ihres letzten Wurfes, den sie von einem der beiden anderen gehabt hatte. Eine letzte Hoffnung war diese Paarung gewesen, verzweifelt und schnell vollzogen, als wäre das, was sie taten, gegen die Lehre.

So waren sie also Brüder, und einer der beiden anderen war der Vater des Jüngsten. Fahl und schwach waren sie alle, erschöpft von der Inzucht, erschöpft von der Last, die letzten ihrer Art zu sein. Nachdem ihre Mutter von ihnen gegangen war, waren sie unendlich traurig.

»Wir müssen ihre Leiche verstecken, wie sie es uns gelehrt hat«, sagte einer der Älteren.

So schleiften sie die tote Mutter bei Nacht die steilen Hänge hinab, schnappten nach den schwarzen Rabenvögeln, die vom Himmel herabkamen, weil sie den Kadaver rochen, und dann zerrten die Brüder sie hoch in die triefenden Höhlen. Dort stupsten sie sie in das Wasser, das in die Dunkelheit einer Schlucht hinabrauschte, und beobachteten, wie sie von ihnen ging, einem besseren Ort entgegen.

Sie kehrten den langen Weg über die steilen Hänge zu einer anderen Höhle zurück, in der sie heimisch waren, und stießen ihr leises, trauriges Knurren aus – der einzige Abschied, den der Brauch erlaubte. Dann legten sie sich schlafen, an jeder Seite des Jüngsten wachsam einer der Älteren.

»Wir sind die letzten Wölfe auf der Welt«, sagten die beiden älteren Brüder zu Lounel, dem jüngeren, als der Morgen kam, »die allerletzten. Wir müssen unseren Stolz an den Tag legen, und wir müssen Hoffnung haben, sonst sterben wir an Traurigkeit und leben überhaupt nicht wie Wölfe. Wir werden dich unsere Geschichte lehren, dich, unseren Bruder, der du auch unser Sohn bist. Wir beten zu Wulf und Wulfin, daß sie dir Trost schicken, wenn wir einmal nicht mehr sind. Komm, Lounel, Letzter aus unserer Sippe, wir zeigen dir die Wolfswege, die Wulf geschaffen hat, und wir zeigen sie dir so, wie unsere Mutter sie uns gelehrt hat. Blicke zu den Sternen empor und sieh: Jenseits der Muster der Landwege gibt es Schatten dieser Muster, wie Echos in den Höhlen. Sie mußt du sehen!«

Lounel, der für eine solche Last und ein solches Leben sicherlich zu jung war, schaute und lauschte. Sein Bruder und sein Vater begannen die Zeit, die noch blieb, zu nutzen und erzählten ihm alles, was sie von der Geschichte des Malpertus-Rudels der alten Hochauvergne in Frankreich wußten, von der Geschichte dieses toten Rudels, in das er geboren worden war.

Zum größten Teil glich sie der Geschichte, die jedes andere Rudel von seinen letzten Jahren erzählen konnte, wie sie von anderen Rudeln abgeschnitten wurden, wie die Wolfswege schrumpften, wie sich unerklärliche und allzu erklärliche Todesfälle in ihrer Sippe ereigneten, so daß langsam und unaufhörlich ihre alte Angst vor den Menschen gewachsen war, bis sie dominant und absolut wurde.

»Du darfst keine Menschen töten«, lautete die Lehre, und ihr mußte man gehorchen.

»Man muß sie immer fürchten, denn sie wissen, wann wir kommen, und sie wissen, wohin wir gehen. Sie können uns Fallen stellen, auf uns schießen und uns fast nach Belieben töten. Zumindest konnten sie es.«

»Zumindest konnten sie es?« wiederholte Lounel und schaute vom einen zum anderen.

»Sie haben damit aufgehört, weißt du. Hier haben sie aufgehört. Hier hat man uns erlaubt zu leben. Hier haben sie uns gelehrt zu überleben.«

»Wie?«

»Hier in Malpertus, nur an diesem Ort von Wulfs ganzem ewigen Revier, wurden sie unsere Freunde.«

»Wann?«

»Wann?« Die beiden starrten einander an, dann schauten sie auf Lounel und schüttelten den Kopf.

»Wir können dir nur sagen, was wir wissen. Aber vor Jahren, vor vielen Generationen, fand einer der Menschen einen unserer Ahnen verletzt, dem Tode nahe. Das war in dem hohen, geheimen Tal, in das die Menschen so selten gehen. Es ist unser letzter Zufluchtsort. Dorthin wurden alle unsere Ahnen als Junge von ihren Rudeln hingebracht und bekamen die Traditionen und Wulfs Lehre gelehrt. Dort fand der Mensch unseren Verwandten und pflegte ihn. Unser Vorfahr überlebte. Als er in der Fülle der Zeit Anführer des Rudels wurde, leiteten ihn die Sterne und das Flüstern des Windes an, eines seiner Jungen zu diesem Menschen zu bringen, um ihm zu zeigen, welche Schönheit der Mensch zu schaffen geholfen hatte. Der Mensch freute sich, und so begann eine Tradition, die unserem Rudel so heilig ist wie das Leben selbst, denn sie hat geholfen, uns zu retten. In jeder Generation nimmt unser Rudelführer sein erstes männliches Junges mit und zeigt es dem Menschen.«

»Sind die Menschen unsterblich?«

»Sie sind immer da.«

»Wurde einer von euch zu dem Menschen gebracht und gezeigt?«

Einer der älteren Wölfe nickte.

»Eines Tages werde wir dich hinbringen, Lounel, denn du bist unser Junges, unsere Zukunft und unser Leben, und wenn wir dich dem Menschen zeigen, dann wird er über dir wachen und dir helfen zu überleben.«

»Warum flüstern wir? Warum dürfen wir nie heulen? Warum verstecken wir uns, wenn der Mond hoch steht? Warum huschen und schleichen wir dahin und benutzen die Höhlen über den ausgetrockneten Tälern?«

»Der Mensch hat unsere Vorfahren dies gelehrt, und uns hat er es auch gelehrt. Es ist zu unserem Besten und zu unserem Überleben.«

»Warum ist dieser Mensch nicht gestorben? Wenn er vor so langer Zeit gekommen ist, warum ist er noch am Leben? Andere Menschen sterben.«

»Dieser Mensch stirbt nicht, so wie die Bäume nicht sterben oder die Sonne oder die ewigen Sterne. Dieser Mensch ist.«

»Aber wir werden sterben. Wir können uns nicht mehr vermehren.«

»Ja, wir sind die letzten. Aber es gibt immer eine Hoffnung.«

»Wann bringt ihr mich zu dem Menschen?«

»Sobald unsere Route uns wieder zurück zu dem Hochtal führt, wo das Malpertus-Rudel durch jene erste Begegnung mit dem Menschen gerettet wurde. Nach dem Mond gehen wir, wenn die rechte Zeit gekommen ist, bald, bald ...«

Während sie wanderten, lehrten sie Lounel, wie man dieses wilde, einsame Land ungesehen durchquert. Sie lehrten ihn, welches Aas er fressen konnte, so daß die Menschen nicht erfahren würden, daß ein Wolf davon gefressen hatte. Sie sprachen einer nach dem anderen und wiederholten die Lehren ohne Ende.

»Nimm nur, wovon schon die Rabenvögel gefressen haben, vom Schaf, vom Fuchs, von jedem toten Ding.«

»Greife kein lebendes Wesen an, denn es führt dich zu Orten, wo unsere Anwesenheit erkannt wird.«

»Friß von nichts, das noch ganz ist, denn andere würden sonst erfahren, daß ein Wolf da war.«

»Nähere dich nicht den Orten, wo Menschen leben, denn sie werden dich riechen und sehen und erkennen.«

»Wandere bei Nacht.«

»Halte dich bei Tag versteckt.«

»Licht ist unser Feind, Dunkelheit unser Freund.«

»Schleiche.«

»Bis wann?«

»Bis die Menschen weg sind und nur der eine Mensch übrigbleibt.«

So wurde Lounel von zwei älteren Rüden großgezogen und wanderte wie sie durch die Nächte dieser anderthalb Jahre, bis seine beiden Beschützer sich dem Tode näherten.

Sie gingen langsam, wurden jeden Tag schwächer, erholten sich wieder und ließen wieder nach. Sie halfen einander, bis Lounel beiden helfen mußte.

»Ihr habt mich nie zu dem Menschen gebracht«, tadelte er sie, denn wenn sie es getan hätten, so hätte das bedeutet, daß er alt genug war, die Tradition fortzusetzen.

»Nein, nein, die Monde waren nicht richtig, und die Winde flüsterten nicht, daß wir es tun sollten. Lounel, hilf uns jetzt.«

Eines Tages war er da, der Tag, an dem die Winde flüsterten, und einer der beiden sagte, an den anderen gelehnt, da sie beide so alt waren: »Wir bringen dich jetzt zu dem hohen und einsamen Tal, wo der Mensch kommen wird.«

»Ist das weit?«

»Es ist am Ende des letzten Wolfsweges, den wir gehen.«

»Ich werde euch helfen, diesen Ort zu erreichen, und der Mann wird sich über mich freuen«, sagte Lounel aufgeregt.

Die beiden Brüder blickten in Lounels hageres Gesicht und in seine einsamen Augen. Sie blickten auf seine eingesunkenen Flanken und seine dünnen Beine. Sie schauten auf seinen ausgetrockneten, fleckigen Pelz, der ganz fahl war. Sie blickten ihn an und sagten: »Der Mensch will einen Wolf sehen, einen großen Wolf. Er wird sich freuen.«

Wie lang dauerte doch diese letzte Wanderung, über die hohen Hügel am Oberlauf des Tarn, dann in die steilen, tiefen Schluchten hinab auf Wolfswegen, die sie selbst als Junge gelernt hatten und ihn jetzt lehrten, Wege, die sie nicht mehr in den Sternen sehen konnten, da ihre Augen sich trübten.

Doch Lounel führte sie abends und morgens in der Dämmerung, und bei Tagesanbruch suchte er für sie einen Unterschlupf, wo man sie nicht finden würde, in Löchern und Felsspalten, deren Schatten in dieser kahlen, trockenen, sonnenbeschienenen Landschaft so fahl waren wie ihr altes Fell. Auf diese Weise half er seinen letzten und sterbenden Verwandten auf dem Rückweg zum geheimen Tal des Malpertus-Rudels, stöberte Fetzen von Nahrung auf, wo er konnte, und widerstand den angenehmeren Dingen, wie sie es ihn gelehrt hatten, damit er nicht die Lehre bräche und entdeckt würde.

»Wohin geht ihr, wenn ihr mich verlaßt?«

»Wir werden bei Wulf in den Sternen sein.«

»Und ich?«

»Du wirst hier auf die Zeit warten, da die Menschen fortgehen, und dann kannst du Wolf sein und laut den Mond anheulen und bei Tag die lebenden Wesen jagen. Du wirst dem Menschen gleichgestellt sein.«

»Allein?«

»Wulf wird seine Mitgötter schicken, damit sie mit dir jagen, und ihre Ankunft wird in den Sternen sein. Solange du an sie glaubst, wirst du nicht allein sein.«

Da sie von Osten her über die hohen Causses kamen, führten die letzten Strecken der Reise sie hinauf durch die wilden Schluchten oder über das trockene, felsige Gelände dazwischen. Die alten Pfoten wurden wund und die Mäuler trocken wie tote Haut. Obwohl sie bei Nacht reisten, fühlte sich der Boden unter ihren Pfoten warm an, aber die Winde waren gnadenlos.

Hintereinander trotteten sie weiter, bis sie schließlich erkannten, daß sie direkt ins Herzland des alten Rudels zurückgestiegen waren, zurück in das geheime Tal, wo Malpertus, der Stammvater aller französischen Wölfe, geboren wurde und wohin in Zeiten der Not, der Entscheidung und des Triumphs die Mitglieder dieses Rudels immer zurückgekehrt waren.

Mit langsamen und müden Schritten wurde Lounel schließlich in das Tal geführt, um dort auf die Ankunft des Menschen zu warten. Er befürchtete, daß die Tage seiner Sippe gezählt waren, wenn der Mensch kam, denn dies war ihre letzte Aufgabe.

Im Sommer waren sie auf diese schicksalhafte Reise losgezogen, bei Herbstbeginn kamen sie an. Die Vögel waren schon auf dem Weg nach Süden. Die Gräser, ausgedörrt von der Sonne und gelb, begannen zu brechen und zu sterben. Die Sonnenuntergänge waren rot, und als Lounel aus dem engen Tal zu den Gebirgspässen hinaufkletterte, sah er tief unten in den größeren Tälern noch weiße Nebelstreifen liegen.

»Wenn du den Menschen kommen siehst«, sagten sie, »dann sag es uns, und wir werden dich zu ihm hinausführen. Fürchte dich nicht.«

Aber Lounel fürchtete sich. Er fürchtete sich schrecklich, nicht vor dem Menschen, sondern vor dem Tod, den er wie einen Schatten über die einzigen Verwandten kommen sah, die er hatte.

»Ich werde der letzte Wolf auf der Welt sein ...« flüsterte er bei sich, und alle Lehren und Prophezeiungen, alles Drängen, er solle Vertrauen haben und glauben, daß Wulf ihm göttliche Gefährten schicken würde, brachten seinem Herzen keinen Trost.

»Lounel ...«

»Ja«, sagte er geduldig, wie er gelehrt worden war, »ja, ich werde euch Nahrung vorkauen.«

»Lounel ...«

»Ja, ich werde euch in die Höhlen hinaufhelfen.«

»Lounel ...«

»Ja, ich werde euch von dem Schmutz reinigen, den ihr gemacht habt ...«

»Lounel ...«

Aber gegen den Tod selbst kann ich nicht kämpfen.

»Ist der Mensch schon hier, denn wir ...«

Eine Nacht, ein Tag, eine weitere Nacht, und sie waren dem Ende nahe. Jeder klammerte sich nur um des anderen willen an das Leben, jeder sträubte sich dagegen, das Rudel als erster zu verlassen.

Dann brach ein Morgen an, an dem der Himmel gerötet war.

»Lounel, hör zu. Heute muß der Mensch kommen. Wir können dich ihm nicht so vorstellen, wie wir eigentlich sollten. Geh hinab zum Ende des geheimen Tales und warte dort auf ihn. Biete dich ihm selbst an. Fürchte dich nicht. Sicher wird Wulf dafür sorgen, daß er kommt. Geh jetzt ...«

So ging Lounel also los, hinab über die trockenen Hänge zum tiefsten Teil des Tals, wo der Fluß, der schon längst verschwunden war, sich über die von ihm angeschwemmte Barriere aus Geröll ergossen hatte und hinab zum Tarn geflossen war.

Dort wartete er den ganzen Tag hindurch und kehrte dann zu ihrer Lagerstätte zurück, tief in den engen Höhlen, wo das Wasser tropfte und rieselte. »Ist der Mensch gekommen?« In ihren Augen war Hoffnung.

»Nein.«

»Dann morgen.«

Der nächste Tag kam und mit ihm ihr weiterer Verfall. Ihre Atmung wurde zu einem Röcheln, und ihr Verlangen nach Nahrung schwand dahin wie ihre Körper. Als Lounel im Morgengrauen wieder in das Tal hinabging, hegte er die Hoffnung, der Mensch möge kommen und ihn anerkennen, weniger für sich selbst als für seine sterbenden Verwandten, damit ihre eigenen Hoffnungen erfüllt würden, bevor Wulf sie zu den Sternen nahm.

Aber der Mensch kam nicht, und während der Tag verging, sank sein Herz, da er wußte, er müßte wieder nach oben zurückkehren. Er würde sie entweder jenseits aller Sorge und sich allein vorfinden oder er müßte sich der Enttäuschung in ihren Augen stellen.

»Ist der Mensch gekommen, Lounel? Wie? Ja? Sprich lauter, denn wir können dich nicht mehr hören, du flüsterst ja. Komm nahe heran, denn wir können dich nicht mehr sehen, du wirst immer undeutlicher.«

Er trat näher heran und schüttelte den Kopf, und sie

bemühten sich, etwas Gutes zu sagen: »Nun, Wolf, so ein Warten ist aufregend! Wirklich!«

»Ja«, sagte Lounel. Er schaute sie an und sah, wie sie sich jetzt aneinanderlehnten, wie das Auge des einen halb geschlossen und das Bein des zweiten abgespreizt war, als wäre es so spröde geworden, daß es gebrochen sein könnte.

»Tut es weh?« fragte er und beschnupperte das Bein.

»Ich spüre es überhaupt nicht, also muß es in Ordnung sein!«

Sie lachten und keuchten und äugten mit zusammengekniffenen Augen zu den Sternen empor. Als die Nacht kam, gaben sie vor, sie könnten aus dem schmalen Streifen Nachthimmel – ihrer einzigen Aussicht – etwas erkennen. Einer von ihnen murmelte: »Wolfswege …« Dann glitten beide in ruhelosen Schlaf.

Die Nacht war schwarz und verging langsam. Lounel hörte nichts außer dem Quieken der jagenden Fledermäuse, deren eine beständig vor der Höhle, in der sie Unterschlupf gefunden hatten, hin und her flog. Der Morgen brach trübe an, mit grauem Licht. Ein kleines Rudel Hirsche äste seinen Weg zum Talgrund unterhalb der Höhle hinab. Sie witterten die Wölfe nicht, denn der leichte Wind wehte hangaufwärts. Lounel lauschte auf das sanfte Rupfen des Grases und anderer Pflanzen beim Äsen der Hirsche und das gelegentliche Scharren eines Hufes auf Fels oder Erde. Er beneidete sie um ihre Zahl und um ihre Freiheit. Er wußte, daß die Menschen sie jagten, und er hatte tatsächlich schon von einem Hirsch gefressen, als sie einen tot und von Vögeln umlagert gefunden hatten. Er hatte süß und gut geschmeckt. In Lounels Erinnerung war es der Höhepunkt des Sommers gewesen. Jetzt beobachtete er, wie das Licht auf ihre weißen Hinterteile und ihre rotbraunen Felle fiel, während die Morgendämmerung voranschritt. Dann waren die Hirsche verschwunden, und seine Brüder regten sich.

»Geh diesen Abhang hinunter! Heute ist der Tag! Ja!« sagten sie, beschnüffelten einander und grinsten, was in ihrem Alter fast närrisch wirkte. Dann wurden sie ernst.

»Heute, Lounel, wirst du ein Wolf werden! Der Mensch wird heute kommen, und das Rätsel wird gelöst.«

»Welches Rätsel?«

»Wer er ist!« Sie lachten und hielten es für komisch. Er aber verließ sie tieftraurig.

Gegen Mittag war der Mensch noch nicht gekommen. Er würde nie kommen, es gab an diesem Ort nicht die geringste Witterung von Mensch. Hier war Wildnis. Es war heiß geworden. Lounel war ruhelos, ihm war unbehaglich zumute, und er fühlte sich völlig allein.

Allein. Plötzlich stellte er seine Ohren auf und schaute um sich und wußte, daß er zurückgehen mußte. Er wußte, daß ihre Stunde gekommen war, der Augenblick ihres Todes, der Zeitpunkt, von dem an er für immer allein sein würde.

Er trabte den Hang hinauf, erhitzt und voller Furcht vor dem, was er vorfinden würde oder was sie ihn fragen würden. Sie würden es wissen wollen, sie wollten es immer wissen. Er blieb stehen, wandte sich um und blickte in das Tal hinab.

»Hier hat alles angefangen«, sagte er zu sich selbst, »und hier enden wir alle. Wulf, sag mir, was ich tun soll.« Er hob den Kopf zum blauen Himmel und öffnete das Maul, als wollte er heulen. Nur einmal, nur ein einziges Mal hätte er gerne geheult.

»Wulf, leite mich!«

Er erhob sich stolz, wandte sich um und ging langsam den Abhang hinauf, mit der gemessenen Würde, wie er sie einem großen Wolf gemäß hielt.

Die Höhle gähnte vor ihm, und er stieg langsam zu ihr empor.

»Du bist wieder zurück«, flüsterte einer von beiden. Der andere öffnete kaum die Augen.

»Du bist früh zurück … Warum, was ist los, Lounel?«

Er blickte sie stolz an, rückte näher und knurrte auf eine Weise, wie er es noch nie zuvor getan hatte. Es war das Knurren eines Rudelführers.

»Jaaa …« flüsterte der eine und neigte ehrerbietig den Kopf.

»Jaaa …« sagte der andere und erkannte Lounels Stärke an.

»Ist er gekommen?« fragten sie.

»Der Mensch ist gekommen und hat mich gesehen und meinen Kopf berührt«, sagte Lounel.

Freude und Hoffnung war in ihren Augen.

»Hat er sich gefreut?« fragten sie.

»Der Mensch hat sich über mich gefreut«, erwiderte er.

Sie starrten ihn an, mit Augen voller Stolz und Erleichterung.

»Wir haben getan, was wir tun sollten«, sagten sie. »Wir haben unsere Lehre erfüllt, du bist …«

»Ich bin …?« flüsterte er und starrte sie an, plötzlich so still wie der Tod. Ihr Atem hatte sich verlangsamt, ihr Atem hatte aufgehört, und im letzten Blick ihrer Augen leuchtete der Stolz auf das, was er war. Dann waren sie zusammen gegangen …

Er starrte sie an, zu erschüttert, um sich zu bewegen.

»Ich bin der letzte Wolf auf der Welt. Ich bin der Letzte. Keiner wird mich je kennen. Keiner wird je zu mir sprechen. Kein anderer wird je für mich heulen …, je für mich heulen.«

Dann kam Wahnsinn über ihn, Schrecken und Entsetzen. Er drehte sich wild herum, ohne daran zu denken, ob er gesehen würde, wandte sich um und floh und kam zurück und floh erneut.

»Wulf!« schrie er und hörte seine eigene Stimme als Echo von der einen Seite des Tales zur anderen.

Er starrte auf die Wölfe, die seine einzige Welt gewesen waren, für ihn, der nun der Letzte seiner Art war. Unfähig, sich zurückzuhalten, ohne darüber nachzudenken, was er tat oder daß er damit die Lehre brach, die er seit dem Augenblick seiner Geburt gelehrt worden war, hob er den Kopf und tat, was er nie zuvor getan hatte: Er heulte, wild und leidenschaftlich und voller Trauer.

Er hielt inne, wandte sich um, trabte in das Tal hinab und stellte sich dort auf, wo er drei Tage lang vergeblich gewartet hatte. Er blickte das Tal hinauf und hinab über die fernen Nebentäler hin. Wieder überkamen ihn das Verlangen und die Trauer. Er hob den Kopf und heulte zum Tageshimmel empor, hinauf und hinauf und hinauf, weiter und weiter. Er war allein, kein anderer konnte ihn sehen oder hören, keiner außer Wulf. Aber hier, hier auf der Welt, war er, Lounel, der Wissende und der Anführer aller.

Wenn er zu heulen wünschte, und jetzt wünschte er, dann würde er heulen, und er heulte ...

Er kam langsam näher, und lange bevor Lounel ihn sah, hatte er ihn schon gewittert, einen einzelnen Menschen. Wie weiß seine Hände waren, wie groß seine Augen! Er roch nach Dingen, die Lounel nie zuvor gewittert hatte. Lounel starrte ihn an und zitterte, und er begriff das Mysterium dessen, was sie waren. Er roch nach seinen Verwandten, die er hatte sterben sehen. Beide waren in der Gestalt des Menschen zu ihm zurückgekommen.

Lounel ging zu ihm hin, den Kopf geneigt, und schaute dann langsam zu ihm empor, zu seinem Bruder oder seinem Vater, die jetzt eins waren. Der junge Wolf wußte nicht, wer eine weiße Hand nach ihm ausstreckte und ihn so berührte, wie man ihm immer gesagt hatte, daß er berührt werden würde.

Lounel war der Wolf, und dies war der Mensch, und er war nicht allein.

Lounel wandte sich von ihm ab und dachte einen Augenblick lang, er würde in das Tal zurückgehen, das seinem Rudel gehörte. Doch nein. Er war der letzte Wolf auf der Welt, und die Welt gehörte ihm.

Der Mensch beobachtete, wie der Wolf sich schließlich zurückzog. Die Erfahrung in Helsingborg damals war nur Beobachtung gewesen (so empfand er es), aber es hatte kein Kontakt stattgefunden. Hier mit diesem Wolf, der noch namenlos war, waren die Kontakte mehr als nur die Berührung der Schnauze und der Zunge durch die Hand eines Menschen gewesen.

Der Mensch hatte den Körper des erschöpften Wolfes angeschaut, seine abgemagerten Hinterkeulen und seine geschwächten Läufe, und er hatte in seine Augen geblickt. Er spürte, daß er auf seltsame Weise, ganz unerklärbar und unbeweisbar, einen Teil von sich selber sah, der er einmal gewesen war. Der Wolf hatte ihn in die Vergangenheit schauen und einen Moment lang wissen lassen, daß er selbst vor einem Jahrtausend einen Augenblick erlebt hatte, der diesem sehr, sehr ähnlich war.

Dieser Mensch hatte dann gewagt, Kontakt mit Wölfen aufzunehmen, und dieser Mensch wagte auch zu tun, was andere nicht gewagt hatten.

Der Wolf, dem er begegnet war und der ihn jetzt verlassen hatte, hatte eine Sippe, aber sie war seit kurzem tot. Er, der Mensch, der hierher durch die Jahrhunderte gereist war, hatte auch eine Sippe. Brüder. Er weinte über das, woran er gerade teilgenommen hatte. Dann wußte er, daß er in dem vor ihm liegenden Kampf würde lernen müssen, mit Wölfen zu laufen, und nur wenige würden das verstehen.

Wohin?

»Herzland«, sagte der Mensch mit einem Flüstern, das ein Echo des Windes war. Herzland? Was war das?

»Ich muß es finden«, sagte er, hob den Kopf, und da er allein war und niemand zu sehen, heulte er, daß er einen geflüsterten Ruf von einem Gott gehört hatte, ins Herzland zu reisen. Er heulte, daß er diesem Ruf folgen würde, bis zum Tage der Erfüllung oder bis er starb.

Kapitel 2

Die schöne Jimena beobachtet stolz, wie ihr Sohn, der vom Schicksal auserwählte Aragon von Spanien, auszieht, um das Herzland zu suchen

Jener Sommer war ungewöhnlich heiß und trocken, hoch oben in der Sierra de la Cabrera im Nordwesten Spaniens, wo das letzte Rudel der iberischen Wölfe sich mühsam durchschlug. So heiß, daß die Flüsse zu früh austrockneten und die Ratten an ihren Ufern zu sterben begannen, weshalb die großen Roten Milane tagelang unruhig am Himmel kreisten, bevor sie nach Norden abflogen.

Südlich des Berges El Teleno, der den Mittelpunkt des Gebietes des Cabrera-Rudels bildet, sagte Ameria, die Leitwölfin: »Die Milane haben noch nie so zeitig die Gegend verlassen. Das sollten wir als Warnung nehmen und uns darauf vorbereiten, ebenfalls fortzuziehen.«

Sie kniff die Augen zusammen, runzelte die Schnauze und blickte hinab auf das ferne, trockene Tal der Eria, in das die wasserlosen Läufe der Bäche und Flüsse mündeten.

Baillo, ihr Gefährte und Führer, Vater von zwei Dritteln der Wölfe des Rudels, protestierte knurrend und ging mit aufgerissenem Rachen auf sie los. Ameria schlüpfte leicht zur Seite, seine Zähne hinterließen nur eine Furche in ihrem Nackenfell, die sie einfach wegschüttelte. Staub stieg aus ihrem trockenen Pelz auf, sie schien zu grinsen, und keiner wußte, ob er sie gebissen hätte, wenn sie sich nicht bewegt hätte.

Nur in den Ekstasen der Paarung ließ sie sich von ihm beißen. Dann war ihr Geheul am lautesten, wenn das Blut floß. Das Rudel sagte, sie trage an ihrem Hals eine Narbe für jeden Welpen, den sie geboren hatte. In der Tat war ihr ganzer Rücken voller Narben. Ihr Fell dort war rauh und fleckig und zeigte, wie Baillo seinen Willen an ihr gehabt hatte. Aber jetzt gab es keine Paarung, in dieser tödlichen Hitze oder bei diesen seltsamen, geflüsterten Einladungen des Windes, die einen Wolf beunruhigen konnten, nur die Notwendigkeit weiterzuziehen, zu fliehen – oder den Gedanken daran, den die listige Ameria aufgeworfen hatte wie ein Stück Aas, als sie sah, wie die Milane fortflogen.

Jetzt wartete das Rudel darauf, daß Baillo dieses Stück Gedanken auffing, es in seinem schwerfälligen Geist verdaute, sich mit dem Denken abmühte und es dann wieder auswürgte, als stammte es von ihm, so daß das Rudel erfahren durfte, was zu tun war. Als der Stärkste von ihnen führte Baillo sie an, aber er schien das nur deshalb gut zu können, weil er Ameria an seiner Seite hatte. Doch sie liebte ihn, denn sein langsames Denken gab ihr soviel Macht, wie eine Wölfin nur haben kann, wenn sie keine Göttin ist. Zusammen hatten Baillo und Ameria ihr Rudel all diese langen, trockenen Jahre hindurch am Leben erhalten. Damit hatten sie ihre Gelübde erfüllt.

Jetzt also wartete das Rudel zwischen den bleichen, gelben Felsen fast regungslos auf die Entscheidung ihrer Anführer. Rudelführer und Leitwölfin waren für sie alle wie Götter, außer für den Ausgestoßenen des Rudels. Seine Flanken zitterten von einer Ruhelosigkeit, die mit dem Wind reiste. Er hatte den Kopf vorgereckt und zu einer Seite schief gestellt, während er aus der Sicherheit eines Dickichts die anderen beobachtete und auf etwas lauschte, das keiner von ihnen zu hören schien. Ein fernes Heulen ..., der Wind – oder war mehr als der Wind?

Er schüttelte den Kopf, vergaß das Geheul und starrte auf die, die älter und im Rang höher waren als er. Übrigens waren auch die Jüngeren im Rang höher. Er war der Narr, der Ausgestoßene, der Unerwünschte, den alle Rudel brauchen.

»Das bin ich, weil ich mich dafür entscheide«, sagte er manchmal, wenn er zurückwich und sie nach ihm schnappten, »und weil ich euch das tun lasse.« Was bewies, sagten sie, daß er ein Narr war, denn warum ließ er zu, was sie ihm antaten?

Ein kluger Wolf hätte die Antwort gewußt und verstanden, daß einige Wölfe ihr eigenes Schicksal fürchten und – aus Angst, sich ihm zuzuwenden – sich hinter dem Spiel des Narren verstecken. Aber jetzt hatte dieser Wolf Angst. Denn das Geheul, das er im Wind gehört hatte, war in der Tat das Schicksal, das er fürchtete.

Sein Name war ... Das Cabrera-Rudel hatte ihm viele Namen gegeben: Narr, Idiot, Hinker. Ja, Hinker nannten sie ihn am häufigsten, seit er hinkte. Nicht, daß er hätte hinken müssen, denn die Bißwunde, die diese Gewohnheit ausgelöst hatte, als er noch ein Junges gewesen war, war längst ausgeheilt. Einmal, als die einzige Wölfin, die er liebte und der er vertraute, Hilfe gebraucht hatte und er hatte springen müssen, um sie vor den Menschen zu retten, da hatte das

Rudel gesehen, daß sein Hinken verschwunden war und daß er ein so schöner Wolf war wie sie alle, vielleicht sogar schöner als sie alle. Aber sie brauchten das Märchen von seinem Hinken, um ihn in seiner notwendigen Rolle festzuhalten, und so hatte er auch weiterhin gehinkt. Außerdem glaubte er selbst daran. Er hatte seit langem den Vorwand vergessen, dessentwegen er zu hinken begonnen hatte. In der Gegend herumzuhumpeln bestätigte ihn in der schwachen Stellung, die er gewählt hatte, um sich im eigenen Inneren zu verbergen.

Die Wölfin, die er gerettet hatte, war seine Mutter, Jimena, und sie nannte ihn nicht Hinker, sondern bei seinem richtigen Namen, der Aragon lautete. Sie hatte ihn so genannt, weil sie die Geschichten von Aragon so liebte, dessen Rudel einst groß gewesen war, vielleicht das größte in ganz Iberien. Wie hatte sie doch diesen Namen ihrem Einziggeborenen zugeflüstert, mit dem Geflüster eines sanften Frühlingswindes … Aragon, o Aragon!

Aber mit diesem Namen hatte sie ihn unabsichtlich zur Außenseiterrolle verdammt und sich selbst zur Vergeltung. Es war schon schlimm genug, daß er die Frucht eines Augenblicks geraubter Lust mit Baillo war – aber Ameria hätte das vergeben, wenn Jimena nicht einen Namen gewählt hätte, den die Leitwölfin gern ihrem eigenen nächstgeborenen Sohn gegeben hätte.

»Nenne ihn irgendwie, nur nicht so, und ich tu dir nicht viel«, hatte Ameria gesagt. Die listige Ameria wußte, daß ein solches Zugeständnis Jimena auf den ihr zukommenden Platz verwiesen hätte, denn eine Wölfin wie sie, intelligent und anmutig, wurde nur geschlagen, wenn sie seelisch wie körperlich besiegt wurde.

»Sein Name ist Aragon«, sagte die schöne Jimena selbstbewußt, die das Recht hatte, den Namen zu wählen, »und er gehört mir. Wenn du ihm etwas zuleide tust, solange er noch ein Welpe ist, dann werde ich die Stärke der Götter rufen, daß sie dir etwas zuleide tun.«

»Oh, ihm werde ich nichts zuleide tun«, sagte Ameria. Sie wußte, daß die Wolfslehre den Schutz der Jungen forderte, und sie empfand keinen Haß gegenüber einem unschuldigen Welpen, selbst wenn er einen solchen Namen bekommen hatte, um – wie ihr es schien – sie zu verletzen. »Aber dir ...«

Ameria war nicht umsonst Leitwölfin. Sie attackierte Jimena wild und schrecklich, fügte ihr an Hals, Gesicht und Hinterteil Wunden zu, von denen sich Jimena selbst drei Jahre später noch nicht erholt hatte. Ihr Pelz war immer noch schön, aber ihr Gesicht und ihr Körper waren entstellt. Kein männlicher Wolf wollte sie jetzt haben, nicht einmal, wenn alle anderen Fähen gestorben wären oder nach der Pest stinken würden. Von jenem Tag an sah nur ein Wolf die Schönheit, die einmal an ihr gewesen war, und das war ihr heranwachsender Sohn, Aragon, der Ausgestoßene und Narr. Denn wie kann ein junger Wolf Häßlichkeit an seiner Mutter sehen, wenn sie für ihn die ganze Welt gewesen ist und ihn, während er heranwächst, mit dem einzigen umgibt, das keine stärkere Rivalin je hätte berühren können, nämlich mit der Landschaft voller Schönheit, die Jimenas Geist und Phantasie erfüllte?

»Höre nun, mein Lieber ... Höre ...« Wenn die anderen Jungen, die seine Schwäche spürten, ihn zu sehr verletzt und bedrängt hatten, dann nahm sie ihn zu jenen reichen Orten der Geschichten und Legenden mit, wo ein Wolf so stark, großartig und zufrieden sein kann, wie es seine Phantasie ihm erlaubt.

So hatte Jimena ihr schwächliches Junges mit der Milch des Wissens und der Legende, der Geschichten und der Träume genährt und ihm das gegeben, was sie selbst besaß. Etwas, das andere nicht anfassen konnten, wie stark auch ihre Fänge sein mochten, wie absolut auch ihre Siege erschienen.

Jimena hatte diese Dinge selbst an den Zitzen ihrer eigenen Mutter Sainfoin gelernt, der letzten Leitwölfin des ältesten iberischen Rudels, des Rudels von Segundera, das durch die Hände der Menschen schrecklich umgekommen war – vergiftet und erschossen und einige von Hunden zerrissen. Jimenas einsame Flucht, die Zeit ihres Ausgestoßenseins und ihre Aufnahme ins Cabrera-Rudel waren eine ebenso großartige Geschichte wie alle, die sie von Sainfoin gelernt hatte. Sie war so gewaltig wie die Sage um das heroische Zeitalter nach Wulfs Aufstieg zu den Sternen, die mit der Passage endete, die Jimena manchmal all denen mitteilte, die erklärten, daß aus Iberien ein großer Wolf kommen würde, um bei der Rettung der ganzen Wolfheit mitzuhelfen:

Aus diesem trockenen Land
wird dieser große Wolf sein,
ein Führer von Führern,
ein Schöpfer von Göttern.
Und die Wölfe von Segundera
und von Aragonien
und von der hohen Cabrera
werden auf ihn schauen,
und sie werden weinen bei der Nachricht
seines Hinscheidens.
Denn er war einer von ihnen
und gehörte zu ihnen.

Solche alten Legenden und Prophezeiungen hatte Jimena das Rudel gelehrt, das sie aufgenommen hatte. Da die Wölfe diese Erzählungen schätzten, schätzten sie auch Jimena, selbst nachdem sie verunstaltet worden und in Ungnade gefallen war. Sie lehrte Aragon solche Dinge, und sie lehrte ihn noch mehr. Dinge, die die anderen nie erfuhren und von denen sie nie geträumt hätten. Dinge, die nur in dem nächtlichen Gewisper einer Mutter zu ihrem schwachen Jungen leben konnten.

Sie lehrte ihn das Wissen von den Sternen und von der Orientierung. Sie lehrte ihn das Wissen von den Pflanzen und von der Heilung. Sie lehrte ihn die Wolfslehre und die Wolfspflichten. Sie lehrte ihn die Vergangenheit und die Zukunft. Sie lehrte ihn die Geschichten vom Fall der Götter und sprach von den Leiden der Wölfe und von der Gegenwart:

Denn wir von Segundera
werden unser Eigen den Wölfen der Zeit geben.
Einer von uns wird ausziehen,
um zu führen,
zu lehren,
zu vermehren
und zu helfen, alle anderen zu führen
zurück auf den Wolfsweg der Götter.

Von den Wolfswegen, die jetzt fast verloren und fast vergessen waren, lehrte sie ihn alles, was sie wußte. Auch vom Wind und wie ein Wolf auf den Klang des Windes lauschen muß. Denn es war eine Tatsache, daß dreimal im Leben eines Wolfes die Götter zu ihm durch den Wind sprachen. Das Geflüster des Windes, wenn er es hörte und verstand, verriet ihm die Wegweisungen der Götter durch sein Leben. Wenn ein Wolf es nicht hörte – und nur wenige hörten es, denn die meisten waren schlecht darauf vorbereitet und glaubten nur halb daran –, dann würde er kaum eine andere Gelegenheit bekommen.

Jimena wußte nur eines – sie wagte es noch nicht, ihrem Sohn zu sagen –, daß sie das Geflüster des Windes in der Stunde seiner Geburt gehört hatte. Es war mit einem Duft von Kräutern gekommen, viel süßer als sie es je in ihrem Leben gewittert hatte, und sie hatte erkannt, daß sie reich gesegnet war. Das war das dritte Mal gewesen, daß sie den Wind hatte rufen hören. Das erste Mal war gewesen, als ihre Mutter dem Tode nahe war. Sie sollte an ihrer Seite sein, wenn sie starb – ein würdiges Verhalten. Das zweite Mal war, als die Menschen kamen und sie als einzige vom ganzen Segundera-Rudel wußte, auf welchem Weg sie fliehen mußten, um den kahlen Zufluchtsort des Cabrera-Rudels zu finden und vor den Nachstellungen der Menschen sicher zu sein. Das dritte und letzte Mal war gewesen, als Aragon geboren wurde. Sie hatte nie gewagt, laut davon zu sprechen, was es bedeutete, aber in ihrem Herzen wußte sie, er war der letzte Rüde des Segundera-Rudels, und es war sein Schicksal zu helfen, Wölfe zurück auf die Wolfswege der Götter zu führen.

Ihrem noch blinden Welpen hatte sie zugeflüstert: »Da ich weiß, daß du gesegnet bist, bin ich zufrieden. Dreimal haben die Götter mir zugeflüstert. Nur die verlorenen Götter hören das Flüstern des Windes ein viertes Mal, die Götter, die in ihrer Einsamkeit von Osten nach Westen wandern, von Norden nach Süden, und einen Weg suchen zurück zu dem, was sie einst besaßen.«

Das war im Frühling vor drei Jahren gewesen. Wie schnell war die Zeit seitdem vergangen, und wie müde fühlte sie sich inzwischen bei diesen trockenen und strafenden Sommern, die sie erlitten hatten. Jetzt kräuselte der Wind das Gras, und das Rudel wartete darauf, daß der Anführer entschied, wann und wohin sie ziehen würden.

»Wir werden losziehen!« sagte plötzlich Aragon der Hinker, knurrte, spottete und wich einem der stärkeren Wölfe aus, der wegen seiner Unverschämtheit plötzlich auf ihn losging.

»Wir werden fort sein! Hier werden wir von der Sonne gequält, und dort, wo wir hingehen, werden wir von den Menschen heimgesucht!«

Ein anderer Wolf ging auf ihn los, um ihn zum Schweigen zu bringen. Er hinkte außer Sichtweite in das Dickicht, kauerte sich nieder und starrte auf seine Pfoten. Dann hob er Kopf noch einmal für jenen seltsamen Ruf im Wind. Er hörte ihn, aber er mochte ihn nicht, denn dieser Ruf ließ ihn verstehen, daß er nicht länger den Narren spielen konnte.

Erschrocken über das, was er gehört hatte, kehrte er noch einmal zum Rand des Dickichts zurück, um das Rudel in der Hitze zu beobachten. Er warf seiner Mutter nur einen kurzen Blick zu. Er riskierte nicht mehr, damit die anderen ihn nicht sahen. Denn seit er ausgestoßen war, hatte Jimena sich an die Lehre gehalten und nicht mit ihm gesprochen oder seine Anwesenheit zur Kenntnis genommen. Hätte sie das getan, dann hätten die anderen sie angegriffen. So war die Wolfslehre. Sie hatte sie ihn selbst gelehrt.

»Norden«, sagte Baillo und brach mit seiner Entscheidung in all ihre Gedanken. »Wir ziehen heute nacht nach Norden.«

»Besser noch früher als heute nacht, Baillo!« rief Aragon

von seinem sicheren Platz aus dazwischen. »Bringt es früher hinter euch, damit ihr nicht zu spät loszieht.«

»Sei still«, sagte einer, dem der Schweiß über die Stirn in die Augenwinkel rann.

Aragon zuckte die Schultern, grinste und streckte sich, ein Auge halb geöffnet, für den Fall, daß er fliehen müßte.

»Also dann heute nacht«, sagte Ameria, »und nach Norden.«

Das Rudel entspannte sich, da die Entscheidung gefallen war, und legte sich schlafen. Alle außer Jimena und an ihrer linken Flanke Aragon, die es sorgsam vermieden, einander anzuschauen. Es waren heiße und träge Stunden, während die erbarmungslose Sonne langsam über den Himmel wanderte und die Wölfe auf die Kühle des Abends warteten.

Wie ein Donnerschlag auf seinen Kopf kam dieses letzte sanfte Wispern des Windes. Es rief ihn: »Aragon!«

Ein Schmerz schoß durch sein Herz. Seine Mutter hatte ihm gesagt, daß es so sein würde: ein geflüsterter Ruf der Götter im Wind. Oder wie Felsen, die in seinem Geist zerbrachen.

»Hilf ...« wisperte der Wind. »Hilf uns jetzt.«

Dann stand Aragon auf, seine vier Pfoten auf dem staubigen Boden, und schob mit dem Rücken das Dickicht über sich zur Seite, als hätte er vergessen, daß es da war. Dann heulte er, so laut er konnte, denn der Ruf des Windes kam von einem sehr fernen Ort. Ein großes Geheul, ein Geheul, das zehn Wolfsrudel aufgeweckt hätte, nicht nur das eine, das schlafend um ihn herum lag.

Sie erwachten. Erwachten und erkannten, daß der Ausgestoßene es gewagt hatte, die Lehre des Heulens zu brechen. Einige gingen sofort auf ihn los, aber diesmal, zum allerersten Mal, hielten sie verwirrt inne. Aragon wich nicht, behauptete sich wild, Maul und Schnauze zu den Furchen eines zornigen Knurrens verzogen. Dann stürzte er vorwärts, biß und riß und hatte das Blut eines anderen Wolfes an den Lefzen.

Entgeistert vergaß seine Mutter sich, brach die Lehre und

blickte ihn an. In ihrem Blick lag etwas Größeres als die Lehre, etwas Klares und Wahres, und das Rudel wußte kein anderes Wort dafür als »Schicksal«.

»Ich habe das Flüstern des Windes gehört«, sagte er. Die neue Macht und Gefährlichkeit in seiner Haltung hielt die Wölfe, die ihn angegriffen hatten, in Schach. »Und es kam zu mir. Ich soll nach Osten gehen, den Wolfswegen bis hin zu ihrem Ursprung folgen. Ich bin ...«

»Er ist verrückt!« brüllte Baillo. »Verrückt und verdreht wie seine Mutter. Wir ziehen nach Norden, und er kommt mit uns.«

Aragon starrte seinen Rudelführer an. Einen Augenblick lang war das Rudel entgeistert, denn er zeigte das Selbstvertrauen eines zukünftigen Führers, und darin war eine Herausforderung enthalten. Nicht, daß Aragon schon eine Chance gegen Baillo gehabt hätte, aber sobald eine solche Herausforderung einmal erfolgt ist, ändert sich alles. Das Rudel bewegt sich hin und her, wendet sich und überlegt. Ein Anführer kann plötzlich geschwächt werden und verwundbar durch Angriffe anderer Rüden. Deshalb beobachteten alle die beiden. Alle warteten auf Aragons nächsten Schritt.

Er verwirrte sie aufs neue, da er sich, zum letzten Mal, dafür entschied, närrisch dreinzuschauen. Er lachte. Er schaute Jimena an, und sein Lachen verwandelte sich in ein Abschiedslächeln, in das Lächeln, das ein Sohn zeigt, wenn er der Lebewohl sagt, der er am meisten verdankt.

»Ich bin Aragon«, sagte er. »Das bin ich. Erinnert euch an mich!« Das war alles, was er sagte. Er war nicht mehr der »Hinker«, sondern ein junger, starker Wolf mit einer Zukunft in den Augen. Dann wandte er sich um und war fort. Als sie nach ihm suchten, konnten sie ihn nicht finden – sie fanden nur das Blut des Wolfes, den Aragon gebissen hatte, dort, wo es von seinen Lefzen getropft war.

»Ich bin«, hatte er gesagt, und damit würde Aragon auf immer in ihrem Gedächtnis haften. Ein Ausgestoßener hatte beschlossen, den Rudelführer herauszufordern. Er hatte nicht darauf gewartet, ob seine Herausforderung angenommen wurde, sondern sich einfach umgedreht und war gegangen. Er war kein Ausgestoßener mehr.

»Tötet sie! Sie hat die Lehre gebrochen«, sagte Baillo, der jetzt seine Wut und Enttäuschung auf Jimena richtete.

»Nein«, flüsterte Ameria, stellte sich vor Jimena und schaute ihren Gefährten mutig an. »Nein, mein Lieber, es ist besser, du entscheidest, daß wir kein Blut mehr vergießen dürfen, bevor wir heute abend losziehen. Es wäre nicht recht. Das wirst du entscheiden.«

»Werde ich?« knurrte er. »Als erstes entscheide ich, daß der Wolf, den der Hinker gebissen hat, selbst zum Ausgestoßenen wird.«

»Das ist weise«, sagte Ameria, wandte sich um und starrte den Wolf kalt an, der jetzt viel schlimmer getroffen war, als wenn er selbst tausendmal gebissen worden wäre. Alle fielen über ihn her. Alle bissen ihn.

»Genug jetzt«, sagte Baillo. »Wir ziehen jetzt los.«

»Und heute nacht wird Jimena uns die Bedeutung von Aragons Geheul erklären«, sagte Ameria. Ihre Stimme war fast freundlich, und es war das erste Mal, daß sie den Hinker bei seinem Geburtsnamen genannt hatte. So war der Hinker im Gedächtnis des Rudels nicht länger ein Ausgestoßener.

»Er wird wiederkommen«, heulten die Wölfe, »zurück aus der Hitze der ausgetrockneten Wasserläufe. Nicht wahr?«

Der trockene Wind antwortete ihnen und sagte: »Noch nicht, noch nicht.«

Das Cabrera-Rudel wandte sich nach Norden, angeführt von Baillo und Ameria, während zu ihrer Linken im Westen die heiße Sonne hinabsank und der Himmel sich blutrot färbte.

Jimena blickte von Zeit zu Zeit nach Osten, wohin ihr Sohn gegangen war. Obwohl die Tränen des Verlustes ihre Augen füllten, schritt sie in stolzer Haltung dahin. Sie kannte die Bedeutung von Aragons Geheul, und sie würde es ihnen erklären. Die Götter hatten ihr gesagt, daß das Segundera-Rudel gesegnet war – denn der Sohn, den sie geboren und gelehrt hatte, würde einer der Wölfe der Zeit sein.

Sie würde heute nacht für ihn heulen. In die alten Lieder

würde sich ein neues Lied mischen. Das Lied eines jungen Wolfes, der in ihrer Mitte gewesen war und groß wurde, und sein Name war Aragon. Sie würde den anderen eine Legende offenbaren, die selbst Aragon noch nicht gehört hatte und die von der Ankunft der Wölfe der Zeit erzählte und davon, wie die unerbittlichen Gezeiten des Schicksals manchmal das Alte beiseite fegen und das Neue herbeibringen können.

Kapitel 3

Kobrin, der frühere Anführer aller russischen Wölfe, kehrt in das Revier seiner Geburt zurück und beginnt die wahre Natur der Menschen, des Krieges und von Wulfs Ruf zu verstehen

Im späten September jenes Jahres, in dem Tervicz und die anderen Bukov-Wölfe die Wölfe der Zeit herabheulten, erklomm ein wandernder Wolfsrüde, massig, erschöpft und mit Narben überzogen, das Nordende des Urals von Osten und starrte böse auf die harte Landschaft des Petschora-Tals hinab. Der Ort, an dem er stand und hinabschaute, war zweitausend Meilen im Rabenflug vom Herzland entfernt. Aber für den Lauf der Wölfe war eine solche Reise noch länger, länger sogar als die heldenhafte Wanderung, die Aragon vom fernen Iberien nach Osten auf sich nehmen mußte.

Über Land würde dieser Wolf gehen müssen, geradewegs über die nordrussische Ebene zum sagenhaften Bialowieza. Von dort über das polnische Ackerland und dann schließlich nach Süden, um die Tatra zu erklimmen. Ein Weg heraus aus der Düsternis des nördlichen Winters, länger und härter als die Wege der anderen Wölfe der Zeit.

Dieser Wolf war zwar müde von einem harten Leben, aber er war nicht des Lebens müde. Nach dem Licht in seinen Augen und der Energie seiner Schritte zu schließen, schien er froh zu sein, daß er eine neue Aufgabe gefunden hatte, ein

Ziel, das größer war als alle, die er zuvor gehabt hatte. Das Alter hatte ihn gezeichnet, aber seine Weisheit, Entschlossenheit und Zielstrebigkeit würden ihn bis zu den Sternen bringen.

Langsam und wohlüberlegt zog er die Hänge des Urals hinab und begann die ermüdende Reise über die Landspitzen der Petschora auf einer Route, die er gut kannte, zu einem Ziel, an das er oft gedacht hatte: dem uralten Rückzugsgebiet des Petschora-Rudels. Während er näher kam, sah der Wache haltende Wolf, der ihn beobachtete, daß sein Körperumfang täuschte. Er war mehr als massig, er war riesig. Sein Pelz war dunkel und struppig, an manchen Stellen fleckig von Kämpfen, die er seit langem vergessen hatte. Sein Gesicht war so voller Narben und Risse um die Augen, daß eines von ihnen etwas höher und breiter erschien als das andere, was zusammen mit seinem ständigen finsteren Blick den Eindruck erweckte, als dächte er nicht nur über einen Angriff nach, sondern hätte sich gerade entschieden, auch wirklich anzugreifen.

Das war Kobrin – oder genauer, sein Titel war Kobrin gewesen. Was macht ein alter Wolf, der Anführer gewesen ist und seinen Rang verloren hat? Er zieht sich zurück und stirbt in der Einöde. So war es immer gewesen, bis dieser Kobrin besiegt worden war. Der Tod war nicht sein Schicksal, obwohl er – Wulf weiß es – versucht hatte, ihn zu finden. Über die eisigen Einöden östlich des Urals hinweg hatte er den Tod gesucht, doch wohin auch immer er geschaut hatte, er konnte ihn nicht finden. Dann kam ein flüsternder Wind, rief ihn und sagte ihm, vor seinem Tod habe er noch eine Aufgabe zu erfüllen, die größer war als alles, was er bisher in seinem ganzen Leben unternommen hatte.

»Die Menschen sind hier, ich hätte es wissen müssen«, flüsterte er vor sich hin und starrte bergabwärts auf das dünne, graue Band der Straße, das zusammen mit dem Fluß nach Norden lief. Er sah eine Eisenbahnlinie, schwarz in der frostigen Landschaft, und Strommasten, häßlich und hoch, deren Drähte im bitteren Wind sirrten.

»Menschen!« Er spuckte aus und dachte über eine gute

Strategie nach. Gedanken an Krieg waren seine engen Begleiter gewesen, während Strategien und Taktiken seine liebsten Freunde waren. Die Prinzipien des Krieges waren sein Vergnügen, und sein zentrales Paradoxon – daß ein Anführer und sein Rudel Krieg führten, um Frieden zu schaffen – war etwas, wofür er während seines ganzes langen, eigensinnigen, schwer gewonnenen Lebens nie eine befriedigende Lösung gefunden hatte. Aber da er Kobrin war, der größte seiner Art, glaubte er, er könne immer noch eine Lösung finden.

»Wir führen Krieg, um Frieden zu schaffen, führen Krieg für Frieden, Krieg ... Frieden ...« murmelte er vor sich hin. Die alte Grübelei, auf die es – da war er sich sicher – eine Antwort gab. Wenn Krieg, Strategie und Taktik seine Freunde und Begleiter gewesen waren, dann war dieses endgültige Paradoxon in Wahrheit seine Geliebte gewesen, sein ein und alles.

»Krieg und Frieden, Frieden und Krieg ...« Das waren die Mantras, die Kobrin sprach, und sie beruhigten ihn und führten ihn schließlich auf einen anderen Pfad, fort von Führerschaft zur Wanderschaft, zu Einsamkeit und Alleinsein, zu einem Leben, dessen Ende er willkommen geheißen hätte, wenn er es hätte finden können, aber es entzog sich ihm. Also nahm Kobrin, da das Paradoxon so ungelöst war wie immer, einen Wolfsweg über den Nordural zur alten Petschora, wo er geboren worden war. Petschora, das Land reißender, eisiger Flüsse, harter Winter, endloser, dünner Wälder, zerbrochener Felsen und unfruchtbarer Böden. Das Land der Menschen und ihrer Ausbeutung eines Landes, das schon ruiniert gewesen war, als er geboren wurde.

Während er über sein Geburtsrevier schaute, dessen dunkle Hügelwellen und Straßen sah, die Hochspannungsmasten und unnatürlichen Narben, die in einer Million Jahren nicht heilen würden, da wußte er, warum er sein ganzes erwachsenes Leben hindurch es vermieden hatte, hierher zurückzukehren, und er wußte, warum er unrecht gehabt hatte.

»Ich hätte eher zurückkommen sollen, aber ich habe es

immer aufgeschoben. Ich dachte, ich hätte soviel zu tun«, murmelte er laut.

Er wurde sich bewußt, daß ein anderer Wolf in der Nähe war und dann zwei weitere. Er ignorierte sie.

»Ich hätte kommen sollen, denn dann hätte ich den Mut gefunden, zu dem zurückzukehren, was ich am meisten fürchte«, sagte er traurig zu sich selbst. Denn jetzt sah er, was er seit so vielen Jahren in seinem Herzen gewußt hatte: Petschora war einfach ein Ort, ein weiterer von Menschen ruinierter Ort. Die Ängste, die dieser Ort ihm einflößte, waren nur die Geister, die von einer schwierigen Jugend zurückgeblieben waren, als die Menschen kamen und das Petschora-Rudel versprengten und seine Familie zerstörten. Blutige Szenen, die er nie, nie vergessen konnte. Getötet seine Eltern und seine Onkel. Er dachte an seine Tante, wie sie dahinkroch, um ihn und seine Schwester zu schützen, wo ihr doch schon das Bein weggeschossen worden war und ihre Rippen heraustraten, der zerschmetterte Knochen glänzend rosa und blau. Schwach und doch so mutig waren ihre letzten Worte gewesen, an die er sich erinnerte: »Lauft, lauft, meine Lieben, lauft ...«

Jetzt, Jahre später, heulte der wachende Wolf seinen Ruf den anderen zu, und sie kamen von den Orten der Zerstörung herauf, mehr und mehr. Sie bildeten einen scheuen Kreis am Rand der Stelle, wo Kobrin jetzt stand, vor sich hin starrte, nachdachte und murmelte. O ja, sie wußten, wer er war, sie kannten ihren Kobrin. Der größte Petschoraner, der je geboren worden war ...

Er empfand überhaupt keine Furcht und auch nicht viel Neugier. Es war sein Fluch, daß andere ihn fürchteten, ihn verehrten, ihn alles andere als gleich behandelten, und da er der Macht den Rücken zugekehrt hatte, wünschte er nur, wie ein gewöhnlicher Wolf behandelt zu werden.

»Etwas Hoffnung«, brummte er nun, wie so oft zuvor.

»Herr ... Meister ... Kobrin ...?« begann ein salbungsvoll dreinblickender Wolf, den die anderen vorgeschoben hatten, damit er sich Kobrin näherte. »Ich will sagen ... Wir meinen ... Du bist der Kobrin, nicht wahr? Einer von uns, an den du dich vielleicht erinnerst, erinnert sich an dich, als du ...«

Kobrin seufzte müde und versuchte, sich auf den unterwürfigen Wolf mit seiner schwachen, gebrochenen Stimme zu konzentrieren. Aber er konnte es nicht und knurrte.

»Laß mich noch ein bißchen allein, Wolf, laß mich allein.«

»Natürlich, ich wollte nicht sagen, ich möchte sagen, ja ... oder eher, nein ...« stotterte der Wolf und stolperte durch eine Kette von Entschuldigungen.

»Es wird nicht lange dauern«, sagte Kobrin etwas freundlicher. »Du mußt dich nicht zurückziehen, Wolf. Sei still, das ist alles, worum ich bitte.«

»Ja, Kobrin«, sagte der Wolf.

Kobrin kehrte zu der Erinnerung zurück, die seine Rückkehr wachgerufen hatte. Wie er versuchte fortzulaufen, seine Schwester an seiner Seite, die Schüsse und die Rufe der Menschen und die Verwirrung. Und wie er gefangen und dann zu einem Ort gebracht wurde, dessen Namen er erst später erfuhr: Kaluga.

Hier in Petschora begann für Kobrin die Hölle von Kaluga, die Hölle, in die er nie zurückkehren wollte. Hier in Petschora, wo die Wölfe, die so lange auf seine Rückkehr gewartet hatten, noch immer in einem stummen Kreis voll Ehrfurcht und Respekt warteten. Hier wagte er, wieder den Namen auszusprechen, den er nicht genannt hatte seit dem Tag, als er geflohen war und noch jung genug gewesen war, so schnell zu rennen: Tula. Hier stellte sich jetzt Kobrin allem, wovor er geflohen war, allem, das er hinter sich gelassen hatte, all dem dunklen, aufsteigenden Schrecken von Tula, der ihn so weit getrieben hatte, so hoch, um Kobrin aller russischen Wölfe zu werden.

»Tula«, flüsterte er mit zitternder Stimme. Während er den Namen noch aussprach, wußte er, daß da noch mehr war.

Ein weiteres Wort.

Eine weitere Angst.

Das einzige, woran er sich erinnerte, daß er es in Kaluga zurückgelassen hatte.

Seine Angst war ein Name, den er nicht auszusprechen

wagte. Ihn auszusprechen bedeutete, erneut eine Wunde zu öffnen, die aus Scham und Trauer bestand, über das, was er zurückgelassen hatte.

Ein weiterer Name.

Eine letzte Angst.

»Wolf!«

Der wartende, unterwürfige Wolf kam näher. Die anderen, die dastanden und ihn beobachteten, bewegten sich unruhig, allen war unbehaglich zumute. Der Kobrin war zu dem Rudel zurückgekehrt, das ihn geboren hatte. Was würde er von ihnen fordern?

»Kobrin?«

»Was für ein Wolf bin ich?«

»Der Kobrin!« sagte der Petschora-Wolf stolz.

»Was war ich?«

»Du warst … Du warst ein Petschora-Wolf«, sagte der Wolf mit noch mehr Stolz.

»Und meine Eltern?«

Der Wolf nannte sie.

»Meine Onkel?«

Der Wolf nannte sie.

»Meine Tante?«

Auch sie wurde genannt.

»Wolf, komm noch näher heran.«

Nervös gehorchte der Petschora-Wolf.

»Kobrin?« fragte der Wolf, fast flüsternd.

»Meine Schwester, sprich ihren Namen aus.«

»Deine Schwester …?« stotterte der unglückliche Wolf. »Ich bin mir nicht sicher … Ich wußte nicht … Ich kann mich nicht … Man hat mir nie etwas von einer Schwester erzählt.«

»Ihr Name ist Yashka«, sagte Kobrin und sprach den Namen endlich aus.

»Yashka?« murmelte der Wolf. »Sie lebt also noch?«

»In Tula.«

Jetzt wagte Kobrin den Namen auszusprechen, mit der ganzen Mischung aus wildem Abscheu und Verzweiflung, die er empfand.

»Ich kenne es nicht!«

»Ich kenne es gut«, sagte Kobrin mit schwerer Stimme. Die Schatten in den Falten seines Gesichtes waren tiefer geworden, seine Muskeln gespannter. »Menschen haben es geschaffen. Menschen leben dort. Kreaturen sterben dort.«

»Kreaturen ...?« stotterte der Wolf, der überhaupt nichts verstand, nur daß Kobrins Augen dunkel waren wie beißender Rauch und die Falten seines erschöpften Gesichtes wie die Schatten von Schornsteinen, von Fabriken, von toten und vergifteten Bäumen, von einem Ort, der für die Natur so verloren war, daß sie ihn nicht kannte.

»Und Kreaturen leben dort. Anders kann man sie nicht nennen.«

»Leben ...?«

»Eingekerkert, begraben, die Augen so tot wie die abgestandenen, vergifteten Tümpel um sie herum.«

»Ich kenne diesen Ort nicht und auch keine solchen Kreaturen.«

»Sie sind Wölfe wie du oder ich«, sagte Kobrin.

»Und deine Schwester ...«

»Yashka ist immer noch dort, wo ich sie zurückgelassen habe«, sagte Kobrin ausdruckslos. Es hatte fast ein ganzes Leben gebraucht, um dies auszusprechen.

Die beiden Wölfe beäugten einander.

»Reden wir von etwas anderem«, sagte Kobrin. »Du bist also der Anführer.«

»Die anderen haben es für heute so bestimmt. Ich bin der Wolf, der für sie spricht. Ich war es, der gesagt hatte, wir sollten dir begegnen und dich willkommen heißen.«

»Wie heißt du?«

Der Wolf zuckte entschuldigend die Schultern, als sei sein Name bedeutungslos. »Semenov vom Petschora-Rudel.«

»Wolf, erzähl mir von der Petschora und was hier geschehen ist. Was die Menschen getan haben. Erzähl mir von den Wölfen, die hier noch leben, und wie das Rudel sein Leben gefristet hat, nachdem die meisten von uns getötet oder entführt worden waren.«

»Es ist besser, wenn wir es zusammen erzählen«, sagte ihr vorübergehend ernannter Anführer.

Kobrin nickte. »Laß sie es also heulen. Und wenn ihr fertig seid, dann werde ich euch sagen, was ihr tun sollt und was ich tun muß.«

In dieser Nacht heulten sie, und jeder hatte eine Geschichte des Verlustes zu erzählen, eine Geschichte, wie ihre Sippe überlebt hatte, so daß sie selbst geboren werden konnten. Alle waren weit jünger als Kobrin, aber alle hatten etwas zu sagen.

Als die Morgendämmerung kam, befahl ihnen Kobrin, ihm die Menschenorte zu zeigen, von denen sie erzählt hatten: die verlorenen Wälder, die Täler, die es nicht mehr gab, die überschwemmten Gegenden und die Orte, die mit Chemikalien verdorben und mit Drähten unzugänglich gemacht worden waren. Die Wölfe erzählten von den Minenfeldern, wo manchmal Menschen herumrannten und krochen und starben. Er hörte zu, sah und dachte nach.

»Ist das Petschora-Rudel nicht auserwählt?«

»Für Leiden«, sagte einer. »Nicht für den Triumph, den die Lehre vorhergesagt hat.«

»Für Trauer«, sagte ein anderer. »Nicht für den Ruhm, von dem alte Geschichten erzählen.«

»Für Krankheit«, sagte ein verkrüppelter Wolf schlicht. »Nicht für Gesundheit ...«

»Für Triumph und für Ruhm und für Gesundheit«, sagte Semenov. »Eines Tages, eines Tages ...«

Kobrin lächelte und sagte: »Wahrlich, dein Rudel hat dich gut ausgewählt, und ich werde dir dienen, Semenov.«

Daraufhin gab es erstauntes Geflüster.

»O ja, ich wurde als Petschora-Wolf geboren, und ich werde auch als Petschora-Wolf sterben, wie weit weg ich auch sein mag«, fuhr Kobrin fort. »Der Kobrin mag der Anführer aller russischen Wölfe sein, aber er bleibt immer ein Diener seines Heimatrudels, im Guten wie im Schlechten. Also dann, ich werde euch die Künste des Friedens lehren, die sich nicht von den Künsten des Krieges unterscheiden, außer daß die, die von Leiden und Trauer und Krankheit sprechen, zum Krieg neigen, doch diejenigen, die von Triumph und Ruhm und Gesundheit sprechen, neigen zum

Frieden. Ich selbst bin etwas zwischendrin und weiß etwas von beidem. Ich kann nicht lang bleiben, denn meine Reise muß sich jetzt nach Süden wenden, nach Tula, wo meine Schwester schon viele Jahre auf meine Rückkehr wartet. Dann werde ich vollenden, was ich unvollendet zurückgelassen habe. Bevor ich losziehe, werde ich euch lehren, was ihr wissen müßt, damit ihr euch darauf vorbereiten könnt, Frieden zu führen durch Krieg, in den schwierigen Zeiten, die auf euch zukommen. Ich werde eurem Führer dienen, aber ich werde euer Kobrin bleiben und nur der eure. Ein Paradox wie Frieden und Krieg selbst! Ich bitte um Ergebenheit und Gehorsam, denn die Zeit kommt, da die Wolfheit aufs neue das Petschora-Rudel braucht. Aus den unbekannten, eisigen Einöden werdet ihr kommen, hart geworden im Verlaufe des dunklen Jahrtausends, gequält vom Fluch der Menschen, aber immer noch ein Rudel, immer noch zusammen. Immer noch mit der Weisheit, einen Anführer zu bestimmen, der dieses Namens wert ist, denn Semenov ist es, dessen bin ich mir sicher.«

Kobrin bemerkte das Entsetzen der Wölfe.

»Er ist nur dem Namen nach ein Anführer!« erklärte ein großer, brutaler Wolf. »Wir haben dem Kerl nur gesagt, er solle gehen und dich begrüßen. In seinem ganzen Leben hat er noch nie einen anderen Rüden besiegt!«

»Wie heißt du?« fragte Kobrin kalt.

»Ich …? Wieso, ich fordere dich nicht heraus. Ich meine …«

»Wie heißt du?« wiederholte Kobrin.

»Gorodok, ich …«

»Um als Anführer zu sprechen und mit Worten zu leiten, ist soviel Mut und Klugheit notwendig, wie man braucht, um gegen alle Neuankömmlinge zu kämpfen und zu gewinnen«, sagte Kobrin. »Nach dem, was ich bisher von Semenov gesehen habe, spricht er gut und mit Mut. Was, Gorodok?«

»Wenn du es sagst«, sagte der Wolf.

Kobrin lächelte. Es gefiel ihm, etwas Mut in dem Rudel zu sehen.

»Ich habe das Gefühl, dieser Wolf mag dich nicht«, sagte er ruhig zu Semenov.

Semenov zuckte mit den Schultern und sagte: »Er spuckt bloß große Töne, aber keiner außer mir hat Lust, ihm die Stirn zu bieten. Bis jetzt habe ich es vermieden, mit ihm zu kämpfen, weil er gewinnen würde, und er hat vermieden, mit mir zu kämpfen, denn wenn er es täte, dann müßte er führen ...«

Kobrin lachte. »Das ist ja sehr nordrussisch! Jetzt zurück zu dem, worüber wir sprachen. Wo war ich stehengeblieben?«

»Du hattest gesagt, die Zeit käme, da das Petschora-Rudel wieder gebraucht würde«, sagte Semenov. »Sag uns also wann und wo und von wem.«

Plötzlich hatten sie alle Fragen, und Kobrin mußte sie schweigen heißen, damit er gehört werden konnte.

»Ich bin mir nicht sicher, wann ihr gebraucht werdet. In einem Jahr oder in zwei, oder vielleicht dauert es noch länger. Das gibt euch genug Zeit, euch einander zu lehren, was ihr wissen müßt. Wenn der Stärkste von euch strauchelt, dann muß der Schwächste den Willen haben weiterzumachen. Wenn der Erfahrenste von euch keine neuen Einfälle mehr hat, dann muß der Bescheidenste sprechen dürfen. Wenn euer Anführer unsicher ist, dann erlaubt dem Ausgestoßenen, Vertrauen zu finden. Ich werde euch lehren, wie ihr diese Dinge lernen könnt, und dann werde ich weiterziehen und es euch überlassen, zu lernen und zu üben, Vertrauen zu suchen und Entschlossenheit zu bewahren. Und nie daran zu zweifeln, daß ich euch einen Ruf senden werde, wenn die rechte Zeit gekommen ist.«

»Und wie werden wir es erfahren«, fragte ihr ernannter Anführer, »wenn wir gebraucht werden?«

»Ich werde euch eine Botschaft schicken oder selbst kommen.«

»Wie werden wir wissen, ob wir deinem Boten trauen können?« fragte Gorodok mißtrauisch.

»Komm her zu mir, Wolf!« befahl Kobrin.

Etwas nervös trat Gorodok näher.

»Schau mir in die Augen.«

Gorodok schaute ihm einige Momente lang in die Augen, dann wurde sein Blick unsicher.

»Vertraust du mir?«

»Ja«, sagte Gorodok.

»Wenn ein Wolf kommt, der behauptet, ein Verbündeter zu sein, dann schau ihm in die Augen, und du wirst wissen, ob er die Wahrheit sagt. Nur so geht es. Das mußt du lernen. Manchmal sind Feinde vertrauenswürdiger als Freunde und dienen euch besser. Das mußt du lernen.«

»Der Ort, zu dem du gehst«, sagte Semenov, »hört sich gefährlich an.«

»Es ist eine Reise in den Tod.«

»Ist es sicher, allein dorthin zu gehen?«

»Nein.«

Es herrschte längere Zeit Schweigen, schließlich wandte sich Semenov an das Rudel und sagte: »Vielleicht gibt es hier einen, der mit Kobrin ziehen will?«

Das Rudel war plötzlich sehr still und schaute überall hin, nur nicht zu Semenov und Kobrin. Gorodok wandte den Blick ab und schlüpfte in den Schatten.

»Dann werde ich gehen, denn wie kann ein Rudel einen anderen bitten, ihm zu dienen, wenn es nicht selbst seinen Mitgliedern, wie schwach oder stark sie auch sein mögen, Unterstützung gibt, wenn sie gebraucht wird?«

Kobrin blickte Semenov an, dünn und schwach wie er war, die Flanken zitternd vor Erregung über seinen Vorschlag. Dann schaute er auf die anderen. Die meisten Rüden waren größer und stärker als der, den sie zum Anführer ernannt hatten. Jetzt hatten sie alle den Kopf gesenkt und schauten weg.

»Wahrlich«, sagte er, »der euch führt, ist der Würdigste hier. Er soll mit mir ziehen, und ich werde ihn lehren, nach seiner Rückkehr euch zu lehren. Und ihr werdet ihm gehorchen.«

Drei Tage später, als die beiden Wölfe Abschied nahmen, fand Gorodok den Mut zu sprechen.

»Lord Kobrin, Semenov hat uns beschämt, ein Wolf, den wir verachtet und in unserer Feigheit zu unserem Führer ernannt hatten. Wir haben miteinander gesprochen und beschlossen, daß du nicht ohne Unterstützung wegziehen kannst. Frage jeden von uns, und wir werden kommen ...«

Kobrin schaute sie an und sah, daß sie nicht länger ihre Augen abwandten, sondern offen auf ihn richteten, aufgeregt zwar, aber jetzt von Entschlossenheit und aufkommendem Mut erfüllt. Er war zufrieden. Nicht umsonst hatte er die Kunst des Führens gelernt.

»Hört zu, Wölfe, hört gut zu, und du, Semenov, mutigster der Wölfe, höre besonders gut zu. Ihr habt recht, ich werde mehr Wölfe brauchen als nur Semenov allein. Sechs bis acht ist die beste Zahl. Ich werde drei Kämpfer brauchen, die besten, die ihr habt. Ich werde drei Nahrungssucher brauchen, die besten, die ihr kennt. Ich werde zwei Wegefinder brauchen, die kühn und zuverlässig sind.«

Die Wölfe drängten sich laut rufend vor, um sich freiwillig zu melden. Jeder behauptete, er sei der beste in allen Dingen.

»Nein, nicht ich werde die acht aussuchen. Das sollt ihr tun. Gorodok hat für euch gesprochen, Semenov hat schon seinen Wert gezeigt. Diese beiden kennen das Rudel besser als ich. Laßt sie wählen, ohne Furcht oder Gunst. Tut dies, bevor das Licht erstirbt.«

Noch nie hatte das Petschora-Rudel so etwas erlebt. Plötzlich herrschte unter ihnen Aufregung und Disput, Verzweiflung und Hoffnung. Kobrin saß die ganze Zeit da und ruhte sich aus, die Augenlider wie halb zum Schlaf gesenkt, aber er beobachtete sie die ganze Zeit hindurch. Die Wahl stand erst fest, als das Tageslicht verging. Semenov und Gorodok trafen die Wahl, und das Rudel unterstützte sie einmütig.

Wie Kobrin geraten hatte, waren acht ausgewählt worden. Semenov sagte ihre Namen auf, und sie traten vor. Gorodok war unter ihnen.

»Das sind unsere Besten«, sagte das Rudel. »Lord Kobrin, das sind diejenigen, von denen wir annehmen, daß sie dir am meisten helfen.«

Kobrin schaute jeden von ihnen der Reihe nach an und

sagte schließlich: »Und ist da nicht doch einer, der würdiger ist als all diese?«

»Wer ist es? Nenne ihn!« riefen sie.

»Nein, nennt ihr ihn.«

Der große Gorodok trat schließlich vor und stellte sich neben Semenov. »Dieser Wolf, unser gewählter Führer, ist der Würdigste von uns.«

»Und doch habt ihr ihn nicht unter die acht ausgewählt.«

»Wir wollten schon, aber ...«

»... es gibt bessere Kämpfer, Kobrin, als ich je sein kann. Bessere Nahrungssucher als ich. Bessere Wegefinder ebenso ... Für mich gibt es keinen Platz unter den acht«, unterbrach Semenov das Gespräch.

»Es gibt keinen besseren Anführer«, sagte Gorodok ruhig, und er verneigte sich vor dem schwächlichen Semenov. Die anderen taten es ihm gleich.

»Das ist in der Tat klug«, sagte Kobrin. »Es ist am besten, wenn euer Anführer zurückbleibt, denn er hat viel zu tun, bis die acht zurückkommen. Er muß die anderen lehren zu lernen und sich auf die kommenden Tage des Schicksals vorzubereiten.«

So kam es, daß die Petschora-Wölfe einen würdigen Führer fanden, und die acht, angeführt von Gorodok, folgten Kobrin, um ihm bei einer Aufgabe zu helfen, die zu schrecklich war, als daß man an sie denken konnte.

»Kommt zurück, meine Lieben, kommt sicher zu uns zurück ...« riefen die Petschora-Wölfe, die zurückblieben, in das erlöschende Licht. Tränen des Verlustes von Freunden und Verwandten mischten sich mit Tränen des Stolzes. Und dann ...

»Komm zurück, Kobrin«, sagten sie.

Der letzte Abschied war stumm: die Umarmung von Gorodok und Semenov, jetzt eine warme Geste voller Respekt.

»Komm zurück«, sagte Semenov.

»Ich werde zurückkommen, um dir zu dienen, Wolf.«

So begannen Kobrin und die Petschora-Acht (wie sie fortan genannt wurden) ihre heldenhafte Reise. Schließlich kamen sie bei Nacht in dem widerlichen Park in Tula an und sahen dort die Kreaturen im Zoo.

Sie sahen sie und waren erschrocken. Morsche Zäune, eine Stadt im Verfall, betrunkene Wärter, ein Ort, von dem alle Natur geflohen war, außer den Stadtvögeln, den milbenverseuchten Tauben, den Drosseln mit den gebrochenen Zehen, den schwarzen Rabenvögeln mit ihren spröden Federn und ihren kranken Augen.

Menschen starben unter den Zähnen und Klauen der Petschora-Acht. Sie starben, damit die Geschöpfe befreit werden konnten. Kobrin führte sie. Es war sein erster Krieg gegen die Menschen, schrecklich, blutig, die Lehre brechend. Denn in den Käfigen, in denen verlorene Kreaturen gehalten wurden, war ein übriggebliebenes Rudel von Wölfen. Dünn und mager, das stumpfe Licht der Hoffnungslosigkeit in ihren verlorenen Augen, die grausamen Spuren der industriell vergifteten Luft in ihren Pelzen.

Da waren alte Wölfe ohne Hoffnung und unter ihnen eine, so alt wie sie alle, lahm, ihre Haare waren fast ausgefallen, ihre Ohren und Flanken von Flöhen besetzt. Nur eines war stolz an ihr: ihre Haltung. Trotz all der Jahre des Leidens, all der Jahre der Qual, die die Menschen ihr zugefügt hatten, stand sie stolz da wie an jenem Tag vor langer Zeit, als sie gerufen hatte: »Kobrin, lauf! Lauf, mein Lieber! Lauf, wie es unsere Tante uns einmal gesagt hat! Lauf …«

So war er gelaufen, doch bevor er sie aus den Augen verloren hatte, hatte er sich noch einmal umgewandt und gesagt: »Um deinetwillen werde ich laufen, aber eines Tages komme ich um deinetwillen zurück, eines Tages …«

»Ich weiß«, hatte sie geflüstert, als die Menschen dorthin kamen, wo sie lag, von ihren Schüssen gelähmt. »Ich werde auf dich warten.«

»Yashka, Schwester, ich bin gekommen.«

»Ich habe gewußt, daß du kommen würdest, mein Lieber«, flüsterte sie.

Er blickte ihr in die Augen und sah, daß sie sich nicht verändert hatten, nicht dort tief drinnen, wo die Liebe und das Vertrauen zu ihm bewahrt waren – dort nicht. Dann umarmte sie ihn, und in seinem ganzen Leben gab es keine köstlichere Erinnerung.

»Komm und bring die mit, die reisen können, denn wir müssen losziehen.«

»Welche Wölfe sind das, die du da anführst?« fragte sie.

»Petschora-Wölfe, und ich diene ihnen. Gorodok ist der Anführer dieser Gruppe.«

»Petschora-Wölfe«, flüsterte sie. »Nehmt mich mit zu dem Ort, wo mein Bruder und ich einst geboren wurden, nehmt mich dorthin mit, wohin ich noch hingehöre.«

So wurde Yashka von Petschora gerettet, Kobrins Schwester. Das war die Erinnerung, die er als Inspiration mitnahm, als er sich schließlich von ihnen trennte, um Wulfs Ruf aus dem Herzland zu folgen. Es war außerhalb der Städte, ein Stück auf dem Rückweg nach Nordosten, und er wußte sie bei guten Wölfen aufgehoben.

»Was ist er eigentlich, dein Bruder?« fragte Gorodok, als Kobrin nach Bialowieza aufbrach, um von dort nach Karpatien zu ziehen. »Denn er ist gewiß mehr als der Kobrin, viel, viel mehr.«

»Mein Bruder«, sagte die weise Yashka, »ist einer der Wölfe der Zeit.«

»Wird er zu uns zurückkommen, wie er es gesagt hat, um uns in der Zeit anzuführen, die da kommt?«

»Er wird kommen, so wie er zurückgekommen ist, um mich zu holen«, sagte sie.

Kapitel 4

Auf seiner Reise ins Herzland trifft Aragon einen anderen von den Wölfen der Zeit

Aragon aus dem Cabrera-Rudel, Sohn der schönen Jimena, hatte seine heroische Reise durch Spanien zum Herzland begonnen, als ihm noch die Spitznamen Narr, Idiot und Hinker in den Ohren klangen. Neun Monate später trafen sie nicht mehr zu. Irgendwo unterwegs in Spanien streifte er diese früheren Ichs ab und wurde der findige und manchmal allzu stolze Aragon.

Er hatte so lange am Rande seines Rudels gelebt, bevor er losgezogen war, daß die hohen, trockenen Ebenen Kastiliens, auf denen er seinen Weg allein suchen mußte, ihm nicht besonders hart vorkamen. Wenn die Zeiten schwer wurden und die Nahrung rar war, so daß es noch schwieriger war, fern von den Menschen gelegene Trinkstellen zu finden, dann hatte Aragon keine Schwierigkeiten, sich in die Träume und Erinnerungen zurückzuziehen, mit denen Jimena ihn so lange genährt hatte.

> Aus diesem trockenen Land
> wird dieser große Wolf sein,
> ein Führer von Führern …

Nicht daß Aragon glaubte, die alten Verse bezögen sich auf ihn. Eher dachte er, sie handelten von einem Wolf, dem er eines Tages dienen würde und den er, obwohl dieser Wolf sicherlich von irgendwo aus seiner spanischen Heimat käme, erst finden würde, wenn er ins Herzland gereist war.

Voller Strapazen war Aragons Reise durch Kastilien und von dort in das Territorium, nach dem seine Mutter ihn benannt hatte und wo jetzt keine Wölfe mehr lebten und wahrscheinlich nie wieder welche leben würden. Hier wurde er zum ersten Mal von einem Menschen gejagt und von Hunden gehetzt. In einem notdürftigen Versteck zwischen Felsen oberhalb einer der Schluchten des Flusses Gallego lag er krank darnieder, vergiftet durch Köder, der für Ratten ausgelegt worden war.

Seine Stärke und sein Mut hatten sich in den Jahren entwickelt, da er von anderen unterdrückt worden war, die stärker waren als er. An Stelle seiner Mitwölfe waren jetzt Hitze und Durst seine Feinde, die scharfschnäbeligen Raben, die seine Notlage witterten, die Menschen, die manchmal gefährlich nahe kamen, und schließlich, als der Winter einsetzte, die bittere Kälte.

»Mutter, bete für mich jetzt in dieser Zeit der Not, laß mich nicht meine Bestimmung vergessen ...« So betete ein Sohn in einer Zeit des Leidens, und so antwortete ihm eine Mutter:

»Denn sein Name ist Aragon,
er ist mein einziger Sohn.
Sein ist die Aufgabe eines ganzen Jahrtausends,
unsere Stärke und Stimme zu sein
im Herzland der Wölfe.
Wulf hat ihn gerufen,
ich habe ihn selbst gehört,
und Wulf wird nicht dulden, daß er versagt.
So ist mein Sohn Aragon,
unser aller Sohn,
der unser Ruhm sein wird und unser Licht ...«

Jimena spürte, wie ihr ferner Sohn ihrer bedurfte, als sie die anderen Wölfe des Cabrera-Rudels in einem Geheul über die Ebenen hinweg anführte.

Aragon überlebte diesen Winter, seine Augen waren klarer nach all der Verwirrung, die er gesehen hatte, und sein Körper war stärker nach all der Schwäche, die er erfahren hatte. Er verließ den Ort, der seine Zuflucht gewesen war, wandte sich landaufwärts von den Schluchten des Gallego ab und wagte sich schließlich in die Pyrenäen, die letzte Barriere auf dem Weg nach Frankreich.

Dort blickte er an einem klaren, kalten Frühlingstag zum ersten Mal auf das fremde Territorium der Gascogne und von dort, ohne daß er es damals schon wußte, auf das ferne

Massif Central und die Auvergne. Dort auf den Höhen der Pyrenäen heulte er endlich, getrieben von der Furcht, die er empfand, weil er bald die heiße, trockene Heimat würde verlassen müssen, die alles war, was er kannte. Vor ihm lagen die weiten, fremden Länder des Nordens, durch die er ziehen mußte, wenn er zum Herzland gelangen wollte. Er heulte und hoffte, ein anderer Wolf würde auf sein Geheul antworten, denn es ist schrecklich, isoliert zu sein, und die Einsamkeit ist für das Herz eines Wolfes wie ein Schneesturm, der seinem Gemüt die Kraft raubt, seinem Leib die Entschlossenheit und seinen Augen die Hoffnung.

»Wulf!« heulte er.

Doch oft antwortete Wulf einer solchen Verzweiflung nicht.

»Wulf ...« flüsterte er. »Gib mir jetzt Mut, diese Reise fortzusetzen.«

Wochenlang zögerte Aragon, während er unter den Pyrenäengipfeln ostwärts wanderte und ängstliche Blicke nach Norden auf die Ebenen warf, wo er allein sein würde und in Gefahr. Hier oben, wo die Luft klar war, stiegen Adler in die Höhe und leisteten ihm würdige Gesellschaft.

»Wulf, leite mich ...« Obwohl Aragon es damals vielleicht nicht erkannte, Wulf leitete ihn. Denn in jenen Wochen, während der Winter dem Frühling wich und der Schnee um ihn herum schmolz, er noch herumtrödelte und den Aufbruch furchtsam aufschob, wurde sein Pelz dichter und heller, sein Körper stärker. In diesen Wochen fielen die letzten Spuren des Wolfes von ihm ab, der Hinker gewesen war. Wenn auch manchmal eine müde Trauer um das, was er hinter sich ließ, in seinen Augen aufschien, so wich sie einem Blick der Stärke und – bei diesem Wolf ist dieses Wort angebracht – der Schönheit.

Als dann eines Tages Aragon mit einem Nicken akzeptierte, was er schließlich tun mußte, und über die Hänge hinab nach Norden hinunterstieg, fort von den Bergen, die seine letzte Zuflucht in der Vergangenheit und sein Schutz vor der Zukunft gewesen waren, da gab es gewiß in der langen Geschichte Iberiens keinen Wolf, der die Schönheit und den Mut der iberischen Wölfe besser repräsentiert hätte und der würdiger gewesen wäre, diese großartige Gesinnung mitten in das Herzland zu tragen.

»Dorthin!« sagte er sich und warf einen letzten langen Blick in Richtung der fernen Höhen der Auvergne. »Dorthin werde ich ziehen. Etappenweise. Stück um Stück. Wahrer Ruhm, Triumph, Erfüllung … Sie alle sind zu finden in einer Folge von einzelnen Schritten, niemals in einem einzigen großen Sprung. Also, dorthin werde ich ziehen!«

Mit diesem nur halb erinnerten Zitat aus einem der epischen Gedichte seiner Mutter über das große Zeitalter der Wölfe senkte er den Kopf und machte sich auf den Weg bergab. Immer hatte er sein nächstes Ziel im Sinn, als er mit der harten Arbeit begann, einen Weg zu finden, der ihn dorthin bringen würde.

Denselben Sommer, in dem Aragon gereist war, und den Winter hindurch, in dem er um sein Überleben kämpfte, hatte Lounel von Auvergne, der letzte Wolf von Frankreich und – seiner Meinung nach – auch der letzte Wolf der Welt, das einzige Revier umwandert, das er und sein verlorenes Rudel gekannt hatten. Er hatte auf den Wind gelauscht, ob der ihm einen Ruf von den Göttern schickte.

Bis zum Zeitpunkt des endgültigen Verlustes seines Rudels war Lounels Leben voller Leid und Schatten gewesen. Eine kurze Zeitlang danach hatte Lounel echten und überwältigenden Schmerz kennengelernt, bis er stolz vor dem Menschen gestanden war, seine Berührung gespürt und seine Witterung kennengelernt hatte. Doch seit dem Weggang des Menschen und dem Beginn seiner Wanderung durch Sommer und Winter und jetzt wieder in den Frühling hinein hatte Lounel eine seltsame Freiheit kennengelernt. Da er glaubte, er sei der letzte, der allerletzte Wolf, hatte er gespürt, wie die Last der historischen Verantwortung von ihm genommen war. Er war, dachte er oft, wie etwas, das in der Luft schwebte, hierhin und dorthin, getragen von einem unsichtbaren Wind, der auf eine Weise, die niemand wissen oder vorherbestimmen konnte, von einem Ort zum anderen wehte.

Lounel hatte sein Zeitgefühl verloren, sein Gefühl für Verwurzelung an einem Ort, für Zielsetzung und für Furcht. Aber vor allem hatte er das Gefühl für sich selbst verloren, da er keine Gefährten mehr hatte und auch nicht mehr daran glaubte, daß er je wieder welche kennenlernen würde. Wenn er zu den Sternen emporschaute, dann war er dort mitten unter ihnen, weit, weit weg von der Erde, auf der er lag. Wenn er die Erde spürte, dann war sein Leib ein Gebirgszug, und seine Gliedmaßen und Klauen waren dessen Flußtäler und dehnten sich nach allen Seiten aus. Wenn er das kalte Wasser eines Gebirgsbaches trank, dann war er das Wasser, das in ihm floß. Wenn er hungrig war, dann war sein Hunger der des ganzen Lebens. Wenn er zufrieden war, dann war seine Zufriedenheit (solange sie dauerte) ewig.

Doch Lounel hatte noch etwas darüber hinaus. Einen Geist, der dachte und der Unklarheiten zu verstehen begann, die in den Worten der alten Lehre auftauchten, die sein Erbe war, so wie eine Sternenkette inmitten von Myriaden von Sternen in einer kalten, klaren Nacht einen Wolfsweg definiert.

Obwohl Geist und Intelligenz diese Dinge so deutlich sahen, daß er manchmal vor ihnen weinte, waren die Worte, die er darüber vor sich hin murmelte, dunkel. Sie waren nicht so sehr Worte, als Laute des Staunens und der Freude, der Überraschung und der Ehrfurcht, der Furcht und des Unglaubens.

Eines Nachts stieß er auf einen Menschen, nicht mehr als einen Sprung entfernt. Der Mensch wußte nicht, daß er da war. Lounel schaute ihn an und wollte lachen, wollte ihm Worte sagen, ihm erzählen, daß er und Lounel, lebendig und atmend und unterwegs zum Tod wie alle Wesen, eins waren.

Welche Worte konnten etwas so Seltsames ausdrücken?

Eines Tages beobachtete Lounel zwei Raben, die ein Lamm blendeten, es in seinen sich sträubenden Kopf pickten und an seinen Genitalien zupften. Er empfand ein Mitleid, das er nie für sich selber gefühlt hatte, so weit wie der Winterhimmel, doch für die Raben empfand er keine Scham, keinen Zorn, nichts als ... Welche Worte gab es, um solche beunruhigenden Gedanken auszudrücken?

Eines Tages wußte Lounel, daß ein Kaninchen um einen Felsen kommen würde, ein Kaninchen mit einem weißen Fleck auf seiner linken Flanke. Es würde, von seinem Angriff überrascht, nach rechts ausweichen und dann noch mal nach rechts, dann stehenbleiben, dann wieder losrennen und nach links davonflitzen, bevor es kehrtmachte. All dies wußte Lounel, bevor das Tier an der Stelle erschien, wo er nahezu reglos gewartet hatte, um es zu schnappen. Ihm kam es so vor, als hätte er seit Anbeginn der Zeit an dieser Stelle auf dieses Kaninchen gewartet.

Das war das erste Mal, daß Lounel mit Sicherheit im voraus wußte, was sein würde.

Welche Worte sollte ein Wolf verwenden, um eine solche Gewißheit zu beschreiben?

Als der neue Frühling gekommen war, war Lounel weit über die Grenzen seines eigenen Selbst zu Orten und Landschaften gereist, die wenige Wölfe je erreichen würden. In der wirklichen Welt der hohen Causses der Auvergne schien er währenddessen kaum mehr als ein Schatten von einem Wolf zu sein, kaum wahrgenommen von den Raben, nie von den Menschen, in deren Feldern und Gräben er manchmal bei Nacht herumstreifte.

Doch bei Frühlingsbeginn überfiel der Schmerz der Einsamkeit erneut sein Herz, und er wußte, daß er Gefährten brauchte. Die Zeit, da er mit Leib und Seele nach den Sternen griff, war einstweilen vorbei. Er brauchte Gefährten.

Trotz seiner mächtigen Überzeugung, daß er der letzte Wolf war – er war der Letzte –, spürte er auch umgekehrt, daß er versuchen mußte, die Gefährten herbeizurufen, die ihm fehlten und die er dringend brauchte. Diesen seltsamen Impuls könnte man einen Glaubensakt oder Verrücktheit oder Selbsttäuschung nennen. Aber für Lounel unterschied sich dies nur im Ausmaß von jener Gewißheit, daß ein Kaninchen um einen Felsen kommen würde, bevor er dies hätte wissen können.

Da Lounel unsicher war, wie er einen Wolf dazu bringen konnte, zu ihm zu kommen, begann er sein einsames Revier noch einmal zu durchwandern, doch diesmal auf andere Art. Er hatte keine Strategie, keinen Reiseplan, überhaupt kein allgemeines Vorhaben. Statt dessen wanderte er von Ort zu Ort, witterte den Boden, heulte sanft und bellte die Echos der Täler und Schluchten hervor, die so tief in jene Landschaft einschneiden. Er betete nicht zu Wulf um Hilfe oder Führung, sondern suchte von einem geheimen Platz zum anderen nach etwas, das er nicht nennen konnte. Er wußte, daß er hier und dort, täglich mehr und mehr, die verlorenen Wolfswege des Massif Central wiederentdeckte. Ein- oder zweimal war er sich sicher, daß er sich an einem Ort befand, an dem Wulf selbst gewesen war, als er auf der Erde weilte und die Welt so einrichtete, daß eines Tages sterbliche Wölfe darin würden umhergehen können.

Der April kam, und die Bäche und Flüsse tosten von den letzten Schmelzwassern und vom Regen. Die Luft begann sich zu erwärmen, voller Sonne und neuem Leben.

Es gibt einen Fluß namens Allier, der aus der Hohen Auvergne herabfließt und dessen Schluchten im Kalkstein an seinem Oberlauf so zerklüftet und tief sind, daß ein Wolf, der in sie hinabäugt, nur Schatten sieht und die wirbelnden Nebel von Stromschnellen an Orten, die niemand besucht, nicht einmal Menschen.

»Doch Wulf hat sie besucht«, flüsterte Lounel mit jener seltsamen Gewißheit, mit der er jetzt manchmal solche Dinge empfand.

Den Abstieg in diese Schlucht sollte kein sterbliches Wesen je auf sich nehmen, am wenigsten ein schlaksiger, struppiger, unbeholfener Wolf wie Lounel. Er begann hinabzusteigen, guckte sich einen Weg aus, purzelte über das Geröll und die Felsstürze hinab und klammerte sich, so gut er es mit seinen aufgerissenen Pfoten konnte, oberhalb der Abgründe fest, an deren Rändern ihn sein Pfad vorbeiführte. Immer weiter hinab, bis zuletzt keine Sonne mehr zu sehen war, doch der Fluß immer noch tief unten toste und tobte.

»Dort unten sehe ich vielleicht, finde ich vielleicht …« flüsterte er vor sich hin, als seine Pfoten auf den kalten, nassen Felsen ausglitten, die noch nie lebende Pfoten berührt hatten. Dort lagen nur die toten, vertrockneten Krallen und Knochen von Vögeln herum, die von den hohen Klippen ihren letzten Flug hinab in den unausweichlichen Tod angetreten hatten.

»Ich sehe und finde vielleicht …« Doch was er sehen und finden würde, konnte er nicht nennen.

Sein Geflüster wurde mit dem tosenden Lärm des Flusses Allier nach oben getragen, während Lounel etwas von den Wölfen der Zeit zu finden versuchte. Jeder stolpernde, rutschende Schritt, den er tat, brachte ihn an den Rand eines Sturzes hinaus in die kühlen Winde, die von den Wassern heraufwehten und deren weißgraue Stromschnellen er jetzt tief unten deutlicher sehen konnte. Jeder Schritt von der Sonne weg bedeutete ein Jahr zurück in den Niedergang, den alle Wölfe erlebt hatten. Jeder Blick nach oben, wo er in Sicherheit gewesen war, bedeutete eine verlorene Hoffnung auf einen Ort, den er oder ein anderer Wolf vielleicht nie wieder finden würden. Mit jedem Atemzug näherte er sich dem sicheren Wissen, daß er überhaupt nicht der letzte Wolf war. Doch alle, die jetzt lebten, waren die letzten, die eine Chance hatten, alle, deren Name sein würde: die Wölfe der …

»Zeit! Gib uns Zeit, großer Wulf!« schrie er, als seine Vorderpfoten weiter hinabrutschten und die Winde jetzt kalten Gischt vom Fluß herauftrugen.

Nur ein einziges Mal versuchte er umzukehren, trat mit einer Pfote unsicher hinauf und versuchte an den bröckelnden, glitschigen, mürben Felsen Halt zu gewinnen und sich gegen das Schicksal dort unten zu stemmen. Doch ein einziger Versuch reichte, und er wußte, er würde nie zurückgehen können.

Dann wandte er sich um und rutschte fast den letzten Teil dieses schrecklichen Abstiegs hinunter, inmitten des ungestümen Tosens und der eiskalten Dunkelheit. Das Licht war nach weit oben geflohen, zu einer Spalte zwischen zerklüfteten schwarzen Felsenklippen, die nur einen Himmel zeigte. Dieser strahlte so sehr, daß er blendende, unbarmherzige Helligkeit war, die von einem Ort ausging, wo einst Götter gelebt haben mochten und wo verrückte Wölfe in ihrem armen, verirrten Gemüt herumstreiften.

Verloren auf dem Grund dieser unzugänglichen Schlucht, suchten Lounels Augen Formen und Gestalten herabgestürzter Felsen und verborgener, brodelnder Teiche, die alle trostlos, alle bedeutungslos waren. Er wußte, daß auch hier einmal Wulf selbst gewesen war, bevor die sterblichen Wölfe geschaffen wurden und die Wolfswege vollendet waren.

»Hier!« schrie Lounel. »Hier bin ich. Führe mich jetzt.«

Er wanderte eine Weile zwischen den riesigen, herabgestürzten Felsen umher und fand sich an einem Ort wieder, wo es durch das Zusammenwirken des fließenden Wassers, aufragender Klippen und der Abschirmung durch einen großen Felsen überhaupt kein Geräusch gab, von seinen eigenen Bewegungen abgesehen. Er fand einen Teich, schaute hinein und sah einen riesigen Wolf, der ihm entgegenstarrte, und hinter ihm den Himmel, gedämpft in dem dunklen Spiegel, zu dem das Wasser geworden war.

»Ich«, flüsterte Lounel. Ein Wassertropfen fiel von seinem Pelz, und sein Bild löste sich in tausend Lichtringe auf, die davonflossen, von unsichtbaren Strömungen mitgerissen.

»Du«, flüsterte Lounel voller Ehrfurcht und Liebe, denn als die leuchtenden Wellen verschwunden waren, sah er in dem Wasser, das ihm jetzt den einzigen Blick auf den Rand der Klippen über ihm bot, das Bild von Wulf auf der einen Seite und das von Wulfin, seiner geliebten Gefährtin, auf der anderen.

»Wir«, flüsterte Lounel.

Er bewegte sich, schaute nach oben und versuchte zu erkennen, was er nur sehen konnte, wenn er in den Teich blickte. Aber selbst dann floh es, zerschimmerte in verschiedene Gestalten, die sich dort bildeten, wo die Klippen den Himmel berührten: Gestalten sterblicher Wölfe, Gestalten von Wölfen, die Lounel »wir« zu nennen wagte.

Dann hatte Lounel Mitleid mit den Göttern, die jetzt das

Rudel brauchten, zu dem er gehörte. Denn nicht er war allein gewesen, sondern sie, Wulf und Wulfin, die dieses vergangene Jahrtausend getrennt gewesen waren, getrennt durch eine Schlucht, die in die Sterblichkeit hinabreichte. Sie suchten einen Weg, um über den Abgrund hinweg sich aufs neue zu berühren und alle Dinge heil zu machen.

Lounel stand gelassen oberhalb des Teiches und schaute ein letztes Mal auf diese Spalte des Lichts, die zu sehen er so viele Leben hinabgeklettert war. Er schaute und schickte zu den Göttern ein Geheul hinauf, vielleicht ein Geheul des Mitleids, des Gebets, der Scham für all das, was die Wölfe nicht getan hatten, und der Hoffnung auf alles, was noch kommen mochte.

Seine Vorderpfoten zuckten auf dem kalten, nassen Felsen, er beugte sich in den Abgrund und stürzte sich hinab, hinab in die große Spalte des Lichts über ihm, damit er dort einen Wolfsweg fände.

Stürzte sich, wie sich einst Wulf von derselben Stelle gestürzt hatte. Stürzte sich aus allen Illusionen und allem Schutz des ganzen vergangenen Lebens, wie sich Wölfe stürzen müssen, wenn sie zu den Göttern aufsteigen wollen. Um ihn herum stieg sein letztes Geheul empor zwischen den aufragenden Klippen, hallte von den Felsen wider und wurde zu dem tobenden, tosenden Lärm, den er hörte, als die kalte Strömung des Flusses ihn mitriß, in die Tiefe hinabzog und ihn von allem wegtrug, was er einmal gewesen war.

In der Spätfrühlingssonne stand Aragon aus Spanien gelassen an einem Fluß, dessen Namen er nicht kannte. Er wußte auch nicht, was ihn, seit er die Pyrenäen verlassen und sich nach Frankreich hineingewagt hatte, veranlaßt hatte, in die Hohe Auvergne hinaufzuziehen, angetrieben von einem dringenden Bedürfnis, das mächtiger war als das Knospen des Frühlings überall um ihn her. Ein Laut schreckte ihn auf, und er schaute hinauf zu der unpassierbaren Felsspalte, die die Schlucht markierte, aus der der dunkle, tiefe Gebirgsfluß strömte.

Er schreckte auf, denn der Laut, den er hörte, war das

Geheul eines Wolfsrudels, ein Heulen, das durch die Zeit drang. Ein Geheul von Wölfen, die nicht drohten, sondern sich verirrt hatten und unsicher waren, wohin sie gehen sollten, die jedoch wußten, daß alles verloren wäre, alles, wenn sie nicht den richtigen Wolfsweg fänden und nicht den Mut aufbrächten, die Reise anzutreten, die sie unternehmen mußten, und wenn sie in der Aufgabe versagten, übereinander zu wachen, wie es ein großes Rudel tun sollte. Es war dieses »alles«, was in Aragons Herz solche Angst weckte und das Gefühl, daß er selbst einer von diesem Rudel war.

So stand er also da und blickte auf die ferne Spalte. Mit pochendem Herzen hörte er, wie das Geheul erstarb. Er lief am Flußufer entlang bergauf, mal auf scharfen Felsblöcken, mal auf bröckeligem Ufer, immer weiter hinauf, zu dem Ort, wo er vielleicht gebraucht wurde. Er blickte voraus auf die Spalte und dann auf das weiße Wasser, das dort hervortobte, ihm entgegen. Der Wind schlug plötzlich um und peitschte ihm den Gischt in Gesicht und Augen.

Eine Panik stieg in ihm auf, doch nicht mit dem Wunsch, zu fliehen und sich zu verstecken – nein, nein, die Panik eines Wolfes, der wußte, daß er eine Aufgabe zu erfüllen hatte, eine Aufgabe, die ihm unmittelbar bevorstand, aber vor der ihn die Götter nicht gewarnt hatten.

Die wogenden Wasser schossen aus der großen, hohen Felsspalte hervor, an deren höchstem Punkt sich die Klippen düster und steil aufeinander zu neigten und fast berührten. Aragons Blick fiel wieder auf den Schaum, der über dem Wasserlauf in die Höhe spritzte. Er schaute, und dann wußte er, was er zu tun hatte.

Es war schade, daß kein anderer Wolf da war, der es sehen konnte. Hinker, der Wolf, der er einst gewesen war, war er gewiß nicht mehr. Nach der Überwinterung war sein Fell länger, seine Kraft war offensichtlich, sein Blick scharf. Die Panik war fort. Er blickte flußaufwärts und -abwärts und suchte einen seichteren Teil, wo er Steine sehen konnte, die ihm vielleicht Tritt gaben und einen Rückweg aufs trockene Land. Nachdem er eine Stelle gefunden hatte, schätzte er den verräterischen Strudel weißen Wassers unmittelbar unterhalb davon ab und erkannte: Wenn er ausrutschte, wenn er nur einen kurzen Moment lang strauchelte, dann wäre er verloren und damit mochte ebenso alles verloren sein.

Aragon stemmte sich gegen die Flut eisigen Wassers, die ihm im ersten Augenblick fast die Beine wegriß, doch dann richtete er sich flußaufwärts aus und gewann sein Gleichgewicht wieder. Er bewegte sich seitwärts durch den Fluß, suchte nach Halt für die Pfoten und erreichte die Stelle, wo sie vielleicht die beste Chance hätten.

Wie eine iberische Landschaft, die aus dem weichenden Nebel auftaucht, kam ihm die Erkenntnis, was ihn so lange angetrieben hatte, in diese Gegend zu kommen und jetzt sein Leben mitten in einem gefährlichen Bergfluß aufs Spiel zu setzen. Ein Wolf hatte ihn gerufen, ein Wolf, der ihn so sehr brauchte wie das Rudel.

Dann stiegen die Wasser flußaufwärts an, brandeten auf ihn zu und trugen mit Gewirbel und Schaum den verlorenen, zappelnden, strampelnden Körper eines anderen Wolfes mit sich.

Aragon sah ihn, spürte, wie der andere schwer gegen ihn stieß, packte mit den Zähnen seinen Nacken, wurde herumgedreht und von den Beinen gerissen, kämpfte darum, ihn mit sich zu ziehen, wurde untergetaucht, herumgewirbelt und hinabgezogen. Er war sich nur dessen sicher, daß seine Zähne festhielten. Die Steine, von denen er geglaubt hatte, sie würden ihm helfen, stießen und schlugen ihn jetzt, während das Wasser versuchte, ihn über sie hinwegzuziehen.

Aragon zog den Kopf und die Last, die er trug, aus dem Wasser und sog durch die zusammengebissenen Zähne Luft ein. Er blickte um sich, bis er das Ufer sah. Dann setzte er, mehr unter als über Wasser, seine letzte Kraft und seinen letzten Atem ein und zog den Wolf heraus, dessen Ruf er beantwortet hatte.

Der Fluß wurde seichter. Steine stachen in seine kämpfenden Pfoten. Er hievte den nassen Körper aus dem Griff des Flusses. Mit einem letzten Schub der Beine und dem Zug der Schultern beförderte er sich und den Wolf fast auf trockenes Land und fiel hin. Er spürte, wie er zurückrutschte, und erhob sich noch einmal, ließ dabei seinen Griff nicht los und fand schließlich noch Kraft, von der er nie gewußt hatte, daß er sie besaß, und zog den Wolf auf das Ufer hinauf, über das Geröll hinweg, in die Sonne.

Der Wolf war ein Rüde mit langen Gliedern, übersät mit Schnittwunden, Prellungen und Beulen. In seinen Augen war kein Leben, in seiner Brust kein Atem, seine Glieder bewegten sich nicht. Aber in einer Flanke zitterte Leben, und in der Art, wie Wasser aus seinem Maul floß, sein Kopf sich auf dem Hang drehte und die Sonne auf seinen Pelz schien, war noch kein Tod.

Aragon leckte das Gesicht des Wolfes und schob ihn mehr in die Sonne. Er hauchte ihn an und legte seine Flanke gegen die seine. Er drängte ihn zu überleben. Der Wolf antwortete mit einem Stöhnen, einem Seufzen, einem würgenden Keuchen nach Luft und einem plötzlichen Erbrechen von Wasser, das ihn um Atem ringen ließ.

»Lebe!« befahl Aragon, und der Wolf gehorchte.

»Öffne deine Augen, bleib wach!« drängte ihn Aragon, und der Wolf öffnete matt seine Augen, starrte auf den holperigen Boden, auf dem er lag, starrte hinab auf den Lauf des Flusses und bemühte sich einen Moment lang aufzustehen.

»Ja«, keuchte Aragon, »so ist's richtig ...«

Lounel wandte seinen schmerzenden Kopf voller Beulen dem Klang der Stimme zu und starrte in die Augen des Wolfes, der sich aus dem Fluß erhoben hatte. Er wußte, er blickte in die bernsteinfarbenen Augen von Wulf selbst.

»Wulf«, sagte er.

Die Augen in dem großen Kopf blickten auf ihn nieder, seine Pfote berührte sein Gesicht, sein Atem war der Odem des Lebens und seine Stimme so sanft und stark wie ein fernes Tosen des Windes über einer steilen Felswand. Das Licht dieser bernsteinfarbenen Augen erschien Lounel so hell und blendend wie das Licht, das er zwischen den hohen Klippen über der Schlucht gesehen hatte.

»Großer Wulf«, sagte er.

Aragon schüttelte den Kopf und lächelte. Lounel wußte, was er sah, wußte, was für ein Wolf das war, nicht Wulf, aber ein Teil von ihm, ein Teil von ihnen allen. Lounel seufzte und sagte: »Du hast meinen Ruf gehört.«

»Ja«, sagte Aragon, »muß ich wohl ... Jetzt, Wolf, steh auf und bewege dich, krieche, wenn es sein muß, aber bewege dich, weg vom Fluß und hinauf zu einer wärmeren Stelle, bewege dich ...«

Stolpernd, zitternd, schwach, voller Schmerzen gehorchte Lounel und freute sich. Seine Zeit des Alleinseins war vorüber, und er wußte jetzt, was sie tun mußten, sobald er sich gründlich ausgeruht hatte.

»Wir werden reisen ... ins Herzland ...« flüsterte er schließlich und versuchte sich im warmen Schutz eines nach Süden offenen Überhangs über dem Flußufer niederzulassen. »Ja, ja, das werden wir ...« Schließlich fiel er hin, ganz schwerfällig vor Müdigkeit. Sein Kopf schlug auf. Er zitterte vor Schmerz, doch dann überwand er ihn. Er wußte, er war sicher. Er war bei dem Wolf, den er zu sich gerufen hatte und von dem er einen Moment geglaubt hatte, er sei Wulf selbst. Dann, zum ersten Mal, seit der Tod alle Wölfe hinweggerafft hatte, die er gekannt hatte, also seit fast einem Jahr, schlief Lounel mit der tiefen, hemmungslosen Sorglosigkeit eines Wolfes, der weiß, daß er nicht allein ist.

Es dauerte einige Tage, bis Aragon der Meinung war, Lounel sei kräftig genug für die Wanderschaft, Tage, in denen sie lernten, einander zu achten. Aragon übernahm ohne Schwierigkeiten die Rolle des Anführers. Er war körperlich stärker und schneller als der ungeschickte, langbeinige Lounel, und wie sich bald herausstellte, war sein Jagdgeschick viel weiter entwickelt. Doch von Anfang an war ihre Beziehung die von Gleichen, keiner dem anderen überlegen, keiner untergeordnet, obwohl Aragon es war, der bestimmte Entscheidungen zu fällen schien, etwa, wann sie losziehen sollten. Daß Aragon die alltägliche Führerschaft übernommen und Lounel dies akzeptiert hatte, hatte mehr mit einer natürlichen Verteilung ihrer Kräfte zu tun als mit der Macht des einen über den anderen. Aragon spürte von Anfang an, daß Lounel kein gewöhnlicher Wolf war, daß er Stärken und Einsichten hatte, die ihn zu einem Wolf machten, der eher zu schützen als zu führen war. Beschützen in der Tat bis zum Tod, denn in Lounel erkannte Aragon eine Macht des Geistes, die andere direkt zu den Sternen führen konnte.

Lounel erholte sich von Tag zu Tag. Jeden Tag lernten sie sich besser kennen und mochten einander mehr, während die Zeit näher rückte, da sie weiterwandern sollten.

»Wir wandern zum Ostrand des Territoriums, das du kennst«, sagte Aragon, »und dann werden wir einen Weg weiter ins Herzland finden, das jeden von uns auf so viele Weisen so lange gerufen hat.«

»Ja«, sagte Lounel. Sein Kopf zuckte dabei ein bißchen zur Seite, wie es oft geschah, wenn gerade eine Entscheidung gefällt war und es galt, sie auszuführen.

»Es wird immer leichter werden, sobald wir einmal losgezogen sind«, sagte Aragon mitfühlend, denn Lounel hatte ihm schon anvertraut, wie unsicher er sich fühlte, wenn es darum ging, endlich das alte Revier zu verlassen, das er kannte. »Ich habe lange getrödelt, bevor ich die Pyrenäen hinter mir ließ, aber sobald ich losgezogen war ...«

»Ich möchte dir etwas zeigen, bevor wir losziehen«, sagte Lounel. »Es wird nicht lange dauern.«

»Nun ...« begann Aragon zögernd, denn er wollte jetzt losziehen.

»Das ist wichtig«, sagte Lounel. »Es ist der Ort, wo ich die letzten meiner Sippe verloren habe, es ist das Herzland unseres Rudels. Wo der Mensch kam, über den ich dir erzählt habe. Wir müssen über die Menschen und ihre Sitten lernen, wir alle müssen lernen. Ich muß es dir zeigen. Muß Lebewohl sagen und wissen, wohin wir vielleicht eines Tages wieder zurückkehren. Wölfe müssen wissen, von wo sie ausziehen, wenn sie wirklich losziehen, müssen ihren ersten Ort kennen, um ihren letzten schätzen zu können. Also ...«

Während er so mehr mit sich selbst als mit Aragon redete, brach Lounel auf dem Plateau über dem Allier auf und brachte seinen Freund zu dem Hochtal, wo seine Familie gestorben war. Er vermied es, den Ort selbst zu betreten, doch Aragon ging hinein und blickte melancholisch auf die miteinander verflochtenen Skelette, auf die Fetzen von Haut und vertrocknetem Fell.

»Sie lehrten mich alles, was ich weiß, und noch mehr«, sagte Lounel, »und jetzt bin ich ihr Erbe. Ich habe das Licht des Himmels gesehen, das Wulf von Wulfin trennt, und ich habe das Kommen der Wölfe der Zeit gespürt. Wir werden dieses Rudel vervollständigen, Aragon aus Spanien, und dein Name wird eines Tages am Himmel zu lesen sein.«

»Und der deine«, sagte Aragon, doch er glaubte nur halb daran.

Aber Lounel hörte nicht zu, sondern lauschte dem Wind.

»Nun denn. Ich habe es dir gezeigt, damit du dich daran erinnerst. Erinnere dich an diesen Ort, Aragon. Erinnere dich an den Wolfsweg, der dich hierhergebracht hat, und an den, auf dem ich dich hinausführen werde. Eines Tages wirst du ihn vielleicht brauchen. Erinnere dich ...«

Es war ein heißer Nachmittag im Spätherbst, doch Aragon zitterte bei Lounels Worten, die mit einem seltsamen Zwang und einer Eindringlichkeit gesprochen waren, als sehe er etwas, das andere nicht sehen konnten, und als wüßte er etwas, das andere nicht wissen konnten.

»Ich werde mich daran erinnern«, sagte Aragon. »Jetzt, Wolf, führe mich fort von hier.«

»Ich bin jetzt bereit«, sagte Lounel. »Bereit, Abschied zu nehmen.«

Dann heulte er sanft, denn seine ganze Sippe war nicht mehr, und obwohl er nicht länger der letzte Wolf auf der Welt war, wollte er doch weinen um die Stimmen, die Liebe und die Kameradschaft, die er nie wieder erleben würde.

»Komm«, sagte Aragon sanft. Lounel nickte, starrte auf den Boden und zog los.

Kapitel 5

Elhana und Ambato
entdecken die natürliche Welt wieder und teilen die
Freuden der Vergangenheit
und die Träume von der Zukunft

Im Leben eines jeden Wolfs, der loszieht, um das Herzland zu erreichen, kommt ein Augenblick, da er die Hoffnung auf eine Rückkehr in sein Heimatrevier aufgeben muß, wenn er die Reise erfolgreich vollenden will. Erst mit diesem Aufgeben beginnt die Reise wirklich.

Für Ambato und Elhana, die Wölfe aus Italien, kam dieser Augenblick, als sie den Fluß Po überquerten. Zwar hatten sie, um überhaupt sein Ufer zu erreichen, eine Ebene durchwandern müssen, die mit die dichteste Konzentration an Menschen und Industrie in Europa aufwies, doch erst als sie das Nordufer des Po erreicht hatten, empfanden beide, daß sie ihre Bindungen an das Heimatrevier im Süden abgestreift hatten.

Nicht, daß sie Zeit für solche Überlegungen gehabt hätten, als sie das Gebell der Hundemeute hinter sich ließen, die sie bis zum Flußufer gehetzt hatte. Als sie auf der anderen Seite des Flusses mühsam aus dem Schlamm und Dreck kletterten, wurde ihnen die fremdartige Natur der Umgebung deutlich, in die zu fliehen sie gezwungen worden waren. Schon das Wasser des Flusses und des Nebenlaufes, dessen Ufer sie schließlich emporkletterten, war scharf und beißend vor Verschmutzung und brannte wie eine Infektion an ihren Augen, Mäulern und empfindlichen Körperteilen.

Dann gab es dort auch die zischenden, dampfenden Gebäude, in die ihre Flucht sie geführt hatte, davor glitschige Steinstufen, die zu Flächen mit Beton- und Metallbauten emporstiegen, die sie erst dann sehen und einschätzen konnten, als sie sie erreicht hatten.

Als sie in dem höhlenartigen Labyrinth der Menschen, in dem sie sich befanden, den Ausblick auf die Sonne und die Berührung des normalen Windes verloren, hatten sie sofort das beängstigende Gefühl, daß es hier keine solchen Fluchtwege gab, wie sie sich Wölfe in einer natürlichen Umgebung immer offenhalten. Sie waren tatsächlich zu einem solchen Ort gekommen, wie Ambato ihn während seiner Jahre des Zögerns im Bergland über der Ebene gefürchtet hatte.

Hier, wo es keine Bäume, keinen Erdboden, überhaupt nichts Natürliches gab – außer den zerfetzten Hülsen toter Pflanzen und den Knäueln seltsamer, übelriechender Kräuter in den Ritzen der von den Menschen errichteten Mauern –, fühlten sie sich äußerst verletzlich und völlig unfähig, dem, was sie sahen und rochen, einen Sinn zu geben oder zu wissen, wohin sie sich wenden sollten, falls Gefahr aufkam. Deshalb verbargen sie sich im Schatten eines rostenden alten Krans, und von diesem Aussichtspunkt aus untersuchten sie, was sie sahen.

»Bist du in Ordnung, Ambato?« fragte Elhana, als sie wieder bei Atem war.

Ambato nickte erschöpft.

Nur in solchen Momenten wurde ihr bewußt, daß er alt und müde war, denn wenn er die alten Legenden erzählte und wenn er nach Norden blickte, dorthin, wo ihrer beider Hoffnung nach das Herzland lag, dann strahlten seine Augen vor Jugend und Unbesiegbarkeit.

»Wir werden hier ein bißchen verweilen und sehen, was geschieht.«

Sie gehorchte gerne. Oft hatte Elhanas impulsive Energie sie beide auf dem Weg durchhalten lassen, doch seine Klugheit und sein gesunder Wolfsverstand hatte ihnen das Leben bewahrt.

Die Nacht kam, eine außerordentliche, ängstigende, aber am Ende erheiternde Nacht voller Getöse, Gekratze und Gedonner in der Nähe. Aus Schornsteinen loderten Flammen empor, und das Feuer roch nicht nach natürlichen Dingen, die starben, sondern nach toten Dingen, die zu völliger Sterilität abgestorben waren. Es gab Flammen, die Rauchschwaden hervorbrachten, und Rauchschwaden, die Staubteilchen und noch brennende Ascheflocken mit sich trugen, die wie Glühwürmchen in die höhlenartigen Gänge aus

Beton und Industrieschutt flogen, in denen die Wölfe lagen.

Der Himmel war völlig anders, als sie ihn je zuvor gesehen hatten. Sie bemerkten Schwaden purpurroten Rauchs, keinen Mond, keine Sterne, außer zu ihrer äußersten Linken, wo sie in regelmäßigen Abständen die weißen Augen eines Menschenvogels durch den Rauch leuchten sahen, wie wenn eines der Straßenfahrzeuge von den unsichtbaren Sternen herabkäme. Diese Dinger verschwanden immer hinter einem Turm, der sich vor ihnen erhob, gewöhnlich nach einem dröhnenden Geräusch, das erstarb, wenn es auch durch die seltsame Akustik des Ortes zu diesem Zeitpunkt hinter den Dingern hinterher zu sein schien.

Ein neuer Morgen dämmerte. Langsam, Stunde um Stunde, wurde es den beiden Wölfen bewußt, daß sie nicht gejagt, ja überhaupt nicht behelligt wurden. Von keiner Kreatur. Nicht einmal die Menschen gaben Anzeichen, daß sie überhaupt von der Anwesenheit der Wölfe wußten. An diesem Ort des Giftes und des Verfalls umgab sie die Sicherheit der Gleichgültigkeit und der Anonymität.

»Darin, meine Liebe, finden wir vielleicht eine Freiheit, die wir nicht besessen haben, seit wir die Berge südlich der großen Ebene verließen. Sie ist vielleicht noch größer als die Freiheit in den Bergen, wo immer Menschen herumstreiften oder wir gesehen werden konnten oder jagende Hunde unsere Witterung finden konnten«, sagte Ambato einige Tage später, nachdem sie sich aus ihrem Versteck hervorgewagt und begonnen hatten, sich ihren Pfad fort vom Flußufer zu suchen. Sie lernten Abwassergräben und Deiche, Kanäle und Rohre auszunutzen, riesige, klappernde, leere Gebäude, deren Türen lose in den Angeln hingen, und unterirdische Durchgänge, die keinem anderen Zweck zu dienen schienen, als daß ihre Mauern darüber Gebäude trugen, die vor Maschinenlärm vibrierten oder stumm und verlassen dalagen.

»Ich kann nicht glauben«, sagte Elhana einige Tage später, »daß solche Wege keine Gefahren haben sollten, denen wir noch nicht begegnet sind oder die wir nicht vermuten können, weil wir sie nicht erkennen.«

»Dann müssen wir nach ihnen Ausschau halten. Diese Menschengegenden können nicht ewig so weitergehen. Wenn sie aufhören, werden wir wieder in einer natürlichen Umgebung sein, und dann ...«

»... dann werde ich froh sein über etwas frische Luft und daß ich wieder die Sterne deutlich sehen kann, nicht bloß getrübt durch Menschenlichter und Rauchschwaden.«

»Ich auch, Elhana«, sagte Ambato, der lange und schwer genug gelebt hatte, um zu wissen, wie man eine Rast auf der Wanderung zu genießen hatte, wenn Wulf sie einem gewährte.

Sie beobachteten andere Tiere und lernten viel von ihnen. Von den Füchsen, die diese toten Landschaften bewohnten und hier sogar ihre Jungen aufzogen. Anscheinend ohne die offenkundigen Gefahren ringsum zu beachten, lernten diese die Kunst, Straßen zu überqueren: schauen, warten, schauen, den Boden spüren, ob er vibriert, bei Nacht auf die plötzlichen Lichtbögen achten, die das Herannahen eines Fahrzeugs ankündigen, und den Ausgangspunkt nicht nach dem leichten Zugang zur Straße auswählen, sondern nach seiner Nähe zu einer sicheren Stelle auf der anderen Seite. Dann schnell und geschmeidig die Straße in einer geraden Linie überqueren, ohne auf Lichter zu schauen. Immer mit einer Stelle im Blick, hinter oder unter der man sich verstecken kann, wie kurz die Strecke auch sein mag. Man konnte nie voraussagen, wie sich die Menschen verhielten, Fluchtlöcher waren immer notwendig. Der Trick, den die Füchse sie lehrten, war, nicht gesehen zu werden, und wenn man gesehen wurde, dann sich nicht am selben Ort lange aufzuhalten. Offensichtlich kannten die Füchse die Kunst des Wanderns, so daß die beiden Wölfe viel von ihnen lernten.

Elhana und Ambato lernten auch viel von den aasfressenden Saatkrähen, die den Menschen und ihren Fahrzeugen eine ruhige Gleichgültigkeit entgegenbrachten und ihnen erst im letzten Augenblick auswichen, sie vorbeiließen und dann ihr Mahl fortsetzten. Offensichtlich schienen die Menschen hier entlang ihrer Straßen und im Schatten ihrer Gebäude sich nicht so zu verhalten wie in der freien Natur.

Hier konnten Wölfe überleben, wenn sie unsichtbar blieben, denn es gab Aas und Müllhalden, wo Nahrung zu finden war.

Dort fanden die beiden Wölfe schließlich neben einer bunten Schar aus Möwen, Ratten, Wieseln, verwilderten Hunden und vielen anderen in der Stadt lebenden Tieren etwas Erholung von der Bedrückung durch Betonbauten und dumpfige Tunnel. Es war eine Müllhalde, auf der sie einige Tage nach Nahrung suchten und deren Grenzen von einer Bahnlinie, einer Straße und einem kanalisierten Bach gebildet wurden. Das Wasser des Baches war fast sauber, zumindest an seinem oberen Ende, bevor Rohre fauliges Abwasser hineinspien und die Müllsäcke ihren Inhalt in den Wasserlauf ergossen.

Sie lernten, wie man auf Müllhalden nach Nahrung suchte, indem man Säcke schüttelte, bis sie ihren Abfall freigaben, und in dem Dreck, den man dann fand, herumschnüffelte, in der Hoffnung, etwas Freßbares zu finden. Ihre Gesichter und Pfoten waren voller eiternder Schnittwunden, die sie sich an zerbrochenem Porzellan, offenen Konservendosen, rostenden Nägeln in zersplittertem Holz, Nadelspitzen und Glasscherben zugezogen hatten.

Ambato wurde eine Zeitlang krank und mürrisch. Er stritt sich mit Elhana um die Kadaver verfaulter Hühner und den fauligen Abfall in aufgeblähten weißen Säcken. Als er sich erholte, begann Elhana sich zu erbrechen, und nun mußte er sie pflegen, ihr die Nahrung vorkauen, die Fliegen vertreiben, die ihr Gesicht und ihre Augen heimsuchten, und Tag und Nacht vor der flohverseuchten Mulde wachen, in der sie lebten, damit nicht Hunde und andere Tiere Elhanas Schwäche ausnutzten und sie angriffen.

Es dauerte Tage, bis sie ihre Kraft wiedergewann. Danach war sie lange Zeit schweigsam, als trauerte sie über etwas, das sie verloren hatte, aber nicht nennen konnte.

Als es ihr besserging, begab sich Ambato allein auf Erkundung und war manchmal stundenlang unterwegs, bis er zurückkam, mit stinkendem Schmutz und Abfall bedeckt oder mit Öl besudelt, die Schulter aufgerissen, Schnittwunden in den Pfoten, das Gesicht zerkratzt von Kämpfen mit Wulf weiß was. Ambato sagte, ein dunkler Dämon der Nacht habe ihn angegriffen, der schon so lange Wölfe gejagt habe. Er sei zu groß, als daß ein Wolf seine Gestalt ausmachen könnte, doch seine Zähne und Klauen seien völlig starr, metallisch, hart, präzis.

Als Ambato Elhana dies erzählte, sah sie ein Leuchten in seinen Augen und den Schimmer eines Lächelns. Sie berührte seine Wunden, reinigte sie mit ihrer Zunge und sagte: »Du hast einen Weg hinaus gesucht, nicht wahr, mein Lieber?«

»Vielleicht«, knurrte Ambato todmüde.

»Nun, hast du einen gefunden?«

»Ich habe nicht vergessen, daß wir zum Herzland unterwegs sind. Das habe ich nie vergessen«, murmelte er, während er einschlief.

Sie blickte auf sein gerunzeltes, hageres Gesicht, seinen ergrauten Pelz, sein halb geöffnetes Maul und erkannte, daß er in einigen Dingen stärker war als sie, viel stärker. Sie begriff, daß Wulf dadurch, daß er sie zu ihm geführt hatte, ihnen beiden eine – wenn auch geringe – Chance gegeben hatte, eines Tages das Herzland zu erreichen.

So verging die Zeit. Sie lernten Dämonen kennen und lernten, wie man die Hoffnung lebendig und einander am Leben hält.

Eines Morgens erwachte Ambato plötzlich vom Geschrei kreisender Möwen vor der aufgehenden Sonne, während eine neue Ladung Müll abgeladen wurde.

Er schaute Elhana an, sie erwiderte seinen Blick, dann sagte er einfach: »Verlassen wir diesen Ort, es ist Zeit, weiterzuziehen. Ich habe keine Lust, noch länger an diesem rattenverseuchten Platz nach Nahrung zu wühlen. Ein Wolf sollte mit den hellen Sternen über seinem Haupt und dem Klang des Windes in den Bäumen sterben.«

Sie nickte wortlos und stand auf, um seiner Führung zu folgen, denn sie wußte, er mußte einen Weg nach draußen gefunden haben.

Die Überquerung des großes Flusses und der Aufenthalt in

einer städtischen und industriellen Hölle hatte sie beide sehr verändert, doch jetzt waren sie bereit weiterzuziehen, wie eine Schlange, die sich gehäutet hat. Sie waren nun zäher, klüger, reicher an Kenntnissen über die Orte der Menschen, reicher an Kenntnissen über sich selbst.

»Präge dir die Route, die wir nehmen, so gut ein, wie du kannst«, war alles, was Ambato sagte, als sie loszogen. »Oder wenn schon nicht die Route, dann die Natur der Route, was noch besser ist, denn sie wird länger dauern. Präge sie dir ein, meine Liebe, denn wenn du je auf diesem Weg zurückkehrst, wirst du sie wissen müssen.«

Sie gingen durch einen Tunnel, unter Straßen hindurch, über steiniges Brachland, wo bei Nacht Menschen unter Bäumen saßen und sangen. Dann in einen Kanal, den sie abwärts entlangschwammen, während über ihren Köpfen Rohre zischten und an einem feurigen Ort, dessen Schornstein Funken ausspie, plötzlich ein Geklapper ertönte.

Sie zogen schnell dahin, denn, wie Ambato in einer der wenigen Ruhepausen, die er erlaubte, flüsterte: »Ich möchte vor der Morgendämmerung aus der Stadt heraus sein ... Bevor die Plätze und Maschinen erwachen.«

Der Morgen brach an, und der Himmel begann fahl zu werden, als Elhana mit einemmal wußte, daß sie frei sein würden. Von Norden, wohin sie zogen, spürte sie die frische Brise einer kühleren, reineren Luft auf ihrem Gesicht. Sie japste danach und erinnerte sich an alles, was sie schon angefangen hatte zu vergessen.

»Nicht mehr weit, und wir können uns ausruhen, nicht mehr weit«, sagte Ambato und lief mit federnden Sprüngen unter einer Straße hindurch. Irgendwann waren ihre Pfoten wieder auf nassem Gras, und obwohl der Himmel klar war und nur wenige Wolken aufwies, gab es das Geräusch rieselnden Regens.

»Menschenregen«, erklärte Ambato und nickte in Richtung eines Rasensprengers am Boden, der eine riesige Menge Tropfen in die Luft spritzte, einmal hierhin und dann dorthin. »Menschengras.«

Die beiden trabten durch Büsche und über Rasenflächen,

vorbei an cremefarbenen Mauern und Fenstern, in deren Glas sich die aufgehende Sonne und ein vorüberhuschendes Abbild der beiden Wölfe spiegelte. Schließlich trotteten sie hinaus, vorbei an einem bellenden Hund, hinauf in hügeliges Waldland.

»Hier werden wir für den Tag bleiben.« Ambato führte sie zu einem hölzernen Gebäude, unter dessen Boden sie krochen. Die feuchte Erde kühlte ihre müden Pfoten. Von ihrem Unterschlupf unter dem Gebäude hatten sie eine ungehinderte Sicht in fast alle Richtungen.

»Was für ein Glück«, sagte Elhana. Sie war zu aufgeregt, um zu schlafen oder zu ruhen.

»Du hast das Beste noch nicht gesehen«, erwiderte Ambato mit einem Lächeln. »Ruhe dich aus, und ich sage es dir, wenn sie kommen.«

»Was kommt?« fragte sie.

»Ruhe dich aus, Wölfin … Ruhe dich aus …«

Sie folgte seinem Rat und erwachte erst, als er sie stupste und flüsterte: »Dort! Schau!«

Was sie sah, von der Sonne überstrahlt, erschien ihr viel schöner als alles, was sie bisher gesehen hatte. Ein Rudel Hirsche kam durch die Bäume, langsam, sorglos, äsend, auf ein fernes Geräusch lauschend. Plötzlich blickten sie herüber zu der Stelle, wo die Wölfe unsichtbar lagen, fingen vielleicht deren Witterung auf. Aber die Hirsche beruhigten sich wieder, ästen erneut und zogen weiter.

Elhana staunte. Sie hatte fast den Glauben verloren, daß ein solcher Reichtum existieren konnte.

»Sie sind …« begann Ambato und erzählte ihr leise davon, was die Hirsche für die Wölfe waren. Das gehörte zum ältesten Wissen, denn was wären die Götter der Welt in jenen fernen Tagen ohne die unsterblichen Hirsche gewesen, die sie jagten und verzehrten? Stärke und List nährten sich von der Schönheit. Nie zuvor hatte Elhana so gut begriffen, daß die Beute nicht von den Wölfen getrennt war, sondern Teil dessen, wovon auch sie ein Teil war. Darin und in der Welt, deren Herzland sie jetzt suchten, war alles eins. In der Menschenwelt, die sie jetzt verließen, war diese Wahrheit völlig vernichtet. Dort blieb nur eine Jagd ohne Ehre übrig, Zerstörung ohne Sinn, Tod ohne Wiederkehr.

So begann der zweite Teil der Reise von Ambato und Elhana durch Norditalien. Am nächsten Tag zogen sie los, hinaus aus dem Parkland, das ihnen kurz Zuflucht gewährt hatte. Sie mieden die Menschen und deren Städte, soweit sie konnten. Sie empfanden keine Notwendigkeit, sich zu beeilen, und ließen sich von der Vorsicht leiten. Doch schon nach wenigen Tagen schmeckte die Luft frischer, der Nachthimmel wurde klarer, und sie wußten, daß sie endlich die große, schreckliche Ebene verließen.

Das Land war wellig, doch es gab wenig natürliche Deckung. Deshalb waren sie beide erleichtert, als sie endlich die Ausläufer der Alpen erreichten. Elhana überließ es Ambato, die Route zu finden, denn sein Wissen an Geschichten und Legenden umfaßte auch bruchstückhafte Rudelerinnerungen von Reisen in den Norden, die Wölfe in vergangenen Zeiten unternommen hatten. Er benutzte diese Kenntnisse in Verbindung mit den Sternen über ihnen und ihrem kombinierten Wissen über den Wolfsweg nach Norden.

Eins war sicher – die Ketten und kleinen Konstellationen von Sternen in dem Wolfsweg, dem sie zu folgen suchten, erreichten einen Höhepunkt irgendwo inmitten der Alpengipfel vor ihnen, deren Masse sie von der Ebene aus gesehen hatten. Jetzt, wo sie in die Alpen hineinzogen, enthüllten sich ihnen die Einzelheiten der Gipfel und Täler nur langsam, und Ambato führte sie nun zu diesem wilderen und dramatischeren Teil ihrer Reise.

»Unter den Benevento-Wölfen habe ich für dieses Gebirge nie einen Namen gehört«, sagte er, »aber die Vagabunden der Abruzzen hatten Erinnerungen an eine solche Gegend, die sie die Dolomiten nannten. Irgendwo dort oben bestrafte Wulf drei seiner Anhänger, als er auf der Erde wanderte, und verwandelte sie in massive Felsen.«

»Glaubst du solche Legenden?« fragte Elhana.

Ambato nickte und sagte: »Sie sind unsere einzige Verbindung mit unseren Vorfahren. Schließlich kann es ja sein, daß das, was wir tun, in den Geschichten zukünftiger Generationen eine Rolle spielt, selbst wenn die Namen Ambato und Elhana unterwegs verlorengehen. In den Geschichten kann etwas von unserem Geist weiterleben.«

»Was meinst du, wie weit wir reisen müssen, bis wir die Gegend der Dolomiten erreichen?«

»Tage oder Wochen, was spielt es für eine Rolle? Wir reisen nicht schnell. Ich habe einen großen Teil meines Lebens darauf verwendet, so weit zu kommen.»

»Ich glaube nicht, daß der Ruf ins Herzland verlangt, daß wir schnell dorthin kommen«, sagte Elhana, »sondern eher, daß wir soviel wie möglich von dem, was wir unterwegs lernen können, mit uns bringen. Wenn es andere gibt, wie du sagst …«

Sie begann zu reden und zu denken wie er.

»Oh, es gibt andere, Elhana, eine ganze Menge anderer.«

»Nun denn, die anderen werden eigene Kenntnisse mitbringen, mit denen sie zum Wissen des neuen Rudels beitragen. Dein Wissen über Wulf ist vielleicht deine Gabe.«

»Und du, meine Liebe?«

»Ich? Ich möchte noch mehr Junge. Ich möchte mich mit einem großen Wolf, einem kräftigen Wolf paaren …«

Ambato lachte.

»Also nicht mit einem alten Wolf wie mit mir?«

»Nein«, sagte Elhana nüchtern, »aber du kannst mir helfen zu wählen.«

»Ich denke, das wird Sache deines Gefährten sein, der, wie ich hoffe, Anführer des Rudels sein und dich zur Leitwölfin nehmen wird. In dem Rudel, das wir bilden, wollen wir keine heimlichen Beziehungen haben.«

»Hmm«, sagte Elhana nachdenklich und dachte daran, daß sie die Frucht genau einer solchen Beziehung war, mit Ambato als ihrem Erzeuger.

»Aber ich glaube, wir sollten erst einmal dorthin kommen!« meinte Ambato.

»Ich hoffe, daß ich einen jungen und leidenschaftlichen Wolf finde, der die Sonne liebt!« sagte Elhana impulsiv.

Ambato lachte und beobachtete, wie sie vor ihm her sprang, eine Wölfin in ihrer Blüte, die es an Schönheit mit jeder Fähe aufnehmen konnte, die er in seinem Leben gesehen hatte. Die Reise, auf der sie waren, hatte ihren Ausgang in einem wilden Vertrauen und in wilden Träumen, und vielleicht mußte ein Wolf verrückt sein, um diese Reise zu wagen. Er selbst war natürlich nicht verrückt, sondern gewöhnlich ... Er schüttelte wehmütig den Kopf und lief hangaufwärts hinter ihr her.

Elhana hielt an und blickte zurück. Sie war aufgeregt und zuversichtlich, und die Lust des Frühlings pulsierte in ihrem Blut. Doch nicht für einen alten Wolf wie Ambato, den sie jetzt mit Zuneigung beobachtete, wie er zu ihr heraufkletterte, das helle Licht auf seinem grauen Pelz und in den Runzeln seines klugen Gesichts. Sie witterte und erinnerte sich sehnsüchtig an die jungen Liebhaber, die sie gekannt hatte. Viel zu wenige. Sie wollte wieder einen starken jungen Wolf. »Doch er darf nicht zu unerfahren sein, sonst ist er kein würdiger Leitwolf, und ich möchte einen Wolf, der Führer sein kann, was aber wieder bedeutet, daß er vermutlich älter ist, voller Narben von vielen Kämpfen. Oh, ich weiß nicht, was ich will!«

Ambato holte sie ein.

»Träumst du immer noch, Wölfin? Träumst du, daß du alles haben kannst?«

Sie grinste und rieb liebevoll ihren Kopf an dem seinen.

»Du kannst nicht alles haben, Elhana, kein Wolf kann das. Die Leitwölfin des Rudels muß den Leitwolf haben und er sie. Das ist die Lehre, und so muß es immer sein. Sonst hat das Rudel keine Einheit, und die Leitwölfe führen es schlecht.«

»Aber Abruzzo vom Benevento-Rudel hatte noch andere Fähen außer mir! Und manchmal hatte ich andere Rüden, wenn er es nicht sehen konnte.«

»Nun ja, natürlich, besonders wenn ein Rudel groß ist. Instinkte sind Instinkte, und aus den Augen ist aus dem Sinn. Doch das sehnsüchtige Schimmern in deinen Augen galt nicht der Paarung, sondern der Liebe, und die ist, falls es sie überhaupt gibt, eine störende und unvorhersehbare Sache. Ich weiß es aus eigener bitterer Erfahrung.«

»Ich war die Leitwölfin eines Wolfes, den ich nicht mochte und nicht sehr achtete. Ich hatte nur gehofft, die Götter wären wohlwollend genug, für mich einen Leitwolf zu finden, den ich lieben wie auch achten könnte, falls es noch einmal geschehen sollte, daß ich Leitwölfin werde.«

»Und wenn sie nicht wohlwollend sind?« fragte Ambato ruhig.

»Dann muß ich dem Rudel gegenüber meine Pflicht erfüllen«, sagte Elhana ohne Begeisterung.

»Du kannst lernen zu lieben«, sagte Ambato. »Manche Wölfe verbergen die Wahrheit über sich selbst sehr tief.«

»Nun, ich kann nur sagen«, sagte Elhana leichthin, als sie in die Alpen loszogen, »ich hoffe, er ist alles, was er sein soll, dazu jung und stark.«

»Das hoffe ich auch«, murmelte Ambato, der ihr folgte. »Denn wenn er nicht so ist, dann wirst du einen anderen Wolf lieben, der so ist, und dann haben wir Schwierigkeiten, die kein Rudel gebrauchen kann.«

Sie gingen schweigend weiter. In ihren Augen schimmerte Hoffnung, doch über seinem Gesicht lagen Schatten der Sorge.

In der Aufregung der Reise waren solche Tagträume bald vergessen. Jetzt empfanden sie ständig die Erwartung, daß gerade um die Ecke oder hinter der nächsten Anhöhe etwas Neues auf sie wartete. Sicherlich stimmte die Wiederentdeckung natürlicher Dinge sie heiter – die Frische der Brise, Winde, die in gebührender Ordnung über die Felder und zwischen den Bäumen daherwehten, anstatt scharf um Betonecken zu pfeifen oder bitterkalt durch die Schluchten zwischen hochaufragenden Gebäuden zu fegen, die Lerchen, die hoch an einem hellen Himmel sangen, und das Wasser der Bäche und Flüsse, das jetzt frisch und sauberer war.

Trotz allem hatten sie jetzt ein ausgeprägteres Gefühl für Gefahr als am Ende ihres Aufenthalts in der Menschenstadt. Hier witterten die Hunde sie, und auch die Menschen hatten bessere Sicht als in der Stadt, wo sie überhaupt keine Sicht zu haben schienen. Einige Male nahmen Hunde die Verfolgung auf. Einmal schien ihr Gebell einen Menschen anzulocken, der hinter ihnen her rief. Dreimal wurde auf sie geschossen. Die Schrotkörner prasselten über ihr Versteck hinweg und drangen in die dahinterstehenden Bäume.

»Mich beunruhigt«, bemerkte Ambato, »daß ich nicht einmal wußte, daß da Menschen waren. Das ist uns schon einmal passiert, bevor wir den Fluß überquerten.«

»Es kam von oben, nicht von irgendwo jenseits der Felder«, sagte Elhana verdutzt.

»Warum bleiben wir dann nicht einfach, wo wir sind, und beobachten, bis wir wissen, was es ist, das wir hätten vermeiden sollen ... Solches Wissen kann in der Zukunft unser Leben und das anderer retten.«

Den Nachmittag hindurch und bis zur Abenddämmerung blieben sie ganz still. Dann hörten sie Geräusche irgendwo in den Bäumen über sich sowie die Stimme und das Husten eines Menschen. Es war zu dunkel, um zu sehen, aus welchem Teil des Baumes er herauskam, aber sie krochen nahe heran und beobachteten, wie er nur einen knappen Schritt von Ambato entfernt auf den Boden herabstieg. Als der Mensch wegging, verfolgten sie ihn auf Ambatos Zeichen hin schweigend, bis er hinter einem Gefälle des Buschlandes auf der anderen Seite des Waldes zu einem Fahrzeug kam, das neben einer nahen Straße versteckt war. Zuvor waren sie schon daran vorbeigekommen und hatten daran herumgeschnüffelt. Er kletterte hinein, es begann zu dröhnen, und er fuhr davon.

Ambato bestand darauf, zum Baum zurückzugehen und dort bis zum Morgen zu warten, wo sie wieder besser sehen würden. Sie spähten hinauf und entdeckten ein Bauwerk aus Holz und grünem Material. Es wäre zwischen den Blättern unerkannt geblieben, wenn sie nicht nach einem Zeichen gesucht hätten, daß ein Mensch dagewesen war.

»Nun, jetzt wissen wir es«, sagte Ambato. »Er hat darauf gewartet, daß wir kommen.«

»Wir? Wie hätte er das wissen können?«

»Wenn er nicht auf uns gewartet hat, dann auf ein anderes Geschöpf.«

»Mir ist es nie zuvor in den Sinn gekommen, Bäume nach Menschen abzusuchen«, sagte Elhana sarkastisch.

»Und ich habe noch nie daran gedacht, was ein Fahrzeug neben einer Straße bedeuten kann. Aber jetzt weiß ich es. Es bedeutet, daß Menschen in der Gegend sind. Komm, gehen wir, wir haben alles gelernt, was wir hier lernen können. Andere mögen zu einem Ort wie diesem zurückkehren.«

Wenn hier und da an der Strecke, die sie gewählt hatten, die Beute rar wurde und sie sich einer Stadt näherten, dann suchten sie die Witterung einer Müllhalde, ähnlich der, auf der sie so lange gelebt hatten, und stöberten dort nach Nahrung. Die Städte jagten ihnen jetzt wenig Schrecken ein, und ihre dunklen Unterführungen oder die Läufe von Flüssen und Bächen, die durch die Ortschaften hindurchliefen, boten ihnen einen sicheren Weg. Ambato, der sehr erpicht war zu lernen, wo mit Menschen zu rechnen war und wo nicht, fiel auf, je mehr ein Ort verschmutzt war und stank, desto geringer war die Wahrscheinlichkeit, daß sich dort Menschen aufhielten.

»Sie machen diese Orte, aber sie leben nicht dort und gehen nicht dort hin«, sagte er verwundert. Selbst an den Müllplätzen waren selten Menschen zu sehen, nur ihre großen Maschinen, die tagsüber unaufhörlich hin und her dröhnten, bei Nacht aber tot und still herumstanden.

»Solche Orte sind eine Zuflucht für uns, wenn wir sie brauchen und uns von ihnen nicht vergiften lassen. Das müssen wir uns merken.«

Eines Morgens, als sie über noch felsigeren Boden aufwärts kletterten, wußten sie plötzlich, daß die größeren Städte jetzt hinter ihnen lagen. Sie zogen weiter inmitten der Bergausläufer, die sich in Wälder kleideten und zwischen deren Täler Straßen sich hangaufwärts schlängelten. Sie hatten – besonders bei Nacht – die Empfindung, daß nicht weit vor ihnen sich echte Berge erhoben. Die kalten Winde, die in die Täler hinab zu den Wölfen brausten, schienen die Witterung des

Gebirges mitzubringen, den Duft von Höhe, von Schnee und Felsen, die über die letzten Bäume emporragten, und den erdigen Geruch von Geröll.

Die beiden Wölfe reisten oberhalb der Straßen weiter, verborgen zwischen den Bäumen. Beide waren jetzt gesund und gut in Form. Allerdings bewegte sich Ambato selbst an seinen besten Tagen steifer als damals, als Elhana auf ihn gestoßen war, und nach längerem Klettern atmete er schwerer. Dann schien es ihr auch, sein Pelz sei fahler und dünner als bei Beginn ihres Aufenthaltes in der Stadt, so daß sein Körper eckiger und magerer wirkte. Er glich einem Baum, der im Herbst seine Blätter zur Hälfte abgeworfen hat, während der Rest erst zu welken beginnt, und der dadurch nicht nur das Vergehen der Zeit, sondern auch seine innere Gestalt und Stärke offenbart. Elhana vermutete, daß Ambato die Schmerzen und Qualen des Alters jetzt öfter spürte, und sie bemerkte, wie er sich sein Lager abseits vom kalten Wind der Dämmerung suchte und wie er nach einer Ruhepause steif aufstand und zuckte. Aber sobald die Sonne hell und warm schien, erholte er sich wieder und bewegte sich leichter. Wenn sie einen warmen Platz gefunden hatten, um sich eine Weile auszuruhen, dann war Ambato, in der Sonne badend, in bester Stimmung und erzählte ihr von seiner fernen Jugend im Benevento-Rudel und von einer Wölfin, die er einmal geliebt hatte, deren Namen er aber nie aussprach. Erst jetzt, nach all der Zeit, näherte er sich der Wahrheit, über die sie seit ihrer ersten Begegnung nicht mehr ernsthaft gesprochen hatten: der Tatsache, daß er ihr Vater war und – für Elhana ebenso wichtig – daß er ihre Mutter Lauria geliebt hatte.

»Du hast sie doch geliebt, nicht wahr?« fragte Elhana.

»Nun«, erwiderte Ambato nach kurzem Schweigen, »es ist an der Zeit, daß wir weiterziehen, meine Liebe ... Ja, ich glaube, es ist wirklich Zeit.«

Er wollte nicht so offen über Lauria oder über die Liebe reden, obwohl Elhana sich danach sehnte. Sie wußte, daß Rüden kaum über Liebe sprachen und dieses Wort selten benutzten. Sie war all diese Jahre Leitwölfin gewesen, aber ihr Rudelführer hatte nicht ein einziges Mal zu ihr von Liebe gesprochen. Daß sie aus einer zärtlichen Beziehung geboren worden war, bedeutete ihr viel mehr, als Ambato wußte.

»Ambato! Ambato!« rief sie eines Tages aus, als sie über ihm am Hang durch die Bäume eine Aussicht erblickte, die ihr den Atem nahm. »O Vater, schau!«

Auf ihren Ruf hin kam er den Hang schneller herauf, einen Moment lang alarmiert, aber dann interessiert und neugierig, denn ihre Stimme hatte nicht nach Furcht, sondern nach Staunen geklungen. Er kam zu ihr und schaute wie sie durch die Bäume und über das Flußtal dorthin, wo sich die Landschaft über grünen, weichen Viehweiden öffnete. Dahinter erhoben sich kahle, massive, mächtige weiße Türme aus Felsen. Kalkstein, zerklüftet, rauh, mit Zinnen gekrönt. Tore, die in einem Wolf, sobald er sie gesehen hatte, das Verlangen weckten, sie schnell zu erreichen und mitten hindurch zu ziehen.

»Die Dolomiten«, flüsterte Ambato. Er war sich sicher, was er da sah. »Wir haben sie endlich erreicht. Sie markieren das Ende der Wolfswege aus dem Süden und sind die Tore zum Norden, durch die alle Wölfe Italiens ziehen müssen, wenn sie das ferne Herzland der Wölfe erreichen wollen. Ich hatte nie gedacht, daß ich … Ich hatte nie gedacht …«

Ambato war so bewegt durch das, was er sah, so dankbar, daß Wulf sie so weit sicher geführt hatte, so voller Ehrfurcht, daß er den Kopf senkte und weinte.

»Vater!« rief Elhana, unsicher, ob sie lachen oder weinen sollte, bis sie – selbst überwältigt – beides gleichzeitig tat.

»Genau wie deine Mutter es getan hätte«, sagte er später, als sie einen Ruheplatz gefunden hatten, wo sie über die Reise staunten, die sie bisher vollbracht hatten, und über den Ort, zu dem sie gekommen waren. Wenn das nur eine Etappe auf dem Weg war, welche Wunder erwarteten sie dann im Herzland selbst?

Kapitel 6

Klimt wandert weiter zum Herzland und kommt einem anderen Wolf zu Hilfe

Klimts Wanderung von der Küste der Ostsee nach Osten über die norddeutsche Tiefebene zu den ersten Gebirgen im Binnenland hätte viel schneller vonstatten gehen können. Aber als er erst einmal festgestellt hatte, daß die toten Lande der Menschen für Wölfe sichere Orte waren, sah er keinen Grund, sich zu beeilen.

Zum einen fand er sie unendlich interessant, besonders bei Nacht, wenn die Lichter angingen, und zum anderen waren sie eine gute, sichere Quelle für Beute und Aas. Er entdeckte schnell, daß er nicht der einzige Fleischfresser war, der die toten Lande nutzte – Fuchs, Nerz, Iltis und Dachs waren schon vor ihm hier eingewandert und hatten fest etablierte Reviere.

Manchmal gab es Gebiete, wo die Menschen riesige Gebäude errichtet hatten, in denen es Lärm und Rauch gab und noch mehr Menschen. Manchmal stieß er auf Orte, wo kein Licht schien und keine Menschen waren, und manchmal spähte er durch undurchdringliche Zäune auf ferne Lichter oder sich weithin ausdehnende Dunkelheit.

Es gab viel Wasser in Bächen und von Menschen geschaffenen Kanälen, doch er war vorsichtig und prüfte es erst, bevor er seinen Durst stillte. Oft waren Geruch und Farbe des Wassers bedenklich, und wo er konnte, trank er aus Regenpfützen oder natürlichen Gewässern, obwohl dieses Wasser sich manchmal als schlechter herausstellte und ihn für Tage krank machte. Aber während seine Reise voranschritt, wurden diese Vorfälle weniger, und er vermutete, er gewöhne sich an die Umweltverschmutzung durch die Menschen.

Klimt hatte nie das Gefühl, daß Menschen ihn sahen, und obwohl er einmal oder zweimal Schüsse hörte, so war das doch in weiter Entfernung. Wenn er Menschen in der Nähe hörte, wagte er sich manchmal – immer bei Nacht – zu ihnen, um sie zu beobachten, so gut er konnte.

Er lernte, daß ihre Stimmen hart oder weich sein konnten, daß sie sich selten von ihren Fahrzeugen entfernten und daß ihre Hunde gewöhnlich schwach waren. Er beobachtete und überlegte und fragte sich, warum Wulf sie auf die Erde gesetzt hatte. Sie waren für ihn seltsamer als andere Elemente wie Wind, Feuer, Regen. Sie verformten die Erde und lebten dann nicht an den Orten, die sie geschaffen hatten.

Langsam und neugierig wandernd lernte Klimt mehr und mehr über die Menschen, so daß er erst im Dezember höhergelegene Gebiete erreichte, nämlich das Massiv des Harzgebirges, dessen Natur und Ausdehnung deutlich in den Wolfswegen der Sterne gezeigt wurden. Schon wochenlang hatte er die Berge auf sich zukommen sehen, aber er geriet erst in sie hinein, als er ein Hirschrudel verfolgte, das er beim Äsen im toten Land überrascht hatte und das vor seiner Witterung floh.

Verglichen mit den Bergketten seiner Heimat war der Harz wenig eindrucksvoll, ausgenommen ein großer, runder Gipfel aus härterem Fels am Nordostende des Gebirgsbogens, der sich von Osten nach Westen erstreckte. Aber die Berge waren wenigstens gut bewaldet, und es gab Laubbäume in solchen Mengen, wie er sie bisher nicht gekannt hatte. Da sie jetzt unbelaubt waren, boten sie ihm weniger Schutz vor dem Wetter und den Menschen, als ihm lieb war. Er war froh, Zuflucht in Pflanzungen von Nadelbäumen zu finden, wenn er konnte, obwohl deren gerade Reihen in ihm ein unbehagliches Gefühl weckten. Es verwirrte ihn, daß die Menschen Bäume mit der gleichen starren Genauigkeit anzuordnen schienen wie ihre Straßen. Warum?

Er verweilte nur einige Tage, bis er ein Verlangen nach natürlicherem Hochland verspürte und weiterzog. Er bedauerte es etwas, daß er die toten Lande der nördlichen Ebene weit hinter sich zurückließ. Sein Gefühl sagte ihm jetzt, daß er nicht wieder in tiefer gelegene Gebiete hinabsteigen mußte, denn das Gefüge des Landes war hoch und verlief nach Osten. Er glaubte, daß das Herzland in dieser Richtung lag.

Vorsichtig und beständig wie immer setzte Klimt seine

Reise fort. Bei vollem Tageslicht wagte er sich nur in ein Gebiet, das er schon in der Abend- oder Morgendämmerung erkundet hatte. Er spürte, daß die Reise lang dauern konnte, deshalb bemühte er sich um ein gleichbleibendes Tempo. Jetzt empfand er Ehrfurcht für den Ort, den er zu finden suchte. Drunten in den toten Landen war er für sich allein gewesen. Hier oben, wo die Luft kälter und die Nächte dunkler waren und der Schnee hoch auf den Gipfeln zur Rechten und zur Linken lag, spürte er wieder, daß er Teil eines großen Unternehmens für die Wolfheit war und daß andere schon dorthin unterwegs waren, wohin er zog, so daß er in den verlorenen Schatten anderer wanderte, die ihm voraus waren.

Später konnte sich Klimt nicht an die genaue Route erinnern, der er gefolgt war, denn es ist schwer, sich an Landmarken zu erinnern, deren Namen man nicht kennt und die unter einer Schneedecke verborgen liegen. Aber der wahre Grund dafür war, daß er jetzt immer wieder an seine Eltern dachte und an das Rudel, dessen Mitglied er gewesen war.

Das tat er jetzt ernsthaft und mit Absicht, denn wenn er ein neues Rudel führen sollte, dann war es am besten, er durchdachte, wie er dabei vorgehen mußte und was er aus allem Vorangegangenen lernen konnte. Wenn er jetzt zurückschaute, dann war sein heimatliches Rudel nicht so glücklich oder heiter gewesen, wie es ein Rudel eigentlich sein konnte. Dies schrieb er den Unterschieden zwischen seinen Eltern und ihrem Mangel an Eintracht zu.

»Ein Rudelführer muß die Wölfin akzeptieren, die sich als dominant erweist«, überlegte er, »sonst geht es wie im Fall meiner Eltern und wie bei Elsinor und mir. Beide Male ein Paar von Vagabunden ohne andere Auswahl. Wenn wir in Tornesdal ungestört geblieben wären, dann hätten sich andere Rudelführer und Leitwölfinnen eingestellt.«

Er erinnerte sich an das zunehmende Interesse seines Vaters an seinen älteren Schwestern.

»Vielleicht hätte er ihnen geholfen, Leitwölfinnen zu werden ... Aber dann kann es nicht einen einzigen richtigen Weg zum vollkommenen Rudel geben, und die Vollkommenheit kann auch nicht andauern, denn wir Wölfe wachsen und ändern uns ständig. Also muß ein Rudelführer die Veränderungen kommen sehen oder sogar herbeiführen.«

Solche Gedanken wurden in diesen kurzen Tagen und langen rauhen Nächten des Winters für Klimt fast zwanghaft. Es ist kein Wunder, daß er die Berge, an denen er vorbeizog, und die dunklen Schatten der Fichten kaum bemerkte oder die eisig dahinströmenden Flüsse, die er oft überqueren mußte. Er blickte auf seine eigene kurze Erfahrung als Rudelführer zurück – zuerst nach dem Tod seines Vaters und der anderen, dann von dem Zeitpunkt an, als er Elsinor begegnete – und sah, wie anders er die Dinge hätte tun können, und vor allem, um wieviel vorsichtiger er jetzt sein würde.

»Wenn ein Leitwolf sein Rudel verliert, dann ist er kein Anführer, also steht das Überleben an erster Stelle. Aber das ist erst der Anfang, nicht das Ende. Vielleicht werden Wölfe nicht überleben, wenn sie das Überleben als ihr einziges Ziel sehen.« Das war ein Paradoxon, doch nur das erste von vielen, auf die er noch stoßen sollte.

Eines Morgens trank er von einem dunklen, stillen Teich, dessen Nordrand vereist war. Er sah sein eigenes Spiegelbild und war schockiert. Wie dunkel und undurchdringlich waren sein Gesicht und seine Augen, wie wild, wie ernst. Wie viele Narben trug er, und wie alt erschien er.

»Ist dies das Gesicht eines Wolfes, dem andere folgen werden? Wulf, führe mich! Wulf, lehre mich, denn du bist unser aller Anführer gewesen.«

Manchmal sah er einen Schwarm Vögel mit einem Vogel vorne dran, der allen anderen voranflog, wenn sie eine Wendung machten. Er beneidete sie oder einen Baum auf einer Anhöhe, der höher war als die anderen, und er dachte, so sollte ein Anführer sein.

»Aber warum ich?« fragte er sich, denn er wußte, Führerschaft war nicht leicht oder vergnüglich, obwohl er danach hungerte. Auf diese Frage wußte er keine Antwort, aber wenn er sie sich stellte, dann spürte er Zorn und sah in einem zukünftigen Bild Menschen und sich, Klimt von Tornesdal, wie er ein Rudel dunkler Wölfe gegen sie anführte.

»Die Menschen haben unsere Bäume und unser Land genommen, und jetzt müssen wir beides zurückgewinnen, wenn die Wolfheit wieder stark sein soll. Wulf wünscht es, denn er kommt auf diese Erde, und wir müssen für ihn bereit sein, wenn er kommt!« Solche Gedanken trug Klimt als Last mit sich auf seiner Winterreise.

Im späten Februar bemerkte er einen ersten Hinweis auf andere Wölfe. Damit endete seine lange Periode der Selbstbeobachtung. Nach dem Harz war er in südöstlicher Richtung durch den Thüringer Wald gezogen, bis er das Fichtelgebirge erreichte, jene sterile und öde Verbindung der beiden großen Hochlandketten Mitteleuropas. Im Südosten des Fichtelgebirges nimmt der Böhmerwald den wandernden Wolf durch Böhmen hinab nach Österreich, zum östlichen Ende der Alpen. Aber in nordöstlicher Richtung führen die Wolfswege durch die bitterkalten Regionen des Erzgebirges und dann über zunehmend dunkle und geheimnisvolle Berghöhen zu den großen Karpaten, die schließlich in den unbekannten Süden führen. Dort, wo Meere und Gebirge aufeinandertreffen und die Flüsse ins Landesinnere strömen und wo die Geschichte älter sein soll als selbst die Zeit.

Davon wußte Klimt nichts, doch als er in Richtung der Tiefen und Schatten des Erzgebirges witterte, spürte er Gefahren für die Wölfe und ihre vergangenen Mysterien, Tragödien und verlorenen Triumphe. Er fühlte, daß dies der Weg war, den er gehen mußte. Das Hochland, auf das er stieß, war verunstaltet und verlassen von Menschen, die jahrhundertelang ihren Weg in die Bergflanken gehackt und gegraben hatten. Diese alten Minen und Stollen und die dazugehörigen Abraumhalden waren überwachsen von Wurzeln und generationenlangem Pflanzenwuchs. Viele waren eingestürzt und völlig verschwunden. Doch als Klimt seinen Weg nach Nordosten suchte, fand er tiefere Stollen, die seit Jahrzehnten außer winzigen Säugetieren niemand mehr betreten hatte, und er benutzte sie als Orte der Zuflucht und der Rast. Ein Reiz dieser Stollen lag genau darin, daß sie von den Menschen angelegt worden waren und nur einen älteren Teil der toten Lande darstellten, die er kennengelernt hatte – aber dieses tote Land war nicht länger tot. Die Menschen waren hier gewesen, hatten gerodet und gegraben und getötet. Doch im Verlauf der Jahrzehnte war das natürliche Leben wiedergekehrt. Die Menschen waren nicht unbesiegbar, die Zeit und der Glaube an ihre Zerstörung waren mächtiger als sie.

So kam es, daß Klimt im Erzgebirge das mächtige Gefühl hatte, er befinde sich an einem Ort, wo die Wolfheit schon früher gelebt hatte. Hier, so fühlte er, waren Anfänge gewesen. Hier hatten Wölfe gelebt, bevor die Menschen kamen.

Während Klimt dahinzog, empfand er die Traurigkeit, den Zorn und die Ehrfurcht, die jedes Lebewesen empfindet, wenn es sich dort aufhält, wo seine Vorfahren vernichtet wurden. Manchmal konnte er sich bei Nacht vorstellen, wie zahlreiche Wölfe auf den Bergen und in den Tälern lebten und wie ihr Geheul wie große rächende Adler in der Dunkelheit aufstieg. In solchen Augenblicken war es nicht schwer für ihn zu glauben – zu wissen –, daß eines Tages Wölfe an diesen altehrwürdigen Ort zurückkehren würden und daß er nur der Vorläufer der Rudel war, die wiederkehren würden.

Genau in einer solchen Stimmung der wehmütigen Erinnerung an das Vergangene, des Zorns über das, was hätte sein können, und der Hoffnung auf das Zukünftige spürte er, daß ein Wolf oder mehrere Wölfe diesen Weg kürzlich genommen hatten. Die Zeichen waren vermischt und beruhten bloß auf schwacher Witterung und vertrockneter Losung in einem der Stollen, die er betrat.

Klimt wußte nicht, wie alt diese Zeichen waren, noch welches Geschlecht der Wolf gehabt hatte oder ob wirklich mehr als einer hier gewesen waren. Die Losung innerhalb des Stollens konnte bedeuten, daß der Wolf alt und sterbenskrank gewesen war oder sich vor den Menschen versteckte. Eines war jedoch sicher: falls er diesem Wolf begegnen sollte, so würde er ihn an seinem Geruch erkennen.

Er durchstöberte den Boden außerhalb des Stollens, wobei er keine Hoffnung hegte, auf dem schneebedeckten Boden selbst Zeichen zu finden, sondern sehen wollte, ob es andere

Stollen oder Grabungen in der Nähe gab, die ihm mehr Aufschlüsse geben würden. Doch es gab keine.

Als er zum ursprünglichen Stollen zurückkehrte, wie wenn er Abschied nehmen wollte von dem Wolf, der dort gewesen und wieder gegangen war, da spürte er auf seinem Gesicht einen Luftzug aus dem Inneren des Stollens, aus dem Teil, in den er nicht vorgestoßen war. In der Nähe dieser Grabungen und Schächte war er vorsichtig, denn wenn ein Wolf da um eine Ecke bog und in die Dunkelheit vorstieß, konnte er sich plötzlich vor gefährlichen Steilabfällen oder eisigen Tümpeln wiederfinden.

Voller Neugierde ging er weiter, bis das Licht trüb wurde und der Eingang hinter ihm verschwand. Bei jedem Schritt schwor er sich umzukehren, doch als er fast so weit gegangen war, wie er wollte, machte der Stollen plötzlich eine Biegung nach rechts. Die kalte Brise legte den Gedanken nahe, daß es irgendwo weiter vorn einen Ausgang gab. Klimt hörte seltsame, ferne Windgeräusche und ein gelegentliches Rascheln und Knacken, das einen weniger mutigen Wolf beunruhigt hätte. Aber Klimt witterte keine Gefahr, überhaupt kein Leben und vermutete, daß die Geräusche von etwas kamen, das lose hing und vom Wind geschüttelt wurde.

Er spähte um die Biegung und sah einen Lichtschimmer, hörte das Tröpfeln von Wasser, platschte durch eine Reihe von kalten Pfützen und bog um eine zweite Ecke, hinter der er die Lichtquelle entdeckte. Ein Schacht ging durch die Stollendecke nach oben ins Freie. Dort oben konnte er durch ein Pflanzengewirr den bleichen Himmel sehen. Wurzeln und Pflanzen hingen in den Schacht herab, raschelten und kratzten im Wind.

Aufgrund des plötzlichen Lichteinfalls erschien die andere Seite des Stollens nun wie eine feste Mauer aus Dunkelheit. Deshalb sah Klimt den Rand eines kurzen, aber senkrechten Steilabfalls erst, als er ihn erreicht hatte. Klimt spürte plötzlich keinen Wunsch mehr weiterzugehen. Er wollte sich gerade umdrehen und zurückgehen, als ihm ein bleicher Schimmer unten in der Grube ins Auge fiel. Er starrte hinab, bis sich seine Augen völlig an das trübe Licht gewöhnt hatten. Erst dann sah er die bleichen, grünweißen Knochen – das Rückgrat, die Rippen, das Gewirr von Schenkeln und Schienbeinen, den Schädel mit den hohl starrenden Augen –, die dort unten in der Dunkelheit lagen: Überreste eines Wolfes.

Klimt überkam tiefe Traurigkeit. Er hatte gehofft, der Wolf wäre lebendig und er könnte ihn vielleicht einholen. Doch da lag er, tot, dahin, unbekannt. Klimt zitterte und empfand dann eine noch größere Entschlossenheit weiterzuziehen und lebende Wölfe zu finden, um sie zu führen. Es würden noch viel mehr sterben, bevor seine Suche vollendet war.

Der Wind raschelte bitterkalt über ihm, während er weiter hinabstarrte und den vertrockneten und verwickelten Pelz wahrnahm, dessen graue Haare den Glanz verloren hatten, aber in einem unterirdischen Luftzug zitterten.

Es war nicht schwierig zu verstehen, was geschehen war. Der Wolf war in die Grube gefallen, aus der er nicht mehr herausklettern konnte, und war verhungert. War er tödlich erkrankt gewesen oder von einem Schuß der Menschen verstümmelt? Hatte er nicht gewußt, wo er herumwanderte? Hatte er versucht, sich zu verstecken, und gedacht, er könne wieder herauskommen? Oder – und hier schaute Klimt an der Grube vorbei zur Fortsetzung des Stollens – hatte der Wolf gehofft, einen anderen Fluchtweg zu finden, oder war er einfach ausgerutscht?

Noch während Klimt hinabschaute, begann der feuchte Boden am Rand der Grube unter seinen Vorderpfoten nachzugeben, und einen kurzen, schrecklichen Augenblick lang schienen die Grube und die Wolfsknochen ihm entgegenzukommen. Klimt wandte sich halb um, machte einen Buckel und krabbelte zurück in die Sicherheit. Er sprang zurück ins Licht und keuchte vor Anstrengung, bevor er anhielt und völlig reglos stehenblieb. Er starrte wieder in den Stollen zurück, durch den er gekommen war, doch mit seinem inneren Auge sah er etwas, das er flüchtig in der Grube unter dem Wolf erblickt hatte. Eine Gestalt, die ihn schockierte, eine Gestalt, die er kannte. Er hatte gesehen, was den ersten Wolf veranlaßt hatte, in die Grube zu schauen, und wie dieser

Wolf hatte er angefangen zu rutschen, doch er hatte mehr Glück gehabt.

Klimt wandte sich um, stahl sich mit unendlicher Vorsicht vorwärts und spähte erneut in die gefährliche Grube, um zu sehen, was er, wie er dachte, so flüchtig erblickt hatte. Unter dem Wolf, halb im Boden begraben, doch von einem stumpfen, phosphoreszierenden Grün, dort, wo es heraustrat, lag das Skelett eines Menschen. Schädel, Rückgrat und die langen, dünnen Armknochen. Ein toter Mensch, ein toter Wolf, beide dem Untergang geweiht, beide im Inneren der Erde versunken und vergessen.

»Großer Wulf«, flüsterte Klimt, »gib, daß beide den Wolfsweg zu den Sternen gekannt haben und jetzt den Frieden kennen, den nur die Götter geben können.«

Das Gebet hatte er schnell und instinktiv gesprochen. Erst später, als er sich von dem seltsamen, beunruhigenden Anblick abwandte und dankbar zum Ausgang des Stollens ging, begann Klimt über die Bedeutung seiner Worte nachzudenken.

»Warum sollte ein Wolf für einen Menschen beten? Und doch habe ich es getan!« murmelte er vor sich hin, unfähig, sich von dem Bild der Lebewesen loszureißen, die im Leben getrennt gewesen, aber im Tod beisammen waren, und die sicher mit der Zeit eins werden würden. »Wulf, warum hast du mir das gezeigt? Warum?« Er fand keine Antwort, und nur langsam wich der beunruhigende Schatten dessen, was er gesehen hatte, dem Gefühl der Ermutigung darüber, daß er ein Anzeichen für die Anwesenheit von Wölfen gefunden hatte. Auf dem Weg, den einer gekommen war, würde er noch mehr finden. Dieser Gedanke und die ersten Regungen des Frühlings in den Pflanzen auf den niedrigeren, nach Süden verlaufenden Hängen gaben Klimt neuen Lebensmut, während er seine Reise fortsetzte.

Einige Tage später, als er sich der Nordspitze des Erzgebirges näherte und die Hügel zum Tal der Elbe hin abfielen, erwachte Klimt eines Abends aus tiefem Schlaf. Es kam ihm vor, als hörte er einen Wolf heulen.

Es war nicht das erste Mal. Der Traum war immer der gleiche: Elsinor rief ihn um Hilfe, als der Mensch zu schießen begann. Doch diesmal gab es keinen begleitenden Traum, nur das Gefühl, ein heulender Wolf aus der wachen Welt habe ihn aus dem Schlaf gerufen. Als er dann hochgescheucht und hellwach war, empfand Klimt das gleiche Gefühl, gerufen zu werden, das er einmal in Tornesdal erlebt hatte. Er brauchte keine zweite Aufforderung, um zu antworten.

Er stand auf und bemerkte, daß der Wind sich ostwärts gedreht hatte. Der Himmel war ungewiß, und die Bäume schwankten unruhig. Da er gezwungen gewesen war, in tiefer gelegenes Gelände hinabzusteigen, hatte er den Schutz der Tannen verlassen und war zwischen Weißbuchen hindurch in einen Eichenmischwald gezogen. Weit, weit drunten am Hang konnte er durch die nackten Bäume die Lichter einer Menschenstadt sehen, dahinter den weiten Bogen des Flusses.

Bevor er sich nach Osten wandte, hatte er nur einen Augenblick lang nachgedacht. Wenn es einen Laut gegeben hatte, dann müßte er ihm aus dieser Richtung zugetragen worden sein. Während er lief, witterte er am Boden entlang, der hier weniger eisig war als an den höheren Hängen, obwohl der Schnee tief genug war und an manchen Stellen große Wehen gebildet hatte. Er lief schnuppernd umher, um auf irgendeine Duftspur zu stoßen. Vielleicht gab es eine, und sie war ihm zuvor entgangen. Oder auch die Witterung und die Laute des Lebewesens, von der sie stammte, denn als er sich für einen Tag in sein Versteck gelegt hatte, war der Wind aus der entgegengesetzten Richtung gekommen …

Plötzlich fand er die Witterung von Menschen und Hunden und dann ihre Fährte. Er folgte ihr kurz, wobei er sich an den Geruch der Hunde hielt, da dieser leichter zu deuten war. Stunden alt, hangaufwärts, zwei Hunde, zwei Menschen. Er fand in geringer Entfernung die Spur, der sie folgten: die Fährte eines Wolfes. Eines Einzelgängers. Es gab kein Zeichen für weitere Wölfe. Ein alter oder müder Wolf – ein Wolf in Not. Diese Spur war ebenfalls Stunden alt. Menschen, die jagten, ein Wolf, der gejagt wurde – die alte

Geschichte, doch eine Geschichte, die ein Jahrtausend gebraucht hatte, um ein neues Ende zu finden.

Er begann der Fährte zu folgen, dann blieb er plötzlich stehen und dachte nach. Wenn er das Geheul eines Wolfes gehört hatte, so bedeutete das, daß es in der Nähe gewesen sein mußte, wahrscheinlich nicht weit weg von dieser früheren Fährte. Er verließ die Spur und suchte in der Umgebung weiter. Dann und wann blieb er stehen, um zu lauschen, konnte aber in dem tobenden Wind, der zwischen den Bäumen einherfegte, nicht viel hören. Er beschleunigte seinen Schritt und ging gelegentlich auf seiner eigenen Fährte zurück, um entsprechende Stellen ein zweites Mal zu untersuchen, obwohl das Licht noch gut genug war, um Spuren zu sehen und Witterung aufzunehmen.

Dann fand er so plötzlich, wie er die erste Fährte gefunden hatte, eine zweite. Sie war frisch und roch eindringlich nach Angst. Es war die Witterung desselben Wolfes. Klimt vergewisserte sich schnell, daß ihn dieselben Menschen und Hunde verfolgten, deren Spuren schon zuvor im Schnee und im am Boden liegenden Laub zurückgeblieben waren. Dann folgte er der Fährte des Wolfes.

Auf die erste Blutspur stieß er durch die Witterung – ein Fleck auf einer Baumwurzel. Die zweite war schlimmer. Frisch und rot wie wilde Rosen war das Blut über den Schnee gesprenkelt, wo der Wolf in seiner Hast und seiner zunehmenden Schwäche gegen den Stamm eines jungen Baumes gerannt und umgefallen war. Hier war der Geruch von Angst sehr stark. Aber nicht nur Angst – ebenso Zorn und Entsetzen und Entschlossenheit, denn obwohl der verletzte Wolf hingefallen sein mußte, zeigten die Spuren, daß er trotz seiner Verletzungen aufgesprungen und den Hang hinabgesprungen war. Doch es war mehr als das. Dies war die Witterung des Wolfes, auf den er in den Höhlen gestoßen war und von dem er angenommen hatte, es sei der Tote gewesen. Hoffnung und Entschlossenheit meldeten sich in seinem Herzen. Der Wolf hatte nach anderen gesucht wie Klimt selbst. Jetzt brauchte er Hilfe.

Ohne auch nur einen Augenblick zu zögern oder zu zweifeln, folgte Klimt hangabwärts der Fährte und war so schnell hinter dem Wolf und dessen Verfolgern her, als hätte er eine Beute in Sicht.

Bald wurde die Witterung frischer, und Klimt merkte, daß der Wolf absichtlich in Schlangenlinien lief und Baumwurzeln oder umgestürzte Stämme benutzte, um die Spuren zu verringern, während er an anderen Stellen gewagt hatte, sich im Kreis zu bewegen, um die Hunde stärker zu verwirren. Erst als er noch mehr frisches Blut fand, hörte Klimt endlich die Jagd durch die Bäume unten am Hang stieben. Die Hunde bellten und kläfften, als hätten sie endlich ihre Beute gefunden. Er verließ die Fährte und lief allein den Geräuschen nach, sprang in großen Sprüngen den Hang hinab und umrundete alle Hindernisse, die sich ihm in den Weg stellten. Er schwenkte auf die dem Wind abgewandte Seite, doch nur soviel, daß er nicht durch Geruch oder Geräusch zu früh entdeckt würde – für ein raffinierteres Vorgehen war keine Zeit. Und dann hatte er sie eingeholt. Während der erste Hund spürte, wie er sich näherte, hatte Klimt gerade noch Zeit, die Szene wahrzunehmen und zu entscheiden, was er tun sollte.

Der Wolf, ein schmächtiger Jungwolf von weniger als drei Jahren, hatte sich schließlich umgedreht und sich den Menschen und Hunden gestellt. Im Rücken war er geschützt durch einen umgestürzten Baum und dessen aufragende Wurzeln. Auf der einen Seite ging der Wald weiter, auf der anderen senkte sich der Waldboden zum Bett eines kleinen Baches ab, der zwischen schneebedeckten Ufern dahinfloß.

Als Klimt ankam, sah er, daß einer der Menschen ein glitzerndes Gewehr auf den Wolf richtete, genau wie einst ein Gewehr auf seine Elsinor gerichtet worden war. Ein Gewehr, dessen Schuß sie getötet hatte. Das war der endgültige Ansporn zur Tat. Mit einem leisen und gefährlichen Knurren raste Klimt an dem Hund vorbei, der ihn gesehen hatte, und landete hart auf den Schultern des Menschen. Der stürzte um, sein Gewehr flog davon. Bevor der zweite Mensch und der andere Hund begreifen konnten, was geschehen war, lief Klimt über Kopf und Schultern des ersten Menschen hinweg zurück und riß am Arm des zweiten, zog ihn herum, bis er das Gleichgewicht verlor, und schleuderte ihn das Bachufer hinab in Schnee und fließendes Wasser.

Nur ein Hund hatte den Mut, sich Klimt zu stellen. Auf diesen ging er wild los. Er spürte, wie sein Rachen sich spannte und seine Zähne knackten, als er den Kopf des Hundes packte und ihn schüttelte. Der Hund brach zusammen. Klimt brauchte nur seine blutigen Zähne zu fletschen, damit der andere Hund sich zurückzog und unterwürfig winselte.

Nachdem er sich so einen kurzen Moment des Vorteils geschaffen hatte, wandte sich Klimt schließlich an den Wolf, dessen Leben er gerettet hatte, und befahl ihm: »Folge dem Bach abwärts, so gut du kannst. Entferne dich nicht weit von ihm. Antworte auf meinen Ruf, wenn du mich hörst, damit ich dich wiederfinden kann. Los!« Doch als der Wolf stehenblieb und ihn stumm staunend anstarrte, näherte sich Klimt ihm, blickte ihn so wild an wie die Menschen und die Hunde und brüllte: »Los!«

Der Wolf brauchte keinen dritten Befehl, sondern rappelte sich mit neuem Lebensmut auf die Beine, rannte hangabwärts in den Bach und verschwand in einer Wolke aus Schnee und Gischt.

Auch Klimt zögerte nicht länger. Der erste Mensch lag noch auf dem Boden, griff aber nach dem Gewehr. So ging er noch einmal auf ihn los, knurrte und riß an seinen Kleidern. Klimt wollte ihn nicht töten und spürte, daß die Kleider nur tote Umhüllungen waren, wie alter Efeu an einem Baumstamm, denn er schmeckte kein Blut, als sie entzweigingen, obwohl er den Körper des Menschen darunter spürte. Der Mensch stand taumelnd auf, wandte sich von Klimt ab und schrie. Dabei stank er nach Angst. Das Gewehr war außerhalb seiner Reichweite.

Klimt setzte den Angriff fort. Er wollte nur, daß die Menschen flohen. Den Menschen würde er keinen Schaden zufügen, nur die Hunde würde er töten, wenn er mußte.

Der zweite Mensch war wieder auf den Beinen und hatte das Bachbett verlassen. Er hatte sein Gewehr nicht aus den Händen verloren und versuchte es jetzt auf Klimt zu richten, als der Wolf wieder auf ihn losging, mit aller Macht, so daß Mensch und Wolf um sich schlagend in den Bach fielen. Das Gewehr klatschte ins Wasser, der Mensch schrie auf, kroch weg und rannte los. Klimt wandte sich wieder dem ersten zu. Der hörte erneut das leise Knurren, sah die gefletschten Zähne und das gefurchte Gesicht, wandte sich um und floh hinter dem anderen her, stapfte hinab in den Bach und stürmte durch die Bäume davon.

Klimt folgte ihm, einen der Hunde an seinen Fersen, schnappte und hetzte die beiden Menschen, bis sein Kampftrieb nachließ. Dann wandte er sich schließlich um und befaßte sich mit dem sterbenden Hund. Zwei schnelle Bisse, ein wildes Schütteln, und der Hund lag blutend und zitternd im Schnee.

Es war vorbei. Die Menschen waren schon nicht mehr zu sehen. Der Hund stieß kurze Todesschreie aus, von irgendwo weiter oben war das jämmerliche Winseln des anderen zu hören.

Einen Augenblick lang war Klimt still und atmete schwer. Er spürte, daß sein Maul wund war und daß sich zwei Zähne gelockert hatten. Dann hob er den Kopf, sammelte sich noch einmal und kehrte zu der Stelle zurück, wo der Kampf begonnen hatte. Er ging zu dem Bach, platschte hinein in das kalte, belebende Fließen und folgte dem anderen Wolf hangabwärts, wobei er soviel wie möglich im Wasser blieb, um keine Witterung zu hinterlassen.

Der andere Wolf hatte einen großen Vorsprung gewonnen, und erst auf sein drittes sanftes Heulen hin bekam Klimt eine Antwort. Inzwischen ging die Abenddämmerung in Dunkelheit über. Hangabwärts leuchteten jenseits der Bäume feste Menschenlichter, und das Gelb und Rot von Autos auf einer Straße war zu sehen. Doch die Schneedecke spendete noch genügend Helligkeit, um Dinge in der Nähe zu sehen. Da Klimt wieder zu Atem kommen wollte, trottete er die letzte Strecke langsam bis zu der Stelle, wo der Wolf mitten im Bach auf ihn wartete.

Als dieser Klimt aus der Dunkelheit auftauchen sah, wilferte er zuerst sanft, dann senkte er Kopf und Schwanz unterwürfig und wartete. Klimt trat zu ihm und stellte sich so, daß er mit seiner Flanke die Schnauze des Wolfes berührte, aber er nahm diese Stellung der Dominanz nur wenige Augenblicke ein und verstärkte sie nicht mit einem Laut oder aggressiverem Verhalten. Es ging alles schnell und elegant, und als es vorbei war und sie einander in die Augen schauten, wußten sie, wer von ihnen der Stärkere war, aber beide gaben sich voller Stolz.

»Das war knapp«, sagte der junge Wolf lakonisch mit reumütigem Humor und Dankbarkeit in den Augen.

Klimt schaute ihn an und war nicht ganz sicher, was der andere meinte. Es war so lange her, daß er mit einem anderen Wolf gesprochen hatte. Er hatte fast vergessen, wie das ging, und Leichtfertigkeit war das letzte, woran er gewöhnt war.

»Wie heißt du, Wolf?«

»Ich bin Tervicz vom Bukov-Rudel«, sagte der junge Wolf. Obwohl er es so leichthin sagte, lag eine Myriade Schatten und Träume hinter diesen Worten – und die Geschichte, wie ein so junger Wolf hierhergekommen war und noch dazu allein.

»Bukov«, überlegte Klimt. Er kannte natürlich den Namen des Rudels. Wer kannte ihn nicht? In einem Punkt waren sich die Legenden sicher. Es war ein Bukov-Wolf gewesen, der vor dem Beginn des dunklen Jahrtausends als letzter die Route durch das Herzland zum Wulfsfelsen und zurück gefunden hatte. Und es war auch ein Bukov-Wolf gewesen, der die sagenhaften Wölfe der Zeit ausgeschickt hatte, so wie es einer aus diesem Rudel sein sollte, der in zukünftiger Zeit Wölfe zurück zum Wulfsfelsen führen würde …

All dies wußte und überdachte Klimt, als er auf den fremden Wolf blickte, dessen Leben er gerettet hatte – und er war enttäuscht. Der Wolf war nicht bemerkenswert und hatte keinerlei Ähnlichkeit mit jenem legendären Bukov-Wolf, der durch die Landschaft seiner Phantasie geschritten war, als seine Eltern ihm die alten Geschichten vorgeheult hatten.

Klimt sagte einfach: »Nun denn, Tervicz vom Bukov-Rudel, ich bin Klimt von Tornesdal im Norden. Sag mir, wie ist es gekommen, daß du so weit von deinem Rudel getrennt bist?«

»Möchtest du die lange oder die kurze Antwort hören?« fragte Tervicz, wobei die Schnoddrigkeit seine Empfindungen verbarg.

Genau wie Klimt zuvor war jetzt Tervicz enttäuscht, denn während Klimt zu ihm sprach, hatte er auf der Stelle etwas verstanden, das er in all den langen Monaten seiner Suche nicht bedacht hatte. Die Wölfe der Zeit würden vielleicht nicht wissen, was sie waren, denn sonst wäre der Wolf aus dem Norden bei dieser Begegnung herzlicher gewesen, als er hörte, daß der Jungwolf zum Bukov-Rudel gehörte.

»Was tust du hier?« fragte Klimt ungeduldig, denn er war an keine Art von Wortgeplänkel gewöhnt, am allerwenigsten an Gerede über lange oder kurze Antworten. Er wollte die Wahrheit wissen, damit er entsprechend entscheiden konnte, ob sie zusammen weiterreisen würden. In jedem Fall sollten sie diesen gefährlichen Ort so schnell wie möglich verlassen.

»Ich war auf der Suche nach einigen Wölfen«, begann Tervicz vorsichtig. Während er es sagte, spürte er, daß er zuviel preisgab.

»Was für Wölfe?« fragte Klimt und schaute mißtrauisch um sich.

»Ich glaube, du bist vielleicht einer von ihnen«, lautete die seltsame Antwort.

»So, so!« murmelte Klimt, entspannte sich und verstand Tervicz völlig falsch. Der Wolf wollte Gesellschaft, das war alles – aber warum nicht? Es ging ihm genauso, und dieser Wolf konnte ihm vielleicht nützliche Aufschlüsse über den Weg geben, der vor ihm lag. Vielleicht konnte er ihm sagen, ob es hier in der Gegend irgendwelche Rudel mit Revieren gab. Auch wäre es vielleicht sicherer, einen Gefährten zu haben.

»Komm, Wolf, wir müssen fort von hier, und es ist vielleicht besser, wenn wir diese Gegend überhaupt verlassen …« sagte Klimt. »Du kannst mir unterwegs von diesen Wölfen erzählen, die du suchst, und warum du meinst, ich sei einer von ihnen. Danach werden wir entscheiden, was wir tun sollen und ob wir zusammenbleiben oder uns trennen.«

Klimt lächelte nicht, und der Ton seiner Stimme klang nicht gerade ermutigend. Alles weitere konnte warten.

Klimt wandte sich um und lief los. Tervicz folgte ihm in einer gewissen Entfernung. Für einen Beobachter hätte es keinen Zweifel gegeben, wer der Anführer war und wer der Geführte. Doch Zweifel hätte bestehen können, wer von beiden seine Zukunft klar und ohne Angst sah und welcher Wolf noch einen langen Weg gehen mußte, um seine Bestimmung zu verstehen. Nicht immer sind die Leitwölfe mit der deutlichsten Sicht begnadet.

Kapitel 7

Klimt und Tervicz tun sich zusammen,
um gemeinsam ihre Reise fortzusetzen,
begegnen jedoch den madjarischen Wölfen

In den kalten, dunklen Tagen, die folgten, während Klimt und Tervicz nach Südosten über die hohen Pässe und durch die Wälder der Sudeten zogen, zeigte sich, daß sie wenig Zeit und – genauer gesagt – wenig Lust zum Reden hatten. Vielleicht spürten beide, daß das echte Gespräch später kommen würde, wenn zwischen ihnen Vertrauen entstanden war und der Zweck ihrer Reise deutlicher wurde. Der Weg war hart, die Beute rar, und das unübersichtliche und zerklüftete Terrain, in das sie jetzt kamen, mit seinen älteren Laubwäldern und den hoch gelegenen Sommerweiden der Menschen, erschien dem an Kiefern und Seen Schwedens gewöhnten Klimt seltsam und beunruhigend.

Wilde Beutetiere, wie sie in den vorausgegangenen Wochen greifbar gewesen waren, vor allem Kaninchen und niedere Säugetiere, waren immer schwerer zu finden. Die größeren Tiere, deren Witterung sie aufnahmen, waren vor allem Hirsche, aber deren Rudel und Einzelgänger stiegen immer höher in die Berge hinauf, fort von den Wölfen, oder hinab in die Gegenden der Menschen. Tervicz warnte Klimt, den Hirschen dorthin zu folgen.

»Wir dürfen die Menschen nicht wissen lassen, daß wir hier sind«, sagte er ängstlich, »sonst kommen sie mit Fahrzeugen, zu Dutzenden.«

Klimt nickte ernst und stimmte zu. »Es ist bestimmt zu früh, uns den Menschen zu stellen – einstweilen ist es besser, still und zurückgezogen zu bleiben, wie es die Wölfe so viele Jahrhunderte getan haben. Aber eines Tages, Tervicz, werden wir ihnen widerstehen müssen.«

Es schien seltsam, daß ein Wolf so etwas sagte. Klimts Worte unterschieden sich so radikal von allem, was Tervicz jemals gedacht oder gehört hatte, daß er sich fragte, ob er richtig verstanden habe. Aber etwas war offenkundig, und es war schockierend und erregend: Klimt hatte keine Angst vor den Menschen. Wie ein Anwärter auf die Führerschaft eines Rudels wartete er bezüglich der Menschen den rechten Augenblick ab. Nun denn, er war in der Tat ein ungewöhnlicher Wolf.

Über solche Dinge dachte Tervicz nach, während sie in eine zunehmend bitterkalte Winterlandschaft reisten, in der sogar Aas schwerer zu finden war. Die kalten Winde schienen alle kranken Tiere seit langem aus dieser Gegend vertrieben zu haben, oder sie waren schon verendet, und Füchse und Wildkatzen hatten sie genommen. Damit blieben nur die Straßenränder und deren Opfer übrig sowie einige der tiefer gelegenen Felder, wo sie manchmal ein erst kürzlich verendetes Schaf fanden, einmal sogar ein Pferd. Zu seiner Überraschung entdeckte Tervicz, daß er im Finden solcher Nahrung besser war als Klimt, was der nordische Wolf bereitwillig zugab.

»Nun gut, Wolf«, sagte Klimt nach einem erzwungenen Fasten von drei Tagen, das erst endete, als Tervicz auf einem langen Umweg bestanden hatte, weil er zutreffend spürte, daß er Nahrung finden würde, »du kannst den zerrissenen Kadaver eines Kaninchens aus dem Nichts heraus wittern und die zerstreuten schwarzen Federn einer abgeschossenen Saatkrähe aus noch weniger, und du hast zwei der drei verendeten Schafe gefunden. Was dieses Pferd hier angeht ...«

Klimt riß einen weiteren Streifen Fleisch von dem Tier ab, bevor er Tervicz seinen Platz überließ.

»Das ist eine Fertigkeit, die mich mein Vater gelehrt hat«, knurrte Tervicz mit vollem Maul, »und sie hat uns allen viele Male das Leben gerettet.« Er sagte dies bescheiden, aber es schmeichelte ihm, so gelobt zu werden. Er konnte diesen nordischen Wolf nicht ganz verstehen, der manchmal so schweigsam und oft so streng war, manchmal großzügig mit seinem Lob und oft bereit, auf das zu hören, was Tervicz versuchsweise als Bemerkung oder Rat anbot, wo Zcale überhaupt nicht zugehört hätte.

»Nicht zuviel, iß niemals zuviel«, sagte Tervicz, als Klimt kam und noch mehr holen wollte. Klimt war auch nicht daran gewöhnt, daß es notwendig war, ihre Beutestellen als die anderer Tiere zu tarnen.

»Wenn wir unsere Beute so fressen, wie es Wölfe gewöhnlich tun, dann wissen die Menschen, daß wir hier gewesen sind. Es ist besser, als Fuchs oder Dachs oder Wildkatze zu erscheinen, denn dann suchen sie diese Tiere und nicht uns.«

»Und unsere Pfotenabdrücke? Und unsere Losung?« fragte Klimt, der an eine solche Lehre nicht gewöhnt war und sie nicht mochte. War er auf Wulfs Weisung hin aus seinem Land geflohen und hatte er diese Wanderschaft begonnen, nur um einen Fuchs nachzuahmen?

»Losung muß vergraben werden, oder man muß sie in einem Wasserlauf loswerden ...« sagte Tervicz, wobei er die Worte genau so aufsagte, wie er sie gelernt hatte.

»Wasserläufe verschmutzen ...« knurrte Klimt angewidert. »Welcher Wolf hat dich solche Sitten gelehrt, oder liegt es daran, daß du zu lange allein gewesen bist? Wir sollten das Revier, das wir nehmen, markieren, selbst wenn wir nur vorüberziehen.«

»Markieren und sterben! Das hat mein Vater mich gelehrt!« versetzte Tervicz beleidigt. Er wurde plötzlich heftig und verteidigte das Andenken seines Vaters, der trotz allem soviel getan hatte, um ihnen beim Überleben zu helfen. Dies war Tervicz in den langen Monaten bewußt geworden, seit er die Wölfe der Zeit hergeheult hatte und zu seiner Suche nach anderen Wölfen und dem Herzland aufgebrochen war. Er knurrte Klimt an, obwohl der viel kräftiger war als er, bis der Ältere die Stirn runzelte und mit einem feinen Zucken seines Schwanzes Tervicz dazu brachte, sich zurückzuziehen und unterwürfig dreinzublicken.

»Was ich weiß, haben meine Mutter und mein Vater mich gelehrt. Wir haben überlebt, nicht wahr? Die Menschen in unserer Heimat gehörten zu den ersten Wolfstötern, und sie waren mörderisch geschickt. Wir mußten lernen, und wir vom Bukov-Rudel haben am besten gelernt, denn in dem Gebiet, das wir uns gewählt hatten, haben wir allein überlebt. Wie viele andere Rudel gingen verloren! Welche Wölfe durchstreifen jetzt euer nordisches Land?« Er zögerte und fügte dann entschuldigend hinzu: »Aber du bist jetzt mein Führer, und ich werde allein deinem Befehl folgen. Du bist mir Vater und Mutter, du …«

»Alle Menschen sind Wolfstöter«, unterbrach ihn Klimt mit einer nüchternen Sanftheit. Er sah ein, daß er gefühllos gewesen war. Jetzt bereitete es ihm eher Freude als Ärger, daß Tervicz seine eigene Sippe hatte verteidigen wollen. Das verhieß Gutes für die Zukunft, und im übrigen hatte dieser Wolf vielleicht am Ende recht. Er selbst, Klimt, mußte viel lernen, als Rudelführer wie als Wolf. »Tervicz, du hast recht, wenn du das tust, was man dich gelehrt hat, bis ein anderer Weg sich als besser erweist. Und wenn ich auch vielleicht dein Anführer bin, so bin ich doch nicht dein Vater oder deine Mutter. Schließlich sind dies Wulf und Wulfin, und sie allein … Ich übernehme die Last der Führerschaft nur, bis ein anderer kommt, der stärker ist, aber die Götter sind immer da. So war es, so ist es und so wird es immer sein.«

Er fiel in Schweigen und schaute den schwächeren Wolf an. Er freute sich, als er sah, daß dessen Ärger über die beiläufige Herabsetzung seines Geburtsrudels und seiner Eltern sich gelegt hatte.

»Wir werden weiterhin über diese niedrigeren Pässe nach den Methoden ziehen, die du anordnest«, sagte er schließlich und stellte so Tervicz' Stolz und Selbstvertrauen wieder her, »und ich werde dir vorerst ohne Frage folgen. Du scheinst diese Art Land und seine Menschen besser zu kennen als ich. Bis jetzt sind wir gewandert, ohne übermäßig viel zu reden. Aber wir sind uns darüber einig, daß wir beide das Herzland suchen. Das ist klug. Wölfe brauchen Zeit, um Vertrauen zu schaffen. Erfolgreiche Rudel brauchen vor allem Vertrauen und Loyalität, wenn sie überleben wollen, noch vor Stärke, Anzahl und sicherlich ...« Er schwieg einen Moment und erinnerte sich an eine bestimmte andere Eigenschaft, die er schätzte. Dann bedachte er, daß sie weder sein Geburtsrudel gerettet hatte, noch das kleine Rudel, das er mit seiner ersten und einzigen Gefährtin, Elsinor, gegründet hatte: »... und sicherlich noch vor Liebe die Loyalität, Pflichterfüllung und das Vertrauen. Diese drei schätze ich mehr als alle anderen. Nun denn, vielleicht werden wir solche Tugenden in uns wecken. Inzwischen kommt der Tag, an dem wir mehr darüber reden sollten, wie wir dazu kamen, diese Reisen anzutreten: du vom Bukov-Rudel und ich von Tornesdal. Was mich angeht, ich hatte eine Vision, die ich gerne mit dir teilen würde ...«

»Und ich ...!« sagte Tervicz und vergaß seine frühere Vorsicht gegenüber der seltsamen Macht und der Wirkung, die Klimt hatte, wenn er so sprach.

Doch Klimt hob eine Pfote, schüttelte den Kopf und sagte sanft: »Noch nicht, Wolf. Aber ich denke, wir stimmen darin überein, daß wir nach dem Herzland suchen, und innerhalb des Herzlandes nach etwas, das für einen sterblichen Wolf vielleicht unerreichbar ist – nach dem Wulfsfelsen selbst. Doch wenn ein Abend langer Ruhe kommt und wir Zeit haben, richtig miteinander zu reden, dann wirst du mir erzählen, warum du meinst, daß ich nur einen Teil der Nahrung essen darf, die Wulf uns anbietet, und warum ich das fließende Wasser des Landes verschmutzen soll. Du wirst mehr tun, als es mir nur zu sagen, Wolf. Du wirst mich überzeugen. Und wenn du mich nicht überzeugst, dann werden wir danach auf meine Art weiterziehen. Bereite also deine Argumente gut vor!«

»Das werde ich tun. Ich werde beweisen, daß du unrecht hast!« sagte Tervicz, ein bißchen zu überschwenglich – und gewiß unklug.

Klimt stürzte sich auf ihn, kniff ihn in die Flanke und schleuderte ihn zwischen die Bäume. Dann wandte er sich um und stellte sich stolz hin. Er schaute zurück auf das Gebiet, durch das sie gereist waren, und auf den Weg, den sie noch zu gehen hatten. Sie hatten beide ihre Standpunkte dargelegt, und es war an der Zeit weiterzuziehen.

»Eines Tages werden sich die Wölfe vollfressen ohne Angst vor den Menschen, und sie werden ihre Losung stolz hinterlassen, um kühn zu markieren, wo sie gewesen sind. Ihre Pfotenabdrücke werden einmal mehr die Wolfswege offenbaren, ohne Furcht, daß die Menschen ihnen auf zerstörerische Weise folgen. Inzwischen, Tervicz, denke gründlich nach über das Wissen, das man dich gelehrt hat, denn es wird der Tag kommen, da du es an andere weitergeben mußt, die jünger sind als ich. Einige von ihnen werden alles akzeptieren, was du sagst, während andere jedes Wort in Frage stellen werden. Denke gründlich nach, denn ich gehöre zu der Art, die alles in Frage stellt.«

Klimt lächelte grimmig und machte Tervicz ein Zeichen, er solle weiterziehen. Der junge Wolf tat dies, runzelte jedoch die Stirn, denn viele Gedanken schossen ihm durch den Kopf. Zum ersten Mal in seinem Leben fragte er sich, warum die Lehre wohl die Lehre sei, und er fand, daß die Antwort »weil es so ist und immer so gewesen ist« überhaupt keine Antwort war.

Während sie so wanderten, wuchs in ihnen die Empfindung, ihre Wanderung sei keine gewöhnliche Reise, sondern der erste Schritt auf dem Weg zur Gründung eines Rudels, dessen Ankunft in den Mustern der Sterne verzeichnet stand. Tervicz wußte mehr über die Lehre und die Legende der Wölfe der Zeit, mehr vielleicht als jeder lebende Wolf, außer seinem Vater Zcale. Aber als Anführer spürte Klimt die Wahrheit all dessen in seinem Innersten, selbst wenn er noch nicht wußte, was er selbst wohl sei. Ihr Schicksal schien vor ihnen im nächtlichen Winterhimmel aufzuscheinen, auch in der Sonne und in den Nebelschwaden, die sich über die Bäume und Felsen am Rande ihres Weges legten.

Sie stiegen höher hinauf, immer stetig und vorsichtig, und sie freuten sich immer mehr über die Kameradschaft, die sie einander gaben: der eine als Führer, der andere als Geführter.

Ende Februar, als selbst die hellsten Tage dunkel und feindselig wirkten und die beiden Wölfe zu zweifeln begannen, ob dieser Winter je enden würde, zwangen heftige Schneefälle und fürchterliche Schneestürme sie, die höhergelegenen Gebiete zu verlassen. Vorbei an den Bäumen der Wälder stiegen sie in tiefer gelegene Täler hinab. Dann folgten sie Routen, die sich mit Wegen und Feldern der Menschen kreuzten.

Klimt war unbehaglich zumute, denn obwohl er die Menschen nicht mehr fürchtete, liebte er die hohen, freieren Räume. Aber Tervicz kannte die besseren Möglichkeiten der Nahrungssuche, die die Nähe der Menschenwege und Menschenorte bot. Darüber hinaus wußte er, daß es auf den Straßen und Wegen, auf denen Fahrzeuge fuhren, leichter war, keine Pfotenabdrücke zu hinterlassen, und daß die Abgase der Fahrzeuge ihre Witterung vor den Hunden verbargen.

Während sie so in tiefer gelegene Gegenden hinabstiegen, nahm die Höhe des Bergmassivs nördlich ihrer Route zu. Obwohl sie jetzt weiter von den Bergen entfernt waren, ragten die Gipfel weiterhin über sie empor und schienen mit jedem Tag, der verging, dunkler und einschüchternder zu werden.

Klimt, der an das plateauartige Fjäll-Land im nördlichen Skandinavien gewöhnt war, fand diese Veränderung beunruhigend, wurde nervös und nach innen gekehrt. Bis jetzt hatte er das Finden der Route übernommen, wie es einem Rudelführer zukam, und obwohl er sich an die Wege gehalten hatte, die Tervicz bevorzugte, blickten seine Augen immerzu zu seiner Linken empor, wo jetzt die Berge hochragten und ihre höchsten Gipfel in Nebel und Schneewolken verschwanden.

»Dort oben, wir sollten dort oben sein«, knurrte er, während er widerwillig der tiefer gelegenen Route folgte. Obwohl er jetzt der Anführer war, war es ihm recht, sich mit Tervicz zu beraten, sobald der weitere Weg unsicher erschien. Er war weit eher, als Tervicz' Vater es je gewesen war, bereit zuzugeben, daß er vielleicht unrecht hatte, und dann seine Meinung zu ändern. Das verwirrte Tervicz zuerst, da er in der Überlieferung aufgewachsen war, daß der Rudelführer nicht nur recht hatte, sondern auch nie unrecht, was etwas ganz anderes war. Es beunruhigte ihn, um Rat gefragt zu werden und daß der schweigende und furchteinflößende Wolf, dessen Befehl er sich so bereitwillig untergeordnet hatte, es hinnehmen konnte, manchmal Rat zu brauchen. Doch da Klimt keine andere Schwäche aufwies und seiner Führerschaft ohne Bedenken Nachdruck verlieh, wenn Tervicz eine Grenze zu überschreiten schien, die ihm nicht immer offensichtlich war, begann der schwächere Wolf die Eigenheiten seines Anführers zu akzeptieren. Mehr noch, er freute sich über das Vertrauen, das der andere so unerwarteterweise in ihn setzte, und gewann so ein wachsendes Selbstvertrauen, welches er nie zuvor empfunden hatte.

Auf diese Weise und vielleicht ohne ganz zu verstehen, was er tat, begann Klimt seine eigene Macht als Rudelführer zu entwickeln, indem er das Selbstvertrauen und die Stärke eines anderen aufbaute. Er begann ein Rudel zu gründen, das mit der Zeit vielleicht als Gruppe große Selbstsicherheit aufweisen würde, da sein Anführer Vertrauen in die einzelnen Mitglieder zeigte, wie schwach sie ihm auch erscheinen mochten.

Als der Winter härter wurde, freute sich Tervicz mehr denn je, daß er sich in Klimts schützendem Schatten bewegte. Der größere Wolf schwieg jetzt länger, sein Schritt wurde etwas langsamer. Tervicz hatte das Interesse an den Berghöhen zu ihrer Linken verloren, sie erschienen ihm noch ferner und dunkler, noch unerreichbarer. Mehr noch, wenn man nach den Schneestürmen, die sie heimsuchten, urteilen durfte, dann mußten die Bedingungen weiter oben völlig unmöglich sein.

Nahrung wurde noch seltener, und manchmal liefen sie tagelang dahin, ohne zu fressen. Tervicz mußte all sein Geschick aufwenden, um an den Straßen der Menschen ein bißchen jämmerliches Aas zu finden oder den Kadaver eines Schafes aufzustöbern, den andere Raubtiere gefunden und wieder zurückgelassen hatten.

Hier und dort witterten sie in den niedrigeren Tälern den süßen Geruch eingeschlossenen Viehs, das sich, der Sicht entzogen, an einem Menschenort befand, dessen Lichter in der Abenddämmerung gelb leuchteten, bis hin zu dem Graben, in dem die Wölfe sich versteckt hatten und Ausschau hielten. Tervicz hatte nie in seinem Leben größere lebende Beute genommen als Kaninchen, und selbst dann gewöhnlich nur solche, die so kränklich waren, daß sie nach Krankheit und bevorstehendem Tod stanken. Größere lebende Beute, ganz zu schweigen von den Tieren der Menschen, erschien ihm so unerreichbar wie die Berghöhen, denen er keinen Blick mehr widmete.

Aber Klimt hatte größere Beute genommen und erzählte von den Rentieren, die in den nördlichen Gegenden lebten, aus denen er gekommen war, und wie ihm seine Eltern einmal gezeigt hatten, wie man sich an eine Herde heranpirscht und ihre schwächsten Mitglieder auskundschaftet, indem man alle hetzt, um dann die Schwächsten zu erbeuten.

»Blut auf dem Schnee«, flüsterte Klimt, »und ein Geruch von Leben und Sterben, der so rein, so ursprünglich ist wie Schmelzwasser von den Gletschern. Doch auch warm, Tervicz, lebendig, kraftvoll. Ich mußte warten, bis mein Vater sagte, ich könne fressen, und dann sollte ich ein Gebet zu Wulf und Wulfin richten, bevor ich selbst ein Stück anrühren durfte ...«

Tervicz nickte und – erpicht darauf, zu gefallen – flüsterte er träumerisch ein Gebet, das seine Mutter ihn gelehrt hatte und von dem er gezweifelt hatte, daß er es je in angemessener Weise an den großen Wulf und die Sterne richten würde:

»Hirsche wittern im Schutz der Schlucht,
Hirsche hetzen von der Höhe der Schlucht,
Hirsche töten in Wulfs großem Namen,
Hirsche fressen zu Wulfs Ehre.
Wittern, hetzen, töten, fressen.
Hirsch heute, Wolf morgen,
immer zu Ehren von Wulf und Wulfin.«

»Ganz richtig«, sagte Klimt beifällig. »So für die Hirsche, aber anders für den Fuchs und den Iltis und den Maulwurf …« fuhr er fort und ließ sich im Schnee nieder, die Schnauze voll mit der Witterung einer Beute, die sie nicht nehmen konnten. »Der Geist eines jeden Lebewesens wird nur dann mit seinem Kadaver aufgenommen, wenn die Beute frisch getötet ist.«

»Du hast mit deinem Geburtsrudel offen gejagt und getötet?« begann Tervicz neidvoll. Die Bukov-Wölfe waren zu sehr von den Madjaren und den Menschen eingeengt gewesen, als daß sie etwas so Kühnes hätten tun können.

»Nur dieses eine Mal«, sagte Klimt kurzangebunden, schloß das Thema ab und stand dann abrupt auf, um den Weg fortzusetzen. Doch nach einer kurzen Strecke wandte er sich knurrend um, denn Tervicz war nicht aufgestanden und ihm gefolgt, wie er es für gewöhnlich tat. Tervicz hatte begonnen zu begreifen, daß manchmal Erinnerungen Klimts Lächeln in ein Knurren verwandeln. Plötzlich aber stand er stocksteif da, die Nackenhaare etwas gesträubt, als spürte er eine Bedrohung, und starrte über das Tal hinweg zu den dunklen Bergen empor, die schnell im Wirbel der Nacht und grauer Winterwolken verschwanden.

»Was ist los, Wolf?« wollte Klimt wissen, kam zu ihm heran und hielt Ausschau nach der Gefahr, die drohte.

Tervicz blickte auch weiterhin in die hohe Dunkelheit der Berge, als wollte er das, was er gesehen hatte, im Auge behalten. Als er endlich sprach, klang er wie ein Wolf, der Angst hat: »Ich … Ich habe gesehen … Ich dachte, ich hätte gehört …«

»Was?« wollte Klimt wissen. »Sag es mir, Wolf, denn die Angst, die dich schweigen macht, könnte uns töten.«

»Ich dachte, ich hätte gehört, wie der Wind meinen Namen flüstert«, sagte Tervicz und zitterte.

»Wahrscheinlich hast du das gehört, Wolf, wie auch ich in diesen letzten Stunden. Bedeutet es, daß das Herzland uns jetzt nahe ist?«

Der Wind umwehte und umflüsterte sie erneut, und sie fielen in Schweigen. Jeder war sich sicher, daß sie jetzt nahe waren, sehr nahe.

In dieser Nacht sprachen sie miteinander über ihre verschiedenen Vergangenheiten – Stimmen in einer dunklen Nacht, in der man keine Gesichter sah, in der Augen nicht mehr waren als ein momentanes Aufleuchten und Zähne nicht mehr als das Glitzern von Sternen. Hinter ihnen raschelten nackte Bäume, unter ihnen funkelten Menschenlichter.

Tervicz sprach vom Bukov-Rudel und von seiner Familie: von seinem Vater Zcale, seiner Schwester Szaba und seinem verkrüppelten Bruder Kubrat. Dann erzählte er von seiner Sicht der Wölfe der Zeit, wie er sie herbeigeheult und die Reise begonnen hatte, um sie zu finden.

Später sprach Klimt, der es leichter fand, im Dunklen zu reden. Er erzählte von Tornesdal und wie es ihm fehlte. Von Elsinor und ihren Jungen und wie sie gestorben waren. Er sprach davon, wie er den Menschen getötet hatte, und vom Geschmack seines Blutes und Fleisches, von Helsingborg und wie Wulf seinen Namen gerufen hatte.

»Oder warst es du, Wolf? Habe ich dein Geheul gehört?«

Tervicz wußte es nicht. Sie sprachen von ihrer Begegnung und davon, wie sie langsam gelernt hatten, einander zu vertrauen.

»Also meinst du, daß ich einer der Wölfe der Zeit bin?« fragte Klimt schließlich.

Tervicz nickte. Er war sich dessen sicher.

»Und du?« fuhr Klimt fort. »Was bist du?«

»Ich?«

Klimt nickte in der Dunkelheit. »Wenn ich einer bin, dann du auch«, sagte er.

Tervicz seufzte, als er bestätigt hörte, was er so lange befürchtet hatte. Jetzt war er sich nicht sicher, ob dies eine Ehre war oder ein Unheil, ein Segen oder ein Fluch. Es war eine Sache, die Ankunft der Wölfe der Zeit zu verkünden, und eine andere, einer von ihnen zu sein.

»Bin ich einer?« flüsterte Tervicz.

Nicht Klimt antwortete ihm, sondern der Wind, und der Wind seufzte: »Jaaaaa!«

Am folgenden Tag, der kalt und kristallklar war, wandten sie sich nach Norden, wieder bergauf durch die Bäume hindurch, fort von den Wegen der Menschen. Sie gingen langsam, und während sie aus den Dünsten und Gerüchen der Menschen fortkletterten, wurden sie sich bewußt, daß die vor ihnen liegenden Berge höher und gewaltiger waren, als sie gedacht hatten.

Die Luft war kälter und rauher. Die Täler, die sie durchquerten, waren tiefer, die fernen Ausblicke kamen nur langsam näher, und das glänzende, staubige Aussehen von Schnee und Eis verriet, daß es erst im Frühling tauen würde. Sie folgten Pfaden, die sich zwischen niedrigeren Hügeln hindurchschlängelten, und zogen bergauf durch Pflanzungen von Nadelbäumen, die die Menschen angelegt hatten. Schließlich ruhten sie sich aus und nahmen mit der Nahrung vorlieb, die sie fanden.

Dann erklommen sie – beide schwer atmend – am frühen Nachmittag eine Anhöhe, kamen an einigen Felsen vorbei und wußten ganz plötzlich, daß sie mit den letzten paar Schritten eine Grenze überschritten hatten. Sie waren aus der gewöhnlichen Welt der Wölfe gekommen, die sich von hier aus meilenweit bis zu den Ebenen, bis zum Meer, bis zu den Bergen erstreckte. Vor ihnen erhob sich dunkel und herausfordernd das Herzland – ihnen so unbekannt, wie das Erwachsensein einem Wolfsjungen unbekannt ist.

»Nun denn«, knurrte Klimt und blickte sich nach Tervicz um, »wir sind da.«

Tervicz spähte zu den Bäumen empor und schaute sich

nach den Felsen um. Er versuchte etwas zu sehen, was nicht hier war, und antwortete: »Und womit beginnen wir?« Er grinste, schüttelte den Kopf angesichts des Ausmaßes ihrer namenlosen, unerkennbaren Aufgabe und setzte sich nieder.

»Mit Erkundung«, sagte Klimt. »Stetig, wachsam, immerzu lernend.«

Tervicz nickte und murmelte gequält und erschöpft: »Erkundung!«

An die langen Tage, die folgten, konnte sich keiner von beiden später besonders erinnern, denn sie lernten ein Gebiet kennen, das sie mit der Zeit fast besser kennen würden als sich selbst. Vertrautheit läßt jene Zeiten vergessen, als die Wegbiegung, die vor einem lag, noch furchterregend erschien und die Schlucht tief unten voller Geheimnisse und Schatten war.

Ein Stück nach Westen zu gab es ein welliges Moorland, das von Norden nach Süden von einem schwarzen und eisigen Menschenweg durchquert wurde, auf dem soviel Verkehr herrschte, daß es besser war, ihn zu meiden. Nach Osten, auf ihrer rechten Seite, wurde das Land von sich windenden Flußtälern durchschnitten, die nach Norden hin anstiegen. Aus den Fährten, die sie fanden, aus der Losung und dem Geheul in der Nacht erfuhren sie, daß dort irgendwo die Madjaren ihre Reviere und Treffpunkte hatten. Darüber ließ Tervicz Klimt in keinerlei Zweifel.

Im Norden erhob sich das Hauptmassiv des Gebirges, das eine Fortsetzung der im Westen gelegenen Sudeten war, aus denen sie vor Wochen herabgekommen waren. Sie vermuteten, daß dies die Tatra war, in deren höheren, geheimen Regionen die heiligeren Orte des Herzlandes liegen mußten, wo der Wulfsfelsen aufragte, bewacht, verborgen, gefährlich zu erreichen, geheimnisvoll. Daß es sich um die Tatra handelte, wurde ihnen in den nächsten Tagen durch drei Vagabunden bestätigt, denen sie begegneten, polnischen Wölfen von jenseits der Tatra, die auf ihrem Heimweg von demselben strengen Wetter überrascht worden waren, das Klimt und Tervicz in tiefer gelegene Gebiete getrieben hatte.

Die beiden Gruppen gingen sich eine Zeitlang aus dem

Weg, da jede dachte, die anderen seien Madjaren, aber schließlich kamen sie zusammen, sprachen miteinander, ruhten sich aus und trennten sich wieder. Einige Zeit hatten Klimt und Tervicz zu glauben gewagt, die anderen seien vielleicht Wölfe auf der Suche nach dem Herzland wie sie selbst, aber die Erwähnung des Herzlandes weckte nichts in den Augen der polnischen Wölfe, und ihr Gespräch kreiste um keine anderen Träume als um die von Nahrung, Überleben, Ruhe und dem kommendem Frühling. Doch die Begegnung munterte Klimt und Tervicz auf, da sie sie daran erinnerte, daß es noch Wölfe zu finden gab, die an das glaubten, was sie manchmal schon nicht mehr für möglich gehalten hatten – daß nämlich der Winter enden und warmes Wetter wiederkehren würde.

Bald darauf befanden sie sich auf rauhem, von Menschen gerodetem Land, das jetzt jedoch verlassen war. Die Witterung von Menschen war völlig verschwunden. Der Ort vermittelte das Gefühl der Verlassenheit, wie es von allen Geschöpfen allein die Menschen hinterlassen. Alte Gebäude, die schon lange von Bäumen und Sträuchern überwuchert waren, defekte Maschinen, deren scharfe, unnatürliche Silhouetten sich vom Nachthimmel abhoben und deren quietschende Geräusche im Winterwind das Gefühl der Trostlosigkeit dieses Ortes erhöhten. Dahinter war das Terrain unnatürlich flach und mit Wasserpfützen bedeckt, hinter denen sich die Seitenwände eines Steinbruchs erhoben, von denen die Nordseite am höchsten war.

Klimt hatte überprüft, daß es Wege nach draußen gab, denn ein Wolf, besonders ein Rudelführer, tut sich und anderen Schlimmes an, wenn er einen Ruheplatz auswählt, aus dem es kein Entkommen gibt. An einem solchen Ort in eine Falle zu gehen war undenkbar: dunkle, hochragende Felsen und Felsspalten, die nassen, schattigen Wände nur von alten Farnen und von uralten Eiben aufgebrochen, deren Wurzeln sich in die Felsspalten eingegraben hatten und darin verschwunden waren.

Die beiden Wölfe erkundeten die Gegend zusammen und getrennt und stellten zufrieden fest, daß es zur Rechten und zur Linken der steilen Hauptwand des Steinbruchs Krümmungen und Spalten gab, die zur Verteidigung gute Rückzugsmöglichkeiten und Fluchtwege anboten, während im nordöstlichen Bereich des Steinbruchs die Wände stärker zerklüftet waren. Falls sie je bearbeitet worden waren, so war das schon Jahrhunderte her. Hier gab es keine Fahrspuren und keinen offensichtlichen Ausgang, und doch schaute Klimt zu den überwachsenen Felsnischen empor und hatte dabei das Gefühl, daß es hier sicher alte Wege gab. Er begann sogar einen oder zwei von ihnen hinaufzuklettern, wobei er die schwere, nach Wald duftende Luft witterte und den leichten Abwind kühlerer Luft spürte, der ihm verriet, daß es hier einen Weg hindurch geben könnte.

»Wolf!« rief er, doch Tervicz war weit weg am anderen Ende des Grundes des Steinbruchs. Als er schließlich umkehrte und herbeikam, hatte Klimt sich schon selbst von dieser Stelle abgewandt. Doch gelegentlich blickte er immer wieder über die Schulter zu ihr zurück, denn sie erinnerte ihn an etwas, das er nicht einordnen konnte.

Die Nacht fiel schnell ein. Sie war kalt und klar und arm an Geräuschen. Nur eine leichte Brise spielte in den Birkenzweigen unten an den Hängen, über denen sie lagen. Tervicz hielt einige Zeit Wache, dann Klimt, bis sie sich beide an die Gerüche und Geräusche gewöhnt hatten und zusammen schlummerten, wobei sie ein Ohr halb aufgerichtet hatten oder gelegentlich in der Luft witterten, wenn sie ihre Ruhestellung veränderten.

Beide waren müde. Zwar hatten sie unterwegs Aas gefunden, doch es war nicht viel gewesen, nicht genug, um ihr tiefstes Verlangen zu stillen. Sie waren unruhig vor Hunger und träumten von Beute. Dann kam eine Art Friede über sie, und sie lagen Flanke an Flanke, um sich gegen die Kälte warm zu halten, einer im Osten und der andere im Westen. Ihre Atmung wurde tiefer und regelmäßiger, ihr Pelz sträubte sich gegen die bittere Kälte. Dann drang aus der pechschwarzen stillen Nacht so plötzlich wie die scharfe Zacke eines zerbrochenen Steins in eine unvorsichtige Pfote das Geheul von Wölfen. Und es kam nicht aus der Ferne. Es war das Geheul und Gebell jagender Wölfe, das nächtliche Geplapper, das Geschleiche von Pfoten durch Felsspalten.

Klimt war auf der Stelle ganz Ohr. Tervicz war nur um einen Augenblick langsamer. Jetzt standen sie, immer noch Flanke an Flanke. Ihre Hinterkeulen zitterten leicht, mehr von der Spannung als von der Kälte, und sie suchten beide mit den Augen das umliegende Gelände ab, Himmelsrichtung um Himmelsrichtung.

Dann ertönte wieder das Geheul und irgendwo im Osten, auf Tervicz' Seite, das Krachen und Brechen von Gestrüpp und ein warnendes Gebell.

»Wie viele?« flüsterte Tervicz. Seine Stimme war erfreulich ruhig, sein Zittern hatte aufgehört. In diesem Augenblick wußte Klimt, daß er einen Gefährten hatte, auf dessen Loyalität er bauen konnte.

»Sechs? Acht? Ich bin mir nicht sicher.«

»Vier«, flüsterte Tervicz ruhig und kundig. »Vielleicht zwei Wanderer in der Nähe, aber nur vier haben geheult.«

Das Geheul erscholl erneut, und er verstummte, um zu lauschen. Klimt machte mehr als vier Stimmen aus und sagte: »Wie weißt du das?«

Tervicz nickte im Dunkeln, als sich Klimt langsam neben ihm umdrehte, so daß sich ihre Schnauzen fast berührten.

»Madjarische Wölfe«, seufzte er in einer Mischung aus Respekt, Abneigung und Besorgnis. Aber in seiner Stimme war keine Andeutung von Furcht. »Sie ahmen die Stimmen anderer nach, um ihre Gruppe größer erscheinen zu lassen. Der Angriff wird kommen von ...«

Hätte er noch die Zeit gehabt, zu Ende zu sprechen, was er gerade sagen wollte, dann hätte sich gezeigt, daß er recht hatte: Der Angriff kam von der Vorhut der Madjaren, die sich nach ihrem absichtlich geräuschvollen Rumgerenne zu einer Stelle direkt außerhalb des Steinbruchs begeben hatte, in der Nähe des Weges, den die beiden Wölfe vor Einbruch der Nacht selbst heraufgekommen waren und wo die Abwinde von den Felswänden ihre Witterung mit sich forttrugen.

Es war ein Anblick, den Klimt nie mehr vergaß. Zwei Wölfe, einer hinter dem anderen, die aus den Schatten hervorsprangen, beschleunigten und kamen direkt auf sie zu. Auch die beiden unbekannten Wölfe vergaßen diesen Angriff nie. Denn Klimt zögerte auch nicht einen einzigen Augenblick. Er stieß Tervicz halb zur Seite und kam knurrend aus dem Schatten hervor, stürzte sich heftig auf den ersten Wolf, schnappte ihn zwischen Schnauze und Kehle und rollte ihn geradewegs in den Weg des anderen. Dieser war nun gezwungen auszuweichen und beiseite zu springen, so daß er sein Gleichgewicht verlor und erleben mußte, wie er umgeworfen und gebissen wurde, diesmal ins Bein. Doch er rappelte sich hoch und ging mit tiefem Gebrüll auf Klimt los, der sich bemühte, den anderen Wolf niederzuringen.

Dies war kein ritueller Kampf, um andere einzuschüchtern, sondern, wie Tervicz vorhergesagt hatte, ein wilder und gut geplanter Angriff – der allerdings für die Madjaren sehr schnell verlorenging. Denn jetzt ließ Klimt, der im Gruppenkampf nicht trainiert und deshalb an überhaupt keine Regeln gebunden war, seinen ersten Gegner los und wandte sich mit absoluter Wildheit dem zweiten zu. Da er schwerer, zorniger und konzentrierter war als der andere, brauchte es nur wenige Momente, bis sein Angriff wirkte. Doch als der andere versuchte sich umzudrehen und zu unterwerfen, ignorierte Klimt ihn und biß ihn kräftig ins Bein, wo Tervicz ihn schon zu fassen bekommen hatte. Das Blut sprudelte warm und süß in Klimts Maul. Dann zog er sich zurück und knurrte, bereit, wieder vorzustürzen, die Stirn in der Dunkelheit gerunzelt, die funkelnden Zähne gefletscht. Doch zu mehr kam es nicht. Die beiden fremden Wölfe hatten genug. Sie machten kehrt und flohen erschrocken, wobei der eine schlimm hinkte. Klimt und Tervicz standen nebeneinander, atmeten schwer, beobachteten und überlegten.

Eine Art Schweigen fiel über den Steinbruch, doch es war ohne Ruhe und wurde schließlich vom Gebell und Gerenne des Wolfsrudels am Rand des Steinbruchs durchbrochen, das sich neu gruppierte, beriet und bereit machte.

»Sie geben nicht auf«, sagte Tervicz, und für Klimt gab es keinen Grund, daran zu zweifeln. Die Wölfe, die sie vertrieben hatten, waren stark und kräftig. Sie waren von der Witterung eines Rudels umgeben, das Selbstvertrauen hatte und vom gewohnheitsmäßigen Töten der Beute mit Blut befleckt war. In ihrem Angriff war vielleicht auch die Selbstgefälligkeit von Wölfen, die daran gewöhnt waren, ihren Willen durchzusetzen.

Die überraschende Grausamkeit seiner Reaktion hatte vielleicht diese beiden zurückgetrieben, aber es war unwahrscheinlich, daß Klimt und Tervicz mehr gewannen als eine kurze Atempause. Wut und eine Lust am Töten lagen in der dunklen Luft am Rand des Steinbruchs, wo die verfallenen Gebäude standen.

Die Wolken hatten sich eine nach der anderen verflüchtigt, und jetzt kam das helle Licht des Mondes heraus, das das Licht von Myriaden von Sternen mitbrachte. Der strahlende Glanz übergoß die Lücken zwischen den Bäumen mit Licht, schien von den Schnee- und Eisflächen wieder, schimmerte auf Klimts Fell und glitzerte in Tervicz' Augen.

»Es ist Zeit zu gehen«, sagte Klimt ruhig. Noch während er dies sagte, trat die Bestätigung, daß Vorsicht der bessere Teil der Tapferkeit ist, ins Mondlicht heraus, stand vor ihnen und starrte sie an.

Ein mächtiger Rüde, ohne Zweifel ein Rudelführer. Sein Pelz wirkte im Mondlicht wie graues Eis, sein Blick war kalt und furchterregend. Er war nicht mehr jung, doch in seinen Bewegungen und in seinem Blick lag die Macht kühler Erfahrung. Als sie ihn anschauten, erstarrt ob seines Erscheinens, erschienen schwache Lichtpunkte zwischen den Felsen und Sträuchern, aus denen er aufgetaucht war: die Augen seines Rudels. Fünf Wölfe, den Anführer eingeschlossen, etwa so viele, wie Klimt und Tervicz vermutet hatten. Zu viele, um sie zu besiegen, aber wenig genug, um ihnen zu entkommen.

»Auf welchem Weg?« murmelte Tervicz, der jetzt erschrocken war, aber sich noch beherrschte.

»Den Pfad links von der Hauptwand entlang«, sagte Klimt und trat ins Licht, damit der andere ihn sehen konnte. »Los jetzt, Wolf, los!«

Als Tervicz sich umwandte, um loszurennen, zog sich der letzte Wolkenschleier vom Mond zurück, und das Licht im Steinbruch wurde noch heller. Klimt wandte seine Augen von dem Wolf ab, der mit so selbstbewußter Bosheit über die Lichtung schaute, und blickte zum Himmel empor. Geradewegs über den nordöstlichen Teil lief der Wolfsweg, den sie vor einigen Nächten gesehen hatten.

Als der Anführer der Madjaren seinen Angriff begann und sein Rudel ins Licht stürzte und ihm folgte, wandte sich Klimt langsam von ihnen ab. Seine Augen folgten der Linie des Wolfsweges, weiter und weiter, vorbei an dem, was er schon kannte, zu dem tiefen Muster komplexer Sterne, die Tervicz nur allzu kurz gesehen hatte.

Die Sterne schienen durch ihr Leuchten zu bestätigen, daß er sie erkannt hatte, und er staunte über ihre Schönheit und ihre Menge. Er sah in diesem Augenblick den Weg, den sein Leben nehmen mußte, und er spürte, daß er das Vertrauen der Götter genoß. Er wollte reglos stehenbleiben und nach oben schauen, den Wolfsweg für immer in sein Gedächtnis heulen.

»Klimt!« rief Tervicz. »Führer!«

Klimt sah, daß Tervicz den Eingang zum Fluchtweg erreicht hatte und auf ihn wartete, aber er sah noch mehr. Hinter ihm, oben zwischen den Felsspalten, sah er weit mehr Augen leuchten, Augen größerer Wölfe. Er sah das Glitzern von Zähnen. Sie waren nicht nur dort, sondern auch am Eingang des anderen Fluchtweges. Es war alles eine Falle, das Geheul hatte sie genarrt und war eine List gewesen.

»Nein, Tervicz!« brüllte er, denn jetzt sah er den Weg, den sie gehen mußten. Schnell wie das Licht wandte er sich um und fegte über den Steinbruch hin los, hinauf in jene alte Felsspalte, die ihm zuvor an diesem Tag ihre uralten Geheimnisse zugeflüstert hatte.

»Aber …« begann Tervicz, denn wohin konnte eine so steile und zerklüftete Felsspalte wie diese führen, wenn nicht in eine Sackgasse?

»Folge mir …!« rief Klimt leise. Dann schien alle Furcht, die Tervicz empfand oder je empfunden hatte, ihn zu verlassen. Die Zeit gehörte ihnen: Zeit, schnell zurückzuschauen und die Verwirrung des Rudels zu sehen, als er und Klimt vom Felsen selbst verschlungen zu werden schienen. Zeit, den Wolfsweg zu sehen, wie Klimt ihn gesehen hatte. Zeit, zu spüren, wie seltsam schwebend Pfoten dahineilten, die genau wußten, wo sie zu laufen hatten, und einen Kopf und Schultern, die wußten, in welche Richtung sie sich wenden und wo sie ausweichen sollten, obwohl er auf diesem Weg noch nie unterwegs gewesen war. Zeit, um Klimts triumphierenden, unvergeßlichen Ruf zu hören, als er ihm folgte: »Komm, Wolf, denn wir werden die Wölfe der Zeit sein. Die Götter sind uns gewogen!«

Zeit, um auf der gegenüberliegenden Höhe des Steinbruchs keuchend haltzumachen und auf die mondbeschienene Szene drunten hinabzuschauen, wo ein Rudel Wölfe verwirrt nach ihnen suchte und miteinander stritt und sich staunend fragte, was für Wölfe die beiden waren, die ihnen da entkommen waren, und wie es kam, daß eine Felswand Wölfe verschlucken konnte. Schließlich auch Zeit, daß Klimt stehenbleiben und ihren Namen zum Himmel empor und ebenso nach unten heulen konnte, damit die madjarischen Wölfe wußten, daß endlich die Wölfe der Zeit unterwegs waren und daß diese Neuankömmlinge in ihrem Revier nur die ersten Wölfe eines großen Rudels waren, das sich jetzt zu bilden begann.

»Heule lauter!« schrie Klimt. »Nach Osten und Westen und Süden, damit unsere Stimmen in den Ruf einfallen, den schon Wulf selbst ausgesandt hat, und damit sie gehört werden.«

Dann war es Zeit, sich im Mondlicht abzuwenden, hinaus ins rauhe Moorland, und in die sternenbeschienene Nacht zu entkommen, einem Wolfsweg folgend, der so alt war wie die Zeit selbst.

Kapitel 8

Elhana und Ambato kommen im Herzland an und erleben den Gestank des Todes

In jenem Hochsommer hatten Ambato und Elhana die hochaufragenden Dolomiten zu ihrem Zuhause gemacht. Da sie sich nicht gedrängt fühlten weiterzuziehen und zwischen den Kalksteingipfeln und herabgestürzten Felsen kleine Beutetiere und größeres Aas fanden, kam es ihnen vor, als hätten sie alle Freiheit der Welt.

Hinter ihnen lag ihre Vergangenheit, lang und dunkel und ebenso süß und verloren, während vor ihnen unerkundet, kaum vorstellbar und erschreckend ihre Zukunft lag. Für den einen würde die Weiterreise den Anfang des Endes bedeuten, und deshalb empfand er keinen Drang, sie zu beginnen; für die andere würde sie der Beginn eines neuen Lebens sein. Sie wollte eine Weile ausruhen, die Welt ringsum lieben lernen und den weisen und närrischen Worten eines alternden Wolfes lauschen, der es liebte, sich in Lichtungen zwischen den Bäumen zu sonnen und keuchend über Geröll und Felsspalten hochzuklettern, weil er es genoß, von oben hinabzuschauen. Aber mit der Zeit kamen sie sich so nahe im Denken und Streben, so nahe in der Art, sich zu bewegen und innezuhalten, so nahe im schweigenden Verständnis, daß sie oft wie eins erschienen.

»Ambato«, begann sie manchmal, denn sie wollte mit ihm über ihre Mutter sprechen und etwas über Liebe hören, doch er war nicht der Wolf, der darüber reden wollte. Nicht heute. Nicht jetzt. Noch nicht … Denn darüber zu sprechen könnte bedeuten, es zu verderben. Es mit Worten zu durchleben anstatt mit Schweigen könnte bedeuten, daß es verlorenginge.

Sie fanden schließlich die Drei Schwestern, drei riesige hochragende Felsen, deren Legende er erzählt hatte und die die Gestalten von Wölfen hatten. Ihre Schatten breiteten sich bei Sonnenuntergang über das Tal, als rückte da ein mächtiges weibliches Rudel vor.

»Laß es dir eine Warnung sein, Wölfin, nicht die Götter herauszufordern und immer denen, die älter sind als du oder über dir stehen, Respekt zu zeigen!« warnte Ambato mit einem Lächeln und erzählte die Geschichte aufs neue, während an einem frühen Septemberabend die Sterne herauskamen. Die beiden Wölfe murmelten von Geschichten und Hoffnungen, bis sie schliefen.

Dann erwachten sie schließlich in einer Morgendämmerung, die den ersten Tau auf dem Gras mitbrachte. Drunten im Tal gab es die erste Andeutung von Herbstnebel. Es brauchte keine Worte, denn sie wußten, daß der Zeitpunkt gekommen war weiterzuziehen.

Nun führte Elhana. Ambato war zufrieden, ihr zu folgen und hinterherzuträumen. Sie waren über die Dolomiten gekommen und wanderten jetzt in den Osten der Hohen Tauern. Dann an den Niederen Tauern vorbei bergab in die Feuchtgebiete der Donau und in die Gefahren durch die Menschen, die dort lebten, auf die Städte und Marktflecken zu, die seit zweihundert Jahren keinen Wolf mehr erlebt hatten.

Ohne ihre lange Erfahrung in der Unterwelt der Städte der norditalienischen Ebene hätten sie gewiß nicht überlebt. Aber so wie die Dinge lagen, hatten sie jetzt keine Angst vor Menschenstädten und kannten die Gefahren und die Vorteile, die sie bereithielten. Was ihnen früher Schrecken eingejagt hatte, erschien ihnen jetzt sinnvoll. Sie erkannten, daß solche Gegenden klugen Wölfen Möglichkeiten boten, die es an keinem anderen Ort gab.

»Wäre es für einen Wolf nicht möglich«, überlegte Elhana eines Morgens, verborgen in der Behaglichkeit eines der nördlichen Abwasserkanäle Münchens, während die Menschen der großen Stadt über ihnen geschäftig hin und her eilten, »an einem Ort wie diesem Junge sicher großzuziehen?«

»Möglich schon, aber möglicherweise nicht klug«, antwortete Ambato. »Was würden solche Wölfe von den Winden der Berge und den Bäumen des Tieflandes wissen? Was würden sie wissen von der Jagd auf natürliche Beute? Und sie würden in dem stinkenden Wasser und dem vergifteten

Schlamm nicht gut gedeihen, der an unserem Pelz frißt und dessen Gestank Tage braucht, bis er uns verläßt.«

»Aber sie wären sicher«, sagte Elhana. »Sicherer als auf dem menschenverseuchten Land.«

»Sie könnten in der Tat einige Zeit sicherer sein«, gestand Ambato ein. »Also, glaubst du, es ist heute abend sicher weiterzuziehen?«

Noch während sie ansetzten, über den Zeitpunkt ihres Aufbruchs zu reden, hörten sie über sich auf den Straßen der Stadt das hämmernde Rat-tat-tat von Gewehren, die Schreie von Menschen und das Geräusch eilender Schritte. Maschinen dröhnten, Fahrzeuge wendeten heftig, und Menschen kreischten.

Nach diesem Vorfall verharrten Ambato und Elhana zwei Tage lang reglos, bis ein seltsames Schweigen eintrat und die erste Menschenleiche in einem Abwasserkanal vorbeitrieb. Dann kamen noch mehr, aufgedunsen und mit toten Augen in den Himmel starrend. Die Wölfe witterten im Freien an einem Kanal noch den Gestank weiterer Leichen und sahen andere Menschen, die – wie Saatkrähen am Aas – die Leichen fledderten. Sie beobachteten und witterten aus den Schatten heraus und schauderten bei dem Schrecken, den sie um sich spürten.

»Und du möchtest hier Junge großziehen?« sagte Ambato. Er wußte noch nicht, daß sie stumme Zeugen des Beginns jener Kämpfe geworden waren, die sich über Europa ausbreiten würden, eine Seuche des Krieges, die die Herrschaft der Menschen beenden sollte.

Elhana schwieg. Ihre Sanftheit war von dem Ekel überwältigt worden, den sie beim Geruch toter Menschen empfand. Aber noch von etwas anderem, etwas, das für Ambatos angejahrte Einfalt und Gutmütigkeit völlig unfaßbar war. Ihre Augen funkelten bei dem Gedanken, daß hier eine Mutter zumindest keine Schwierigkeiten haben würde, Nahrung zu finden. Tote Menschen waren nicht so furchteinflößend wie lebende, und tote Menschen mochten riechen. Aber eine Mutter, die Nahrung für ihre Jungen brauchte, würde nicht wählerisch sein und brauchte es auch nicht zu sein.

Sie sprach ihren Gedanken aus, und Ambato war entsetzt.

»Nicht ich«, sagte Elhana, »sondern vielleicht andere. Ich habe einfach gesagt, daß es möglich wäre.«

Sie zogen weiter, hinaus aus dem Bereich der gewalttätigen Geheimnisse der kämpfenden Menschen in München. Eine Zeitlang wanderten sie nach Nordosten, um in der Sicherheit des Bayerischen Waldes zu überwintern. Dort prägten sich Elhana lange, kalte Tage ein und das, was damals alle Wölfe zu sehen begannen: wie Menschen auf Menschen schossen und einander töteten. Tote hatten sie schon gesehen. Jetzt wurden sie Zeugen des Todes.

Ein ganzes Rudel von Menschen, hundert oder mehr, die nach Angst rochen und von anderen Menschen angeführt wurden, zogen in das Waldland. Dann war wieder das hämmernde Rat-tat-tat von Gewehren zu hören. Schweiß und Blut auf dem gefrorenen Schnee, Menschenleichen, deren rötlich-weiße Hände nach dem Himmel krallten und deren gekrümmte Finger grün und dann bläulich-schwarz wurden, während die Winterwinde über sie hinwegheulten.

Die Wölfe dachten nicht daran, Menschen zu fressen, bis die Raben kamen und an dem halbgefrorenen, faulenden Fleisch pickten, bis der Gestank des Fleisches über das Ödland hinwegzog und an die Schnauzen der Wölfe drang, die in ihrem Versteck lagen und alles beobachteten. Doch immer noch fraßen sie nicht davon. Dann schüttelte Ambato den Kopf, wandte sich ab und bat Elhana, für ihn einen Ort zu suchen, wo man solche Dinge vergessen könnte. Sie wanderten tagelang weiter, bis sie schließlich einen Felsüberhang fanden, in dessen Höhlen sie sich einen Platz zum Überwintern bereiteten und dann schliefen. Sollten doch die Raben die Menschen fressen, wenn sie mußten. Nichts hielt die Wölfe dann davon ab, die Raben zu fressen – Feder zu Fleisch, Fleisch zu Pelz. Nur langsam ging der Winter in den Frühling über.

Nein, es gab nicht viel in jenem langen Winter, woran man sich über das Sterben der Menschen hinaus erinnern konnte: Überleben, Träumen, Warten auf die Fortsetzung des Weges. Dann auf einmal, so plötzlich wie bei allen vorhergehenden

Unterbrechungen ihrer Reise, wußten sie, daß es an der Zeit war weiterzuziehen. Die Tage waren länger geworden, die dunklen Nächte des Winters begannen sich zurückzuziehen und die Wasserläufe aufzutauen, während die letzten Schneestürme am Eingang ihrer Höhle vorüberbrausten und verschwanden.

Sie zogen also weiter nach Osten, hoch über dem Lauf der Donau, weiter zu der Gegend, die die Wölfe einst die Tatra genannt hatten und wo sie vielleicht, wie Ambato hoffte, einen Hinweis finden würden, wo das Herzland war.

»Wir werden verfolgt ...«

»Wir werden ...«

Wölfe! Sie heulten in der Nacht, kamen näher, ließen ihre Fährten sehen, und dann hielten eines Tages drei von ihnen auf einer Anhöhe an und blickten auf den Pfad hinab, wo Elhana und Ambato dahinzogen. Dunkel waren sie, mit starken Hinterläufen und kalten Augen, schrecklich in ihrer unnachgiebigen Selbstsicherheit.

Sie zogen sich zurück, als Elhana und Ambato vorrückten. Sie spotteten in ihrem Geheul, wenn die beiden Wölfe riefen. Sie knurrten aus den Schatten der Bäume hervor.

Eines Abends griffen sie in der Dämmerung an, als Ambato zu weit hinterdreinzottelte. Schnell, scharf, kühn und bitter waren sie. Er war zu steif und fror zu sehr, um zu fliehen oder wirksam zu kämpfen. Schweiß und Blut tropften auf die erwachende Erde: Schweiß und Blut von Ambato.

»Sie haben kein Wort gesagt, kein einziges Wort.«

»Sind das die Madjaren der Legende, die das Herzland schützen? Sind wir angekommen und müssen wir uns jetzt ihnen beweisen? Hat Wulf sie geschickt, uns zu prüfen und zu versuchen?«

Ambato schüttelte den Kopf. »Gewiß sind es Wölfe«, flüsterte er, »ohne die Träume, die uns vorwärtstreiben, sonst hätten sie uns willkommen geheißen oder würden wenigstens mit uns reden. Ein solches Schweigen verrät Furcht. Es mag sich durchaus bei ihnen um die madjarischen Wölfe der alten Zeit handeln, die das Herzland heimsuchten, es in Besitz nahmen und jetzt eigensüchtig bewachen. Sie sind

Wölfe, die die Träumer in den Tod schleifen, wie sie es immer getan haben. Vielleicht komme ich jetzt nicht durch, obwohl wir schon fast dort sind. Aber du, meine Liebe, mußt weiterziehen. Laß mich jetzt zurück, laß sie mich fangen, während du entkommst ...«

»Nein«, sagte sie leise und warnend auf eine Weise, die Ambato fast seinen Schmerz und sein Hinken vergessen ließ. »Wir werden das Herzland erreichen ...«

Schatten bewegten sich. Die Dämmerung rückte näher. Augen näherten sich. Dann trat ein massiger Wolf mit grobem Gesicht und herrischem Blick vor.

»Was für ein Wolf bist du ...?« knurrte Ambato.

Der Wolf gab als Antwort nur ein Knurren von sich und starrte sie gleichgültig an, schätzte sie als Paar ein und beäugte dann Elhanas Flanken. Alles an ihm erzählte von Macht und Selbstvertrauen und ebenso von Grausamkeit.

»Mein Name?« fragte er und schien dabei mehr nachzusinnen als zu spotten. »Mein Name ist Zänker, und ich bin Madjare.«

Er sagte »Madjare« mit einer verwirrenden Mehrdeutigkeit, als wollte er einerseits einfach sagen, zu welchem Stamm er gehörte – und Wulf weiß, daß das schlimm genug war –, aber auch andeuten, daß dieser Stamm in ihm personifiziert war. Er ignorierte Ambato, der für ihn überhaupt kein Wolf war, und blickte erneut mit offenem und ungeheucheltem Verlangen auf Elhanas Flanken. Dann schob er sich ohne weiteres an Ambato vorbei und versuchte, an ihrem Hinterteil zu wittern, aggressiv und völlig gleichgültig gegenüber normaler Wolfsetikette.

Sie wandte sich ihm knurrend zu, verärgert, verwirrt, verlegen.

»Zänker setzt im allgemeinen seinen Willen durch«, sagte er mit tiefer Stimme, die drohte und spottete. Dann ging er, plötzlich wild geworden und ganz offensichtlich erregt, auf sie los, drehte sie um und versuchte sie auf der Stelle zu besteigen.

Elhana drehte sich und glitt zur Seite. Dabei knurrte sie

wieder und schnappte nach seinem Gesicht und seiner Flanke. Plötzlich lachte er, spöttisch und selbstbewußt.

»Du wirst dich unserem Rudel anschließen«, sagte er zu ihr, bevor er sich geringschätzig an Ambato wandte. »Was dich anlangt, alter Wolf, ich werde es einem anderen überlassen, dich zu töten, damit er Übung und Spaß hat. Lauf davon, wenn du willst, aber meine Wölfe werden dich finden.«

»Was für ein Wolf bist du?« zischte Elhana verächtlich.

»Ein Anführer«, sagte Zänker nüchtern, »und ein Wächter. Freund des Herzlandes und Feind seiner Feinde. Und du, Fähe? Was bist du, na? Gebärerin von Jungen oder unfruchtbar und nutzlos, wie Vagabundinnen es gewöhnlich sind? Sei stolz, daß Zänker mit dir spricht und dich begehrt.«

Er näherte sich ihr noch einmal, Schnauze zu Schnauze, und starrte mit seinen gesprenkelten braunen Augen ruhig in die ihren. Er witterte erneut an ihr, während sie steif dastand. Sich umwenden und wegdrehen war unwürdig und unwirksam.

»Mmm. Nicht so süß wie manche, nicht so willig und fruchtbar wie andere. Nicht vielversprechend, aber auch nicht völlig unbrauchbar. Ich mag den Charakter einer älteren, widerspenstigen Wölfin lieber als die jungen Fähen. Und es gefällt mir zu warten. Mit der Zeit werde ich dich bekommen, Wölfin, o ja.«

Das letzte sagte er fast mit einem Schnurren. Gegen ihren eigenen Willen empfand Elhana Verlangen. Es war abscheulich und gemein, sie wußte es, aber sie spürte es trotzdem.

»Hast du keine Leitwölfin?« fragte sie herausfordernd, da sie wußte, daß dies ihn auf die Probe stellen und ihr etwas über das Rudel sagen würde, das er führte. In der Tat, denn ein Schatten des Unbehagens kam über seine Augen, und Ärger über ihre Unverschämtheit blitzte auf.

»Die Leitwölfin der Madjaren in dieser Gegend ist Dendrine. Du wirst sie kennenlernen, wenn du ihr begegnest. Sie wird dich nicht mögen, soviel weiß ich.« Er lachte, wandte sich ab und sagte: »Sie wird dich hassen. Deshalb ist es noch mehr wert, auf dich zu warten!«

Dann verließ er sie. Zweige knackten unter seinem

Gesicht, die Büsche teilten sich vor ihm und schlossen sich wieder über der Stelle, wo er gewesen war.

Elhana blickte hinter ihm her, mit klopfendem Herzen, angewidert, fasziniert und voller Verlangen in der Nacht. Doch am Morgen war sie unruhig und schlecht gelaunt. Sie und Ambato hielten sich versteckt, bis erneut die Nacht einfiel. Kein Laut und keine Witterung eines Wolfes. Zänker und seine unsichtbaren Anhänger waren weitergezogen.

Dann wurde Elhana plötzlich wieder ruhelos und drängte den armen Ambato weiter, denn an dem Ort, an dem sie sich befanden, konnten sie sich nicht verteidigen. Sie gingen einen schlammigen Wasserlauf hinauf, auf Weideflächen jenseits der dunkleren Linie eines alten Waldes zu, die aber zu weit oben am Hang und zu steil waren, als daß Ambato leicht hätte hinaufklettern können. Sie ruhten bis zum Morgengrauen und begannen dann langsam hochzusteigen.

Plötzlich wußten sie, daß es zu spät und Ambato zu langsam war, obwohl es Elhana vielleicht allein bis zur Zuflucht dieses alten Waldes geschafft hätte. Auf diesem schwierigen offenen Hang fingen die Madjaren sie ab, ohne Zweifel absichtlich. Sie tauchten zur Linken und Rechten aus dem Buschland auf und dann oberhalb von ihnen am Hang.

Acht oder neun dunkle, stämmige Wölfe. Zänker war nicht unter ihnen. Andere waren fast ebenso groß. Einer war der Anführer dieser Gruppe: kräftig, mit schmalen Augen, jäh im Losrennen und Anhalten, entnervend in der Art, wie er sie beobachtete und mit Augen anstarrte, die so gelb waren wie der Leib einer Hornisse.

Elhana und Ambato zogen sich zu einem Zaun zurück, der sich von den Bäumen bis zu der Bachrinne unten herabzog. Die Wölfe rückten vor. Ambato rutschte aus, fiel hin und schrie vor Schmerzen auf. Elhana half ihm zu dem Zaun. Dem letzten Platz, zu dem er gehen konnte – nur ein Platz zum Sterben. Plötzlich spürten sie, daß einer oder beide sterben würden. Ambato sicherlich, Elhana vielleicht.

Das Rudel der Madjaren begann seinen tödlichen Angriff zu beschleunigen, erst der eine, dann ein anderer und dann ein dritter, alle mit schmalen Augen und zuckenden Schwänzen, zum Töten bereit.

Elhana wandte sich ihnen zu und versuchte es mit einem Bluff: »Zänker, euer Anführer ...«

»Scheiß auf Zänker«, sagte der mit den gelben Augen. »Zänker ist nicht hier. Er ist fort. ›Tötet den Rüden und nehmt die Fähe‹, hat er gesagt. Er kann nicht überall sein, Wulf sei Dank. Also dann, wir töten den Rüden und nehmen dich, aber nicht ganz so, wie er es gemeint hat. Wir werden dich haben und dann tot zurücklassen.«

Die anderen lachten und rückten vorsichtig vor, während Elhana und Ambato an den Zaun zurückwichen. Die Luft roch nach Bosheit und bevorstehendem Tod. Elhana war vor Angst fast schlecht, während Ambato vor Verzweiflung ganz schlaff wurde. Er konnte nicht kämpfen, er konnte nicht helfen. Hier und jetzt endete ihre lange Reise ins Herzland auf schreckliche Weise. Wölfe, die Wahrheit und Erleuchtung suchten, getötet von den angeblichen Wächtern des Herzlandes. Das dunkle Jahrtausend hatte sie eingeholt.

Da wandte sich Ambato um und heulte, ein seltsames, urtümliches Heulen hinauf zum Himmel. Ein Geheul, das ein Gebet zu Wulf selbst war und die lange Zeit der Wolfswege herabheulte, die sie genommen hatten. Nicht um Führung, sondern um Hilfe bat er. In einem Halbkreis um sie herum rückte das Rudel der madjarischen Wölfe voran, dunkel, stumm und feindselig. Der größte und wildeste von ihnen, dessen schwarze Augen sie kannten und dessen dunkle Gestalt in allen Schatten gewesen war, die sie seit dem Beginn ihrer Reise aus dem Süden gefürchtet hatten, stand an der Spitze: der erste, der letzte, die Verkörperung all dessen, was ein Wolf fürchten mochte.

Wieder stieg Ambatos heulendes Gebet empor, hinauf zum Himmel, aber als sein Echo zu ihnen zurückkehrte, kam es nicht von dem grauen, bedrohlichen Himmel, wo angeblich die Götter lebten, sondern aus dem alten Wald, dessen Zuflucht sie nicht mehr erreicht hatten. Zu weit vielleicht, um sie zu retten, zu weit, als daß Elhana mehr tun konnte als nur dorthin zu blicken, bevor sie die Augen zusammenkniff und sich niederkauerte, um den ersten Angriff so gut wie möglich abzufangen. Doch auch nicht so hoffnungslos, daß Ambato, der jetzt gefallen war, schwach vom Blutverlust, zu schwach, um noch einmal zu heulen, nicht das zurückkehrende Echo seines Geheuls hörte und hangaufwärts über die Weiden hinschaute, nach Träumen, die endlich wahr wurden, für einen Wolf, der immer den Glauben gehabt hatte, sie zu träumen.

Aber immer noch rückten die madjarischen Wölfe vor, und in ihrem Atem war der Gestank des Todes.

Kapitel 9

Klimt entdeckt einen alten Wolfsweg und neue Zielstrebigkeit

Klimt beeilte sich, mit Tervicz an den folgenden Tagen soviel Abstand zwischen sich und die madjarischen Wölfe zu bringen, wie er nur konnte. Sie änderten häufig die Richtung – eine unstete Reise nach Norden, die im Zickzack Wasserläufe und Sümpfe durchquerte, um ihre Witterung zu vermindern, und sie immer höher in zerklüftetes Hochland führte.

Dies war keine einfache Bergkette, so wie sie sie sich vorgestellt hatten, als sie mit Beklommenheit von den mährischen Ebenen emporgeschaut hatten. Die Felsen waren aus großen Schichten von Schieferton und Kalkstein zusammengesetzt. Die Vegetation bestand aus Mischwäldern oder den rauhen Sommerweiden, die jetzt zum größten Teil verlassen lagen, verlassen von anderen Geschöpfen wie auch den Menschen, denn die hatten sogar die wenigen Steingebäude in den geschützten Winkeln im Moorland verlassen und sich in sichereres, tiefer gelegenes Gebiet zurückgezogen.

Aber an manchen Tagen und in manchen Nächten hörten sie, wenn der Wind vom Westen kam, das beständige

Gedröhn menschlicher Fahrzeuge und erfuhren so, daß da eine Hauptstraße nach Norden verlaufen mußte. Sie hielten sich östlich davon. Gelegentlich stießen sie auf andere verlassene Steinbrüche und Minen der Menschen, von denen einige viel größer waren als der Steinbruch, in dem sie beinahe in die Falle und in den Hinterhalt gegangen wären.

Obwohl Tervicz jetzt solche Orte scheute, da er einen weiteren Hinterhalt der Madjaren befürchtete, hatte Klimt keine solche Angst. Die Flucht aus dem Steinbruch durch die tiefe und uralte Felsspalte, zu der er sich, wie er es empfand, durch einen Richtungssinn aus dem Wolfsweg in den Sternen gedrängt gefühlt hatte, hatte ihn tief berührt und in ihm den Wunsch geweckt, auch andere alte Plätze zu finden, an denen es den gleichen Widerhall von Wölfen, Menschen und Sternen gab.

Er hatte einige Male versucht, dies Tervicz zu erklären, indem er sagte: »Hast du dich an diesem Ort nicht zu Hause gefühlt, eins mit dir und dem Ort?«

»Ich habe nichts gespürt außer dem Verlangen abzuhauen!« antwortete Tervicz immer.

So konnte Klimt nur den Kopf schütteln und die Traurigkeit empfinden, die jeder Wolf empfindet, der etwas Tiefes und Dauerndes, jedoch Unerklärliches erlebt hat und sich wünscht, daß es einen anderen gäbe, mit dem er diese Empfindung teilen könnte, dann aber nur auf Unverständnis stößt. Immer wieder suchte Klimt einen solchen Ort oder eine solche Route entlang der Wege, die sie gingen. Hier und da dachte er, er hätte sie fast gefunden, immer an Orten, wo die Menschen grabend oder bauend die Landschaft gestaltet hatten, aber schon seit langem weggezogen waren.

Schließlich fanden sie sich – durch einen Zufall, wie es schien, doch Tervicz war der Ansicht, Klimt habe sie absichtlich wieder dorthin geführt – erneut oberhalb des ursprünglichen Steinbruchs, am oberen Ende des steilen und engen Hohlweges, durch den sie geflohen waren und der Klimts Denken so sehr beschäftigt hatte. Seine Witterung, sein Zeit- und Ortsgefühl waren so, wie Klimt sie zuvor erlebt und vergeblich gesucht hatte.

»Du bringst mich nicht dazu, daß ich da hinuntergehe!« erklärte Tervicz, dem sich der Pelz sträubte.

»Du kannst die Wache halten«, befahl Klimt, der froh war, daß er den seltsamen Ort wieder erkunden konnte, doch diesmal allein und bei Tageslicht.

Sie hatten wenig Angst, daß die Madjaren in der Nähe waren, denn einige Tage zuvor hatten sie deren Fährten gekreuzt, die nach Norden zur Tatra verliefen, und die Route der beiden Wölfe war so gewesen, daß sie es erfahren hätten, wenn die Madjaren ihnen gefolgt wären.

Während also Tervicz zufrieden war, zu rasten und zu wachen, schlüpfte Klimt zwischen die tiefen Seitenwände des Engpasses, geradewegs in die seltsame, moderige Luft, den unberührten Schnee und das trockene Laub am Boden. Auf beiden Seiten erhoben sich Felswände, nicht senkrecht und nicht glatt, sondern zerklüftet und mit Pflanzenwuchs überzogen. An den Stellen, wo das Winterlicht vom Himmel herabkam, waren die Felsflächen selbst von einem leuchtenden Grün, an anderen Stellen viel dunkler, sogar schwarz.

Der Ort war ruhig, fast stumm, aber nicht auf unheimliche Weise, zumindest nicht für Klimt. Er blickte nach oben, vorbei an den alten, knorrigen Bäumen und den steilen Wänden, hinauf zum Himmel. Die Bewegungen der Wolken, die dort oben vorübertrieben, erhöhte die Empfindung der Stille in der Felsspalte und Klimts Gefühl, er gehöre hierher. Mehr der Instinkt als die Witterung sagte ihm, dieser Ort sei von Menschen gemacht oder zumindest von Menschen gestaltet, aber ihm ging hier noch mehr auf. Hierherzugehören, zurückzukehren, die Empfindung, dies sei ein passender Ort für ihn, um hier zu sein oder hierherzukommen: ein sicherer Platz. Die Empfindung, daß an diesem alten und stillen Menschenort Wölfe vor Jahrhunderten, vielleicht vor einem Jahrtausend zu Hause gewesen waren – Menschen *und* Wölfe, Wölfe und Menschen. Als er diesen Gedanken zumindest klar und sicher in seinem Sinn hatte, begann Klimt den sich schlängelnden Abstieg zum Grund des Steinbruchs und war überrascht und enttäuscht, als er viel schneller als erwartet wieder in der Gegenwart auftauchte, nämlich auf dem

Grund des Steinbruchs, wo er und Tervicz sich damals hatten ausruhen wollen.

Er bellte ein schnelles Signal zu den Felswänden empor, um Tervicz zu sagen, wo er war und daß er sicher war und hier noch eine kleine Weile bleiben wolle. Er wollte nicht, daß sein Gefährte nach ihm suchte, während er hier herumschnüffelte, zunächst, um zu prüfen, ob Wölfe da waren, dann, um sicherzustellen, daß die andere Witterung, von Menschen und einem Fahrzeug, nicht frisch war. Nein, nein, sie waren vor Tagen gekommen und gegangen, und doch ...

Es blieb die Enttäuschung. Klimt ertappte sich dabei, wie er weitersuchte und oft zu dem unscheinbaren schwarzen Eingang zurückschaute, durch den er herabgekommen war, und dann zu der Wand des Steinbruchs zu beiden Seiten, die wie eine Narbe in dem Berghang wirkte. Wie so oft in den vergangenen Wochen und Monaten suchte er, ohne zu wissen wonach. Er wanderte nun ziellos zwischen den Bäumen und von Flechten überzogenen Felsen umher, spähte hierhin und dorthin, wobei seine Aufmerksamkeit ihm vorauseilte oder sich in Einzelheiten am Weg verlor.

Die Zeit verging. Klimt spähte hinauf zur Wand des Steinbruchs und fragte sich beiläufig, ob Tervicz sich schon Sorgen machte. Da er nicht wollte, daß Tervicz ihn schon störte, und da ihn der Gedanke inspirierte, daß es schließlich vielleicht hier etwas geben könnte, packte ihn plötzlich eine Energie, und er rannte wieder durch die Felsspalte hinauf und rief Tervicz zu: »Ich werde ein wenig länger bleiben. Bleib dort! Bleib dort, Wolf.«

Tervicz erschien hoch über ihm am Rand des Steinbruchs, blickte nach unten, nickte sein Einverständnis zu Klimts Befehl, wandte sich erneut dem Gipfel zu und verschwand.

Als sich Klimt nach diesem kurzen Moment umwandte und durch den Hohlweg der Spalte wieder hinabtrabte, überkam ihn so plötzlich und heftig wie der Wind, der das Kommen einer Front kalter Luft ankündigt, die Empfindung, daß er schon einmal in einer fernen Zeit und einem vergangenen Leben hier und jetzt zugegen gewesen war. Es war mehr als hier und jetzt, es war die Empfindung, dies schon einmal zuvor getan zu haben. Er war unwillkürlich losgesprungen, schneller und ruhiger mit jedem Schritt, als pirsche er sich an das mysteriöse Ding heran, das er gesucht hatte, das sich ihm entzog und das er vielleicht nie ganz zu Gesicht bekommen würde.

Schneller und schneller lief er noch einmal über den Grund des Steinbruchs, geradewegs auf einen uralten Baum zu, der als einziger übrig war von der Vegetation, die es hier einmal gegeben hatte, bevor die Menschen gekommen waren – vielleicht vor Jahrhunderten. Der Baum stand gekrümmt inmitten der verfallenen Gebäude, an denen die Wölfe bei ihrer ersten Ankunft im Steinbruch vorbeigekommen waren. Klimt ging direkt in den Schatten des Baumes und direkt zurück in den moderigen Geruch, von dem er gedacht hatte, nur in der Felsspalte käme er vor. Dann ging er weiter, über einen kurzen Weg mit weniger alten Bäumen, bis er spürte, was der Teil von ihm, der hier schon zuvor gewesen war, gekannt haben mußte.

In dem trüben Licht schien es nicht mehr zu sein als eine dunkle Öffnung zwischen Wurzeln und Felsen, weniger als wolfshoch und unauffällig. Deshalb hatten Tervicz und er sie auch übersehen, als sie zum ersten Mal diesen Weg auf der Menschenroute gekommen waren.

»Aber auch das ist ebenso eine Route. Es ist die Fortsetzung des Weges, den ich gerade herabgekommen bin. Ich kenne sie und ich weiß, daß ich einmal vor langer Zeit hier war, so wie jetzt, und suchte. Ich war hier …«

Kalter Schweiß rann an seinem Hals herab, als er die Öffnung erreichte und erneut in sie hineinspähte und einen Weg sah, der älter war als alle Wege, die er jemals gekannt hatte. Einen Wolfsweg von Wölfen und Menschen, einen alten Weg dorthin, woher er kam, dorthin, wohin er unterwegs war.

Sein Herz schlug schneller, da er den Weg gefunden hatte, zu dem Wulf selbst – dessen war er sich sicher – ihn geführt hatte, wie er ihn schon einmal zuvor dorthin geführt hatte, und den er weiter hinabgehen, weiter hinabrennen mußte. Denn die Vergangenheit und die Gegenwart riefen ihn – und auch die Zukunft.

»Denn wir sind die Wölfe der Zeit ...« flüsterte er ehrfürchtig, da er in seinem tiefsten Wesen die Wahrheit und die Macht dieser Aussage fühlte und dazu die schreckliche und erschreckende Erkenntnis, daß die Herausforderung an ihn und an die Wölfe, die er finden mußte, fast zu groß für einen Wolf war. Aber der Ruf kam von jenem urzeitlichen, ursprünglichen Ort, der jenseits auch der tiefsten Ängste lag. Von dem Ort nämlich, an dem alle Wölfe und die Sterne frei sind und wo vielleicht die Götter leben und warten.

Bestürzt über diese Empfindung einer ehrfurchtgebietenden Bestimmung und der schicksalhaften Wege, die sie ihn – dessen war er sich sicher – führen mußte, wandte sich Klimt wieder hinauf zu der Stelle, wo Tervicz furchtsam im Verborgenen wartete, und brüllte: »Komm jetzt, Wolf! Komm! Wir werden gebraucht! Jetzt!«

Noch während Tervicz Klimts verzweifelten Schrei hörte und sich anschickte, ihn zu beantworten, indem er die furchteinflößende Felsspalte an der oberen Seite des Steinbruchs hinablief, wiederholte Klimt eindringlich bei sich: »Wir werden jetzt gebraucht, wie wir zuvor gebraucht wurden. Wir werden jetzt gebraucht. Wir werden gebraucht ...« Am schrecklichsten von allem war, daß er wußte, daß früher, viel früher, der gleiche dringende und verzweifelte Ruf um Hilfe, den er jetzt spürte, ihn erreicht hatte, und er oder der Wolf, der er damals gewesen war, war ihm nicht gefolgt.

Um ihn herum schienen die Bäume größer zu werden und wie in Barrieren über ihm aufzuragen. Der Himmel schien sich zu verdunkeln und die Erde unter ihm das Blut und die Schmerzen seiner Art zu beweinen.

»Wolf, wo bist du! Ich kann nicht ohne dich gehen ...«

Endlich traf Tervicz ein. Die Augen aufgerissen vor Bestürzung und Ungewißheit, den Kopf gesenkt in Erwartung eines Kampfes, ging er am Schluß nur langsam und verstohlen, bis er Klimt selbst erblickte und sah, wie er groß, aber nicht stolz dastand, den Pelz furchtsam gesträubt, während er sich bemühte, etwas zu sehen oder zu hören oder vielleicht zu wittern, das er noch nicht identifiziert hatte.

»Was ...?!«

Klimt wandte langsam den Kopf und starrte Tervicz an. Seine wilden, gebieterischen Augen machten ihn schweigen.

»Wolf …« begann Klimt mit zitternder Stimme. Er fühlte eine atemlose Panik ob dieser Empfindung zwingender Gewißheit, die unmittelbar aus den Felsen und Bäumen zu kommen schien, ein Bestreben, ruhig zu bleiben, einen Drang, sich umzudrehen und dem Impuls zu folgen, dorthin zu rennen, wo er gebraucht wurde, noch bevor Tervicz gekommen war.

»… wie ich es zuvor getan habe, wie wir es zuvor getan haben …«

Hier war Zeit vergangen, Zeit genug für Menschen, um zu kommen und zu gehen. Zeit für Wölfe und dafür, daß ein Steinbruch gegraben und dann aufgegeben wurde und von all dem, was einmal gewesen war, nur verwehte Gerüche und Schatten zurückließ, die dann im Laufe der Zeit verrotteten wie das Laub am Boden eines Waldes, bis kaum noch etwas Identifizierbares übrig blieb, außer diesem Gefühl jetzt und damals.

»Wolf …« flüsterte Klimt, und Tervicz ging zu ihm, berührte mit der Schnauze seine Flanke, witterte seine Verwirrung und seine schreckliche, tiefe Besorgnis. »Nenne meinen Namen und den Namen meines Rudelreviers!«

Der Befehl war fast eine Bitte.

»Du … bist … Klimt … Klimt von Tornesdal im Norden.«

»Und du, Wolf …« Der Pelz entlang von Tervicz' Rückgrat schien sich vor Furcht zu sträuben, denn er spürte, wenn Klimt jetzt seinen Namen ausspräche, dann würde er damit anerkennen, daß er jetzt zu dem Wolfsrudel gehörte, über das Klimt so seltsam sprach. »Du bist Tervicz, Tervicz vom Bukov-Rudel. Du bist ein Großer deiner Art, und du warst schon früher einmal hier.«

»Hier …« flüsterte Tervicz und zitterte wie die Bäume unter der Last einer Erinnerung, die er noch nicht ganz fassen konnte. Er blickte um sich und erkannte ebenso die Identität des Ortes und seiner selbst, die auch Klimt empfand. »Hier …« flüsterte er und trat vor, um durch die Öffnung zwischen den Baumwurzeln zu spähen und in die Spalte hinunter, aus deren Tiefen ein uralter, verzweifelter, stiller Ruf zu ihnen drang und sie umgab.

»Unsere Vorfahren sind nach Tornesdal und in die Bukovina gegangen und nach ... nach ...«

»Nach Osten und Westen, nach Nord und Süd, unsere Mütter und Väter, unsere Anführer und unsere einfachen Wölfe«, fuhr Tervicz mit leiser und sicherer Stimme fort. Die Worte kamen ihm unmittelbar aus den Felsen und den Baumwurzeln selbst. »Jetzt kehren wir, die wir die Wölfe der Zeit waren, erneut zurück. So vieles, was wir damals falsch gemacht haben, was wir nicht erreichen und berühren konnten ...«

»Was wir nicht verstanden, Tervicz, oder wofür wir nicht den Mut hatten oder das Geschick.«

Die Bäume zitterten, und die Dunkelheit des Himmels schien wild auf sie herabzustoßen, als sie tief drunten in der Felsspalte sahen, wie ein Wind im Unterholz aufkam. Ein vom Schnee geknickter Farnwedel zitterte, ein niedriger Ast bewegte sich. Plötzlich wurden in ihrer Nähe einige Blätter hochgehoben, einen Augenblick lang gegen den schwarzen, verdrehten Stamm eines seit langem toten Baumes gedrückt und dann, vom Wind befreit, auf sie zugetrieben.

»Klimt ...« begann Tervicz voller Staunen und sprach ebensosehr zu den Göttern wie zu Klimt selbst, »was für ein Wolf bist du?«

Noch während er sprach, hörten sie das erste Brüllen dieses aufkommenden Windes, und zwar nicht nur in den Bäumen unter ihnen, sondern auch über und hinter ihnen, durch die ganze Welt, in die sie jetzt zu reisen begannen.

»Tervicz«, erwiderte Klimt mit sanften Augen und berührte ihn kurz mit der Pfote, so beruhigend, wie es ein älterer Bruder tut, wenn furchteinflößende Schwierigkeiten bevorstehen, »was für Wölfe sind wir, daß wir es wagen, wieder nach dem zu greifen, was wir einmal waren, und es wagen, die Vergangenheit wieder in unser gegenwärtiges Leben zu rufen.«

Klimt wandte sich in den Wind und tat einen Schritt auf

die Felsspalte zu, zu einem Ort, von dem es nie wieder eine Umkehr geben würde.

»Mehr noch«, fuhr er trotzig fort. »Was für Wölfe sind wir, daß wir es wagen, uns jetzt der Zukunft zuzuwenden und das richtigzustellen, was wir und unsere Art falsch gemacht haben?«

»Die Menschen kommen!« rief Tervicz, nicht aus Furcht, sondern als absolute Herausforderung.

»Sie sind immer gekommen, und wir sind immer geflohen, bis jetzt. Jetzt, Tervicz, werden wir in unsere eigene Zukunft laufen ... Was für Wölfe sind wir?«

»Ich höre einen Ruf«, sagte Tervicz und kam nahe an Klimt heran. Sie standen Schulter an Schulter, und seine eigenen Pfoten waren jetzt jenseits dieser Barriere von Ort und Zeit. Sie waren in der Felsspalte, die sie in ihre Zukunft nehmen würde und die steil, wild und voll vom Lärm eines zerstörerischen Windes war, der unten wartete. »Ich höre ihre Schreie, wie ich sie vor langer Zeit gehört habe und ihnen nicht gefolgt bin. Und du, Anführer, bist auch nicht gefolgt ...«

Dunkle Tränen des Zorns und des Mitleids wehte der Wind ihm über das Gesicht, während Klimt losstürmte und die fernsten Wolfswege ausrief, die er kannte, als würden schon ihre bloßen Namen jedem furchtsamen, gehetzten Schritt, den er tat, mehr Macht und mehr Erfolg geben: »Petschora! Auvergne! Wölfe des Apennin!«

»Von Karpatien! Vom Vardar und von Lappland!«

»Vom wilden Baskenland und den heiligen Dolomiten, von den Abruzzen und dem fernen Kastilien ...«

Sie sprachen oder keuchten, japsten oder schrien die Namen, die sie kannten, jeder aus dem Wissen, das er gelehrt worden war, und sie benutzten dabei viele Male Namen, die der andere nicht kannte, aber jeder Name gab ihnen Kraft – als könnte, so verloren und von Wölfen verlassen diese Gegenden jetzt sein mochten, die wölfische Kraft, die einst in ihnen zugegen war, immer noch durch diesen Appell über die Zeit hinweg herbeigerufen werden, so daß die beiden Wölfe jetzt mit jedem Schritt in Richtung auf ihre neue

Bestimmung an Kraft und Entschlossenheit gewannen, aus vergangenem Ruhm ebenso wie aus langsamen, erduldeten Tragödien.

Während sie sprachen, führte Klimt Tervicz hinab über den zweiten Teil des uralten Wolfsweges, den sie gefunden hatten. Wie die uralten Bäume, zwischen denen sie dahinrannten, stiegen aus ihnen und um sie herum ihre Schreie empor, die gerufenen Namen, ihre Tränen, die Vergangenheit und die Gegenwart und der Ruf zur Tat hier und jetzt, damit der Zukunft gedient würde.

So kam es, daß Klimt von Tornesdal Tervicz von der Bukovina diesen uralten Weg hinabführte, den einst Wölfe und Menschen gleicherweise benutzt hatten, in einer Zeit, bevor Furcht und Haß sie getrennt hatten.

Sie stürmten hinab durch den struppigen, dichten Pflanzenwuchs der Felsspalte in einen Mischwald aus riesigen, uralten Bäumen. Der Wind begann nachzulassen, als hätten sie ihn besiegt, und von irgendwo aus der Ferne hörten sie mit den Ohren, was sie zuvor nur mit dem Herzen gehört hatten. Es war der Schrei eines Wolfes, das Ringen und der Kampf der Schwachen gegen die Starken, der bellende Triumph der Grausamen, die wissen, daß sie gewinnen werden. Es war Beginn der düsteren Verzweiflung derjenigen, die wissen, daß sie bald sterben werden und daß die Götter, die Träume, der Glaube weniger als nichts wert waren vor der letzten schrecklichen Reise in das Vergessen, die sie jetzt antraten.

Dies waren die schrecklichen, vertrauten Laute, die die beiden Wölfe von jenseits der ungefällten, uralten Bäume hörten, durch die sie jetzt dahinstürmten. Als sie dies hörten, wußten sie, daß sie jetzt die Stellvertreter von Wulf selbst waren, mit Wulfin an seiner Seite.

Wie tief und weit der Wald auch schien, wie glitschig und weich auch sein dunkler, von Pilzen übersäter Boden wurde, um so mehr bemühten sie sich zu eilen und Hilfe zu bringen. Die Route wurde verwirrend, als der Weg, dem sie so gut gefolgt waren, sich zu verändern begann. Er war jetzt überwachsen mit Wedeln lichtsuchender Pflanzen, die von Flechten überzogen waren, versperrt von den faulenden Stämmen von Bäumen, die im Laufe der Jahrzehnte und der Jahrhunderte umgestürzt waren.

Immer noch kamen die Schreie um Hilfe, und immer noch rannten sie, aber jetzt langsamer und keuchend. Sie fürchteten, daß sie vielleicht nicht rechtzeitig dort ankommen würden, wo sie sein mußten. Sie spürten, was sie beide schon in früheren Leben gespürt hatten, als sie diesen Weg genommen hatten und zu spät gekommen waren. Sie begannen zu glauben, sie würden die blutbefleckten, zerrissenen Leiber ihrer einstigen Gefährten sehen, die für immer in der Zeit verloren waren, während durch das Unterholz lebendige, dunklere Gestalten davonschlüpften, das Blut ihrer Opfer an ihren Fängen, Wunden leckend, die heilen würden, kurze Blicke zurückwerfend voller Scham für die Übeltaten, die sie vollbracht hatten. Und die Menschen, die Menschen ...

Klimt konnte sie immer noch riechen – durch Jahrhunderte des Vergessens hindurch. Er konnte ihre Gerüche gut riechen, ihren Triumph und ihre Überlegenheit.

»Tervicz!« schrie er, um seinen langsameren Freund zu ermutigen. »Wir müssen jetzt weiter, denn es ist keine Zeit mehr! Halte Schritt mit mir!«

Tervicz biß daraufhin die Zähne zusammen gegen den Schmerz in seiner Brust und in seinen schwächer werdenden Gliedmaßen. Vor ihnen wurde der Wald endlich dünner, das letzte Hindernis war überwunden, und die schrecklichen Laute beinah besiegter Wölfe drangen deutlich an ihre Ohren.

Klimt blieb einen Moment lang stehen, lauschte und machte Tervicz ein Zeichen, er solle ihm folgen. Er senkte Kopf und Hals, als er durch das Unterholz loszupirschen begann, mit aufgestellten Ohren und machtvollen Hinterkeulen. Sie kamen aus dem Wald hinaus auf rauhes, welliges Weideland, das hier und da mit den grauen Flecken alten Schnees bedeckt war. Es erstreckte sich den Hang hinab bis zu einer Reihe von Sträuchern, die den Lauf eines Baches zu markieren schienen, der sich allerdings seine Rinne so tief gegraben hatte, daß er selbst nicht mehr zu sehen war. Doch sein Gegurgel war deutlich genug zu hören, und dieser kalte, winterliche Laut war der Hintergrund zu allem, was folgte.

Klimt und Tervicz blieben erneut stehen, leise und kaum atmend, überschauten die Szene und sahen sofort die grimmigen Wölfe, die drauf und dran waren zu siegen und töten wollten. Sie waren ein Stück entfernt auf Klimts linker Seite, wo der Boden steiler wurde und auf einen groben Holzzaun zulief.

Für einen Wolf, der bei Kräften und gesund war, hätte der Zaun überhaupt keine Barriere dargestellt, aber für einen, der verletzt war oder alterssteif, wäre er weniger leicht oder vielleicht unmöglich zu überwinden gewesen. Ein gemischtes Rudel von acht Wölfen hatte eine Wölfin umstellt und drängte sie jetzt gegen diese leichte Barriere, während ein neunter am Rand des Zauns den Hang hinabschlich, mit aufgestellten Ohren und wachsamen Augen, als pirschte er sich mutig an eine große und furchteinflößende Beute heran und nicht an eine Fähe im letzten Stadium der Erschöpfung und der Verteidigung.

Klimts Befehle waren in ihrer Direktheit erschreckend: »Wir benutzen Schnelligkeit, Überraschung und unsere ganze Kraft. Ich übernehme den größten. Du nimmst dir einen anderen, wenn wir sie erreichen. Du wirst nicht einen Augenblick zögern, Tervicz. Wähle einen aus und töte ihn. Dann einen weiteren ...«

Tervicz durchzuckte ein Gefühl der Angst, dann überkam ihn die eisige Erkenntnis, daß es keine andere Möglichkeit gab, und schließlich erfüllte ihn das ruhige Wissen, daß er genau das tun würde, was Klimt ihm gesagt hatte. Sie rückten geduckt über das Feld vor, benutzten jedoch keine Deckung, denn alle Wölfe des Rudels drehten ihnen den Rücken zu, ausgenommen der eine, der am Zaun entlangkroch. Sie überschauten den Rest der grausamen Szene. Hier und da waren die Schneeflecken zerscharrt und zerstreut und mit Blut besprenkelt. Auf den kahlen Zweigen eines Baumes, der sich neben der Bachrinne erhob, hüpfte eine Amsel umher, sang ihr bekümmertes Lied und verschwand wieder am Boden. Irgendwo weit hinter ihnen war für einen

Augenblick ein Menschenvogel am Himmel zu hören, bevor wieder das Gluckern des winterlichen Baches die Oberhand gewann.

Als Klimt und Tervicz ihr Tempo beschleunigten, sahen sie, daß die Wölfin nicht allein war. Denn jetzt, als sie in Erwartung des letzten Angriffs ihre Vorderpfoten gegen die Steine stemmte, drehte sich die nur halb sichtbare Gestalt hinter der Fähe um und stand schwankend auf. Das Gesicht dieses Wolfs war blutig, und eine der Vorderpfoten hing unbrauchbar herab. Er war ein Rüde, sein Gesichtspelz war altersgrau und blutbefleckt.

Jetzt wurde Klimt noch schneller und begann über das Gras hinwegzuspringen. Tervicz war eine Schulterlänge hinter ihm. Die beiden wirkten wie zwei dunkle, furchtbare Gestalten, die aus einem schauerlichen Wald auftauchten.

Da erblickte sie der alte Rüde und knurrte einen seltsamen Laut des Erkennens, als ob er gewußt hätte, daß sie kämen. In jenem stillen Augenblick, der dem Töten und dem Tod vorausgeht, hob er den Kopf und heulte das schwache, heisere Geheul eines Wolfes, dessen Zeit fast um ist, der aber lang genug gelebt hat, um zu wissen, daß am Ende die Hoffnung nicht vergebens ist. Während er heulte und der erste der größeren Wölfe seinen letzten Angriff begann, wandte sich die Wölfin Klimt und Tervicz zu und sah sie zum ersten Mal. Ihre hellen, tapferen Augen begegneten einen stillen Augenblick lang Klimts Blick, und als er zu einem wütenden Sprung ansetzte, die Krallen bereit, den Rachen aufgerissen, die Stirn gefurcht vor Konzentration auf das, was er tun mußte, da wußte er, was für eine Wölfin sie war. Nicht dem Namen nach, nicht nach dem Aussehen, der Witterung oder der Berührung. Klimt kannte sie aus einer inneren Empfindung, die ihn überkam, daß hier und jetzt ein wesentlicher Teil von ihm heimkehrte, und er entdeckte erneut in seinem Herzen einen Ort, der alle Sinne überstieg und überhaupt keine Gegenwart kannte, es sei denn die Vergangenheit, Gegenwart und Zukunft. Die Wölfin, deren Blick dem seinen begegnete, war die Leitwölfin seiner Führerschaft, das wußte er …

Klimts gewaltiger Sprung nahm seinen Ausgang hinter den umzingelnden Wölfen und kam über sie wie ein Schneesturm. Als Klimt auf dem Rücken und Hals des Wolfes niederkam, der als erster die Wölfin zu töten suchte, da verwandelte sich dieser Sturm in einen Regen aus Blut. Klimts Angriff glich nichts, was diese Wölfe bisher gesehen hatten. Er war so mächtig, so sicher, so absolut, daß dem Wolf, den er gepackt hatte, der Rücken aufgerissen wurde. Sein sterbender Körper wurde an ihnen allen vorbei gegen den Zaun geschleudert, sein Blut spritzte durch die Luft. Es war so entsetzlich, daß alle anderen Wölfe, Tervicz ausgenommen, vor Staunen und Furcht erstarrten. Auch die Wölfin, die sich umwandte und verwirrt ihren Angreifer anschaute, der am Zaun seinen letzten Atemzug keuchte und gurgelte, während sein Blut dunkel die Zaunpfähle und den Schnee rötete.

Tervicz war im letzten Augenblick langsamer geworden und hatte sein Opfer ausgewählt. Während die anderen ob Klimts Tat entsetzt erstarrten, schlug Tervicz seine Zähne in das Hinterteil eines Rüden, biß fest zu, zerrte ihn auf die Seite, wälzte ihn herum und schleuderte ihn dann heftig gegen den Zaun. Das Geräusch brechender Knochen mischte sich in die Schmerzensschreie des Wolfes.

Klimt griff sofort einen jüngeren Wolf an, der noch entsetzt und erstarrt auf das Geschehen blickte. Bevor dieser noch Atem holen konnte, wurde seine rechte Schulter von Klimts Rachen gepackt. Als er mit dem eigenen Maul nach Klimts Bein schnappte, wurde er hochgehoben, geschüttelt und zu Boden geworfen. Dann packte ihn Tervicz an der Kehle, während Klimt zähnefletschend auf einen anderen Wolf losging.

Die Wölfe zogen sich zurück. Nun trat die Fähe vor, ebenfalls mit gefletschten Zähnen. Einen Augenblick lang standen sie und Klimt Flanke an Flanke. Dann schloß Tervicz sich ihnen an, so daß sie jetzt drei gegen sechs waren. Eine der Wölfinnen des Rudels trat den Rückzug an, und der Wolf, der am Zaun entlanggekrochen war, floh. Somit waren sie jetzt drei gegen vier.

Klimt ließ kein Zögern zu, keinen Augenblick des Verschnaufens, sondern stürzte sich auf den Wolf, der ihm am nächsten stand. Einen kurzen Moment widerstand ihm dieser Rüde, dessen Pelz fahler als bei den anderen und dessen Gesicht von früheren Kämpfen voller Narben war. Er schnappte, wandte sich um und schlüpfte davon, außer Reichweite. In sicherer Entfernung machte er kehrt und schaute Klimt an.

Es war genug. Die anderen um ihn und hinter ihm flohen in Richtung des Baches. Dieser alte, erfahrene Rüde warf nur einen kurzen Blick auf den Wolf, den Klimt getötet hatte, und auf die beiden anderen, die im Sterben lagen. Dann zuckte er mit den Schultern und zog sich zurück, geschlagen, aber nicht besiegt. In der Tat blieb er stehen und schaute sie anmaßend an, bis Klimt auf ihn losging und er sich an den Rand der Böschung des versteckten Baches zurückzog.

»Was für ein Wolf bist du?« wollte er von Klimt wissen.

Klimt schwieg und runzelte die Stirn.

»Was für ein Rudel seid ihr?« beharrte er und richtete seine Frage an sie alle, da er annahm, Klimt und Tervicz gehörten zu den beiden Wölfen, die sie gerettet hatten. Während er sprach, kamen zwei oder drei seiner Kameraden aus der Bachrinne herauf und stellten sich ihm zur Seite. Doch aus der Art, wie sie um sich blickten und auf ihren sicheren Rückzug achteten, war klar ersichtlich, daß sie nicht vorhatten, Klimt anzugreifen und für die Tötung und Verwundung älterer Mitglieder ihres Rudels zu bestrafen.

Klimts Schweigen wurde tiefer, und er trat ein wenig vor. Die Art, wie er sie anstarrte, wirkte auf sie bedrohlich. Die Reglosigkeit seines Körpers zeigte, daß er überhaupt keine Angst empfand.

»Weißt du, welchen Wolf du da getötet hast?« fragte der Mutige mit rauher und selbstbewußter Stimme. »Weißt du, wer jetzt hinter dir her sein wird?«

Klimt schwieg immer noch.

»Zänkers ältesten Sohn hast du erschlagen, und er wird euch jetzt keine Ruhe lassen, bis er euch alle geschnappt und getötet hat«, sagte einer der anderen, schwächeren Rüden. In seiner Stimme klang etwas wie Vergnügen an.

»Zänker!« rief Tervicz aus.

»Anführer aller Madjarenrudel«, flüsterte der andere langsam. Offensichtlich fürchtete er sich schon, den Namen dieses Wolfes überhaupt auszusprechen. »Wölfe wie ihr hätten sich uns anschließen können, aber jetzt ...«

Einige von ihnen schüttelten den Kopf, und einer lachte sogar spöttisch.

»Halt's Maul!« knurrte der ältere Wolf wütend und nahm keinen Anteil an ihrer Schadenfreude. »Ich frage noch einmal, denn es ist die Sitte in dieser Gegend, zu sagen, wer man ist.«

»Habt ihr auch gefragt, wer sie ist«, knurrte Tervicz und zeigte auf die Fähe, dann auf den alten Rüden, der jetzt am Boden lag und mit offenem Maul vor Schmerz keuchte, und fügte hinzu: »Oder er?«

»Sie würden es uns nicht sagen«, sagte der madjarische Wolf geringschätzig, »und überhaupt, was können solche Wölfe uns schon bieten? Aber ihr ... Was für ein Wolf bist du?«

Er versuchte, Klimts Blick auszuhalten, konnte es jedoch nicht und blickte beiseite, dann auf die anderen. In seinem Gesicht war Respekt zu lesen, vielleicht am Ende auch ein Anflug von Furcht und Scheu.

»Wir?« sagte Klimt schließlich und blickte auf Tervicz und dann auch auf die beiden anderen. »Wir sind die Wölfe der Zeit.«

Es schien, als hätte der Himmel selbst gesprochen und die alten Bäume hinter Klimt ebenfalls. Er senkte den Kopf und trat vor, als wollte er angreifen. Die Madjaren, selbst der Mutige, zögerten nur einen Augenblick, bevor sie sich umwandten und in die Bachrinne hinter ihnen hinabflohen. Da, erst in diesem Augenblick, als alle Überraschungen und Gefahren verschwunden zu sein schienen und als Klimt sich bereit fühlte, sich wieder Tervicz und den beiden anderen Wölfen zuzuwenden, um herauszufinden, wer sie waren und woher sie gekommen waren, da sah er den Menschen.

Der Mensch verhielt sich nicht so, wie es Menschen oft taten. Er blieb nicht stehen oder still liegen und beobachtete, in der Hoffnung, nicht gesehen zu werden. Er ging auch nicht in der Gegend herum, ohne etwas von der Anwesenheit der Wölfe zu wissen, wie es bei den Menschen üblich war. Dieser Mensch tauchte ganz offen weiter drunten aus der Bachrinne auf und bewegte sich langsam und bewußt auf sie zu.

Tervicz sah ihn sofort und begab sich an eine Stelle auf halbem Weg zwischen Klimt und den anderen und wartete dort auf einen Befehl. Die anderen beiden Wölfe erstarrten, nur die Flanken des alten Wolfes zitterten. Doch Klimt gab keinen Befehl, zumindest nicht sofort. Er schaute einfach und zog mit der Schnauze die Luft ein, um die Witterung des Menschen aufzunehmen. Er wollte sich vergewissern, ob es stimmte, was seine Augen ihm sagten, er aber nicht glauben konnte: daß er diesen Menschen schon zuvor einmal gesehen hatte.

Der Mensch ging unerschütterlich auf sie zu, wie es Menschen nie taten oder nach Klimts Wissen nie getan hatten. Langsam, offen, fast leichten Fußes über das Gras, auf eine Art, von der Klimt spürte, daß sie keine Gefahr darstellte. Und doch …

Klimt wandte sich um und wies Tervicz mit einem Kopfnicken an, er solle das Weibchen bewachen, während er selbst zu dem Rüden ging.

»Wir ziehen los …« sagte er.

»Er kann nicht aufstehen …« sagte die Wölfin. Es waren ihre ersten Worte.

»Geh mit meinem Freund«, befahl Klimt. »Los jetzt!« Seine Stimme klang plötzlich schroffer. »Wolf«, sagte er an den verwundeten Rüden gerichtet, »du wirst aufstehen und mit uns laufen. Wenn du hierbleibst, werden wir dich zurücklassen, und du wirst sterben. Die Menschen kommen jetzt … Aber du darfst nicht sterben. Wir brauchen dich. Deshalb nimm Kraft aus all deinem Glauben an Wulf und spüre Wulfins Liebe in deinem alten, verletzten Leib. Steh auf, Wolf, und wir bringen dich in Sicherheit, wo du dich erholen kannst.«

Der Wolf mühte sich ab aufzustehen. Es war ihm fast gelungen, als er wieder zu schwanken begann. Seine Wunden waren zu schlimm.

»Wolf«, flüsterte Klimt, »was suchst du mehr als alles andere?«

»Ich suche ...« sagte der Rüde, und seine Augen wanderten von Klimt zu der Wölfin und dann an ihr vorbei zu einem Ort jenseits von ihnen allen, »ich wünsche ... Es gibt einen Ort ...«

»Komm jetzt mit uns, und du wirst diesen Ort finden«, sagte Klimt, wandte sich wieder um und schaute auf den Menschen, der sich ihnen näherte.

»Ich fürchte ihn nicht«, flüsterte Klimt bei sich selber, versunken in der Erinnerung an diesen Menschen und seinen vertrauten Geruch, der aus Helsingborg stammte, wo damals dieser Wolfsweg begonnen hatte, den sie jetzt wiedergefunden hatten. Klimt war von dieser Empfindung der Einheit und der Bestimmung so sehr in Anspruch genommen, daß er es kaum wahrnahm, wie der Rüde, inspiriert von seinen Worten oder aus Furcht vor dem Menschen, sich erneut bemühte aufzustehen und es ihm schließlich gelang.

»Jaaa ...« flüsterte Klimt, vielleicht zum Menschen oder vielleicht zum Wolf, »ja ... wir gehen jetzt, wir gehen.«

Dann führte er sie hangaufwärts am Zaun entlang und in das Unterholz, wo der Zaun an die Bäume angrenzte. Nur einmal blieb er stehen, um zu dem Menschen zurückzuschauen. Er sah, daß dieser weit drunten ebenfalls stehengeblieben war und zu ihm heraufschaute. Dann beobachtete er, wie der Mensch den Pfad verließ, den sie genommen hatten, und sich hangaufwärts in Richtung auf die Waldbäume in Bewegung setzte, genau in Richtung auf die Stelle, wo er und Tervicz aufgetaucht waren, zu dem Wolfsweg, den sie gefunden hatten, dem Wolfsweg, der nach Mensch wie nach Wolf gerochen hatte. Zu einem Weg zurück in eine ferne Vergangenheit vor der Entzweiung, der noch weiter zurückführte in die Zukunft, in die am Ende zurückzukehren sie alle strebten und die sie finden und einholen mußten. Schließlich wandte sich Klimt von dem Menschen und dieser uralten Vision ab und führte sein wachsendes Rudel zu Sicherheit und Ruhe.

Kapitel 10

Der Mensch entdeckt eine neue und unbekannte Art: sich selbst als Menschenwesen

Der Mensch war. Sein Name ist jetzt vergessen, vergessen im Geist des Rudels, die sich die Wölfe der Zeit nannten. Vergessen dann im Licht und Schatten von Wulf selbst. Vergessen an dem einen Ort, wo die Natur eines Menschen gefunden werden kann.

Dieser einzelgängerische Mensch war ein deutscher Zoologe, ausgebildet in Freiburg, und was er gerade getan hatte, war sogar noch bemerkenswerter als das, was er gerade gesehen hatte.

Den männlichen Wolf, der die anderen führte, hatte er schon zuvor in Helsingborg in Schweden gesehen, unter Umständen, die er nie vergessen hatte. Aber er hatte nie gedacht, daß er ihm noch einmal begegnen würde. Er hatte es vielleicht gehofft und sicher davon geträumt ... So hatte der Mensch, der stellvertretende Direktor des Instituts für Säugetierkunde in Freiburg und einer der erfahrensten Feldforscher für größere Raubtiere in Europa, alle Regeln seiner Ausbildung gebrochen und seine Tarnung verlassen, seine Ausrüstung dort zurückgelassen, wo sie lag, und seinen Feldstecher unberührt um den Hals hängen lassen. Er hatte zum ersten Mal in seinem erwachsenen Leben aufgehört zu beobachten und war einfach auf die Wölfe losgegangen, um sich ihnen anzuschließen.

»Es ist lächerlich«, flüsterte er vor sich hin, als er beobachtete, wie der graue Wolf schnell die anderen das Feld hinaufführte, um den Zaun herum und dann am Rand der Bäume entlang auf die andere Seite, bis er schließlich nach einem kurzen Halt, bei dem er zu ihm herabgeschaut hatte, aus dem Blickfeld verschwunden war. Dann waren die Wölfe fort, wie Schatten, wenn die Sonne verschwand.

»Lächerlich«, flüsterte der Mensch erneut und schüttelte den Kopf, überrascht über sich selbst. Doch er setzte sein absurdes Verhalten fort. Er hätte zur Ausrüstung zurückgehen sollen, die er zurückgelassen hatte. Er hätte weitergehen sollen zu der Stelle, wo die Wölfe gekämpft hatten, um zu sehen, welche Beweise für ihre Anwesenheit und ihren Kampf sie vielleicht zurückgelassen hatten, unter anderem den zweifellos noch warmen Körper des getöteten Wolfes. Falls er tot war.

Doch nicht einmal das tat er.

Er hätte vielleicht ein bißchen nervös darüber sein sollen, daß verletzte und verwundete Wölfe in der Gegend waren, denn sie hätten eine Bedrohung für ihn sein können. Aber er war nicht nervös. Furcht war dem Geist und dem Herzen des Menschen sehr fern. Er fühlte sich lebendiger als je zuvor, mehr eins mit dem, was bis jetzt durch die Beobachtung immer distanziert und wissenschaftlich objektiviert gewesen war. Etwas so Tiefes war mit ihm geschehen, als er die Wölfe an diesem Nachmittag beobachtet hatte, daß er sich jetzt benommen fühlte. Diese Benommenheit hatte ihn aufstehen und versuchen lassen, mit ihnen zu laufen. Sich ihnen anzuschließen. Zu ihnen zu gehören. Nicht als Zoologe, sondern als der Mensch, der ein Mitgeschöpf ist.

»Das war gewiß lächerlich!« sagte er sich aufs neue und schüttelte den Kopf, während er sich hangaufwärts wandte, genau wie die Wölfe, die den Kampf gewonnen hatten. Doch jetzt versuchte er nicht, ihnen zu folgen. Statt dessen ging er in Richtung auf die Stelle, die er schon viel früher bemerkt hatte, wo die beiden Wölfe aus dem Wald herausgekommen waren.

»Ja …« flüsterte er, spähte hinauf zu den Bäumen und fand den kleinen Stechpalmenbusch, der die Stelle markierte. »Ja!«

Er dachte reumütig, daß vielleicht alles in allem die Beobachtung doch ihr Gutes hatte, denn wie hätte er sonst diese Stelle wiedergefunden? Der Mensch lächelte kurz. In seinem braungebrannten Gesicht erschienen Falten der Sorge wie des Lachens, der Wind zerzauste seine Haare, sein Blick, der normalerweise unruhig und auf der Suche war und die Vegetation und die Landschaft las, wirkte ein wenig versunken, als sein Lächeln verschwand und er weiterging.

Er war Mitte Dreißig, mager, doch stark, und er bewegte sich mit der geschmeidigen, beständigen Anmut eines erfahrenen Bergwanderers. Er trug Stiefel und Kniebundhosen in einem unscheinbaren Grün, einen dicken, abgetragenen Militäranorak, der ebenso unscheinbar war. Der Mensch trug nichts bei sich außer seinem schwarzen Feldstecher. Alle seine anderen Gerätschaften lagen auf dem Boden in der Bachrinne, wo er sich sein zeitweiliges Versteck eingerichtet und die Wölfe beobachtet hatte.

Dort war er seit dem frühen Morgen gewesen, nachdem er am Vortag der Fährte der madjarischen Wölfe bis zu einem Gebiet unterhalb der Bachrinne gefolgt war und dann in seinem Wohnwagen drunten an der Straße, etwa einen Kilometer entfernt, kampiert hatte. Er war bei Morgengrauen mit günstigem Wind schweigend heraufgestiegen, hatte die Wölfe mit erstaunlicher Leichtigkeit ausfindig gemacht und dann eine Stellung zur Beobachtung eingenommen, wobei er seine jahrelange Erfahrung in der Feldbeobachtung solcher Säugetiere genutzt hatte.

Seine Wahl hatte sich als gut erwiesen, denn die Wölfe waren den ganzen Morgen hindurch in die Bachrinne hinein, wieder aus ihr hinaus und hinauf in das Feld gelaufen und hatten sich dann eine Weile ausgeruht. Der Mensch war selbst ein wenig müde und auch hungrig gewesen, doch er hatte es vermieden, von den Speisen zu essen, die er mitgebracht hatte, damit ihr Geruch nicht die Wölfe warnte, falls sie ihn nicht schon bemerkt hatten! Ein Schluck heißes Wasser aus seiner Thermosflasche stärkte ihn.

Der Tag war trübe, schon nach der Tagesmitte wurde das Licht grau, und so blieb es. Wieder so ein fröhlicher Tag in der Slowakei! Dann änderte sich plötzlich alles. Die langen Jahre, die der Mensch mit Beobachtungen zugebracht hatte, die vielen Stunden, Tage und Monate, die so oft ohne bedeutenden Vorfall oder ein Ereignis geblieben waren, zahlten sich in dieser spektakulärsten Stunde seiner Wolfsarbeit aus.

Das Rudel, oder der größte Teil, war zu sehen. Dann sah er einen Wolf plötzlich aufstehen, wachsam, witternd, lauschend. Was immer der Wolf gespürt hatte, der Mensch konnte es noch nicht wissen, aber er wandte sich um und schaute über die Weide, so wie der erste Wolf und dann seine Rudelgenossen schauten, bis der erste sich duckte und zwei weitere zurück in die Bachrinne schlüpften und damit außer Sicht waren.

Der Mensch wußte zumindest, wohin diese Wölfe gehen würden – geradewegs auf die Stelle zu, an der er verborgen lag. Er blieb still, und sie trabten an ihm vorbei, so gespannt auf der Pirsch nach dem, was da kommen mochte, daß sie ihn gar nicht bemerkten. Was immer es war ... Vielleicht Beute, dachte der Mensch. Ein anderer Wolf vielleicht. Er wagte wieder hochzuschauen, doch nur sehr langsam. Er hob nach und nach den Kopf.

Der Mensch sah sie sofort, eine Vagabundin, keine slawische Wölfin. Eine Wölfin südlichen Typs. Deutlich abgehoben von den Schneeflächen, über die sie ging, wanderte sie langsam dahin und führte – ziemlich ungewöhnlich – einen Rüden an, der vom Hunger oder wegen einer Verletzung geschwächt erschien.

Der Winterwind fuhr durch das Gras und die Zweige des Busches, in dem er sich versteckt hielt. Sie zitterten einen Moment lang vor seinem Ausguck. Die Wölfe glitten den Hang hinab und versteckten sich. Als er sie wieder sah, waren sie schon näher und aufgestört. Vielleicht wegen seiner Witterung oder der der anderen Wölfe?

Die Fähe blieb stehen, der Rüde hinter ihr. Beide waren nervös. Dann drängten sie sich aneinander, schnüffelten in den Wind und schienen eine Bewegung jenseits des Verstecks des Menschen wahrzunehmen. So nahe, so seltsam. Die Wölfin war so seltsam ..., so schön.

Für ihn waren alle Wölfe schön, er achtete sie alle. Aber diese Wölfin war hübsch, zwar unsicher in dieser Umgebung, doch sie beherrschte sich selbst: Mehr als Schönheit umgab sie. Sie kam näher und blieb wieder stehen, direkt am Hang oberhalb von ihm. Dann wandte sie langsam ihren Blick der Stelle zu, wo er versteckt lag, und schaute zu ihm her. Selbst aus dieser Entfernung sah er in ihren Augen eine Konstellation bernsteinfarbener Sterne, und es war ihm, als schauten ihn durch die vergangenen schrecklichen Jahrhunderte hindurch alle Wölfe an und als blickten sie in die Augen der Menschen, die sie heimgesucht, gejagt und getötet hatten.

»Beobachte!« befahl er sich selbst, erschrocken, daß seine Wissenschaftlichkeit von solchen Emotionen bedroht wurde. Sie war eine Wölfin, ein Tier, ein Muster biologischer Reaktionen. Sie konnte ihn nicht mit den Augen aller Wölfe anschauen, genausowenig wie er mit den Herzen aller Menschen empfinden konnte.

»Beobachte«, versuchte er sich erneut zu sagen, bevor er in das Gefühl versank, das ihr Blick hervorrief, und ihm langsame Tränen kamen.

Nicht zum ersten Mal in seinem Leben als Wissenschaftler spürte Jakob, der Mensch, Tränen in seine Augen treten, doch diesmal ließ er sie fließen. Die Wölfin schaute ihn aus tausend Augenpaaren an, und hinter jedem standen eine Myriade Leben, die jetzt versunken waren, vergangen, nur noch in ihr vorhanden. Sie war mehr, als er je sein konnte. Der Mensch blickte weg, seine Tränen fielen auf seine Hände und tropften dann ins Gras und auf die Erde.

»Beobachte nur!« sagte er sich wieder, aber da wußte er, er würde nie mehr nur beobachten.

Wie lange dauerte dieser Augenblick? Stunden? Tage? Wie weit zurück erstreckte sich dessen Beginn in seinem Leben? Drei Jahrzehnte oder mehr, zu jener Zeit, als jemand ihn gefragt hatte, was er werden wolle, wenn er groß sei, und jemand anderer sagte: »Er will mit Tieren arbeiten«, und wieder jemand anderer sagte: »Wirklich?« ohne Interesse, ohne Freude. Sein Vater, dieser große, dunkle Mann, lächelte aus seiner Höhe herunter und sagte: »Erzähl ihnen, was du heute gesehen hast.« Er versuchte es.

Aber wie kann ein Sechsjähriger von der Herrlichkeit erzählen, die er durch ein offenes Schlafzimmerfenster gesehen hat, bevor noch jemand anderer wach war …

»Ich habe gesehen …«

Gesehen, wie die Sonne aufging und wie die Sterne verlöschten.

»Gesehen ...«

Gesehen, wie ein Eichhörnchen auf einem Zweig anhielt und wie sein Schwanz ganz aus Licht war ...

»Gesehen ...«

»Was hast du gesehen, mein Sohn? Erzähl es ihnen!«

Gesehen, wie eine Stunde lang sich Licht und Leben erhoben, in denen er, von seinem Fenster aus, frei umherwanderte. Er war frei umhergewandert und hatte gesehen, wie eine Wölfin mit ihren Jungen aus dem Schatten hervorkam. Sie spielten im Gras, und Vögel flogen darüber hinweg, schwarz und ...

»Gesehen ...«

»Er hat den Fuchs gesehen. Es gibt hier in der Gegend einen – man hat ihn schon oft in diesem Jahr gesehen. Und er hat gedacht, es sei ein Wolf!«

Oh, wie sie lachten! Ihr Gelächter ergoß sich über die Morgendämmerung, die er erlebt hatte, und vernichtete sie.

»Gesehen ...« aber er spürte, wie sie jetzt verblaßte.

»Ich habe dir ein Bild von einem Fuchs gezeigt. Das hast du doch gesehen, nicht wahr?«

Der Junge hatte genickt und geflüstert: »Ja ...«

Es war ein Fuchs gewesen – und doch nicht.

»Er kann schon ›Biologe‹ sagen. Sag es mal, mein Sohn.«

Er sagte es und spürte, daß er alles verraten hatte, was er gesehen und empfunden hatte. Später starrte er in seinem Zimmer hinaus in die Abenddämmerung und in einen Garten, der nicht mehr enthielt, was er einmal enthalten hatte, und der Junge sagte sich wieder: »Ich habe keinen Fuchs gesehen, ich habe einen Wolf gesehen ...« Denn er spürte, daß ein Wolf zu ihm gekommen war, um ihn zu rufen, mit einer Stimme, die im Geflüster des Windes sprach, zu einer Aufgabe, die sich über Erde und Himmel erstrecken würde. Unter den Erwachsenen hatte er dies verleugnet. Da hatte er geweint, wie er jetzt weinte.

Dreißig Jahre waren vergangen. Jetzt hatte sich endlich das Fenster noch einmal geöffnet, so plötzlich und ungeplant wie das Glück. Ihm stand eine neue Morgendämmerung bevor, und der Fuchs war zu dem Wolf geworden, den er einst gesehen hatte. Deshalb beobachtete der Mensch jetzt nicht mehr, sondern schaute und spürte. Er empfand, daß das, was er jetzt sah, bei weitem mehr war, als er je – wie sorgfältig auch immer – beobachtet haben mochte.

Die beiden madjarischen Wölfe, die verstohlen an ihm vorbeigesaust waren, kamen heraus und taten so, als griffen sie an, und spielten das Spiel, herauszufinden, um was für Wölfe es sich bei den Neuankömmlingen handelte. Der Mensch kannte ihr Spiel und verstand es. Er war eingeschüchtert. Und ängstlich, denn es ging um viel mehr als nur um ein Spiel.

Die Fähe und der Rüde zogen sich vor den Madjaren hinauf zum Waldrand zurück – zu dem Wald, auf den der Mensch bis jetzt kaum geschaut hatte und der älter war, als er erwartet hatte. Der Wald war in der Tat sehr alt, sein Rand folgte der Grenzlinie eines privaten slowakischen Besitzes, dessen einziges Unternehmen vor zwei Jahrhunderten der Betrieb eines inzwischen aufgelassenen Steinbruchs gewesen war. Die Bäume des Waldes waren sich selber überlassen und konnten leben und sterben und den Höhepunkt ihres Wachstums erreichen, ganz wie sie wollten.

Die Anfangsphase des Wachstums war schon so lange vorbei, daß es sinnlos gewesen wäre, danach zu suchen, selbst im Untergrund. Es war ein Jahrtausend her, seit Silberbirken in dieser Gegend gewachsen waren. Sie wuchsen rasch und lebten ein Jahrhundert, bevor sie fielen, an Ort und Stelle verrotteten und langsamer wachsende Bäume an ihre Stelle traten. Eichen, Eschen, hier und da Buchen und Lärchen wuchsen und bildeten die Hauptvegetation, die der Mensch sah und erkannte.

Er hatte vor dieser Reise seine Recherchen betrieben und wußte, welche Vegetationsmuster er erwarten durfte. Dieses Waldstück war nicht jungfräulich, Menschen hatten hier ihren Willen durchgesetzt. Aber wie Wälder nun einmal sind, war dieser so natürlich, wie man es vernünftigerweise erwarten konnte. Dies hier war nicht Bialowieza …

Der Mensch flüsterte den Namen dieses als heilig verehrten, uralten Ortes, den Zufall und Geschichte als einzigen intakten ursprünglichen Wald auf der Nordeuropäischen Tiefebene übriggelassen hatten. Er war Polens Ruhm, sogar ruhmvoller als die scheckigen Pferde, die Polens flaches Ackerland bearbeiteten. Sie waren zu gefügig und domestiziert, zu grausam, wenn sie alt wurden.

»Bialowieza«, flüsterte er, und damit kamen Erinnerungen an Liebe und Entdeckungen. Erinnerungen an ein Mädchen, in das er sich verliebte und das er dann verlor. Eine Liebe wie diese gibt es nur einmal, dachte er, nur einmal, und wenn sie vorbei ist, geraubt von anderen, die mit Worten und Taten schlauer waren als er, können dann die Sonnenstrahlen durch das Blätterdach oder der Klang von Pferdehufen oder die fremde Hand, die die eigene hält, je wieder die gleichen Gefühle auslösen?

Nichts war gleich. Der Fuchs seiner Kindheit hatte sich im Erwachsenenalter in einen Wolf verwandelt. Krankheit und Disharmonie hatten sich über ganz Europa und darüber hinaus verbreitet. In der Woche vor seiner Abfahrt hatte es in Freiburg achtzehn Tote gegeben, alle waren gewaltsam ums Leben gekommen, bei keinem gab es Hinweise auf den Täter. Frankreich litt unter einem Bürgerkrieg, der nur noch nicht so genannt wurde. Italien zerfiel, und Venedig gab es nicht mehr – unglaublich! Dänemark, Großbritannien, sogar die Schweiz … Die Länder, die Städte, die Menschen selbst waren jetzt krank und wild in ihrer Krankheit, und schon so viele waren tot.

Aber wo war wirklich in Europa ein Ort, der nicht vom Menschen verunstaltet und entweiht worden war, vom raubgierigsten und unnatürlichsten aller Lebewesen? Wo gab es einen Ort, wo die Natur nicht von den Menschen getötet wurde? Krankheit, Umweltverschmutzung, die bösartigsten Krebserkrankungen, die die Wissenschaft je gesehen hatte … Europäer wurden auf Flughäfen in Afrika und Asien zurückgewiesen. Schiffe wurden versenkt aus Angst, die Europäer brächten nicht nur eine Seuche, sondern ein ganzes Syndrom von Krankheiten. Die Menschheit fraß ihre eigenen Füße, riß sich die eigene Brust auf, brach sich die eigenen Knochen. Die Menschheit blendete sich selbst. Die Menschheit agierte den letzten Kampf aus, auf den sie in Wirklichkeit schon vor vielen Jahren losgesteuert war, als sie sich gegen das Land gewandt und begonnen hatte, es zu zerstören, ohne zu wissen, was sie dabei tat.

Der Mensch seufzte müde und wandte seine Aufmerksamkeit wieder den Wölfen zu, deren rituelle Angriffe und Rückzüge er kannte. Sie dienten dazu, gegenseitig Stärken und Schwächen zu testen, um dann eine Rangfolge aufzustellen. Genau wie bei den Menschen, und wie bei ihnen begann im Laufe des Nachmittags das Spiel böse zu werden. Das Rudel formierte sich, und die beiden Neuankömmlinge wollten wegkommen.

Der Rudelführer der Madjaren war aufgetaucht. Er war ein brutaler Rüde, nicht der stärkste, aber der selbstbewußteste, und für einen Wolf war er ungewöhnlich grausam. Mit den Bösartigkeiten begann nicht er, aber er schien sie zu ermutigen. Gewöhnlich bestraft der Anführer in einer solchen Situation den Wolf, der zu weit gegangen ist, und ermutigt ihn nicht. Gewöhnlich hätten auch die Vagabunden ihre Flucht glücklich bewerkstelligt, aber diesmal taten sie es nicht. Lag es an dem alten Wolf, war er zu müde, um zu laufen? Blieb die Wölfin loyal bei ihm?

Das Interesse des Menschen war erwacht. Mehr noch, er empfand einen wachsenden Schrecken. Die Bösartigkeiten wurden blutig, die Wölfin machte einen Gegenangriff, zwei Madjaren gingen auf sie los, der alte Rüde versuchte einzugreifen, zwei gingen auf ihn los, und dann wurde plötzlich das Paar zum Feldrand gescheucht, auf den Zaun zu, der weniger als zweihundert Meter entfernt war.

Der Rudelführer ging heftig auf den Rüden los und verhöhnte ihn. Der Rüde versuchte sich abzuwenden, doch er konnte es nicht. Über das Gras hinweg hörte der Mensch einen Knochen knacken, vielleicht ein Schienbein, und ein Knurren. Dann war sein Schrecken Wirklichkeit geworden. Ein rituelles Spiel entwickelte sich zu einem rituellen Töten, und er wußte, daß das Paar keine Chance hatte.

Der Mensch spürte die Versuchung, die für Wissenschaftler eine Sünde ist: Er wollte eingreifen. Ein Geräusch machen, aufstehen, auf die Wölfe zugehen, dann würden sie sich zerstreuen und verschwinden. Wölfe greifen keine Menschen an, ganz gleich, was Laien denken mochten. Wölfe sind darauf programmiert, alle Menschen zu fürchten, alle Arten von Menschen.

Aber nein, es war nicht recht, sich in die Natur einzumischen. Die Natur soll ihren Lauf nehmen. Die Natur weiß es am besten. Die Natur ... Plötzlich heulte die Wölfin, ein seltsames, kurzes Geheul, einem Hilferuf so nahe, wie es der Mensch noch nie von einem Wolf gehört hatte. Sie hatte sich zu einem Steinhaufen direkt vor dem Zaun zurückgezogen und auch ihren Gefährten dorthin geführt. Dann hatte sie sich umgedreht und trotzte dem teils heranschleichenden, teils heranstürmenden Rudel und seinem sturen Sadisten von einem Anführer.

Sie heulte ein Geheul, das sich in der trüben Luft umzuwenden und den Hang hinauf zwischen die Bäume zu fliehen schien. Dort hallte es wider, durch die Baumkorridore der Zeit. Der Mensch lag totenstill da, denn die Hilfe, nach der sie rief, war von einer Art, die weit größer war als alle Hilfe, die er geben konnte.

Langsam zog das Rudel seinen Halbkreis enger um die beiden Wölfe, während einer der kleineren Rüden zuzukriechen begann. Der Mensch beobachtete benommen, Zeuge eines Geschehens, das das letzte Stadium zweier grausamer Tötungen zu sein schien, nach den Millionen und Abermillionen, die seit Anbeginn der Zeit und des Lebens geschehen waren. Laß die Natur ihren Lauf nehmen, und der Stärkste wird überleben. Nein, nein, du darfst nie eingreifen ...

Einen Moment lang sprach die kühle Stimme seines Vaters wieder zu ihm, und er gab ihr nach. Sein Vater hatte recht. Ein Fuchs ist kein Wolf. Zwei und zwei ist fünf. Aber für ihn war es kein Fuchs gewesen, als er sechs Jahre alt war, und es war gewiß keine Füchsin, die hier einen alten Rüden verteidigte, als wäre er ihr Junges, und die vor seinen Augen sterben würde, da es keinen Gott gab, der auf ihren Hilferuf aus dem Tale des Todesschattens, in das das Leben sie gebracht hatte, antworten würde.

In diesem Augenblick bemerkte der Mensch eine Bewegung am Waldrand. Dann schien es ihm, als spaltete sich der uralte Wald. Aus seinen Schatten kam nicht nur ein Wolf, sondern zwei, der erste groß und stark, der andere von mittlerem Körperbau, aber geschmeidig und gesund. Der erste Wolf fesselte seine Aufmerksamkeit und ließ ihn fast laut aufkeuchen, so wenig konnte er es glauben.

Es war kein gewöhnlicher Wolf, den er da sah. Alles Licht, das es an diesem trüben Tag gab, schien sich um die Gestalt des Wolfes zu sammeln und von ihm zurückzuleuchten, so daß sich sein Pelz hell von der rauhen Weide und den dunklen Stämmen der Bäume abhob.

Der Mensch war sich sicher, daß er den Wolf schon zuvor einmal gesehen hatte, und als er noch einmal seinen Feldstecher hob, um bessere Sicht zu haben, war er sich ganz sicher. Das war der skandinavische Wolf, der bösartige Einzelgänger, von dem alle – außer ihm – geglaubt hatten, er sei bei Helsingborg in der Ostsee ertrunken. Das schien schon so lange her zu sein, bevor die Welt sich als verrückt entpuppt hatte. Bevor, im Falle von Schweden, ein Team von sechs Männern und zwei Frauen die meisten der schwedischen Parlamentsabgeordneten erschossen und verbrannt hatte.

Das Herz des Menschen pochte in seiner Brust. Wenn er diesen Wolf richtig identifizierte, so hatte dieser Rüde ohne Zweifel in Norwegen einen Menschen und einige Hunde getötet. Nach den Beschreibungen zweier Waldarbeiter, die behaupteten, sie seien im östlichen Erzgebirge von Wölfen angegriffen worden – eine Behauptung, die von den meisten Wolfsexperten abgetan wurde als hysterische Erfindung von Männern, die gejagt hatten, während sie eigentlich harmlose Wartungsarbeiten hätten tun sollen –, nach diesen Beschreibungen handelte es sich um den gleichen Wolf wie in Norwegen und Helsingborg, doch diesen Verdacht hatte der Mensch bei sich behalten. Immerzu hatten diese Beschreibungen betont, wie seltsam und glänzend fahl der Pelz dieses Wolfs war: leuchtend, wie bei diesem hier.

Jetzt begann der Wolf einen Angriff und wirkte darin großartiger als jedes angreifende Raubtier, das der Mensch je gesehen hatte. Der Anblick ließ ihn um so mehr erstarren, als die Tiere ihn noch nicht gesehen hatten. Er stürzte sich direkt auf den Anführer der Madjaren und tötete ihn mit rücksichtsloser Wildheit. Sein Gefährte ging auf einen anderen aus dem Rudel los, und zusammen zwangen sie binnen weniger blutiger Sekunden das Rudel zum Rückzug. Der Hilferuf der Wölfin war nicht nur gehört, sondern brutal beantwortet worden.

In diesen außerordentlichen Momenten stand der Mensch unwillkürlich auf, warf die Gewohnheit und die Ausbildung eines Lebens beiseite und schaute einfach auf die Wölfe, wobei er seinen Feldstecher am Riemen um seinen Hals hängen ließ.

Der Mensch zitterte beständig vor Aufregung, nicht so sehr wegen dem, was er gesehen hatte, sondern weil er hier und jetzt und als Zeuge des ganzen Geschehens zugegen war. Er stand da und schaute. Die letzten Bedenken, Teil des Geschehens zu sein, fielen von ihm ab. Er war kein Beobachter mehr, er war ein Tier wie sie, und er wollte sich ihnen anschließen, um ... mit ihnen dahinzulaufen. Das wünschte er sich.

In Kanada hatte er einmal einen alten Eskimo getroffen, der angeblich über Wölfe etwas Bescheid wußte. Dieser Mann, so sagte man dem Menschen, war ein Schamane.

»Sie haben ein Totem-Tier«, hatte der Eskimo ihm gesagt, »wissen Sie, welches?«

Der Mensch war sich nicht sicher gewesen, was er sagen sollte. Er war von der Begegnung mit diesem Mann tief bewegt gewesen und war schweigend mit ihm dagesessen, hatte geraucht und getrunken und den Geschichten des alten Mannes gelauscht.

Vielleicht hatte er ein Totem-Tier, er war sich nicht sicher. Vielleicht einen Fuchs? Der Mensch beteuerte später, er habe diesen Gedanken nie ausgesprochen, nur gedacht.

Aber der Schamane unterbrach ihn, als hätte er gesprochen, und sagte: »Es gibt viele Tiere, alle sind verschieden, meistens Helfer auf den Reisen, die wir unternehmen müssen. Einige schauen vielleicht nicht wie Helfer aus. Einige sind vielleicht keine Helfer!« Dann hatte er gelacht und geprustet, und auch der Mensch hatte gelacht.

»Haben Sie jemals daran gedacht, mit Wölfen zu laufen?« hatte der Schamane plötzlich gesagt und dabei immer noch gelacht, außer mit seinen Augen, die ernst blickten.

»Ich ...« hatte der Mensch gesagt, da er nicht wußte, was der Eskimo meinte.

»Sie werden es wissen, wenn sie Ihnen ihre Hilfe anbieten. Wenn sie das tun, dann werden Sie dafür bereit sein und vielleicht werden Sie dann die Hilfe brauchen. Dann werden Sie versuchen, mit Wölfen zu laufen, und Sie werden oft hinfallen.«

Der Eskimo hatte wieder ansteckend gelacht. Sie tranken noch etwas von dem Getränk, das der Eskimo in den Blechbecher des Menschen gegossen hatte. Es stammte aus einer Bierdose, die verschlossen gewesen war, bis sie der Eskimo geöffnet hatte. Aber der Mensch hätte schwören können, daß es mehr war als nur Bier.

»Hinfallen erinnert Sie an den Boden, auf dem Ihre Füße stehen, und auch an Ihr Hinterteil, und deshalb ist es gut für Sie! Aufstehen erinnert Sie daran, woher Sie kommen, nämlich aus der Erde. Hinfallen und aufstehen, immer wieder und wieder, ist gut für Menschen.«

»Ja«, hatte der Mensch gemurmelt.

»Eines Tages werden Sie aufstehen und wissen, wie man mit Wölfen läuft!«

»Wirklich?« staunte der Mensch.

»Mmmm«, brummelte der Eskimo.

Jetzt, acht Jahre später, verstand der Mensch zum ersten Mal, was es bedeuten mochte, mit Wölfen zu laufen, und er verstand es mit einem Schock der Erleichterung und einem berauschenden Gefühl von Freiheit.

So war er also losgelaufen und auf die vier Wölfe zugegangen, langsam und bedächtig zuerst. Er wußte nicht, was sie tun würden, aber es bekümmerte ihn auch nicht, denn sein Kopf und sein Herz fühlten sich leicht an, und seine Füße spürten, daß sie über das Gras laufen wollten, laufen, um sich den Wölfen anzuschließen ...

Sie wandten sich plötzlich um und schauten ihn an. Der zweite Wolf begann mit den Vorderpfoten zu scharren und mit dem Schwanz zu wedeln – Vorbereitung auf einen Angriff oder eine Finte. Der Anführer bewegte sich überhaupt nicht, und als er ihm zum ersten Mal in die Augen blickte, kam sich der Mensch klein vor. Die Welt der Wiese um ihn herum erschien ihm plötzlich weit und wurde immer weiter. Es gab keine Möglichkeit zur Flucht oder zur Verteidigung. Die Wölfe wandten sich um, der Anführer brachte den alten Rüden dazu, aufzustehen, und sie verschwanden alle hangaufwärts.

Der Mensch starrte hinter ihnen her, vielleicht erleichtert, sicherlich enttäuscht, schwitzend, voller Furcht und gleichzeitig voller Heiterkeit. Er folgte ihnen mit den Augen, bis sie die Bäume erreichten, den Zaun umrundeten und dann auf der anderen Seite dem Waldrand folgten. Dann waren alle verschwunden, bis auf den Leitwolf, der sich umwandte und zu ihm herunterblickte.

»Also …« seufzte der Mensch, da er wußte, daß der Vorfall vorüber war und daß er sein Leben verändert hatte, oder eher, es in eine Richtung führte, deren Ziel er nicht wußte oder ahnte, außer daß sie ihn endgültig aus seinem gegenwärtigen Leben herausnehmen und mehr und mehr dorthin treiben würde, wo vielleicht Wölfe laufen, damit er eines Tages lernen konnte, sich ihnen anzuschließen. Was immer das bedeuten mochte. Doch was hatte er schon zu verlieren? Die Welt war verrückt, und es hatte keinen Wert, in Wahnsinn zu verfallen, indem man etwas Normales tat. Sollten sich doch die Europäer gegenseitig bekämpfen, von jetzt an würde er versuchen, mit Wölfen zu laufen.

Er fühlte sich körperlich und geistig müder als je zuvor und stand einige Zeit ganz still, der Versuchung ausgesetzt, wieder in alte Gewohnheiten zu verfallen und loszugehen und die Stelle zu untersuchen, wo die Wölfe gekämpft hatten. Da würde es etwas geben, das es wert war, aufgehoben und später untersucht zu werden: Haare von den Wolfspelzen, Blut, Losung … irgendwas.

Aber jetzt war er über diese Art Biologie hinaus, weit hinaus. Während er über das Gras auf die Stelle schaute, wo die Wölfe gewesen waren, kam es ihm vor, als schaute er zurück in eine Zeit, als Jakob, der Mensch, nur existiert hatte, jahrelang, stumm in jedem wirklichen Sinn, ohne Gefühl, aber mit zu vielen Gedanken. Dort, wohin die Wölfe gegangen waren, nun, da gab es eine zukünftige Zeit, eine bessere Zeit, und er konnte sie erreichen, wenn er nur sich selbst aufgeben konnte.

Er schüttelte den Kopf, wandte sich ab und blickte hinauf zu der Spalte zwischen den Bäumen, aus der die beiden Rüden gekommen waren. Er sah sie mit den neuen Augen, die jetzt eine andere Welt sahen – jemand anderer hätte, wenn er auf dieselbe Stelle schaute, vielleicht nicht mehr gesehen als eine geringfügig breitere Lücke zwischen Bäumen, die eine schattige Mauer bildeten, hinter der sich ein schweigender Wald erhob, jetzt erfüllt von stiller winterlicher Dämmerung.

Die Spalte war da, und aus ihr heraus waren die Wölfe gekommen. Der Mensch wandte sich hügelaufwärts ihr zu, immer noch völlig gleichgültig gegenüber seiner Ausrüstung, die er oberhalb der Bachrinne zurückgelassen hatte. Es wurde eine steile Kletterei, aber er brachte sie mit stetigem Schritt hinter sich, denn diese gute Gewohnheit hatte er zumindest nicht aufgegeben. Hier wurde nicht gerannt! Die Lücke zwischen den Bäumen kam näher, wurde größer und schien über ihm emporzustreben in die Bögen einer dunklen Kathedrale, als er in sie eintrat und weiterkletterte.

Es schien offensichtlich, welchen Weg er zu nehmen hatte, obwohl es für jemanden, der ihn beobachtet hätte, schwer gewesen wäre zu sagen, warum er sich hier entschied, links an einem Baum vorbeizugehen und rechts an einem anderen oder über einen umgestürzten Stamm hinweg und um einen anderen herum. Er wußte einfach den Weg, so wie er gewußt hatte, daß die Wölfe, die er heute gesehen hatte, für ihn und für die Welt etwas Besonderes waren. Er kraxelte und kletterte weiter hinauf, hielt manchmal inne, wandte sich um und schaute zurück. Seine Augen gewöhnten sich an die Düsterkeit des Waldes, selbst als diese Düsterkeit sich zur Nacht verdichtete.

Er staunte über das offensichtliche Alter des Waldes. Wie war es möglich, daß er einen so sich selber überlassenen und uralten Ort wie diesen nicht gekannt hatte, wo jahrhundertelang Bäume umgestürzt und unberührt geblieben waren und wo die Pilze, die auf ihnen wuchsen, mit ihrer Art und Verbreitung anzeigten, daß dieser Wald jahrzehntelang ungestört gewesen war? Warum hatte ihn keiner der Kollegen erwähnt, die von seinem Besuch in dieser Gegend wußten?

Es kam ihm vor, als sei der Wald versunken und vergessen, unerkundet und unerforscht, und doch hatte er ein Gefühl, als sei da, wo er jetzt ging, ein Pfad, den er schon einmal gegangen war.

»Ah …« murmelte er.

Auf einem Stück bloßer Erde gab es einen Pfotenabdruck: Wolf, linker Hinterlauf – der einzige Beweis, den er bisher dafür gefunden hatte, daß sie hier vorübergekommen waren. Er kletterte weiter hinauf, zwischen den Bäumen hindurch, und hielt nur noch einmal an, diesmal, weil er sich beobachtet fühlte, was in Wäldern wie diesen nicht ungewöhnlich war.

Es herrschte Zwielicht, als der Mensch in den Steinbruch hinaustrat und dort auf die schmale Straße geriet. Zum ersten Mal wußte er, wo er war. Er hatte an den vorangegangenen Tagen die Landkarte studiert und geplant, hier einmal heraufzukommen. Steinbrüche halten allerhand bereit für diejenigen, die wissen, wonach man suchen muß …

»Aber nicht im Zwielicht, nicht, wenn die Wölfe frei umherlaufen …« sagte er sich mit Bedauern. Ihm war noch nicht kalt, aber er wußte, bald würde ihm kalt werden, wenn er sich nicht in Bewegung hielt. Die Luft war während der Kletterei kühler geworden, und das nicht nur, weil die Nacht hereinbrach und er sich etwas höher befand. Nein, der Himmel hatte ein wenig aufgeklart, und als Folge davon fiel die Temperatur schneller.

Er schaute sich um, ging in den eigentlichen Steinbruch hinein, dachte zum ersten Mal ernsthaft über seine Ausrüstung und seine Situation nach, die, na ja, unprofessionell war, um es vorsichtig auszudrücken. Dieser Tage bestand keine Hoffnung auf Rettungsdienste, nicht in der Slowakei. Dieser Tage wurde ein Mensch eher von Todesschwadronen gefunden und erschossen.

»Was zum Teufel!« sagte er laut, und anstatt umzukehren, wandte er sich noch einmal von dem Leben ab, das er an diesem Tag abzulegen begonnen hatte. Aus dem gleichen Instinkt, der ihn zu der Spalte geführt hatte, blickte er auf das dunklere, zerklüftete Ende des Steinbruchs und sah fast unmittelbar die Fortsetzung der Route.

Der Himmel zwischen den Felsen und den Bäumen hatte jetzt eine blau-purpurne Färbung angenommen, mit Fetzen hagelgrauer Wolken, deren Unterseiten vom letzten Licht der untergegangenen Sonne beleuchtet waren. Er verhielt sich still, da er wußte, daß er beobachtet wurde, und lauschte vergeblich. Ein Flattern von Schwingen, aber das, was ihn beobachtete, war noch da und auf seiner Ebene: Wölfe. Er hatte vielleicht Angst, aber es war die atavistische Angst, die ein geselliger Mensch empfindet, wenn er allein ist, an einem fremdartigen Ort, und wenn vielleicht andere Kreaturen in der Nähe sind, die hier mehr in ihrem Element sind als er. Er atmete tief und beruhigte sich. Angst hilft an einem solchen Ort nicht soviel wie Besorgnis und Vorsicht. Angst führt zu Fehlern, Besorgnis zu Klugheit.

»Ich gehe weiter hinauf«, murmelte er, denn er sah, daß es nicht weit sein konnte. Er brauchte nur seinen Weg zurück zur Steinbruchstraße zu finden, dann wußte er, wie er zurück zu seinem Fahrzeug kam. Schlüssel und Ausrüstung … Seine Ersatzschlüssel waren mit Klebeband unter dem Heck seines Wagens befestigt. Seine Ausrüstung würde über Nacht warten müssen und vielleicht darunter leiden.

Der Mensch stieg weiter in die Dunkelheit hinauf, fast eilig. Er griff im Dunkeln nach Wurzeln und klammerte sich an glitschige, flechtenüberzogene Felsbrocken. Ihn überkam eine Art Panik, als würde er überwältigt, wenn er stehenbliebe …

Augen beobachteten ihn, bernsteinfarbene Augen. Der Mensch blieb stehen und spürte die uralten vergangenen Leben der Route, die er genommen hatte, wie sie hinter ihm in die Gegenwart emporsprangen und ihn dann einholten und überwältigten, während die Gegenwart selbst, die alles Vergangene und alles Jetzt war, an ihm vorbei hinaufwogte und ihn weiterführte.

»Hier sind Menschen gegangen, nicht nur Wölfe«, dachte er, und schließlich wußte er, daß er beobachtet wurde, aber keine Angst zu empfinden brauchte.

Er atmete langsamer und tiefer. Dann kletterte er langsamer den restlichen Teil der Strecke durch die Felsspalte hinauf wieder hinaus ins Freie. Er befand sich jetzt an einer hohen Stelle, blieb stehen und schaute um sich. Unten und hinten, vom Rand der Steinbruchwand aus gesehen, erblickte er undeutlich die Wipfel der Bäume, durch die er gekommen war. Vor ihm, fahl-dunkel in der Nacht, erstreckte sich ein Moorland, mit Gras überwachsen und voller Felsbrocken. Dahinter, weit, weit dahinter, sah er die Konturen der Tatra-Kette, schwarz vor dem purpurdunklen Himmel. Darüber dehnte sich ein Himmel voller Wolkenfetzen, die den Mond verbargen und nur im Osten einige Sterne freigaben.

Inzwischen war der Mensch müde geworden. Er sank auf die Knie, doch weil er dadurch naß wurde und es unbequem war, hockte er sich auf einen Felsbrocken. Er blieb sitzen, bis er vor Kälte zitterte. In einer wärmeren Jahreszeit wäre er bis zum Morgengrauen geblieben.

Er erhob sich steif, überlegte, welcher Weg hinunter zur Straße der beste war, zögerte vor der Felsspalte und kam zu dem Schluß, daß sie zu gefährlich war. Dann machte er sich zu Nutze, daß der Himmel jetzt heller war und der Mond hervorkam, und suchte sich vorsichtig seinen Weg entlang des oberen Endes des Steinbruchs. Er fand einen Pfad, folgte ihm nach unten und erreichte die Straße, die er schon zuvor überquert hatte.

Dann machte sich der Mensch mit leichten und schnellen Schritten auf den Weg zurück zu seinem Lagerplatz und seinem Fahrzeug. Sein Tagewerk als Menschenwesen war getan.

Über ihm, dort, wo er gewesen war, hielten Klimt und

auch Tervicz Wache. Die Wölfin ruhte, ihr Leib wärmte den verletzten Rüden.

»Der Mensch ist fort«, flüsterte Tervicz.

»Mmm …« knurrte Klimt, »aber nicht seine Witterung. Die ist süß wie Heidelbeeren … Tervicz, am Morgen reden wir und machen einen Plan. Diese Wölfe …«

Er nickte in Richtung auf die Wölfin und den verletzten Rüden, die sich gegenseitig wärmten.

»Er wird es nicht mehr lange machen«, sagte Tervicz.

»Wulf hat sie uns geschickt, und wir werden herausfinden, warum«, erwiderte Klimt knapp. Es wäre kein glückverheißender Beginn für das vergrößerte Rudel, wenn einer so früh starb.

Sie folgten seinem Beispiel, verfielen alle in Schweigen und begannen schlummernd das lange Warten auf die Morgendämmerung.

Kapitel 11

Ambato akzeptiert Klimt als Rudelführer, und Elhana findet seltsamen Trost außerhalb des Rudels

Am folgenden Morgen erwachte Klimt abrupt mit einem neuen Gefühl von Energie und Entschlossenheit. Das war überraschend, denn er hatte unruhig geschlafen, besorgt darüber, was die Zukunft jetzt für ihn und seine neuen Gefährten bereithielt. Aber die langen Wochen der Reise mit Tervicz, in denen er etwas über die Bürden der Führerschaft zu lernen begonnen hatte, hatten geholfen, ihn auf die neue Herausforderung vorzubereiten, der er sich jetzt gegenübersah. Es gab viel zu tun.

Er schaute die anderen an. Der verletzte Rüde hatte sich kaum bewegt und lag im Windschatten eines Busches. Hinter ihm erhoben sich einige Felsen. Vor ihm war totes Gras herausgerissen. Sie waren auf einem Umweg zum Rand des

Moorlandes heraufgestiegen und hatten sich neben dem höchsten Teil der Felsenrinne niedergelassen, die Klimt als seine Route bergab ausgewählt hatte und in deren Umgebung er soviel Trost und Schicksal spürte.

Die Wölfin schien einige Augenblicke eher aufgestanden zu sein und streckte zuerst ihre Vorderbeine, dann ihren Rücken. Ihre Hinterkeulen zitterten einen Moment lang. Sie war gut gebaut, von mittlerem Alter und hatte einen hellen Pelz. Als sie sich umwandte, Klimt kurz anschaute und ihn als Rudelführer zur Kenntnis nahm, bevor sie ausdruckslos wegblickte, sah er, daß ihr Blick selbstbewußt war und daß die Besorgnis in ihren Augen mehr ihrem Freund galt als ihr selbst. War er mehr als ein Freund? Vielleicht ihr Gefährte? Gewiß mußte er in irgendeiner Hinsicht eindrucksvoller sein, als er ausschaute, um eine Fähe, die soviel jünger war als er, anzuziehen und bei sich zu halten. War sie vielleicht seine Tochter?

Klimt schaute sich nach Tervicz um. Kurz bevor er ihn sah, hörte er ihn durch das Unterholz in der Felsenrinne mit dieser eifrigen Unbekümmertheit herauftraben, die anzeigte, daß er Nahrung gefunden hatte. Ein Kaninchen, schon zur Hälfte gefressen, hing aus seinem Maul. Er legte es neben dem alten Rüden auf den Boden, dann schaute er zu Klimt und kam zu ihm herüber.

»Hast du dich als erster satt gefressen?« fragte Klimt.

Tervicz zuckte mit den Schultern und grinste. In mancher Hinsicht war Klimt umgänglicher, als sein Vater gewesen war, denn der hätte darauf bestanden, sich von einer solchen Beute zu nehmen, was er wollte, ganz gleich, wer sie gefunden hatte. Andererseits war Klimt für Tervicz viel komplizierter und schwieriger zu verstehen. Vielleicht hätte er die Nahrung ihm als erstem vorlegen sollen.

»Möchtest du es?« begann er.

Aber Klimt schüttelte zurückhaltend den Kopf. Seine Gedanken waren woanders.

Tervicz, der seit ihrer ersten Begegnung Klimts Macht und Stärke fürchtete, empfand für ihn eine zunehmende Ehrfurcht, die nach all dem, was er am Vortag getan hatte, beträchtlich gewachsen war. Jetzt wartete Tervicz und warf nur einen bedauernden Seitenblick auf die Fähe, denn er wußte, daß eine solche Wölfin wie sie nie ihm gehören würde.

Es schien in der Tat wahrscheinlich, daß er nie zur Paarung kommen würde, wenn er im Schatten eines solchen Wolfes wie Klimt bliebe, aber dann … Tervicz schaute über das Moorland hinweg hinüber zur Tatra und dachte darüber nach, daß die Ehrfurcht, die er für Klimt empfand, sich mit Loyalität und wachsendem Respekt mischte und jetzt um so größer war, da sie andere Wölfe bei sich hatten. Aber die Paarung … Ach nun, er könnte ja verstohlen seine Chancen wahrnehmen, wenn sie kamen. In mancher Hinsicht war er sein ganzes Leben verstohlen gewesen.

Klimt streckte sich, ging zum Rand des Steinbruchs und stellte sich dorthin, wo er nach der Rettung gestanden war, bevor er am Vorabend zu schlafen versucht hatte. Er dachte kurz an den Menschen, dessen Witterung er erkannt hatte. Der Mensch war bei dem Schrecken von Helsingborg zugegen gewesen und hatte doch freundlich gerochen, und er war ihnen nicht gefolgt. Dann der Duft von Heidelbeeren … Ihn durchzuckte ganz kurz ein Heimweh nach Tornesdal im Frühling, als er jung gewesen war: die Schneeschmelze, das Fließen der Bäche und auf den Fjälls das leuchtende Grün der Heidelbeerblätter.

Die Erinnerung an den Menschen beschäftigte ihn wieder. Was war der Mensch? Wofür stand er? Wohin war er gegangen, nachdem er den uralten Wald betreten hatte?

Klimt wandte sich abrupt von seinen Erinnerungen und Fragen ab, ging geradewegs zu der Fähe hin und beschnupperte sie. Dann drehte er sich zu dem alten Rüden, der sich wie zuvor bemühte aufzustehen.

»Nein«, knurrte Klimt. »Wir reden da, wo du bist, Wolf.«

»Er wird sich erholen«, sagte die Wölfin, aber es erschien unwahrscheinlich. Klimt ignorierte sie völlig und schaute weiterhin den Rüden an.

»Nun, woher kommst du?« fragte Klimt ohne jede Zeremonie. Wäre der Wolf bewegungsfähig gewesen, dann wären sie vielleicht eine Weile miteinander gewandert und hätten sich auf Distanz gehalten, bevor sie zur Befragung übergingen. Doch wie die Dinge lagen, hatte es der Wolf am Vorabend gerade noch geschafft, mit ihnen durch die Bäume herauf zu ihrem Platz oberhalb des Steinbruchs zu gehen, und die letzte Strecke hatten sie den Menschenweg genommen, der eine geringere Steigung hatte.

»Ich bin Ambato vom Benevento-Rudel, und sie ...«

»Benevento?« forschte Klimt.

»Benevento ist tief im Süden, den Wolfsweg der Apenninen hinab.«

»Südlich von den toskanischen Sternen?« fragte Tervicz, dessen Urgroßvater über diese Konstellationen etwas von einem Alpenwolf aus dem Stubaital erfahren hatte.

»Viel weiter«, sagte Ambato ruhig. Seine Stimme klang schmerzgeplagt und war doch voll der Autorität, die Alter und Weitgereistheit mit sich bringen können. Er ließ Tervicz sich jung fühlen.

»Hört nun zu. Ich werde euch die Wege nach Benevento flüstern ...« Er erzählte ihnen von den Wegen und wie es kam, daß er so lange von dem Rudel fern gewesen war. Elhana hörte aus der Entfernung aufmerksam zu und musterte auf ihre eigene Weise diesen großen Wolf, der ihnen das Leben gerettet hatte, und seinen ruhelosen, jugendlichen Kameraden.

»... nach jenseits der toskanischen Sterne müßt ihr reisen, von dort nach Umbrien. Verweilt dort, lernt seine milden Nebel und sanften Täler kennen und macht euch bereit zur Wanderung nach Süden, zu den Sternen der Abruzzen. Diese Berge sind trocken, sie glänzen, haben spitze Gipfel und sind prächtig. Und doch, Wolf, dürft ihr nicht anhalten. Geht weiter, durch die trockenen Lande des Südens, und erreicht schließlich die Monti del Matese, die von einem einzelnen Stern markiert werden. Wenn ihr dort heult, dann hört ihr den Antwortruf des Benevento-Rudels. Aber hütet euch, wenn ihr nicht würdig seid, hütet euch ...«

Er endete und stand mühsam auf. Dann legte er sich

erschöpft wieder hin, als Tervicz ihm die Nahrung näher hinschob. Eine Weile kaute Ambato daran.

»Du sprichst gut, Ambato vom Benevento-Rudel«, sagte Klimt voller Respekt. Es war eine lange Reise gewesen, von der er da gehört hatte – der Entfernung nach vielleicht so weit wie seine eigene, und offensichtlich war sie hart gewesen. Gewiß für einen so alten Wolf ein tapferes Wagnis.

»Warum hast du dein Rudel verlassen?« fragte er schließlich.

Ambato wußte gut, wie wichtig die Frage war, und auch, daß er seine Antwort richtig formulieren mußte. Er rückte hin und her und legte sich wieder hin, keuchte unwillkürlich vor Schmerzen, runzelte die Stirn und murmelte etwas vor sich hin. Er kam sich jetzt so alt vor, sehr alt. Aber dann lenkte er seine Gedanken wieder zu der Frage, die der Rudelführer ihm gestellt hatte: Warum hatte er das Benevento-Rudel verlassen? Warum hatte er das getan? Einst, als er jung war, waren ihm diese Frage und die Antworten dazu leichter erschienen, wie aus einem Guß. Aber jetzt und seit seiner Reise mit Elhana und nach der Art und Weise, wie sie aus den Fängen der madjarischen Wölfe gerettet worden waren, war keine Frage leicht, keine Antwort offensichtlich.

Er war niemals wirklich ein ausgesprochener Rudelwolf gewesen. Ein Träumer war er gewesen und hatte danach gestrebt, Wulf zu verehren. Wulf hatte ihn die Jahre hindurch getröstet. Aber bevor Elhana, seine Tochter von Lauria, zu ihm gekommen war, hatte er keine Möglichkeit gefunden, wie er Wulf dienen konnte, nicht so, wie sein Herz es verlangte und wie er es gewünscht hätte. Sein Leben hatte aus Warten, Hoffen, Träumen bestanden ... Dann war sie gekommen, und er hatte gewußt, daß er ihr helfen mußte.

»Allein hätte Elhana nicht zu euch kommen können. Nein, nein ... allein konnte sie es nicht, weißt du ...«

Ambato hielt ein gemurmeltes Selbstgespräch, seine Hinterkeulen zitterten wieder, und er wußte nicht, daß er laut gesprochen hatte und daß er seine Gedanken mit Wölfen teilte, die er kaum kannte. Ihm war nicht einmal bewußt, daß er Elhanas Namen ausgesprochen hatte.

»Ich weiß, daß sie gut sind. Ich weiß, daß sie die sind, nach denen ich gesucht habe ...«

Elhana versuchte zu ihm zu gehen, aber Tervicz stand ihr im Weg. Nach Klimts Haltung und der Art, wie er seinen Kopf zu dem des Benevento-Wolfes gesenkt hatte, wußte Tervicz, daß die beiden nicht gestört werden durften. Gewiß lag der alte Wolf im Sterben und hatte etwas auf dem Herzen, das er sagen mußte, aber Klimt war jetzt sein Rudelführer. Elhana schwieg, weil sie Tervicz verstand, aber jetzt war sie näher bei Ambato, nahe genug, um seine sanfte Stimme zu hören, die von Schmerzen gequält wurde.

»Dieser Wolf fragt mich, warum ich das Benevento-Rudel verlassen habe. Warum läuft ein Wolf plötzlich mit den Sternen? Na? Wie soll ich ihm das sagen, wenn er es noch nicht weiß? Sie wissen nicht, daß ich im Sterben liege, aber ich weiß es. Ich kann es spüren, wie das Leben und sein Reiz langsam verrinnen. Wulf ..., du hast mir einen Traum eingegeben, du hast mir den Wolfsweg zu den Sternen gezeigt, und dann hast du mich mein ganzes Leben warten lassen, bis es fast zu spät war und ich zu alt, um noch dorthin zu kommen. Dann kam sie, und ich wußte, du wolltest, daß ich ihr helfe, diesen Ort zu erreichen, aber ich habe die Kraft nicht ...«

»Welcher Ort, Ambato? Erzähl uns von diesem Ort ...«

Hatte Klimt zu ihm gesprochen? Oder war es der Wind, der flüsternd durch die Spalte in der Felsenrinne heraufkam, herauf aus einer längst vergangenen Zeit, und der unter ihnen war, bald hier im alten Wintergras, bald dort sanft und beharrlich um den Felsen herum, in dessen Schutz Ambato lag?

»Du weißt, Wulf, es ist der Ort, wo du und Wulfin und die anderen lebten, und er ist unermeßlicher als die Sterne, die dorthin führen, obwohl er sterblichen Wölfen nur als ein Fels erscheint. Der Wulfsfelsen. Aber du hast mir den Weg gezeigt und hast mir den Traum davon eingegeben. Ich wußte, daß du auch ihr etwas davon gezeigt hattest. Aber nicht alles, und so mußte ich ihr helfen, aber ich durfte ihr nicht sagen ... nicht sagen, daß es die Liebe war, die mich vorwärtsführte und mich weiterführte, als sie kam ... Du hast ihr die Gangart ihrer Mutter Lauria verliehen und ebenso ihren Augen das Licht ihrer Mutter. Ich wäre im Himmel, aber ich bin noch nicht dorthin gekommen, und ich liege im Sterben …«

»Welcher Ort, Ambato?« flüsterte der beharrliche Wind.

»Felsen, die dort aufragen wie sonst keine anderen. Felsen, aus denen Wulf seinen Anfang nahm, und auch Wulfin und alle anderen Götter. Felsen so kalt wie Wintereis und so verwirrend wie ein Schneesturm für diejenigen, die nicht wissen, wie man suchen muß. Felsen, die ein Schoß des Lebens für Wölfe mit reinem Herzen sind. Du hast mir diesen Ort gezeigt, als ich jung war, nur einmal hast ihn mich kurz schauen lassen. Er ist nah, ist so nah … Aber ich habe vergessen, wie man ihn findet, denn es war nicht in diesem harten Leben, als ich es wußte. Ein anderes Leben, ein anderes … Wulf! Warum hast du mein Leben von mir genommen und mich wiedergeboren? Warum hast du mich vergessen lassen, was du mir gezeigt hattest, und wo ist es?«

Diese letzten Worte waren ein Schrei der Qual und der Trauer. Hier sprach die Stimme von Wulf selbst, und Wulf würde sie alle führen. Der Alte mußte sprechen, er hatte soviel zu erzählen.

»Hier in der Nähe?« wunderte sich der Wind, der sie wieder umspielte und Ambatos Schmerzen linderte. Sein Atem wurde leichter. Er wandte sich Klimt zu, schaute ihm in die Augen und sagte: »Der Ort ist nahe, Wolf, aber keiner von uns ist bereit. Wir sind zu früh dran oder vielleicht zu spät …«

Er lächelte schwach und akzeptierte es jetzt, daß der Tod sich heranpirschte. Der Wind, der durch die Felsspalte heraufgeweht hatte, von der Vergangenheit in die Gegenwart, hatte für alle Wulfs Stimme mitgebracht. Aber Ambato schien es, er habe auch den Schatten gebracht, der auf alle Wölfe in der Zukunft wartet. Er lag schon auf seinem Gesicht und zehrte das Licht in seinen Augen auf.

»Elhana …« begann er.

Aber Klimt stand ihr im Weg, und als sie sich bemühte, an ihm vorbeizukommen, wandte er sich ihr zu und knurrte sie an. Sie wäre auf ihn losgegangen, aber Tervicz drängte sie zurück und biß nach ihr. Seine Pfoten traten zwischen die ihren, seine Kraft ließ sie zurücktaumeln.

»Ambato!« schrie sie verzweifelt. »Vater!«

Aha … sie ist also die Tochter.

»Er hat recht!« rief der schwache Ambato aus, um sie alle zu beruhigen. »Er hat recht …«

Dann herrschte langes Schweigen. Als Ambato seine Augen schloß, dachte Tervicz, er würde davongleiten, so leicht wirkte er auf dem Boden. Seine Rippen zeigten sich durch den alten Pelz, die Striemen und Furchen seiner Wunden im Gesicht, auf der Schulter und auf seinen Hinterkeulen schienen greifbarer zu sein als er selbst. Warum sollte Klimt die Wölfin nicht zu ihm gehen lassen? Was wußte er?

»Warum seid ihr hierhergereist, wenn du gewußt hast, daß dies nicht der Ort ist, den Wulf dir gezeigt hat?« fragte Klimt nüchtern.

Ambato regte sich, fast gereizt, und sagte: »Weil du hier warst. Vom Norden bist du gekommen, und er … er ist auch hier.«

Ambato zeigte mit schwacher Pfote auf Tervicz.

»Du weißt, wer wir sind?«

»Ich kenne eure Namen nicht, nein, aber ich weiß, wer du bist. Ein Jahrtausend lang hat es Wölfe gegeben, die wußten, daß du kommen würdest, und als du gestern diesen Mordgesellen sagtest, du gehörtest zu den Wölfen der Zeit, da wußte ich, warum ich hierhergekommen war …«

»Erzähl es uns, Wolf, erzähl es uns.«

Ambato blickte Tervicz an und gab ihm ein Zeichen, er solle näher herankommen.

»Du bist vom Bukov-Rudel, und du …« sagte Ambato zu Klimt gewandt.

Klimt antwortete nicht, deshalb runzelte Ambato die Stirn und versuchte nachzudenken, aber es fiel ihm nicht leicht ein. Schließlich sagte er: »Du bist aus dem Norden, jetzt erinnere ich mich. Einst wußte ich mehr, einst wußte ich deinen Namen und die Sterne, unter deren Konstellationen du geboren wurdest …«

»Ich bin Klimt von Tornesdal«, sagte Klimt sanft. »Im

Süden von uns gab es einst die Rudel von Storuman und Östersund, während es im Norden die vielen lappischen Rudel gab und ...«

»... und weiter entfernt das Onega-Rudel, in Rußland geboren und Wanderer über das Eis, o ja!«

»Du weißt solche Dinge?« sagte Klimt, und diesmal klang in seiner Stimme Erregung an. »Ja, in fernen Vorzeiten sind meine Vorväter von der Onega über das Eis gekommen. Ihre Väter waren zuvor von der Petschora selbst zugewandert!«

»Petschora, Geburtsort des Kriegsgottes ... Kobrin. Ist *er* gekommen?«

»Noch nicht ganz ...« sagte Klimt, dann stockte seine Stimme und fügte hinzu: »Aber diese Geschichten sind jetzt seit Generationen in unserem Rudel vergessen gewesen, und das Wissen über die Wolfswege war ebenso vergessen ...«

»Das Wissen von den meisten Wolfswegen ist vergessen, denn wie können Wölfe sich daran erinnern, wenn sie Generationen hindurch diese Wege nicht gekannt haben? Die Menschen haben unsere Wege und alle unsere Erinnerungen zerstört, außer einigen wenigen Bruchstücken, die für sich gesehen nicht mehr sind als die Faseleien eines alten Wolfes.«

»Nicht alle Erinnerungen sind verloren, alter Wolf«, sagte Klimt, »denn die Bedeutung des Herzlandes und der Tatra war immer bekannt. Zumindest das haben die Eltern ihre Sprößlinge gelehrt.«

»Zur Tatra, ja«, pflichtete Ambato sanft bei. Die Erregung darüber, daß er diese gemeinsamen Lehren mit Klimt teilte, hatte ihm für eine Weile etwas Leben eingeflößt, doch dieses Leben verebbte aufs neue. »Und vielleicht war es einst das zeitweilige Herzland der Wölfe, aber mehr als das ...«

»Mehr?« sagte Klimt. »Handelte der Traum, den Wulf dir eingab, von einem anderen Ort?«

»Ja!« sagte Ambato heftig und langte mit einer Pfote nach Klimt. »Ja! Vielleicht in der Nähe, aber anders. Ich habe es gewußt, als ich uns hierherführte, um dich zu finden. In dieser Gegend mag es so etwas wie ein Revier geben, so alt, wie wir es nur finden können, mit Wolfswegen von der Art, wie sie dieser Mensch gestern abend gefunden hat. Denn wovon ist das Herzland das Herzland?«

»Du fragst dich das auch!« sagte Klimt überrascht.

»Solche Dinge kann ich über ein Tal hinweg wittern!« sagte Ambato und lachte ein wenig bitter. »Wie sonst, glaubst du, hätten ein alter Wolf wie ich und meine Begleiterin so weit wandern können? Nach Stern und nach Geruch muß ein Wolf durch fremdes Land wandern. Außerdem sind in vergangenen Zeiten auch meine Vorväter diese Wege gezogen, um dorthin zu kommen, wo ich geboren wurde, und sie haben eine Erinnerung daran in meinem Herzen zurückgelassen. Genauso sind in deinem Herzen Erinnerungen an die schwierigen Wege zur Onega und zur Petschora und noch weiter. Du wirst am Ende deine Heimat finden!«

Darüber mußte Klimt fast weinen, denn in seinem ganzen Leben hatte er noch keine so tröstlichen Worte gehört.

Ambato hustete und keuchte, versuchte zu fressen, doch es gelang ihm nicht, dann hustete er Blut, fluchte und schlief ein. Klimt blieb an seiner Seite. Tervicz murmelte etwas vor sich hin und überprüfte das Revier. Seine Nackenhaare sträubten sich nur einmal, als er auf eine fremde Wolfswitterung stieß, die für seinen Geschmack zu frisch war, doch es gab keine anderen Anzeichen. Elhana blieb so nahe bei Ambato, wie es Klimt erlaubte. Sie war jetzt ruhiger und schien zu schlummern, doch wenn ihr Vater sich regte oder einen Laut von sich gab, dann war sie auf der Stelle wach.

Manchmal murmelte er etwas von Sternen und Träumen, und einmal versuchte er sogar aufzustehen, als wollte er sich zu dem Ort begeben, den er so sehr zu finden wünschte. Als die Abenddämmerung kam, schienen zwei Dinge ihnen allen offensichtlich. Erstens, daß sich Ambato zum letzten Mal darum bemühte, mit Klimt zu sprechen, und zweitens, daß mit dem verlöschenden Licht auch sein Leben erlosch.

Klimt zog sich eine Weile von Ambato zurück, woraufhin Elhana die Gelegenheit ergriff und seinen Platz einnahm. Diese beiden hatten überhaupt nicht unmittelbar miteinander gesprochen und kaum einen Blick ausgetauscht. Obwohl Klimts nordische Förmlichkeit im Umgang mit der Wölfin etwas steif war und Elhanas Haltung ihm gegenüber bis jetzt von einer verlegenen und nicht überzeugenden Unterwürfigkeit gekennzeichnet war, gab es doch zwischen ihnen auch die Empfindung einer Bindung, die durch die gemeinsame Erfahrung von Ambatos Ringen und Leiden entstanden war. Während Elhana offensichtlich mit Ambato litt, respektierte Klimt ihn ebenso offensichtlich auf eine Art, wie Rudelführer selten einen sterbenden Rüden respektieren, dem sie keine Loyalität schulden.

Zwielicht herrschte, als Ambato erneut sprach. Er gab ein Zeichen, daß er seine Worte an Klimt richten wollte, und Elhana überließ jetzt bereitwillig Klimt ihren Platz.

»Klimt von Tornesdal«, begann Ambato, »du siehst, daß ich meinem Ende nahe bin. Erst gestern bist du mir begegnet und meiner Begleiterin, deren Namen du kennst. Aus meinen Erzählungen weißt du, daß sie Elhana heißt, Elhana vom Benevento-Rudel. Sie war einmal die Leitwölfin dieses Rudels. Jetzt ist sie eine Vagabundin wie ich. Ich kann und will nicht für sie sprechen. Aber ich für meinen Teil habe kein Verlangen, als Vagabund zu sterben. Ein Wolf, der nur an sich selbst denkt, denkt an gar nichts. Nur im Rudel, in der Gemeinschaft mit anderen, findet der Wolf das, was richtigerweise sein Selbst genannt werden kann. Deshalb, Klimt von Tornesdal, bitte ich um Aufnahme in dein Rudel, obwohl du mich nicht kennst und ich dir nicht zu Diensten sein kann …«

Klimt blieb unbeweglich wie Eis, während das Zwielicht, das sie alle umgab, tiefer wurde. Dann sagte er: »Ambato vom Benevento-Rudel, als wir, Tervicz und ich, gestern dir zu Hilfe kamen, so taten wir dies, weil wir einen uralten Ruf gehört hatten, einen, auf den wir vielleicht in einem anderen Leben geantwortet hatten, doch damals ohne Erfolg. Wulf gewährte es, daß wir gestern rechtzeitig zu euch kamen, und hier bist du, vielleicht dem Tode nahe, aber noch am Leben. Ich habe keine anderen Mitglieder in meinem Rudel als Tervicz hier, doch in ihm sind viele Wölfe lebendig, und in ihm ist mehr Macht und Stärke, als er selber weiß. Es wäre eine Ehre für mich, wenn du einwilligtest, mit uns zu laufen …«

»In Krankheit und Gesundheit ...« flüsterte Ambato ironisch.

»Genau«, erwiderte Klimt.

Wie stark jetzt Klimt wirkte, wie lebendig, als er über dem kranken Benevento-Wolf stand! Doch auch wie sanft und respektvoll in seiner Haltung, auch wenn seine Worte sorgsam die feinen Unterschiede beachteten.

»Was ist dein Befehl?« fragte Ambato. »Was kann ich für dich tun?«

»Wirst du gehorchen und nie unloyal sein?«

»Ja.«

»Wirst du immer das Rudel über dich stellen und das Rudel über mich?«

»Immer!«

»Wirst du unsere Fähen und unsere Jungen vor den Menschen und den Wanderern schützen?«

»Immer, jetzt und in allen Leben, die da kommen!«

»Ist Wulf dein Gott?«

»Und Wulfin auch ...«

»Dann wird es uns eine Ehre sein, wenn du mit uns läufst ... Sprich den Namen des Rudels aus, das dich aufgenommen hat.«

»Ihr seid ... wir sind ... die Wölfe der Zeit.«

»Zu welchem Revier gehören wir?«

»Wir sind Ausgestoßene aus allen Revieren der Wölfe, außer aus einem, das ist ... das ist ...«

»Sprich seinen Namen, Ambato.«

»Es ist ...«

»Sag uns den Namen des Ortes, dessen Suche du dein Leben gewidmet hast!«

»Ich kenne seinen Namen nicht. Wir sind Ausgestoßene von allen Orten, alle ... Aber wo die Götter geboren wurden, wo Wulf seine ersten Schritte getan hat, wo Wulfin seine Gefährtin wurde, wo die Felsen in Nebel und Geheimnis aufragen und wo kein sterblicher Wolf hingehen kann, dieser Ort ... dieser heilige Ort ... könnte das Revier der Wölfe der Zeit sein, denn die Götter haben es jetzt verloren, und wir werden all dieses Land als unser Revier haben. Auch die Felsenklippen, die den Ort umgrenzen, wo der Wulfsfelsen aufragt. Das ist das Revier, das wir gewinnen und halten müssen, bis zu dem Tag, da Wulf wiederkehrt.«

Seine Stimme versagte, und er begann zu würgen. Elhana trat zu ihm und rieb ihn mit der Schnauze. Die Tränen in ihrem Gesicht glichen den Sternen, die über dem östlichen Horizont des Moorlandes erschienen.

»Klimt, ich kann nicht mehr sagen, denn es war nur ein Traum, den ich vor langer Zeit einmal hatte. Befiehl mir, was du willst, aber hiervon kann ich nicht weiterreden. Befiehl mir etwas anderes!«

Dies waren tapfere Worte, gesprochen von einem Wolf, dessen Zeit fast um zu sein schien. Tervicz nahm sie als nichts anderes, ebenso wie Elhana, tiefbetrübt und schweigend, sicherlich nicht anders gedacht hatte.

Klimt jedoch stand über ihnen allen, stark und stolz wie ein Berg, den man in der Ferne sieht, und seine Anwesenheit schien sogar selbst dem Tod zu trotzen, der sie den ganzen Tag so eng umzingelt hatte und jetzt mit den Schatten der Nacht zu ihnen heraufzukriechen schien, um Ambatos Leben mit sich zu nehmen.

»Du wirst meinem Befehl gehorchen, wie immer er lauten mag?«

»Ich werde es versuchen«, sagte Ambato.

»Dann höre gut zu, denn ich habe nicht die Gewohnheit, Befehle zweimal zu geben. In diesem Rudel sollte einmal immer genug sein, wie Tervicz weiß.« Jetzt klang in seiner Stimme tatsächlich die Schärfe eines entschlossenen Befehls an. »Du bist unter uns der älteste, Ambato. Nach dem wenigen, das du erzählt hast, scheinst du ein Wissen zu besitzen, über das keiner von uns verfügt. Wenn du stirbst, wer wird uns die Dinge lehren, die allein du kennst? Du hast allein schon länger gelebt als jeder von uns und kennst die Stärken und Gefahren eines solchen Lebens besser als wir. Wenn du stirbst, wer kann uns dann besser helfen als du, diese Gefahren zu vermeiden und diese Stärken zu erlernen? Du hast Wulfs Geflüster gehört und seine Träume kennengelernt. Du glaubst, daß es einen Ort gibt, den du zwar noch nicht erreicht hast, aber der irgendwo existiert, und wenn auch nur in unseren Herzen. Wenn du stirbst, Wolf, wer wird uns dann dort hinbringen?«

Er sprach langsam und deutlich und mit einer Stimme, die einem Rudelführer gemäß war, doch an keinen der Rudelführer erinnerte, die sie bisher gekannt hatten. Dieser Wolf führte nicht durch Gewalt allein oder durch sein Temperament. Er dachte an die Bedürfnisse des Rudels und bemühte sich, die Rudelmitglieder dazu zu bringen, daß sie mit ihrer Hilfe zur gemeinsamen Erfüllung beitragen. Mehr als das, er brachte seine Wölfe dazu zu glauben, sie könnten und müßten viel mehr tun, als sie zu können meinten.

Als Tervicz jetzt lauschte, begann er zu verstehen, wie es gekommen war, daß er den Glauben an sich selbst gewonnen hatte, seit er mit Klimt zusammen war. Jetzt sah er, wie Klimt in Ambatos Herz Entschlossenheit und Glauben an seinen Geist weckte. Er hielt den Atem an ob solcher Kühnheit. Welche Entschlossenheit konnte denn Ambato noch haben, wo er doch dem Tod so nahe war?

»Ich kann nicht viel für dein ... für unser Rudel tun«, flüsterte Ambato, »außer in Wunsch und Geist, denn ich ...«

»Es gibt etwas, das du tun kannst.«

»Nenne es, Wolf«, sagte Ambato schwach.

»Nur eins, das ich befehle.«

»Nenne es, Klimt von Tornesdal, der du jetzt mein Führer bist.«

»Du kannst leben«, sagte Klimt sehr ruhig. »Lebe für mich und lebe für alle von uns. Lebe, wie die Wölfe der Zeit gelebt haben.«

»Aber ...!« begann Ambato in sprachlosem Erstaunen.

»Du wirst nicht sterben und dem Rudel das wegnehmen, was es gerade erst als seinen Besitz entdeckt hat. Das darfst du nicht!« sagte Klimt heftig, die letzten vier Worte mit einem Knurren.

»Aber er ist dem Tod nahe, um Wulfs willen!« schrie Elhana plötzlich. Ihre Leidenschaften und ihr Kummer, die sie den ganzen Tag im Zaum gehalten hatte, brachen jetzt plötzlich durch. Sie stand Schnauze an Schnauze mit Klimt wie eine Leitwölfin neben dem Rudelführer, und in ihren Augen funkelte ein wildes Feuer. Tervicz, der an eine solche Leidenschaft nicht gewöhnt war, wäre am liebsten im Boden versunken aus Furcht, was wohl geschehen würde. Es kam ihm vor, als wären die Elemente selbst ausgebrochen.

Es schien auch, als sei ein wichtiger Augenblick im jungen Leben des Rudels gekommen und als würde sein Führer auf eine Art herausgefordert, die nur Leitwölfinnen zu Gebote steht, nicht körperlich, sondern geistig. Tervicz hatte noch nie die Anwesenheit einer so mächtigen Wölfin erlebt. Er schaute ängstlich fort, aber wartete und lauschte.

»Nein, Wölfin«, erwiderte Klimt ruhig. »Er denkt, er ist dem Tode nahe, und du denkst, er ist dem Tode nahe. Warum sonst habe ich dich fast den ganzen Tag von ihm ferngehalten? Deine Überzeugung, er sterbe, würde ihn noch mehr schwächen. Seine Wunden sind schlimm, doch er ist noch am Leben, und wie es aussieht, hört er uns zu. Ich habe ihm die Mitgliedschaft in unserem Rudel nicht gewährt, damit er schon an dem Tag, an dem er sich uns angeschlossen hat, zu einer toten Erinnerung wird, sondern damit er einige Zeit ein lebendiges Beispiel gibt!«

Er starrte Elhana an, und schließlich zog sie sich zurück. Ihr Schwanz zuckte gereizt, und sie murmelte etwas vor sich hin, ganz ähnlich wie es Ambato an diesem Morgen getan hatte.

»Nun denn, Ambato«, sagte Klimt in einem leichteren Ton, »du solltest dich lieber entscheiden, denn jetzt, da die Dämmerung gekommen ist, werden wir weiterziehen. Ich möchte hier nicht viel länger noch verweilen. Hier lauert Gefahr, und es gibt wenig Nahrung. Ich befehle dir, uns zu folgen. Was dich angeht ...« er wandte sich kühl an Elhana, »du hast nicht darum gebeten, dich unserem Rudel anzuschließen, und wir haben dich auch nicht gefragt. Dieser Wolf könnte noch unverwundet sein, wenn du ihn dich nicht so weit hättest führen lassen.«

»Aber ...« protestierte Elhana und blickte ihn zornig an.

»Vielleicht wirst du uns folgen, wer weiß?« sagte Klimt unverbindlich.

»Aber ich bin mit ihm gekommen«, sagte Elhana.

Klimt zuckte mit den Schultern und sagte: »Und wenn er jetzt meinem Befehl folgt, dann kommt er mit uns. Vielleicht kannst du dich uns nützlich machen, vielleicht auch nicht. Aber komm uns nicht zu nahe. Nordische Wölfe beißen! Kommt, Tervicz, und du, Ambato, machen wir uns auf den Weg ...«

Jetzt wagte Tervicz wieder aufzublicken, und er nahm eine Stellung hinter Ambato ein. Er wartete, bis der alte Wolf sich endlich schwankend und murmelnd erhob – nicht glaubend, was er da selber tat – und langsam hinter Klimt herzuhumpeln begann. Der Rudelführer zog mit langsamem Schritt los, zwischen den Felsbrocken hindurch und hinaus ins Moorland. In einer gewissen Entfernung folgte Elhana den anderen drei.

Zuerst war sie über Klimts scheinbare Gleichgültigkeit ihr gegenüber wütend und auch unglücklich gewesen. Denn nachdem sie so lange mit Ambato gereist war, gefiel es ihr nicht, sich allein zur Ruhe niederzulegen, selbst wenn die anderen nicht so weit weg waren. Aber sie empfand Scheu wegen Ambatos offenkundiger Erholung und auch wegen der einschüchternden Macht, die sie in Klimts Gegenwart spürte. Er erschien ihr als ein kühler und zurückhaltender Wolf – ganz anders als alle Rüden, die sie unter den Benevento-Wölfen gekannt hatte, und doch ... Immer wieder erinnerte sie sich an diesen kurzen Blick, den sie ausgetauscht hatten, als er ihnen zu Hilfe gekommen war. In ihm hatte auch sie einen Teil eines Lebens erblickt, das sie irgendwie vor Jahrhunderten verloren hatte. Eines Lebens vielleicht, das seit langem in den Wolfswegen der Zeit zurückgelassen worden war, aber zu dem die Reisen von Wulf weiß wie vielen nachfolgenden Leben sie zurückgebracht hatten.

»Vielleicht«, überlegte sie bei sich selbst, als sie Stunden später ausruhte, ihre Pfoten leckte und dem sanften Geplauder der anderen drei lauschte, die ein wenig nördlich von ihr lagen, »vielleicht fürchtet er das, was ich wirklich bin. In diesem Blick haben wir mehr ausgetauscht als nur ein Wiedererkennen. Darin waren auch Zweifel und Furcht.«

Sie sann darüber noch etwas länger nach, bis ihre Gedanken zu besseren Dingen abschweiften, zu Träumen und Wünschen. Elhana kuschelte sich noch bequemer zusammen und überlegte, daß sie – zumindest bis jetzt – die einzige Fähe am Rande eines Rudels von Rüden war – falls man es ein Rudel nennen konnte, wo es doch noch keine Wölfinnen hatte! Mehr noch, sie war am Beginn der Bildung des Rudels dabei, und was immer Klimt mit den »Wölfen der Zeit« gemeint haben mochte, es klang entschlossen und wichtig und nach mehr als nur einer Legende, und sie wollte ein Teil davon sein.

Die Nacht kam. Mit den anderen in der Nähe und der Empfindung, daß Klimts Anwesenheit jetzt sie alle dominierte, schlief Elhana tiefer als in den vergangenen Monaten. Klimt, der die Wache übernahm, kam und starrte sie aus den Schatten an. Er überlegte, was für eine Wölfin sie war und was für eine Wölfin sie eines Tages wohl werden mochte.

Viertes Buch

Das zerrissene Herzland

Worin zu Beginn des Endes des dunklen Jahrtausends die Wolfheit und die Menschen sich gegenseitig und einander bekämpfen, während sie einen Weg aus dem ewigen Streit suchen

Kapitel 1

Ein Rudelführer und eine Leitwölfin finden keine Harmonie, und wir begegnen Jägermann

Zehn Tage später, nachdem die Gruppe lange heimlich über das südliche Moorland gewandert war, wurde Elhana gewahr, daß sich noch andere Wölfe in der Gegend herumtrieben. Sie nahm dies als eine willkommene Gelegenheit, direkt mit Klimt zu reden, denn sie wußte nicht, ob er die anderen gesehen hatte.

»Das wissen wir«, sagte er schroff. »Während du letzte Nacht geschlafen hast, sind Tervicz und ich losgegangen, um sie zu beobachten. Zweifellos haben sie dich gewittert.«

Er lächelte kühl und fügte dann hinzu: »Warum wohl habe ich dich auch weiterhin getrennt von uns wandern lassen, wenn nicht, um andere Wölfe aufzuscheuchen?«

Elhana zog sich verärgert zurück. Sie fühlte sich zurückgewiesen. Sie war also nur ein Köder … Eine Wölfin, die man benutzte.

»Er ist so zurückhaltend und abweisend!« sagte sie sich. »Ich möchte nicht mit ihm als Rudelführer Leitwölfin sein! Aber zumindest sieht Ambato aus, als hätte er etwas von seiner früheren Stärke zurückgewonnen.«

Etwas, aber nicht alles. Ihr Vater hatte sich erholt, aber er war jetzt magerer und hatte nicht nur mehr Falten im Gesicht, auch sein Pelz erschien jetzt grauer und ausgeblichen. Er hatte nicht mehr lange zu leben. Nicht mehr als eine Jahreszeit oder so.

Nach dieser kurzen und unbefriedigenden Begegnung mit Klimt zog sich Elhana erneut in die Schatten zurück und gab sich angenehmen Betrachtungen über die Wölfe hin, die in der Nähe herumlungerten. Es waren zwei oder vielleicht auch drei, alles Rüden, die sich von den Orten fernhielten, an denen sich Klimt und die anderen befanden. Gelegentlich bekam sie sie flüchtig zu sehen, und sie vermutete, daß es sich um Vagabunden handelte, allerdings wußte sie nicht, aus welchem Stamm, denn deren Verbindung von stämmigem Körperbau, steifbeinigem Gang und rotbraunem Pelz war ihr nicht vertraut.

»Sie sind bestimmt hinter mir her«, dachte sie mit einer gewissen Erwartung. Es war schon etliche Jahre her, seit ein Rüde es gewagt hatte, so offen sein Interesse für sie zu zeigen – abgesehen von dem Madjarenführer Zänker –, und sie bedauerte nur, daß auf ihrer langen Reise zur Tatra Ambato so etwas scheinbar nie in den Sinn gekommen war. Nicht, daß sie ihren Vater begehrt hätte, obwohl ein solcher Gedanke sie nicht abstieß: Wölfe müssen, wo Wölfe können, wie ihr ihre Mutter einmal mit einem bitteren Lachen gesagt hatte. Aber ihr hätte die Gelegenheit gefallen, nein zu sagen.

Solche Gedanken wie diese kamen wieder, aber sie beherrschten nicht ihr Denken. Während jener Tage der Erkundung beeindruckte sie weit mehr die Ausdehnung und die Natur des Territoriums, auf dem sie sich befanden.

Die dunklen Höhen hin zum Tatra-Gebirge schienen jeden Ausblick zu beherrschen, doch in Wirklichkeit waren die Flußtäler, die sich von Osten und Westen in die Berge hinaufschlängelten, tief genug, daß vom Talgrund aus tagelang nichts von den Bergen zu sehen war. Das »südliche Moorland«, wie Klimt und Tervicz es nannten, war in Wirklichkeit ein Gebiet mit welligem Weideland und Wäldern und bildete die Wasserscheide für die Flüsse, die das Land nach Osten, Westen und Süden zerteilten.

An seiner Südgrenze fiel das Moorland ab. Vom höchsten Punkt des letzten Steilabbruchs konnte man das große Tal der Donau sehen, das sich nach Südwesten erstreckte. An kristallklaren Tagen, gewöhnlich nach Regenfällen, konnten sie die riesige Masse der Alpen erkennen, die Elhana und Ambato bis zu ihrem östlichen Ende durchzogen hatten und deren Gipfel von Nebel und Wolken umhüllt waren.

Die Felsenrinne, die Klimt sie unmittelbar nach ihrer Rettung vor den Madjaren hinaufgeführt hatte und wo sie sich in jener ersten Nacht ausgeruht hatten, befand sich am südwestlichen Ende des Moorlandes und erschien Elhana wie auch den anderen als ihr wahrer Stützpunkt. Von dort aus führte Klimt das Rudel Wölfe in immer größer werdenden

Schleifen jedesmal auf neues Terrain und machte sie gleichzeitig mit dem vertraut, was sie schon kannten.

In dieser Zeit lernten sie einiges über die Wanderungen der Hirschrudel und sahen, wie das Rotwild die unzugänglicheren Baumgruppen über den Bächen und Flüssen als Lager benutzte und auf wenigen, ausgewählten Routen die wilderen Wasserläufe und Bergseen erreichte, um dort zu trinken und sich zu paaren.

Östlich von diesem Revier lag der Mittelpunkt des Territoriums der Madjaren, in den oberen Enden von Flußtälern, die ihnen nicht nur Zugang zum Moorland gewährten, sondern auch nordwärts zur Tatra und den Karpaten und westwärts zu tiefer gelegenen Gebieten. Diese Gegenden mieden Klimt und sein kleines Rudel gewöhnlich und betraten sie nur zu Zwecken der Erkundung, um die allgemeine Lage und den Zusammenhang der Moorlandgebiete zu verstehen, von denen sie zu hoffen begannen, sie könnten sie sich zu eigen machen. Diese Gebiete befanden sich mehr in einer Randlage und waren dem Wetter stärker ausgesetzt. Beute war hier seltener. Manche Teile dieses Landes waren auf unangenehme Weise voller Wasser, das sich in stehenden Tümpeln sammelte oder in Seen, die sich in alle Richtungen erstreckten, außer nach Norden. Ein ödes Land, ein öder Teil des Herzlandes, über dem die nördlichen Steilwände wenig einladend aufragten.

Die fremden Rüden lungerten weiterhin herum, kamen täglich immer näher an Elhana heran und beobachteten sie. Klimt ließ sie bei einer Jagd mithelfen und die Beute teilen. Aber keinem war erlaubt, mit Elhana zu sprechen.

Wenn nicht das Rudel in der Nähe gewesen wäre und wenn sie sich an die Wildheit des Angriffes der Madjaren erinnert hätte, dann wäre Elhana vielleicht besorgter gewesen. Aber sie war nicht so alt, daß sie schon die Witterung eines suchenden Rüden vergessen hätte, wenn sie auf einen stieß. Jetzt war März, und der Frühling war nicht mehr fern. Sie hatte schon seit Wochen das Verlangen nach Paarung.

Sie hätte vielleicht versucht sein können, allein fortzuwandern in der Hoffnung, einer der Rüden würde sie finden. Doch eines Tages war Klimt selbst vorbeigekommen, da er die Konkurrenz gespürt hatte (zumindest hoffte sie das), hatte sich vor sie hingestellt und sie angestarrt. Das gefiel ihr besser, und sie hatte seinen Blick lang genug erwidert, um zu zeigen, daß er ihr zumindest nicht gleichgültig war, bevor sie sich mit hocherhobenem Kopf abwandte und ins Unterholz verschwand. Sie umkreiste den Platz und kam zu der Stelle zurück, an der er sich aufgehalten hatte. Dort blieb sie eine Weile stehen und genoß das Nachklingen seiner Anwesenheit: dunkel, seltsam, mächtig, ernst, furchteinflößend. Es gefiel ihr und ließ sie erzittern.

So fühlte sie sich ausreichend ermutigt, Abstand von ihren unsichtbaren Bewunderern zu halten, obwohl sie sich weit genug hinter Klimts Gruppe aufhielt, daß die Besucher Freiraum gehabt hätten, noch näher heranzukommen. Eines Nachmittags wagte es dann einer von ihnen, ihr direkt vor die Augen zu treten. Ganz gewiß ein slawischer Wolf, jung, mit einem struppigen Pelz. Ihm fehlte noch die Geschmeidigkeit der Reife und des Selbstvertrauens. Dazu war er scheu und unsicher. Sie ließ ihn bis zur Abenddämmerung in ihrer Nähe herumlungern, dann jagte sie ihn davon und machte dabei genügend Lärm, damit Klimt es hören konnte. Sie wollte, daß er es hörte.

Als der Wolf verschwunden war, kam Klimt und starrte sie wieder stumm und ausdruckslos an. Zum ersten Mal spürte Elhana, daß sie ihn wollte oder das, was er ihr geben mochte. Wölfe wie der, den sie eben fortgejagt hatte, hätten ihm gegenüber keine Chance. Es war, sagte sie sich, eine Frage der Macht, nicht der Zuneigung oder Liebe. Nein, was sie wollte, war die Macht, Leitwölfin eines Rudelführers zu sein, der ein Rudel zusammenhalten und nach seinem Willen formen konnte. Einem solchen Wolf konnte sie viel geben.

»Viel ...« sagte sie heftig zu sich selbst, überrascht von der Leidenschaft, die sie empfand, und der plötzlichen Erregung, die sie durchschauerte. Sie war von der Liebe besessen gewesen, aber seit sie Klimt getroffen hatte, begann sie die

Hoffnung aufzugeben. Macht und der Schutz durch einen so Starken schienen noch stärker zu sein.

Am folgenden Tag erschien der Wolf, den sie verscheucht hatte, wieder und präsentierte sich. Aber sie war unbeeindruckt von der Schnelligkeit, mit der er hangabwärts verschwand, als eine massivere Drohung erschien: ein großer und kräftiger Rüde unbekannter Herkunft, einer von den anderen beiden, die dem Rudel gefolgt waren. Nachdem er den anderen Wolf schon mit seinem bloßen Blick verjagt hatte, zögerte der neue Wolf nicht, sondern ging geradewegs auf Elhana zu, beschnupperte sie und gab sein Verlangen, wenn auch nicht ganz seine Absichten, klar zu verstehen.

Sie knurrte heftig, um so mehr, da er eine einschüchternde Art hatte, und wenn er auch Klimt und Zänker, dem Anführer der Madjaren, nicht ebenbürtig war, so würde er wahrscheinlich nicht ohne einen Kampf weichen. Im Vergleich zu den Benevento-Wölfen waren die Rüden aus dieser Gegend wirklich eindrucksvoll.

Sie knurrte ihn an, und der Wolf zog sich rituell zurück. Dabei sträubte sich auf angenehme Weise sein Nackenfell. Elhana knurrte noch lauter, in der Hoffnung, daß Klimt ein weiteres Mal herbeikäme. Er kam jedoch nicht, obwohl sie vermutete, daß er irgendwo im Windschatten in der Nähe war, denn dort unter den Stechginsterbüschen hätte sie ihn nicht gewittert. Sie wartete, und es dauerte nicht lange, da kam der Rüde wieder näher und ließ sich an einer Stelle nieder, die er mit seinem Duft markierte. Er sah groß und selbstbewußt aus. Sein Gesicht war zerfurcht und mit Narben überzogen, sein Schulterpelz hatte schüttere Stellen. Würde Klimt ihn wirklich in Ruhe lassen? Konnte er das? Für Elhana begann ein unsicheres Warten. Nach ihren Vorstellungen konnte es durchaus lange dauern.

Doch dem war – anscheinend – nicht so. Sicher war es noch nicht Mittag, als der dritte Vagabund erschien. Er war nicht viel kleiner als der, der es sich vor Elhana so gemütlich gemacht hatte, aber weniger kräftig, und doch ... vielleicht geschmeidiger und auch jünger. Elhana erlaubte sich ein Lächeln.

Die beiden schienen einander zu kennen, denn der größere rührte sich überhaupt nicht, sondern blickte den Neuankömmling nur finster an und sagte: »Wo zum Teufel kommst du denn her?«

»Vom gleichen Ort wie du, möge Wulfin der Seele unserer Mutter Ruhe geben!« erwiderte der andere, grinste boshaft und und spazierte unbekümmert an ihm vorbei, geradewegs auf Elhana zu.

»Edle Wölfin, du bist, wie ich höre, in dieser Gegend fremd und allein. Oder quasi allein. Die wandernde Wolfschaft der Moorlande der Tatra wartet darauf zu sehen, ob dieser blutdürstige und, wenn ich so sagen darf, eindrucksvolle Wolf, der vor einigen Tagen deine Haut gerettet hat, Klimt von Tornesdal also, dich auffordern wird, dich seinem Rudel anzuschließen. Wir brauchen kaum zu fragen, um welche Stellung es da ginge, wenn er dich fragt. Jedoch er scheint in Sachen Paarung und so weiter ein bißchen langsam zu sein. Nordisch eben. Die sind da so. Die kalten Sommer sind schuld. Brrr! Nicht gut für die Lenden. Ha!«

Er lachte, und Elhana lächelte.

»Inzwischen wünschen einige andere von uns, besonders ich, unsere Ansprüche auf dich vorzubringen, und wie die Dinge liegen ... Mein Name ist Stry.«

Doch mit einem sehr wachsamen Blick auf Elhana und einem vertraulichen Zwinkern, als wollte er sagen: »Entschuldigung für die Unterbrechung – ich bin bald wieder zurück«, sprang Stry zur Seite und nochmals zur Seite, als der andere Wolf mit einem riesigen Sprung und einer heftigen Attacke direkt auf ihn losging. Der Angriff ging fehl, und seine Wucht trug den größeren Wolf ein gutes Stück weiter, bevor er anhalten und sich umwenden konnte. Inzwischen hatte sich Stry gemütlich auf dem Platz niedergelassen, wo sich der erste Wolf befunden hatte.

»Darf ich dir Morten vorstellen? Er ist älter als ich und steht im Rang über mir«, sagte Stry mit einem Grinsen.

Morten blickte ihn finster an, machte ein paar Schritte auf Elhana zu, ließ sich wieder nieder und beobachtete die beiden. Elhana bemerkte, daß sich außer den Narben in seinem

Gesicht auch angenehme Falten der Geduld und sogar Gutgelauntheit zeigten.

Elhana rutschte zur Seite, stand auf und nahm wohlüberlegt einen Platz ein, an dem sie von beiden gleich weit entfernt war und von dem aus sie beide gleich leicht sehen konnte und dazu noch die Deckung, aus der schließlich, wie sie hoffte, Klimt auftauchen würde. Sicher war er in der Nähe …

»Was für ein Unfug, das Ganze«, sagte Stry sarkastisch. »Ziemlich öde in gewisser Weise. Doch die Erde dreht sich und dreht sich! In unserem Fall für immer.«

»Kennt ihr euch?« fragte Elhana höflich.

»Wie ein Fluß sein Ufer kennt«, sagte Stry vergnügt, »wobei ich der Fluß bin, und zwar ein besonders schöner und reichlich fließender, und Morten ist das Ufer, allerdings ein ausgenommen langweiliges.«

»Wie Rudelführer ihre Knirpse kennen«, bemerkte Morten kühl, »wobei er der Knirps ist.«

»Aha! Eine interessante Sicht der Dinge, Elhana – wir dürfen dich doch Elhana nennen, nehme ich an?«

»Wie weißt du …«

»Herumkriechen, lauschen, in der Nacht lauern, so machen wir hiesigen Wölfe es.«

»Seid ihr Madjaren?«

»Genaugenommen sind wir Slawen, nicht dasselbe wie die Madjaren, mehr brauchst du nicht zu wissen«, sagte Stry selbstbewußt und rutschte ein bißchen näher. »Bring das nicht durcheinander, sonst hat dich die ganze Gegend auf dem Kieker … Doch ja, wir kennen einander, was kaum eine Überraschung darstellt, da wir dieselbe Mutter und denselben Vater haben und am selben Ort geboren wurden.«

Morten stieß einen schweren Seufzer aus und sagte: »Ich erzähle dir die kürzere Version, damit dir erspart bleibt, dir von ihm die längere anhören zu müssen. Es ist wahr, wir sind Brüder. Wir waren zu dritt, zwei Rüden und eine Fähe. Er war der Knirps. Menschen haben unsere Eltern erwischt, Menschen haben auch unsere Schwester erwischt. Wir haben überlebt. Wir haben die Tatra überquert und genießen es, den

Madjaren aus dem Weg zu gehen. Das ist alles, was du über uns wissen mußt ...«

»Wirklich?« sagte Elhana und wandte sich Stry zu. Morten hatte in einem ruhigen Ton gesprochen, aber sie hatte den Verdacht, daß seine Stimme über eine tiefere Geschichte hinweggetäuscht hatte.

Stry sagte: »Ich werde dir die Wahrheit sagen. Es ist nicht alles. Die Menschen hätten mich fast getötet, aber er rettete mich im letzten Augenblick, so wie Klimt dich gerettet hat. Er schleifte mich in Sicherheit.«

»Schleifte ihn den ganzen verdammten Weg zu einem Ort, der Stry heißt, und dann sagte ich: ›Von hier aus kannst du allein weitergehen oder gar nicht!‹«

»Deshalb nannte er mich Stry. Er sagte, dort hätte ich angefangen.«

»Erinnerst du dich an deine Eltern?« fragte Elhana.

»Ich erinnere mich an einen großen Wolf und wie ich mich hinter ihm verstecke. Ich erinnere mich, wie meine Mutter mich dazu bringt, mit Zittern aufzuhören. Ich erinnere mich, wie sie mich wegschleppen. Ich erinnere mich ...«

Stry schaute Morten an, der seinerseits auf den Boden starrte. Es schien deutlich genug, an was für eine Mutter und was für einen Vater Stry sich erinnerte. Ebenso deutlich war auch die Liebe und Ergebenheit, die er seinem Bruder rückhaltlos zukommen ließ, trotz all seiner Neckerei und Schalkhaftigkeit.

»Und jetzt?«

»Er ist stärker, größer, schwerer ... aber ich bin geschmeidiger und schneller und leichter«, sagte Stry und lachte. »Manchmal fängt er mich, und manchmal lege ich ihn rein, wie heute, hier und jetzt. Da er eindrucksvoll ist, aber nur schwer den Mund aufkriegt, und ich weniger eindrucksvoll bin, doch mich ziemlich gut ausdrücken kann, hast du eine schwere Wahl zu treffen, Elhana vom Benevento-Rudel. Oh, erzähl uns von deiner Reise hierher, von den Territorien, die du durchquert, oder von den Orten, die du gesehen hast. Erzähl uns von der südlichen Sonne und von den Bergen, die so heiß sind, daß dort nie Schnee fällt. Erzähl uns!«

Während Stry sich in diesen ironischen Appell hineinsteigerte und sein Bruder viel schlimmer gelaunt dreinblickte, als er wahrscheinlich war, sagte sich Elhana, daß es nicht nur die Art war, in der Stry sich und seinen Bruder vorstellte, was sie lächeln ließ, sondern die Tatsache, daß es sehr lange her war, seit sie diese Art von Gespräch genossen hatte. Tatsächlich seit den fernen Tagen, als sie noch die Leitwölfin des Benevento-Rudels gewesen war. Seit einem jener Sommertage mit reichlich Nahrung und einem kühlen Wind.

»Nun, edle Wölfin, wir ...« begann der unermüdliche Stry wieder.

»Stry ...« sagte Morten leise, doch in einem ausreichend warnenden Ton, daß zumindest Elhana erschreckt aufblickte und sich dann in der Lichtung umschaute, wo sie miteinander redeten.

»Schon in Ordnung, ich bin nicht ...« fuhr Stry fort, der vielleicht dachte, Mortens warnender Ton beziehe sich darauf, daß er bei seinen Annäherungsversuchen an Elhana übertreibe.

Aber etwas ganz anderes hatte Elhana wie auch Morten veranlaßt, sich auf ihre Pfoten zu erheben. Denn aus dem Dickicht, vor dem Stry hockte, war Klimt gekommen, riesig und zornig dreinblickend, doch stumm wie der Tod, so daß keiner von ihnen ihn gehört hatte. Bevor noch einer von ihnen sich bewegen konnte, sprang Klimt auf Stry los und warf ihn geschickt um. Sein Maul schwebte über Strys Kehle, und er schaute Morten herausfordernd an.

»Ach du lieber Himmel!« sagte Stry mit erstaunlicher Gelassenheit. »Überrumpelt!«

Sein Bruder ging drohend auf Klimt zu, den Kopf immer tiefer gesenkt, die Augen immer wilder. Sein kräftiges, zerfurchtes Gesicht schien ein erschreckendes Eigenleben zu führen. Sein Rachen war leicht geöffnet.

Klimt setzte eine Pfote auf Stry und rollte ihn mit einem ganz sanften Schubs in einer großartigen Geste beiseite, die mehr von Macht als von Überlegenheit sprach. Er schnappte nicht nach dem besiegten Wolf, es gab keine Bestrafung nach dem Kampf, sondern eher die ruhige Selbstsicherheit eines

Wolfes, der in wenigen kurzen Augenblicken gezeigt hatte, daß er den anderen dominieren konnte und daß er nicht mehr zu tun brauchte. Stry kannte seinen Platz und bewegte sich bereitwillig genug zur Seite, stand auf, zog sich von den anderen beiden zurück und schüttelte sich. Dann stand er da und beobachtete.

Klimt wandte sich Morten zu. Beide schauten sich an und knurrten. Ihre Vorderpfoten scharrten am Boden. Jeder hielt Ausschau nach der ersten Bewegung des anderen.

Stry sagte unverzagt und in einem leichten Ton zu Elhana: »Na ja, ich weiß nicht, aber in einer Zeit wie dieser denke ich immer, es muß noch eine bessere Möglichkeit geben.«

Zu Elhanas großer Überraschung knurrte der sonst so schweigsame Morten, wobei er jedoch nicht einmal seine Augen von seinem Gegner abwandte: »Sag es mir, wenn du sie gefunden hast. Ansonsten halt die Klappe!«

In seiner Stimme klang eine gewisse wehmütige Ironie an, die sie nicht erwartet hatte. Es gab noch andere Dinge, die sie nicht gewußt hätte, wenn sie nicht die beiden Wölfe einander gegenüberstehen gesehen hätte wie jetzt. Zum Beispiel, daß der slawische Wolf der größere von beiden war, nicht Klimt, der den Eindruck der Größe durch die Kraft seiner düsteren und schweigenden Persönlichkeit vermittelte, wie sie jetzt erkannte.

Es war offensichtlich genug, wer von den beiden den größeren Hunger nach Macht hatte: Klimt. Er bewegte sich mit härterer Entschlossenheit, blickte gesammelter und konzentrierter, und als er jetzt langsam und vorsichtig Pfote um Pfote setzend sich näherte, schien er irgendwie intensiver zugegen zu sein. Ein Felsen, an dem die schwerste See sich brechen würde.

Morten jedoch zuckte nicht und zeigte kein Zeichen von Angst, er hielt wachsam stand, verlagerte sein Gewicht von einer Pfote auf die andere und bereitete sich auf jede notwendige Bewegung vor. Während sie ihn beobachtete, schien es Elhana, daß Morten eine Eigenschaft besaß, die sie zuvor noch nicht gesehen hatte. Es war mehr als Stärke und Mut und gewiß mehr als einfacher männlicher Stolz.

»Er sucht«, flüsterte Elhana bei sich selbst, »und hofft, daß er findet ... Ha, er prüft Klimt!«

Eine Prüfung! Klimt stürzte sich plötzlich vorwärts, Morten hob beide Vorderpfoten vom Boden und bäumte sich auf, um Klimts Angriff abzufangen. Klimt wich aus, duckte sich und biß seinen Gegner schmerzhaft in die Schulter, als er an ihm vorüberfuhr. Morten knurrte vor Schmerzen und wandte sich zur Seite, doch zu spät, um den Angreifer noch zu fassen.

Die beiden standen aufs neue einander gegenüber. Sie keuchten. Über Mortens Schulter rann Blut. Beide hielten den Atem an. Klimt legte wieder los, diesmal direkt und hart. Seine Pfoten verschränkten sich kurz mit denen Mortens, dann umklammerte er ihn fest und eng umschlungen. Klimt war schneller und beherzter, Morten langsamer, doch kraftvoller. Wenn er mit dem Kopf ruckte oder ihn hin und her schwenkte, dann mußte Klimt sich anstrengen, mit den Pfoten auf dem Boden zu bleiben.

Klimt, der fast das Gleichgewicht verlor, drehte sich wieder um, wand sich und riß sich los. Er knurrte grimmig und war dann ganz plötzlich still. Morten schaute ihn erstaunt an. Er keuchte und japste und war froh, einen Moment auszuruhen zu können. Klimts plötzliche Selbstbeherrschung und Ruhe schüchterten ihn ein.

Klimt wandte langsam den Kopf und blickte auf Elhana. Unbewegt und unnachgiebig begegneten seine Augen ihrem Blick und machten auch sie schweigen. Es schien, als hätte Klimt die ganze Welt zum Schweigen gebracht und als wartete alles jetzt darauf, daß er sich wieder bewegte: die Wolken am Himmel, die Wölfe, die auf ihn schauten, selbst der Wind im Gras und in den Bäumen. Elhana fühlte sich innerlich wie betäubt und wußte, daß sie auf ihr eigenes Schicksal schaute.

Sie hatte von einem Partner geträumt, der ihrem Verlangen und ihrer Empfindung für ihre Bestimmung entsprach. So oft hatte sie schmerzlich die Einsamkeit desjenigen gespürt, der glaubt, daß das Leben begonnen hat, an ihm vorbeizugehen, bevor er noch seine Bestimmung erfüllt und seinen wahren Gefährten gefunden hat. Jetzt, verwirrt und benommen durch Klimts Blick, sah sie, daß Träume und Schicksal eine Sache sind, deren Wirklichkeit aber eine andere – weniger sicher, weniger bequem, Wege offenbarend, die sich vielleicht als zu schwer erweisen. In diesen Augenblicken wurde Elhana aufgewühlt von neuentdeckten Hoffnungen und der ernüchternden Einsicht, daß deren Erfüllung von ihr vielleicht mehr verlangen würde, als sie zu geben hatte, und ihr weniger Trost geben würde, als sie erhofft hatte.

Dann – es kam so plötzlich und schockierend wie die Stille – bewegte sich Klimt. Gerade eben hatte er sie noch im Blick, da wandte er sich schon wieder Morten zu, zitterte ganz leicht und stürzte auf ihn los, fürchterlich und unaufhaltsam. Von irgendwoher hatte er eine Kraft und Stärke bekommen, über die er in der ersten Phase ihres Kampfes anscheinend noch nicht verfügt hatte. Von irgendwoher, schien es, war das Licht der Gnade der Führerschaft über ihn gekommen, in seinen Pelz, in das Glitzern seiner Augen, in die Entschlossenheit seiner Pfoten und in den gebieterischen Stoß seines Schnauzengriffs an Mortens linker Schulter. Er wurde in seiner Reaktion gestoppt und umgedreht. Er hatte zuvor die Muskeln seiner Hinterbacken gespannt, um diesen Sturz zu verhindern, doch dann gab er auf und rollte knurrend zur Seite.

Klimt sprang hinter ihm her und stellte sich über ihn. Es gab keinen Zweifel: Wenn Morten sich nicht ergab, und zwar schnell, dann würde Klimt ihm eine wirkliche Verletzung zufügen.

»Nein!« flüsterte Stry, der ein Stück weg auf der Seite stand. Er war geschockt und traurig und hatte Angst um seinen Bruder.

»Nein«, knurrte Morten mit tiefer Stimme. »Nein ...«

Er drehte sich noch auf dem Boden liegend um, hob die Pfoten vom Boden und unterwarf sich dem nordischen Wolf.

»Ja«, sagte Klimt, und seine Stimme war dabei auf so rauhe Art sanft wie das Zischen des Windes über dem Eis auf den Fjälls oberhalb von Tornesdal. »O ja ...«

Sein Schwanz zuckte, seine Augen wurden sanft. Stolz

und herausfordernd schaute er sich in der Lichtung um, ob jemand an ihm zweifelte, dann blickte er auf den besiegten Wolf. Er bückte sich und zwickte in Mortens andere Flanke, fest genug, um ein schmerzvolles Knurren auszulösen, fest genug, daß Klimt mit dem Heben seines Kopfes den Körper des großen Wolfes zur Seite hob, bevor er das Maul öffnete und Morten freiließ. Genug, um Morten zu bezwingen, jedoch nicht ganz zu demütigen. Genug, daß sie alle es nie vergessen würden. Dann wandte Klimt sich ab und ging geradewegs auf Elhana zu, die blanke Rohheit und Entschlossenheit des Kampfes in den Augen und im Gesicht.

»Komm!« befahl er. »Jetzt!«

Sie ging mit ihm näher zu den Bäumen und nicht ganz außer Sicht, auch sie stolz und voller Verlangen.

Klimt beschnupperte sie, von hinten bis vorn, und sie ihn. Er stupste sie mit der Schnauze und berührte sie mit den Pfoten. Ohne die anderen zu beachten, wurde er steif für sie, besprang sie und nahm sie, bis ihre Hinterbeine vor Anspannung zitterten und ihr Hals dort schmerzte, wo seine Zähne sie bearbeiteten, passend zu dem süßen Feuer zwischen ihren Beinen.

Aus den nordischen Einöden war er gekommen und sie aus dem von der Sonne versengten Süden. Wie ein Schneesturm traf seine kalte Berührung auf ihre Wärme und Leidenschaft.

Sie ächzte ob der Lust und des Schmerzes, und er, Klimt von Tornesdal, nahm öffentlich, was er fair gewonnen hatte, damit die anderen es wissen und ihn und sie ehren sollten. Sie sollten wissen, daß er der Anführer war und sie die Leitwölfin. Ja, wissen und ehren sollten sie. Doch während er noch in ihr zu Ende bebte, wußte sie schon etwas, das die anderen nicht wissen konnten. Der Wolf, der mit seinem Sieg über die anderen auch sie bezwungen hatte, hatte sich nicht ganz in sie verströmt. Einen wichtigen Teil seines Herzens, etwas von ihm selbst, hielt er vor ihr zurück. Es kam ihr vor, als hätte er es in den eisigen nordischen Einöden zurückgelassen, aus denen er gekommen war.

Als sie spürte, wie er sich von ihr löste, wußte sie, daß der

Wolf, der sich da von ihr entfernte, immer noch ein Fremder war, doch sie sehnte sich danach, ihn kennenzulernen und sein Herz zu erschließen. Sie begann sich zu drehen und wandte sich von ihm ab, enttäuscht und unglücklich. Sie wurde sich dessen bewußt, als sie über die Lichtung schaute, in die Augen von Ambato, der sie anblickte. Er sah so alt aus, und das Lächeln in seinen Augen schien zu sagen: »Auch für dich beginnt es jetzt, auch für dich …«

Plötzlich sehnte sich Elhana so heftig wie noch nie zuvor nach der warmen Sonne des Südens, wo Herzen und Leidenschaften offen und wild waren und wo die Wölfe keine eisigen Lasten aus dem Norden mit sich trugen. Sie sehnte sich …

So plötzlich, wie er sie genommen hatte, schrak Klimt hoch, stellte die Ohren nach vorn, während er ein leises, kehliges, fast unhörbares Knurren von sich gab, das alle aufmerken und alles andere vergessen ließ.

»Was ist?« flüsterte Tervicz und trat an Klimts Seite.

Klimt blickte den Hang schräg nach oben zu einer Gruppe niedriger, mit Büschen durchsetzter Bäume über einem Felsvorsprung, ein gutes Stück entfernt.

Er sagte nur ein Wort, bevor er sich umwandte und sein Rudel so schnell wie Schatten wegführte. Ein Wort nur, und von dem Platz, an dem sie sich aufgehalten hatten, waren alle Wölfe verschwunden.

»Menschen«, sagte er.

Jägermann lag auf Heidekraut und Gras, mit dem rechten Auge am Zielfernrohr seines Gewehrs, dessen Visierlinien ein Gitternetz über den Ort legten, an dem die Wölfe gewesen waren. Er lag da und staunte.

Er war mindestens einen Kilometer entfernt, vielleicht ein bißchen mehr. Er hatte sich eine Stunde lang nicht bewegt, doch sie hatten ihn dort gespürt.

»Wölfe«, murmelte er, und in diesem Wort schwangen Respekt, Angst, Blutgier, Sinnlichkeit, Liebe und absoluter Haß mit: Wölfe!

»Wölfe«, sagte er, diesmal sanft und vergnügt wie ein Voyeur, der das, was er gerade eben heimlich beobachtet hat, in der Erinnerung noch mehr genießt.

Gute dreißig Minuten lang hatte er den einen oder anderen Wolf im Visier gehabt. Er hätte nach Belieben jeden erschießen können. Als die Paarung stattfand, war er versucht gewesen, die Fähe unter dem Rüden abzuschießen.

»Da hätte ich ihn verarscht«, sagte Jägermann grinsend. »Der erste registrierte Fall von Nekrophilie bei Wölfen!« Der Mensch verzog das Gesicht zu einer Grimasse des Lachens, gab aber keinen Laut von sich.

»Ich hätte jeden schießen können«, sagte er mit sichtlicher Zufriedenheit. Ihm war heiß, und da die Erregung der Pirsch und der Beobachtung vorbei war und die Wölfe im Moorland verschwunden waren, brach er eine Regel und zog einen seiner Handschuhe aus. Er wischte sich den Schweiß von der Stirn, leckte an der Handfläche, um sich selbst zu schmecken, dann schob er sich langsam in eine Hockstellung hoch, überprüfte seine Ausrüstung und schlich davon, wie ein Tier, kaum sichtbar. Ein Schatten, der sich davonstiehlt.

Jägermann legte zweihundertfünfzig Meter zurück, ohne sich aufzurichten. Erst als er einen Weg erreichte, stellte er sich aufrecht hin und streckte sich. Er seufzte glücklich und begann einen langen und fast lautlosen Fußmarsch hinab zur Straße, die drei Kilometer entfernt war. Der Mensch war groß und in einen Tarnanzug gekleidet. Sein Gesicht war khaki und schwarz eingeschmiert. Dann und wann machte er halt und kauerte sich hin, um Fährten und Losung zu untersuchen. Einmal zog er erneut den Handschuh aus, befingerte einige Haare, die am Stengel einer Kratzdistel hängengeblieben waren, und roch an ihnen.

Dann richtete er sich wieder auf und ging ziemlich zügig den Weg hinab, ohne aber den Eindruck von Schnelligkeit zu vermitteln. Ein Mensch, der mit seiner Umgebung und dem, was er tat, völlig vertraut war. Ein Raubtier.

Dreihundert Meter von der Straße entfernt verließ er den Pfad und pirschte sich an sein eigenes Fahrzeug heran. Er betrachtete es und seine Umgebung prüfend durch den Feldstecher. Dann überprüfte er einige Drähte, die über dem

Boden gespannt waren. Sanft pfeifend trat er aus der Deckung und ging zum Fahrzeug hinunter. Er ging noch einmal prüfend um den Wagen herum, öffnete die Beifahrertür, zog seine Handschuhe aus, lud seine Ausrüstung ab und packte dann methodisch sein Gewehr weg. Alles war sauber und ordentlich. Er zog eine Handfeuerwaffe unter der Jacke hervor, schaute sie an, überprüfte sie und steckte sie wieder dorthin, wo sie gewesen war. Daraufhin schaltete er eine Alarmanlage unter dem Fahrzeug aus und sammelte die Drähte ein, die er ringsherum auf dem Boden ausgelegt hatte.

Dann ging er zur Fahrerseite hinüber und schien gerade einsteigen zu wollen, als er sich plötzlich vom Fahrzeug abwandte und sich an den Straßenrand stellte, ein massiger khakifarbener Schatten. Er knöpfte den Hosenschlitz auf und pinkelte. Danach kletterte der Mensch in sein Fahrzeug und beschleunigte langsam, ordentlich, abgemessen, systematisch. Wo er gewesen war, löste sich eine Abgaswolke in der Abendluft auf.

Zwei Stunden und hundertzwanzig Kilometer später …

»Jägermann?«

»Ja.«

»Sie sind fertig.«

»Habt ihr bekommen, was ihr wolltet?«

Ein kurzes Lachen, hart und geringschätzig.

»Da ist nichts mehr übrig.«

»In fünfzehn Minuten.«

»Ich werde es ihnen sagen.«

Diesmal lachten sie beide. Ein Gelächter, das aus einer Tradition von Folter aufstieg, aus Jahrhunderten mörderischen Tötens.

»Dann also in fünfzehn Minuten.«

Jägermann trank sein Wasser aus. Dann ging er zum Zimmer seiner Tochter und stellte sich in die Tür.

»Eine Geschichte«, sagte sie schläfrig.

»Wenn du noch wach bist, wenn ich zurückkomme, dann erzähle ich dir eine.«

Er ging wieder nach unten, sagte ein Wort zu seiner Frau, die kaum aufschaute, und ging hinaus zu seinem zweiten Wagen, einem schwarzen Mercedes, der drei Jahre alt war. So solide gebaut wie Jägermann.

Er fuhr zehn Minuten, eine Strecke, die er so gut kannte, daß er kaum auf die Straße zu schauen brauchte. Als er ausstieg, umgab ihn eine Atmosphäre chemischer Abgase, die er mit der gleichen Befriedigung einatmete wie die Luft in den Bergen. Das eine war sein Einkommen, das andere die Entspannung. Für Jägermann stellten beide Aspekte seine Freiheit dar. Der Gestank des Geldes roch für ihn so gut wie die Düfte der Natur.

Über dem Tor, neben dem Jägermann geparkt hatte, trug eine Reklametafel seinen Namen: Jägermann Industrie-Chemie. Ein Mann am Tor ließ ihn ein und machte eine salutierende Geste, während Jägermann an ihm vorbeischritt.

»Sie sind fertig, Chef.«

»In C18?«

»Ja.«

Er ging durch die Schatten unbeleuchteter Lagerhäuser und kleinerer rechteckiger Gebäude, vorbei an einigen Lagerbuchten, die Rohmaterialien enthielten. Alles war sauber und ordentlich. Alles war ruhig. Er bog um eine Ecke und kam zu einem anscheinend unbeleuchteten Gebäude. Eine Tür wurde ihm geöffnet.

»Zusperren«, befahl er.

Er ging einige abgetretene Betonstufen hinab, dann um eine Ecke, durch zwei weitere Türen und gelangte in einen Raum, der groß und gut beleuchtet war und nach Desinfektionsmitteln stank. Fünf Männer hingen nackt über einer Betongrube, wie sie benutzt wird, um Fahrzeuge von unten zu warten. Jeder von ihnen war mit neuen blauen Nylonseilen an einem Metallbalken so festgebunden, daß der Kopf etwa in Schulterhöhe über dem Boden hing. Zwei der Männer stöhnten. Drei hingen schlaff. Dort, wo einer von ihnen Augen gehabt hatte, war geronnenes Blut und offenes Fleisch. An den Schenkeln eines Mannes war Blut herabgespritzt und herabgelaufen und dann getrocknet. Er würde nie mehr an einem Straßenrand pinkeln, denn er hatte nichts mehr, womit er hätte pinkeln können. Er drehte sich im Hängen zur Seite. Seine Augen, die noch da waren, starrten voller Schrecken aus der Hölle hervor.

Ein anderer, der, abgesehen von der unnatürlichen Dehnung seines Armes, an dem er aufgehängt war, unversehrt war, blickte aus lebendigen Augen, die schwarz glühten.

Jägermann schaute kurz auf die Hängenden, dann sprach er mit einem der Männer, die in der Nähe standen. Der Mann trug einen westlichen Anzug. Im Vergleich zur Blässe der Opfer schien sein Gesicht von besonders gesunder, frischer Farbe zu sein.

»Alles in Ordnung?« fragte Jägermann schließlich.

»Der da gehört mir«, sagte der Mann, der zu meinen schien, daß er wichtiger als jeder andere der Anwesenden war. »Er hat gesagt, er sei der Mann des Volkes. Er hat gesagt, er will die Korruption bekämpfen, die der Staat und ich praktizieren. Ich! Ja, der gehört mir.«

»Der gehört Ihnen«, sagte Jägermann langsam. »Hier drüben.«

Die anderen gingen zu ihm, während Jägermann stehenblieb. Am anderen Ende des Lagerhauses wartete neben einem riesigen Tor ein offener Lastwagen. Jägermann holte seine Handfeuerwaffe heraus und trat zur Seite, so daß der Lastwagen nicht in seiner Schußlinie war. Er hob die Pistole und zielte regungslos auf einen der Hängenden.

Dann senkte er die Waffe und sagte über die Schulter gewandt zu dem Wächter: »Setz sie in Bewegung!«

Der Wächter ging zu den in der Reihe hängenden, gefolterten Männer, zog einen von ihnen zurück und stieß ihn plötzlich vorwärts gegen den nächsten. Die Männer pendelten einer gegen den anderen und baumelten dann hin und her. Einige bewegten die Beine, einige die freien Arme, vor und zurück, auf und ab. Es war beklemmend grotesk. Einer schrie ganz plötzlich auf, und ein anderer weinte.

Jägermann hob wieder seine Waffe, zielte und begann schnell zu feuern. Es gab Bewegung, Blut spritzte, Tote sackten zusammen, ein Mann schrie. Schließlich herrschte

Schweigen, nur irgendwo blubberte es, ein Furz ertönte, und einer der Zuschauer lachte plötzlich nervös auf.

»Hab' nicht gewußt, daß Tote furzen.«

Eine Tür öffnete sich. Es erschienen Fässer, Säurefässer, an der Seite verkrustet von Prozessen, die Metall zum Glänzen bringen und Fleisch und Knochen von Menschen in Schlamm auflösen. Flaschenzüge arbeiteten, Räder liefen durch zähflüssiges Öl, Leichen baumelten, bleiche, gefolterte Füße schwebten in der Luft, bevor sie in die Fässer gesenkt wurden, wo die beißende Flüssigkeit sie mit einem Zischen begrüßte.

Jägermann wandte sich wortlos von den baumelnden, herabfallenden, sich auflösenden Leichen ab und sagte, mit dem Rücken zu ihnen: »Hebt einen für die Wölfe auf, aber macht ihn unkenntlich, damit man ihn nicht identifizieren kann. Nur einen ...«

Dann verschwand er auf dem Weg, den er gekommen war, zum Gebäude hinaus und zurück zu seinem Auto. Dort saß er lange Zeit und schmiedete Pläne. An der anderen Seite des Lagerhauses öffnete sich ein Abfluß, und eine klebrige Masse begann herauszufließen, verdünnt durch das schwarze Wasser, das in sie eingeleitet wurde. Sie wurde schneller und floß unter ein anderes Gebäude, um Stapel roher Metallbalken herum, vorbei an drei leeren Containern und von dort, endlich ungehindert, unter einem schrägen Metallzaun hindurch. Dann über ein Mohnfeld, dessen Blüten im Wind flatterten, schließlich durch ein Rohr in das Wasser eines Baches, der schon vor Verschmutzung schäumte, aber immer weiter floß, eine üble Mischung von Wulf weiß was. Die Masse floß nach Westen, nach Osten, nach Norden und Süden, ein Strom von klebrigem Zeug und Dreck, Gift und Schmutz, von Menschen gemacht. Es floß über ein Land, dessen letzte Grenze nicht einmal das Meer war, denn jenseits davon, hinter dem fernsten Horizont, wo der Himmel in die Nacht aufstieg, waren die Sterne und die alten Wolfswege, und dort, nur dort, war die Atmosphäre klar, und das Licht war rein.

Unten auf der verschmutzten Erde drehte Jägermann den

Schlüssel in seinem Auto, jagte den Motor hoch, wendete und fuhr nach Hause zu seiner Frau und zur Liebe seiner kleinen Tochter.

Lange nachdem die anderen schon eingeschlafen waren, blieb Klimt noch ruhelos, bis zum frühen Morgen. Dann nahm er Tervicz mit sich und begann den Boden dort zu untersuchen, wo er gedacht hatte, er habe den Menschen gespürt. Schließlich stießen sie auf einem Flecken mit Steinen und Heidekraut auf den Geruch von Speichel und Schweiß. Sie fanden eine feine Witterung, die von dieser Stelle fortführte, und folgten ihr vorsichtig hangabwärts. Es war ein langer Weg. Erst als die Mitte des Vormittags längst vorüber war, gelangten sie an ihr Ende, wo sie in die öligen Gerüche eines Fahrzeugs mündete. Sie tappten herum, bis Tervicz auf den Geruch von Menschenurin stieß: beißend dort, wo das Gras an den Wurzeln noch feucht war, schwächer weiter höher, alles in allem aber unangenehm.

»Den müssen wir uns merken«, sagte Klimt. Sie machten kehrt und liefen den Weg zurück, den sie gekommen waren. Den Geruch des Menschen ließen sie in den Boden sickern und verschwinden. Sie riefen die anderen, Zeuge dessen zu sein, was sie gefunden hatten.

Morten witterte die Markierung des Menschen und rief Stry. Auch er witterte.

»Nun?«

In Strys Augen war Furcht zu lesen.

»Das ist der Geruch von Jägermann«, sagte er.

Jägermann war der Mensch, der ihre Schwester mit einem einzigen Schuß getötet hatte. Er kam immer lautlos, schoß, pinkelte und ging wieder weg.

»War er allein oder waren es viele?« fragte sich Klimt. Einer wie der Mensch, der freundlich war, oder viele wie die Menschen, die es nicht waren. Stry wußte nichts außer der Furcht und dem Schrecken, die er empfand, wenn er Jägermann witterte.

In dieser Nacht fanden sie eine Stunde südwärts die Leiche eines Menschen, weiß und aufgedunsen unter den Sternen. Madjaren waren in der Nähe. Das witterten sie, und Klimt sagte einfach: »Nicht der Jägermann.«

Er meinte die Witterung, die sie zuvor entdeckt hatten, doch während er es noch sagte, erinnerte er sich an den anderen Menschen, an den Menschen, dessen Witterung freundlich war, und plötzlich fürchtete er, dieser Mensch könnte die Leiche sein. Er witterte wieder daran, erleichtert und neugierig.

»Rührt ihn nicht an …« begann er und wandte sich ab. Doch dann änderte er seine Meinung, machte kehrt und stellte sich über die Leiche. Seltsamerweise blickten seine Augen weniger düster drein als sonst so oft. Mitempfinden und Traurigkeit war in ihnen.

Die anderen hatten sich etwas entfernt gehalten, als brächte es Unglück, sich dem toten weißen Etwas zu nähern, auf dem der nächtliche Tau glitzerte und das süß und sauer stank. Klimt stand so reglos, so eindrucksvoll, daß sie ein bißchen näher kamen.

»Es ist eine alte Lehre, daß wir keine Menschen töten«, begann er. »Man dachte, für jeden von ihnen, den wir vielleicht töten, würden sie dagegen tausend von uns töten. Aber …« jetzt sank seine Stimme fast zu einem Flüstern herab, und er beugte den Kopf fast besitzergreifend über der Leiche, »… einmal, vor noch nicht so langer Zeit, hatte ich Grund, einen Menschen zu töten.«

Sie keuchten verwundert und erschreckt, außer Tervicz, der dies seit langem gewußt hatte, auch daß der Mensch eines von Klimts Jungen gefoltert hatte.

Klimt fuhr fort: »Es bereitete mir kein Vergnügen, und ich mußte es auch nicht tun. Ich tat es als Strafe. Aber … ihr sollt dies wissen. Ich bin als Ergebnis davon nicht gestorben, obwohl Wulf weiß, daß ich fast zu Tode geängstigt war. Und es sind auch keine tausend Wölfe dafür gestorben. Ein Mensch tat etwas, was er nicht tun durfte, und ich habe ihn getötet. Jahrhunderte lang, ein ganzes Jahrtausend hindurch, haben Menschen getan, was sie nicht tun sollten, an uns, an allen Kreaturen und auch am Land. Sie sind ungestraft davongekommen. Nun … ich weiß nicht, ob wir sie töten sollten … Ich weiß es nicht. Ich weiß nur, daß ich nicht länger Angst habe, daran zu denken, und sollte wieder der Tag kommen, dann werde ich ihn nicht fürchten. Was das Fressen von Menschen angeht, nun denn ...« Er lächelte halb und schüttelte den Kopf. »Riechen sie für euch nach guter Nahrung? Nein, solange die Umstände nicht besonders sind, soll kein Wolf unter meinem Befehl je so etwas tun. Menschen sind in ihrem Geist verdorben, und deshalb ist auch ihr Leib verdorben. Riecht daran!«

Mit einem Kopfnicken quittierte er ihre Abscheu und ihre Unruhe.

»Aber ihr Wölfe, ihr sollt ihn anfassen. Ja, das sollt ihr ...« Er knurrte drohend, als einige von ihnen sich davonstehlen wollten.

»Berührt ihn, damit ihr daran denkt, nicht etwas zu fürchten, das nur aus Fleisch und Blut und Knochen besteht wie wir. Berührt ihn, damit ihr euch von einer Lehre freimacht, die wir vielleicht ändern müssen. Berührt ihn jetzt.«

Einer nach dem anderen taten sie es, einige nervös, einige neugierig, einige mit der Schnauze und einige mit der Pfote. Sie berührten, untersuchten und beschnupperten das Fleisch, die Wunden und die Körperöffnungen von etwas, das sie von Kindheit an gefürchtet hatten und jetzt nie mehr auf die gleiche Weise anschauen würden.

Sie zogen sich ein wenig zurück, doch das war noch nicht ganz das Ende ihrer Erfahrung mit dieser Leiche. Ein wenig später hörten sie das Geschleiche und Gerenne fremder Wölfe. Dann witterten sie sie. Madjaren. Ein Bellen, ein leises Heulen des Behagens, und Klimt schickte Tervicz, herauszufinden, was da los war.

Tervicz kam mit grimmigem Gesicht zurück.

»Kommt und seht selbst«, sagte er voller Abscheu, »und macht euch keine Sorgen darüber, daß es Madjaren sind. Sie sind so beschäftigt mit dem, was sie tun, daß sie sich nicht die Mühe machen, Wache zu halten.«

Sie krochen noch einmal vor und sahen im Licht der Sterne und des Mondes Madjaren, die sich mit Menschenfleisch den Bauch vollschlugen. Ihre Köpfe und Rachen glänzten vom Fett und vom Fleisch aus ihrem widerlichen Werk. Die Leiche bewegte und hob sich, als wäre sie wieder lebendig, da der eine versuchte, ihre Gliedmaßen einem anderen wegzureißen, ein zweiter um das weichste Fleisch kämpfte, während ein dritter sich um den Kopf balgte.

»Madjaren!« sagte Tervicz, und damit war alles gesagt.

Dann führte Klimt sie alle zusammen fort. Sie waren jetzt einander nähergekommen und härter geworden. Wie Schatten verschwanden sie in die Tiefen der Nacht.

Kapitel 2

Klimt und sein Rudel entscheiden sich klugerweise dafür, vor den Madjaren zu fliehen, während Ambato es wagt, allein dorthin zu reisen, wo er die Götter seinen Namen rufen hört

Im späten April wurde die Suche des Rudels nach einem Revier dringlicher als zuvor. Ambato wußte als erster den Grund, Klimt erst als zweiter. Von den anderen ahnten es Morten und Stry bald genug. Tervicz, der Unschuldigste von allen, was Familienleben und neues Leben anging, hatte gar keine Ahnung, bis es ihm gesagt wurde.

»Unsere Leitwölfin ist trächtig«, sagte Stry eines Morgens lakonisch. »Warum sonst, meinst du, ist unser wackerer Rudelführer so unruhig wie trockenes Birkenlaub im Wind?«

Trotz seiner Ironie klang seine Stimme erfreut. Sein Blick wanderte immer wieder voller Respekt zu Elhana, die in der Nähe eines Baumes liegend döste, und dann sah er wieder aufgeregt zu Klimt.

»Innerhalb der nächsten paar Tage muß Klimt endlich entscheiden, wo wir haltmachen und uns niederlassen, sonst wird es Elhana für ihn tun. Sobald ihre Jungen anfangen, sich in ihr zu bewegen, wird sie nicht mehr in der ganzen Tatra herumwandern wollen. Sie wird darauf beharren, einen Ort zu haben, den sie ihr eigen nennen kann.«

»So weit weg von den östlichen Flüssen wie möglich, wenn sie vernünftig ist«, fügte Stry hinzu. Sie nannten jetzt die Täler und Vorgebirge im Osten, wo die Madjaren ihre Hochburg hatten, die »östlichen Flüsse«.

»Oh«, sagte Tervicz, dem dieses ganze Gerede nichts bedeutete im Vergleich zu der Tatsache, daß Klimt – wenn sie recht hätten – ein wahrer Führer für sie alle würde und er, Tervicz, Mitglied eines Rudels mit Jungen, was bedeutete …

»Was bedeutet, daß wir ganz schön zu tun haben werden, über sie und die Kleinen zu wachen«, sagte er etwas später zu Klimt, zu dem er sich an dem Aussichtspunkt gesellt hatte, den der Rudelführer gefunden hatte und wo er jetzt stand und die Landschaft nach Westen hin überblickte.

Seine Stimme drückte nicht nur seine Erregung aus, sondern ebenso auch echte Besorgnis, denn aus seiner Welpenzeit konnte er sich nur daran erinnern, wie sein Vater ihn und seine Geschwister von einem Versteck zum anderen geführt hatte, gehetzt von den madjarischen Wölfen und nie in der Lage, sich auszuruhen oder sich niederzulassen. Tervicz kam es vor, als müßte sich dieses Muster wiederholen, nur daß er diesmal einer von denen war, denen die Aufgabe des Schutzes oblag.

»Du hast recht, dir Sorgen zu machen, Tervicz, wie ich nur allzu gut weiß«, sagte Klimt.

In seiner Stimme klang etwas an, ein Anflug von Bitterkeit und Verlust, den Tervicz verstand. Klimt hatte ihm ein wenig davon erzählt, wie er zuvor schon einmal Vater von Jungen gewesen war, doch von den Umständen ihres Verlustes hatte er nur einmal gesprochen, und sein Freund war nicht weiter in ihn gedrungen. Klimt war ein Wolf, der nicht über solche persönlichen Dinge sprach und den auch kein anderer zu bitten wagte, mehr darüber zu reden, als er selber von sich aus wollte.

So schaute Tervicz Klimt an, der im Profil dastand, und nahm den Schmerz des Verlustes in seinen Augen wahr, ohne davon zu reden.

»Wir werden einen würdigen Platz finden, um die Jungen großzuziehen, nehme ich an«, sagte er. »Vielleicht …«

Klimt wandte sich ihm zu und nickte kurz. Das war seine Art, einem anderen zu zeigen, daß er bei dieser Gelegenheit seine Ansichten aussprechen durfte.

»... ich wollte sagen, daß du jetzt, wo sich die Dinge verändert haben, vielleicht entscheidest, daß wir uns aus dem Gebiet zurückziehen, das die Madjaren kontrollieren, um eine sichere Zuflucht zu finden, wo das Rudel die Jungen ohne Störung aufziehen kann. Schließlich, wenn die Madjaren erfahren ...«

»Sie werden inzwischen schon erraten haben, wo wir sind«, sagte Klimt.

»... wenn sie dann lange genug darüber nachdenken, dann werden sie ihre Bemühungen verdoppeln, uns loszuwerden, besonders die Jungen eines fremden Wolfs.«

Klimt schaute immer noch Tervicz an, allerdings auf diese ausdruckslose, kühle Weise, die er annahm, wenn er scharf nachdachte. Tervicz blieb, wo er war, und ließ sich schließlich nieder, witterte in der Luft, genoß die Geräusche des späten Frühlings, die schwatzenden und warnenden Rufe der Vögel, den Hauch von frischem, grünem Wachstum, das sich jetzt an Gras und Gebüsch und früh ausschlagenden Bäumen zeigte. Aber Klimt schien sich an nichts von all dem zu erfreuen, so versunken war er in seine Gedanken.

In den alten Tagen (so bezeichnete Tervicz jetzt für sich die Zeit, als er und Klimt sich begegnet und zusammen ins Bergland gewandert waren) hätte Klimt vielleicht über das geredet, was ihn beunruhigte. Aber jetzt, wo er der Rudelführer war, neigte er mehr zu einsamen Entschlüssen, denn ein Anführer, der zuviel um Rat fragt, wird oft verwirrt. Doch Tervicz vermutete, daß zumindest heute seine Nähe für Klimt eine Hilfe war.

»Wir dürfen nie den Grund vergessen, warum wir hierhergekommen sind, jeder von uns von einem anderen Ort, jeder bereit dazu, bei der Bildung unseres Rudels zu helfen. Aber das Rudel ist noch nicht vollständig, Tervicz.«

»Wenn die Jungen geboren sind, wird es vollständig sein.«

Klimt schüttelte den Kopf.

»O nein, es werden noch andere kommen. Glaubst du, wir

sind die einzigen Wölfe der Zeit? Nein, ich werde es schon wissen, wenn wir vollständig sind. Unsere Jungen werden unser Zweck sein, nicht unsere Vervollständigung. Mir macht es Sorgen, daß Elhana trächtig ist, bevor die anderen, die noch kommen, uns gefunden haben. Wir können jetzt das Herzland nicht verlassen. Wir müssen eine Weile hier bleiben, in der Hoffnung, daß die anderen kommen. Allerdings, um unserer zukünftigen Jungen willen würde ich lieber einen Ort finden, der von der madjarischen Bedrohung weiter entfernt ist, aber um des Rudels willen ... müssen wir bleiben.«

»Also, die Entscheidung ist getroffen«, dachte Tervicz, und sie gefiel ihm gar nicht. Auch den anderen gefiel sie nicht, nicht ein bißchen, und sie murrten, als sie Klimt auf der Suche nach einem geeigneten Ort über das Territorium des Herzlandes folgten. Stellen, die verteidigt, Zugänge, die überwacht werden konnten, reichlich Beute, Wasser ... und Freiheit von jeder Belästigung durch die Madjaren. Das war alles, was sie wünschten!

»In dieser Gegend wird er nichts finden«, brummte Stry, während sie dahinzogen, »denn hier sind wir noch zu nahe an den östlichen Flüssen. Und im übrigen kommen im Winter Menschen hierher wegen des Schnees, wie ihre Gebäude es zeigen, und im Sommer ist es ganz schön anstrengend, ihnen aus dem Weg zu gehen, wenn sie weg von der Straße im Freien kampieren ...«

Falls Klimt diese Worte gehört hatte, so ignorierte er sie. Sie hatten allerdings noch ziemlich viel Zeit, bis sie wirklich einen Ort finden mußten, um sich niederzulassen, und er hatte seit langem entschieden, daß sie sich zurückziehen würden, wenn alles andere scheiterte, und zwar wieder zu der uralten Felsenrinne, die er und Tervicz hinabgelaufen waren, um Elhana zu retten. Die Felsenrinne war ein guter Ort, um Junge großzuziehen. Morten und Stry, die jetzt von den anderen akzeptiert waren, bestätigten, die Rinne befinde sich genau am Rand des allgemeinen Territoriums der Madjaren, und so war sie nicht ganz außerhalb der Grenzen, wo er zu bleiben gewillt war.

Inzwischen mußten sie weitereilen und alles lernen, was sie konnten. Dabei glaubten sie nicht immer, was Morten und Stry sagten, denn die sahen diese Landschaft mit allzu vertrauten Augen. Ein Anführer dagegen muß zwar immer zuhören, aber er muß auch soviel selbst sehen, wie er kann.

Immer noch murrend und unzufrieden, wie es alle Wölfe sind, wenn ihre Gruppe noch nicht ganz ein Rudel ist und sie keinen Ort haben, den sie ihr eigen nennen können, machten sie noch einen Tag weiter. Und dann noch einen ... Bis plötzlich, am dritten Tag nach Klimts kurzem Gespräch mit Tervicz, die Madjaren ein weiteres Mal in großer Zahl erschienen.

Diesmal kamen sie nicht heimlich. Sie waren einfach da, verteilt über den ansteigenden Pfad zwischen den Felsen und den Bäumen, hinter denen sich Berge erhoben. An ihrer Spitze war jetzt einer der Wölfe, den Klimt bei Elhanas Rettung verletzt hatte.

»Na, wenigstens ist unser Freund Zänker nicht hier«, hauchte Stry und gruppierte sich mit den anderen eng genug, daß sie einander verteidigen konnten, aber auch locker genug, daß der Feind sich nicht mit seinem Angriff auf einen Teil von ihnen konzentrieren konnte.

»Ich werde dich haben«, sagte der führende Madjar sofort mit einem unangenehmen Lächeln zu Elhana. Dann schaute er überheblich auf Klimt und sagte: »Du solltest lieber aus dem Herzland abhauen, solange du noch kannst. Wenn du hier bleibst, bist du tot, und die ganze Bande mit dir, sie ausgenommen. Sie wird sich wünschen, sie wäre tot, wenn einmal Zänker seinen Willen an ihr vollzogen hat. Was er tun wird! Er wird ...«

Als augenblicklicher Führer der Madjaren hatte dieser Wolf nicht ganz die Autorität, um ernst genommen zu werden. Die Wölfe, die ihn umgaben, benahmen sich wie eine Bande jüngerer, die sich von einem größeren Rudel abgespalten haben. Der Wolf blickte sich unter seinen Freunden nach Unterstützung um, und sie kicherten beifällig.

Dann warteten sie auf eine Reaktion von Klimt, der sich nicht rührte, sie nur anstarrte und seinerseits wartete. Seine

Wölfe sammelten sich enger um ihn, mit Elhana in der Mitte, die selbst nach Wölfinnen unter ihren Gegnern Ausschau hielt, aber nur eine entdeckte. Es war eine dünne, schwach wirkende Fähe, nicht so verwegen, wie die anderen zu sein versuchten. Sie sah nur müde und mißbraucht aus.

Bis jetzt waren Klimts Wölfe auf allen ihren Wanderungen keiner anderen Wölfin als Elhana selbst begegnet, und deshalb hatte es nie eine Herausforderung für Elhanas Rolle als Leitwölfin gegeben. Wie es ihr in der Auseinandersetzung mit einer anderen Fähe ergehen mochte, wußte niemand. Wenn allerdings diese Wölfin dort die einzige weibliche Opposition sein sollte, der sie hier begegnete, dann wäre Elhana noch viele Jahreszeiten hindurch die Leitwölfin der ganzen Gegend, die sie überschauen konnte.

Die beiden Rudel oder Beinahe-Rudel standen einander gegenüber, steifbeinig und ruhelos, während Klimt stehenblieb, wo er gewesen war, stolz und zu gefährlich für die Madjaren, als daß sie es hätten riskieren können, ihn herauszufordern. Unbehagen lag in der Luft, und es bestand die Möglichkeit, daß jeden Augenblick andere Madjaren eintrafen und das Gleichgewicht verschoben.

»Das tun sie gern, verstehst du«, flüsterte Morten. »Sie ziehen in Gruppen von ihrem Hauptversteck, um die Dinge im Auge zu behalten und Nahrung zu suchen. Dabei spionieren sie gern Fremde aus und verscheuchen die weniger interessanten. Wenn sie dann einen oder zwei Fremde finden, alarmieren sie ihren Führer und handeln nach seinen Befehlen. Es gibt Chancen, daß er irgendwo in der Nähe ist. Hier allerdings wäre es schwer für ihn und andere, uns zu überraschen. Aber wahrscheinlich hatten sie nie zuvor erlebt, daß sich mitten auf ihrem Gebiet ein Rudel zu bilden versucht, und sie hatten wohl noch nie mit Wölfen zu tun, die weder fliehen noch herausfordern. Sie werden verwirrt sein.«

Klimt wandte sich schließlich von den Madjaren ab. Der Ehre war einstweilen Genüge getan. Jetzt rief er Tervicz zu sich her und blickte nach Westen, wo der Boden in eines der vielen Täler abfiel, die diese Gegend durchschneiden. Tervicz nickte und verschwand nach Süden, woher sie gekommen waren, also nicht in die Richtung, in die Klimt geblickt hatte.

»Sag mir, Morten«, fragte Klimt laut, »ist das die Art von Pöbel, den die Madjaren für gewöhnlich hervorbringen?«

Morten grinste. Er genoß die Wut auf den Gesichtern der Madjaren. Doch seine Antwort war ernst und leise genug, daß die Madjaren sie nicht hörten: »Es sind bestimmt noch andere in der Nähe, Klimt, das kannst du mir glauben. Hast du deshalb Tervicz fortgeschickt? Um einen Fluchtweg zu suchen?«

»Vielleicht«, sagte Klimt und wandte sich wieder den Feinden zu.

Tervicz' plötzliches Verschwinden hatte bei den anderen Interesse geweckt und Unruhe ausgelöst, wenn auch nicht so sehr, wie Klimt es erwartet haben mochte. Es war wirklich keine Überraschung, daß einer der Madjaren hinter Tervicz herlief. Er machte dabei um die Fremden einen großen Bogen, bevor er davoneilte, um ein Auge auf seine Beute zu haben. Überraschend war jedoch, daß die anderen Madjaren jetzt begannen, der heruntergekommen wirkenden Fähe in ihrer Mitte zuzuflüstern. Sie versuchte zuerst, sie zu ignorieren, dann wich sie vor ihnen zurück, verließ dabei allerdings nicht ihren Kreis. Aber schließlich konnte sie sich ihnen nicht mehr entziehen und war gezwungen, mit gesenktem Kopf zu hören, wozu auch immer der führende Madjare sie anstiften wollte. Während er eindringlich auf sie einsprach, blickte sie gelegentlich auf Elhana, die sich aufmerksam aufsetzte, als sie sich plötzlich bewußt wurde, daß sie jetzt der Gegenstand des Interesses der anderen war. Sie stellte die Ohren nach vorn und stemmte ihre Vorderpfoten auf den Boden.

Klimts Wölfe wurden unruhig, zuckten mit Schwänzen und Ohren und blickten einander an, nervös, bereit zur Tat, bereit zur Panik. Die madjarische Wölfin erhob sich und bewegte sich durch ihr eigenes Rudel nach vorn, die Augen auf Elhana gerichtet. Das verriet den anderen, daß es sich hier um eine Angelegenheit für Wölfinnen handelte – vielleicht eine Herausforderung, vielleicht eine Prüfung, möglicherweise auch eine Falle. In solche Angelegenheiten zwischen Wölfinnen mischten Rüden sich nie ein, es sei denn, es lag darin eine Bedrohung für das ganze Rudel – doch es war sinnvoll, wachsam zu bleiben, und im übrigen war es von gewissem Interesse zu sehen, was geschah. Was sonst gab es zu tun, solange die Führer beider Gruppen willens waren, den Tag mit Aussitzen verstreichen zu lassen?

Elhana beobachtete anscheinend gleichgültig die andere Wölfin, doch in Wirklichkeit jagten ihr Gedanken durch den Kopf. Sie schätzte die Lage ein und kam schließlich zu einem Entschluß. Ihre Jahre als Leitwölfin des Benevento-Rudels hatten sie viel gelehrt, vor allem, daß die besten Maßnahmen einem Gleichgewicht von Überlegung und Instinkt entsprangen und am besten in einen allgemeinen Zusammenhang gebracht wurden, bevor man sich dafür entschied.

Der gegenwärtige Zusammenhang bestand aus verschiedenen Elementen, die sie während des größten Teils der Zeit, wo sie »untätig« dagesessen war, alle erwogen hatte. Zum einen war es offensichtlich, daß ein allgemeiner Angriff bevorstand, und das wahrscheinlich von mehr Wölfen als nur denen, die da über ihnen herumtrödelten. Klimt hatte Tervicz zur Erkundung weggeschickt, damit es einen Fluchtweg geben würde, wenn er einen brauchte – oder eher zwei, denn sie konnten immer den Weg zurückgehen, den sie gekommen waren.

Dann war da die Tatsache, daß Elhana bis jetzt noch keine Gelegenheit gehabt hatte, ihr Kampfgeschick und ihre Fähigkeit zur Dominanz zu zeigen, weil es keine andere Fähe in ihrer Gruppe gab. Das jetzt zu tun, bevor sie wegen ihrer Trächtigkeit zu schwerfällig wurde, könnte durchaus klug sein. Sie wollte zumindest den Rüden ihre Stärken beweisen. Rüden waren Schwätzer und würden neu ankommende Wölfinnen davor warnen, was sie zu erwarten hätten ... Ein Kampf wird am besten gewonnen, wenn er nie ausgekämpft wird.

Dann war da der Instinkt und die Empfindung, daß die Fähe, die sich ihr jetzt näherte, unzufrieden und verzweifelt war. Sie wirkte wie eine Wölfin, die von den Umständen bedrückt ist. Solche Wölfinnen, die einmal besiegt waren, wurden oft zu Verbündeten. Sie brauchten ja eine weitere Wölfin in ihren Reihen.

»Und schließlich«, sagte sich Elhana, während sie sich auf den Schritt vorbereitete, den sie tun mußte, »kommt Tervicz gleich den Hang herauf zu uns zurück. Eine Ablenkung wird ihm Zeit geben, Klimt zu berichten, und Zeit für den Beginn unseres Rückzugs, denn wir müssen uns zurückziehen. Wir können uns keinen Kampf Rudel gegen Rudel erlauben ...«

Nicht mit der Anmut, mit der sie sich dann erhob und geschwind vorwärtsbewegte, nicht einmal mit ihrer Schnelligkeit, wiewohl die eindrucksvoll genug war, nein, mit ihrer Heftigkeit und Gewandtheit drängte Elhana ihre Gegnerin zurück, zur Westseite der Madjaren, genau dahin, wo Klimt sie würde haben wollen, wenn sie sich zurückzogen. Mit den Vorderpfoten versetzte sie ihrer Gegnerin Schläge. Sie schnappte nach ihr, vermied es jedoch, sie blutig zu beißen. Ihre mächtigeren Schultern hoben, drehten und schoben die Fähe zu Boden.

Es lief schnell, wild und wirksam ab. Als die madjarische Wölfin sich noch einmal drehte, um zu entkommen, was ihr mißlang, stellte sich Elhana über sie und blickte ihr in die Augen, bevor die andere sie abwenden konnte. Während die Flanken der Madjarin von der Anstrengung bebten, lag ihre Kehle ungeschützt und verwundbar offen. Sie war besiegt.

Elhana hatte in diesen Augen genug gesehen, um zu wissen, was diese Wölfin sagen wollte, aber nicht sagen konnte.

»Die Antwort ist«, flüsterte Elhana ihr ins Ohr, »du kannst dich uns anschließen, wenn die anderen dich haben wollen. Aber vergiß nicht, welche Wölfin es als erste erlaubt hat. Treue Ergebenheit belohne ich, Verrat, Schwäche und Täuschung widern mich an. Davon habe ich genug gesehen.«

»Ja, Leitwölfin«, flüsterte die Wölfin, und dann sagte sie fast eifrig: »Ja ...«

»Und wie heißt du?«

»Jicin«, antwortete sie.

Als Elhana zurücktrat, damit die besiegte Fähe aufstehen und sich wieder den ihren anschließen konnte, schien ein Schatten über sie alle zu fallen. Elhana selbst zog sich sofort in die Mitte ihrer Freunde zurück, die sich um Klimt und Tervicz neu gruppiert hatten. Jetzt herrschte eine neue und andere Stimmung. Selbst die Bäume schienen sich verdunkelt zu haben, der Boden schien kalt und hart geworden zu sein, und die Frühlingsfarben waren von Büschen und Feldern, ja selbst von Himmel gewichen.

Zwei Wölfe tauchten aus den Schatten hinter den Madjaren auf und schauten zu ihnen herüber. Rudelführer und Leitwölfin waren angekommen.

»Zänker«, keuchte Morten.

»Und seine Gefährtin«, sagte Tervicz und meinte die Hexe von einer Wölfin, die hinter Zänker kauerte.

»Dendrine«, sagte Stry. In Tervicz' Herz wurde es kalt. Obwohl er es kaum glauben konnte und nicht wußte, wie sie aussah, da er zu jung gewesen war, als sie das Rudel verlassen hatte, schaute er jetzt auf die Wölfin, die seine Mutter getötet hatte. Er schauderte, ihm wurde übel, denn ihre Züge erinnerten ihn an das Gesicht seiner Schwester Szaba.

Die beiden standen oberhalb der übrigen Wölfe, die sich zurückzogen und um sie herum aufstellten, die Rüden wie die Fähe. Alle starrten unversöhnlich zu Klimt herüber.

Zänker war groß, sein Kopf riesig und struppig, sein Rachen fast unförmig in seiner Stärke, seine Schultern waren von Jahren des Kämpfens und Herrschens mit Narben überzogen.

Seine Gefährtin, Dendrine, die hinter ihm gekauert hatte, stand nun auf. Sie war leichter und schmuddeliger, ohne die Art von Anmut oder offensichtlicher Stärke, die bei Elhana so deutlich zeigte, daß sie zur Leitwölfin bestimmt war. Ihr Gesicht schien fast zu lächeln, ihre Augen schienen zu funkeln, aber es war das Lächeln und das Gefunkel intelligenter Grausamkeit und die selbstgefällige Selbstsicherheit einer Wölfin, die weiß, daß sie am mächtigsten ist, als Leitwölfin, Mutter, Quälgeist, Peinigerin aller, die vielleicht versuchten, ihr nicht zu gehorchen. Als Mörderin aller, die ihr mißfielen, Vernichterin aller, die vielleicht nur daran denken mochten, sie in der Zuneigung ihres grausamen Herrn zu verdrängen.

Noch etwas anderes war offenkundig, zumindest für

Elhana. Die gleichen mageren Flanken, der gleiche hagere Pelz und Jicins erschrockene Blicke machten gewiß deutlich, daß sie Dendrines unglückliche Tochter war. Im Vergleich mit ihrer Mutter wirkte Jicin wie ein sanftes, hilfloses Ding, und all die schrecklichen Jahre der Einschüchterung und der Lieblosigkeit, die sie von ihrer Mutter erfahren haben mußte, schienen jetzt hier gegenwärtig zu sein.

»Unsere Freunde sind also gekommen, damit wir sie uns näher anschauen können!« sagte Zänker in seiner spöttischen, selbstsicheren Art. »Na, Dendrine? Und was machen wir mit ihnen?«

»Wir machen Kotze aus ihnen«, sagte Dendrine, kratzte sich und entblößte grinsend ihre gelben Zähne. »Wir machen Scheiße aus ihnen. Wir machen alles aus ihnen, nur keine Freunde, Herr.«

Dieses »Herr« hatte sie in einem schrecklichen Singsang ausgesprochen, und es enthielt seltsame Elemente der Ironie und der Unterwerfung, die nicht zueinander paßten. Es war, als würde eine Seite von Dendrine ihren Gefährten verspotten, während sich die andere Seite mit masochistischem Genuß allen Vergnügungen öffnete, die er an ihr haben mochte.

Dann bewegte sich Zänker so schnell, daß alle um ihn herum erschraken und erstarrten. Er packte einen jungen Rüden, der in der Nähe stand, mit dem Maul, nahm seinen Nackenpelz zwischen die Zähne, zog ihn mit einem Ruck herüber und auf den Boden und sagte dann: »Vollutt, siehst du, wo die Fremden stehen?«

»Ja, Vater«, sagte der unterworfene Vollutt und bemühte sich, keine Steine und keine Erde ins Maul zu bekommen, während er gleichzeitig versuchte zu sehen, was sein Vater ihm zu sehen befahl.

»Weswegen sind sie denn gekommen?«

»Wegen Dingen, die sie nichts angehen«, sagte Vollutt voller Hoffnung.

Es schien, als wäre er an eine solche rituelle Erniedrigung durch öffentliches Verhör gewöhnt.

»Das ist gewiß wahr«, sagte Zänker und schnippte fast

ohne jede Bewegung Vollutt von sich, so daß sein Sohn im einen Moment am Boden lag und im nächsten wieder auf seinen Pfoten war.

Er schien sich einem anderen Wolf zuwenden zu wollen, wahrscheinlich einem anderen seiner Söhne, um ihm die gleiche Behandlung zuteil werden zu lassen, zweifellos zu dem Zweck, Klimt und dessen Wölfen die gleiche Angst und Furcht einzujagen, die er anscheinend seiner Brut eingeflößt hatte. Darin hatte er teilweise schon Erfolg gehabt, denn Morten, Spry und auch Tervicz starrten ihn bestürzt an. Um so mehr, als die Wölfe um ihn herum auf eine seltsam regelmäßige Art hin und her zu rucken und auf dem Boden zu scharren schienen, während er sprach, und dabei bewegten sie sich die ganze Zeit etwas näher aufeinander zu. Zänkers Gerede, seine glatte Brutalität und Dendrines lüsterne, spöttische Worte sowie ihre Bewegungen an seiner Seite machten zusammen unmißverständlich klar, daß sehr bald das ganze gemeine Rudel der Madjaren zum Angriff übergehen würde.

»Ihr also seid die Wächter des Herzlandes?« sagte Klimt plötzlich. Er sagte es kühl und mit einem starken Unterton von Unglauben.

Zänker runzelte die Stirn. Vielleicht verwirrte es ihn, einem Wolf gegenüberzustehen, der ihn nicht fürchtete. Dendrines Augen verengten sich und zeigten wachsendes Interesse für Klimt und dann für Elhana, die nur wenig hinter ihm und Tervicz stand. Dann musterte sie Tervicz und sagte abschätzig: »Was ist der denn?«

»Ich bin ...« begann Tervicz voller Haß und wollte ihr sagen, was sie für ihn war, wollte verkünden, daß er aus dem Bukov-Rudel stammte wie sie.

»Du bist ungehorsam«, sagte Klimt und hieß ihn schweigen. »Nun?« fuhr er unerschrocken fort. »Ihr seid Wächter, deren Aufgabe es ist, alle fernzuhalten? Oder hat Wulf euch zu Wächtern ernannt, bis andere kommen, die vielleicht wissen, was mit dem Herzland geschehen soll, wenn das dunkle Jahrtausend endet?«

Zänker blinzelte und schüttelte verwundert den Kopf, als hätte es irgendein armseliger junger Rüde gewagt, ihn herauszufordern, und als könnte er nicht ganz erkennen, warum. Plötzlich lächelte er wohlwollend. »Niemand darf die heilige Stätte des Wulfsfelsens betreten«, intonierte plötzlich sein Sohn Vollutt. Es wirkte fast komisch, als handelte es sich um eine Redensart, die so oft in den vorangegangenen Generationen gelernt und wiederholt wurde, daß ihre ursprüngliche Bedeutung ganz verlorengegangen war, und die jetzt dazu dienen konnte, eine peinliche Situation zu entschärfen.

Als Klimt hörte, wie dieser geheiligte Ort zum ersten Mal von einem Madjaren erwähnt wurde, spürte er ein Zittern, das ihm den Rücken entlang lief. Wenn sie so vom Wulfsfelsen sprachen, mußten sie wissen, wo er sich befand.

»Keiner darf ihn besuchen?« sagte Klimt. »Keiner außer den Wölfen der Zeit!«

Zänker blinzelte erneut. Er verstand Klimt nicht. Die Madjaren, die sich selbst für das größte Rudel von allen hielten und als solches mit der heiligsten und schwierigsten Aufgabe betraut worden waren, schienen in eine Welt der Unwissenheit abgesunken zu sein.

Inzwischen war Dendrines Aufmerksamkeit von Tervicz auf Elhana übergegangen.

»So ein hübsches Ding, solche hübschen Augen«, murmelte sie.

Klimt wandte sich ganz plötzlich von den Madjaren ab und nickte Tervicz zu, der sich schnell an den anderen vorbei zum Rand des nach Westen verlaufenden Hanges bewegte.

»In diese Richtung«, schnurrte Tervicz grinsend. »Lassen wir die Wächter wachen.«

»Was?« brüllte Zänker.

Dann war Tervicz verschwunden, und die anderen hinter ihm her, schnell wie Schatten im Wind.

»Du!« brüllte Zänker und befahl damit Klimt, stehenzubleiben.

Klimt wachte über die anderen, während sie zügig davonliefen, bis er selbst der letzte war. Dann blickte er die Madjaren noch einmal drohend an und verschwand selber. Hinter ihm blieb eine Versammlung verblüffter Wölfe zurück, die Zänker anschauten und von ihm Führung erwarteten und in Flüche und Gegenbeschuldigungen ausbrachen, als Zänker selbst hinter ihnen herbrüllte.

Währenddessen schrie Dendrine: »Folgt den Dreckskerlen, die hiergewesen sind! Folgt ihnen!«

Die Jagd hangabwärts hatte irgendwie etwas Erheiterndes. Zum einen hatte Tervicz eine schlaue Route gewählt – steil und gefährlich, doch leicht genug für jeden, der geführt wurde, zum anderen hatten sie den Vorteil der Überraschung und der Führerschaft durch Klimt, der hinten folgte.

Angesichts der Tatsache, daß bei den Madjaren vorübergehend ein Durcheinander herrschte, war Überraschung alles. Daher stürzten sich Klimts Wölfe einer nach dem anderen hangabwärts, über bröckelndes Geröll und Büschel unsicheren Grases, die sich unter ihren Pfoten auflösten und für ihre Verfolger keine guten Trittmöglichkeiten mehr übrigließen.

Als sie endlich unten angekommen waren, versammelten sie sich zu einem letzten schadenfrohen Blick über die steile Wand hinauf zu den Madjaren. Da brach Tervicz in ihre übermütige Stimmung mit einem Alarmruf. »Wo ist Ambato?«

Dieser Moment brachte den größten Schock. Am stärksten war Klimt in der Seele getroffen. Irgendwo war Ambato verlorengegangen. Nicht oben am Beginn des Hangs, denn einige hatten gesehen, wie er nach unten losgelaufen war, und auch nicht unten, denn Tervicz war als erster unten angekommen und war sich sicher, daß Ambato nicht mit den anderen heruntergekommen war. Irgendwo unterwegs war er verlorengegangen.

Von oben konnten sie die Rufe und Flüche der herabsteigenden Madjaren immer näher kommen hören. Jetzt sahen sie an der Spitze den wütenden Zänker selbst, der von Trittstelle zu Trittstelle herabsprang, seine Anhänger antrieb und immer näher kam.

Klimt blickte auf, schaute sich um und sagte: »Hat jemand Ambato fallen sehen?«

Nein.

»Hat jemand gesehen, wie er sich von uns getrennt hat?«

Nein, nicht einmal Stry, der hinter Ambato gewesen war.

»Ich habe ihn vor mir gesehen, ich bin langsamer geworden, habe angehalten, und dann war er nicht mehr da. Ich hatte vermutet, er sei ein bißchen schneller als ich runtergegangen.«

»Wie weit warst du auf dem Weg nach unten, als du ihn zum letzten Mal gesehen hast?« fragte Tervicz eindringlich.

»Etwa die Hälfte«, sagte Stry.

»Wir können nicht zurückgehen«, sagte Klimt entschlossen. »Jeder Wolf, der zu diesem Madjarenpöbel hinaufsteigt, wird gefangen und getötet. Es wäre unmöglich, sich hangaufwärts zurückzukämpfen. Es scheint zumindest so, als hätten sie ihren Abstieg nicht wegen Ambatos Entdeckung unterbrochen, was sie bestimmt getan hätten, wenn sie ihn gefunden hätten. Wenn er gestürzt ist, dann versteckt er sich und ist unsichtbar. Wenn er einen anderen Weg genommen hat, dann ist er vielleicht sicherer als wir alle, denn die Madjaren folgen uns und nicht ihm. Wir werden weitergehen und später, wenn wir in Sicherheit sind, überlegen, wie wir ihn wiederfinden können. Ambato mag alt sein, aber er ist ein Wolf mit großer Erfahrung … Los, kommt!«

Er wandte sich nach vorn und führte sie zum Ufer eines Sees, der ein bißchen weiter unten lag. Der Waldsaum am anderen Ufer würde ihnen eine saubere Flucht ermöglichen.

»Elhana, komm!«

Sie allein war etwas zurückgeblieben und starrte vor sich hin, erschrocken und ungläubig, daß sie so schnell ihren Vater verloren haben sollte. Aber Klimts Befehlston war barsch und kühl. Er hatte nicht zu der Gefährtin gesprochen, die in ihrem Bauch die Zukunft des Rudels mit sich trug, sondern zu einem Rudelmitglied, das die Sicherheit der Gruppe bedrohte.

»Komm, Wölfin«, brüllte er sie an und zwickte sie in die Flanken, bis sie blutete. »Gehorche!«

Da dachte sie an Jicin und fragte sich, ob es ihr wohl gelungen ist, den Madjaren zu entkommen …

»Elhana!« brüllte Klimt ein letztes Mal.

Dann drehte er sich um, da er wußte, sie mußte entweder folgen oder zurückgelassen werden. Er führte sein Rudel hinab zum See und an dessen felsigem Ufer entlang, bis sie die Sicherheit dichter stehender Bäume erreichten. Dort drehten sie sich um und schauten zurück. Sie sahen, wie die letzten Madjaren den Grund des steilen Abstiegs erreichten und sich um Zänker versammelten, bevor sie die Jagd fortsetzten.

»Sie werden nicht leicht aufgeben«, sagte Klimt mit Bedauern. Hätten die Madjaren aufgegeben, dann hätten Klimt und seine Wölfe sich eine Weile hier verstecken können, bis der Rückweg frei gewesen wäre, und hätten dann auf die Suche nach Ambato gehen können. Wie die Dinge lagen, mußten sie weiterziehen, und jede Stunde, die sie in die eine Richtung dahinzogen, bedeutete drei Stunden zwischen ihnen und dem, den sie verloren hatten: eine Stunde zur Rückkehr, eine Stunde, um dorthin zu gelangen, wo er gewesen war, und eine Stunde, um dorthin zu kommen, wohin er vielleicht gegangen war.

»Los, weiter ...!« Das kleine Rudel folgte Klimt dicht hintereinander, jeder mit gesenktem Kopf und hängendem Schwanz, verärgert über sich selbst und ihren Führer.

»Los, weiter!« brüllte Klimt und schnappte nach dem, der zurückblieb. Sie mußten weiterziehen.

Ambato blickte wehmütig über den steilen Geröllhang hinab auf die letzten der Madjaren, die auf der Jagd nach Klimt und seinen Mitflüchtlingen dort fluchend hinabstolperten. Er schaute und spürte Schmerzen. Er beobachtete und zuckte, er spähte nach anderen, die vielleicht noch kommen und an seinen Beinen und Flanken herumschnuppern würden, um zu sehen, ob er bei seinem Sturz mehr erlitten hatte als nur Quetschungen und Abschürfungen.

Er erinnerte sich an die Leere vor ihm. Er erinnerte sich daran, wie er irgendeinen Halt für seine Pfote zu finden versucht hatte, der ihn davor bewahren würde, nach vorne wegzukippen. Und dann, wie er sich vergeblich scharrend in der Luft herumdrehte, hinab und hinab und wieder hinab plumpste, wie er lauter unwillkommene Sterne sah und Staub und Kies im Maul hatte, wie eine Welt sich von ihm abwandte, die er nicht kontrollieren konnte. Dann eine verschwommene Erinnerung an das Wissen, daß er sich niederkauern und verstecken mußte.

Als er das Bewußtsein wiedererlangte, entdeckte er die riesige, feindselige Gestalt von Zänker fast in Reichweite des beschatteten Felssimses, unter dem er sich versteckte. Der Führer der Madjaren stand da und rief Wölfen oben und Wölfen unten Befehle zu. Dann wandte er sich um und verschwand.

Ambato sah alles. Klimts Ankunft am Fuß des Hanges, die offensichtliche Verzweiflung seiner Wölfe, als sie bemerkten, daß er nicht da war, ihre Diskussion darüber, ob es klug wäre, wieder zurückzuklettern, um ihn zu suchen. »Versucht es erst gar nicht«, drängte er sie stumm. »Riskiert nicht euer Leben für einen, der seine besten Jahre hinter sich und mit seiner Schwerfälligkeit Gefahr über euch gebracht hat.« Kurz darauf hörte er Klimts scharfen Befehl an alle, besonders an Elhana, sie sollten ihm folgen.

Ambato beobachtete, wie seine Freunde um den See herumliefen und dann im Gebüsch nahe dem Wald verschwanden. Hinter dem Wald stieg der Berghang erneut steil an, wurde zu einer anderen und dunkleren Felswand, die von Spalten und Rinnen durchzogen war, wo man sich verstecken konnte. Dann beobachtete er mit einem gewissen Respekt, wie Zänker sein Rudel um sich versammelte und nach Klimts wohlgeplanter Flucht wieder Zucht und Ordnung herstellte. Vielleicht waren die Madjaren an keinen Widerstand gewöhnt und hatten deshalb so langsam darauf reagiert, aber jetzt fanden sie vor Ambatos Augen ihre Fassung wieder und machten sich auf, Klimt zu verfolgen.

Da Ambato vermutete, daß vielleicht einige Wölfe zurückgeblieben waren und sich noch oberhalb von ihm befanden – »Zum Beispiel diese Dendrine!« dachte er mit einem Schauder –, beschloß er zu bleiben, wo er war, und sich überhaupt nicht zu bewegen. Niemand konnte ihn sehen. Nur ein lästiger Rabe, der das Blut von seinen Schnitt- und Schürfwunden witterte, trieb sich in der Nähe herum und zog die Aufmerksamkeit auf die Stelle, wo er sich befand.

»Wenn die Dämmerung kommt, werde ich mich in Bewegung setzen«, sagte sich Ambato und hoffte, der Schlaf würde den Schmerz vertreiben. »Ich werde mich dann aufmachen, um Klimt und die anderen zu suchen.«

Als er wieder erwachte, war es Nacht, eine sehr düstere Nacht, denn es nieselte aus den Wolken, die Mond und Sterne verhüllten. Seine Schmerzen waren schlimmer geworden, und er wußte in seinem Herzen, daß er irgendwo innendrin schwer verletzt war. Irgendwo tief drinnen, wo ein alter Wolf zu sterben beginnt. Er wollte sich kaum bewegen. Doch Ambato stemmte sich hoch, witterte in die Luft und begann seinen Weg quer über den steilen Abhang, wobei er sich bemühte, keine Steine oder Erdbrocken loszutreten. Da er sich am bleichen Schimmer des Sees unten und an den dahinter unerschütterlich aufragenden Bergen orientierte, konnte er seine Höhe halten. Er wußte, daß es im Augenblick keinen Sinn hatte, nach Klimt zu suchen. Alles, was er tun konnte, war, zu einem sicheren Ort zu gelangen, wo er sich ein paar Tage ausruhen und erholen konnte.

Bald schmerzte jeder Schritt in seinen Flanken. Jede Drehung schien in seine Eingeweide zu greifen und sie mit Steinsplittern zu stechen. Jeder Augenblick schien in einer dumpfen Qual vorbeizuschleichen, während er nicht wußte, wo er war und wohin er ging …

»Wulf, führe mich, führe mich …« flüsterte er stoßweise, denn die Nacht war schrecklich und lang, und er konnte keinen Platz zum Ausruhen finden. Er hatte keine Hoffnung, daß ein Wolf ihm zur Hilfe käme. Ambato weinte vor Schmerz.

»Hilf mir, großer Wulf, zeige mir einen Platz für Ruhe und Erholung. Laß mich nicht sterben, ohne daß ich weiß, daß die Reise meines Lebens den Zweck erfüllt hat, von dem ich glaubte, ich würde ihn eines Tages finden. Hilf mir jetzt.«

Der Morgen kam und mit ihm ein Wolf, der sich nicht mehr bewegen konnte. Er scharrte sich einen Ruheplatz aus und schlief. Dann beobachtete er, wie der Regen über die

Bäume drunten dahinfegte und wie das Wasser von den Felsen heruntertropfte, unter denen er Schutz gesucht hatte. Den ganzen Tag hindurch klammerte er sich an Erinnerungen, um zu verhindern, daß er in einem Meer von Schmerzen versank.

»Lauria, meine Liebe, über unserer Tochter liegt das Licht der Gnade. Lauria, sei stolz. Lauria, du warst die einzige, die ich geliebt habe. Lauria ...«

Den ganzen langen Tag lag Ambato gebrochen da. Die Erinnerung an die Wölfin, die er so lange geliebt hatte, war sein einziger Trost, das Leben ihrer gemeinsamen Tochter seine einzige Hoffnung. Als die Nacht hereinbrach, konnte er seinen linken Hinterlauf nicht benutzen. Er spürte auch nicht mehr den Schmerz in seinen Eingeweiden. Ihm war nur kalt, kalt, und diese Kälte lockte ihn, noch etwas mehr zu schlafen ... Er kämpfte gegen diese gefährliche Versuchung und rappelte sich hoch, schleifte sein steifes Bein hinter sich her und stolperte einige Zeit in der Dunkelheit herum, bevor er zwischen uralten Felsklötzen und den aufragenden Steilwänden und Rinnen jenseits des Plateaus, auf dem er sich befand, so etwas wie einen Weg fand. Er wußte, wenn er anhielt, dann würde er vielleicht einschlafen und sterben. Aber was er zu finden hoffte, wenn er weiterzog, und wie ihn das vor einem Schicksal bewahren sollte, das ihm jetzt zunehmend verlockend erschien, das wußte er nicht.

Er murmelte und stöhnte vor Schmerz. Er fluchte, er blickte grollend in die Nacht und forderte die Dunkelheit heraus, Gestalt anzunehmen und ihn jetzt anzugreifen. Es war ihm alles gleich. Über ihm ragten die Felsklippen. Felsüberhänge beugten sich zu ihm herab, die scharfen Kanten zerschmetterter Steinbrocken, über die er hinwegtappte, rissen seine Pfoten auf, aber das kümmerte ihn jetzt nicht mehr. Er forderte Gefahren und Schatten heraus, ihn zu verschlingen, denn ihm war alles gleich.

Dann fiel er plötzlich. Nicht tief, doch tief genug, daß seine Flanke aufgerissen wurde und er das heiße Blut seiner Wunde spürte, bevor es klebrig wurde und auf seinem Pelz gerann. Er lachte das heisere Gelächter des Wahnsinns und des Alters und kletterte wieder zu dem Weg hinauf, von dem er heruntergefallen war. Er verfluchte den Weg, daß er ihn hatte fallen lassen. Dann zog er weiter, mit gesenktem Kopf, hinein in die Morgendämmerung und dann in den Morgen. Er wußte, daß er nicht stehenbleiben durfte.

»Ambato!«

Rief Wulf seinen Namen? Ragte Wulf vor ihm auf, aus den grauen Schatten, in denen er erwachte?

»Ambato, Wolf des Glaubens, wach auf, wach auf ...«

Er kannte ihre Stimme, genau wie er sie zuvor schon gehört hatte, viele Male, so viele Male, wie er frühere Leben hatte. Er wußte oder erinnerte sich jetzt, daß er wußte, auf welchem Weg er gewesen war.

»Ambato, folge mir«, glaubte er Wulfin sprechen zu hören.

Er wagte nicht aufzublicken, doch er wußte alles, selbst wohin er seine aufgerissenen Pfoten setzen mußte, wenn er überleben wollte. Er folgte der Stimme von Wulfin, der Gefährtin von Wulf, Retterin der Gläubigen, die gefallen waren.

»Ambato ...«

Ihre Stimme wie ihre Pfoten verhallten vor ihm, und sie lachte sanft, um ihm zu sagen, daß er es gut gemacht hatte und daß er jetzt sicher war und nicht weitergehen durfte.

»Ambato ...« sagte er und sprach seinen eigenen Namen aus, um sich wachzurufen. »Schlafe jetzt, Wolf!«

Er öffnete die Augen. In dem Moment, noch bevor der Schlaf sie wieder schloß, wußte er, wohin er gelangt war. Das so sanfte und doch so helle Licht sagte es ihm. Der Friede, den der Ort ausströmte, sagte es ihm. Um ihn herum ragten dunkle Felsen in die Höhe. Vor ihm stieg der Weg an und überquerte einen hellen grünen Rasen, auf dem die gebleichten Knochen und Schädel von Kaninchen und Hirschen wie Sterne verstreut lagen. Dann verlor er sich zwischen Felsenrinnen, die Ambato noch nicht hinaufsteigen durfte, wo aber, jetzt noch verborgen, der Wulfsfelsen selbst sich befinden mußte und auf die Wölfe wartete, die es eines Tages wagen würden, diesen Weg zu gehen.

Der Ort, an dem er sich nun befand, würde ihm Hilfe und

Rast geben, hier, wo Beutetiere kommen würden und er sich ungesehen ernähren konnte, hier, wo die klaren Wasser der Heilung von den steilen Felsen über ihm rieselten und rannen, hier, wo das Gras so grün war, daß es ihm schon fast blau erschien, von einem Blau, dem Blau des Himmels, in das er fallen konnte und schlafen, schlafen ... Ambato war fast heimgekehrt an den Ort, den er seit Anbeginn der Zeit nicht mehr wahrgenommen hatte.

»Große Wulfin, nimm mich jetzt auf«, flüsterte er und verlangte nach dem Tod.

»Nein, Wolf«, sagte sie sanft über ihm, während sie ihn hielt, »noch nicht, mein Lieber ...«

Dann erkannte Ambato die gesegnete Dunkelheit eines Schlafes, der ihn heilen, und eine Wölfin, die ihn aus der Gefahr zurück in die Sicherheit und von dort wieder in das Licht des Tages geleiten würde.

Kapitel 3

Ambato entdeckt, daß er noch nicht unsterblich ist, und Jicin, Dendrines Tochter, spricht vom Wulfsfelsen

Ambato erwachte Tage später, überzeugt, seine Reise zu den Sternen sei vollendet und die Götter selbst hätten ihn gefunden. Er befand sich neben einem silbrigen See, dem See nicht unähnlich, an dem entlang er Klimt und die anderen hatte vor den Madjaren weglaufen sehen. Murmelnd setzte er sich auf und blickte verwirrt um sich. Er mußte Klimt finden und ihm erzählen, was er beinahe gefunden hatte ...

Ihn peinigte Kummer über den Frieden, den er zurückgelassen hatte.

Er erhob sich auf die Pfoten und spürte, daß er keine Schmerzen mehr hatte. Sein Kummer darüber, daß er noch einmal in diese Welt zurückgekommen war, war vermischt mit dem Pflichtgefühl, das er empfand. Die anderen mußten auch dorthin gehen, wo er gewesen – oder beinahe gewesen – war. Wulfin würde sie dorthin führen, und Wulf würde jenseits des Felsens selbst sein, innerhalb des Felsens, der die Ewigkeit war.

»Er ist dort, und sie wartet, und ich … ich muß sie finden …«

»Alter Wolf, sei still, bei uns bist du sicher.«

Allmählich löste sich Ambato von dem Kummer und den Zwängen, die ihn verwirrten. Er sah das Wasser des Sees, die Bäume am anderen Ufer und die Götter, die dastanden und ihn anschauten.

»Ihr«, sagte er, und ihm wurde schwindelig. Er hörte das Geplätscher des Wassers und spürte die Brise kühl und angenehm auf seinem Pelz, kühler und lindernd dort, wo seine Wunden waren.

Sie waren keine Götter, sondern Wölfe. Keiner von beiden ähnelte den Madjaren. Einer war langbeinig und schlaksig, mit glänzenden Augen und einem Blick, der über sich selbst hinauszuschauen schien. Der andere hatte einen Pelz, der die Sonne einfing, und wenn je ein Wolf das Licht der Gnade trug, dann er. Stark, sicher, seine vier Pfoten so fest auf dem Boden wie die Wurzeln eines anmutigen Baums, schaute er Ambato neugierig und mit Mitgefühl an.

»Wir haben die letzten beiden Tage über dich gewacht, Wolf. Wir haben dich vor madjarischen Wölfen, die auf der Jagd waren, gerettet, indem wir dich zwischen den Felsen hin und her geschleppt haben – Wulf weiß, warum sie deine Witterung nicht fanden. Aber auch wir konnten deine Witterung nicht finden. Nur die von Gras und Licht und einem Wasser, das so rein ist wie die Sterne. Also, wie heißt du, Wolf?«

»Ambato vom Benevento-Rudel, ein Wanderer und Sucher, jetzt ein alter Wolf. Ich bin mit … ich war mit … mein Anführer ist Klimt von Tornesdal. Und wie heißt ihr?«

»Aragon vom Cabrera-Rudel«, sagte der eine.

»Lounel, letzter Wolf der Auvergne«, sagte der andere, seltsamere der beiden.

»Wohin bist du unterwegs?« fragte Aragon.

»Du solltest mich lieber fragen, woher ich gekommen bin. Aber falls ich jetzt irgendwohin gehen sollte, dann zu Klimt«, sagte Ambato. Seine Stimme klang wie von fern.

Lounel sagte: »Nun denn, Ambato vom Benevento-Rudel, woher bist du gekommen?«

»Ich weiß es nicht ganz«, flüsterte Ambato stockend. »Ich kann es nicht ganz sagen ...«

Er weinte über den Verlust des Ortes, den er gesehen hatte. Erst als er sich wieder gefaßt hatte, sagte Aragon: »Ambato, wir werden mit dir ziehen, um diesem Klimt zu begegnen. Vielleicht ist er der Wolf, den wir suchen.«

»Oder wenn er es nicht ist, vielleicht wird er uns dorthin führen, wohin wir gehen müssen.«

Lounel sagte diese Worte, doch sie schienen von den Klippen und Rinnen des Felslandes jenseits des weiten Plateaus über ihnen zu kommen und von dem Gras zu ihren Füßen und aus dem klaren Wasser des Sees.

»Kommt also«, sagte Aragon sanft. Sie gingen zusammen in die Richtung, in die Klimt und die anderen geflohen waren – Stunden zuvor, Tage zuvor oder vielleicht auch Wochen. Ambato hatte keine Vorstellung.

Zänker war kein Wolf, der leicht aufgab oder diejenigen, über die er herrschte, überhaupt aufgeben ließ. Sein Rudel mochte überrascht worden sein, als Klimt beschloß, Tervicz die Wölfe plötzlich einen zerklüfteten Berghang hinabführen zu lassen. Aber wenn er einmal zur Verfolgung ansetzte, dann wußte er, was zu tun war. Mehr noch, er und seine madjarischen Rudelgenossen kannten die Gegend besser, als Klimt sie kennen konnte. Doch nicht so gut wie Stry und Morten, deren Kenntnis dieses Teils des Herzlandes sich jetzt als unschätzbar für Klimt und die anderen erwies, während sie sich aufmachten, vor den Madjaren zu fliehen.

Auf der Nordseite der Tatra geboren und seit Jahren Vagabunden auf ihren Südhängen, kannten die beiden das Terrain gut. Wo sie sich seiner nicht sicher waren, konnten sie seine Bodenbeschaffenheit und Vegetation deuten und Vermutungen anstellen, wo ein Fluchtweg oder ein gutes Versteck zu finden waren.

Klimt war einverstanden, daß sie das Rudel weiterführten, nicht nur wegen der Flucht, sondern auch, um Ruhe und eine Atempause zu gewinnen, vor allem für Elhana.

»Wir klettern zuerst in diese von Wasserläufen durchzogenen Hügel empor«, sagte Morten, der eine solche Jagd genoß.

»... und dann hinab zu diesen Bächen drüben im Osten, wo es Teiche gibt und die Bären uns das Fischen gelehrt haben. Erinnerst du dich?« sagte Stry.

»Ja, sicher!«

Sie gingen los, einige Tage hangaufwärts, dann hangabwärts, um ein paar Tage später an einem Flußufer nach Nahrung zu suchen. Aber immer kamen die Madjaren heran. Zuerst erspähte sie einer, dann brachte sein Ruf die anderen an seine Seite, bereit zum Angriff.

»Ich habe gehört, wie die Madjaren, die listigen Mistkerle, es machen und immer gemacht haben. Wenn sie einmal die Witterung ihrer Jagdbeute verloren haben, dann schwärmen sie über ein Territorium aus. Einer von ihnen nimmt sie bestimmt über kurz oder lang auf und heult dann die anderen zu sich her oder meldet sich im Eiltempo zurück. Es gibt Belohnungen für diejenigen, die die Beute finden, und Bestrafungen für die, die nichts finden.«

»Belohnungen?« wunderte sich Tervicz, als sie sich an einem Flußufer räkelten, nachdem sie sich mit Forellen den Bauch vollgeschlagen hatten. »Bestrafungen?«

»Zänker verteilt die Belohnungen, und Dendrine teilt die Strafen aus. Es handelt sich vielleicht um ein einfaches Lob, das von ihm so selten kommt, daß es scheint, Wulf selbst hätte zu einem gesprochen. Es kann sein, daß eine versprochene Bestrafung ausgesetzt wird. In besonderen Fällen, sehr besonderen, gewährt er einem Rüden etwas Zeit mit der gegenwärtig unfruchtbaren Fähe. Das ist, würde ich sagen, die Fähe, die wir kurz mit ihrem Rudel gesehen haben ...«

»Jicin«, murmelte Elhana.

»Es ist unerhört!« sagte Stry ohne die gewöhnliche Ironie. »Aber Morten und ich haben eine allein wandernde Madjarin getroffen, die uns sagte, sie sei Dendrines Tochter, eine von den wenigen, die die Reife erreichen durften. Sie haben sie zum Spielzeug der jüngeren Rüden gemacht.«

Auf diese Worte hin blickte Tervicz geschockt drein, doch er wollte mehr wissen.

»Weiter«, drängte Klimt.

Es machte Morten keine Freude, über solche Dinge zu reden. Er sprach so kurz und leidenschaftslos wie möglich. Er erzählte, welche Methode Zänker sich ausgedacht hatte, um sich die Ergebenheit seiner untergeordneten Rüden zu erhalten, indem er ihnen eine Paarung mit einer unfruchtbar gemachten und zu häufig gebrauchten Fähe versprach. Es war im allgemeinen Dendrines Vergnügen, daß es sich dabei um eine ihrer Töchter handelte, gewöhnlich um eine, die sie nicht mochte. Sie ließ zuerst Zänker diese Fähen eine Zeitlang mißbrauchen und dann, wenn die Fähe unfruchtbar war, andere sie nehmen, nachdem ihr Herr mit ihr fertig war.

»Sie ruft ihn gern ›Herr‹!« erklärte Morten. »Das schmeichelt ihm und macht ihr ein seltsames Vergnügen. Sie schnurrt das Wort. Wulfin helfe diesen mißbrauchten Fähen, wenn sie trächtig werden! Das war gerade geschehen, bevor wir unsere Flucht glücklich bewerkstelligten. Natürlich sorgte Dendrine dafür, daß die betreffende Fähe ausgestoßen wurde und daß ihre Jungen getötet wurden.«

»Die ›betreffende Fähe‹, wie er sich ausdrückt, war Jicin«, warf Stry ruhig ein.

»Sie hat die gerade Geborenen fast aus dem Bauch ihrer Tochter gerissen, wirklich«, sagte Morten wild, »und die Kleinen umgebracht, während sie versuchten, ihren ersten Atemzug zu tun. Danach wurde Jicin wieder ins Rudel aufgenommen, und keiner hat mehr davon gesprochen, außer im Flüsterton. Sie wurde nie wieder trächtig, nur krank. Sie hat die Pusteln bekommen und Flöhe. Aber ... nun ja, einen Rüden, der es heftig genug will, den schreckt nichts ab!« Dann wandte er sich an Stry: »Meinst du nicht, daß es dieselbe Wölfin war?«

Stry schüttelte traurig den Kopf und sagte nichts.

Nachdem sich die Flucht als erfolgreich erwiesen hatte

und die Verfolgung sich auf gelegentliche Belästigungen beschränkte, herrschte bei Klimts Wölfen eine gute Stimmung. Trotzdem jetzt hing ein Schatten über ihnen. Ambato war verschollen, vielleicht schwer verletzt. Mit jedem Tag, der vorüberging, ohne daß er wieder erschien oder eine Hoffnung bestand, daß sie ein Zeichen von ihm fänden, schien Elhana grimmiger und stiller zu werden, von Kummer erfüllt, auch wenn sie jeden Tag aufgrund ihrer Trächtigkeit ein bißchen dicker und langsamer wurde.

Klimt gab ihr dabei wenig Trost. Die Verantwortung der Führung des Rudels lastete schwer auf ihm und ließ auf seinem Gesicht die rauhe Kälte der nordischen Einöden erscheinen, in denen er aufgewachsen war. Obwohl Elhana manchmal versuchte, ihn dazu zu bringen, sich zu entspannen und wärmer und natürlicher zu sein, wurde er nicht sanfter. Es war schwer, ihm die Wärme abzuringen, die ein Gefährte normalerweise seiner Leitwölfin geben mochte, oder die Freundlichkeit oder die erhofften Zeichen der Fürsorge, die von anderen ganz selbstverständlich kamen. Denn jeder gab Elhana auf seine Weise den Trost, den Klimt nicht geben konnte. Tervicz mit seinem Geplauder und seinem Staunen über das Mysterium der bevorstehenden Geburt, Stry mit seinem Gelächter und seiner selbstkritischen Ironie und – was am tröstlichsten von allem war – seiner Überzeugung, daß Ambato sicher und wohlbehalten wieder auftauchen würde. Morten tröstete sie durch die Tatsache seiner ruppigen Anwesenheit und durch die leichte Art, wie er manchmal seine Flanke an die Elhanas legte, um sie zu wärmen, wenn ihr Herz die Kälte spürte und ihr Glaube schwach wurde.

Nur Klimt nahm sich nie Zeit außerhalb seiner Führerschaft, um mit ihr zu sprechen und ihr Gemüt zu beruhigen. Er war wirklich ein Wolf, den die anderen respektieren und fürchten konnten, aber keiner fand ihn leicht zu lieben, am wenigsten von allen seine Gefährtin.

Doch für solche Überlegungen war wenig Zeit. Zwei, höchstens drei Tage mochten vergangen sein, da waren die Madjaren schon wieder hinter ihnen her, und Klimts Wölfe stießen auf die verräterische Witterung madjarischer Fährten und Losung, oder sie entdeckten eine Bewegung und spähende Augen inmitten der Felsen über dem Pfad oder tief unten. Da wußten sie, daß sie beobachtet wurden.

Klimt hatte es nicht fertiggebracht, sie zurück zu dem See zu führen, in dessen Nähe sie Ambato verloren hatten. Die Madjaren hatten über diese Route einen Kordon gelegt, durch den man nicht leicht hindurch kam, es sei denn, man stiege hinauf ins Felsland und in die Tatra und machte einen Bogen, was bis zum Ende der Wanderung Monate gedauert hätte. So kam es, daß Klimt und die anderen, gejagt und gehetzt, sich langsam in den Westen zurückzogen und dann hinab in den Süden in die Nähe des Gebietes der Felsenrinne, durch die sie zum ersten Mal das Herzland betreten hatten. Wenigstens etwas wirkte sich zu ihren Gunsten aus – so weit von der Mitte des Herzlandes entfernt schienen sich die Madjaren weniger aus der Anwesenheit von Klimt und seinem Rudel zu machen. Vielleicht verlor Zänker auch allmählich das Interesse an einer ausgedehnten Verfolgung.

»Möglicherweise ist Dendrine trächtig, genau wie Elhana«, sagte Stry. »Sie ist alt, aber sie war eine gute Gebärerin von Rüden, das muß man ihr lassen. Die meisten madjarischen Rudel werden von ihren Söhnen angeführt. So oder so gibt es Verwandte von ihr oder von Zänker bis hinab zu den Karpaten. Ich habe sagen hören, wenn Zänker sie zu Hilfe ruft, dann erwartet er, daß sie kommen – und das tun sie, denn sie sind gewiß von Kindesbeinen an auf Gehorsam gedrillt worden. Auf diese Weise ist er mehr als nur ein Anführer der Madjaren rings um das Herzland. In dieser Hinsicht ist er wie der Kobrin aller russischen Wölfe.«

Diesen Hinweis verstanden alle. Denn alle kannten die Geschichte, wie vor Jahrhunderten Kobrin sich an die Spitze des größten russischen Rudels emporkämpfte, als er gerade die Reife erlangt hatte, und dann weiterhin viele andere dominierte. Danach, so hieß es, hatten die russischen Wölfe in jeder Generation einen Kobrin, und die Ergebenheit ihm gegenüber war wichtiger als die Ergebenheit gegenüber dem jeweiligen Rudelführer.

Solche Legenden fanden Anklang. Elhana war froh, sie zu

hören, denn sie gehörten nicht zu ihrer Tradition. Heutzutage wußte niemand, ob es noch Kobrins gab. Denn seit die Menschen die Übermacht gewonnen hatten, waren die russischen Wölfe abgeschnitten. Vielleicht kennzeichnete ihre Isolation den wahren Beginn des Abstiegs der Wolfheit? Welcher Wolf wußte das schon?

Eines Tages, nach einer langen und typischen Periode des Schweigens, rief Klimt sie alle zusammen und verkündete: »Wenn der Sommer kommt, unsere Jungen schon lange geboren sind und in Sicherheit aufgezogen werden, werde ich einen oder zwei von euch losschicken, das Revier der Madjaren zu durchsuchen. Auf diese Weise fangen wir vielleicht an, uns auf die Suche nach dem Wulfsfelsen zu konzentrieren und finden vielleicht heraus, was mit Ambato geschehen ist.«

Dieses Versprechen zukünftiger Taten und die Aussicht auf Erkundung und Abenteuer danach im Hochsommer hatte etwas Anziehendes.

»Was ist das?« Tervicz hörte als erster das Geräusch im Gras zwischen den Felsen über ihren Köpfen. Stry war mit einem geübten Sprung und einem Schlenker gleich oben und stürzte sich auf die Schatten, aus denen es kam.

Geduckt kam sie heraus, schwach und blutbesudelt, Jicin, die Tochter von Dendrine und Zänker. Sie kam zitternd in ihre Mitte, wo Klimt sich stolz von ihr abwandte und die anderen Rüden Gleichgültigkeit vorgaben. Nur Elhana näherte sich ihr und schaute ihr scharf in die Augen. Jicin klemmte sofort ihren Schwanz zwischen die Beine und senkte ihren Kopf, bevor sie ihren Körper halb senkte und höchst mitleiderregend ihre Unterwerfung winselte.

»Nun?« knurrte Elhana.

»Ich habe sie verlassen …«

Stry schnaubte und knurrte.

»Man verläßt nicht Wölfe wie deine Eltern, jedenfalls nicht lebendig, es sei denn, sie lassen dich gehen. Du bist geschickt worden …«

Stry ging auf sie los, nicht streng, aber schmerzvoll genug. Sie schrie auf und fiel hin.

»Du hast immer noch Flöhe!«

Klimt wandte sich ihr zu und blickte sie gleichmütig an.

»Überlaßt sie Elhana«, sagte er. »Tervicz, du paßt auf sie auf, während sie miteinander reden. Die anderen folgen mir.«

In solchen Augenblicken wie diesem sprach Klimt mit solcher Autorität, daß die anderen verstummten und taten, was er ihnen befahl. Wie immer führte er sie still davon.

Tatsächlich gefiel Jicins Ankunft Klimt nicht mehr als Stry, aber er hatte es sich zur Regel gemacht, jedem Wolf seine Chance zu geben, und selbst wenn es sich als Trick herausstellen sollte, was seiner Meinung nach wahrscheinlich war, dann konnte man vielleicht immer noch etwas daraus lernen. Eine weitere Fähe im Rudel könnte sich in der Zukunft als nützlich erweisen, wie jeder Rudelführer weiß. Doch andererseits wollten sie Zänker und Dendrine nicht unnötig verärgern oder neues Interesse an ihrer Verfolgung wecken, wenn es gerade abgenommen zu haben schien.

Elhana und Jicin sprachen lange Zeit leise miteinander, die eine ihrer selbst sicher und freundlich, die andere aufgeregt und voller Angst. Falls es ein Trick war, dann ein gefährlicher. Die Chancen einer solchen Wölfin, in einer solchen Situation zu überleben, falls man sie entlarvte, waren gering. Aber was hatte sie ihnen anzubieten?

»Sie kann aus einer gewissen Entfernung mit dem Rudel wandern«, entschied Elhana schließlich, »aber falls einer versucht, sich mit ihr zu paaren, dann töte ich sie selbst – und vielleicht ihn ebenfalls …«

Als Leitwölfin hatte sie das Recht, solche Grenzen für das Verhalten zu errichten. Ihr Status konnte durch die Anwesenheit einer weiteren Wölfin nur verbessert werden.

»Es geht um mehr als nur darum, eine weitere Fähe hierzuhaben, Klimt«, begann sie am gleichen Abend zu reden, als Jicin ein Stück entfernt an einem Knochen knabberte, den sie ihr als einzige Nahrung überlassen hatten, »denn ich glaube, an ihr ist etwas, das mir nicht mißfällt, etwas, das in ihr genährt werden kann, wie Güte und Mut in einem Jungen genährt werden können. Eine solche Wölfin kann uns viel über das Herzland lehren und – wenn wir ihr Vertrauen gewinnen – auch über die Madjaren.«

Klimt nickte zustimmend, insgeheim befriedigt und beeindruckt. Er hatte nicht gedacht, daß Elhana oder irgendeine andere Wölfin zu einer solchen Strategie fähig wäre. Er zeigte es nicht, aber von diesem Tag an gewann Elhana in seinen Augen an Respekt.

Wenn es ihm auch widerstrebte, auf diese Weise mit Elhana allein zu sein, so gab es doch Zeiten, gewöhnlich in der Abenddämmerung, wenn die anderen nicht sahen, wie seine Augen versunken in eine Vergangenheit schauten, da wünschte er sich, er könnte die Worte finden, um Elhana zu sagen, wieviel sie ihm bedeutete. Sie erwies sich als kluge Leitwölfin. Er wünschte, er selbst hätte ihr gesagt, daß sie eine Wölfin war, die er lieben konnte, aber … »aber ich habe eine andere geliebt und verloren und werde das Risiko der Liebe nie wieder eingehen«.

Das hatte er sich gesagt – und vor Monaten in jenem Augenblick des Vertrauens auch zu Tervicz –, und so sollte es seiner Absicht nach auch bleiben.

Eine Bewegung, die Jicin machte, fiel ihm ins Auge. Er blickte zu ihr hinüber. Sie lag da, armselig und elend, mit einem mitleiderregenden Blick der Dankbarkeit dafür, daß sie nicht fortgejagt worden war, wie sie es vielleicht erwartet, oder getötet, was sie wahrscheinlich gefürchtet hatte.

»Ja, ich nehme an, wir brauchen so eine wie sie bei uns. Aber wir werden ihr einstweilen nichts sagen. Wir werden sie benutzen, um von ihr zu lernen. Verstehst du?«

Elhana nickte. Sie wußte, daß er recht hatte, aber er kam ihr streng vor. Doch vielleicht mußte ein Rudelführer so sein. Aber mußte er immer so kühl und berechnend sein? Manchmal hatte sie Sehnsucht nach südlicher Sonne, nach trockenem Staub auf ihren Pfoten, nach dem Sirren von Insekten und dem Gesumm von Honigbienen. Nach Liebe …

»Sie wird uns von Nutzen sein«, pflichtete Elhana ruhig bei.

Elhana hatte recht. Jicin half, die Bindungen des Rudels zu stärken. Die Tatsache, daß sich die Madjarin ständig am

Rand des Rudels aufhielt, einmal an der Seite, ein andermal hinten, bestätigte die Wölfe in ihrem Gruppengefühl, und allmählich gewöhnten sie sich an sie. Schon die Tatsache, daß sie aus dem Rudel ausgeschlossen war, gab ihnen das Gefühl größerer Einheit, so daß Jicin paradoxerweise eine Rolle zufiel. Gleichzeitig wurde sie in ihrer Unterordnung selbstbewußt und wagte es, ihre Grenzen auf die Probe zu stellen, indem sie zum Fressen näher kam oder an einem faulen Tag, wenn das Rudel sich vor der Hetze der Madjaren sicher fühlte, näher heranrückte und mit ihnen faulenzte.

Zu solchen Zeiten ließen sie sich herab, ihr Fragen zu stellen, die sie gern beantwortete, wenn auch anfangs ihre Antworten nicht mehr gewesen waren als: »Das weiß ich wirklich nicht« oder: »Ich konnte dort nicht lange bleiben« oder: »Ich hatte nie das Privileg, so etwas zu erfahren«.

Sie wollten etwas über Zänkers Absichten erfahren, aber bald gaben sie es auf. Ein solcher Wolf wie er vertraute niemandem als nur seiner Gefährtin, wie Stry und Morten sie schon gewarnt hatten. Dann wollten sie wissen, wo sie einige Zeit vor den Madjaren sicher sein könnten – damit sie entscheiden konnten, wo Elhana ihre Jungen sicher zur Welt bringen konnte.

»Weit entfernt von Dendrine, das ist der beste Ort«, schlug Jicin vor. »Ich meine, das ist am besten. Ich ... ich ...«

»Ja, Wölfin?« fragte Elhana. Sie sprach sanfter als die anderen, und meistens sprach Jicin mit ihr.

»Ich meine, werden deine Jungen bald geboren?«

»Es dauert nicht mehr lange. Sie wachsen täglich, und mir wird es immer unbequemer.«

»Hast du schon vorher geworfen?«

Elhana lachte und sagte, daß sie in der Tat schon mehrere Male geworfen hatte.

»Ich nur einmal«, sagte Jicin kläglich.

Nichts konnte so trostlos klingen wie das Wort »einmal«, wie sie es sagte. Als wäre dieses einmal das einzige Mal – nämlich das einzige Mal, daß sie je Junge gebären würde. Ein

Instinkt sagte Elhana, es sei besser, Jicin nicht zu ermutigen, davon zu reden.

Das Rudel befragte sie auch über den Wulfsfelsen und wo er sich wohl befinde. Hatte sie ihn schon gesehen? War sie schon in seiner Nähe gewesen?

»In der Nähe?« flüsterte sie mit gerunzelter Stirn. »Er ist in unserer Nähe gewesen. Er ist bei uns.«

»Was meinst du damit?« fragte Klimt und drehte sich nach ihr um.

»Ich ... ich weiß nicht, was ich meine. Ich habe nichts gemeint. Ich meine ...«

»Nun, weißt du, wo er ist oder nicht?« fragte Klimt ungeduldig.

Elhana blickte ihn unwillig an. Das war nicht die Art, um eine schüchterne, gebrochene Fähe zum Reden zu bringen, und da hatte sie recht. Jicin schlich sich stumm fort und legte sich ganz traurig außer Reichweite nieder.

»Was hattest du gemeint?« fragte Elhana sie später.

»Madjaren sind seit Anbeginn der Zeit Wächter des Wulfsfelsens gewesen«, murmelte Jicin, »obwohl unsere Lehre sagt, daß wir nicht davon reden oder danach fragen oder ihn suchen dürfen. Aber ...«

»Aber was, meine Liebe?« flüsterte Elhana.

»Ich glaube ... ich glaube vielleicht ... ich ...«

»Ja?« murmelte Elhana.

»Ich glaube, er ist jetzt einsam.«

Darauf erwiderte Elhana nichts. Sie wurde traurig. Was meinte Jicin wohl mit »einsam«? Wie konnte der Wulfsfelsen einsam sein? Jicin war nur eine Wölfin, die versuchte, den Dingen einen Sinn zu geben. Eine Wölfin, die am falschen Ort und von den falschen Eltern geboren worden war. Sie war es, die einsam war.

»Wie wir alle auf eine gewisse Weise«, dachte Elhana bei sich. Oder zumindest, wie Wölfe, die in der falschen Zeit geboren wurden.

Wer war Jicin, daß sie solche Gedanken auslöste?

»War je ein lebender Wolf dort gewesen?« fragte Elhana impulsiv.

»Weiß ich nicht, darf ich nicht wissen, kann ich nicht wissen«, sagte Jicin plötzlich erschrocken. »Sag es nicht. Sag es nie.«

»Was sagen?«

Wie lange Jicin dann schwieg! So lange, bis alle Sterne hinter Wolken verschwanden, von Ost nach West, vom Norden bis zum fernen Süden. So lange, bis die anderen in tiefen Schlaf gefallen waren. So lange, bis die Sterne sich wieder zu zeigen begannen. Elhana wartete immer noch.

»Ich hatte einst einen Bruder, der wegging«, flüsterte Jicin und zitterte.

»Wohin ist er gegangen?«

»Sein Name ist Vollutt. Du hast ihn gesehen. Meine Mutter Dendrine benützte ihre bösen Künste, um seine Bruderschaft von mir zu stehlen.«

»Und dich von ihm«, sagte Elhana, ein Gedanke, der der bescheidenen Jicin anscheinend nie gekommen war.

»Ich hatte vier Junge, die fortgingen«, redete sie plötzlich weiter.

»Wohin sind sie gegangen, meine Liebe?«

In Jicins dunklem Gesicht schienen Sterne zu sein. Sie tropften hinab, auf die Morgendämmerung zu. »Ich hatte einen Großvater, der wegging.«

»Wohin, meine Liebe, wohin?« Elhana wußte, daß die arme Jicin die einzigen Wölfe genannt hatte, die sie je hatte lieben können. Die ihr alle genommen waren, wie es schien.

»Mutter sagte, sie habe sie getötet und dorthin geschickt, damit sie dem Wulfsfelsen Gesellschaft leisteten. Glaube ich.«

»Ist das in der Nähe des Ortes, wo wir gewesen sind?« fragte Elhana.

Jicin nickte im Dunkel der Nacht und sagte: »O ja, und sie warten dort auf mich. Das glaube ich. Die Wolfheit wird dort auf uns alle warten.«

»Und wer sind wir?«

Diese Worte hatte nicht Elhanas Stimme gesprochen, sondern eine Stimme, die tief und sanft in der Nacht war, die Stimme eines Wolfes, der echten Schmerz und Verlust kennengelernt hatte. Die Stimme eines Wolfes, der die Dunkelheit brauchte, damit sie seine Tränen verbarg, die im Sternenlicht funkelnd über sein Gesicht rannen.

Es war die Stimme von Klimt, der dastand, ohne zu drohen, ebenfalls Sterne im Gesicht, und lauschte. »Wer sind wir?«

»Nachdem er euch gesehen hatte, sagte mein Vater, ihr seid die Wölfe der Zeit. Ich bin zu euch gekommen, weil ich dachte, ihr könntet mir zeigen, wo ich die finden kann, die meine Mutter weggeschickt hat. Ich hatte Angst zu kommen. Ich habe auch jetzt Angst. Aber ich bin gekommen, weil ich meine Jungen am Wulfsfelsen finden werde, wo sie warten. Dinge warten auf einen, wenn man darauf vertraut, daß sie noch da sind. Sie warten auf immer, bis man bereit ist zu kommen. Wirklich! Das hat mein Großvater gesagt, bevor er fortging. Das hat die Ratgeb…« Sie beendete dieses Wort nicht, sondern beeilte sich zu sagen: »Es ist wahr! Zumindest … glaube ich, es ist wahr.«

Klimt schaute sie eine Weile an, dann schaute er auf Elhana. Seine Augen waren so sanft, wie seine Stimme gewesen war.

»Schlaft, Wölfinnen!« sagte er. »Und wenn die rechte Zeit kommt, führen wir einander zum Wolfsfelsen und finden dort, was wir alle verloren haben und was auf jeden von uns wartet. Schlaft jetzt, und wenn der Morgen kommt, Jicin von den Madjaren, wirst du mit uns laufen, denn wir nehmen dich in unser Rudel auf. Schlaf jetzt …« Er wandte sich von ihnen ab – groß, stark, wachsam, schützend, ein Wolf, der begann, weise zu werden. Da jeder von ihnen auf seine Weise wußte, daß er da war und sie schützte, kam es ihnen vor, als sei der Schlaf leicht zu finden und hätte auf jeden von ihnen geduldig gewartet.

KAPITEL 4

Die Madjaren spüren endlich die Wölfe der Zeit auf, deren Stärke nachzulassen beginnt

Einige Tage danach begannen die Madjaren mit einem neuen Angriff, der bald ernst wurde. Es blieb nicht mehr dabei, daß Klimts Wölfe von Zeit zu Zeit gehetzt wurden, sondern zwei oder drei Madjaren attackierten sie ständig gleichzeitig, eine Nacht und einen Tag hindurch und dann wieder bei Nacht.

Es begann mit einem Angriff auf Tervicz, der immer die Neigung gehabt hatte, allein herumzustreifen. Allerdings gelangte er in die Sicherheit des Rudels zurück und hatte diesmal nur einen Stoß und ein paar Kratzer davongetragen. Dann ging es weiter mit einem Versuch, Stry zu isolieren und ihm echte Verletzungen zuzufügen.

Danach blieben sie enger beisammen. Selbst Jicin wurde von Klimt befohlen, in der Nähe zu bleiben – vielleicht ein Zeichen, daß sie sie schätzten. Es gab kein Anzeichen dafür, daß Zänker oder Dendrine beteiligt waren, und während Klimts Wölfe einige der Madjaren schon früher gesehen hatten, waren andere ihnen allen, auch Jicin, fremd.

»Es sieht so aus, als hätte Zänker Wölfe aus entfernteren Gegenden gerufen, aber ich weiß nicht, warum sie nicht alle zusammen kommen und mal einen richtigen Kampf wagen.«

»Klimt hat ihnen Angst eingejagt«, sagte Morten.

»Er jagt mir Angst ein«, sagte Stry und blickte auf ihren Anführer, der ihnen voranging, anscheinend mit immer mehr Energie und immer weniger Schlaf.

Sie hatten die Westgrenze des Territoriums der Madjaren erreicht, über die hinaus Zänker sie, wenn sie weitergezogen wären, wahrscheinlich nicht verfolgt hätte, denn er hätte dann geglaubt, sie seien gebührend besiegt und verjagt. Aber Klimt hatte Morten zugehört, genickt und gesagt: »Wir wenden uns dann nach Süden, wieder dorthin, wo unsere Reise in das Herzland wirklich begonnen hat. Was, Tervicz?«

Tervicz grinste. Er hatte den Verdacht, daß Klimt immer

vorgehabt hatte, wieder zu dem Moorland über der Felsenrinne zu ziehen, durch deren Wolfsweg sie hinabgerannt waren, um Elhana und Ambato zu retten. Das machte Sinn. Sie kannten und mochten die Gegend, und wenn es irgendeinen Ort gab, an dem sie sich zu Hause fühlten, seit sie in diese Gegenden gekommen waren, so war es diese Felsenrinne. Man konnte sie verteidigen, und sie befand sich nicht ganz innerhalb des Herzlandes und auch nicht ganz außerhalb. Dort könnte sowohl die Ehre von Zänker wie von Klimt gewahrt bleiben, für den einen dadurch, daß er den anderen vertrieben hatte, für den anderen dadurch, daß er nicht ganz vertrieben worden war …

»Vorausgesetzt, wir bleiben in Bewegung, bis wir dorthin kommen, dann werden sie uns nicht aufhalten«, sagte Tervicz an dem grauen Nachmittag zwei Tage nach Beginn des Angriffs, als die Madjaren einmal ein paar Stunden lang nicht auf sie losgingen.

»Die Rinne ist nicht so weit weg, aber es gibt etwas, das uns aufhalten wird …«

Klimt blickte auf Elhana, um derentwillen sie angehalten hatten. Ihre Zeit war nahe, denn die Geburt ihrer Jungen konnte nur noch zwei oder drei, höchstens vier Tage auf sich warten lassen. Sie hatte Klimt angeschaut und er sie, als er entschied, daß sie nach Süden ziehen würden. Sie hatte nur müde genickt, mit Augen, die sagten: »Aber nicht zu weit, Klimt, jetzt nicht mehr viel weiter.«

Klimt wußte, warum sie so bereitwillig gehorchte. Was Jicin ihr über Dendrine erzählt hatte, hatte ihr wirklich Angst eingejagt. Sie wollte nicht, daß ihre Jungen den Weg jener Wölfe gingen, die Jicin geliebt hatte, und daß man ihr sagte, sie würden am Wulfsfelsen auf sie warten. So zogen sie also jetzt in beständiger Eile nach Süden und liefen abwechselnd an Elhanas Seite, nicht, um sie anzutreiben, sondern nur, um dafür zu sorgen, daß sie nicht zurückblieb. Jeder war jetzt bereit, sie mit dem Einsatz des eigenen Lebens zu verteidigen, obwohl sie als erste von allen zugegeben hätte, daß die anderen nicht für sie sterben würden, sondern für die Zukunft, die sie mit sich trug.

»Wie weit noch?« fragte Morten plötzlich zwei Tage später. »Ich glaube, sie ...«

»Mehr als einen Tag, hat sie mir gerade gesagt«, sagte Tervicz besorgt, »und die Madjaren ...«

Die Madjaren griffen wieder an, diesmal von der linken Seite. Morten ging auf sie los, während Klimt sich zu Elhana zurückzog und die rechte und die hintere Seite bewachte. Etwas konnte man von den Madjaren sagen: Ihre Taktiken waren voraussagbar. Klimt rief Jicin näher heran, überprüfte Strys Position, und als die Madjaren von der rechten Seite kamen, ging er hart auf sie los, bösartig und unangenehm, voller Ungeduld mit ihrem Spiel. Wulf weiß, welchen Schaden er bei den Wölfen anrichtete, die kreischend vor ihm davonliefen, doch in seinem Gesicht und auf seiner Brust war Blut, und in seinen Augen war pure Grausamkeit. Die Madjaren würden sie zuerst alle töten müssen, bevor sie nahe genug an Elhana herankamen, um ihr auch nur ein Haar auf ihrer Flanke zu krümmen.

Die Madjaren zogen sich erneut zurück. Aber gerade, als Klimts Wölfe begannen sich zu entspannen und sich auf den Rückzug vorzubereiten, sahen sie etwas aus der dunklen Wand eines Kiefernwaldes das Tal überqueren. Einmal mehr war Zänker gekommen.

Dort stand er und starrte herüber, unversöhnlich und reglos, während um ihn herum andere kamen, mehr als zwölf – fast zwanzig, wenn man die einrechnete, die beim letzten Angriff dabeigewesen waren.

»Wenn wir nur in Bewegung bleiben könnten«, hatte Tervicz gesagt, und er hatte recht. Wenn sie nur könnten ...

»Klimt«, flüsterte Elhana. »Klimt, mein Lieber ...« und sie wußten alle, daß Elhanas Zeit jetzt nahe war und daß sie nicht mehr weit ziehen konnten.

»Du wartest«, befahl Klimt und wandte sich gegen sie. »Du wartest!«

Es war wie die kalte, steile Felswand, die vor einem Sturm aufragte. Felsen gegen Wind, Tod gegen Leben, die Dunkelheit der Nacht, die versuchte, die Morgendämmerung zurückzuhalten.

»Kommt!«

Während sie sich umwandten und fortzogen, waren sie erleichtert zu sehen, daß Zänker sich nicht in Bewegung setzte, sondern gleichmütig beobachtete, wie sie weggingen. Vielleicht wußte er nicht, wie nahe sie an der Felsenrinne waren, oder falls er sie kannte, dann wußte er nicht, wie leicht sie zu verteidigen war. Er konnte auch nicht wissen, daß Elhanas Zeit so nahe war.

»Er wartet, bis wir so verdammt müde sind, daß wir keine Pfote mehr heben können, um sie zu verteidigen«, sagte Morten. »Das ist sein Spiel. Er weiß, daß wir kämpfen und daß wir viel zu verlieren haben, deshalb erschöpft er uns.«

»Kommt!« befahl Klimt erneut. Sie wußten, daß sie diesmal nicht anhalten würden, bis sie ihr Ziel erreicht hatten, es sei denn, sie müßten wegen der Geburt anhalten oder für den Tod unter den Zähnen und Klauen der Madjaren.

Sie liefen verzweifelt, vom Nachmittag bis zur Abenddämmerung. Von der Dämmerung bis zum Zwielicht. Vom Zwielicht bis zur Nacht. Jeder Tritt mit den Pfoten tat weh, jedes Glied, das sich bewegte, schmerzte, und auf jedes Stöhnen, das sie von Elhana vernahmen, hörten sie als Antwort das Knacken eines Zweiges, das Dahinstreichen niedriger Zweige über die Flanken der Feinde, das Auftreten feindlicher Pfoten und die Heulsignale von Madjaren, die ihnen in der Nacht folgten.

Dann machten sie halt. Klimt witterte in der Luft. Kurz darauf ging es weiter, in eine neue Richtung. Hier war das Gelände ihnen vertrauter. Sie spürten unter ihren Pfoten die festen Stellen aus Torf und Heidekraut im sumpfigen Boden, als sie schnell zwischen den seichten Tümpeln und den Seen dahintrabten, die den abendlichen Himmel widerspiegelten.

Klimt hielt wieder an. Er witterte in diese und jene Richtung und rief Tervicz zu sich. Sie beratschlagten, und Klimt nickte, ruhig und entschlossen.

»Du führst uns diese letzte Strecke, Wolf. Ich bin müde und mache vielleicht einen Fehler. Auf jeden Fall sind sie eng hinter uns her, und sie werden uns von dort oder an unseren Flanken angreifen. Für mich ist am besten, wenn ich dort bin, wo ich etwas sehen kann. Zeig uns jetzt den Weg zu unserer Heimstatt ...«

Das klang nicht nach den Worten eines Leitwolfs, der immer von vorn führt, doch war jeder Wolf, der diese Worte hörte, ermutigt. Sie hielten sich an Tervicz und begannen um ihr Leben zu laufen – und um das Leben der Jungen, die Elhana in ihrem Leib trug.

Auf einer Seite ertönte ein heulendes Gebell rauh in der Nacht. Ein Signal, sich zu nähern. Dann ein anderes an der anderen Seite. Geheul, das wußten sie, war ein Signal für einen endgültigen Angriff. Dann hörten sie das Geplatsche von Pfoten im tümpelreichen Moorland, rechts, links und hinten.

Nur vorn war noch Sicherheit. Vor ihnen, wo die Felsenrinne wartete. Sie rannten vorwärts, einer nach dem anderen, jeder so müde wie der nächste, während zu beiden Seiten aus der Dunkelheit die madjarischen Wölfe auftauchten. Sie waren frischer, ihre Zähne glitzerten im nächtlichen Licht, die Augen waren zusammengekniffen aus Gier auf das bevorstehende Töten, und hinter ihnen ertönte ein gebellter Befehl, tief, selbstbewußt, spöttisch.

Zänker. Schon waren seine schweren Pfoten zu hören. Klimt wurde jetzt langsamer und ließ alle anderen an sich vorbei, damit er bereit war, sich umzudrehen und die Madjaren eine Weile aufzuhalten. So konnten die anderen in die Felsenrinne entkommen, wenn sie sie erreichten.

Tervicz lief dahin und suchte sich den Weg voraus mit Schnauze und Augen. Er suchte und war verwirrt. Die Umrisse der Felsen kannte er, aber der Tümpel, an dem er vorüberkam, war anders, kleiner, von den Sommerwinden ausgetrocknet. Jetzt, hier irgendwo in der Nähe, nach links weg und dort ... dort ... Die Haare auf seinem Rücken begannen sich zu sträuben, er wurde langsamer, denn er hatte die Witterung eines fremden Wolfes überquert. Sie war vor ihm gewesen. Hinter ihnen, rechts und links – all das war in der dunklen und verdammten Nacht schon schlimm genug, aber vor ihnen, auf sie wartend, das war zu viel.

Wieder diese Witterung, fremdartig, unbekannt. Frisch.

»Los!« rief er. »Es ist nicht mehr weit! Los, kommt!«

Frisch und vertraut war diese Witterung. Er kannte diese Witterung, zumindest einen Teil davon. Er wußte jetzt, daß Wulf mit ihnen war, daß Wulf mit ihnen lief, und er wußte, daß er, Tervicz, der Letzte des Bukov-Rudels, jetzt bewies, daß er für andere Routen finden konnte – das war seine uralte Aufgabe. Er kannte diesen Ort, diese Strecke. Er sah die Augen und Zähne der Verfolger und hörte ihr Keuchen, ihr grausames Getrappel, den gleichen Laut, den verfolgte Wölfe alle Zeiten hindurch gehört hatten. Er wußte, wo und was er war und woher die Gefahr kam. Er war schon zuvor so viele Male geflohen, durch so viele Leben hindurch. Jetzt floh er durch ein endgültiges Leben, ein letztes, und er mußte alle Fertigkeiten einsetzen, die er je gelernt hatte.

»Weiter!« schrie er, denn vor ihnen sah er die Schatten des Buschlandes, in das die Felsenrinne emporstieg oder von dem sie zum Steinbruch abfiel. Während sie näher kamen, erhoben sich hier und da die umschatteten Felsen, bei denen er und Klimt früher einmal gewesen waren.

Er wagte es, sich einen Moment lang umzudrehen. Direkt hinter ihm kam Stry, dann als nächste Elhana, die verzweifelt war, jetzt hinkte und sich nach Halt und Rast sehnte. Gleich hinter ihr kam Morten, der sie antrieb. Dann folgte Jicin mit todmüden Pfoten und wilden Blicken. Sie rang nach Luft, während ihr Kopf hin und her schwankte. Sie war kurz davor, zusammenzubrechen.

Hinter ihr kam Klimt. Gefährlich und immer noch kräftig, knurrte er nach links und rechts den Madjaren entgegen, die jetzt fast an ihnen dran waren und nach seinen Flanken schnappten, um ihn zu Fall zu bringen. Aus ihren Kehlen drangen die widerlichen Laute der noch unbefriedigten Blutgier.

Dahinter kam der Gefährlichste von allen: Zänker, der trotz seines Gewichtes mit Leichtigkeit dahinlief und seine eigenen Wölfe beiseite schob, als er spürte, daß Klimt nachließ und daß es ein Vergnügen wäre, wenn er selbst Klimt zu Fall brächte und ihm das Leben aus dem Leib reißen würde.

Oben am Himmel, über ihnen allen, zogen hohe Sturmwolken vor dem Gesicht des Mondes vorbei und wirbelten aus dem Licht in die Dunkelheit, die hinter ihnen dräute. Der Mond selbst wirkte wie das gelbe und verzerrte Auge eines verrückten, ruchlosen Feindes.

Tervicz riß sich aus dieser beklemmenden Schreckensvision los und rief: »Dort ist der Eingang!«

Er schwenkte nach links zum Eingang der Felsenrinne. Der Boden davor war dunkel und hell gesprenkelt vom Licht des Mondes hinter den dahinjagenden Wolken.

»Jetzt mit mir hier durch!« schrie er.

Die Witterung von vorn war stark, teils vertraut, teils fremd, aber dieses Risiko mußten sie auf sich nehmen, denn nach vorn gab es keinen anderen Weg.

Als sie langsamer wurden, um die letzten Schritte hinab in den Hohlweg zu nehmen, wurden die Madjaren ebenfalls langsamer, da sie dachten, Klimts Wölfe könnten nicht weitergehen. Sie bellten triumphierend. Zänker brüllte: »Tötet die Mistkerle!«

Klimt, der die Sicherheit noch nicht ganz erreicht hatte, drehte sich um, bereit, auf Leben und Tod gegen sie zu kämpfen.

Irgendwo lachte ein Madjar hysterisch. Es war das Lachen eines Wolfes, dem es freigestellt war, zu verstümmeln und zu töten, und der weiß, daß ihn nichts mehr aufhalten kann, sich seiner schändlichen Gier hinzugeben.

Nichts?

Tervicz sah es als erster und war gezwungen auszuweichen. Dann sah es Stry und keuchte, auch Elhana, die nichts spürte als die Schmerzen der bevorstehenden Geburt, schließlich sah Morten den fremden Wolf.

Als letzter von allen sah es Klimt, als er Zänkers erstem Angriff mit einer Finte auswich und sich umwandte, um ihn abzulenken. Während Zänkers Zähne über seinen Rücken fuhren, sah Klimt den Wolf, der sich aus den Schatten am Eingang der Felsenrinne aufbäumte. Er sah ihn und schwenkte zur Seite, dann drehte er sich um, brüllte und wußte, was er zu tun hatte. Klimt rannte direkt an dem fremden Wolf vorbei in die Dunkelheit der Felsenrinne und ließ ihn, der da stand, für sie alle stehen.

Der Wolf rückte vor, wie ein Gespenst in der Nacht, und erschien größer als Zänker selbst. Sein Pelz war überschimmert vom wechselnden Licht des Mondes. Hinter ihm hatten sich die anderen umgedreht und versammelt und schauten ebenso überrascht drein wie die Madjaren, ebenso sprachlos wie Zänker.

Zänker hielt an, die Madjaren zogen sich grummelnd und verärgert zurück, abergläubisch und furchtsam. Der Wolf, der da felsenfest in der Nacht stand, ein Wolf aus Sternen und Mond, ihnen allen fremd, trat vor.

»Mein Name ist Aragon«, sagte er. Seine Stimme erklang wie ein seltsames, rufendes Geflüster in der Nacht. »Das ist das Revier meines Rudels, und dieser hier ist der Anführer meines Rudels.«

Er trat zur Seite, so anmutig wie ein junger Rüde, der in seiner Blüte steht, blickte zurück auf Klimt, der vortrat und sich Flanke an Flanke neben ihn stellte, und sagte: »Es sind noch viele mehr von uns unten, im Schatten und im Frieden. Soll ich sie zum Kampf rufen?«

Einige der Madjaren wären wohl geflohen, so erschreckend war Aragons Erscheinung und Stimme. Doch Zänker blieb entschlossen stehen.

»Du ... wirst ... sterben ...« sagte er, seiner selbst unsicher vor den Wölfen der Zeit.

Aragon lächelte, dann blickte er auf Klimt, als würde er ihn um Erlaubnis bitten für das, was er vorhatte, trat vor und schüttelte den Kopf.

»Nein, nein. Ich werde nicht sterben. Jedenfalls nicht heute nacht und nicht unter den Pfoten deiner Speichellecker ...«

Als Zänker vorpreschte, sprang Aragon zur Seite, auf die kleine Kuppe, die sich neben dem Eingang nach unten erhob. Wo er stand, war alles mit zitterndem Mondlicht übergossen. Der Eingang zur Felsenrinne schien nicht viel mehr als eine Höhle zu sein. Vielleicht dachten die Madjaren, Klimts Wölfe seien in eine Falle gegangen. Vielleicht lag Magie in der Illusion, die Aragon jetzt erzeugte.

»Aber warum versucht ihr nicht, mich zu töten? Jetzt!« spottete Aragon. »Schick vier deiner besten Wölfe auf mich los, und ich werde sie töten …«

Zänker knurrte: »Drei reichen.« Er bellte drei Namen. Drei seiner größten Wölfe kamen nach vorn. »Tötet ihn jetzt, und dann nehmen wir uns diese anderen vor. Sie haben uns weit genug geführt. Jetzt werden wir ihnen den Weg in den Tod zeigen.«

Die drei schauten einen Augenblick zu Aragon empor. Er lächelte und zuckte mit der Schulter und sagte: »Ich erwarte meinen Tod unter den Zähnen und Klauen von Madjaren. Kommt doch …«

Die letzten Worte sprach er so verlockend wie eine Mutter zu einem raunzenden Jungen, das den Trost ihrer Zitzen sucht. »Kommt doch!« schnurrte er neckend.

Der erste sprang empor zu der Stelle, wo Aragon am Rand des Schattens stand. Der zweite war schon unterwegs, als Aragon lachend in die Dunkelheit zurücktrat.

»Bringt den Scheißkerl um!« brüllte Zänker, der es haßte, wenn man ihn verspottete.

Der dritte sprang in den Schatten, während der erste Aragon außer Sicht folgte. Dann war der zweite verschwunden und der dritte nach ihm. Es folgte ein Stöhnen in der Nacht, das Geräusch einer Balgerei, Flüche, und dann der erste von drei Schreien, lang und hoffnungslos, hinaus in die Nacht und in die Tiefe.

Jetzt wichen die Madjaren zurück, und selbst Zänker zeigte seine Furcht. Denn man hörte das weiche Auftreten der Pfoten eines einzelnen Wolfes auf Felsen, dann, wie er sein Gewicht von einem Felssims zog. Es folgten ein trauriges Lachen und ein Seufzen. Plötzlich trat erneut Aragon ins Licht, um so erschreckender, als der Blick seiner Augen vom Tod der drei Wölfe erzählte. Zänkers beste Kämpfer waren fort, Wulf weiß wohin, gewiß in den Tod, über den Rand einer Klippe, während über ihnen die Wolken weiterhin am Mond vorbeijagten.

Klimt brüllte und kam aus dem Eingang der Felsenrinne hervor und stürzte sich mit aller Macht auf Zänker. Einen kurzen Augenblick lang schien es, als wollten die Madjaren den Kampf aufnehmen, doch dann machte der erste kehrt, dann ein anderer. Schließlich rannten sie erschrocken davon. Zänker hatte jetzt keine Unterstützung mehr, Klimt war schon fast bei ihm, Aragon war zum Sprung bereit, und all diese anderen fremden Wölfe machten sich bereit, aus dem Rachen der Finsternis heraus anzugreifen …

Da verlor Zänker die Nerven, machte kehrt und floh über das nächtliche Moorland.

Kapitel 5

Wir erfahren etwas über Mutterliebe und Verlust, während die gemeine Dendrine mütterlichen Haß demonstriert

Noch bevor Aragon erschienen war, um Klimt zu helfen, die Madjaren zu verscheuchen, hatten bei Elhana die ersten Bewegungen der Geburt begonnen. So blieb keine Zeit, gebührend zu würdigen, daß Ambato aus der düsteren Hölle der verflossenen Wochen wiedergekehrt war und daß zwei andere, außergewöhnliche Wölfe bei ihm waren.

Wer sie waren, war Elhana gleich. Sie wollte jetzt nur Ambato in ihrer Nähe haben, ihn, dessen Berührung allein sie an diesem kalten und gefährlichen Ort an den Süden erinnerte, der ihr so fehlte, und an die Sonne, in die sie ihre Jungen gerne geboren hätte. Wulf hatte Ambato für eine Weile fortgenommen, aber bestimmt war es Wulfin gewesen, die ihn zurückgeschickt hatte.

Während die anderen kämpften und knurrten, sich in Positur warfen und sich so benahmen, wie es Rudel und Rüden tun müssen, spürte sie die Geburtswehen und bemühte sich um Ruhe und Behaglichkeit, um ihren Jungen in die Welt zu helfen. Es war Nacht und kalt.

»Uuuh …!«

In einer Atempause zwischen den Wehen half Ambato ihr hinab in die mittleren Schlupfwinkel der Felsenrinne, wo sie, die schon begann, ihre hinteren Gliedmaßen hinter sich herzuschleifen, in der Dunkelheit herumschnüffelte und einen Platz fand, der ausreichen mußte.

Über ihr in den Schatten des Hohlweges und unter ihr in seinen steilen Tiefen ließen sich jetzt die anderen Mitglieder des Rudels nieder, nachdem die Madjaren den Rückzug angetreten hatten: Sie beobachteten und warteten.

»Vater!«

Die Schmerzen kamen und gingen und kamen. Dazwischen stand sie auf und scharrte auf dem Boden und an den Wurzeln herum, die den Platz markierten, den sie ausgesucht hatte. Sie schob mit der Schnauze etwas trockenes Laub gegen die Felswand, riß mit den Zähnen kleinere Wurzeln ab und schob sie mit den Pfoten zurecht.

Die Schmerzen wurden jetzt heftig, sie keuchte und sank auf ihre Hinterkeulen, dann in eine Geburtsstellung. Die Schmerzen ließen vorübergehend nach, und sie sah, wie Jicin näher herankroch und zu der Stelle hinabschaute, wo sie lag. Elhana knurrte, da die andere Wölfin in ihren persönlichen Raum eingedrungen war. Jicin schlich sich unglücklich davon. Elhana duldete nur Ambato in ihrer Nähe, als ihren Wächter und stillen Tröster. Nur gelegentlich trafen sich ihre Blicke, jeder war auf seine Weise schrecklich müde.

»Ambato«, flüsterte sie immer wieder, »Vater.« Sie wollte ihn fragen, wo er gewesen war und was geschehen war, aber die Geburt hinderte sie daran.

Ambato lächelte und gähnte, das Maul weit aufgerissen und zum wirbeligen Nachthimmel erhoben. Es würde schon die Zeit kommen, um seiner Tochter von dem Mysterium zu erzählen, dem er so nahe gekommen war.

Er seufzte und döste, da geschah es, daß ganz plötzlich das erste der drei Jungen in einem Gipfel der Schmerzen und dann mit der gesegneten Erleichterung der eigentlichen Geburt geboren wurde. Es kam in eine warme, feuchte, dunkle Welt hinaus, die ganz von Elhanas Bauch und ihren umfassenden Läufen begrenzt war. Der einzige Orientierungspunkt waren ihre Zitzen, die eine Zeitlang auch sein einziges Ziel sein würden, doch jetzt konnte das Junge noch nicht einmal versuchen sie zu finden. Elhana leckte es, saugte an ihm und bemühte sich, es zu reinigen.

Eine Pause, anschwellender Schmerz, und dann war das zweite geboren.

Ambato erwachte und blickte hinüber in die Dunkelheit, wo Elhana lag. Er hörte keinen Laut und dachte, daß noch nichts geschehen sei. Er murmelte: »Alles in Ordnung?« und fiel dann erneut in Schlaf.

Müdigkeit, Erschöpfung, ein stechender Schmerz in ihrem Inneren und Angst. Die urtümliche Angst einer Mutter vor Mißbildung und Tod bei der Geburt. Sie mühte sich, dem dritten Jungen herauszuhelfen. Sie spürte, wie es sich drehte. Sie spürte seine Schwierigkeiten. Sie fühlte, wie es schwächer wurde. Sie fühlte ...

»Va...«

Nein.

»Mutter!« schrie sie – den ewigen Hilfeschrei.

Das dritte und letzte Junge war geboren und kämpfte mit dem Leben. Elhana mühte sich mit ihm ab, leckte es, spornte es an, tadelte es, weil es so still und schlaff war, zog es von der Stelle weg, wo die anderen beiden blind ein Stück krabbelten, versuchte es zu retten, aber sie war so müde ... Es lag still und naß da, bald gefolgt von der Nachgeburt. Elhana schnüffelte daran, verschlang sie, laut und würgend in der Nacht.

Schließlich stieß sie das dritte Junge zur Seite, denn es war tot, und sie mußte sich um die beiden kümmern, die lebten. In der Nacht konnte sie sein Gesicht sehen: Es war vollkommen, Augen, die sich niemals öffnen würden, eine Schnauze, die versucht hatte, im Leben zu atmen, doch es war ihr nicht gelungen.

Elhanas Gesicht war klebrig von Blut und Schleim. Ihre Augen waren jetzt müde und schimmerten schwarz-grau von einem fahlen, unruhigen Himmel. Sie bewegte ihre Beine, als die lebendigen Jungen schwach zu ihrer Wärme krabbelten. Das Tote lag jenseits von ihnen auf dem Boden, außerhalb des Schutzkreises, jetzt schon halb vergessen, ohne Hoffnung. Seine Zeit war für immer vergangen, sein Leben endete, als es versucht hatte zu beginnen.

»Wulfin, nimm dieses Junge zurück in deinen Leib und laß es wieder leben«, hob Elhana an, das Gebet für die Totgeborenen zu sprechen. »Große Wulfin ...«

Ambato schreckte aus dem Schlaf hoch, geweckt von etwas, das er für einen fernen Blitz hielt. In Wirklichkeit war das kurze Aufleuchten eine Sternschnuppe gewesen. Ihr Licht fiel auf eine Wölfin, die an dem vergessenen Jungen herumschnupperte. Eine Zunge zuckte, Jicin öffnete das Maul, Elhana erhob sich knurrend, Ambato kam herbei, um Jicin daran zu hindern, daß sie das Junge nahm.

»Laß sie. Es ist tot«, sagte Elhana schwach. »Laß sie es nehmen.«

Jicin stand da, das Junge baumelte von ihrem Maul, ein Stück toten Lebens, nicht wirklicher als der Stern, der schon gestorben war. Sie starrte vor sich hin, verzweifelt und erschrocken. Von oben und von unten kamen Wölfe herbei.

»Laßt sie ...« seufzte Elhana und wandte sich wieder den lebenden Jungen zu. »Laßt sie mit ihrem Toten.«

Jicin schlich mit ihrer Beute durch die Felsenrinne hinauf und eilte dann, fast schon draußen im Moorland, an Tervicz und Klimt vorbei. Der erste schnappte angewidert nach ihr, der zweite wandte sich langsam um und schaute sie an. Klimt erinnerte sich an seine toten Jungen.

»Laßt sie in Ruhe«, wiederholte er, mit der Geduld eines Wolfes, der spät entdeckt, daß seine eigene Last des Verlustes nicht einzigartig ist. »Laßt sie jetzt in Ruhe ...«

»Ihr habt zwei lebende Junge«, sagte Ambato, der Jicin gefolgt war, kurz mit Tervicz gesprochen hatte und jetzt an Klimts Seite anhielt.

»So, haben wir?« sagte Klimt ausdruckslos. Wieder war dieses »wir« für ihn nicht persönlich, sondern bezog sich auf das Rudel. Eines war genug, zwei waren besser, drei ... ein andermal vielleicht. Nun, da dies erledigt war, gab es andere Dinge zu planen. Der morgige Tag war schon da.

»Du hast eine Geschichte zu erzählen, Ambato, darüber,

wo du gewesen bist. Ich kann es in deinem Gesicht sehen. Und was diese anderen beiden angeht, die du mit dir mitgebracht hast ...« sagte er langsam, und er meinte damit: »Du kannst es mir erzählen, wenn ich geschlafen habe.«

Doch Ambato lächelte müde und sagte: »Der Kühne heißt Aragon, der andere, der Schlaksige, ist Lounel. Sie werden sich dir selbst vorstellen. Sie sind eine gute Verstärkung für das Rudel, vielleicht noch mehr als das. Du kannst tief schlafen, Rudelführer.«

»Du hast überlebt.«

»Mehr als das«, sagte Ambato. »Ich bin mit Neuigkeiten zurückgekehrt.«

»Neuigkeiten worüber?« fragte Klimt widerstrebend, denn er brauchte wirklich Ruhe. Doch als Rudelführer mußte er fragen.

»Ich habe einen Ort gefunden, einen Ort, von dem ich fühlte, er sei nahe am Wulfsfelsen.«

Klimt zitterte vor Erregung, sank aber in völliger Erschöpfung auf seine Hinterkeulen. »Erzähl mir«, begann er müde.

Ambato begann einen Augenblick lang zu erzählen, bis er sah, daß Klimt erschöpft war.

»Am Morgen, Klimt, werde ich dir dann erzählen.«

»Erzähl mir am Morgen vom Wulfsfelsen«, murmelte Klimt, »ja ...«

Ambato nickte und wandte sich wieder der Felsenrinne zu, um erneut Elhana nahe zu sein. Er fand Lounel bei ihr stehen und zu den Sternen und zum Mond hinaufschauen.

»Das ist also Klimt von Tornesdal, von dem du mir erzählt hast«, sagte er und blickte unbeweglich auf die Sterne.

»Ja«, sagte Ambato.

»Er hatte so viele Schatten in seinen Augen, als er wach war, und jetzt, da er schläft, bleiben die Schatten auf seinem Gesicht.«

»Er hat in den vergangenen Tagen das Rudel zusammengehalten«, sagt Tervicz. »Wir hatten einen leichten Weg, wahrscheinlich, weil er die Madjaren von der Route weggelockt hatte, die wir nahmen. Du würdest auch Schatten in deinen Augen haben, wenn du getan hättest, was er getan hat.«

»Ihr braucht alle Schlaf«, sagte Lounel.

»Du nicht, Lounel?« Ambato hatte sich in den Tagen ihrer Wanderung an Lounels seltsame Art und regelwidrige Sitten gewöhnt.

»Er schläft und wacht zu seiner eigenen Zeit«, hatte Aragon erklärt. »Er ist nicht wie andere Wölfe. Er kennt die Dinge.«

»Welche Dinge?« hatte der praktisch eingestellte Ambato gefragt.

»Was kommt, was gewesen ist, was ist. Er ist hier, wenn ein Wolf wie ich weit hinterherwandert oder vorauseilt. Ich weiß nicht ganz, was ich damit meine, wenn ich es sage, aber er ist hier.«

Langsam hatte Ambato begonnen zu verstehen, was Aragon wohl meinte. Er beobachtete, wie Lounel sich an Klimt vorbei aus der Felsenrinne hinausbegab. Sein rauher, schöner Pelz war heller als der des Leitwolfs, sein uneleganter Gang glich der einer Kreatur, die Unbehagen an einer Welt empfindet, die sie zu gut kannte, besser kannte als jeder von ihnen.

»Lounel ...!« rief er, doch Lounel wandte sich nicht um. Statt dessen ging er in die Nacht hinaus, in die schon Jicin mit ihrem Ersatzjungen hinausgegangen war. Ambato schüttelte den Kopf und ging wieder hinab zu Elhana, nickte und lächelte ihr zu, spähte zu seinen Enkeln hinüber und ließ sich nieder. Da er Angst um sie hatte, wollte er die Nacht für sie wachen.

»Jicin ...? Bist du die, die sie Jicin nennen?« fragte Lounel die Fähe, die versuchte, das tote Junge wieder ins Leben zu hätscheln.

Sie schaute ihn an, niedergeschlagen, mit der stillen Bitte, daß zumindest dieses Junge ihr nicht weggenommen würde. Er erkannte die Einsamkeit in ihren Augen. Er kannte den Blick eines Wolfes, der fast vergessen hatte, wer er war.

»Das, was du da hältst ...«

»Gehört mir«, flüsterte Jicin.

Lounel schüttelte den Kopf.

»Es gehört jetzt Wulfin. Hast du nicht den Stern gesehen,

der anzeigte, daß sein Leben über den Himmel hin zurück zu ihr gewandert ist? Hast du …«

»Es gehört mir!« sagte Jicin heftig und packte das tote Wesen fester.

»Andere werden eine Wölfin wie dich brauchen. Dieses Wesen nicht mehr«, sagte Lounel melancholisch. »Einer von ihnen wird dich am meisten brauchen. Laß das los, was du jetzt hältst, denn es ist gestorben und uns vorausgegangen. Es wird dort sein, Jicin, und auf uns warten und auf dich. Laß es von dir gehen, damit du es besser sehen kannst, wenn die Zeit gekommen ist.«

Lounel bewegte sich langsam auf sie zu, aus einem tiefen Instinkt, den er selber nicht kannte und nicht in Frage stellte. Seine Pfoten gingen dabei auf einem alten Wolfsweg, der sanft war und zu der Stelle führte, wo Jicin kauerte, mit all dem, was sie zu halten versuchte und doch nicht konnte. Dieser Wolfsweg führte in ihre ganze Vergangenheit und noch mehr. Er ging ein paar kurze, ruhige Schritte, und noch während sie flüsterte: »Nein! Laß mich es behalten! Es gehört mir … Dieses gehört mir …« bückte sich Lounel und nahm das Junge von ihr. So sanft, wie er selbst einst von denen aufgehoben wurde, die ihn geliebt hatten.

»Es gehört mir!« weinte Jicin, erhob sich halb, jetzt ohne das Junge, und beobachtete, wie Lounel es in die gefährliche Nacht hinausnahm. Irgendwo dort legte Lounel das Junge zur Ruhe. Er hatte sein Gesicht gesehen. Er wußte, daß es ein Gott war, der in Wulfins Schoß zurückgekehrt war, diesmal zu früh. Nächstes Mal wäre noch bald genug.

»Nimm es auf, Wulf!« rief Lounel aus und spürte die riesige betäubende Leere des Himmels. Da wußte er zum ersten Mal, wußte mit Sicherheit, daß Wulf nicht dort war. Der einst große Gott war in die Sterblichkeit gefallen und vergänglich geworden, was noch schlimmer ist als nichts. Ein Stäubchen, das von widrigen Winden über gleichgültige Länder und Meere geweht wird, um sich Wulf weiß wo niederzulassen … nein, niemand wußte, wo.

»Wulfin …« flüsterte Lounel und wußte dann, wessen Tränen er geweint hatte und von welchem Wolf er selbst vielleicht ein Teil war.

Lounel wagte einer Tatsache ins Auge zu blicken, die Generationen von Wölfen nicht hatten sehen wollen: Wulf war nicht da, man konnte nicht zu ihm beten. Er mochte einmal gelebt haben, aber jetzt war er tot. Wölfe hatten ihn geboren, und er war gestorben, wie das Junge, das im nächtlichen Heidekraut lag und seine Augen nie geöffnet hatte für die Welt, die da ist, und nie in ihr geatmet hatte. Lounel wandte sich der Leere zu, die in den Herzen der Wölfe ist, und weinte über die Unmöglichkeit, sie zu füllen, die er empfand.

»Führe mich, Wulfin«, flüsterte er schließlich, »und lehre mich, sie die schwersten Dinge zu lehren, die ich lerne. Führe mich ...« sagte er und blickte auf die blutigen Tümpel, aus denen jetzt die Morgendämmerung aufstieg. Er fragte sich, wie solche Wölfe, mit all dem, was sie vor sich hatten, einen Weg finden könnten, um in solch schrecklichen Zeiten zu verzeihen.

Ein neugeborenes Junges lag tot da, und Lounel wagte zu fragen, wie und wann und wo und ob überhaupt es wiedergeboren würde, damit die Wölfe einen Weg über die Leere hinweg fänden, die sie und auch die Menschen verkrüppelt hatte.

Jägermann kam genau nach der Morgendämmerung. Geführt von einer madjarischen Wölfin.

Sie nahm ihn schweigend in den Steinbruch, in den die Felsenrinne führte, sie setzte ihre Spuren in den feuchten Schlamm am Boden des Steinbruchs und richtete sie auf den Eingang der Rinne.

Dann wartete Dendrine, bis er langsam und stinkend kam, wie sie schon zuvor gewartet hatte. Sie war müde und ihr Leib war dick, denn sie war wieder trächtig mit ihrem eigenen letzten Wurf, doch sie war nicht so müde, daß sie nicht zu Ende bringen konnte, was Zänker unvollendet gelassen hatte.

»Sie zurückgelassen?« hatte sie geschrien und ihn mit den Krallen gezaust. »Die Wölfe der Zeit am Leben gelassen?«

»Da war ein Wolf, wie wir bisher noch keinen gesehen haben.«

»Du abergläubischer, nichtsnutziger Bastard! Kannst Wölfe töten, die des Tötens nicht wert sind. Kannst allen Wölfen einen heiligen Schrecken einjagen, nur nicht den starken. Du bist ein Scheißer!«

»Dendrine ...«

»Arschgesicht! Bastard! Schwächling ...!« An einer Seite ihres Mauls rann Speichel herab, während sie ihm noch viel schlimmere Schimpfwörter als diese entgegenrief, wie immer, wenn sie in Wut geriet.

Als Zänker an diesem Tag nach der mißlungenen Überwältigung des fremden Rudels mit drei Wölfen weniger ins Lager zurückgekehrt war, da hätte er Dendrine am liebsten umgebracht. Er wäre auf der Stelle auf sie losgegangen, wenn sie nicht trächtig gewesen wäre. Aber er wußte freilich, daß sie nur so bösartig wurde, wenn sie trächtig war. Das war jedesmal so. Die Trächtigkeit verwandelte Dendrine in ein gemeines Wesen. Andrerseits wußte er auch, daß sie ihn wegen der Stärke mochte, mit der er das hinnahm. Sie mochte ihn wegen seiner Gleichgültigkeit. Mochte ihn, wenn auch er wütend wurde.

»Dummes Miststück!« brüllte er. »Verpiß dich! Hau ab! Piß dir die eigenen Beine voll ...«

Sie wüteten und brüllten und rauften auf dem dunklen und schmutzigen Platz herum, den sie gerne das Herzland ihrer Heimstatt nannten. Das war ihr Scherz, ihre Art, mit dem Schicksal zu hadern, das sie dorthin gebracht hatte, wo sie sich befanden, so nah und doch so weit. Wächter des Wulfsfelsens, dem sie sich nicht nähern durften.

Der Wulfsfelsen, der einen blendete, wenn man es wagte, ihn anzuschauen.

Er verwandelte einen in Stein.

Er nahm einen in seine Spalten und Ritzen und zerquetschte einen dann.

Er war die Lüge, die sie nicht aussprechen konnten.

Er verursachte Zahnfäule. Er verursachte Kopfschmerzen.

Er war überhaupt kein Felsen, sondern ein Ort, der tief in eine Grube versank, wo es keinen einzigen Stern gab.

Er war eine Masse, die man nicht besteigen konnte.

Er war alles, was sie fürchteten. Sie waren seine Wächter und seine Gefangenen.

»Scheiß doch, piß doch, friß Scheiße, kotz deine eigene Scheiße aus ...« Sie hatte das letzte Wort, wie immer, denn sie konnte noch vulgärer werden als er. Wenn sich dann ihr Streit erschöpft hatte, verschwand sie, um irgendwo ein Unheil anzurichten. Einen Wolf umzubringen. Den Jägermann zu suchen, der ihr Freund war, den Jägermann, der das Aas von Menschen auslegte, den Jägermann, den sie mochte und der sie mochte.

Zänker folgte ihr, das wußte sie. Das gefiel ihr. Sie konnte sich umdrehen und gegen ihn wettern, und sie konnte es auch bleibenlassen. Er mochte das ebenso. Nicht zu wissen, wie sie reagierte. Ganz undurchsichtig, wild, gewalttätig und roh.

In dieser Nacht machte sie nicht kehrt, sondern ließ ihn hinterherzockeln, da sie eine Geburt witterte. Für diese Fähe, die sie gesehen hatte, war die Zeit gekommen, was um so mehr ein Grund war, gegen ihren Herrn zu wüten, weil er in seiner Aufgabe versagt hatte. Nur sie, Dendrine, durfte Junge haben, die am Leben bleiben konnten. Nur sie im Herzland, sonst keine andere Wölfin. Sie allein. Dieses fremde Miststück, selbstgefällig und trächtig-dick.

»Scheiß auf die Geburt«, fluchte sie, als sie dahinzog, und lachte gemein über diese Vorstellung. »Scheiß auf die anderen!«

Dendrine hatte ihre dunklen Methoden, Jägermann auf ihre Fährte zu bringen. Dafür zu sorgen, daß er ihr folgte. Jägermann zu führen, an den sie gebunden war wie eine Kröte an ihren Partner, eng und ausdruckslos, untrennbar. Von Zeit zu Zeit führte sie den Jägermann. Er benutzte Fertigkeiten, die so sehr denen eines Wolfes glichen, daß sie ihn nicht als einen der Menschen witterte oder ihn nur noch als einen natürlichen Laut hörte – vielleicht einen fallenden Zweig, das Vergehen der Zeit zwischen den Bäumen, oft ganz unsichtbar, unbekannt bis zum Krachen eines Gewehrschusses in den Ohren, der gleichzeitig mit dem Schmerz oder der Schwärze und dem langen Sturz in den Tod kam.

Er, an dessen Wänden die Köpfe derer hingen, die er erlegt hatte.

Er, der Jägermann, dessen Finger nach Öl und Scheiße rochen und nach der Witterung ihres eigenen Geschlechts, an dem sie ihn spielen ließ.

Er, an dessen Fingern sie gesaugt hatte, als sie jung gewesen war. Sie waren die einzigen lebendigen Zitzen, die sie je gekannt hatte. Manchmal ging der Mond auf und holte sie in seine irren Höhen. Dann fühlte sie den Drang, Jägermann zu suchen, um seine Hände zu küssen, um die köstliche Furcht zu erleben, die sie in seiner gefährlichen Gegenwart empfand, und um seine Angst zu wittern.

»Komm«, sagten ihre Küsse gewöhnlich am Ende, denn dies war nachher seine Belohnung, wenn sie durch die Nacht wanderten, Wölfin und Jägermann. »Komm, denn ich habe Kreaturen, die du vielleicht nehmen möchtest.«

Manchmal schoß der Jägermann diese Kreaturen, manchmal auch nicht. Ihr gefiel diese Ungewißheit. Ihr gefiel es, sich seiner Entscheidung zu unterwerfen. Des Nachts führte sie ihn und hielt unterwegs an, damit er sie einholte. Sie wunderte sich, daß immerhin einer von den Menschen so stumm sein konnte, und sie freute sich über das graue Glitzern der Dämmerung, das auf dem Gewehr schimmerte, das er trug. Sie freute sich und war voller Erwartung, daß er sich fürs Töten entschied.

Die Schmerzen in ihrem Leib begannen – neue Nahrung für ihren mütterlichen Haß war unterwegs, neue Junge, die entstellt werden sollten. Aber diese Geburt konnte warten. Sie wollte sehen, wie Jägermann den Tod in die Felsenrinne brachte. Sie wollte sehen, wie sie zu fliehen versuchten. Sie wollte zuschauen, wie sie davonkrochen. Sie wollte hören und sehen und riechen, wie sie starben … Aber dann wurde ihre allzu vertraute, allzu bequeme Wanderung auf den Wolfswegen des Hasses gewaltsam und schrecklich unterbrochen. Es war, als hätte sie geholfen, einen Hirsch zu fällen, und sich gerade daran gemacht, seinen Kopf zu fressen, und als richtete sich da eben dieser Kopf auf, wendete sich ihr zu, starrte sie an und biß ihr ins Gesicht.

Etwas ließ Dendrine abrupt stehenbleiben und riß sie aus dem endlosen Kreislauf grausamer Gedanken: Dort, auf dem Geröll unter den senkrechten Klippen der Felsenrinne lagen drei Wölfe. Ihre Zähne schimmerten im Dämmerlicht, ihre Augen waren glasig-stumpf, ihre Oberschenkelknochen traten durch die zerrissene Haut und das Fell, ihre Rücken waren gebrochen.

Nicht der Tod erschütterte Dendrine, nicht die Gewalttätigkeit dieses Todes, sondern daß jeder einer ihrer Söhne war. Nur sie hatte das Recht, einen von ihnen zu töten. Diese drei also hatten sie im Stich gelassen. Sofort war sie wieder auf einem Wolfsweg des Hasses.

»Die haben mich schon lange im Stich gelassen«, sagte sie heiser und witterte an ihnen. In ihrem zornigen Blick war kein Mitleid für die Wölfe, die ihr Leib hervorgebracht hatte.

Dendrine wandte sich von der toten Brut ihrer Söhne ab und schaute zurück zu dem Jägermann, der sie anstarrte. Sie knurrte ihn an und ließ sich einen Augenblick lang zwischen ihren blutigen Köpfen nieder, als obszönes und ironisches Abbild einer säugenden Mutter.

Ihr Bauch regte sich. Ihre dünnen und runzeligen Zitzen zitterten. Sie spürte einen Schmerz in ihrem Inneren. Die straffe Haut bewegte sich, Flöhe sprangen hoch, und in ihr versuchte etwas seinen Weg nach draußen zu beißen, so hoffte sie zumindest. Als sie sich herumdrehte und auf ihren Leib schaute, sah sie Stoßbewegung des Jungen auf der Innenseite ihres Bauches entlanggleiten.

Etwas war kurz in ihr erwacht.

Etwas machte sich bereit herauszukommen.

Quer über ihren drei toten Söhnen liegend, leckte und beschnupperte Dendrine sich selbst und dachte über Namen nach. Oder über einen Namen. Die anderen würden nicht überleben, für sie würden sie namenlos bleiben. Aber dieses eine würde leben und leben.

»Komm, mein Süßes, komm heraus aus mir«, schnurrte sie

und knabberte an ihrer Flanke, als wollte sie seine kurzen Bisse von innen erwidern. Dann schob sie ihren rauhen, geröteten Leib hangaufwärts durch das Unterholz am Eingang der Felsenrinne, um dort den Jägermann vorübergehen zu sehen und ihm zu folgen und das blutige Ende zu sehen, das er den fremden Wölfen bereiten mußte. Jägermann näherte sich wie ein Wolf, er roch mehr nach Wolf als nach Mensch. Er betrachtete den Boden, nahm Witterung nach vorn und versuchte herauszufinden, welchen Weg er einschlagen mußte, um die Kreaturen zu finden, zu denen sie ihn geführt hatte.

Er schaute um sich, wissend, daß seine wölfische Geliebte in der Nähe war und beobachtete. Dann schlüpfte er in die Schatten der Felsenrinne.

Stry schreckte auf. Da war ein Geräusch unterhalb von ihm gewesen, und es gab einen schwachen Geruch von Öl und menschlichen Exkrementen, den er nicht einordnen konnte. Er starrte in die Dunkelheit, stellte die Ohren auf und hielt den Atem an. Langsam wandte er den Kopf, um hangaufwärts zu schauen, wo Jicin lag. Sie schlief und hatte sich nicht gerührt.

Stry wartete und schaute, seine Augen verengten sich, als er die Felsenrinne hinabblickte und lauschte. Da war nichts in der finsteren Nacht. Nichts außer dem Gefühl, daß etwas da war, die Witterung einer Wölfin und noch etwas mehr ... Dann war es fort, und wieder überwog der Geruch der Felsenrinne nach Farn und feuchtem Boden.

Stry wurde es langweilig. Er döste wieder ein, tief genug, daß ihm entging, wie eine Hand auf einem Felsen glitt, wie menschliche Muskeln sich strafften und der Kopf eines Menschen sich hob, wie Augen spähten, getarnt durch Schlamm, der als Kruste ein Gesicht überzog, und wie langsam schwarze Kreise zu diesen Augen gehoben wurden, als sie durch einen Feldstecher spähten und jeden Schatten in der Felsenrinne zu untersuchen begannen.

Stry schreckte wieder hoch, spähte flüchtig umher und ließ sich erneut nieder. Doch die Augen ignorierten ihn, bewegten sich statt dessen zuerst zum Schwanz und rechten Hinterlauf von Morten, der auf der anderen Seite von ihm lag, denn die allein waren zu sehen, und dann hangaufwärts erneut zu einem älteren Wolf: Ambato.

Die geheime Suche ging weiter, bis der Feldstecher gesenkt wurde. Jägermann blieb still und dachte nach. Dann fanden suchende Finger einen Stein, groß wie ein Kiesel, in dem Geröll, auf dem er versteckt lag. Er zog eine Drahtschleuder aus einer Tasche, legte den Stein auf den ledernen Halter, zielte und schoß ihn in einem hohen Bogen zum oberen Ende der Felsenrinne, ein Stück über den Kopf des ruhelosen Wolfs.

Der Stein flog, traf auf einen Felsen und klickerte durch Pflanzen hindurch. Als die Wölfe hochschreckten und in diese Richtung starrten, schwang sich Jägermann ungesehen an der Seite der Felsenrinne zu dem Sims über ihm hoch und verharrte wieder reglos.

Die Morgendämmerung wanderte allmählich die Felsenrinne hoch, während er schaute. Sein Feldstecher war auf die schattige Stelle neben der linken Flanke des alten Wolfes gerichtet. Eine Bewegung. Nichts. Nichts. Nichts.

Jägermann blieb unglaublich, schrecklich, besessen still.

Eine Bewegung, aber nicht von ihm.

Elhana rührte sich, dehnte sich, kam zu dem alten Wolf heraus, gähnte, tauschte mit ihm eine Berührung aus und wandte sich wieder um.

Zitzen. Der zottige Bauch einer Fähe, die geworfen hatte. Nicht seine wölfische Geliebte, seine Herrin der Nacht, ganz und gar nicht sie. Eine andere, die es wagte, Junge zu werfen, die für ihre Arroganz leiden und sterben mußte. Deshalb war er also hierhergeführt worden, das war seine Aufgabe.

Der menschliche Felsen seufzte. Die Kruste auf seinem Gesicht spannte sich und platzte in einem kurzen harten Lächeln.

Also Junge. Eine neue Geburt. Von Anfang an dabei.

Was läßt Menschen so lange stillhalten, auch wenn es schmerzt? Besessenheit.

Was treibt Menschen dazu, Wölfen mit wölfischem Geschick nachzuspüren? Besessenheit.

Was bringt Menschen wie den Jägermann dazu, daß sie mit scheinbarer Liebe jagen und mit offensichtlichem Haß töten wollen? Besessenheit.

Was unterschied diesen Jägermann, diesen Wolfsverfolger, von Menschen, die das gleiche zu tun suchten? Völlige Besessenheit, totales Geschick und das Verlangen, mächtig zu sein und zu beherrschen: Wölfe, Menschen, Erde, Himmel, alles.

Die Fähe, die geworfen hatte, kam noch einmal heraus, doch nur kurz, die Jungen blieben unsichtbar. Jägermann bewegte sich ein wenig, streckte sich eine Minute, zuckte müde zusammen, zweifelte einen Augenblick lang an seiner Ausdauer, ließ sich wieder nieder, um noch etwas zu warten. Gesegnete Gefühllosigkeit überkam ihn.

Der Tag kam. Stunden vergingen. Die Wölfe regten sich kaum. Jägermann dachte, er habe gehört ... Er schwang sich herab, kauerte einen Moment. Dann glitt er so langsam und sanft davon wie die flüsternde, unsichtbare Brise, die steifes Gras auf einer Klippe zittern läßt, bevor sie sich legt. Er ging hinunter und fort, hinaus in den Steinbruch und weiter, weder von Wölfen noch von Menschen gesehen. Dann erst richtete er sich auf, streckte sich und blickte durch die Bäume zu dem Ort zurück, wo er hoffte, seine Beute zu bekommen.

»Eher früher als später«, sagte er, legte seine Finger an den Schaft seines Gewehrs und ließ sich nieder, um zu warten.

Drei Tage später dachte Lounel auf einem seiner nächtlichen Spaziergänge, er hätte eine Wölfin gesehen. Nun, er hatte eine gesehen. Weiblich, hager, schrecklich ... Dendrine.

Nachdem sie drei Tage im Moorland herumgeschnüffelt hatte, kam Dendrine zu dem Schluß, daß der Jägermann sie im Stich gelassen hatte und daß ihre Zeit jetzt kam. Er, ihr Nächstgeborener, bemühte sich herauszukommen. Er stieß mit seiner Schnauze und seiner Pfote an die Schwelle zum Leben. Er stieß und schob und drängte, um in ein neues Jahrtausend geboren zu werden.

»Ich werde deine Mutter sein, deine erste Liebe, alles, was du brauchst, deine Welt, von der der Rest, der wachsende, massive Rest, den du dominieren und ändern wirst, nur ein Teil sein wird. Ich ...«

Sie stöhnte in vorgeburtlichem Schmerz und seufzte den lustvollen Seufzer einer Wölfin, die weiß, daß das Ende der Reise zu ihrer Bestimmung, nach der sie sich so lange gesehnt hatte, in Reichweite gerückt ist.

Sie schlüpfte auf das Moorland hinaus, am See vorbei hinüber zum Plateau und dann zu den Steilhängen. Dort würde sie jetzt hinaufklettern, bis sie das Versteck fand, das sie diesmal verwenden wollte. Ein Versteck, das sie noch nie zuvor benutzt hatte, ein Versteck an einem hohen, dunklen Ort, wo die Felsen sich spalteten zu verbotenen Orten, die, wie sie dachte, seit tausend Jahren kein Wolf besucht hatte. Von Ambatos Reise zu diesen Orten wußte sie nichts.

Ihr Großvater hatte ihr einmal diesen Ort gezeigt und gesagt: »Meine Liebe, wenn die Zeit kommt und du sicher fühlst, daß du ihn gebären wirst, dann gibt es hier einen Ort, den man einen heiligen Ort nennt, wo du ihn zur Welt bringen mußt. Laß ihn hier geboren werden.«

Oh, sie seufzte, als sie sich an die Worte ihres Großvaters erinnerte: »Denn du gehörst zum Bukov-Stamm, und dir gehört dieses Geheimnis.«

Ihr guter Großvater – Dendrine sprach immer das Wort »gut« mit ironischer Verachtung aus, denn gut war schwach, und gut war immer dazu da, verdorben zu werden. Gut war schlecht – ihr Großvater hatte immer gesagt, daß ein großer Wolf geboren werden sollte, der der Wolfheit helfen würde. Im Alter, im verrückten Alter, schien ihr Großvater zu glauben, Dendrine würde die heilige Mutter des kommenden Retterwolfs sein.

Was sonst konnte er glauben? Ihre Großmutter konnte nicht mehr werfen, und ihre Lieblingstochter, Dendrines Mutter, war von dem Jägermann getötet worden, als er ihre Jungen stahl – einen Wurf von dreien, zu dem Dendrine selbst und ihre Schwester gehört hatten. Ihre Schwester entkam eines Tages, und sie, Dendrine, viel später, nachdem der

Jägermann sie gelehrt hatte, ihn nicht zu fürchten. Und sie gelehrt hatte zu töten.

Sie hatte ihren Bruder aufgefressen. Jägermann hatte sie das gelehrt. Sie wußte, daß sie eines Tages ihre Schwester töten würde. Sie hatte es getan! Dann »entkam« sie den Madjaren und Zänker, aber sie war nie dem Jägermann entkommen. Später war sie stärker geworden als jede andere Wölfin in der Gegend, dazu schlauer und rücksichtsloser, so daß sie schließlich Leitwölfin wurde.

Ein alter Rüde, der auf törichte Hoffnungen zurückgriff, erzählte seiner Enkelin Geheimnisse und zeigte ihr den Ort, wo, so hieß es, eines Tages ein großer Wolf geboren werden sollte.

»Du närrischer Bastard«, zischte Dendrine bei sich und lächelte ihn sanft an. Das war an dem Tag, bevor sie den dummen alten Narren dem Tod überließ und den Raben beobachtete, der in die Wunde pickte, die sie ihm beigebracht hatte. Der alte Idiot kroch über das Gras, geblendet und verloren, und rief ausgerechnet nach Dendrine um Hilfe …

Statt dessen rief Dendrine den Jägermann. Er kam zu der Kreatur, die sie lieferte: zu ihrem sterbenden Großvater. Dendrine und der Jägermann beobachteten ihn, wie er in den Tod kroch. Jeder war fasziniert über ihrer beider Ruhe. Dendrine staunte über die Wonne, überhaupt nichts zu fühlen.

»Der Bastard«, sagte sie schließlich, »ist tot.«

Der Jägermann nahm den Großvater mit, um seinen geröteten, geblendeten Kopf an einer Wand aufzuhängen. Den war sie also los.

Jetzt mußte Dendrine nicht viel länger warten. Er bemühte sich herauszukommen, und sie mußte jetzt zu dem geheimen Ort reisen und ihn zur Welt bringen …

Sie wandte sich vom Moorland ab und ging weiter. Dabei verfluchte sie Jägermann, weil er es unterlassen hatte, die fremden Wölfe zu töten, die sie immer mehr fürchtete und haßte.

Von allen Wölfen der Zeit wußte nur Lounel, daß Dendrine in den ersten Nächten und Tagen nach der Geburt der Jungen in der Felsenrinne dort draußen gewesen war. Er hatte sie natürlich nie deutlich gesehen, aber das brauchte er nicht. Er wußte es, wenn Böses in der Nähe war, und er wußte, es war auf der anderen Seite des Moorlandes, denn er hatte es von dort herab bis zum Eingang des Steinbruchs gerochen.

Klimt wollte allerdings auf Lounels Drängen, sie sollten weiterziehen, nicht hören.

»Wir können nicht, Wolf, nicht mit Welpen, die so jung sind.«

»Es wäre klüger, die Gefahr zu wagen. Da ist mehr unterwegs als nur üble Wölfe. Da sind Menschen.«

»Es gibt immer Menschen, sie hat es immer gegeben und wird es immer geben«, sagte Klimt etwas ungeduldig.

»Nicht immer, weder in der Vergangenheit noch in der Zukunft. Ihre Zeit war das dunkle Jahrtausend, das jetzt endet, und unsere Zeit begann, bevor sie waren, und sie wird sein, wenn die Menschen wieder bedeutungslos geworden sind.«

Klimt wandte sich ab, und damit war die Diskussion beendet.

Lounel schaute ihn an und wußte alles, vor allem, daß Klimt durch das, was er gesagt hatte, geschockt war und es doch nicht abgetan hatte. Er dachte nach.

»So ist er«, sagte Tervicz. »Er mag es nicht, Dinge durchzusprechen.«

»Aber denkt er sie durch?« fragte Lounel ruhig.

»Mit der Zeit«, sagte Tervicz trübselig.

»Dann wird seine Größe sein, daß er lernen kann.«

»Er hat nicht gelernt, dir zuzuhören, Lounel, nicht wahr?« sagte Aragon, der sich zu ihnen gesellte und Tervicz mit einem Lächeln beäugte. Bis jetzt waren die beiden gleich und umkreisten einander auf der Statussuche.

»Du solltest gut auf Lounel hören«, sagte Aragon später zu Tervicz. »Er weiß ...«

Aber nicht einmal Lounel wußte, wann.

Dies war vier Nächte später. Es kam so plötzlich wie ein Donner hinter einer Felsenhöhe, gefährlich wie ein Blitz aus einer aufgerissenen Wolke. Geräusche draußen im Moorland, Unruhe, aber nicht genug, um es zu untersuchen. Später Geräusche von unten, drunten im Steinbruch, wahrscheinlich Menschen. Aber nicht viel, wahrscheinlich überhaupt nichts. Doch mehr als alles bewies es, daß die Menschen gefährlich sind und daß sie, besonders Jägermann, die gedankenlose Geduld der Ewigkeit haben.

Vier Tage nach der Geburt der Jungen erreichte die Ewigkeit ihr Ende.

Kapitel 6

Ein Mensch seiner Zeit, nämlich der Jägermann, macht Urlaub von einer zerfallenden Welt, und Jicin findet sich wieder allein

Jägermann schoß zuerst auf Stry, aber nicht, um ihn zu töten. Er wollte die Panik verursachen, die der Schmerz mit sich bringt. Also kam aus der Dämmerung direkt innerhalb des Eingangs des Steinbruchs mit einem ruhigen »patt!« ein brennender, entsetzlicher Schmerz. Stry fiel hin. Er rappelte sich wieder hoch, begann hangaufwärts zu klettern und gleichzeitig eine Warnung zu schreien, doch fiel wieder hin, als das Blut zu fließen begann.

Morten reagierte als erster, und Jägermann, die Stirn in ruhiger Konzentration gefurcht, schoß auch auf ihn, glatt und zufällig weniger schmerzlich. Ein Streifschuß über die Schulter, der nur dazu diente, Morten wütend zu machen. Er half Stry hinauf in die Sicherheit eines Büschels aus Stechpalmen und Farnen und bellte eine weitere schnelle Warnung zum Rudel in den Schatten der Felsenrinne hinauf.

»Haut ab, schnell hinaus, flieht!« Dann wandte er sich in die Richtung des Feindes.

Klimt war auf der Stelle aus dem Schlaf aufgewacht. Er befahl Lounel, Elhana und die anderen zur Flucht in das

Moorland vorzubereiten. Dann ging er geradewegs die Felsenrinne hinab zu Morten und Stry. Keiner von beiden war so schlimm verwundet, daß er sich nicht mehr bewegen konnte. So entschied Klimt, daß sie alle versuchen mußten, hangaufwärts von dem Jägermann dort unten wegzukommen, hinaus in das offene Moorland. Die Felsenrinne, die bisher eine Zuflucht gewesen war, war jetzt zu einer Falle geworden.

Obwohl er Menschenwerk erkannte, wenn er es sah, und wußte, nach welchen Anblicken und Witterungen er zu suchen hatte, sah er nichts und witterte nur – frischen Schlamm, zu frisch, Öl und … etwas Widerliches. Er wußte nun, daß sich Lounels Warnung bewahrheitet hatte. Eindeutig Menschen, selbst wenn sie nicht zu sehen waren. Man konnte nicht gegen sie kämpfen, nicht hier. Am besten war, sich zurückziehen, und zwar jetzt. Am oberen Ende der Rinne waren keine Menschen. Es wäre sicher leicht, ihnen über das Moorland zu entkommen. Aber da waren noch die Jungen … Also dann Rückzug und fort aus dem Gebiet des Herzlandes.

»Wir können nicht gegen Madjaren und Menschen zugleich kämpfen«, sagte er sich.

All dies hatte nur Augenblicke gedauert. In dieser Zeit war er ruhig dagekauert und hatte aus der Deckung der Farne herausgespäht, ohne zu wissen, wie sehr seine sichere Anwesenheit den anderen die Panik genommen hatte. Jetzt warteten sie auf seine weiteren Befehle.

Er wandte sich um.

»Wir gehen jetzt weg. Elhana, nimm du ein Junges, Jicin das andere. Ich werde euch führen. Du, Tervicz, übernimmst die Nachhut mit Morten, wenn er es schafft. Stry, kannst du mit uns laufen?«

»Ja!« rief Stry aus und zuckte vor Schmerzen. »Ich bleibe nicht hier, um zu sterben.«

»Die Kleinen sind zu jung, um so weggetragen zu werden«, begann Elhana, die über alles unglücklich war. Von Anfang an schien dieser Wurf dem Untergang geweiht zu sein.

»Wir müssen sie trotzdem wegtragen«, sagte Klimt entschlossen. »Das ist mein Befehl. Nun, folgt mir ...«

Er führte sie in dichter Formation ohne weitere Diskussion fort, aber immer wieder überprüfte er sie mit Blicken nach hinten. Elhana hatte Jicin ein Zeichen gegeben, welches Junge sie nehmen sollte, und sie hatte darauf bestanden, daß Jicin vor ihr ging, damit sie beide im Auge behalten konnte. Hangaufwärts, zwischen den zerklüfteten Wänden der Felsenrinne mit den knorrigen alten Bäumen, die aus den Felsen herauswuchsen, war die Öffnung zum Moorland. Klimt schickte Aragon voraus, um zu prüfen, welche Gefahren vor ihnen lagen. Er war einen Augenblick später zurück: Es gab keine offensichtlichen Gefahren, aber er hatte das Gefühl, daß nicht alles in Ordnung war.

»Der Wind weht die Rinne hinauf, also gibt es wenig Chancen, eine Gefahr im voraus zu wittern«, warnte er.

Sie zogen weiter. Klimts kühle Haltung beruhigte ihre Nervosität. Er hastete nicht. Zum einen war Elhana langsam, und Stry hatte deutlich Schmerzen, zum anderen schien es ihm, daß sie genau dorthin gingen, wo vielleicht ein Feind auf sie wartete.

Aragon ging wieder hoch und kam dann plötzlich herunter, Lounel hinter ihm.

»Dort ist ein Mensch. Er ist über die Oberseite gekommen, still wie Schnee in der Nacht. Lounel hat ihn gesehen.«

Lounel nickte und schaute unsicher um sich. Er war ein Wolf aus dem Süden, der Kalkstein und südliche Vegetation liebte. Diese dunklen, bedrohlichen Wände der Felsenrinne und die aufragenden Eiben waren nicht nach seinem Geschmack. Deshalb hatte er es vorgezogen, draußen im Moorland zu bleiben, wann immer er konnte.

Klimt sagte nichts und überlegte, was zu tun sei. Er und Tervicz hatten seit langem andere Ausgänge aus der Felsenrinne überprüft. Der beste, den sie gefunden hatten, erhob sich gerade zu ihrer linken Seite. Es gab andere, aber sie führten zu gefährlichen Steilhängen, die wieder in den Steinbruch hinabgingen oder hinaus ins Moorland an Stellen, wo sie einem Feind, wenn er ihre Absichten erriet, ausgeliefert waren. Es waren vielleicht noch andere Menschen da als nur der eine, den Lounel gesehen hatte. Sie konnten sich immer wieder hangabwärts zurückziehen, aber dann gab es vielleicht eine ähnliche Falle am unteren Ende der Felsenrinne. Er rief Tervicz zu sich, und sie beratschlagten.

»Stry wird den letzten Teil schwierig finden, denn er ist steil, aber ich werde mich direkt hinter ihm halten«, sagte Tervicz. »Morten scheint in Ordnung zu sein – seine Wunde ist nicht ernst.«

»Also gut, du bleibst bei der Nachhut«, befahl Klimt Tervicz. »Aragon, du bist der Stärkere, du hilfst Stry, falls er Schwierigkeiten hat. Und ihr alle ... bleibt in Sichtweite voneinander, besonders die beiden Fähen mit den Jungen ...«

Er mußte anhalten, denn das Junge, das von Jicins Maul baumelte, wackelte mit seinen Pfoten in der Luft und versuchte vergeblich, etwas zu packen. Dann öffnete es das Maul und plärrte leise, hilflos und verletzlich. Das Junge, das Elhana hielt, schien nur schlaff zu sein, als ob die Bewegung und die Eile zuviel für es wären und es sich entschlossen hätte, überhaupt nicht zu zappeln.

»Ganz recht«, sagte Klimt sanfter, »schauen wir, daß wir hier herauskommen.«

Sie kletterten den steilen, sich schlängelnden Weg hoch. Jeder von ihnen gab acht, keine Steine und keine Erde loszustoßen, während sie dahingingen. Elhana rutschte nur einmal aus. Um ihr Junges zu schützen, ließ sie sich auf die Seite fallen. Aber Stry kämpfte sich den ganzen Weg hoch und fiel dreimal hin. Zweimal brauchte er den Stups und die Unterstützung von Aragon, der hinter ihm ging, denn sein verletzter Hinterlauf hatte fast seine ganze Kraft verloren. Hinter ihnen gab Morten besorgt acht und fluchte, daß er seinem Bruder nicht helfen konnte. Ihn irritierte die stechende Wunde, die er abbekommen hatte und von der manchmal Blut an seiner Flanke heruntertröpfelte.

»Wir sind schon ein armseliger Haufen, wirklich!« murmelte er immer wieder vor sich hin. In ihm meldeten sich die ersten Zweifel, ob es klug gewesen war, sich Klimts Gruppe anzuschließen. Das Vagabundenleben war gewiß besser als das hier!

Sie kletterten den schmalen Weg hinauf, begierig, hinaus in freieres Gelände zu kommen. Die Route wurde eben und führte in ein Amphitheater aus Felsen. Auf seiner anderen Seite war die letzte Kletterstrecke hinauf in das Moorland. Klimt und Lounel hielten an, damit die anderen sich neu sammeln konnten und damit die Schwächeren und Verwundeten Zeit hatten, Atem zu holen.

Einer nach dem anderen kamen sie jetzt in Sicht: Ambato, Jicin mit einem Jungen, Elhana mit dem anderen, Stry, der jetzt schlimm hinkte, dahinter Aragon und Lounel, dann Morten, der jetzt anscheinend besser beieinander war als beim Start, und schließlich Tervicz, kühl, großspurig, eine Quelle von Stärke und guter Laune.

»Zehn mit den beiden Jungen, elf, wenn ich mich selbst einschließe«, dachte Klimt. »Nun ...«

Elhana hatte das Junge, das sie getragen hatte, abgesetzt und kümmerte sich darum, indem sie es leckte, denn es war nicht in Ordnung. Es bewegte sich überhaupt nicht. Jicin ging zu ihr und schaute sie an, das andere Junge hing dabei sicher aus ihrer Schnauze. Dann entfernte sie sich und nahm einen Platz bei Klimt ein, ohne das Junge auch nur einen Moment loszulassen.

»Wir müssen weiter«, sagte Klimt. »Gleiche Ordnung wie zuvor. Stry, wir versuchen so schnell wie möglich zu einem sicheren Ort zu kommen, damit du dich ausruhen kannst. Aber wir müssen erst zur nordwestlichen Ecke des Moorlandes hinüber. Danach sollten wir Buschland finden, das von den Menschen entfernt und außerhalb des Herzland-Territoriums ist, wo wir uns verstecken können ...«

Es war klar und sachlich und sagte allen, was zu tun und was zu erwarten war. Was Elhanas Junges anging, so verschoben sich in Klimts Denken die Prioritäten. Es würde vielleicht nur noch eines übrig bleiben, aber eines war besser als keines, und sogar gegenüber diesem einen war das Rudel selbst wichtiger.

Klimt führte sie über den offenen Raum des Amphitheaters hinweg und schließlich hinauf zur kühlen Brise des Moorlandes und seiner offenen Räume. Die anderen trafen bald bei ihm ein, und dabei wurde tragischerweise allzu offensichtlich, daß das Junge, das Elhana getragen hatte, gestorben war.

Sie legte es nieder, kümmerte sich noch mehr darum und schaute trostlos um sich. Ambato kam zu ihr heran, doch nicht zu nahe. In einem solchen Augenblick war es am besten, sich von einer Leitwölfin fernzuhalten. Jicin, die zweifellos dachte, sie müßte das Junge, das sie trug, nun wieder ihrer Leitwölfin übergeben, schlich sich wieder an Klimts Seite. Das Rudel kreiste um sich selbst, unsicher, verletzlich, mit der Empfindung, sie müßten sich um Elhana kümmern, und doch in dem Wissen, daß sie weiterziehen mußten. Jetzt.

Elhana wußte auch, daß dies der Fall war, und wandte sich entschlossen von dem Jungen ab, das an der Anstrengung gestorben war, zu früh getragen worden zu sein, und stürzte sich zielstrebig auf Jicin, als hätte die ihr nicht geholfen, sondern eher ihr letztes Junges gestohlen.

Klimt seufzte und entfernte sich, da er wußte, daß in solchen Dingen ein Rudelführer gut daran tut, es den Fähen zu überlassen, die Dinge untereinander zu regeln. Aber noch während er sich umdrehte, kam ein warnendes Gebell von Tervicz. Zwischen einigen Felsen und Pflanzen zu seiner Rechten gab es eine leichte, seltsame Bewegung. Ein Zischen, ein Aufspritzen von Grasnarbe und Steinstaub, wieder das »Patt!« eines Gewehres aus der Richtung der Bewegung. Erneut drohte überall unmittelbare Gefahr. Ein Jägermann mußte in der Nähe sein.

»Lauft mit mir!« befahl Klimt. »Lauft um euer Leben!«

Selbst das war noch nicht genug, denn als sie dort den letzten Hohlweg vor dem Moorland hinaufschossen, hing über ihren Weg eine Barriere, Jagdlappen an einer quergespannten Schnur. Ein Hindernis, das Klimt gezeigt bekommen hatte, als er jung gewesen war.

»Schau! Es ist nichts!« hatte sein Vater gesagt. »Ein Wolf könnte es überspringen …«

»... oder einfach durchlaufen!« hatte der junge Klimt erwidert.

Als jetzt das Rudel verwirrt zurückschreckte, schnüffelte Klimt an der Barriere, erkannte mit Gewißheit, um was es sich handelte, und schrie: »Drauf los! Springt drüber! Lauft durch. Jetzt!«

Aragon verstand von allen am besten, was zu tun war. Er hatte solche Barrieren schon einmal gesehen. Er stürmte geduckt los, verschwand auf der anderen Seite und machte dann kehrt, um zu zeigen, was er getan hatte. Den anderen erschien es wie ein Wunder.

»Folgt ihm!« befahl Klimt, rannte an der Reihe der Wölfe entlang zurück, zwickte jeden nacheinander, knurrte sie an und zwang sie so, Aragon zu folgen.

Einer nach dem anderen gehorchten sie ihm, erstaunt darüber, daß das, was so fest erschien, so unkörperlich wie Nebel war. Sie gingen durch die Barriere hindurch und wunderten sich über die nach Menschen riechenden Wedel, die dabei über sie hinwegglitten.

»Zerstreut euch jetzt über das Moorland! Lauft und zerstreut euch!« schrie Klimt, denn nichts anderes erschien sicher. Schon schoß der Jägermann wieder, und die Grasnarbe flog um sie herum.

»Lauft!« schrie Klimt, als er ein Stechen in seiner Wange spürte und wußte, daß der Tod ihn gerade beinahe erwischt hätte: »Zerstreut euch jetzt!«

Eine Stunde später begannen sie auf der anderen Seite des Moorlandes einzutreffen, einer nach dem anderen. Zwei Stunden später waren alle da, außer Jicin und dem Jungen, das sie getragen hatte. Elhana hatte sie nicht mehr rechtzeitig erreicht, um es ihr wegzunehmen, bevor das Schießen begonnen hatte.

Elhana, erschöpft und ganz verloren. Ambato, so müde, so schrecklich müde. Stry, geschwächt durch den Blutverlust. Lounel, der auf das Moorland zurückschaute und überlegte. Morten, gereizt wegen seiner Wunde und verärgert wegen ihrer Lage. Aragon, zornig, die Stirn runzelnd, unsicher, was zu tun sei. Tervicz, wie Morten geneigt, zurück über das

Moorland zu laufen und nach Jicin und dem Jungen zu suchen. Klimt, dunkel und brütend, bereit, jeden anzugreifen, der etwas Falsches sagte. Jetzt war keine Zeit für Zweifel oder Schwäche. Sie hatten viel verloren, aber sie hatten nicht sich selbst verloren. Es hätte viel schlimmer ausgehen können.

»Du hattest recht, wir hätten eher losziehen sollen«, murmelte Klimt schließlich, nur an Lounel gerichtet.

»Aber du hast uns gut geführt, Wolf. Vielleicht wäre keiner von uns noch am Leben, wenn du uns nicht geführt hättest. Laßt uns Wulf danken für ein kleines Glück ...«

Klimt knurrte in seiner Enttäuschung und seinem allgemeinen Mißvergnügen, und dann sagte er, so daß alle es hören konnten: »Wir warten, bis es dunkel wird, und dann werden einige von uns nach Jicin und dem Jungen suchen. Wenn wir nichts finden, dann machen wir uns nach dem Westen auf, hinaus aus dem Herzland für einige Zeit, um uns zu stärken. Wir werden wiederkommen ...«

Die Nacht sank über das Moorland, und irgendwo mittendrin, versteckt und zitternd, lauerte Jicin allein. Sie hatte getan, wie der Wolf Klimt befohlen hatte. Aber als sie dann sah, daß alle verschwunden waren und sie allein war, da hatte sie die Panik gepackt. Unsicher, in welche Richtung sie gehen sollte, mit dem laut plärrenden Jungen im Maul, das sie nicht zur Ruhe bringen konnte, mußte sie kehrtmachen. Sie war sich nicht sicher und tappte plötzlich in diese sich bewegende Wand aus Wedeln, die Barriere. Sie war völlig verwirrt und wußte, daß sie einen Fehler gemacht hatte. Sie hatte das Junge für einen Augenblick an einem sicheren Ort niedergelegt, es zum Schweigen gebracht und war dann losgegangen, die Lage zu erkunden. Sie ging durch die Wand hindurch, sah, daß sie wieder dort war, von wo sie ausgegangen war, drehte sich hastig um und wollte zurückgehen, hörte ein Geräusch, schob sich durch die Wand – da war er, der Jägermann. Der, den ihre Mutter liebte. Stinkend stand er da. In seinen weißen Händen das Junge, lebendig und plärrend.

Jicin hatte nicht zurückgezuckt, nicht eine einzige Sekunde. Sie hatte auch nicht viel Angst gehabt. Sie hatte jetzt die Verantwortung für das Junge und würde es bis zum Tod verteidigen. Mit einem leisen und schrecklichen Knurren, als sei die Erde selbst zornig, stürzte sie sich auf Jägermann.

Jägermann knurrte auch, wie ein Wolf.

Es gab eine Bewegung, etwas Dunkles sauste durch die Luft auf sie zu, dann hörte sie einen Knall. Wolken von Dunkelheit ballten sich um ihren Kopf, und Sterne, Sterne, die in eine Röte flogen, und die Röte vermischte sich mit der Dunkelheit und dem Vergessen.

Jägermann starrte auf die dünne Fähe hinab, die er hätte töten können, hockte sich neben ihr nieder und fuhr mit dem Handrücken an ihrer Kehle hinab. Er hätte sie töten können, doch er tat es nicht. Das Manöver war gefährlich, er wußte es. Viele Tiere stellen sich tot, viele erholen sich schnell, und ein erschrockener Wolf, über den sich ein Mensch beugte, konnte leicht zubeißen, bevor er floh. Schließlich war die Tollwut zu fürchten. Diese Wölfin hier war besonders gefährlich, weil sie ein Junges schützte. Aber sie war nicht die Mutter: ihre Zitzen waren trocken. Er kauerte neben ihr und berührte sie, denn ihm gefiel der Tanz mit Verletzung und Tod. Sein Schlag mit dem Gewehr hatte sie betäubt. Sie würde nicht beißen.

»Sei still«, schnurrte er zärtlich dem plärrenden Jungen zu und überlegte, ob er die erwachsene Wölfin auf der Stelle erschießen sollte. Wäre sie ein Mensch gewesen, dann hätte er ihr die Kehle durchgeschnitten. Aber da sie eine Wölfin war und er sich freute, ein Junges gewonnen zu haben, beschloß er, gutmütig zu sein.

Er zog sich zurück, die Flinte bereit, das Junge in einem Segeltuchsack. Es war nur wenige Tage alt, aber er wußte, wie er sicherstellen konnte, daß es überlebte. Wenige Tage alt, das war seine Wölfin auch gewesen. Jetzt hatte er eine andere ... Denn sie, sie würde ihn für immer verlassen. Ihr letzter Wurf stand bevor, dem sie alle Liebe geben würde, die sie hatte, so daß keine mehr für ihn übrig war. Er wußte es und fürchtete es. Deshalb hatte sie ihm dieses fremde Rudel zum Töten und dieses Junge zu Mitnehmen angeboten. Das andere lag tot am Boden. Er ließ es zurück. Mehr hatte er nicht gesehen.

Jägermann legte den weichen Sack neben sich auf den Boden. Er zielte auf die bewußtlose Wölfin und wartete. Wenn sie auf ihn losginge, dann würde er sie töten. Wenn sie ins Moorland ginge, dann würde er sie gehen lassen.

Jägermann seufzte. War dieser Ausflug für einige Zeit der letzte, den er allein unternehmen konnte, oder für immer? Man hatte vier Leibwächter mit ihm mitschicken wollen. Der Boss war zu weit gegangen, war zu schwach gewesen, hatte Angst gezeigt. Heute nacht würde man ihn festnehmen. Bald, aber nicht zu bald, würde man ihn umbringen, und Jägermann würde …

»Macht, aber weniger Freiheit. Nicht länger frei.«

Daher die Leibwachen.

»Was geschieht mit uns, wenn etwas mit Ihnen geschieht, Jägermann? Na?«

»Nur noch einmal, ein letztes Mal. Ich brauche eine Erinnerung an die Wölfe.«

»Also noch einmal, Bruder. Aber wohin gehen Sie, was tun Sie?«

Jetzt also, wo die höchste Macht griffbereit lag und seine Freiheit bedroht war, nahm er mehr als eine Erinnerung nach Hause. Er nahm einen neuen Wolf, so jung, daß er wahrscheinlich eher sterben als überleben würde. Wie ihre Partei. Wie ihr korruptes Vorhaben.

Jägermann wartete, allein im Moorland, allein mit Wölfen, allein mit der einsamen Lerche, die sang und hoch über ihm flog. Der Wind flüsterte ihm ins Gesicht, und das steife, trockene Gras zitterte vor seinen Augen.

Dann …

»Mist!« sagte er, stand auf und hob die Flinte mit einer Hand an die Hüfte und feuerte auf die liegende Wölfin. Er traf daneben und lachte, steckte die Schnur mit den Jagdlappen ein, hob den Sack auf und verschwand.

Jicin war in der Abenddämmerung erwacht, voller Schmerzen, und hatte sofort gewußt, daß Jägermann weg war und das Junge ebenfalls. Sie versuchte herumzuwittern, ihm zu folgen, um den Kampf fortzusetzen. Aber die Witterung war verwirrend – Öl, ein Junges, Geruch von Exkrementen so widerlich wie Galle. Schließlich wandte sie sich verwirrt und äußerst beunruhigt in die Dunkelheit der Nacht.

»Ich habe ein zweites Mal versagt«, war alles, was sie denken konnte. Versagen, völliges Versagen und das Verlangen, sich zusammenzurollen und zu sterben.

Sie wanderte über das Moorland, vorbei an Grasbüscheln und Tümpeln. Ziellos wanderte sie dahin. Sie fand eine gekratzte Mulde und döste ein.

Jicin erwachte, da jemand sanft ihren Namen rief. Es klang wie Lounel. Andere waren bei ihm. Sie waren gekommen, um sie zu töten. Sie waren gekommen, um ihre Verachtung für sie zu zeigen, weil sie darin versagt hatte, ihr letztes Junges zu retten. Sie schlüpfte in die dunkle Kälte eines Tümpels und blieb dort. Nur ihre Augen und ihre Schnauze waren über dem Wasser.

Schatten kamen vorüber und schnüffelten herum.

»Jicin!« wurde ihr Name geflüstert. »Jicin!«

Dann waren sie endlich verschwunden.

Als die Morgendämmerung kam, entschloß sie sich, die anderen zu suchen. So machte sie sich nach Nordwesten auf, wohin sie gehen würden, wie Klimt gesagt hatte.

Sie fand die Stelle, wo die anderen gewesen waren, und als sie ihrer Fährte folgte, konnte sie sie endlich sehen, in einem Tal tief unter ihr, wo einer hinter dem anderen herging. Sie ließen sie zurück. Sie konnte ihnen nicht folgen, denn sie wußte, die anderen würden sie nicht mehr wollen. Sie wollte heulen. Sie wollte weinen. Sie wollte sterben. Allein, verzweifelt, ungeleitet machte Jicin auf dem Moorland kehrt und verlor sich aufs neue zwischen seinen Hügeln und kalten, grausamen Tümpeln.

Weiße Finger in der Morgendämmerung und die Schnauze eines Wolfsjungen, das nach einer Zitze suchte. Weiße, bleiche Finger, die nach Dingen rochen, für die das Junge keinen Namen wußte, da es keine Worte kannte.

»Darf ich es anschauen, Papa?«

»Nein, nicht einmal das. Es ist ein wildes Tier, kein Schoßtier. Es muß wild bleiben.«

»Wirst du mir eine Geschichte erzählen?«

»Ich muß mich mit Leuten treffen, an Veranstaltungen teilnehmen. Und später am Abend kommt ein Wolfmann zu mir zu Besuch. Aber wenn du noch wach bist, wenn ich fertig bin, dann ...«

»Ja, Papa«, sagte Jägermanns Tochter und versank allmählich in Schlaf. Er schaute auf sie hinab.

Sie war achtzehn, aber sie war immer noch sein kleines Mädchen. Achtzehn, und die Welt war voll gefährlicher Männer. Achtzehn, und er wußte, was er mit ihnen machen würde. In nur achtzehn Jahren war die Welt alt und grau geworden und brauchte jetzt Männer wie ihn.

»Ich werde es nie zulassen, daß jemand dir weh tut, mein Mädchen, niemals«, flüsterte er. Er bebte und war wütend auf alle Gefahren, die so nahe lauerten, die ihn und die Seinen bedrohten, die in der Welt keimten, durch die er schritt, in der er jetzt töten und weiter töten oder getötet werden mußte. Muslime. Christen. Sozialdemokraten. Sozialdemokraten! Ha, ha, ha.

»Keiner wird dir etwas tun, mein Schatz. Niemals«, flüsterte er und schaute auf ihre Gestalt hinab. Außer natürlich er selbst. Er empfand eine letzte Woge von Zorn, als er daran dachte, daß sie ihn vielleicht betrügen könnte, vielleicht illoyal sein könnte.

»Ich würde dich töten, mein Mädchen«, flüsterte er traurig. Er würde es wirklich tun.

Er zog die Tür zu, aber nicht ganz. Sie hatte es nie gemocht, wenn die Tür geschlossen war. Sie hatte Angst vor der Dunkelheit, aber sie fühlte sich sicher, wenn er ihr nahe war.

»Dieser Mann ist gekommen«, sagte seine Frau vom Treppenabsatz aus.

»Scheiße«, zischte Jägermann.

O ja, ein Mann war gekommen, einer, der in Helsingborg gewesen war und Tränen vor einem Wolf in der Hohen Auvergne geweint hatte und der, wie man Jägermann gesagt hatte, vielleicht mehr über Wölfe wußte als er. Das gefiel Jägermann nicht. Der Mann war ein Deutscher.

»Er ist zu früh dran«, sagte seine Frau entschuldigend.

Jägermann schaute auf seine Uhr, schaute auf die Zeit. »Zu früh«, sagte Jägermann und hatte sofort eine Abneigung gegen den Mann. »Weil er ein verdammter Deutscher ist.«

Seine Frau lächelte freudlos. Irgendwann hatte es in ihrer fernen Vergangenheit einen Deutschen gegeben. Er war nie zu früh gekommen ... Ha, ha, ha! In ihrer verlorenen und schrecklichen Welt gab es noch Raum für Heiterkeit, selbst wenn sie stumm und mit niemandem geteilt war.

»Ich habe ihn sich setzen lassen und ihm etwas zu trinken gegeben und gesagt, daß es vielleicht noch ein bißchen dauert, bis du kommst.«

Jägermann lächelte. Ihm gefiel an seiner Frau der Gehorsam. Seine Hand glitt über ihre Schulter und ihren Rücken hinab, sinnlich, nicht zärtlich. Der Gedanke an seine Tochter weckte in ihm Lust auf seine Frau. Aber dann war seine Hand plötzlich die des Feindes, des Fremden, des Schattens, der hinter dem lauerte, den er und seine Leute töten würden.

»Du machst alles so gut«, sagte er an seine Frau gewandt.

»Ja, das denke ich auch, mein Lieber, und ich verstehe es. Schläft sie schon? Ja? Gut ... Jetzt ...«

»Da er zu früh gekommen ist, haben wir noch Zeit ...«

Jägermanns Frau lächelte willfährig und nahm seine Hand, um sie langsamer und sanfter zu machen, um mehr Zeit zu haben. Er nahm sie, als wäre sie seine Tochter. Sie nahm ihn, als wäre er der Mann.

Der Mann wartete nichtsahnend im Erdgeschoß in einem Zimmer, wo an einer Wand der ausgestopfte Kopf einer Wölfin hing. Eine Trophäe. Er versuchte eine Abneigung gegen Jägermann zu unterdrücken, die er empfand, bevor er ihm noch begegnet war. Er brauchte die Hilfe dieses gefährlichen Politikers. Nur wenige Menschen wußten mehr über Wölfe als er. Also wartete er und nippte an dem Schnaps, während über ihm nur ein Knarren in der Zimmerdecke andeutete, daß Jägermanns Frau alles gut machte.

Kapitel 7

Dendrine wirft ihre Jungen,
und Ambato, jetzt alt,
macht sich auf die Suche nach dem Wulfsfelsen

Stöhnen in der Morgendämmerung.

Weit, weit weg, wo die Felsklippen hoch aufstiegen und Felsspalten sie tief durchklüfteten, dort in den ungezählten, unerforschten Höhlen und Felsüberhängen unterhalb der Tatra, nahe dem Herzen des Herzlandes, zu nahe, als daß die Guten erleichtert gewesen wären, gebar eine magere, böse Fähe. Daher das Stöhnen und Keuchen in der Morgendämmerung.

Ein Junges für die Schmerzen. Eines für die Erschöpfung. Aber das letzte, das riesige, entstellte letzte ... Das letzte, dessen Kopf schon größer war als die Körper seiner glücklosen Geschwister. Das letzte für die Freude, daß dieses besondere Junge geboren wurde. Doch die Gegenwart nahm eine Wendung zum Schlimmeren.

»Du, mein Lieber, bist der eine, auf den wir ein ganzes Jahrtausend gewartet haben«, gurrte Dendrine. »Du wirst mein Stolz und meine Freude sein. Die anderen haben gedacht, die Dunkelheit würde enden. Aber du wirst die Dunkelheit in undurchdringliche Schwärze verwandeln, und in dieser Schwärze wird die Wolfheit ins Vergessen gleiten.«

Gerade in diesem Augenblick ertönte drunten vom Moorland ein Geheul des Verlustes und des Jammers, stieg auf und drang ins Land, so daß alle es hörten.

Klimts Rudel hörte es. Die Madjaren hörten es, wo immer sie lagen und lauerten, und auch Dendrine, die ihre Jungen an dem verbotenen, geheimen, heiligen Ort nährte. Jicins Geheul hörte sogar ihr jüngster und übelster Bruder, denn auf diesen Laut hin drehte er seinen blinden, mißgestalteten Kopf. Während von seiner plumpen Schnauze Milch und Speichel tropften, schien er zum Licht der Welt jenseits der Zitzen seiner Mutter und des Höhleneingangs hinausspähen zu wollen.

»Nicht so schnell, mein kleiner Süßer«, schnurrte Dendrine mit honigsüßer Stimme, die bei ihr wirkte, wie wenn die rosafarbenen Blüten der Zaunrose aus würmerwimmelndem Dung herauswachsen. »Aber fürchte dich nicht, es wird nicht lange dauern, bis die ganze Welt dir gehört. Sei geduldig, mein Lieber.«

Eines der beiden glücklosen Geschwister des Jungen machte den Fehler, ihm auf seinem Weg zurück zu Dendrines Zitzen in die Quere zu geraten und – noch schlimmer – seinen schon wilden Versuchen, es beiseite zu schieben, zu widerstehen. Dendrine beobachtete diesen frühen Geschwisterkampf und ging heftig auf das Kleine los. Sie zwickte es und leckte Blut, ignorierte sein mitleiderregendes Quieken und sagte ihrem Liebling, wem sie jetzt diente: »Na komm, mein Lieber, laß dich nicht von ihm durcheinanderbringen. Du wirst immer der erste sein und alle anderen die letzten. Ja, ja, trink, mein Lieber, schlürfe, futtere, nimm in dich auf, was an mir gut ist, denn du wirst mit der Zeit mächtiger werden als wir alle. Was ihn angeht ...« und hier schob Dendrine das plärrende, blutende Geschwister aus dem Bereich ihres Bauches und ihrer Pfoten, »er wird für eine Weile verbannt. Laß ihn fortkriechen und sterben, weil er versucht hat, dich zu verletzen.«

Das Junge kroch nicht fort und starb nicht, sondern blieb in der Nähe und zitterte bis zur Nacht, als die Mutter, deren Liebling und das zweite Junge alle fest schliefen. Da kroch es zurück zum Duft der Milch und trank, so gut es konnte, bis sich die anderen rührten und es erneut weggestoßen wurde.

So begann Dendrine die Aufzucht ihres letzten Wurfs. Sie nährte das eine auf Kosten der anderen und lehrte es durch dieses Exempel, was seine Stellung in der kommenden Welt sein würde: erster vor allen anderen.

Einstweilen kam für die anderen Wölfe die Niedergeschlagenheit nicht von einem neugeborenen Bösen in der Gestalt eines mißgebildeten Wolfsjungen, sondern aus einfachem Verlust. Kein Rudel verliert gern seine Jungen, am wenigsten ein Rudel, bei dem die verlorenen Jungen seine ersten gewesen waren. Ein altes Rudel kann einen solchen Verlust durchaus überleben und sich mit den Erinnerungen an frühere Erfolge trösten, bis ein neuer Wurf kommt und ihr Verlust vielleicht in der neuen Erregung der Aufzucht von Jungen vergessen wird. Aber ein neugebildetes Rudel, dessen zerbrechliche Beziehungen vielleicht nur aus einem zeitweiligen Bedürfnis nach Gefährtenschaft oder dem Widerstand gegen eine gemeinsame Bedrohung entstanden sind, wird kaum lange bestehen, nachdem ein ganzer Wurf verloren ist, wie es jetzt bei Klimt und Elhana geschehen war. Um so mehr, wenn sie durch die schwer faßbaren Träume von einem nahezu vergessenen Wulfsfelsen zusammengebracht wurden, über dessen Ort sie sich unsicher waren und dessen Rolle unbestimmt war. Das war nicht viel, um ein Rudel zusammenzuhalten, besonders, wenn die Jungen verloren waren und das Herzland sich ihnen entzogen zu haben schien.

Es war, als würde Klimts wortkarge Unberechenbarkeit in den Tagen seit ihrer Flucht aus der Felsenrinne das Auseinanderbrechen des Rudels noch beschleunigen. Sie waren ihm bereitwillig genug gefolgt, zu erschüttert, um an etwas anderes zu denken, und durchaus sich der Tatsache bewußt, daß Strys ernsthafte Verletzung und Mortens Verwundung zusammen mit Ambatos Alter und seinem fast sichtbaren Langsamerwerden im Laufe der Tage bedeuteten, daß es am besten war, wenn sie zusammenblieben.

Stry aber begann sich zu erholen, und Mortens Wunde heilte, während sogar Ambato erneut eine gewisse südliche Fröhlichkeit an den Tag legte, obwohl er durch den Verlust der Jungen betrübter gewesen war als alle anderen, außer Elhana. Dann begannen sie, zuerst einzeln und dann zusammen, in Frage zu stellen, ob Klimt sie jetzt dorthin führte, wohin sie gehen sollten, und zu welchem Zweck. Sicherlich schien die Route, die er wählte, keinem Muster zu folgen, und die manchmal langdauernden Aufenthalte, auf denen er bestand, schienen keine klaren Gründe zu haben. Tatsächlich erschien jetzt seine Führerschaft willkürlich und ungerecht – er attackierte manchmal den einen oder anderen von ihnen ohne guten Grund, oder er bestand darauf, sie einen steilen und gebirgigen Weg hochzuführen, den die Älteren und Schwächeren fast zu schwer zu erklettern fanden.

Manchmal nahm er sie, ganz absichtlich, wie es schien, durch einen gefährlichen Gebirgsbach, den zu durchqueren sicher sehr riskant war. Aber er bestand ganz heftig darauf, daß sie ihn durchquerten – ohne einen guten Grund, den sie einsehen konnten. Dann war er wieder entschlossen, daß sie drei ganze Tage lang von Aas entlang einer viel befahrenen Menschenstraße drunten im Tal lebten, unterhalb der Berge und Moorgebiete, an einem Ort, wo sie jeden Augenblick gesehen werden konnten.

Bald setzte eine Verstimmung ein. Sie wurde schlimmer, als Klimt über Tervicz herfiel, einen Wolf, von dem alle wußten, daß er im Kampf schwächer war als Klimt und der gleichzeitig loyaler war als jeder andere.

»Hau ab, Wolf, wenn du willst!« brüllte Klimt. »Aber wenn du bleiben willst, dann fang an, dich zu benehmen, wie sich ein Wolf benehmen sollte.«

»Es würde helfen«, sagte Stry ein oder zwei Tage später, als einige von ihnen herumtrödelten und Klimt irgendwohin weggegangen war, ohne zu sagen, wohin oder warum, »wenn er sich benehmen würde, wie sich ein Rudelführer benehmen sollte.«

Es erhob sich ein Gemurmel der Zustimmung, unter anderem von Morten und Ambato, und es war bemerkenswert, daß Elhana, die sich in Hörweite befand, seufzte und nicht widersprach.

Von den anderen sagte Lounel nichts und verriet nichts. Er leckte seine Pfoten und kaute an ihnen, dann legte er seinen Kopf zwischen sie und döste. Tervicz, von Klimts Attacken mitgenommen und blutig, lag ein Stück weiter weg, stumm und elend. Aragon hatte sich abseits begeben, hinter den Platz von Elhana, und saß im Schatten eines Felsen. Er war nie bereit, sich in solche Diskussionen verwickeln zu lassen. Wäre jetzt zufällig ein Vagabund vorbeigekommen und hätte das Rudel so verteilt gesehen, wie sie jetzt lagen, dann hätte er wohl den Schluß ziehen können, es handle sich um ein vollständiges Rudel und Aragon sei sein Anführer.

Aragon! Ein Wolf, der mehr Einfluß auf das Rudel gewann, je mehr Klimt ihn zu verlieren schien – um so mehr, weil er nie einen Versuch unternahm, Klimt herauszufordern oder illoyal zu ihm zu sein. Und am bemerkenswertesten war, daß Klimt ihn nicht bedrohte, sondern es scheinbar vorzog, nominelle Unterwerfung zu verlangen und zu bekommen, doch niemals mehr.

Noch bedeutender war, daß Klimt an dem Tag, bevor das Gespräch über seine Führerschaft stattfand, Aragon an einem Hirsch, den sie unterwegs verletzt gefunden hatten, viel länger fressen ließ, als es ein Rudelführer von Rechts wegen hätte zulassen sollen.

»Wenn ihr mich fragt«, murmelte Morten, der Klimt nicht besonders mochte und keinen Anführer mochte, der sich nicht behauptete, »es gibt einen Wolf unter uns, der es mit ihm aufnehmen und gewinnen könnte ...«

Stry und Ambato nickten, und Ambato sagte: »Jetzt vielleicht, das stimmt, aber ich bin mir nicht sicher, ob irgendein Wolf Klimt an dem Tag hätte besiegen können, als er Elhana und mich vor dem madjarischen Rudel rettete. Etwas Ähnliches habe ich in meinem ganzen Leben nicht gesehen ... Aber jetzt scheint er den Willen zu führen verloren zu haben.«

»Du hast nicht viel Führung in deinem Leben gesehen, Ambato, was?« sagte Morten und knurrte ihn spöttisch an. »Du bist die meiste Zeit deines Lebens ein Vagabund gewesen, nach dem, was uns Elhana in den Tagen erzählt hat, bevor sie so elend wurde, daß sie aufhörte, mit uns zu reden ...«

Alle warfen Blicke in Elhanas Richtung. Vielleicht lag es daran, daß sie ihre Stimmen zu jenem verschwörerischen Geflüster gedämpft hatten, in das Wölfe verfallen, wenn sie illoyal über ihre Führer reden, doch sie fingen zufällig alle etwas auf, das keiner von ihnen zuvor bemerkt hatte. Sie sahen, daß Elhana Aragon anschaute und er sie. Ein langer

Blick, wie es schien, der ausdruckslos wirkte, und doch … ein Blick, der auch etwas Mächtiges an sich hatte.

Er war schon in dem Augenblick vorbei, als Elhana bemerkte, daß die anderen sie anschauten. Und vielleicht war es ja auch nur Zufall, was sie gesehen hatten …

»Ah, ah!« sagte Stry.

»Gefährlich!« bemerkte Morten ruhig.

»Der vollkommene Aragon hat anscheinend unvollkommene Gedanken«, sagte Ambato mit heiterer Ironie.

Vorausgesetzt, es blieben »unvollkommene Gedanken« (doch selbst dann war es am besten, der Rudelführer wußte nichts davon, oder er gab vor, nichts zu sehen), dann hatte niemand darunter zu leiden. Sicher ist keine Lehre deutlicher als diese: Der Rudelführer und die Leitwölfin sind eins, was die Fortpflanzung anbelangt. Wenn sie es nicht sind, dann zerfällt das Rudel, bis ein neuer Anführer, der mehr willens oder fähiger ist, die Lehre durchzusetzen, die Herrschaft gewinnt. Aber genauso sicher ist es, daß ein Wolf ebenso gerne über das nachdenkt, was verboten ist, wie über das, was gestattet ist.

Nicht daß eine Liebelei an sich viel bedeutet. Das Spiel der jungen Rüden und Fähen ist nichts anderes als der Tanz des Lebens, und das Leben hat seine Stürme, seine ruhigen Zeiten, seine Höhepunkte. Es wäre eine unkluge Lehre, die versuchen wollte, das Leben davon abzuhalten, so zu sein, wie es ist. Deshalb dürfen Leitwölfinnen flirten, wenn es ihnen gefällt, und wenn hinter einem Felsen, drunten in einem Tal oder oben im Moorland ein Rüde eine Gelegenheit und Bereitschaft finden sollte, dann wird niemand deswegen ein Rudel sprengen.

Rudelführer dürfen ebenso flirten und sich mit jüngeren Wölfinnen vergnügen, wenn sie damit durchkommen, aber insgeheim, ohne damit anzugeben. Die Lehre erlaubt nicht, daß es öffentlich wird. Wenn doch, dann muß es ausgekämpft werden, bis die Ehre wiederhergestellt oder ein neues Gleichgewicht gefunden ist.

Solche oder ähnliche Gedanken gingen allen drei Wölfen durch den Kopf, die diesen leidenschaftlichen Blick zwischen einer trauernden Leitwölfin und einem Wolf sahen, der bis zu diesem Augenblick seinem Rudelführer keinen Grund gegeben hatte, an seiner Loyalität zu zweifeln.

Inzwischen ging für einen von ihnen die Zukunft ihrem Ende entgegen. Ambato war jetzt oft müde, die Flucht aus der Felsenrinne und der Verlust der Jungen schien ihm seine letzten Energien geraubt zu haben. Er war langsamer, hatte mehr Runzeln im Gesicht, und sein Fell war grauer. Wenn sie dahinzogen, war er immer derjenige, der zurückgelassen wurde. Schlimmer noch, er schien keine besondere Eile zu haben, die anderen einzuholen, als wüßte er, daß seine Zeit bald abgelaufen war und daß es jetzt gar nicht so schlecht wäre, draußen in der Wildnis der Berge verlorenzugehen, vom heftigen kalten Wasser eines Flusses mitgerissen zu werden, den er zu durchqueren versuchte, oder über einem windigen Abgrund fehlzutreten und auf die Felsen drunten hinabzufallen, wo die Raben ihn fressen konnten.

Er hatte zumindest das Herz des Herzlandes einmal fast erreicht, und das befriedigte ihn. Dann kam es ihm auch vor, als hätte er einen kleinen Teil einer Vision der Zukunft geschaut. Es befriedigte ihn, daß Elhana darin vorkam wie auch das Rudel – wenn auch in schattenhafter Gestalt und mit ungewissem Zweck, dieses Rudel, das Klimt die Wölfe der Zeit genannt hatte.

Es war ein Trost, daß er als so alter Wolf keine Schmerzen hatte – keine der Qualen schmerzender, faulender Zähne, die seinen Vater heimgesucht hatten, und nicht das schmerzhafte Siechtum, das das Leben eines seiner jüngeren Brüder so sehr zur Hölle gemacht hatte, bevor er gestorben war. Jetzt plagten ihn nur Müdigkeit und das Nachlassen seiner Sehkraft. Manchmal war es auch bloß Langeweile.

Ambato sah nur allzu klar, daß zwischen Klimt und Aragon ein Kampf bevorstand und daß die anderen dem Sieger gegenüber loyal sein würden, ganz gleich, wer von beiden gewinnen würde – vorausgesetzt, sie wären noch da. Das war das viel größere Problem. Obwohl er zunehmend gleichgültiger wurde, sah er doch, daß das Rudel in die Gefahr geriet, auseinanderzufallen. Es gab noch andere Dinge.

Elhana und Aragon zum Beispiel, das war vorhersehbar. Na gut, aber spielte das wirklich eine Rolle?

Wenn sich seine Gedanken immer wieder um solche Dinge drehten und er müde wurde, dann nahm er Zuflucht zu einer Erinnerung, die ihm größeren Trost gab als alles andere. Sie war noch frisch, die Erinnerung an den geheimnisvollen Ort oben in den Bergen, zu dem Wulf ihn geführt hatte, nachdem er von den anderen getrennt worden war, bevor Aragon und Lounel ihn fanden. Dieser hohe, geheimnisumwitterte, wunderbare Ort, mit üppigem grünem Gras, das die Kaninchen abknabberten, dieser Ort, über den dunkle Raben dahinflogen, die hinauf, hinauf zu einem Ort aus Licht und Felsen führten, wo, wie er wußte, sich der Wulfsfelsen erhob.

Von diesem Ort hatte er fast nichts erzählt, denn Klimt hatte ihn nie mehr erwähnt, nachdem er in der ersten Nacht, als sie die Felsenrinne erreichten, davon gesprochen hatte. Auch Lounel nicht, dem er während der Reise zur Felsenrinne viel erzählt hatte. Aber jetzt, wo Ambato wußte, daß er täglich schwächer wurde, da dachte er erneut an diesen Ort und fragte sich, warum er nicht versucht hatte, dort hinaufzusteigen und die Wahrheit des Wulfsfelsens, von dem er sein ganzes Leben geträumt hatte, mit seinen eigenen Augen zu sehen und mit seinem Herzen zu entdecken.

Wie konnte er den Weg dorthin wiederfinden? Einen so langen Weg, eine so gefährlich Route, und er war jetzt so müde, so nahe seinem Ende …

»Wolf, Wolf … Ambato! … Du darfst hier nicht verweilen. Die anderen sind schon weit vorausgegangen.«

Lounel lächelte zu Ambato hinab, der sich niedergelassen hatte, um zu dösen und nachzudenken, während das Rudel schon so weit entfernt war, daß er sich nicht sicher war, ob er sie noch mit seiner Anwesenheit behelligen wollte. Hier war es ihm so gut wie überall erschienen.

»Lounel!« rief Ambato erfreut aus und sagte entschuldigend: »Tut mir leid, ich habe …«

»Geträumt?«

Lounel schaute ihn immer mit so klaren Augen an, als ob er alles und noch mehr sehe.

»Nein, nicht geträumt, nicht ganz. Du erinnerst dich doch daran, wie ihr, du und Aragon, mich gefunden habt … Nun, ich habe gerade darüber nachgedacht. Ich habe mich gefragt, ob es möglich wäre, diesen Ort wiederzufinden. Ich habe bloß nachgedacht.«

»Wo du gewesen bist, bevor wir dich fanden?«

»Ich denke, du weißt, was ich annahm, wo ich gewesen war. Ich glaube, ich habe es gesagt.«

Lounel nickte und blickte nach Nordosten, als sehe er den Ort, über den sie sprachen. »Du hast gesagt, daß du wahrscheinlich den Ort gesehen hast, wo sich der Wulfsfelsen erhebt.«

»Ja«, stimmte Ambato ernst zu.

»Und du möchtest dorthin zurückkehren, um zu sehen, ob du recht gehabt hast?«

»Ich glaube schon. Ich bin meinem Ende nahe, Lounel, und mein ganzes Leben lang habe ich wissen wollen, ob die älteste der Legenden wahr ist.«

»Hast du die Kraft zurückzugehen?«

»Wenn Wulf sie mir gewährt, dann habe ich sie. Wenn nicht, dann habe ich es versucht. Aber es ist so weit, und ich bin so müde. Ach, ich kann dieser Tage kaum beim Rudel bleiben. Als ich jung war und sah, wie Wölfe, die so alt waren, wie ich jetzt bin, sich bemühten aufrecht zu gehen, da hatte ich Mitleid mit ihnen, Aber jetzt verstehe ich, daß – wenn man Glück hat – eine Zeit kommt, wo man sich vielleicht wünscht, so lange zurückzubleiben, bis man das Rudel nicht mehr einholen kann. Für jeden von uns gibt es nur einen Wolfsweg zu den Sternen. Wir werden sicherlich allein sein, wenn wir ihn finden. Aber …«

Ambato hob seinen alten Kopf ein wenig und schaute in die Richtung, in die Lounel geblickt hatte, und fuhr fort: »Aber ich bin neugierig auf diesen Ort, von dem ich dachte, daß ich dorthin gegangen sei, und auf das, was über dem Teil liegt und jenseits davon.«

»Ich auch, Ambato«, sagte Lounel ruhig. »Sehr neugierig. Es gibt keine Zeit wie die Gegenwart. Was Abschiednehmen betrifft, nun, das ist überflüssig. Wir wenden uns schließlich um und gehen, das ist alles. Die, die wir geliebt haben, werden immer wissen, daß wir sie geliebt haben, ob wir Abschied nehmen oder nicht. Sie werden nicht viel Nutzen von einem langen Abschied haben.«

»Du bist …« begann Ambato, nicht sicher, was Lounel überhaupt war. Mehr als ein Wolf. Nicht ganz ein Wolf. Manchmal, wenn Lounel sprach, war in seinen Augen das Licht von Sternen, wie jetzt auch. Ambato bemerkte, daß sein Herz pochte, und er wußte, er war mit seinem eigenen Zweifel konfrontiert gewesen und ihm war die Erfüllung seiner eigenen Wünsche angeboten worden. Er wußte, er konnte nicht nein sagen, doch Lounel hatte noch nicht ganz ja gesagt.

»Ich bin …« versuchte es Ambato, doch auch diesmal gelang es ihm nicht.

»Bleib hier«, sagte Lounel sanft, »denn ich muß mit Klimt sprechen. Ich werde nicht lange weg sein. Er ist eigentlich kein so schlechter Rudelführer. Vielleicht ist er, was wir brauchen. Ich hoffe, er wird verstehen. Bleib hier, Wolf, und ruhe aus, denn du und ich, wir haben einen langen Weg zu gehen.«

»Ich werde bleiben«, sagte Ambato schwach. Es kam ihm vor, als weiche alle Belastung von ihm, aller Druck. Er mußte also nicht das Rudel einholen. Dieses Rennen war gelaufen.

»Elhana!« rief er hinter Lounel her, der schon in seiner schlaksigen Art den Pfad hinaufsprang, den die anderen genommen hatten. »Sag ihr … sag ihr.« Lounel wandte sich für einen Augenblick um, lächelte, nickte und war verschwunden.

Ambato ließ sich nieder, um auf Lounels Rückkehr zu warten. Elhana wußte, daß er sie liebte. Sie wußte, daß Lauria sie liebte. Das war schließlich alles, was er Elhana zu geben hatte. Dann ertappte er sich dabei, wie er dachte, daß Lounel hoffentlich an Klimts Seite bleiben würde, um ihn zu beraten, ihn zu lieben, um der kluge Ratgeber und Tröster zu sein, den Klimts düsteres nordisches Herz brauchte.

Später – Ambato wußte nicht, wieviel später – kam Elhana und ließ sich neben ihm nieder.

»Also …«

»Also …« pflichtete er bei. Ja, er würde jetzt gehen und war froh, daß Lounel ihn begleitete.

»Vater …«

»Meine Liebe?«

»Meine Mutter … deine …«

»Meine was?«

Seine Augen waren klar und ruhig, sein Lächeln war voller Liebe.

»Du hast nie gesagt, daß … Du hast nie …«

»Zu meiner Zeit, Elhana, haben wir über solche Dinge nicht gesprochen, wie tief wir sie auch empfunden haben. Und im übrigen war sie die Leitwölfin und ich von geringerem Rang.«

»Das ist gleich«, sagte Elhana leidenschaftlich.

»Ja«, sagte er.

Er zitterte jetzt ein bißchen. An manchen Stellen hatte seine Haut allen Pelz verloren. Ihr Vater erschien ihr plötzlich so alt.

»Nun denn …« sagte sie ziemlich kläglich.

»Deine Mutter, meine Lauria, war schön, und sie teilte meine Träume und verstand sie. Ihr Glaube machte zur Wirklichkeit, was so ungreifbar erschienen war. Ihre Liebe gab mir die Stärke, das Rudel zu verlassen, und deine Ankunft gab mir die Stärke, die Reise bis zu ihrem Ende fortzusetzen.«

»Bis zu ihrem Ende?«

Ambato nickte langsam und schaute einen Augenblick lang nach Osten, bevor ihm Lounels Bewegung, der auf sie zukam, ins Auge fiel.

»Deine Mutter hat mir gefehlt, seit ich das Benevento-Rudel verlassen habe. Jeden Tag hat sie mir gefehlt, jede Stunde eines jeden Tages, jeden Augenblick. Deine Ankunft hat sie zu mir zurückgebracht, aber sie hat mir immer noch gefehlt. Habe ich dir je gesagt, daß du … meine Liebe …«

»Nein, Vater, du hast es mir nie gesagt.«

»Ich liebe deine Mutter, meine Liebe, so wirklich wie der Sonnenaufgang, so tief wie das Meer, so stark wie der stärkste Sturm. In meinem alten und schwachen Leib existieren zusammen Sonne und Meer, Meer und Sturm, Sturm und wieder Sonne, immer, jetzt, selbst jetzt.«

Dann liefen ihm Tränen langsam über das Gesicht. Elhana ging zu ihm und liebkoste ihn mit der Schnauze. Ihre Stärke unterstützte seine Schwachheit, und die Liebe zu Lauria war ihrer beider Trost.

»Ich mache mich jetzt auf, den Wulfsfelsen zu suchen, und sie wird dort auf mich warten, sie wird dort sein.«

»Wirklich, Vater?« flüsterte Elhana.

»Sie wird dort sein, meine Liebe, sie wird.«

Lounel war zurückgekehrt und wartete, bis ihr Abschied vorüber war.

»Komm, Wolf, gehen wir«, sagte er schließlich.

»Hat der die Kraft für eine so große Reise«, flüsterte Ambato, »der kaum seine alten Beine heben kann?«

Aus den Schatten kamen schweigend die anderen vom Rudel. Tervicz, Stry, Morten und Aragon. Und schließlich Klimt.

»Hat er die Kraft, fragt er!« sagte Lounel mit einem Lächeln.

»Er hat sie!« sagten die anderen.

»Und du, Klimt, mein erwählter Führer, hast du einen letzten Befehl für mich?«

»Ich habe dir einmal befohlen, für uns alle weiterzuleben, und du hast es getan«, sagte Klimt. »Jetzt, Wolf gebiete ich dir: Geh uns allen voraus. Sei der erste von uns, der den Wulfsfelsen findet. Warte auf uns. Wache über uns, denn wir werden deine Sorge und Liebe brauchen.«

»Liebe?« sagte Ambato und erhob sich. »Liebe stirbt nicht.«

Er nickte Lounel zu, berührte Elhana ein letztes Mal und wandte sich von allen ab, ein Wolf der Zeit, der einen Ort sucht, der so schwer zu finden ist. Vielleicht würden ihn die anderen dann ein bißchen leichter finden, in dem Wissen, daß er vorausgegangen war.

»Lebe wohl«, flüsterte Klimt, »lebe wohl!«

Zwei Wölfe zogen langsam durch den Hochsommer. Der eine war jetzt alt und sehr langsam, der andere nicht unerfahren im Finden von Routen in den Höhen und auch in der Kunst, ungesehen zu reisen. In seinem ganzen Leben hatte sich Ambato nie so sicher gefühlt wie jetzt, als er Lounel folgte, und nie so gewiß, daß das Ziel, das er suchte, richtig war, selbst wenn sie es vielleicht nicht finden würden.

Aber eines Tages, als sie den Gipfel einer Anhöhe erreichten und hinabschauten, da sahen sie den See, wo Klimt und die anderen schließlich vor den Madjaren geflohen waren und später Lounel und Aragon Ambato gefunden hatten. Dort unten verweilten sie, denn Lounel sagte, jetzt sei es an Ambato zu entscheiden, welchen Weg sie gehen sollten.

»Es wird dir kommen, wenn du es zuläßt«, sagte Lounel geduldig.

»Oder der Tod wird kommen«, sagte Ambato. »Das Dumme dabei ist, daß ich das unangenehme Gefühl habe, daß der Weg, den ich gehen sollte, da hinaufführt ...«

Er zeigte auf den steilsten Hang weg vom See, der sich nach Norden über ein weites Plateau erstreckte und dann auf dunkle, jähe Felswände und Klippen und Spalten zulief, wo Raben in der Luft hingen und sie bei Nacht manchmal das Prasseln fallender Steine und das ferne Brüllen von Felsen hörten.

»Du mußt entscheiden, nicht ich«, sagte Lounel. »Du allein. Ich habe dich hierhergeführt, jetzt mußt du mich führen, bis ...«

»Bis was, um Wulfs willen?« sagte Ambato scharf. Manchmal hinterließen Lounels unvollendete Sätze erschreckende Löcher, in die ein Wolf leicht hineinfallen konnte. Doch manchmal erschien Lounel wieder verwundbar wie ein Welpe.

»Ich weiß nicht, wohin du mich führst, wirklich nicht«, sagte Lounel.

Schließlich zogen sie an jenem frühen Abend los, die untergehende Sonne im Rücken, und kletterten langsam über rauhen, löchrigen Grund, ruhten sich oft aus und kletterten dann weiter. Der See unter ihnen wurde immer schmäler, die Felsspitzen und Klippen über ihnen wurden immer riesiger. Als die beiden Wölfe schließlich haltmachten, waren die Klippen so rotbraun wie alter Farn und begannen zu dunkeln.

Morgendämmerung und weitere Kletterei. Keine Nahrung, nur ein Lecken an den Rinnsalen, die hier und dort an den Felsen herabliefen, und ein Saugen an feuchtem Moos an einer dunklen Stelle. Über ihnen, wo die Klippen auf den Hang trafen, schien es keinen Weg vorwärts zu geben, aber schließlich verbargen die Schatten und die Felsritzen manches. Sie kletterten weiter. Der Weg vor ihnen war übersät mit den frischen Splittern und Bruchstücken zerbrochener Felsen, die hier von oben herabgekracht waren. Von den Höhen über ihnen kamen Echos krächzender Raben und die schrillen Rufe eines einsamen, unsichtbaren Adlers.

»Da!« sagte Ambato, hielt keuchend an und zeigte auf einen Felspfeiler zu ihrer Linken, hinter dem es durchaus eine Spalte geben mochte. Darunter war das Geröll gesprenkelt mit Steinen einer anderen Farbe und mit rotem Boden.

Sie kletterten langsam weiter. Die Sonne kam hinter dem gebirgigen Horizont hervor und brannte auf sie nieder, so daß sie durstig wurden. Die Felsspalte über ihnen erschien ihnen als Zuflucht.

Sie erreichten sie, spähten hinein, sahen einen felsigen Pfad, der mit Unterbrechungen hinaufführte, und suchten sich ihren Weg zwischen den Felswänden. Molchgrünes Moos, grünes, üppiges Gras. Die Strecke wurde einfacher, die Felswände niedriger, und die steilen Klippen, die so undurchdringlich und riesig erschienen waren, wichen zur Seite und wurden harmlos. Sie ruhten sich an feuchten, schattigen Stellen aus, in der Nähe grasender Kaninchen, und überblickten die ausgedehnte Terrasse, auf die sie hochgeklettert waren. Sie wurden von einer weiteren Klippe überragt, die so mächtig erschien wie die erste und ihnen vielleicht doch, wenn sie Vertrauen hatten, einen Weg auf die andere Seite bot.

Sie gingen weiter, immer neue Klippen erhoben sich vor ihnen links und rechts. Das Gras war übersät mit den Knochen und Schädeln von Kaninchen. Am Himmel erschienen manchmal krächzende Raben. Die Höhlen und Felsüberhänge über ihnen, nah und fern, hallten von den Schreien der Adler wider. Sie suchten sich allein auf jungfräulichem Gras ihren Weg hinauf zu den Sternen.

Abenddämmerung. Nacht. Die Felsklippen um sie herum waren lebendig. Die Felsen bewegten sich jetzt, donnerten, drohten. Tiefe Nacht und ein Blitz, der über den Himmel dahinzuckte, und plötzlich schrecklicher Regen. Der Blitz war so hell, der Regen so heftig, daß sie vor sich ein Kaninchen sahen, feist und zitternd, unfähig, sich zu bewegen. Die Götter hatten ihnen Nahrung gegeben.

Sie zerrissen und fraßen das Opfer, dann schliefen sie. Am nächsten Tag zogen sie weiter, doch jetzt sehr, sehr langsam, denn Ambato war müde.

»Lounel ...« flüsterte er, »wohin gehen wir? Wohin?«

»Du mußt führen, Wolf, nicht ich«, sagte Lounel, »du allein.«

»Lounel, dorthin gehen wir, dorthin ...«

Er ging weiter, über die mit glänzendem Gras bewachsenen Wege, zwischen hochragenden Felsen von seltsamen Formen, versteinerten Wölfen, grau-weiß zwischen dem leuchtenden Grün. Er ging schneller weiter, als für ihn gut war, schneller, als Lounel folgen konnte, weiter zum Schatten eines riesigen Felsblocks, hinter dem es eine weitere Felsspalte gab – hinter der der Himmel sich aufhellte und der Sturm völlig verstummte.

»Lounel!« schrie Ambato aus den Schatten der Spalte oben, und seine Stimme hallte wider wie die eines Gottes.

Unfähig, weiter zu klettern, unaussprechlich erschöpft und staunend über die Kraft des altes Wolfes, kniff Lounel die Augen zusammen, um besser zu sehen, wo Ambato stand. Er sah, wie dieser sich umwandte und erneut weiterging. Lounel bot die letzte Kraft auf, die er noch hatte, und kletterte weiter, hinauf und weiter hinauf, zu einem Ort, der so fern erschien. Er rief und murmelte: »Ambato! Ambato!«

Lounel erreichte den Felsblock und dann die Spalte und sah, daß der felsige Hohlweg weiter hinaufging und mit üppigem Gras bedeckt war. Weit weg, wie es schien, erblickte er einen Wolf, auf den aus einer Quelle, die nicht zu sehen war, ein helles Licht schien. Ein Licht, das seinen verbrauchten Körper jung und seinen Pelz glatt und seine alten Pfoten aufs neue stark erscheinen ließ.

»Ambato!« flüsterte Lounel, zu müde, um weiterzuwandern. »Ambato!«

Er hörte einen alten Wolf lachen, lachen über jugendliche Träume, die in Erfüllung gingen, und über Hoffnungen, die entdeckt wurden, und er hörte das Tappen von Pfoten auf losem Felsgestein, das wie Funken von Licht um ihn herum widerhallte und einen Wolfsweg zu den Sternen zu bilden schien.

»Ambato!« Lounel kam es vor, als hörte er einen anderen Ruf, die Stimme einer Wölfin, erfüllt von Liebe, eine Stimme so schön, daß Lounel erkannte, wem diese Stimme gehörte. Das Licht leuchtete hell, und der erste der Wölfe der Zeit hatte endlich seinen Weg zu jenem Ort vollendet, von dem er einst nur geträumt hatte, der aber nun ihm gehörte. Wo er gewesen war, da waren die hochragenden Felsen – zu überwältigend für Lounel, um weiter darauf zu blicken. Den Wulfsfelsen, dessen Licht und Schatten zu sehen war seinen Augen noch nicht vergönnt.

Kapitel 8

Die Wölfe der Zeit werden gereizt,
während sie auf Lounels Rückkehr warten.
Verbotene Liebe verbindet das Rudel

Der Sommer kam, die Tage waren lang und heiß. Während der Wochen, die auf das erste Anzeichen einer möglichen Anziehung zwischen Elhana und Aragon folgten, waren die Ausläufer der Tatra überaus schön. Das Gras zeigte noch das üppige Grün des Frühlings. Die felsigen Gegenden, die im

Winter so tot und düster waren, wimmelten jetzt von hochragendem Farn und taugeschmücktem Alpen-Frauenmantel, vom Gesumm der Gebirgshonigbienen und vom Gekrabbel glänzender Käfer und schienen alle Geräusche und Farben des Sommerhimmels aufzubieten.

Wo aus den Felsspalten Wasser austrat, schimmerte grünes Moos. Wo die Wassertümpel über das Moorland verstreut lagen, schienen die hohen, sich wandelnden Haufenwolken zu wirbeln und sich zu drehen. Wasservögel, die sich so lange im Süden oder in tieferen Tälern aufgehalten hatten, flogen geradewegs auf die Tümpel zu und gingen dort nieder, als wüßten sie, daß das Wasser hier seit tausend Jahren auf sie wartete.

Ein Brachvogel rief. Raben krächzten über den Felsspitzen und ließen sich von Aufwinden auf dem Rücken tragen. Ihr blauschwarzes Gefieder schimmerte geheimnisvoll, und schon waren sie verschwunden.

Inzwischen eilten die Menschen plump, stinkend und laut die Straße entlang, die das Moorland säumte, und hasteten hinauf in die Berge. Manchmal hielten sie an, ihre Fahrzeuge schwiegen, abgesehen von einem gelegentlichen Quietschen und den weichen Fürzen der Auspuffgase. Diese Menschen waren nicht wie Jägermann. Sie stiegen zaghaft aus ihren Fahrzeugen aus und standen am Rand ihrer bekannten Welt, wo sie herumguckten oder aßen und ihre Abfälle wegwarfen.

Wo sich die Menschen zeigten und herumgingen, verbargen sich alle Geschöpfe, nicht aus Ehrfurcht, sondern aus Angst, und die Wasservögel huschten davon. Nur die Raben zogen in ihren Höhen ihre Kreise, schauten hinab und zwinkerten mit ihren weißen Augenlidern, nicht aus Überraschung oder Angst, sondern aus Überdruß, denn Menschen kommen und Menschen gehen, doch die Rabenvögel, für die die Welt nur aus Aas und Nicht-Aas besteht, ziehen ihre Kreise, stürzen hinunter, schnappen ihre Beute und fliegen wieder davon.

In diesem Sommer hielten sich die Wölfe, noch geführt vom schweigsamen Klimt, tagsüber oben zwischen den Bäumen des Waldes auf – ganz gleich, ob Menschen kamen oder nicht – und hielten Ausschau aus der scheinbaren Dunkelheit ihres Verstecks, wo sie faulenzten. Gewöhnlich lagen sie allerdings auf einer sonnigen Lichtung, die tief zwischen den Bäumen verborgen lag und die für Tage oder sogar Wochen hintereinander ihr Treffpunkt wurde. Bei Nacht streiften sie zusammen draußen umher und nahmen einen kranken Hirsch, wenn es einen gab, oder geringere Kreaturen, die sie fanden. Aber wenn die Morgendämmerung kam, dann krochen sie einer nach dem anderen zurück in die Sicherheit des Waldes.

Ambatos Fortgang, um einen neuen Wolfsweg zu finden, hatte keinen von ihnen überrascht, denn er war seinem Ende entgegengegangen, seit sie ihn gekannt hatten, und ein weiser Wolf wählt die Zeit seiner letzten Reise für sich allein und niemanden anderen. Er war ein alter Wolf, der sich würdig verhalten und einen Traum gehabt hatte, der – soweit sie wußten – vielleicht nicht ganz in Erfüllung gegangen war, aber fast. Nun, das war soviel, wie ein Rudel hoffen konnte. Allerdings erhofften sich die meisten von ihnen privat mehr: daß er Klimts Weisung ausgeführt und das Herz des Herzlandes erreicht hatte. Lounels ungewöhnlicher Entschluß, Ambato zu begleiten, hatte sie überrascht, aber auch erfreut.

»Ambato hat geglaubt, er sei nahe an den Wulfsfelsen herangekommen, bevor Lounel und Aragon ihn fanden, und ich habe Lounel die Erlaubnis gegeben, mit ihm zu gehen, damit er die Wahrheit über das herausfindet, was der alte Ambato gesehen hat«, erklärte Klimt.

»Und auch, damit Ambato Gesellschaft hat«, bemerkte Aragon.

»Ja, das auch«, sagte Klimt brüsk. »Das auch.«

So wurde die Traurigkeit über Ambatos Fortgang von einer gewissen Sorge über Lounels Sicherheit überlagert und auch von einer Erregung, denn wenn er einen Hinweis über den genauen Ort des Wulfsfelsens mitbrachte, dann hätten sie vielleicht endlich ein Ziel, auf das sie losgehen konnten.

»Falls Lounel lebend zurückkommt und es uns sagen kann«, sagte Stry mit einem Unbehagen.

Jedoch war die Würde von Ambatos Fortgang zusammen mit dem gemeinsamen Interesse an Lounels Rückkehr genug, um das Rudel noch eine Weile länger zusammenzuhalten und einstweilen von der zunehmenden Irritation über Klimts Führerschaft und dem allgemeinen Gefühl von Verdrossenheit abzulenken.

Überdies, solange Aragon sich nicht um die Führerschaft bemühte, sondern weiterhin die Loyalität der anderen ihm gegenüber verstärkte, würde das Rudel bleiben und den Ausgang miterleben wollen. Schon die Tatsache, daß er über das Thema von Klimts Führerschaft ein löbliches Schweigen wahrte und kein einziges Mal die Zweifel aussprach, die die anderen hegten, errang ihm noch mehr Zuneigung und Respekt.

Zur gleichen Zeit – und dies mag die dunkle Seite desselben aufgehenden Mondes des Wechsels gewesen sein – fuhr Klimt fort, nicht viel zu tun. Am allerwenigsten unterrichtete er die anderen über seine Gedanken. Er war jetzt in seinem Schweigen versunken, immer noch fähig zu plötzlichen Attacken auf jeden von ihnen, und wenn er zornig war, dann war er fürchterlich. Seine allgemeine Haltung schien aus Gleichgültigkeit zu bestehen, aus Schweigen, Geistesabwesenheit und zunehmend auch aus körperlicher Abwesenheit. Zu oft war er jetzt, als die Tage auf den Hochsommer zu wärmer wurden, einfach nicht da, sondern wanderte allein fort und verkehrte dabei nur mit Wulf weiß welchem Teil seiner nordischen Düsterkeit und Erinnerung.

Da die Dinge so lagen, war niemand überrascht, daß die einst unwägbare Leidenschaft zwischen Elhana und Aragon jetzt größer zu werden schien. Sie waren immer noch taktvoll, aber sicherlich ging es jetzt um mehr als nur um Blicke. Wenn sie gut gegessen hatten und sich ausruhten, was an jenen trägen, milden Tagen oft geschah, und Klimt erneut verschwunden war, dann ließ sich Aragon manchmal dazu verleiten, von seiner seltsamen Geburt in das Cabrera-Rudel zu erzählen, von den heroischen Traditionen seiner Vorfahren und vom Ruf der Götter, der ihn – wie er es sich vorstellte – nach Osten ins Herzland gerufen hatte.

Er sprach bescheiden und verharmloste die vielen Fluchten und Augenblicke des Mutes, die notwendig gewesen waren, damit er in Sicherheit einen so weiten Weg hatte wandern können, weiter als alle anderen, die ihm lauschten. Er erzählte locker, mit einer Leidenschaft und einer Poesie, die in einem völligen Gegensatz zu Klimts ungeselliger, schweigsamer Art standen.

»Lounel hat mir mein Leben gerettet«, begann er eines Tages, »ein Wolf von einer Art, der ich nie begegnet bin oder nie zu begegnen erwartet hatte. Wie meine Mutter Jimena gesagt hätte, in Lounel habe ich einen ›Traumwolf‹ getroffen ...«

»So wie Lounel es erzählt hat«, sagte Morten und entspannte seinen massigen Körper ein wenig, wie er es allgemein tat, bevor er sprach, als fände er es (im Gegensatz zu seinem Bruder Stry) peinlich, vor einer Gruppe zu sprechen, »hast du sein Leben gerettet ...« In Mortens Stimme klangen Respekt und Zuneigung an, und es war offensichtlich, daß er nicht daran zweifelte, daß Aragon das getan hatte, was Lounel erzählt hatte.

Aragon lächelte mit warmen Augen auf seine geheimnisvoll noble Weise und sagte: »Nun denn, sagen wir mal, wir haben einander gerettet. Er hätte die Auvergne ohne Unterstützung nicht verlassen, und ich hätte ohne Begleitung nicht weiterziehen wollen.«

»Du redest ständig von deiner Mutter, Aragon«, unterbrach ihn Stry, dessen Hinterlauf inzwischen genügend geheilt war, daß er ruhelos zwischen ihnen hin und her laufen konnte, um seine Muskeln zu strecken und ein bißchen zu fluchen, »aber wenn ich dabei war, hast du nie viel über sie erzählt. Ich meine, Jimena ist doch schon ein komischer Name, zum Beispiel ...«

In Aragons Augen blitzte es auf. Wenn er einen Fehler hatte, so den, daß er ein bißchen empfindlich war, wenn etwas seine Ehre zu bedrohen schien – und seine Ehre schien eng mit Jimena verbunden zu sein. Als Stry auf seine rauhe und freundliche Art sagte: »Du redest ständig von deiner Mutter«, da wurden Aragons Augen für wenige Momente kalt, und ein anderer Wolf schien durch ihn hindurchzuscheinen. Aber dieser Augenblick verging, in seinen Augen leuchtete wieder Zuneigung auf, und er sagte: »Jimena ist ein schöner Name und überdies ein alter. Weißt du, meine Mutter war die letzte vom Segundera-Rudel …

Aus diesem trockenen Land
wird dieser große Wolf sein,
ein Führer von Führern,
ein Schöpfer von Göttern …«

Er sprach die Worte der alten, heroischen Prophezeiung des Segundera-Rudels leise, aber mit Gefühl und einem Sinn für Geschichte, der sie weit über den Ort hinaustrug, wo sie in ihrer sicheren Lichtung saßen und lagen, sogar hinaus über die Bäume, die sie umgaben, zu den Klippen jenseits des Waldes und dem weiten Moorland, das unter ihnen lag.

»Meine Mutter war dem Angriff der Menschen auf die letzten Wölfe ihres Rudels entkommen und schlug sich zum Revier des Cabrera-Rudels durch, das völlig anders war als ihr eigenes, vielleicht rauher, härter. Ich glaube, Jimena war schön und die Augen der Rüden folgten ihr, wohin sie auch ging. Die Leitwölfin des Rudels, dem sie sich anschloß, war natürlich auf sie eifersüchtig. Der Rudelführer – er hieß Baillo und war ebenso roh, grob und gedankenlos, wie meine Mutter schön war – fand natürlich auch an ihr Gefallen. So etwas kommt ja vor, nicht wahr?«

Er lächelte leichthin und warf Elhana einen Blick zu. Sie mußte lachen, woraufhin die anderen ebenfalls lächelten oder grinsten. Aragon war ein Wolf, der mit Worten spielte und dessen Worte den anderen Vergnügen und Freude bereiteten. Daß er die traurige Elhana zum Lachen brachte, war ein Trost für alle, denn sie brauchte viel Zeit, um sich vom Verlust all ihrer Jungen zu erholen.

»Also, Baillo und meine Mutter … Nun, es war ein lieblicher Frühling, und die Leitwölfin war schwer trächtig, und was geschah, war nur eine kurze Sache, das Geschehen eines Augenblicks.«

»Und das Ergebnis?« fragte Stry.

»Du schaust auf das Ergebnis, Stry. Ich bin beider Sohn, ihr einziges Junges. Meine Mutter, die Erinnerungen an die Vergangenheit liebte, wählte für mich den Namen Aragon nach dem berühmtesten aller spanischen Rudel, zu dem sie von der Seite ihres Vaters her eine alte Beziehung geltend machte. Unglücklicherweise hatte Baillos Gefährtin, die Leitwölfin Ameria, selbst den Namen Aragon für eines ihrer Jungen nehmen wollen. Meine Mutter hätte sie gewähren lassen und einen anderen Namen für mich suchen sollen, aber das tat sie nicht. In meiner Familie gibt es einen tiefverwurzelten Zug von Eigensinn und Stolz. Sie hatte meinen Namen ausgewählt und beharrte auf ihrem mütterlichen Recht, mich nach ihrem Wunsch zu nennen, und Baillo unterstützte dieses Recht. Ameria verübte eine schreckliche Rache: Sie nahm meiner Mutter ihr gutes Aussehen, zerriß ihr das Gesicht und blendete sie fast, aber sie ließ sie am Leben, damit sie mich säugte.«

Elhana seufzte vor Schmerz, als sie daran dachte. Das war die Art mancher Leitwölfinnen, doch sie hätte so etwas nie getan.

»Meine Mutter überlebte«, fuhr Aragon mit ruhigerer Stimme fort, »doch danach war sie in der weiblichen Rangordnung die Niedrigste in unserem Rudel. Sie überlebte, damit ich überlebe, und sie lehrte mich die Geschichten von den alten iberischen Rudeln, die ihre Mutter Sainfoin sie gelehrt hatte. Sie erzählte von Wulfs heroischem Zeitalter und wie die iberischen Rudel von Wölfen gebildet wurden, die vor vielen Jahrhunderten aus dem Herzland vertrieben worden waren, nachdem die Plage der Menschen wahrhaft begonnen hatte.

Keiner wird ihm helfen,
keiner ihn unterstützen.
Er wird ein Fremdling sein
in dem Revier, in dem er enden wird.

Keiner kennt seinen Namen,
von einer Tat,
vom Sehen,
von einem Namen oder Gedanken …
Er wird ausgestoßen sein,
fort aus dem Herzland für immer,
und der Tod soll seine Strafe sein.
Falls jemals wieder
seine Pfoten oder die eines Nachkommen
des Herzlands heiligen Boden berühren …«

Aragons Stimme schien wie ein voller Fluß mit der Geschichte dahinzufließen, die seine Mutter ihn gelehrt hatte. Sie handelte davon, wie sein Namensvetter Aragon von einem der »Fünf dunklen Wölfe der Karpaten« mit einem Bann belegt und in das wolflose Iberien vertrieben worden war, um dort ein Rudel zu bilden, das mit der Zeit überall auf dieser fernen Halbinsel Ruhm ernten würde.

»Und ist einer von seinen Nachkommen ins Herzland zurückgekehrt?« fragte Stry, beeindruckt von Aragons Erzählung.

Aragon zuckte mit den Schultern und lächelte.

»Du mußt das iberische Temperament begreifen, um diese Geschichte zu verstehen. Wir sind Romantiker, und Romantiker sind Lügner, und Lügner erzählen Geschichten zum Vergnügen und um etwas zu verbergen. Meine Mutter hat nie geglaubt, daß es einmal ›Fünf dunkle Wölfe der Karpaten‹ gab. Nein, nein, sie bevorzugte eine andere, ältere Geschichte, von der ich bezweifle, daß sie je einer von euch gehört hat, da sie auf kastilisch abgefaßt war, in einer Sprache, die heutzutage kein Wolf mehr spricht, ich selbst eingeschlossen. Meine Mutter hat sie mir einmal erzählt.«

»Was für eine Geschichte war das?« fragte Stry.

»Sie handelte von einem Wolf namens Harbesch. Er stammte aus dem Herzland.«

»Sie«, sagte Tervicz ruhig. »Harbesch war eine Wölfin aus dem Bukov-Rudel. Sie hat die Wölfe der Zeit ausgeschickt. Vielleicht war dieser erste Wolf, von dem Aragon spricht, dieser erste Aragon, einer von jenem letzten Rudel, das nach Iberien gelangt ist ...«

Tervicz schaute Aragon an und hegte keinerlei Zweifel, daß das, was er hörte, von jener uralten Geschichte übriggeblieben war.

Aragon blickte auf seine Pfoten und runzelte die Stirn. Er schien es offensichtlich nicht zu mögen, daß Tervicz mehr über Harbesch wußte als er. Dann sagte er: »Nun, wie auch immer, meine Mutter Jimena hatte vor langer Zeit entschieden, daß einer von uns ins Herzland zurückkehren sollte, und da habt ihr's! Ich bin zurückgekehrt, so wie ihr, Elhana und dort Tervicz ... Sind wir nicht die Vorfahren von Ausgestoßenen, die jetzt versuchen, ins Herzland zurückzukehren? Das ist es, was uns zusammenhält und uns Entschlossenheit gibt, selbst wenn wir uns noch nicht sicher sind, warum wir hier sind.«

Die Sonne schien warm auf seinen Pelz, und seine Augen leuchteten. Er sprach von Träumen und von Dingen, von denen besser Klimt selber gesprochen hätte. Denn jetzt war in Elhanas Augen eine Sehnsucht, und in den Augen aller schimmerte eine Hoffnung, daß vielleicht eines Tages Aragon sie führen würde.

Währenddessen saß unsichtbar im Schatten ein Wolf, der dies sah und hörte und doch nichts tat: Klimt. Er beobachtete, wie die Dinge sich entwickelten, und wartete den rechten Augenblick ab, bevor er versuchte, den Emporkömmling Aragon niederzuwerfen, der ihm – ohne es anscheinend überhaupt zu versuchen – nicht nur seine Leitwölfin, sondern auch sein Rudel stahl.

So beobachtete und lauschte Klimt, dann zog er sich in die Schatten zurück und tat nichts. Statt dessen kletterte er auf die bröckeligen Höhen über der Baumlinie, anscheinend, um zu vergessen, was er gehört hatte, und um zu vergessen, was er empfand. Er schaute über das Moorland, wie die Schatten der Wolken über das Herzland dahinwanderten und dann weiter über die zerklüfteten Berge dahinter. Er schaute dorthin, weil dort irgendwo der Ort lag, wo Ambato geglaubt hatte, er sei dem Wulfsfelsen nahe gekommen. Irgendwo dort mußte jetzt auch Lounel sein, auf der Suche, die Klimt ihm befohlen hatte, und bestrebt zu finden, was er konnte, bevor er zurückkam.

In Wahrheit tat das Rudel Klimt unrecht, denn wenn er auch oft in verdrießlichen Gedanken und in Unsicherheit versunken war, so vergaß er doch Lounel nicht. Er hatte sich den Zorn anderer zugezogen, besonders von Stry und bei einer Gelegenheit sogar von Elhana, weil er es ablehnte, zurück in das Herzland zu gehen, um Lounel zu suchen und ihm die Hilfe zu gewähren, die er vielleicht auf seinem Rückweg durch das Gebiet der Madjaren brauchte.

Klimt war unnachgiebig und heftig in seiner Entschlossenheit, daß kein Mitglied des Rudels gen Osten ziehen sollte, auf eine – wie er es nannte – unnötig gefährliche Jagd. Es war ein Thema, über das Aragon, Lounels engster Freund, eigentlich einen Streit mit Klimt hinsichtlich der Führerschaft hätte vom Zaun brechen können, doch seltsamerweise tat er dies nicht.

Was das Rudel nicht wußte, weil er beschlossen hatte, es den anderen nicht zu sagen, war, daß Lounel darauf bestanden hatte, daß ihm erlaubt würde, seinen eigenen Rückweg zu wählen, und in diesem Punkt traf Aragons Urteil über seinen Freund zu.

»Klimt, du kennst mich erst ein wenig, aber mit der Zeit wirst du mich besser kennenlernen«, hatte Lounel an dem Tag gesagt, als er um die Erlaubnis bat, Ambato zu begleiten. »Ich bin von den Letzten meiner Sippe trainiert worden, allein zu reisen, und es bedeutet für mich keine Strapaze. In einem Rudel bin ich bloß ein schwerfälliger Wolf, meine Gliedmaßen funktionieren nicht so glatt wie die eines Wolfes wie du oder Aragon. Ich bin nicht so geschaffen. Aber wenn ich allein bin, dann sind die Sterne meine Begleiter und die Bäume meine Freunde. Die Felsen selbst und die Erde und die Wasser der Flüsse und Seen sprechen zu mir. Sie werden mich vor Gefahren warnen, sie werden mich hin- und zurückleiten. Ich kann sie besser hören, wenn ich allein bin. Deshalb bitte ich nur darum, daß ihr auf mich an diesem sicheren Ort wartet und daß ihr nach mir Ausschau haltet und auf meinen Ruf lauscht, denn wer weiß, in welchem Zustand ich sein werde? Ich nicht! Ich weiß nur, daß wir im letzten Teil einer langen Reise am verletzlichsten sind. Halte nach mir Ausschau!«

»Das werde ich tun, Lounel«, hatte Klimt erwidert, der mit Lounel unbefangener als mit allen anderen umgehen konnte, Tervicz ausgenommen.

»Klimt«, hatte Lounel sanft gesagt.

»Wolf?« hatte Klimt geknurrt.

»Diese Wölfe, die hier mit dir zusammen sind, wandernde Wölfe von Ost und West und Süd, werden eine Zeit brauchen, bis sie ein Rudel werden. Der Verlust der Jungen war ein Rückschlag für dich. Aber ...«

»Ja?«

»In der Nacht, als die Jungen geboren wurden, habe ich beim Tod des ersten Jungen einen Stern über den Himmel dahinschießen sehen ...«

»Ich auch«, sagte Klimt sanft.

»Ein Junges, das zu früh geboren wurde, wird zu einem Stern, damit es wiedergeboren wird, sagt die Lehre der Auvergne.«

»Die nordische Lehre sagt das auch.«

»Nun denn, was glaubst du, warum ich mit Ambato reisen möchte? Um den Wulfsfelsen zu finden oder einen Wolf?«

Klimt schaute ihn an und sagte nichts.

»Deshalb, Klimt von Tornesdal, der du noch unser Führer sein wirst, bemühe dich, dieses unglückliche Rudel zusammenzuhalten. Gib auf Aragon acht, denn er hat mehr Macht, als er weiß, und er ist zu stolz, zu ichbezogen. Lerne eher als er, was vielleicht deine Schwächen sind.«

»Ich dachte, du und Aragon, ihr seid Freunde.«

Lounel lachte auf die freie und einfache Art, die er manchmal an den Tag legte. »Sind wir schon! Aber Freunde kennen die gegenseitigen Stärken und Schwächen und welche Torheiten und welche Träume den anderen antreiben. Ich liebe Aragon, als wäre er mein Bruder. Nun, Klimt, in einem gewissen Sinn ist er mein Bruder. Aber du ...«

»Ich?« murmelte Klimt, der an ein solches direktes

Gespräch nicht gewöhnt war, denn die anderen hatten zuviel Scheu vor ihm, um so mit ihm zu reden. Selbst Tervicz ging es so.

»Du bist auch mein Bruder. Kein einfacher, fürchte ich. Aber in dir spüre ich andere Stärken, die wir eines Tages alle brauchen werden. Du wirst schon noch unser Führer sein.«

So war also Lounel fortgegangen und hatte Klimt in der Gewißheit zurückgelassen, daß er zurückkehren würde und daß sie nach ihm Ausschau halten und lauschen sollten, wenn er auf dem Rückweg war. Natürlich hatte er auch Klimt viel zum Nachdenken zurückgelassen, denn warum hatte er nicht nur einmal, sondern zweimal gesagt: »Du wirst noch unser Führer sein«? Vielleicht war er es alles in allem nicht. Vielleicht meinte Lounel ... Klimt hatte vielleicht viele Schwächen, aber, wie Lounel selbst schon erkannt hatte, er hatte auch eine große Stärke, er war ein Wolf, der nachdachte, der wuchs.

So benutzte Klimt diese Wartezeit, um nachzudenken, wenn er auch die meiste Zeit schwieg, reizbar war und dazu neigte, auf den einen oder anderen loszugehen, um seine Führerschaft geltend zu machen. Er dachte noch mehr nach. Als die Tage vergingen und er meinte, daß Lounel bald zurückkehren würde, gewöhnte er sich an, über dem Moorland Ausschau zu halten. Wenn er es nicht tat, dann sorgte er dafür, daß ein anderer seinen Platz einnahm.

»Wofür?« fragten die anderen.

»Für jeden Laut oder Anblick von Lounel, für jeden Hinweis oder jedes Zeichen, Wolf.«

Der Juli kam, und Klimt hatte sein Versprechen gehalten: Er hatte Ausschau gehalten und das Rudel in demselben weiten Revier oben in den Wäldern gehalten, die im Westen des Moorlandes aufragten. Manchmal überkam alle die Empfindung, daß drüben im Herzland Dinge vor sich gingen und daß Lounel vielleicht Teil der Geschehnisse war oder daß er vielleicht einfach zurückkam. Keiner konnte genau sagen, warum sie es wußten, aber sie wußten es, und es beunruhigte sie.

»Gehen wir hinüber ins Moorland und versuchen wir, ihn zu finden«, sagte Stry oft.

»Nein.«

»Aber sogar du spürst gewiß, daß er dort draußen ist?« sagten Morten, der die Geduld verlor.

»Sogar ich?« sagte Klimt beleidigt und drohend.

»Ich habe nicht gemeint ...«

»Nein«, knurrte Klimt, »du hast nicht gemeint.«

»Wir könnten doch wenigstens erörtern, was wir tun können«, sagte Elhana, die jetzt unbefangener war, da der Sommer vorangeschritten war, und besser mit Klimt reden konnte, ohne ihn so zu provozieren, daß er wieder schwieg oder sie bedrohte. Die Bürde des Verlustes war wirklich von ihr genommen und hinterließ nur noch gelegentliche Schatten.

»Wir können wahrscheinlich viele Dinge erörtern«, erwiderte er, »aber hierbei besteht keine Notwendigkeit. Es ist sicherer, wenn wir bleiben, wo wir sind. Das hat Lounel selbst vorgeschlagen.«

»Das hast du uns bisher noch nicht gesagt.«

»Ich habe bisher noch nichts gesagt«, sagte Klimt fast freundlich.

»Klimt, du bist schwierig«, sagte Elhana nicht ohne Bitterkeit.

»Ich bin aus dem Norden, Elhana, und du bist aus dem Süden. Meine Augen haben die klaren, eisigen Einöden der Ostsee gesehen, bevor sie die Sonne sahen. Dein Leib kannte die Sonne, bevor er je die Kälte kennengelernt hatte. Wir beide haben eine lange Reise zurückzulegen, bevor wir uns begegnen können. Wir beide sind schwierig, nicht ich oder du allein.«

Elhana war verdutzt über diese unerwartete Rede. Es kam ihr vor, als hätte Klimt jetzt mehr gesprochen als in den ganzen Wochen zuvor. Mehr noch, seine Worte legten nahe, daß er über Dinge nachdachte, von denen sie angenommen hatte, er denke darüber gar nicht nach.

»Klimt ...« sagte sie sanft, denn er war ihr Anführer und in bestimmten Dingen wollte sie geführt werden.

»Ja, Wölfin?« sagte er und richtete seine grauen Augen fest auf sie, doch sie verrieten nicht mehr. Sie sehnte sich nach einem Lächeln in seinen Augen und danach, daß die Sonne sie sanft machen möge, aber sie wußte ebenso gut, daß er, wenn er sie jetzt anschaute, auch Sehnsucht hatte nach etwas, das er einst gehabt und dann verloren hatte.

»Klimt, ich bin froh, daß du mit mir gesprochen hast«, sagte sie schließlich.

»Ja«, sagte er und wußte nicht, wie leicht es gewesen wäre, nur ein wenig mehr zu sagen, und wieviel es seiner Leitwölfin bedeutet hätte.

»Klimt! Führer!« rief Tervicz und machte ihrem seltsamen Augenblick der düsteren Intimität ein Ende. »Schau mal!«

Einen Augenblick hob sich Klimts Herz, denn Tervicz hatte über das Moorland Ausschau gehalten, und er dachte, vielleicht hätte er Lounel gesehen. Aber das war es nicht. Klimt und alle, die in Hörweite waren, krochen herbei und schauten nach Süden über das Moorland, wohin Tervicz zeigte. Da war ein Mensch, weit weg und allein. Er kam nicht auf der Straße, sondern er trat zwischen den niedrigen Hügeln jenseits der Straße hervor. Er hatte kein Fahrzeug dabei. Ein Mensch ganz allein.

Klimt vermutete sofort mehr. Es war der Mensch, der zurückgekommen war.

»Sehr seltsam«, sagte Tervicz.

»Sehr sonderbar«, sagte Stry. »Dort, wo Morten und ich herkommen, gab es gelegentlich solche Menschen, aber sie waren selten allein, und die meisten kamen in Fahrzeugen. Aber der hier – wo er herkommt, dort gibt es gar keine Fahrzeuge.«

Sie beobachteten, wie der Mensch langsam vorankam, und machten sich dabei wenig Sorgen, denn er befand sich weit jenseits des Moorlandes und ein ziemliches Stück unterhalb von ihnen. Es würde etliche Stunden dauern, bis er sie bei diesem Schritt erreichte. Dann wären sie schon davongeschlüpft, höher in den Wald hinein. Aber er kam nicht so weit. Er blieb stehen und ging wieder los, und dann blieb er wieder stehen, manchmal ziemlich lange. Bis er schließlich bei Einbruch der Abenddämmerung endgültig stehenblieb und eine dunkle Form ausbreitete, die grüner war als das Torfgras um ihn herum. Darin verschwand er.

»Das haben wir doch schon mal gesehen«, sagte Stry. »Was, Morten?«

»Nahrung«, sagte Morten. »Wenn der Wind sich dreht, dann werden wir aus seiner Richtung Nahrung riechen. Süß wie Honig, Menschennahrung. Wenn der Wind sich nicht dreht, dann sollten wir vielleicht hingehen und die Sache untersuchen!«

Einen kurzen Augenblick später gab Klimt seine Zustimmung dazu, und als die Nacht herabkam, zogen die beiden Wölfe los. Sie waren volle zwei Stunden fort.

»Alles in Ordnung mit ihm dort. Der Wind spielt um das grüne Versteck, das er sich gemacht hat, und jault in seinen Drähten«, berichtete Morten. »Aber es gibt wenig Witterung.«

»Keine Nahrung?« fragte Tervicz.

»Keine.«

»Wir haben seine Fährte gefunden und sind ihr gefolgt, über die Straße hinaus. Wir hätten noch viel weiter gehen können«, sagte Stry. »Er ist aus der Richtung des Herzlandes gekommen.«

»Er ist keine Gefahr für uns«, sagte Klimt. »Nicht dort unten. Wir werden morgen auf ihn aufpassen.«

»Er wird morgen weiterziehen, das machen sie gewöhnlich«, sagte Morten.

Drei Tage später war der Mensch überhaupt noch nicht weitergezogen und hatte sich kaum außerhalb seines grün gesprenkelten Verstecks gezeigt. Tatsächlich hatten die Wölfe größte Schwierigkeiten zu sehen, wo das Versteck war, denn der Mensch legte Pflanzen darüber, und seine Geruchslosigkeit half ihnen nicht.

»›Er wird morgen weiterziehen‹, was?« sagte Tervicz und spottete wieder einmal über Morten.

»Ganz ungewöhnlich«, sagte Morten mißmutig. »Ganz regelwidrig.«

Tervicz lachte und sagte: »Die Menschen sind regelwidrig!«

An diesem Abend ging Klimt selbst hinunter, um das Versteck des Menschen zu untersuchen. Er duckte sich zwischen die Hügel im Moorland und genoß die sommerlichen Abenddüfte. Er ging allein, wohl wissend, daß die anderen oben am Waldrand waren und das Moorland überwachten. Sie würden nichts von ihm sehen und noch weniger von dem getarnten Menschen, aber sie würden trotzdem Ausschau halten.

Er spürte überhaupt keine Gefahr, eher das Gegenteil, aber er umkreiste vorsichtig die Stelle, hielt oft an, um zu lauschen und die Luft zu wittern. Einmal hörte er ein Husten, ganz leicht, und einmal schnappte er einen Hauch von Witterung im Wollgras auf.

Das war der erste Schock der Nacht, denn die – allerdings schwache – Witterung erinnerte ihn an Lounel. Nein, es war Lounels Witterung. Er war zurückgekommen, oder zumindest war er nahe gekommen. Klimt verfolgte die Fährte zurück und nahm die Witterung wieder auf.

»Er ist dem Menschen gefolgt!« sagte er überrascht und erfreut. »Er ist wirklich ein besonderer Wolf, dieser Lounel! Aber warum sollte er dem Menschen folgen?«

Klimt kam immer näher an die Stelle heran, wo sich der Mensch befand. Jetzt begann die Witterung des Menschen Lounels Geruch in sich aufzunehmen. Beide waren drei oder vier Tage alt. Dann wich Lounels Witterung nach rechts davon, und zum ersten Mal nahm Klimt den Geruch des Menschen ungemischt wahr.

O ja, er kannte diesen Geruch, er kannte ihn gut. In Helsingborg war ein Mensch gewesen, der so roch. Und als er und Tervicz Elhana und Ambato vor den Madjaren retteten, war dies der Geruch des Menschen gewesen, den sie gesehen hatten.

»Er ist freundlich«, sagte sich Klimt staunend. »Mensch, was bist du? Du bist nicht der Jägermann, ganz gewiß nicht.«

Klimt war näher an der Wahrheit dran, als er wußte. Wie lange er dort geblieben war und gestaunt hatte, wußte er nicht, aber er fühlte sich dort draußen im Moorland sicher, den Menschen schweigend in der Nähe. Er fühlte sich eins mit dem Boden, der unter ihnen beiden war, und mit dem Wind, der im Gras und am Versteck des Menschen heulte, und eins mit den Sternen, die auf sie beide herabschienen.

Ein Husten in der Nacht, aber Klimt empfand keine Furcht. Ein Körper drehte sich um, aber Klimt blieb ruhig. Eine Wolke kam und leichter Regen prasselte auf das Versteck. Es klang anders und hohler, als wenn der Regen auf natürliche Dinge fiel. Klimt wollte eine Weile bleiben.

Ein Bellen in der Nacht, eine Frage. Tervicz. Klimt war zu lange weg gewesen.

Tervicz. Klimt erinnerte sich, wie es gewesen war, als sie sich zum ersten Mal begegnet waren. Er dachte über die Dunkelheit nach, die er empfunden hatte, und die Düsternis, die auf den Tod der Jungen gefolgt war. Regen im Gesicht und Tränen in den Augen. Er erinnerte sich mit einem Stich im Herzen an die Freude, die er empfunden hatte, als er Tervicz kennengelernt hatte. Würde er je wieder eine solche Freude erleben?

Wieder ertönte das Bellen. Klimt erhob sich stumm und wünschte sich vergeblich, seine Tränen würden trocknen. Er machte sich auf einem großen Umweg davon, in Richtung auf die Stelle, wo seiner Meinung nach Tervicz mit wachsender Sorge auf ihn wartete und lauschte.

»Tervicz!«

»Ach!« sagte Tervicz nervös. Er wußte nicht, wie Klimt darauf reagieren würde, daß er gekommen war, um nach ihm zu suchen.

»Ich bin froh, dich zu sehen, Wolf«, sagte Klimt. Froh war ein Wort, das Klimt nicht oft benutzte.

»Tervicz?«

»Ja?« flüsterte sein Freund.

»Ich ... es wird Änderungen geben, Wolf. Wir haben viel zu lernen. Habe Vertrauen zu mir, und ich werde mich vielfach revanchieren. Habe Vertrauen.«

»Meister ...« begann Tervicz und benutzte dabei die karpatische Form der Anrede, die er schon früher Klimt gegenüber benutzt hatte, jedoch nie, wenn andere es hören konnten. »Ich weiß, es muß einen Grund dafür geben, daß du in den vergangenen Wochen mir gegenüber so schroff warst, und vielleicht kannst du ihn nicht nennen. Aber ich habe versprochen, dir gegenüber immer loyal zu sein, und das werde ich bleiben.«

»Darüber bin ich froh, Tervicz, froher als du ahnst. Was immer geschieht, tu, was ich dir sage, und vertraue mir, denn ich werde dich oder die Wölfe der Zeit nicht im Stich lassen. Aber ...«

»Ja, Meister?«

»Es ... ist ... schwer. Wenn ich dir mehr sagen könnte, würde ich es tun, aber ich weiß selbst kaum etwas von dem, was ich tue oder warum ich es tue. Wulf ist hart zu denen, die ihn am meisten lieben.«

»Das ist er.«

Schweigen trat ein, und der Regen fiel stärker.

»Der Mensch ist freundlich«, sagte Klimt.

»Und der Mensch ist naß«, sagte Tervicz und grinste in der Dunkelheit. Er fühlte sich zufrieden wie schon viele Tage nicht mehr.

»Komm, Freund«, sagte Klimt, »oder die anderen werden sich um dich Sorgen machen, wie du dir um mich Sorgen gemacht hast. Ich bin froh, daß wir miteinander gesprochen haben.«

»Ich auch.«

Der Morgen brachte einen regnerischen Nebel über das Moorland, der sich erst am Nachmittag verzog, und auch dann nur kurz. Wo das Versteck des Menschen gewesen war, war jetzt nichts mehr.

»Der Mensch ist fort!« erklärte Stry überrascht. Sie hatten überhaupt nichts gehört, obwohl der Wind für sie günstig gewesen war.

»Der Mensch bewegt sich wie ein Fuchs«, sagte Morten mit einer gewissen Bewunderung.

»Der Mensch bewegt sich so gut wie Jägermann«, sagte Stry.

Klimt hörte ihnen zu, aber seine Augen waren auf das Moorland gerichtet, allerdings nicht auf den Ort, wo der Mensch gewesen war. Sein Blick war auf eine viel nähere

Stelle geheftet, und in seine Augen trat ein Glitzern, als er zu einem Schluß kam, was er seiner Meinung nach dort sah. Ein Glitzern und das Schimmern einen Lächelns. Der Mensch war nicht der einzige Fuchs im Moorland.

Der Nebel rollte wieder heran und mit ihm der Regen. Er verhüllte von links nach rechts ihre Sicht. Einmal zeigte er sich als eine weiße Wand, dann wieder als etwas Bewegliches, das nach oben gehoben wurde und das Moorland dahinter enthüllte. Dann wurde er wieder dicht. Klimt erhob sich, stellte die Ohren auf und tat so, als hätte er etwas Wildes und Schreckliches gesichtet.

»Um Wulfs willen!« begann Stry und schrak hoch. »Was ist das?«

»Ein Monster«, flüsterte Klimt. Seine Augen verengten sich.

»Ich sehe nur Nebel«, sagte Morten.

»Ich auch«, flüsterte Tervicz.

»Ich auch«, hauchten die anderen und schauten angestrengt in die gleiche Richtung wie Klimt. Das Rudel sammelte sich vor der gemeinsamen Bedrohung.

Der Nebel wogte und wallte, und aus ihm heraus kam, was wirklich wie ein Monsterwolf aussah. Groß, geisterhaft, schweigend, mit riesigen Augen.

»Lounel!« rief Aragon erleichtert, der ihn schließlich erkannte. Er lief ihm entgegen, stupste ihn und hieß ihn willkommen. »Lounel ...«

Lounel lächelte, und auch Klimt sprang ihm entgegen. Seine Freude und seine Erleichterung offenbarten zum ersten Mal die tiefe Furcht, die er um seinen Freund empfunden haben mußte. Dann kamen alle herbei, umringten ihn und rauften miteinander, lachend und bellend im Nebel.

Tervicz begann mit dem Heulen, ihrem ersten Gruppengeheul seit langer Zeit. Es stieg auf, wurde von Stry aufgenommen und dann von Aragon weitergeführt, bis schließlich ihrer aller Heulen eins wurde und Klimts Geheul über sie alle emporstieg. Empor in den Nebel und in den Himmel heulten sie, heulten um Verlust, den sie erlitten hatten, um Trauer, die sie überlebt hatten, um einen Freund, der zurückgekehrt war, und um Hoffnungen, die noch in ihren Herzen lebten.

»Und hast du den Wulfsfelsen gefunden, Wolf?« fragte Aragon später leichthin.

Lounel richtete seine Antwort an Klimt.

»Ich glaube, Ambato hat es geschafft ...«

Dann verzog sich der Nebel, und die Sonne kam erneut heraus. Sie gingen hinauf, in den Schutz des Waldes, fanden den wärmsten und trockensten Platz, den sie finden konnten, fraßen, schliefen, lauschten, und als das Zwielicht kam, ließen sie sich nieder, um alles zu hören, was Lounel ihnen erzählen würde, und über die Teile seines Berichtes zu staunen, wenn er verstummte.

»... dann wurde ich schwach und konnte nicht weitergehen, aber Ambato, er hatte noch Kraft. Wulf gab ihm Stärke, und er ging weiter, er zog weiter ...«

Elhana lauschte und freute sich. Ihr Vater hatte den Wolfsweg gefunden, den er immer gesucht hatte. Er war allen vorausgegangen. Eines Tages, wenn Wulf und Wulfin ihnen günstig gestimmt waren, dann würden sie oder ihre Jungen einen Weg finden, um Ambato zu folgen.

Dann begann Elhana ihre Trauer um ihren Verlust hinauszuheulen, ihre Trauer um das, was jeder von ihnen zu verschiedenen Zeiten verloren hatte. Das Rudel heulte mit ihr, und irgendwann in diesem neuen Geheul, irgendwann in dieser Nacht begannen die Wölfe der Zeit ein neues Rudel zu sein.

Eines Tages im Hochsommer erhob sich Elhana langsam und vorsichtig und schlug einen Weg ein, der sich aus dem Gebiet, wo die Wölfe lagen, hinausführte, hinab zu einer Stelle am Fluß, um zu trinken. Sie hatte kaltes Wasser im Maul und tausend funkelnde Tropfen sprenkelten ihr Gesicht. Hinter ihr war der Schatten eines Wolfes.

»Elhana.«

Sie wandte sich um und blickte atemlos zu ihm empor. Sie hatte gewußt, daß er da sein würde.

»Aragon.«

Schicksalhaft trat er näher, in den Kreis, aus dem sich Wölfe nur schwer zurückziehen können und wo Worte kein bißchen mehr wichtig sind. Wo das Herz so heftig pocht, daß man meint, die ganze Welt müßte es wissen.

»Ich habe gedacht …«

Es war gleich, was Aragon gedacht hatte. Er war jetzt nahe genug, daß sie ihn gut wittern und noch mehr verlangen konnte. Er trank von dem Wasser, von dem auch sie getrunken hatte. Sie war ihm nahe genug, daß er ihren Atem hören und das Wasser am Pelz ihrer Schnauze sehen konnte. Und ihre Augen warteten.

Über ihnen erhoben sich die Bäume dunkel in den hellen Himmel, und neben ihnen strömte der Fluß dahin, stark und kalt. Wenn sie sich bewegten, begannen sie mit den Pfoten zu stolpern, weil sie sich so nahe waren. Ihr Körper begannen zusammen ein Muster zu bilden, er auf eine Weise, sie auf eine andere. Die Luft war warm und schwül. Die Bäume und der Fluß begannen zu verschwimmen.

»Elhana, ich sollte nicht hier sein, nicht jetzt, mit dir. Du bist die Leitwölfin …«

Er sagte es nicht schüchtern, wie sie vielleicht befürchtet hatte, und mit einem fragenden Ton, der die Entscheidung ihr zuschieben würde, sondern nüchtern, sogar ein wenig wehmütig.

»Nein«, pflichtete sie bei, »du solltest nicht hier sein.«

Es folgte ein langes Schweigen zwischen ihnen. Sie bewegten sich kaum. Elhana spürte seine Sympathie, sein Gefühl des Behagens.

»Stimmt es, daß Ambato dein Vater war? Du hast es einmal gesagt, und er hat dir nicht widersprochen …«

»Es stimmt. Glaube ich. Wer kann so etwas sagen? Es war vor langer Zeit, und meine Mutter …«

»Wie hieß sie?«

»Lauria. Meine Mutter …«

»War sie so schön wie du?«

»Noch schöner. Meine Mutter …«

»Und hatte sie einen so hellen Pelz?«

Er lächelte. Ihre Stimmen klangen verschwörerisch, doch unbeschwert. Es war ein Spiel zwischen Wölfen, die entdeckten, daß sie spielen und lachen konnten und damit nicht mehr meinten, als …

»Noch heller. Sie …«

»War verliebt?«

»Sie war es, Wolf, und es war unschicklich. Er war nicht der Anführer des Rudels.«

»Ach …« seufzte Aragon. Er legte sich nieder, und dabei berührte seine Flanke die ihre. Sie wußte, wußte es so sicher wie die Bäume, die sich da erhoben, und der Fluß, der da weiter dahinfloß, eines Tages würde nichts mehr zwischen ihnen stehen. Sie würden eins sein. Eines Tages, und vielleicht nicht mehr als das …

In den Sonnenstrahlen, die zwischen ihnen zu Boden fielen, tanzte der Staub von den Bäumen und von der Erde. Schwebfliegen stiegen mit glitzernden Flügeln auf, verhielten in der Luft, stiegen wieder auf, verhielten wieder und waren verschwunden.

Sie sprachen miteinander. Es war das vertraute, beständige Gespräch von Wölfen, die einstweilen nur Freunde waren, aber in deren gemeinsamen Geheimnissen und Geschichten, Erzählungen von Müttern und Erinnerungen an Ängste und Verluste, Entdeckungen von Orten und gewonnenen Einsichten eine plötzliche, zunehmende Vertrautheit und Leidenschaft war, die tiefer ging, als jede verstohlene körperliche Vereinigung an jenem Tag hätte sein können. Aber beide spürten und wünschten sich die Liebe und konnten an nichts anderes denken.

Fünftes Buch

Rivalität und Krieg

Worin Fehden die Wölfe der Zeit
in ihrem Kampf gegen Wulfs Feinde
spalten und Kobrin eine neue Art
von Krieg vorschlägt

Kapitel 1

Klimt bricht sein langes Schweigen,
zieht das Rudel ins Vertrauen und überrascht
damit alle

Später am gleichen Tag, als das Zwielicht in die Nacht überging, erschien Klimt in der Lichtung der Gruppe, trübsinnig und müde. Falls er wußte, daß als Ergebnis eines Treffens zwischen Elhana und Aragon das Gleichgewicht seiner Welt sich verlagert hatte, so verriet er es nicht. Auf jeden Fall sah Tervicz, der einen entsprechenden Verdacht hatte, kein Anzeichen von Eifersucht oder Zorn auf Klimts Gesicht, und er kannte ihn von allen am besten.

»Morgen ziehen wir weiter«, kündigte Klimt an.

»Wohin?« knurrte Morten. Es war eine Art Herausforderung. Der Ton sagte: »Du magst ja wünschen weiterzuziehen, aber wir müssen dazu überredet werden, also überrede uns.«

Klimt erhob sich langsam und runzelte die Stirn. Er schaute Tervicz an und erwog einen Augenblick lang, ihn anzugreifen. Dann blickte er Morten scharf an, mit dem er einmal gekämpft hatte. Jetzt sah er ganz so aus, als sei er willens, erneut mit ihm zu kämpfen. Sein Blick streifte Stry, bevor er hinüber zu Elhana blickte, die er eine Zeitlang anschaute, als wollte er sich brutal mit ihr paaren, und dann schien er diese Idee ebenfalls abzutun. Schließlich ging er geradewegs zu Aragon hinüber, der in seiner gewöhnlich ruhigen und entspannten Art dalag, und starrte auf ihn hinab. Aragon ließ seinen Blick sinken und bewegte seinen Schwanz gerade genug, um seine Unterordnung zu zeigen, aber nur gerade genug. Herausforderungen lagen in der Luft.

Es sagte viel über die Macht von Klimts Anwesenheit, daß er all dies ohne ein einziges Wort ausdrücken konnte. Sie wurden unruhig dadurch, gespannt und bekamen ein bißchen Angst. Hinter Klimt erhoben sich dunkel die Bäume, einer dicht neben dem anderen, und hinter ihnen die schroffen Wände und Pfeiler der Felsklippen, übereinander, hoch hinauf, bis sie den Himmel erreichten.

Gegen all dies erschien Klimt plötzlich klein, ihre Herausforderungen kleiner und schließlich sie selbst noch winziger: Sie waren nur ein kleines, unerprobtes Rudel von Wölfen mit einer Geschichte voller Probleme hinter sich und einer ungewissen Zukunft vor sich. Klimt trat vorwärts. Seine Augen waren müde. Sein Körper schien dünner, weniger massig zu sein als zuvor. Als wollte er dies alles betonen, begann er zu ihnen mit einer seltsamen Müdigkeit und Weisheit zu sprechen, die ihnen das Gefühl gab, was auch immer er ihnen sagen würde, er hatte lange und hart darüber nachgedacht. Plötzlich vermittelten der Augenblick und Klimts einsamer Ernst den Eindruck, daß in seinen Worten Geschichte lag und eine Zukunft, die vielleicht schwankender und ungewisser war als jeder Waldbaum und schroffer als jede Bergwand.

»Ich habe all diese vergangenen Wochen und Monate euch gegenüber geschwiegen, und zum größten Teil habe ich auch gegenüber meiner Leitwölfin geschwiegen. In dieser Zeit bin ich mit Worten wenig zurechtgekommen. Ich glaube, ihr wißt das. Aber in den allerletzten Wochen war es für mich schwer, überhaupt Worte zu finden, obwohl ich glaube, daß wir einmal, Elhana, du und ich, in einer Art gesprochen haben, wie wir es vielleicht eines Tages wieder tun können.«

Er blickte zu ihr hinüber, und sie nickte zustimmend.

»Nun, jetzt möchte ich, so gut ich kann, zu euch allen sprechen. Wir sind noch nicht ganz ein Rudel. Wir sollten noch nicht solche Worte wie ›Wölfe der Zeit‹ benutzen, wenn wir von uns selbst reden, obwohl ich selbst es war, der den Madjaren gesagt hat, das sei unser Name. Ich glaube jetzt, daß das überheblich war. Ich lerne und ich finde, daß der Wolfsweg, auf den ich gestellt bin, auf den wir alle gestellt sind, hart und voller Schwierigkeiten ist.«

Sie waren alle still und schwiegen. Nur von den Bäumen hinter Klimt kamen Geräusche und Bewegungen: das Geflüster des Windes in den Blättern und Zweigen und das Schwanken des Lebens selbst.

»Wir haben unsere Jungen verloren«, sagte Klimt. Es war

das erste Mal, daß er diese Tatsache öffentlich zugab. »Damit hat meine Leitwölfin für immer etwas von ihrer Seele verloren, und dafür halte ich mich als euer Anführer verantwortlich. Ich sage verloren, weil wir noch nicht sicher sein können, daß sie alle tot sind. Eines war totgeboren, und eines starb, während Elhana es hielt. Aber das letzte, das Jicin nahm, kann noch am Leben sein. Wir wissen es nicht. Ich glaube, daß Jicin alles getan hätte, um es zu retten. Ich glaube, dieser Wölfin würde ich mein eigenes Leben anvertrauen, denn trotz allem, was sie erlitten hatte, hatte sie den Mut, uns zu suchen und ihr Leben unserem Rudel anzuvertrauen. Ich weiß nicht, warum sie getrennt wurde und uns später nicht mehr fand – aber schließlich hätten wir mehr tun können, um nach ihr zu suchen ...«

»Wir haben sie gesucht«, sagte Tervicz.

»Suchen wir noch nach ihr?« sagte Klimt. Er schüttelte den Kopf und fügte hinzu: »Wir hätten es tun sollen, wir sollten es tun, wir müssen es tun, denn unsere Stärke als Rudel kann nur an der Art gemessen werden, mit der wir uns um unsere einzelnen Mitglieder kümmern. Ich denke, meine Leitwölfin wird meiner Einschätzung von Jicin zustimmen ...«

Zum zweiten Mal hatte er jetzt an Elhana appelliert, und zum zweiten Mal nickte sie zustimmend. Diesmal blickte sie zu ihm hinüber und erwiderte seinen Blick. Sie liebte ihn nicht, konnte ihn nicht lieben. Er war so steif, so düster, so viel an ihm war gespannt und nicht erreichbar, aber während er sprach, spürte sie, wie sehr er versuchte, sein Herz zu offenbaren, wie er wünschte, ein Anführer zu sein, der ihnen ebenso sehr diente, wie sie ihm dienten. Eine Welle von Respekt und Bewunderung kam in ihr auf. Wenn es nicht Liebe war, so doch Sympathie und die Einsicht, daß hier ein großer Wolf stand, den die Götter für eine große Aufgabe ausgewählt hatten, und daß er sich bemühte, die Wolfswege zu finden, die zur Erfüllung dieser Aufgabe führten.

»Und auch ich, auch ich«, sagte er plötzlich, und ihm brach die Stimme vor Rührung, »auch ich habe etwas von meiner Seele verloren, als unsere Jungen starben und das letzte lebende verlorenging ...«

»O Klimt«, flüsterte Elhana und trat an seine Seite, wie es eine Leitwölfin tun sollte. Es machte ihr nichts aus, daß andere die Tränen sahen, die sie schon lange zuvor hätte weinen sollen. Steif und unpersönlich mochte Klimt ja sein, aber irgendwie brachte er es fertig, kurz eine Pfote auf die ihre zu legen. Wenn er auch selbst nicht gerade weinte, so brauchte er doch einige Zeit, bis er wieder sprechen konnte. In diesen schweren Augenblicken, als kein Wort über das Leid und den Verlust gesagt wurde, die sie alle empfanden, da war das Rudel eins in gemeinsamer Trauer.

»Aber jetzt«, fuhr Klimt schließlich fort, »müssen wir das hinter uns lassen und das Vertrauen haben, daß Herausforderungen und Triumphe auf uns warten, die unsere Erinnerungen an den Verlust lindern werden. Die Zeit ist für uns gekommen, ins Herzland zurückzukehren und den Wulfsfelsen zu suchen. Ich wünsche keinen Krieg mit den madjarischen Wölfen zu führen, aber wenn wir es müssen, dann müssen wir. Wie oder wann, weiß ich nicht. Sie werden sich unserer Rückkehr widersetzen und werden versuchen, uns zu vernichten. Es kann keinen zweiten Rückzug geben. Aber was sind sieben gegen so viele? Was ist eine Gruppe, die noch nicht ganz ein Rudel ist, gegen einen der ältesten Stämme der Wolfheit, der tatsächlich aus vielen Rudeln in den Karpaten gebildet wird, deren wahre Stärke wir noch nicht gesehen haben? Die Antwort lautet: Ich weiß es nicht. Aber ich habe eine Vision, und die möchte ich mit euch teilen, wie ich es vielleicht schon eher hätte tun sollen. Wir wissen, daß die Wolfheit ihrem Ende sehr nahe ist. Die Menschen haben uns zu Fall gebracht, unsere Schwächen und der Verlust unserer Erinnerungen und unserer Lehre ruinieren uns. Meine Leitwölfin, Elhana, kam von einem Rudel, das – nach dem, was sie erzählt – nur noch ein kümmerlicher Rest dessen ist, was es einst gewesen war. Ihr Vater Ambato sah diesen Niedergang voraus. Er sah ebenso, wie wir alle es auf unterschiedliche Weisen gesehen haben. Falls es überhaupt eine Zukunft für die Wolfheit gibt, dann muß sie dort liegen, wo alles begonnen hat: im Herzland, im Schatten des sagenhaften Wulfsfelsens. Du, Tervicz, kommst auch von einem Rudel, das fast verschwunden ist. Und du, Lounel, bist der allerletzte deiner Sippe. Auf den hohen Causses des französischen Zentralmassivs gibt es keine Wölfe mehr. Von Aragons Geschichte haben wir jetzt alle gehört und wie er – wie ich selbst – auf Wulfs Ruf geantwortet hat. Wulf, dessen Stimme im Wind oder im Poltern eines herabstürzenden Felsens erklingt und dessen Augen im Licht über den Wassern sind. Was dich angeht, Morten, und deinen Bruder Stry, die ihr näher am Herzland geboren seid als wir alle und die ihr abschätzig über die madjarischen Wölfe denkt, bereit, der armseligen Führung zu folgen, die ich euch bis jetzt zuteil werden ließ – ihr wißt soviel über den Niedergang wie jeder von uns. Über meine eigene Geschichte will ich nur dies sagen. Die Sippe meiner Mutter kam ursprünglich von der Petschora in Nordrußland, mein Vater war ein lappischer Wolf. Beide stammten aus Gemeinschaften von Wölfen, die wie alle viele Generationen lang unter den Händen und Gewehren der Menschen gelitten hatten. Aus diesem Leiden wie aus der nordischen Landschaft kommt Schweigen, nicht Reden, Gedanke vor der Handlung, vielleicht zu wenig von dem, was die meisten in einem Rudel sich wünschen. Aber so ist es, so ist es, und so bin ich.«

Er schaute sie ernst an und schien irgendwie durch seine eigenen Worte gealtert zu sein, wie die Wolfheit gealtert war und sich vor den schweren, langsam vergehenden Jahrhunderten gebeugt hatte, die das Erbe eines jeden Rudels und Stammes waren. Sie waren alle still und stumm. Jeder entnahm Klimts Worten, was jeweils seiner Geschichte und seinen Neigungen entsprach.

Elhana war am stillsten und schweigsamsten von allen. Ihre Augen drückten etwas von der Überraschung aus, die sie empfand, je mehr Klimt sprach, denn sie hatte gedacht, hinter seinem Schweigen sei ein kalter Sinn und ein unfreundliches Herz. Je mehr er redete, desto deutlicher sah sie, daß da ein Mut war, den sie nicht verstanden hatte, wie auch der besessene Antrieb, den sie spürte, und eine Empfindsamkeit gegenüber der Vergangenheit, die Klimt eine klare Entschlossenheit für die Zukunft gab. Es war die

Gegenwart, mit der er Probleme hatte! Die Spur eines Lächelns erwärmte ihre Augen, und sie blickte zu Aragon, der sie anschaute. Sie blickte schnell wieder weg. Hatte er das Lächeln gesehen? Verstand er es? Doch in diesem Augenblick klopfte ihr Herz schneller, und sie war verwirrt: Respekt und Bewunderung für den einen, Liebe und Verlangen für den anderen.

O Aragon, Wolf aus dem wilden Iberien, voller Sonne und heroischer Träume und mit einem verführerischen Stolz …

O Klimt, mein rechtmäßiger Rudelführer. Respekt, aber keine Liebe. Pflicht, aber keine Freude. Entschlossenheit, aber keine … Sie dachte ›Leidenschaft‹, aber das wäre nicht fair gewesen. Er spürte eine Leidenschaft, eine grimmige nordische Leidenschaft, die so ganz anders war als die wilden, wärmeren Leidenschaften von Wölfen wie Elhana und auch wie Aragon, die aus den sonnigeren, trockeneren Ländern des Südens stammten.

Hatte sie wirklich die Stärke, für einen solchen Wolf die Leitwölfin zu sein? Sie zitterte ängstlich und wünschte, es wäre eine andere Fähe hier, die ihr diese Aufgabe abnehmen würde. Aber selbst da hatte sie Zweifel, was es wohl sei, das Klimt von ihnen verlangen würde.

Klimt runzelte die Stirn und schwieg eine Zeitlang. Plötzlich wirkte er abweisend. Zwar war Sommer, aber in seinen Augen war Eis.

»Ihr wißt, daß Lounel glaubt, er sei dem Wulfsfelsen nahe gekommen. Ambato ist vielleicht gegangen, ihn zu sehen. Wir wissen es nicht. Der Ort ist irgendwo oberhalb des Sees, wo wir erfolgreich den Madjaren ausgewichen sind, als wir uns zum ersten Mal Zänker und Dendrine und den übrigen stellten. Aber für das, was ihr nach meiner Entscheidung als nächstes tun sollt, ist es wichtig, daß ihr euch alle im klaren darüber seid, was es war, das Lounel seiner Meinung nach gesehen hat, und auch über andere Dinge, von denen er nur zu mir gesprochen hat. Lounel …«

Er wandte sich Lounel zu, doch einer oder zwei von ihnen – Aragon vielleicht, sicher Tervicz und Lounel selbst – dachten, worauf auch immer Klimt hinauswollte, es war wahrscheinlich etwas, das sie nie hätten voraussagen können. Da er sagte: »was ihr nach meiner Entscheidung tun sollt ...«, schien er sich selbst nicht einzuschließen. War das möglicherweise seine Absicht? Nein, das war nicht möglich.

»Lounel ...« sagte er erneut und widersprach solchen Gedanken.

Lounel seufzte, denn er sprach nicht gerne vor einer Gruppe. Er blickte gern in die Augen eines einzigen Wolfes, wenn er sprach, und eine Gruppe besaß nicht ein Paar Augen und auch nicht ein einziges Herz und nicht einen einzigen Sinn.

Also seufzte er und sagte: »Es stimmt, daß ich vielleicht dem Wulfsfelsen nahe gekommen bin, und es stimmt auch, daß ich nicht versuchte, mich weiterzuwagen und ihn zu sehen. Das überrascht manche von euch, ich weiß. Falls wir zu dem hohen Ort zurückkehren, wo sich vielleicht der Wulfsfelsen erhebt, dann könntet ihr dort eure eigenen Wege suchen, und ihr werdet meine Schwierigkeit verstehen. Einige Orte sind schwerer zu erreichen, je näher man ihnen kommt, und falls nicht, dann sind sie es nicht wert, daß man sie besucht! Aber wißt dies: Es gibt bereits einen Wolf, der in jener Gegend lebt. Vielleicht mehr als einen.«

Auf diese Worte hin gab es ein aufgeregtes Gemurmel, denn zuvor hatte er nichts davon erzählt.

Lounel nickte und fuhr fort: »Wirklich. Es gab Skelette und Überreste von Kaninchen als Beweis. Und Abdrücke von Wolfspfoten im schlammigen Geröll unterhalb von zerklüfteten Klippen, unter deren Überhängen sich ein Vagabund gut verbergen könnte. Oder eine Mutter, die Junge aufzieht ...«

Auf diese Enthüllung hin gab es noch mehr Gemurmel. Lounel sagte solche Dinge nicht aus Effekthascherei.

»Ich ging meinen Vermutungen nicht auf den Grund, was einige von euch enttäuschen wird. Ich hielt es für unklug. Ein Wolf würde sich nur aus sehr guten persönlichen Gründen in einer solchen Gegend verstecken. Es lagen Schatten über den Pfotenabdrücken, die ich sah, und zwischen den Felsen, zu denen sie führten, herrschte Dunkelheit. Ich hielt es für das beste, sie in Ruhe zu lassen. Der zerklüftete Ort, durch den Ambato mich führte, als wäre er schon viele Male zuvor dort gewesen, ist nur ein Vorspiel zum Wulfsfelsen. Dort sind ohne Zweifel schon viele Wölfe gewesen. Es ist ein Ort, den das Hell und Dunkel von Wulfs und Wulfins Leben berührt hat. Eines weiß ich. Es ist ein Ort, der leicht bewacht und deshalb leicht verteidigt werden kann. Es ist ein Ort, wo es viel Nahrung gibt, obwohl Kaninchen langweilig werden können. Die Raben überfliegen ihn, was ein gutes Zeichen ist und auf seine Heiligkeit hinweist, denn meine Mutter pflegte zu sagen, Raben seien die Schatten von Wulfs und Wulfins Wünschen: geheimnisvoll, unerreichbar für uns, veränderlich, verwirrend, vor und nach den Leben von Wölfen. Doch sollten Wölfe dorthin gehen? Ich glaube, ja. Riskieren dabei Wölfe etwas? Ich meine, ja. Die madjarischen Wölfe haben das ganze dunkle Jahrtausend gehabt, um dorthin zu gehen, und sie haben es nicht getan. Jetzt ist die Zeit gekommen, daß andere Wölfe es versuchen. Sind wir diese Wölfe? Du, Stry, und du, Morten? Wir alle? War Ambato einer dieser Wölfe?«

Lounel drehte und wandte seinen Kopf, als wollte er die Antwort irgendwo in der Luft suchen, dann zuckte er mit den Schultern, wandte sich um, wandte sich wieder zurück und seufzte schließlich.

»Ich weiß dies: Die Götter haben Ambato dorthin geführt, und danach wollte er zurückgehen. Ambato hat mich dorthin geführt, und ich will zurückgehen. Ich werde euch dorthin führen. Ambato, Lounel ... und jener Wolf, der sich dort in den dunklen Höhen herumtreibt – das sind einzelne Wölfe. Aber wir, wir sind etwas anderes. Ein Rudel, das durch die Zeit hindurch geschaffen wurde. Was, Klimt? Sind wir das? Von der Zeit bedrängt?«

Er war mit seiner Rede am Ende, aber nicht mit seinen Gedanken. Lounel folgte seinen Worten mit einem seltsamen gemurmelten Schweigen, in dem er inmitten der anderen auf seine Hinterkeulen sank und an seinen Pfoten knabberte, als müßten sie von irgendeinem Schmutz gereinigt werden, durch den er gegangen war. In einem gewissen Sinn stimmte dies. Denn woran Lounel sich erinnerte, aber wovon er nicht sprach, war, daß er in den Höhen mehr als Schatten gesehen hatte. Er hatte zwei Wölfe gesehen.

Der eine war die hagere Dendrine, die Leitwölfin der Madjaren, die über ihm stand, still wie der Tod. Nur ihr brandiger Pelz wurde von Aufwinden in diese oder jene Richtung gezaust, wie das verfilzte Haar von Schafen am Ende des Sommers.

Der andere war ein gut herangewachsenes Wolfsjunges – gut gewachsen, aber mißgebildet. Dieses Geschöpf starrte leidenschaftslos auf Lounel herab. Seine milchig blauen Augen waren nicht das Geringste an seinem ganzen Körperbau, was häßlich und seltsam war. Die Beine zu lang, der Pelz schief, die Hinterkeulen dick, der Schwanz noch dicker, der Kopf wie ein geschmolzener Fels, der asymmetrisch geworden war, als er erstarrte. Das Maul offen. Aber die Augen … erschreckend in ihrer blauen Direktheit.

Lounel erkannte Bosheit, wenn er sie sah, und er erkannte sie gut. Er wußte, daß er in diesen beiden Augen Bosheit sah. Das Wolfsjunge hatte sich von ihm abgewandt und bellte einen Befehl, der bei einem so jungen Wolf seltsam brutal klang. Lounel sah – oder glaubte zu sehen – ein anderes Junges, dünn und schmächtig, wie ein Sprößling, der von größeren Bäumen eingeschlossen war. Dieses Junge, dieses arme Ding, schleppte sich durch Lounels Blickfeld, sein Rücken war eine offene Wunde, sein Gang berichtete von tiefem Leiden. Warum wurde ihm erlaubt, so etwas zu sehen? Lounel wußte es nicht, außer daß Bosheit nichts ohne Absicht zeigt, und da die Bosheit von Angst lebt, war sein Zweck vielleicht die Erzeugung von Angst.

Diese Dinge hatte Lounel gesehen, aber er sprach darüber nicht zu Klimt oder irgendeinem anderen Wolf. Er dachte daran und machte sich Sorgen, knabberte und rieb an seinen Pfoten, um endlich eine Bedeutung zu finden, aber es gelang ihm nicht. Er blickte auf und wurde sich bewußt, daß er vergessen hatte, wo er sich befand. Mit einem Husten und einer Entschuldigung erhob er sich und sprang davon zum anderen Rand des Rudels. Er sagte nichts mehr.

Während Klimt sie eingeschüchtert hatte, ließ Lounel sie

sehr verwirrt zurück. Sie waren sich jetzt der Schatten und Bedrohungen bewußt, die in seinen gesprochenen Worten nicht zur Sprache gekommen waren. Danach sprach lange Zeit keiner, alle waren ruhelos und nervös. Keiner begegnete dem Blick eines anderen, alle merkten, daß sie sich bemühten, Dinge zu sehen, die sie nicht beschreiben konnten.

»Also ...« fuhr Klimt schließlich fort, »ich denke, die Zeit ist gekommen, zurück ins Herzland zu ziehen. Zurück, um zu versuchen, den Ort zu besetzen, an dem Lounel schon gewesen ist. Aber nehmt nicht an, daß der Wulfsfelsen selbst unser Ziel ist oder daß ich euer Anführer wäre ...«

Diese Worte riefen ein Gemurmel hervor. Nicht der Anführer? Welcher Anführer würde so etwas sagen?

»Nehmt nichts an. Wir sind noch nicht, was ich für ein Rudel halte. Es ist die Zeit unseres Kommens, und vielleicht sind wir noch nicht alle hier. Wir sind ein Rudel, das im Entstehen begriffen ist, mit einer Bestimmung, die wir noch nicht beschreiben können. Ambato ist gekommen und hat uns den Weg gezeigt, den wir vielleicht gehen können. Andere werden uns zeigen, wie wir noch näher herankommen. Und wir, die wir hier versammelt sind, ängstlich, unsicher, bis jetzt eher vertraut mit Mißerfolg und Flucht, mit nichts anderem vorzuweisen als Zweifeln und Träumen, wir ... sind ... kein ... Rudel. Was mich selbst betrifft, so glaube ich, es ist am besten, wenn ich einstweilen nicht mit euch weiterziehe ...«

Hierauf erhob sich plötzlicher Protest gegen den Kurs, den er schon angedeutet hatte. Er hob eine Pfote und gebot Ruhe.

»Nein, nein. Ich darf nicht. Mir entgeht nicht, daß es in diesem Rudel, wie vermutlich in jedem, Spannungen und unerfüllte Wünsche gibt. Ich bin mir nicht sicher, daß ich der richtige Anführer bin oder Elhana die richtige Leitwölfin. Wir sind durch Zufall zusammengekommen, und ich habe aufgrund des Rechtes des Zuerstgekommenen die Führerschaft über euch angenommen. Es stimmt, Morten, du hast mir die Ehre gewährt, mit mir um Elhana zu kämpfen, aber ... die Dinge haben sich gewandelt.«

Er schaute Aragon an, und dann blickte er bedeutungsvoll

auf Elhana. Er lächelte leicht, vielleicht ein wenig wehmütig, und dann schüttelte er leicht den Kopf.

»Ich weiß nicht, ob ein Anführer und eine Leitwölfin einander lieben sollten. Ich weiß, daß meine Mutter meinen Vater geliebt hat und daß in dieser Liebe das Herzland unseres kleinen Rudels lag. Ich weiß auch, daß es erfolgreiche Rudel gegeben hat ohne Liebe zwischen den beiden führenden Wölfen – in der Tat Rudel, die ohne eine solche Liebe besser waren. Aber was mich selbst angeht, ich bin an Liebe gewöhnt. Nun sage ich nicht, daß ich keine Liebe für Elhana empfinde, weit entfernt ... Aber ich weiß, was sie für mich empfindet und was sie für einen anderen empfinden könnte. Ich weiß nicht, was das Beste für die Wölfe der Zeit ist. Liebe? Pflicht? Alte Lehre? Neue Lehre? Ich weiß es nicht. Deshalb habe ich beschlossen, die Führerschaft an einen anderen abzutreten und einige Zeit allein zuzubringen. Mein letzter Befehl an euch als euer Anführer ist, meinem Rat zu folgen: Sucht den Ort, den Ambato gefunden hat, und macht ihn euch zu eigen. Wählt einen neuen Anführer. Entdeckt Liebe, wenn es sie gibt. Tut dies ohne List. Ich werde einige Zeit allein wandern, und ich werde Führung suchen, die ich in der Erde und in den Sternen, im See, im fließenden Wasser und im flüsternden Wind finden kann. Dann werde ich auch frei sein zu tun, was ich in jener Nacht hätte tun sollen, als wir aus der Felsenrinne flohen: Als Anführer hatte ich das Rudel in Sicherheit zu führen. Als Vater und nichts anderes kann ich jetzt zurückgehen und versuchen, mein Junges zu finden und auch Jicin. Wir haben sie in die Zuflucht unseres Rudels aufgenommen. Wir haben bei ihrem Schutz versagt.«

»Aber, Klimt, Anführer ...« begann Morten.

Klimt schüttelte langsam den Kopf.

»Das muß ich allein tun. Ich werde versuchen, die Wahrheit darüber herauszufinden, was geschehen ist, und versuchen, das Junge und Jicin zu finden. Ich ziehe es vor, dies allein zu tun. Ihr werdet die Wahrheit über jene anderen Dinge herausfinden, von denen ich gesprochen habe. Aber wißt dies: Wenn ich es nach Abschluß meiner Suche für klug halte, zurückzukehren, dann werde ich es tun. Und wenn ich es für klug halte, um die Führerschaft zu kämpfen, dann werde ich auch das tun. Und wenn ich damit Erfolg habe, dann wird es kein Gerede und keine Gedanken mehr geben, keine verstohlenen Blicke, keine heimlichen Gelüste oder verbotene Liebe. Welche Fähe auch immer Leitwölfin sein wird, wenn ich zurückkehre, falls Wulf mir gewährt, daß ich die Führerschaft wieder an mich bringen kann, dann werde ich dieser Wölfin dienen, und ich werde erwarten, daß sie mir mit Loyalität dient, mit Pflichtgefühl, mit Sorgfalt und schließlich mit all der Liebe, die Wulfin gewährt, bis zu dem Tag, an dem ich sterbe oder meine Führerschaft aufgebe. Das gelobe ich. Denn wahrlich, das Rudel, das ich zu führen wünsche, sollte einen Leitwolf und eine Leitwölfin haben, die einander so treu ergeben sind, wie mein Vater und meine Mutter es waren. Noch eins: Ich bin mir nicht so sicher, wer unsere Feinde sind ...«

»Die Madjaren!« sagte Stry.

»Die Menschen!« sagte Morten.

»Nicht wir selbst?« flüsterte Klimt. »Nun, ich weiß es nicht. Also, jetzt muß ich eine Weile ohne euch wandern, und ich erwarte eigentlich nicht, daß ich euch wiedersehe. Ich sehe Schatten, die mir Angst einjagen. Als ich jung war und zum ersten Mal sah, wie ein Schneesturm über die flache Ebene nördlich der Ostsee auf mich zufegte, hatte ich ebenso Angst, tödliche Angst, obwohl mein Vater an meiner Seite stand.

›Du zitterst ja, Wolf‹, sagte er. ›Wovor hast du Angst?‹

›Ich weiß es nicht‹, erwiderte ich, ›ich weiß es nicht.‹

Jetzt habe ich erneut Angst und weiß nicht, warum. Aber ich kann mich von dem nicht abwenden, was ich kommen sehe. Ich begreife nicht, warum ich denke, daß vielleicht wir es sind, die kommen. Ich habe Angst und will nichts anderes vorgeben. Ich bete darum, daß ich das Junge finden möge, das wir verloren haben und das ich aufgegeben habe. Ich bete darum, daß du, Elhana, bis jetzt meine Leitwölfin, die Liebe findest, nach der du dich sehnst, und die Führerschaft, die du suchst. Ich bete für alle von uns, für uns Wölfe der Zeit.«

Wie er es getan hatte, wußten sie nicht, aber die Wölfe, die Klimt zuhörten, sahen vor sich nicht den riesigen, gefährlichen Wolf, gegen den bei ihnen eine Abneigung zu wachsen begonnen hatte und den sie zu verlassen gewünscht hatten, sondern einen Wolf, der nicht mehr war als ein Junges, das dastand und nur einen Schatten von einem Vater zum Schutz hatte und das jetzt, was immer sie entscheiden mochten, den Mut aufgebracht hatte, allein gegen den kommenden Schneesturm loszuziehen. Mehr noch, sie sahen einen wahrhaftigen Wolf, der würdig war, ihrer aller Führer zu sein.

Sie wollten auf unterschiedliche Weise viel sagen, aber Klimt war ihnen allen zuvorgekommen. Er wandte sich dem Moorland zu und suchte sich dann langsam seinen Weg hangabwärts zwischen dem Heidekraut und den Torfbuckeln. Dabei warf er nur ganz kurze Blicke auf sie zurück. Einen so einsamen, mutigen und edlen Wolf hatte noch keiner von ihnen gesehen.

Aber noch mehr als das …

Als Klimt verschwunden war, sah Lounel als erster, was Elhana und Aragon taten. Sie blickten einander an, verstohlen, mit einem Blick der Liebe und der Möglichkeit ihrer Erfüllung.

Da wußte Lounel sicher, was er seit langem schon vermutet hatte, nämlich daß Klimt von Tornesdal nicht nur edel und mutig war, sondern auch klug.

»Komm zurück«, flüsterte Lounel in den Wind, »komm zu uns zurück, wenn du entdeckt hast, was du suchst …«

KAPITEL 2

Das Rudel beginnt eine unbehagliche Reise ins Herzland und erkennt, daß es nicht leicht ist, Klimt zu ersetzen

Die Wölfe fanden, daß sich das Moorland sehr verändert hatte, seit sie früher im Jahr vor den Madjaren und dann, nach dem Verlust ihrer Jungen, direkt aus dem Herzland durch dieses Gebiet geflohen waren.

Damals hatte der Frühling gerade sein Ende erreicht, und alles war frisch gewesen und hatte vor neuem Leben vibriert. Über dem Moorland und den Talhängen war die Schnepfe am Himmel dahingetaumelt und hatte ihre Paarungslaute getrommelt. Die Hirsche hatten, gereizt wegen ihrer Hirschkühe, ihren Harem ins hohe Geröll hinaufgeführt und ihren Ärger und ihre Lust von den Tälern der Vorgebirge hinausgebrüllt.

Jetzt, Monate später, hatte die Lerche die Schnepfe ersetzt und trillerte auf einem hellen Wind gegen den blauen Himmel, und die Hirschrudel bildeten jetzt, von entspannteren Hirschen angeführt, größere Herden. Ihre Felle hatten eine warme Tarnfarbe angenommen, und ihre Jungen, die einst verborgen gewesen waren, bewegten sich jetzt flink und närrisch im milden Wind.

Der Hochsommer war gekommen. Die Vegetation war jetzt wirr und zerzaust. Das Wollgras war weiß und schwankte im Wind, während hier und da die Gräser und Binsen schon in das trockene und stumpfere Grün verblaßten, das im September gelb und fahl-beige werden würde. Das Gras, jetzt verfilzt und unordentlich, würde bald auf dem trockenen Boden und Fels ausdünnen, während Käfer und Ameisen und Einsiedlerbienen zu sterben oder sich zum Schlaf einzugraben begannen. Ihre Frühlings- und Sommerarbeit war getan, und ihr Leben setzte sich in neuen Generationen fort, während sie alt wurden, bereit, wieder zu der Erde zurückzukehren, die sie hervorgebracht hatte. Einstweilen waren die einzigen Hinweise auf dieses Austrocknen, auf diesen bevorstehenden herbstlichen Niedergang, die Art, wie die Grasstengel miteinander flüsterten und im Wind raschelten. Die Alpenblumen waren zum größten Teil verschwunden, wenn auch die warme und noch wohlriechende Luft manchmal ihre schwebenden Samen dahintrug.

Über diese verwandelte Landschaft begannen die Wölfe, unruhig seit Klimts Weggang, ihre Reise. Sie ließen sich Zeit, benutzten die beste Deckung, die sie finden konnten, und machten oft halt in den Felsenrinnen und Mulden, die sie unterwegs fanden. Sie ruhten sich während der helleren Tage aus, bis die Abenddämmerung kam oder die ersten Stunden nach Tagesanbruch ihnen größere Freiheit gaben.

Wenn er auch nur eine halbe Chance hat, dann wird ein Rüde versuchen, seinen Traum von der Führung anderer zu verwirklichen. Das Rudel hatte jetzt wenigstens zwei Rüden – Morten und Aragon –, die solche Hoffnungen hegten.

An diesen frühen Tagen ihrer Reise führten sie Geplänkel um die Macht, was bedeutete, daß das Rudel nur langsam und umsichtig voranzog, da es die Wichtigkeit der Entscheidung dieser Frage anerkannte. Es war am besten, herauszufinden, wer das Rudel führen sollte, bevor sie Schwierigkeiten mit den Madjaren bekamen.

Unter diesen Umständen übernahm Lounel die Rolle des Routenfinders und Wegweisers, während die anderen untereinander Klarheit schufen, was Sinn machte, da er ja vom See zurückgekommen war, der, wie jetzt alle wußten, der Schlüssel auf der Suche nach dem Wulfsfelsen selbst war. Lounel war völlig zufrieden damit, getrennt von den anderen Rüden sich hinzulegen und auszuruhen, während sie sich zankten und stritten und Aragon und Morten einander abschätzten, balgten und etwas zwickten und einen Weg herauszufinden begannen, wie sie entscheiden sollten, wer führen würde.

»Nun, ich muß zugeben«, gestand Tervicz Lounel an einem faulen Nachmittag, »daß es langweilig wird. Wenn wenigstens der eine oder andere richtig loslegen würde, aber … na ja … sie sind halt ebenbürtig.«

»Wer?«

»Aragon und Morten. Wir alle wissen, wen Elhana als Anführer haben möchte, aber was eine Leitwölfin haben möchte, ist nicht immer das, was sie bekommt, wie Klimt bewiesen hat. Es ist schade, daß er fort ist. Glaubst du nicht auch, daß er nicht mit solchen Zänkereien und Raufereien herumblödeln würde, oder?«

Lounel lächelte.

»Und wen möchtest du als Anführer haben?«

»Von diesen beiden? Aragon!« sagte Tervicz prompt. »Erstens würde ich am meisten zu leiden haben, wenn Morten die Führung übernimmt. Er würde nicht mehr mit mir reden können, wie er es gewöhnlich tut. Ich würde einen Freund verlieren, wie ich in Klimt einen Freund verlor, als das Rudel größer und er der Anführer wurde ...«

Lounel sah in Tervicz' Augen Wehmut gemischt mit Unzufriedenheit.

»Und zweitens?«

»Ich sage es nicht gern, aber ich glaube, Aragon bietet dem Rudel als Führer bessere Chancen. Ich hatte immer das Gefühl, daß er sich aus Achtung vor Klimt zurückhielt. Morten andrerseits hatte seine Chance, und Klimt hat ihn besiegt. Was Morten angeht, so kann das Rudel sich auf ihn als Rudelmitglied verlassen, weil er loyal und hartnäckig ist und seinen Unternehmungsgeist einsetzen kann. Aber als Rudelführer ... Nun, dafür ist er vielleicht nicht flexibel genug.«

»Du hast darüber schon etwas nachgedacht«, sagte Lounel langsam.

»Du mußt dich daran erinnern, daß ich von einem echten Anführer großgezogen wurde, selbst wenn ich ihn nicht immer mochte. Mein Vater Zcale ...«

Lounel nickte. Tervicz hatte ihm die Geschichte seiner Erziehung erzählt und oft mit viel liebevollem Respekt von Zcale gesprochen.

»... und dann habe ich wiederum Klimt etliche Monate gedient, bevor ihr anderen des Weges kamt, und ich habe von ihm eine Menge darüber gelernt, was ein Führer sein kann und nicht sein kann. Es ist keine einfache Aufgabe, ein Rudel zu führen.«

»Und was denkst du jetzt über Klimt, da er uns verlassen hat?«

»Ich bin verwirrt und enttäuscht. Ich dachte, er sei ein besserer Führer, aber ... aber ...«

»Aber was, Wolf?«

»Vielleicht ...«

»Vielleicht was?«

Der Augenblick ging vorüber, und Tervicz sprach seinen Gedanken nicht aus, doch Lounel entging nicht, wie er zu Aragon hinüberblickte, der steif dastand und Morten aggressiv anstarrte, und dann zu Elhana. Sie wußten beide, warum Klimt fortgegangen war und wie klug er gewesen war, die Dinge jetzt ihren Lauf nehmen zu lassen. Liebe, so hoffte Klimt vielleicht, wenn er an Aragon und Elhana dachte, hatte ein kürzeres Leben als die Pflicht, wenn er an sich selbst dachte und an die Anforderungen, die ein solcher Anführer wie er zu gegebener Zeit gezwungenermaßen sowohl seiner Leitwölfin wie seinem Rudel würde stellen müssen. In seiner Abwesenheit konnten Liebe – und Lust – um so schneller ihren Lauf nehmen.

»Aber glaubst du, daß er zurückkommen wird?«

»Ich hoffe es, Lounel«, sagte Tervicz inbrünstig.

Sie zogen im allgemeinen nach Nordosten und wären schneller vorangekommen, wenn sie nicht hätten nach Nahrung jagen müssen und nicht schon früh auf madjarische Fährten und Duftmarken gestoßen wären.

Stry drückte es so aus: »Wenn er nur eine halbe Gelegenheit hat und selbst wenn er von einem Dutzend Feinde verfolgt wird, pinkelt ein Madjare auf jeden Felsen, an dem er vorbeirennt, einfach um zu sagen, daß er da gewesen ist.«

Sie trafen einige Male auf solche Fährten und Markierungen und auch auf die von ein paar einzelgängerischen Wölfen. Ebenso wurde das Rudel von einem Wolf beschattet, den sie nur in der Entfernung sahen und der sich ihrer Verfolgung entzog. Ein kluger Wolf, dunkel und groß. Sie sahen ihn am besten, als Morten und Stry mit einem schlauen Manöver ihn zwangen, auf seiner Flucht über einen Gebirgspaß ein Schneefeld zu überqueren.

»Riesengroß«, sagte Aragon, als er auf die Pfotenabdrücke schaute. Dabei war er selbst kein kleiner Wolf.

»Groß genug«, gab der drahtige Tervicz zu. »Schade, daß er uns ausweicht.«

»Wir haben Rüden genug, Tervicz«, sagte Aragon, der angesichts der ungelösten Frage der Führerschaft die Dinge nicht zu komplizieren wünschte.

»Fall wir gegen die Madjaren überleben, werden wir alle Hilfe brauchen, die wir bekommen können. Und überhaupt ...« fügte Tervicz schelmisch hinzu, »er sah meiner Meinung nach so aus wie einer, der zur Führerschaft taugt!«

»Uns fehlen Fähen ebenso wie Rüden!« sagte Elhana, die ihr Gespräch mitbekommen hatte. »Deshalb war Jicins Verschwinden ein echter Verlust. Aber vielleicht ist der beste Weg, unsere Zahl zu vergrößern, ob durch Rüden oder durch Fähen, die Fortpflanzung. Junge bringen ein Rudel zusammen. Mangel oder Verlust von Jungen entzweit ein Rudel.«

Den anderen entging nicht, wie sie bei diesen Worten Aragon einmal oder zweimal anblickte. Und sie bemerkten auch, wie dies ihm einen besonderen Ansporn zu geben schien, die Führerschaft zu erringen. In seinem Benehmen lag jetzt eine fast glühende Leidenschaft, und er würde schwer zu besiegen sein.

So blieb auch weiterhin alles gespannt, wie die Schwüle, die einem Sommergewitter vorausgeht. Die Belastung wurde allmählich untragbar.

Elhana erwies sich als geschickte und erfahrene Leitwölfin, die wußte, wie sie ihren Willen durchsetzte. Sie sagte: »Wir sollten wie ein Rudel vorgehen, das sein neues Revier sucht, und weniger wie eines, das seinen eigenen Schwanz jagt.«

»Du glaubst, das Revier hier in der Gegend liegt brach und wartet nur darauf, daß die Wölfe der Zeit auftauchen und es besetzen, so wie Kaninchen einen Dachsbau übernehmen?« fragte Tervicz. »Immerhin suchen wir nicht bloß ein Revier – sondern ein Revier in der Nähe des Wulfsfelsens.«

»Ich glaube, daß Wulf und Wulfin uns zum richtigen Ort führen werden«, sagte Elhana vorsichtig. Sie hatte keine Lust auf einen offenen Streit.

»Vielleicht werden die Götter uns führen«, sagte Tervicz, »vielleicht auch nicht. Inzwischen sind wir wieder im Herzland, und da wir wissen, was wir den Madjaren antun, ist es gewiß nur eine Frage der Zeit, bis wir aufgespürt und angegriffen werden. Ich wollte damit sagen, wenn das mal eintritt, dann werden wir uns sicher wünschen, daß dieses Monstrum von einem Vagabunden, das wir gesehen haben, auf unserer Seite ist.«

Sie sahen denselben großen Wolf noch einige Male, und einmal stand Stry ihm von Angesicht zu Angesicht gegenüber – über einen rauschenden Gebirgsbach hinweg. Selbst da war es schwer, den anderen deutlich zu sehen, denn er zeigte sich nicht ganz, aber er war riesengroß, wie Aragon es ausgedrückt hatte, struppig und hatte viele Narben im Gesicht.

»Ich sage nicht, daß er häßlich ist, nicht einmal besonders bedrohlich, aber vielleicht gab er sich große Mühe zu lächeln!« berichtete Stry in seiner lässigen Art. »Er schien auf mich so neugierig zu sein wie ich auf ihn, aber auch vorsichtig, denn ich mußte nur zwinkern, damit er verschwand. Ich habe keine Ahnung, wohin er gegangen ist, denn er war schon in der einzigen Deckung gewesen, die es dort gab. Eindrucksvoll. Einer für unser Rudel, wie Tervicz schon gesagt hat, und jetzt stimme ich ihm zu. Trotzdem ...«

»Trotzdem?« sagte Lounel ruhig.

»Trotzdem war ich froh, daß zwischen mir und unserem brutal wirkenden Freund ein Wasserlauf war«, sagte Stry mit einem selbstironischen Grinsen.

Dieser Vagabund hätte vielleicht auf sie noch einen größeren Eindruck gemacht, wenn es darüber hinaus nicht einige andere Vagabunden gegeben hätte, mit denen sich ihr Gespräch beschäftigte. Die meisten waren jünger und ließen sich an der Peripherie des Rudels auf Geplänkel ein, bevor sie den Mut verloren und sich aus dem Staub machten.

Einer, sicher ein junger madjarischer Vagabund, griff Stry

an und bekam für seine Unverschämtheit Prügel, bevor er davonrannte.

Stry war froh über diese Begegnung, denn seit der Verwundung durch den Menschen hatte er etwas von seinem kämpferischen Selbstvertrauen verloren. Jetzt hatte er es zurückgewonnen. Er schien eine Nase dafür zu haben, herauszufinden, wo sich Fremde aufhielten.

»Es ist schade, daß er verduftet ist, denn sicher kehren solche Wölfe zu ihrem Rudel zurück und gewinnen Respekt, weil sie ein Rudel wie das unsere gesichtet haben. Vielleicht hat Zänker solche Wölfe als Kundschafter ausgeschickt, um Informationen zu gewinnen.«

Morten schüttelte den Kopf. »Das hat er vielleicht getan, aber denk dran, es ist Hochsommer. Junge sind großgezogen worden, alte Wölfe sind gestorben, es gibt reichlich Beute, und es ist die Zeit, da Vagabunden umherschweifen. Haben wir nicht auch unsere eigene Kletterei über die Pässe der Tatra in dieser Jahreszeit begonnen, Stry?«

Es gab noch andere Vorfälle zu bedenken. Eines Nachts ertönte ein Geheul in einem Teil des Moorlandes, den sie während des Tages durchwandert hatten, wobei sich alle sicher gewesen waren, daß ihnen ein Wolf folgte. Aus diesem Grund waren sie auf der Hut gewesen und hatten eine doppelte Wache aufgestellt. Doch das Geheul kam von einer einzelnen Fähe, und sie hatten sie schon zuvor gehört, konnten sie aber nie ganz aufspüren. In dieser Nacht war es, als heulte sie nicht, um Wölfe anzuziehen und mit ihnen Kontakt aufzunehmen, sondern eher als Zeichen, daß sie wußte, daß das Rudel da war, aber sie sich dafür entschieden hatte, ihre eigenen Wege zu gehen.

Wie die Dinge standen, kam der erwartete Angriff etwa zwei Wochen, nachdem sie ihre langsame, verschlungene Wanderung zu dem See begonnen hatten. Als er kam, wünschten sie alle, sie hätten die Frage der Führerschaft schon längst gelöst. Aber manchmal ist eine Krise notwendig, um die Luft zu reinigen und die Wölfe zur Vernunft kommen zu lassen.

Der Hinterhalt der Madjaren war brillant eingefädelt.

Zwei Tage hindurch hatte über dem Moorland die letzte Hochsommerhitze gebrütet. Während die fernen Hügel und Berge im Dunst schimmerten, summten an den Seeufern, wo das Wasser gesunken war, Fliegen und Wespen auf der Suche nach Feuchtigkeit und Kühle. Die Wölfe empfanden das gleiche Bedürfnis, und da sie immer noch keinen Rudelführer hatten, waren sie weniger streng mit Wachehalten, als wenn Klimt dagewesen wäre.

Was immer der Grund war und wer auch immer schuld hatte, auf jeden Fall fand sich Morten plötzlich einem anscheinend einzelgängerischen Madjaren gegenüber, und zwar ein Stück entfernt von der Stelle, wo das Rudel faulenzte. Er hatte keine Chance, sich zurückzuziehen, bevor der Wolf wild auf ihn losging, ihn biß und umwarf und ihn von der Sicherheit der anderen davonzog.

So ging nicht nur Zeit verloren, bevor Morten ein warnendes Gebell ausschicken konnte, er fand sich auch weiter von den anderen weg, als er ohne klare Rückzugsroute hätte sein sollen. So konnten die anderen, als die Warnung kam, nicht ganz sehen, was nicht stimmte, und anstatt auf wohlbemessene Weise und vorsichtig zu reagieren, erhoben sich Stry und Tervicz, liefen zum Rand der Bodensenke, in der der See lag, hielten im dunstigen Moorland Ausschau nach Morten und liefen auf ihn los, ohne an mehr zu denken als daran, ihn zu erreichen und ihm so schnell wie möglich ihre Hilfe zuteilwerden zu lassen.

Aragon tat nicht mehr, als ihnen vom See her zu folgen, wobei er Lounel und Elhana am Ufer zurückließ. Dann beschloß er, ihnen nicht weiter zu folgen, da es sich offensichtlich nur um einen Vagabunden handelte, den es zu verscheuchen galt. Gewiß würden drei mit ihm fertig, und so wandte Aragon sich wieder den am See Zurückgebliebenen zu. Erst danach hörte er Rufe und Kampfgeräusche aus der Richtung, in die Morten und die anderen gegangen waren. So machte er erneut kehrt, um einen besseren Überblick zu bekommen.

Wenn das Glück mitspielt und es darum geht, wer wen führt, so war das Glück jetzt auf Aragons Seite, denn von seiner leicht erhöhten Stellung aus konnte er als einziger die Situation überblicken, in die sie sich unklugerweise gebracht hatten. Er sah, daß sie ernst war.

Unter ihm, in der Nähe des Sees, rückten drei große Wölfe mit grimmiger Entschlossenheit auf Lounel und Elhana vor. Die beiden hatten die Angreifer noch nicht gesehen. Aragon duckte sich sofort und dachte, daß die drei vielleicht glaubten, er sei über den Rand der Senke davongeeilt, um den anderen zu helfen. So bellte er noch keine Warnung heraus. Da die Madjaren sich langsam und vorsichtig an die beiden heranpirschten, hatte er noch eine Galgenfrist von ein paar Augenblicken.

Aragon wandte sich wieder den anderen zu und hielt sich immer noch außer Sicht. Je weniger Madjaren ihn sahen, um so besser. Aber was er jetzt sah, erschreckte ihn zutiefst: Während Tervicz und Stry sich Morten näherten, um ihm zu helfen, erhoben sich drei weitere Madjaren vor ihnen aus einer Mulde, über die Morten hinausgelockt worden war, während ein bunter Haufen weiterer Wölfe von beiden Seiten auf sie losrückte. Drei am See, drei gegen Stry und Tervicz, einer oder jetzt zwei bei Morten. Das ergab acht, dazu kamen drei oder vier weitere, die sich näherten. Also stand es zwölf zu sechs.

Das Rudel war nicht nur in die Minderheit geraten, es war auch noch ausmanövriert worden. Ihre kleine Gruppe war in drei Teile gespalten worden, von denen jeder isoliert und mit einem Angriff konfrontiert war, außer ihm selbst. Er wandte sich wieder nach Lounel und Elhana um und sah, daß sie schon in einen Kampf verwickelt waren, wofür Lounel denkbar schlecht ausgerüstet war. Aber wenigstens stießen zu diesem Teil der Auseinandersetzung keine weiteren Madjaren.

Aragon, immer noch ungesehen von den Angreifern, blickte noch einmal vor und zurück und kam dann zu dem Schluß, daß er den beiden am See am wirksamsten helfen konnte. Mehr noch. Als er langsam durch das Heidekraut vordrang, sah er, daß es vielleicht eine Möglichkeit gab, die Madjaren an dieser Stelle in die Flucht zu schlagen und sich mit den anderen zusammenzutun. Er erinnerte sich an Tervicz' drastischen Bericht, wie Klimt die Madjaren fortgejagt hatte, als sie seinerzeit Elhana angegriffen hatten, und er beschloß, sich hart in den Kampf zu werfen.

Sein nächster Weg ging fast bis zum See selbst, so daß er, als er schließlich ins Freie kam, zu den drei Madjaren über das offene Wasser gelangte. Glücklicherweise kannte er die Wassertiefe, denn er hatte sich dort am Tag zuvor abgekühlt, und so zögerte er jetzt nicht.

Er gab kein warnendes Gebrüll von sich, sondern ging statt dessen auf den nächsten der drei Wölfe los, die jetzt nach ihrem ersten Überfall einer nach dem anderen in kleinen Sprüngen auf Lounel und Elhana losgingen. Aragon sprang in großen Sätzen spritzend durch das Wasser auf die Madjaren zu. Die Wirkung muß erschreckend gewesen sein, und sicher war sie dramatisch. Die Wölfe, auch die beiden angegriffenen, sahen nur Gischt und Kaskaden sonnenfunkelnden Wassers, und es schien, als käme aus dem Durcheinander ein ganzes Wolfsrudel auf sie zu.

»Da kommen noch mehr«, brüllte Aragon und benutzte den uralten Trick, der zusammen mit der Überraschung oft Angreifer aus der Fassung bringt und bei ihnen panikartige Flucht auslöst. Um ihnen noch weniger Zeit zum Nachdenken zu lassen, hielt sich Aragon nicht lange mit Vorgeplänkel auf, sondern packte die Hinterkeule des nächsten Wolfes, zerrte und riß an ihm und warf ihn um. Dann überließ er es Elhana, diesen Angriff fortzusetzen, erhob sich von dem gestürzten Wolf und warf sich auf den nächsten.

Obwohl Aragon gezweifelt hatte, ob der Bluff wohl funktionieren würde, zauderten die beiden anderen Wölfe und flohen. Sie waren von Aragons Ankunft zu geschockt und zu sehr erschreckt worden, als daß sie noch den Mut hatten, ihrem gestürzten Kameraden zu Hilfe zu kommen. Dieser Wolf, der jetzt vorn und hinten blutete, erhob sich, winselte, sah eine Lücke zwischen Lounel und dem See und sauste davon, den Schwanz zwischen den Beinen. Wenigstens dieser Teil des Kampfes war gewonnen.

»Jetzt folgt mir, ihr zwei«, befahl Aragon, »und duckt euch

beide so tief ihr könnt. Und Lounel – versuch wenigstens, wild auszuschauen!«

Das war für Lounel fast unmöglich, aber in seinem ungeschickten Gang und seinem geistesabwesenden Ausdruck war eine gewisse Wildheit, von der Aragon hoffte, daß sie einen Feind einschüchtern könnte.

Aragons Ziel war jetzt, Stry und Tervicz zu Hilfe zu kommen, denn wenn er und die anderen es schafften, sich den beiden anzuschließen, dann konnte ein Aufgebot von fünf Wölfen wohl zu Morten durchbrechen. Das würde dann, abhängig von seinem Zustand, sechs ergeben. Sie hörten den Kampf, bevor sie es wagten, ihre Deckung aufzugeben, um ihn zu sehen, aber schließlich gab es keine Deckung mehr. Sie erhoben sich und stürzten los. Jeder ging mit aller Macht auf einen Wolf los, den Aragon bezeichnet hatte. Diesmal zogen sich die Madjaren nicht so bereitwillig zurück, aber wenigstens war ihre Zahl nicht so groß, wie Aragon befürchtet hatte. Es waren nur fünf, und einer von ihnen war schon verwundet, ein anderer war noch jung und nervös.

Wieder zögerte Aragon nicht. Er war überrascht, wie nützlich jetzt die Erfahrungen waren, die er als junger Wolf beim Cabrera-Rudel gemacht hatte: sich ducken und Finten machen, zurückweichen und dann, sobald Gelegenheit war, hart auf die verletzlichen Stellen des Gegners losgehen und ihn blutig beißen. Als sie eintrafen, waren Stry und Tervicz schon Rücken an Rücken zurückgedrängt, beide schon müde vom Kampf, der durch die irrige Annahme der Madjaren verlängert worden war, sie könnten die Fremden zuerst verhöhnen und provozieren, da sie sie ja sowieso leicht besiegen würden. Wären die Madjaren von Anfang härter vorgegangen, dann wäre Aragon wohl nicht mehr rechtzeitig gekommen, um sie vor ernsthaften Verletzungen zu bewahren. Doch so verlieh seine Ankunft mit Lounel und Elhana ihnen neue Kraft.

Es dauerte nicht lange, da zogen sich die Madjaren knurrend zurück und gaben schließlich auf. Inzwischen war weiter drinnen im Moorland, wo Morten gekämpft hatte, nichts mehr zu sehen außer einem gelähmten Madjaren, der winselte und fluchte. Sein Lauf war gebrochen und blutete, und er konnte sich kaum bewegen.

»Wo ist der Wolf, den du angegriffen hast?« wollte Stry von dem Glücklosen wissen.

»Geflohen, um Wulfs willen. Über das Moorland. Wir waren ...«

»Halt's Maul«, sagte Stry und lauschte.

Alles war plötzlich still, nur der heftige Atem der lauschenden Wölfe war zu hören. Der verletzte Madjar kroch weg, andere von seinem Rudel hielten sich unsicher auf Distanz, betrachteten erst die Fremden und hielten im nächsten Augenblick Ausschau nach ihren Freunden. Der Kampf war vorbei.

Stry entspannte sich und sagte: »Wir könnten seiner Fährte folgen, aber das würde ich nicht raten. Morten ist sehr gut darin, anderen Wölfen auszuweichen, Wenn er gerannt ist, dann ist er wohl nicht schlimm verwundet, sonst wäre er nicht davon. Wahrscheinlich hoffte er, sie wegzulocken, um es so für uns einfacher zu machen.«

»Das ist ihm gelungen«, sagte Aragon. »Wenn er gut darin ist, Wölfe abzuschütteln, die ihn jagen, dann wird er auch gut darin sein, auf sich selbst gestellt zurückzukehren. Wir werden uns zurückziehen, damit diese Madjaren denken, wir seien auch geflohen, dann ist es weniger wahrscheinlich, daß sie uns verfolgen. Aber wir gehen nicht so weit, daß Morten uns nicht findet ...«

Das war ein Befehl, kein Vorschlag. Die Wölfe akzeptierten ihn und folgten jetzt Aragons Führung. Sie zogen in die eine Richtung, die Madjaren in eine andere. Die Stunden vergingen. Sie sprachen nur wenig miteinander, denn allen tat etwas weh, und einige hatten offene Wunden und Prellungen, aber nichts allzu Ernstes. Was sie beschäftigte, war Mortens Rückkehr, nicht nur, weil sie sicher sein wollten, daß er in Sicherheit war, sondern auch, weil es jetzt eine Auseinandersetzung wegen der Führerschaft geben mußte. Alle wußten, daß Aragon nicht leicht die Führerschaft aufgeben würde, deren Übernahme der Kampf ihm ermöglicht hatte.

Sie hatten recht. Es war später Nachmittag, als Morten sich zeigte. Sein Hinken und sein angeschwollenes Gesicht machten offensichtlich, daß er es nicht leicht gehabt hatte.

»Nun ...« begann er lakonisch, aber das Lächeln verschwand aus seinem Gesicht, als er sah, was die anderen dachten und wie sie Aragon anschauten.

»Ja«, sagte Aragon ohne Zaudern, denn er wußte, daß er verlieren würde, wenn er zögerte.

Der Kampf, wenn es denn einer war, war nach wenigen Augenblicken vorbei. Morten senkte zum Zeichen der Unterwerfung den Schwanz und gab sich die Blöße, so daß Aragon ihn leicht hätte verstümmeln können, wenn er gewollt hätte. In Wirklichkeit war Morten zu müde, um zu kämpfen, und Aragon hatte zuviel von der Führerschaft gekostet, um nicht zu kämpfen.

»Nun gut«, sagte Morten und gab auf, »du kannst unsere ganze verdammte Bande führen, wenn du willst, denn ich habe keine Lust mehr dazu. Mach dir keine Sorgen, Wolf, du kannst auf meine Loyalität zählen.«

»Und auch auf meine«, sagte Tervicz, »bis ein Würdigerer deinen Platz einnimmt.«

Das waren die traditionellen Worte der Bukov-Wölfe, wenn sie die Macht einem neuen Anführer überließen, aber Aragon, ein iberischer Wolf und schnell beleidigt, bekam sie in die falsche Kehle und stürzte sich auf Tervicz.

»Ein Würdigerer?« knurrte er.

Tervicz blickte Aragon in die Augen. Obwohl sein Gesichtsausdruck sagte: » O ja, Wolf, ein Würdigerer«, sprach er die Worte: »Ich werde dir loyal sein, solange du der Anführer bist.«

So war der Ehre Genüge getan, doch Tervicz konnte nicht umhin zu denken, daß zur Führung eines Rudels mehr gehörte als auf solche Weise Befriedigung zu erlangen, während Aragon wußte, daß er mit Tervicz einen schlechten Start gehabt hatte, aber er wußte nicht, warum. Es würden sich also bald Hinweise auf das ergeben, was noch kommen sollte. Der Herbst kommt vor dem Winter, Wolken kommen vor dem Regen.

Gereizt ging Aragon zu Stry hinüber, der ruhig sagte: »Ist schon gut, Wolf, ich werde loyal sein!« Dann wandte er sich an seinen Bruder Morten und fügte entschuldigend und erklärend hinzu: »Er hat unser Leben gerettet – oder zumindest sichergestellt, daß die Madjaren uns nicht zuviel Schaden zugefügt haben!«

»Und ich ...« sagte Elhana in der rituellen Weise, wie Leitwölfinnen solche Dinge sagen müssen: »Ich werde die Leitwölfin deiner Führerschaft sein.«

So hatte das Rudel seinen Anführer, und der Anführer hatte sein Rudel.

»Es ist gut«, sagte Aragon und schaute jeden der Reihe nach an, wobei er überrascht war, wie müde, beladen und einsam er sich plötzlich fühlte. »Es ist gut. Wir ziehen weiter und suchen einen Ort, wo wir uns ein oder zwei Tage ausruhen können. Dann entscheiden wir, wie wir mit den Madjaren fertigwerden, wenn sie das nächste Mal angreifen. Denn das werden sie, das werden ...«

Doch Morten war noch nicht ganz fertig und unterbrach den neuen Leitwolf. »Weißt du, was mir das Leben gerettet hat?« sagte er ruhig, bevor sie weiterzogen. »Ich wurde von vier Madjaren gejagt, und obwohl das normalerweise kein Problem gewesen wäre, so machten mich doch die Prügel langsamer, die ich abbekommen hatte. Ich kam zu einem tiefen Wasserlauf am Rande des Moorlandes, und sie waren dicht hinter mir. Ich dachte, sie hätten mich in der Falle. Da erschien dieses Monstrum von Wolf, das uns gefolgt war, Wulf weiß woher. Er hielt mit mir zusammen stand. Als die Madjaren uns beide sahen, verdufteten sie. ›Diese Fremdlinge werden uns keine Schwierigkeiten mehr bereiten‹, sagte er wie zur Entschuldigung. Als ich ihm dankte und zum Sprechen bringen wollte, sagte dieser Wolf nur: ›Die Madjaren sind bloß Angeber. Wie hast du dich bloß von dieser Bande von deinem Rudel trennen lassen? Na? Ziemlich töricht!‹ Dann verschwand er mit einem Ausdruck des Widerwillens. Aber er ist hier irgendwo in der Gegend, Aragon, und er könnte uns nützlich sein.«

»Dann hoffen wir, daß er sich endlich mit uns bekannt

macht«, sagte Aragon kurz angebunden. Danach führte er sie schweigend weiter.

Klimts Schatten fiel immer noch über ihren Pfad, und nun auch der der Madjaren und Vagabunden. Sie hatten einen Anführer, und doch kam es ihnen vor, als trieben sie auf einem Meer der Ungewißheit umher.

Kapitel 3

Tervicz und Morten kehren zum See zurück und spüren mehr, als sie sehen können

Das Gebiet, in das Aragon sie führte, war das zerklüftete Land, das einen schrägen Keil zwischen dem südlichen Moorland, der Tatra im Norden und den oberen Enden der nach Osten verlaufenden Täler bildete. Dort hatten die Madjaren ihre bislang unberührte Hochburg. Es war ein rauhes, durchschnittliches Gelände, dessen Erhebungen, Bodensenken und Streifen von zertrümmertem Fels und Gestein bewiesen, daß es sich um eiszeitliches Moränenland handelte. Noch verworrener wurde es durch die Ablagerungen, die die Schmelzwasser von den Steilhängen heruntergeschwemmt hatten.

In diesem armseligen Land fand Aragon einen unscheinbaren Ort, der von Gebüsch gut geschützt wurde und ein gutes Versteck abgab. Dieser Platz war sogar so gut, daß er bald den Gedanken hegte, sie hätten vielleicht schon das Revier gefunden, nach dem sie suchten. Es würde schwerfallen, ein besseres zu finden.

»Du weißt, wo wir uns befinden?« fragte Stry, der eine ziemlich gute Vorstellung davon hatte.

Was war mit Aragon los, seit er die Führerschaft übernommen hatte? Sein Takt und sein Lächeln schienen ihn verlassen und einer brüsken Grobheit Platz gemacht zu haben, als meinte er, dies sei die einzige und beste Art, wie man Wölfe führte. Offensichtlich war er nicht sicher, daß er den Ort kannte, zu dem sie gelangt waren, aber er war nicht bereit, es offen zuzugeben.

»Nun, Wolf, du scheinst es ja zu wissen!« erwiderte er. »Was hast du uns also zu sagen?«

Stry ging achselzuckend über Aragons Taktlosigkeit hinweg. Er hatte schon Schlimmeres erlebt. Ein Rudelführer mußte sich erst eingewöhnen, deshalb mußten sie ihm dafür Zeit lassen. Der Aragon, den sie gekannt hatten, war tot. Lang lebe der neue …

»Als wir vor den Madjaren geflohen und Tervicz' Führung hinab zum See gefolgt sind, nahe der Stelle, wo wir Ambato verloren haben, gab es darüber ein Plateau, das uns zu denselben Steilwänden führte, die jetzt über uns aufragen. Wir hielten uns tiefer und folgten einer Route durch Wald und rauhes Gebüsch und dann nach Süden auf das südliche Moorland zu. Wenn wir statt dessen weiter westwärts gegangen wären, dann wären wir in dieses Moränengebiet gekommen und hätten ohne Zweifel uns rechtzeitig zu diesem Versteck durchgeschlagen.«

Stry wandte sich nach Osten und zeigte: »Der See kann nicht so weit in dieser Richtung sein. Was, Lounel?«

Lounel nickte.

Aragon dachte nach. Er glaubte immer noch, das Land, das sie erreicht hatten, sei sicher, und es gebe hier genügend Beute, um sie alle ohne große Anstrengung zu ernähren. Er zog es vor, die Nachteile zu ignorieren – die Schwierigkeit der Verständigung in einem so zerklüfteten Land und das Gefühl, von den Steilhängen bedrohlich überragt zu werden. Sie waren einstweilen sicher und konnten hier bleiben. Und überhaupt …

Er schaute Elhana an. Sie erwiderte seinen Blick. Sie hatten lange darauf gewartet, zusammen Rudelführer und Leitwölfin zu sein, und sie hatten es in allen Ehren getan. Aragon hatte sich verdient, was auf ihn zukam, und sie ebenso. Er wünschte nicht weiterzuziehen, noch nicht. Das Rudel mußte auf mehr als eine Weise daran erinnert werden, wer hier dominierte.

Während er zögerte, genoß er das Gefühl von Macht, das daraus entstand, daß sie auf seine Worte warteten, und plötzlich ging es ihm gut. Sehr gut. Nun ja, Klimt hatte die Kunst des Schweigens so gut gemeistert, daß er kaum etwas gesagt hatte, und welchen Respekt hatten sie doch vor ihm gehabt.

Aragon brütete und dachte nach, dachte wirklich nach, doch ihn beschäftigte die Taktik, nicht die Strategie. Das größte Gewicht hatten für ihn seine eigenen Bedürfnisse – sein Verlangen nach Elhana, sein Bedürfnis nach Festigung seiner Stellung –, nicht die Bedürfnisse des Rudels.

»Was soll's?« knurrte er bei sich. »Ich habe es mir verdient.« Und in einem gewissen Sinn hatte er recht. »Einige von uns sind verwundet, wir alle sind müde«, sagte er schließlich. »Diese Gegend scheint sicher genug zu sein. Allerdings werde ich von jetzt an, nach unserer Beinah-Niederlage durch die Madjaren, streng Wachen einteilen. Wenn wir schon vorher einen richtigen Wachturnus gehabt hätten, dann hätten sie uns nicht so leicht überraschen können. Ich möchte, daß so etwas nicht noch einmal vorkommt. Also, wir werden ein oder zwei Tage uns ausruhen und fressen, und dann werde ich die Kräftigsten von euch ausschicken, damit sie den besten Weg zum See finden. Einverstanden?«

An seinem Plan war kaum etwas auszusetzen, das heißt, kaum, wenn sie ein gewöhnliches Rudel zu gewöhnlichen Zeiten an einem gewöhnlichen Ort gewesen wäre. Aragon schien vergessen zu haben, daß sie sich mehr erhofften. Aber Führerschaft ist nicht einfach, und der Weg zu ihrem Gipfel kann so trügerisch sein wie roher Lehm auf einem Hang nach dem Regen.

»Tervicz, du übernimmst die erste Wache, und du, Morten, die zweite. Ich übernehme die dritte.«

Sein Blick wurde sanft: »Und du, Elhana«, sagte er, und dabei wurde seine Stimme tiefer und vibrierte eine Nuance mehr, während seine Augen ein wenig mehr strahlten, »meine Leitwölfin … Ich würde gerne ein Wort mit dir sprechen, wenn es dir recht ist …«

Das Rudel beobachtete, wie Elhana zu ihm ging. Sie war verlegen, da sie wußte, daß die anderen zuschauten. Ihre eigene Begierde, mit ihm zusammenzusein, war ihr peinlich, aber sie war sehr begierig, sehr ungeduldig. Einigen war das Ganze gleichgültig, einige waren erleichtert, daß es offen geschah, ohne Arglist, und einige …

Tervicz wandte sich ab, urinierte angewidert, kauerte sich hin, starrte zu den dunkel hochragenden Steilhängen empor und dachte an Klimt.

»Meister«, sagte er bei sich, »möge Wulf dich uns bald zurückschicken und möge er mir helfen zu verstehen, warum du fortgegangen bist, Klimt …« Er erinnerte sich an den Wolf, der sein Leben gerettet hatte und in dem er den ersten fleischgewordenen der Wölfe der Zeit gesehen hatte. Sie waren im Kommen, sie bildeten sich, aber sie waren noch nicht hier, nicht, wie sie sein sollten, nicht, wie sie sein mußten. So sollte es nicht sein.

»Einen Traum herbeizuheulen ist eine Sache, doch ihn Wirklichkeit werden zu lassen, eine andere.«

»Was, Wolf?« fragte Lounel.

Hatte er laut gesprochen, oder kannte Lounel ihn schon so gut, daß er seine Gedanken lesen konnte?

»Ich habe nachgedacht.«

»Du hast etwas gemurmelt, Tervicz«, sagte Lounel mit einem Lächeln.

»Was wird mit uns geschehen?« fragte Tervicz.

»Einstweilen«, sagte Lounel ein bißchen müde, »erwarte ich, daß genau das geschieht, wovon Klimt dachte, daß es geschehen würde. Die Zeit reist nicht ganz so regelmäßig wie Tag und Nacht oder Winter und Sommer oder wie die Wölfe denken. Die Zeit wird manchmal langsam und manchmal schnell. Im Augenblick ist sie etwas langsamer geworden, damit sich Dinge klären, während es nicht so darauf ankommt.«

»Was für ein seltsamer Wolf du bist, Lounel!«

»Ich habe eine seltsame Vergangenheit, Wolf. Laß mich dir ein bißchen davon erzählen. Schließlich haben wir nichts Besseres zu tun.«

Sein Lächeln war so schmerzlich, so reizend, so voll von unausgesprochenem Verständnis für das, was geschah, daß Tervicz es einfach erwidern und kühn fragen mußte: »Hast du dich schon einmal gepaart, Lounel?«

Lounel lachte offen und gab damit zu, daß Tervicz seine eigenen Gedanken gelesen und geahnt hatte, worauf ihr würdiger Führer und ihre Leitwölfin aus waren: »Ich? Fähen erschrecken mich. Das ist ein Fehler meines Charakters. Ich schaue Elhana an und muß zittern bei dem Gedanken an …«

»Paarung? Du weißt doch sicher, wie …« Konnte ein so kluger Wolf so wenig über etwas so Wichtiges wissen?

Lounel schüttelte in gespieltem Schrecken den Kopf und sagte: »Erspare mir die Einzelheiten. Ich kann sie mir vorstellen. Fähen beunruhigen mich.«

»So, so!« sagte Tervicz höchst amüsiert. »Wenn selbst du so viel zu lernen hast, dann hat unser junges Rudel noch einen weiten Weg vor sich. Also, du wolltest mir erzählen.«

Endlich allein. Nicht so weit weg vom Rudel, daß sie nicht in wenigen Augenblicken alarmiert werden konnten, doch auch nicht an einem Platz, wo die anderen sie überraschen mochten, standen Aragon und Elhana Flanke an Flanke, drückten sich aneinander, schwankten und nahmen die Witterung des anderen auf, als wäre es der Duft der Zaunrose an einem warmen und stillen Abend.

»Es *ist* Abend«, sagte er.

»Es ist warm und still«, erwiderte sie.

»Und so gut wie Zaunrosenduft ist, was Zaunrose zu sein scheint«, sagte einer von beiden. Sie schmiegten sich aneinander, glitten näher und trennten sich wieder.

Elhanas Augen waren geschlossen, ihr Maul offen, seine Berührungen waren sicherer und sanfter als die aller Rüden, die je mit ihr zusammengewesen waren. In diesem geheimen Tal, in das er sie nahm, gab es nur das Gesprenkel von Sonnenschein und keinen Schatten in Klimts Gestalt. Hier und jetzt, wo sie begannen, ihre Lust zu erkunden, gab es nichts anderes. Hier gab es alles.

Aragon war ganz anders als Klimt. Nicht kühl in dem, was er tat, nicht brutal in dem, was er nahm, immer taktvoll in dem, was er gab, wo es um Liebe ging. Die zärtlichen Worte hatte er von seiner Mutter gelernt, das übrige aus seinem uralten, heroischen Erbe, in dem Wölfe weite Wolfswege gewandert waren, um einen zu lieben, der ihnen gehörte, und lange Jahre der Trennung hindurch ihrem Gelübde der Enthaltsamkeit treu gewesen waren.

Doch sie paarten sich nicht.

Es war … Vorbereitung.

Es war … Spiel.

Es waren die Vorbereitungen auf etwas, dessen Aussicht Elhana so viel mehr wünschen ließ, und Aragon hatte das Gefühl, daß er ausgeglichen vor einem Feld der Lust stand, deren Wonne desto größer und verzehrender wäre, wenn er noch etwas wartete.

»Noch nicht«, seufzte er schließlich, riß sich von ihr los, lächelte und reizte sie noch ein bißchen mehr. »Noch nicht ganz, Elhana. In ein oder zwei Tagen vielleicht.«

»Ein oder zwei Tage?« sagte sie. »Vielleicht! Nein, mein Lieber, jetzt!«

»Noch nicht«, lachte er, wand und drehte sich aus ihrem Griff, zumindest in dieser Kunst ein geborener Führer.

Wo sie sich befanden, gab es mehr als Sonnengesprenkel, mehr als Abendduft. Wo sie spielten, gab es Licht, Liebe und Humor.

»Bald«, seufzte er.

Elhana dachte, er habe nie so gut ausgesehen, so echt, so heil. Und damit hatte sie recht.

»Also dann einen oder zwei Tage lang Pflichterfüllung«, willigte sie ein und riß sich los. Eine Paarung hatte ihre eigene Zeit, ihren rechten Beginn, ihre Modulationen und ihr Ende. Einstweilen …

»Nicht mehr«, flüsterte er und kam ein letztes Mal zu ihr, neckte sie, spielte mit ihr und zog sie in die Welt zurück, die sie verließen. Er machte sie seufzen und die Augen schließen, er ließ sie hoffen, er hätte doch nachgegeben. Sie empfand seine Berührung so stark, daß sie noch immer meinte, er sei bei ihr, bis sie erneut ihre Augen öffnete und sah, daß er sie losgelassen hatte und dabei war, wegzugehen. Der Nachmittag war vor der Nacht geflohen.

»Ich bin mit der Wache dran«, sagte er.

Zwei Tage später befahl Aragon Tervicz und Morten, die Route zum See zu erkunden und auch die Umgebung des Sees selbst. Nicht, daß er schon überzeugt war, dies sei der Weg, den sie gehen sollten, um ein Revier zu finden – die Moränen erwiesen sich mehr als passend. Am meisten beeinflußte Aragon Elhanas Auffassung, sie sollten die Gegend weiter erkunden – eine Auffassung, auf der sie gerne bestanden hatte, und wenn auch nur des Vergnügens wegen, das es ihr bereitete, mit Aragon einen Rudelführer zu haben, der auf das hörte, was sie zu sagen hatte. Klimt schien das nie getan zu haben.

Klimt …

In Elhanas Argumentation zugunsten einer weiteren Erkundung vermißte Aragon etwas, nämlich daß sie irgendwo in ihrem Herzen wenigstens wissen wollte, was aus Klimt geworden war und daß er … in Sicherheit war. Tervicz konnte man zutrauen, so etwas herauszufinden, falls es überhaupt ein Wolf konnte. Was Morten anging, so konnte er Tervicz die körperliche Unterstützung geben, die die beiden vielleicht brauchten, falls sie es mit Madjaren zu tun bekamen. Außerdem war Aragon zufrieden, seinen Rivalen aus dem Weg zu wissen, zumindest bis er endlich seine Führerschaft bei seiner Leitwölfin besiegelt hatte. Dieses Vergnügen würde nur um so größer sein, wenn Morten und auch Tervicz fort waren.

Die beiden folgten den Moränen nach Osten und bogen dann nach Süden in Richtung auf das Moorland ab. Einmal mehr querten sie den Weg, den sie im späten Frühling auf ihrer Flucht nach Westen genommen hatten. Sie kamen schnell voran, denn bei dieser Aufgabe durften sie nicht trödeln. Es waren höchstens zwei Tage nötig, um das herauszufinden, was sie sollten. Dann kam der Rückweg mit den Informationen, die sie gesammelt hatten, und man konnte

Aragon die Entscheidung über die zukünftigen Bewegungen des Rudels überlassen.

Als sie auf der letzten Anhöhe vor dem See selbst ankamen, taten sie dies umsichtig durch den Wald von Nordwesten und durchaus abseits offensichtlicher Fährten. Sie wußten sofort, daß es der See war, den sie suchten. Er lag unter ihnen, oval geformt, abgesehen von einem Bruch in seiner Biegung, wo ein Felsen ins Wasser hinausragte. Der Wasserstand war niedriger, als sie ihn in Erinnerung hatten, da es ein oder zwei Monate hindurch wenig Regen gegeben hatte. Sie konnten dort, wo das Seeufer am steilsten war, dunklere, offenliegende Felsen sehen. An den anderen Stellen ging das Ufer allmählich ins Wasser über, dort lagen schlammige Steine und grober Kies frei, von Wind und Sonne gebleicht.

Der See schien wenig von Menschen besucht zu sein, da keine Straße zu ihm führte, außer einer schmalen Fahrspur auf der Südseite, die im Zickzack durch Geröll und Fels verlief, deutlicher als jeder Pfad, den Tiere machen würden – abgesehen von Schafen, von denen sie leider kein einziges in der Gegend gesehen hatten. Im Norden erhoben sich jenseits eines ausgedehnten Plateaus voller Gras und Steine die Steilhänge, die zu den Bergen emporführten.

Am Plateau selbst war nichts Ungewöhnliches, es war ideales Hirschland und wies als einziges Charakteristikum ein zerklüftetes und häßliches Flußbett auf, das von den Steilhängen zum See verlief und – wenn auch fast ausgetrocknet – dessen einzige Wasserquelle zu sein schien.

»Ich kann mich nicht erinnern, daß wir einen Wasserlauf überquert haben, als wir letztes Mal hier waren«, sagte Morten.

»Wir sind um unser Leben gerannt«, murmelte Tervicz und blieb geduckt. »Aber ich erinnere mich daran, daß ich Wasser gespürt und gehört habe. Es muß unter diesem letzten Hügelkamm durchlaufen, dann durch die Moräne und weiter in den See.«

Sie schauten sich um und verschafften sich einen Eindruck von der Beschaffenheit des Geländes. Menschen waren nicht in der Nähe, aber sie waren auch nicht weit weg. Die Wölfe wußten von ihren frühen und getrennten Erkundungen des Moorlandes, daß bei Nacht gelegentlich im Süden die Lichter von Fahrzeugen zu sehen waren, die in den Himmel hinaufschienen. Mit dem richtigen Wind waren manchmal deren Geräusche zu hören und sogar der Geruch ihrer Abgase zu wittern. Aber zumindest die Straße selbst kam nicht näher heran.

Was den See anging, so war etwas Ehrfurchtgebietendes um ihn, etwas Altes und Wohlklingendes. Tervicz spürte es allerdings stärker als Morten. Ihm kam dieser Ort entfernt vertraut vor, und da er als Bukov-Wolf an die Macht früherer Leben und Inkarnationen glaubte, kam er zu dem Schluß, daß er diesen Ort früher schon einmal gestreift hatte, auf einem Wolfsweg, der jetzt schon zu weit weg war in der Zeit, als daß er ihn in seiner Erinnerung hätte zurückreisen können.

Die beiden Wölfe hielten sich versteckt, hielten Ausschau und konnten bald feststellen, nach welchem Muster das Leben am See lief. Zuerst gab es da Kaninchen, auf dem weichen Moränenboden direkt unter ihnen und drüben südwärts, und noch einen kleineren Bau zwischen den Felsen, die sich zu ihrer Linken auf den steileren Hängen nach Norden hinzogen.

»Wo Kaninchen hoppeln, springen Füchse«, murmelte Morten ein altes Sprichwort seiner polnischen Vorfahren, und auch hier galt diese Regel. Zwei Füchse durchstreiften regelmäßig das Gelände. Sie waren kein Paar, der eine kam von Süden herauf, der andere kam aus dem Osten. Der See bildete eine gemeinsame Grenze, aber die Klugheit schien ihnen zu gebieten, daß einer immer nur dann jagte, wenn der andere nicht in der Nähe war.

Die beiden Wölfe hatten sich schon zuvor entschlossen, in Deckung zu bleiben, deshalb zogen sie sich zum Fressen und Trinken auf dem Weg zurück, den sie gekommen waren, schnappten sich einen Hasen oder zwei an Orten, wo sie vom See aus nicht gesehen werden konnten, und tranken an einem der vielen kleinen Bäche, die von den steilen Hängen zu ihrer Linken herabrieselten.

Die Versuchung, zum See selbst hinabzugehen, war groß, um so mehr, als das Wetter am zweiten Abend drückend trocken und warm wurde, während drunten der See einladend kühl aussah. Doch sie blieben trotzdem in Deckung. Als am zweiten Abend die Dämmerung hereinbrach, hörten sie die vorsichtigen Schritte eines Hirschrudels, das über das Geröll aus dem Land über den Steilhängen herabkam. Dann sahen sie, wie die Hirsche auf das Plateau hinaustraten und es gemächlich in Richtung auf den See überquerten. Die Hirsche schnupperten in der Luft und stellten ihre Ohren auf, bis sie befriedigt feststellten, daß der See sicher war. Daraufhin gingen sie bis zum Ufer hinab, um zu trinken.

Keiner der beiden Wölfe hatte seit vielen Monaten einen so reizvollen Anblick gesehen. Zusammen lagen sie zwischen den Felsen über dem See versteckt und schauten, erfüllt von der Lust des Hungers und der Jagd und auch von Durst, während das Hirschrudel trank und am Seeufer äste. Einige der Hirsche paßten auf, während die Köpfe der anderen sich über dem Wasser und den Grasbüschel ruckartig auf und ab bewegten oder zwischen den Felsen umherschnupperten.

Als die Sonne tiefer sank und ihre letzten Strahlen über das Wasser und das Ufer schickte, lagen die beiden Wölfe im Schatten. Zu ihrer Linken, jenseits des Plateaus, setzte die untergehende Sonne die Felsspitzen in Feuer. Tervicz sah eine Bewegung am anderen Ende des Tals und hauchte: »Dort!«

Zwei, nein, drei Gestalten, die im stumpfen Licht nur dann zu sehen waren, wenn sie sich bewegten, zogen – immer wieder anhaltend – am See entlang und stiegen dann in Richtung auf die Hirsche hinab. Wölfe. Gut aufeinander eingespielt und mehr als Vagabunden: madjarische Wölfe.

»Hoppla! Ungeschickt!« sagte Tervicz.

Einer von ihnen hatte einen Stein losgetreten. Er klickerte einen Moment, bevor er liegenblieb. Aus einer Eberesche stieg eine Krähe hoch und flog langsam zum anderen Ende des Sees. Die drei Gestalten erstarrten und waren jetzt selbst für die beobachtenden Wölfe fast unsichtbar.

Die Madjaren setzten sich ein weiteres Mal in Bewegung.

Die Hirsche, schon aufgeschreckt von dem fallenden Stein, standen regungslos, bevor einer sich umwandte. Der Sonnenschein war schon vom Seeufer gewichen, und die rotbraunen Felle der Hirsche wirkten jetzt stumpf-braun und grau. Nach einem Moment des Zögerns verließen die pirschenden Wölfe ihre Deckung und rannten los. Diejenigen Hirsche, die sich im Wasser befanden, fuhren aufspritzend herum und schlossen sich ihren Kameraden am Ufer an. Dann bewegten sie sich hangaufwärts, immer schneller und schneller. In dem trüben Licht waren sie kaum mehr als dahinhuschende Schatten, und sie kamen geradewegs auf die Stelle zu, wo Tervicz und Morten lagen.

»Mist!« sagte Tervicz, der an eine solche Situation weniger gewöhnt war als Morten. Er zog Tervicz lachend mit sich hinunter, während das Hirschrudel hangaufwärts direkt auf sie zustürmte. Die Hirsche kamen in großen Sätzen heran. Die Hufe des einen oder anderen scharrten auf dem kieseligen Boden, als sie hierhin und dorthin schwenkten und versuchten, ihren Tritt zu halten. Dann sprangen sie weiter, einige von ihnen fast auf die Wölfe, andere ein Stückchen weiter weg.

»Schade, daß wir uns nicht zeigen können, sonst könnten wir mit Leichtigkeit einen nehmen«, sagte Morten.

Zumindest einer der Hirsche mußte die beiden Wölfe gesehen oder gewittert haben, denn unter seiner Führung schwenkten alle nach rechts ab. Das ganze Rudel wurde plötzlich schneller. Mit Gekeuche und Hufgeklapper und einem letzten Ansturm waren sie an den beiden Wölfen vorüber und weiter oben auf den Hängen, wo sie zwischen größeren Felsen hindurch auf das Plateau gelangten und plötzlich verschwunden waren.

Inzwischen hatten drunten die madjarischen Wölfe den See erreicht und die Jagd aufgegeben. Sie liefen im Kreis, spähten in die Richtung hinauf, die die Hirsche eingeschlagen hatten und hielten Ausschau nach einem schwächeren Hirsch, den sie leichter erlegen könnten. Doch damit hatten sie keinen Erfolg. Da sie nicht den steilen Aufstieg zu einer Beute machen wollten, die längst auf und davon war, liefen sie noch ein wenig länger im Kreis und tranken sich dann am Wasser satt, genau wie es die Hirsche getan hatten.

Tervicz und Morten musterten die Madjaren schweigend. Die Art, wie sie die Hirsche hochgeschreckt hatten, und ihre Unlust, sie zu verfolgen, waren nicht sonderlich beeindruckend gewesen. Dann spähten die beiden Wölfe zu dem entfernten Hang hinüber, auf dem die Madjaren erschienen waren, und suchten nach Anzeichen, ob sich dort noch andere befanden, aber sie sahen nichts. Das Abendlicht wurde schwächer, und es war schwer, auf der anderen Seite des Tals etwas auszumachen.

Die Wölfe drunten waren leichter zu sehen. Es waren zwei jüngere, ein Rüde und eine Fähe, und ein älterer Wolf, der stark aussah. Sie waren immer noch dort, als sich endlich die Dunkelheit über das Land senkte. Tervicz und Morten blieben völlig ruhig und waren erleichtert, als sie die Wölfe drunten sich zubellen hörten. Sie würden sich jetzt auf dem Weg zurückziehen, den sie gekommen waren. Später erklang noch ein Geheul, gefolgt von einem zweiten, doch sonst nichts mehr. Einfach gelangweilte Wölfe in der Nacht, die nicht schlafen konnten.

»Sie sind wahrscheinlich Beobachter«, sagte Morten. »Wir werden bis zur Morgendämmerung warten und sehen, ob sie noch in der Gegend sind.«

»Ich wüßte gerne, wonach sie Ausschau halten.«

Morten zuckte gleichgültig die Schulter.

»Ziehen wir uns für eine Weile aus der Hörweite zurück. So weit, daß sie uns keinesfalls wittern können. An dem Bach dort hinten gibt es noch etwas Aas, das wir zurückgelassen haben – wenn sich nicht schon die Ratten darüber hergemacht haben. Der Anblick und die Witterung von Hirschen macht einen Wolf hungrig.«

»Unser Anblick und unsere Witterung hat ihnen einen Mordsschrecken eingejagt«, sagte Morten lachend. »Hast du gesehen, wie sie abgeschwenkt und dann diesen Hang hochgerannt sind, als sie gemerkt hatten, daß wir da waren? Es war, als wäre die ganze Bande von Hornissen gestochen worden.«

Tervicz erinnerte sich plötzlich schmerzlich an seinen Vater und wie der über so etwas gedacht hätte.

»Wir hätten sie nicht wissen lassen dürfen, daß wir hier waren, nicht einmal durch unsere Witterung«, murmelte er. »Wenn die Madjaren ihren Grips beisammen gehabt hätten, dann hätten sie diesen Schwenk der Hirsche gesehen und vermutet, daß wir hier waren.«

»Nun, sie haben's nicht gemerkt«, sagte Morten, und Tervicz ertappte sich dabei, daß er wieder einmal an Klimt dachte und daß der ihm fehlte. Klimt hätte geahnt, daß sie hier waren.

Geister von Wölfen, die einst gewesen waren. Gespenster der Vergangenheit. Wolfswege aus der Zeit hinaus und wieder hinein. Tervicz blickte zum See hinab und sah, daß das Wasser den roten Abendhimmel widerspiegelte, und in ihm keimte ein Gefühl auf, noch fern, noch unklar, was für ein See das wohl sein mochte. So seltsam war dies, so intensiv, daß sich seine Nackenhaare sträubten.

»Los, Tervicz, gehen wir fressen. Wir kommen rechtzeitig vor der Morgendämmerung zurück und schauen dann nach, ob unsere Freunde noch hier sind. Wir haben morgen noch allerhand vor, bevor wir zu Aragon zurückkehren. Er wird wissen wollen, wie viele madjarische Beobachter da sind, in was für einer Stimmung sie sind und warum sie unserer Meinung nach überhaupt da sind.«

»Ganz recht«, sagte Tervicz, und sie verschwanden zusammen in der Nacht.

Die beiden hatten eine gute Nacht. Jeder schlief die Wachperiode des anderen hindurch, wie es Wölfe tun, die einander vertrauen. Bevor noch die Morgendämmerung kam, waren beide wach. Sie kehrten zum See zurück, und Morten sagte: »Sobald die Sonne aufgeht, sind wir hier ungeschützt, denn sie wird auf uns viel eher scheinen als auf die Madjaren. Gehen wir um den See herum und suchen wir uns eine bessere Stellung ...«

Er brauchte den Satz nicht zu beenden, denn Tervicz verstand sofort, was nötig war, und übernahm selbst die Führung auf der vorsichtigen Wanderung um den See herum.

Nicht zum ersten Mal war Morten von Tervicz' Geschick und Gelassenheit und von der Leichtigkeit, mit der er das schwierigste Manöver meisterte, abhängig. Er betrachtete immer sorgfältig das vor ihnen liegende Terrain, er machte nie eine plötzliche Bewegung, und wie gering auch die Deckung sein mochte – eine leichte Senke im Boden oder ein Fleck dünnen Grases –, er nutzte sie aus, wenn er konnte, und er hielt nie an, bevor er nicht wieder in einem sicheren Versteck war.

Als Tervicz zu dem Schluß kam, daß sie wieder eine gute Stellung hätten, befanden sie sich höher über dem See als zuvor. Der Tag war ziemlich heiß geworden. Sie blickten zu der Stelle zurück, wo sie die Nacht verbracht hatten, und beobachteten, wie die Sonne höher stieg und diesen Platz mit Licht überschüttete. Ein paar Kaninchen kamen heraus, um zu grasen, und schnüffelten unsicher an der Stelle herum, wo die Wölfe gewesen waren. Wahrscheinlich nahmen sie ihre Witterung auf.

»Schau!« flüsterte Morten und zeigte auf einen Winkel unten am Hang.

Sie konnten die madjarischen Beobachter ganz deutlich sehen, zumindest zwei von ihnen: den jungen Rüden und die Fähe. Beide waren wach. Dann kam ein dritter Wolf gemächlich in Sicht, streckte sich und gähnte. Die beiden Rüden fochten einige Augenblicke lang einen Scheinkampf aus, bis die Fähe ein Stück Knochen aufnahm, an dem einer der anderen gekaut hatte, und es davontrug.

»Wahrscheinlich ruht sie sich aus«, sagte Morten.

Sie beobachteten schweigend die Stellung der Madjaren, und jeder achtete auf das, was er konnte, denn sie wußten, wenn sie zu den anderen zurückkämen, dann würden sie so viele Informationen wie möglich brauchen, etwa über die Sichtmöglichkeiten und über die Zeit, die madjarische Beobachter etwa benötigten, um fremde Wölfe auf der anderen Seite des Sees zu erreichen. Schließlich berieten sie sich flüsternd, einigten sich auf die offensichtlichen Punkte und erörterten einige zweifelhafte. Der problematischste von allen war, warum die Madjaren ein Stellung so hoch über dem See eingenommen hatten, wenn ihr Ziel war, ihn zu beobachten und in der Lage zu sein, alle Tiere anzugreifen, die zum Wasser kamen oder durch das einfache ost-westliche Terrain zogen.

Die ganze Zeit waren die Berge im Norden unter einem dunklen Himmel in Wolken gehüllt, und am anderen Ende des Plateaus fielen Regenschauer.

»Vielleicht haben sie ihre Stellung so ausgewählt, damit sie um so schneller hinaus aufs Moorland kommen, das im Westen von hier liegt, wie wir wissen – und das können sie ungesehen tun«, sagte Tervicz. »Das ist eine Stellung, die sich eher zur Beobachtung als zum Angriff eignet.«

Morten nickte langsam, nicht ganz überzeugt.

»Auch würde ein Geheul von ihrem Platz viel leichter ostwärts gehört werden, weiter drinnen in ihrem Kerngebiet im Herzland, doch wenn sie weiter drunten im Kessel wären, dann wäre das Heulen weniger leicht zu hören, und seine Echos wären verworrener ...«

Während Tervicz sprach, begann sich der Himmel im Norden aufzuhellen. Beide blickten in diese Richtung und hofften, ihren ersten guten Ausblick auf die dortige Bergkette zu bekommen. Ihre Geduld wurde belohnt, denn die Berge begannen langsam aus den Wolkenschleiern aufzutauchen. Nicht, daß die wirbelnden Wolken dünner wurden, aber in dieser Gegend schienen sie unruhig und seltsam geworden zu sein. Erst hob sich an einer Stelle der Nebel, dann senkte er sich auf eine andere nieder, so daß lange Zeit die gesamte Silhouette der Bergkette nicht erkennbar war, doch ihre lastende Masse war allzu deutlich zu sehen.

Es war jedoch klar, daß unter den Höhen der Hauptkette sich ein hohes, grasbewachsenes Plateau befand, das vor dem dunklen Nebelgewirbel und den Felswänden leuchtend grün wirkte. Sein üppiger Bewuchs war ein Hinweis auf die Bäche, die von den Höhen herabflossen, und auf die reichen Ablagerungen, die die Wasser mit sich trugen, während die Tatsache, daß das Gras kurzgehalten war, ihnen verriet, daß dort die Hirsche zu grasen pflegten, von denen sie einige schon gesehen hatten.

Jenseits des Plateaus hoben sich weiterhin die Nebelschwaden vor den Felswänden und enthüllten mehr und mehr von den großen Klippen darüber. Dort waren die weißen, senkrechten Fäden von Wasserfällen zu sehen, und höher, tief in den dunklen Nischen der Felsspalten und Felsenrinnen, gab es noch Nester von Schnee, von denen einige die Quellen der Wasserfälle zu sein schienen. Gelegentlich schlug der Wind vor der großen Wand um und ließ die Nebel verwehen und zerfließen. Er enthüllte so isolierte Felsspitzen, die aus der Silhouette der Hauptklippen herausragten.

An der Stelle, wo die beiden Wölfe lagen und beobachteten, begann der Wind jetzt heftiger zu werden, obwohl der Himmel direkt über ihnen noch blau war und der See von der Sonne beschienen. Aber sie sahen, daß in der Ferne ein Sturm kam, ein seltsamer Sturm, denn die Winde erschienen unruhig und verwirrt.

Es war schwer für Tervicz und Morten, die detaillierte Gestalt der massiven Formationen über ihnen auszumachen oder bloß zu beurteilen, wie nah oder fern sie waren. Ihre Ausdehnung war so groß, ihre Form so verwirrend, daß sie nur staunend emporstarren konnten. Doch eines wurde beiden klar. Der scharfe Rand der hohen Partien der Felswände, die von den tiefen Einschnitten großer und kleiner Felsenrinnen zerklüftet waren, kennzeichnete nicht den höchsten Teil der Bergkette selbst. Sie waren eher ein weiterer Rand für ein noch höheres Plateau, und was jenseits dieses dunklen und labyrinthischen Bereichs lag, in den man ohne Zweifel nur schwer und unter Gefahren eindringen konnte, konnte niemand von so tief unten aus entscheiden.

»Eines ist zumindest klar«, sagte Morten. »Wir können jetzt sehen, was diese Madjaren wohl beobachten ... Von ihrem Standort aus können sie nicht nur den See unten und die Wege, die zu ihm führen, sehen, sondern auch das Plateau dort oben und die Felswände dahinter.«

»Ja, aber ... aber warum?« fragte Tervicz mit ruhiger Stimme, und noch während er fragte, dachte er, irgendwo in seinem Inneren wüßte er die Antwort. Die Empfindung der Ehrfurcht am See und das Gefühl, er sei schon früher einmal hiergewesen, nahmen zu und wuchsen und wuchsen in seinem Herzen, seinem Geist und seinem Leib, wie die großen aufgewühlten Wolken, die jetzt über den Bergen aufstiegen und am Himmel auf sie zukamen.

Tervicz war von dieser Frage und vom Gefühl, daß die Antwort unmittelbar bevorstand und in ihm selber lag, wenn er sie nur zu greifen wüßte, so gefesselt, daß er alles vergaß, die Deckung aufgab und laut ausrief: »Warum?«

»Um Wulfs willen und uns zuliebe, runter, Tervicz!« zischte Morten und zog ihn herunter.

Er blickte zu den Madjaren hinüber. Sicher hatte Tervicz' Ausruf und Bewegung ihre Aufmerksamkeit erregt, obwohl Morten Tervicz schnell genug wieder aus dem Blickfeld bekommen hatte, so daß sie nicht sicher sein konnten, woher das gekommen war. Sie liefen unruhig hin und her, bereit, die Sache zu untersuchen, wenn sie noch einmal etwas hörten.

»Also dann«, sagte Morten resolut, »das reicht dann! Wir haben genug gesehen und hauen ab, bevor sie uns finden.«

»Nein!« sagte Tervicz mit einer leisen, knurrenden Stimme, die ihm ganz unähnlich war.

»Was meinst du mit ›nein‹?« sagte Morten erstaunt. Zwar hatten sie nie eine Probe darauf gemacht, aber was Stärke und Kraft anlangte, war er Tervicz überlegen. Dies bedeutete, daß in einer solchen Situation er das Kommando übernahm.

»Wir haben das Wichtigste noch nicht gesehen. Wir haben noch nicht gesehen, warum wir so lange gereist sind, um hierherzukommen.«

»Was meinst du mit ›das Wichtigste‹? Wie weißt du, daß noch mehr geschieht, als wir schon gesehen haben? Was die lange Reise angeht, das war kaum ...«

»Morten, dieser See hier, spürst du hier nicht etwas Besonderes? Kannst du nicht das Tappen der Wolfspfoten auf den Wolfswegen durch die Zeit hören? Ich kann es spüren, und ich kann es hören, weil ich hier schon einmal gewesen bin.«

»Ja, du hast, du warst ...«

»Nein, nicht, als wir auf der Flucht vor den Madjaren im

Frühling hier durchkamen. Viel eher, viel eher als ich in dieses Leben geboren wurde.«

»Wir gehen jetzt«, sagte Morten entschlossen.

»Wir gehen nicht«, sagte Tervicz, wandte sich ruhig von ihm ab und ließ sich wieder nieder. Er wußte, wenn Morten ihn zwingen würde zu gehen, dann würde er die Aufmerksamkeit der Madjaren auf sie beide lenken.

»Scheiße, Scheiße, Scheiße!« sagte Morten und ließ sich nieder.

»Schau!« sagte Tervicz.

Der Regenschauer, der über die fernen Steilwände dahinzog, war jetzt seltsam und eindrucksvoll. Seltsamer, weil durch einen Trick der Wolkenformation Sonne auf die schwarzen jähen Wände des zerklüfteten Steilhangs hinabschien und dorthin leuchtete, wo der Regen vorbeifegte. Mehr noch, sie fing sich in den dünnen Fäden der weißen Wasserfälle, die sie jetzt zum ersten Mal deutlich sahen. Es war der Ursprung des Rauschens, das sie in der Nacht gehört hatten, und während sie noch schauten, sahen sie, wie noch mehr von diesen Wasserfällen erschienen und sich noch mehr Wasser bergab ergoß, das dann im Geröll drunten verschwand.

Dort, wo die Wölfe sich befanden, begann die Sonne erst jetzt hinter den sich auftürmenden Gewitterwolken zu verschwinden, und einstweilen waren die Felsen und der Boden und alle Pflanzen ringsherum trocken wie Staub.

»Scheiße«, sagte Morten noch einmal, doch selbst er schien von der Macht dessen gefesselt zu sein, was sich da aus den Bergen näherte, und von dem Gefühl, daß etwas geschehen würde und daß sie dessen vorherbestimmte Zeugen waren. Zusammen mit den Madjaren – und Wulf weiß welchen anderen Wölfen, die hier sein mochten, Geister oder andere.

»Es sind andere hier«, flüsterte Tervicz. »Ich weiß es.«

Die Madjaren schienen es auf jeden Fall zu spüren, denn sie waren ruhelos, spähten umher und starrten dann in die Richtung am anderen Ende des Plateaus. Was hatten sie gesehen?

Tervicz und Morten folgten dem Blick der Madjaren. Aus

den wirbelnden Nebeln und Regensäulen lief ein Hirschrudel auf das tiefer gelegene, offenere Gelände zu. Sie wurden gefolgt – wie es schien – von einer näher rückenden Regenwand, die sie überholte und sich von oben aus den lastenden Wolken ergoß, so hart, so brutal, daß das Rudel stehenblieb und mit gebeugtem Kopf dastand, bis die Schwächeren unter ihnen schwankten und selbst die Hirschmännchen auf ihre Knie und Hinterkeulen niedergingen.

»Ist es wirklich der Regen, vor dem sie fliehen?« flüsterte Tervicz, während die Wolken verlorener Erinnerungen sich klärten in seinem Kopf. Die Empfindung von dem, was da bevorstehen mochte, drängte sich in sein unwilliges Bewußtsein.

»Denn ich bin ein Bukov-Wolf, und vor Jahrhunderten, vor dem dunklen Jahrtausend, war meinem Stamm das Geheimnis vom Rückweg zum Wulfsfelsen übergeben worden«, intonierte er.

»Sei still!« knurrte Morten, die Augen ängstlich weit aufgerissen. Aber der Wolf hatte recht, etwas war da, etwas, das Hirsche fliehen und Stürme tosen und losbrechen ließ und das ihm eine Angst einjagte, wie er sie noch nie gespürt hatte.

Etwas Schreckliches kam von den Steilhängen, und es war so uralt wie neu und bedrohte die ganze Wolfheit.

KAPITEL 4

Dendrine entwöhnt ihren letztgeborenen Sohn. Aragon beginnt die Natur der Führerschaft zu verstehen

Oben an der Felswand, in einer der Rinnen, die die Verwitterung im Laufe der Zeit in die Klippe und hinauf zu dem verborgenen Gelände gegraben hatte, unter einem Felsüberhang, standen sie … Geschöpfe. Geheime und grausame Blutsbande. Unheil. Um diesen Überhang herum das Rauschen ungestümer Winde, das Tosen dahinschießenden Wassers. Unter diesem Überhang, trocken und sicher, Dendrine und ihr abscheuliches Junges.

Die Winde heulten wild, die Wasserfälle tosten ringsum, als Dendrine lachte und ihren Liebling wegstieß. »Nein, nein, mein kleiner Schatz, du weißt, meine Zitzen sind trocken, und du brauchst mehr als Milch. Fleisch brauchst du, und es geziemt sich, daß du es bekommst.«

Sie lachte, und ihre Zitzen, diese sackartigen, herabhängenden Dinger, wackelten in ihrer Heiterkeit. Sie waren alle abgenutzt durch zu häufigen Gebrauch und das Alter, alle verrunzelt und von einem letzten Säuger entleert. Doch von einer tröpfelte noch weiß-grüne Milch.

Ihr Junges starrte mit boshaften Augen auf die leeren Dinger, die ihm bisher Nahrung gegeben hatten, und war wütend, daß sie ihm jetzt verweigert wurde. Es schwankte zwischen dem Trost der Milch und der lockenden Blutgier auf zerrissenes Fleisch.

»Na, wo ist unsere Speisekammer?«

Dendrine griff mit ihren ungepflegten, sich krümmenden Klauen in die Düsternis hinter sich. Dort bewegte sich etwas. Dort schauten Augen hervor. Dort wartete lebendige Nahrung auf die grausamen Aufmerksamkeiten des geliebten Welpen. Dendrine griff zu und zog. Es kam heraus, nicht mehr zappelnd, doch noch nicht tot, obwohl es sein Leben aufgegeben hatte. Das Ding, das sie als ihre mütterliche Gabe hervorholte, war das einzige überlebende Geschwister des Welpen, das Ding, das so lange am Leben erhalten worden war, damit es als das Fleisch und Blut diente, mit dem sein Bruder entwöhnt werden konnte. Es war halb so groß wie er, doch nicht so klein, daß dort, wo an seinen Hinterkeulen die Haut und das halbe Fleisch abgezogen worden waren, nicht noch mehr Fleisch zu finden war. Ein Junges, selbst ein boshaftes, frißt am Anfang nicht soviel. Ein Maulvoll oder zwei am Tag reichen.

»Nein, nein, nein, nein!« sagte die Mutter liebevoll. »Zieh ihn nicht dorthin. Du bringst ihn ja um.«

Der große Bruder hatte das Gesicht des kleinen Bruders

gepackt und versuchte, es ihm abzureißen. Die Augen des kleinen Bruders waren weit genug aufgerissen, und sein Geschrei war laut genug, um zu wissen, daß er noch Schmerz fühlte und noch wußte, daß er nicht tot war.

»Versuch es hier …« sagte Dendrine und prüfte kundig die halb gefressene Hinterkeule des kleineren Jungen, die offen und rot war und wo sich Knochen und Muskeln zeigten und auch Teile, die schon schwarz und faulig waren, weil dort der Wundbrand eingesetzt hatte.

Sie fand ein gesundes Stück, biß zu und lockerte es, was noch mehr Schmerzensschreie bei dem einen und sabbernde Vorfreude bei dem anderen auslöste.

»Halt's Maul, du«, zischte sie mit zusammengebissenen Zähnen und riß das Fleisch noch ein bißchen mehr heraus, aber nicht soviel, daß der große Bruder nicht ein wenig zu tun gehabt hätte.

Sie hob den Kopf und ließ den Teil los, den sie im Maul gehabt hatte, beobachtete, wie er zurückschnellte, dorthin, wo er gewesen war, und dann gab sie ihrem Sohn ein Zeichen, er solle sich daranmachen.

Das tat er. Er setzte seine Vorderpfoten auf den Körper seines kleineren Bruders, um sich besser abstützen zu können, und riß das gelockerte Fleisch ab. Er ignorierte dabei das Geschrei des Kleineren. Dann kaute er und erstickte fast an seiner Gier. Dabei bemerkte er weder die Bewunderung seiner Mutter noch den Schrecken und den tiefen Schmerz seines Bruders.

»Schau!« sagte Dendrine und zeigte auf das Plateau hinaus, während sie den aufgerissenen und jetzt zappelnden Körper wieder in die Schatten stieß, bis zur nächsten Mahlzeit.

»Das ist das Plateau, und dort wirst du jagen lernen. Dort leben Hirsche besonders für dich. Regen fällt, damit du ihn trinkst. Sonne scheint, damit du in ihr liegen kannst. Schnee und Eis kommen, um deinen Körper abzuhärten und dein Herz bereitzumachen. O mein Allerliebster, auf dich haben wir so lange gewartet, jetzt schon so viele Jahrhunderte, und ich werde dich auf die große Prüfung vorbereiten, die dein

Leben ist. Du bist mein Gott, und ich verehre dich. Alle, die dich lieben und dir dienen, sollen gerettet werden. Alle, die dich zurückweisen, sollen bald sterben.«

Das Junge starrte sie an. Sein Kopf war so ungleichmäßig und schief wie ein gesplitterter Fels, seine Augen waren schwarz wie die Nacht, sein Gesichtsausdruck voller Gier.

»Milch«, sagte der Welpe mit einer schroffen, rauhen Stimme. »Zitze?«

»Nein, nein, neeeiiin«, gurrte Dendrine und legte ihren Kopf dicht an den seinen, »nicht hier draußen, nicht, wenn du groß bist. Du wirst lernen, Fleisch zu mögen. Du sollst ganze Stämme von Wölfen genießen, deren Schwäche du wegfressen wirst.«

Hinter ihnen starrte ein Augenpaar mit hoffnungslosem Schrecken auf sie. Einer wußte unausgesprochen von Anfang an, daß das Wegfressen anderer schon längst begonnen hatte.

»Schau, der Regen hat aufgehört, die Sonne kommt heraus. Sollen wir in die Wärme hinausgehen? Soll ich dir die Welt zeigen? Vielleicht werden dich die Wölfe vom See sehen, die darauf warten, dir zu dienen. Wie glücklich wären sie!«

Dendrine schob den Welpen aus dem Schatten des Überhangs. Er wagte sich ein paar Schritte auf eine Schneewächte zu, die jetzt naß vom Regen war. Er war vorbeigezogen und würde bald wiederkommen. Der Welpe fetzte am Schnee herum, mit einem sanften Geknurr, das seiner Mutter gefiel und sie noch mehr plappern ließ. Seine Pfoten waren noch zu groß für seinen Leib, sein Schwanz war noch unsicher beim Finden des Gleichgewichts. Aber seine Bewegungen waren sicher genug für einen Welpen, und die Art, wie er das reine Weiß des Schnees »tötete«, war so absolut, als stieße er eine hilflose Beute über eine Klippe, genauso grausam, genauso schnell. Aber nicht schnell genug, schien es, denn der Welpe wütete gegen den Schnee und versuchte, ihn noch mehr zu töten.

»Geduld«, schnurrte Dendrine und trat zu ihrem Jungen. Um sie herum toste das Wasser des Regenschauers.

Der Welpe hob den Kopf, während der Regen stärker

wurde, schaute zum Überhang und trottete wieder zurück unter seinen Schutz, um sich in die Schatten zurückzuziehen und mit seinem offen blutenden Bruder zu spielen und sich an seinen Schreien zu erfreuen.

»Hör doch nur, wie die fließenden Wasser tosen«, seufzte Dendrine, streckte sich noch in dem kurzen Augenblick Sonne und genoß ihren Moment Ruhe.

Schwarze Punkte auf einem Fleck Schnee waren alles, was die Beobachter sahen, aber das reichte, um sie still durch den Regen starren zu lassen, über das verstörte Hirschrudel hinweg, das vor etwas Schrecklichem geflohen war.

Punkte, die ein Wolf gewesen sein könnten, wenn auch ein kleiner, vermutete Tervicz später. Ein fernes Ding, ganz schwarz, das einen Moment lang flüchtig erschien und dann verschwunden war, das aber ein Beben des Schreckens durch die Wolken jagte und einen Blitz auf die Steilhänge herabrief. Aber erst als die Wölfe, Beobachter und Fremde gleichermaßen, noch etwas mehr sahen, wußte Tervicz, warum der See, zu dem sie zurückgekommen waren, einen solch uralten Widerklang hatte und was dort vor langer Zeit geschehen war.

Zuerst war es nicht mehr als ein ohrenbetäubendes Gebrüll, nicht mehr als scheinbar ein Nebelwirbel unter den Geröllhalden auf der anderen Seite des Plateaus. Dann lauschte das eingeschüchterte Hirschrudel gemeinsam und war auf und davon. Sonnenschein schimmerte auf den Rücken der Hirsche. Das Tosen wuchs an, der Nebelwirbel nahm eine Form an, türmte sich auf, und sie sahen, es war der weiße Schaum auf dem Gipfel einer Wasserwoge. Sie kam über das Plateau heran, schob alles vor sich her, folgte noch keinem bestimmten Pfad, wurde jedoch – wie ein Raubtier von seiner Beute – von der trockenen und wasserlosen Bachrinne angezogen, die in den See hinabführte, von derselben Rinne, die Tervicz und Morten bemerkt hatten, als sie hergekommen waren.

»Schau dir das an!« sagte Morten und langte mit einer Pfote nach Tervicz, als hätte er Angst, dieser sich aufbäumende Wasserschwall, der mit tosender Macht über Gras und Fels dahinstürmte, würde sogar zu ihnen hinaufgreifen und sie hinabreißen.

Wie lange das Wasser brauchte, um den ersten Teil der Rinne zu erreichen, wußten sie nicht – bestimmt nicht mehr als ein paar Sekunden. Keinesfalls mehr. Dann wurde es für einen oder zwei Augenblicke langsamer, füllte den tiefsten Teil der Rinne, bevor es sich wieder aufbäumte und seinen Vorstoß fortsetzte.

Jetzt war es eine riesige dahinstürmende Woge, die sich über den letzten Teil des Plateaus ergoß, an den Ufern sich brach, die die Zeit gemeißelt hatte, und Staub und Steine vor sich herschob. Dann stürzte sich der Wildbach in den See selbst hinab und brandete, gewaltig und wild, bis zu dessen Ende. Doch die Macht des Wassers war noch nicht alles. Der Schaum des Wildbaches war nicht weiß, seine Wasser waren nicht grün oder grau. Nein, nein ... Durch irgend etwas war das Wasser rot gefärbt, mit einem schrecklichen dunklen Rot, dem Rot getrockneten Blutes.

Wo die Sonne dort auf das Wasser schien, wo es noch floß und sich in den See ergoß, war seine Farbe die frischen Blutes, und der See verwandelte sich in eine offene Wunde.

»Hier«, flüsterte Tervicz – die Ehrfurcht vor einer uralten Erinnerung lag auf seinem Gesicht –, »hier bildete der Bukov-Wolf das Rudel, das zu den Wölfen der Zeit wurde. Von hier aus, Morten, zogen sie aus, damit sie an einer alten Lehre festhalten konnten. Hierher kehren wir zurück, damit die Lehre wieder richtiggestellt wird. Hier haben die Wölfe um den Verlust ihrer Götter getrauert. Hier begann der Triumph der Menschen. Hierher wird jener Wolf, der ein Gott sein wird, zurückkehren, und Menschen werden ihn verehren. Hier, Morten, hier ...«

Seine Stimme war nur noch ein Flüstern gegen das Tosen des roten Wildbachs, aber Morten hörte ihn gut. Er sah auch, was Tervicz jetzt vorhatte. Diesmal versuchte er nicht, ihn aufzuhalten. Denn Tervicz trat kühn vor, ohne sich zu kümmern, ob ihn ein Madjar sehen konnte, hob den Kopf und heulte die Freude seiner Entdeckung hinaus, daß die Wölfe der Zeit heimkamen.

»Diesmal«, heulte er, »diesmal werden sie zum Wulfsfelsen und zu Wulf selbst gehen, nicht in ferne Länder, um dort auf ihre Zeit zu warten. Ihre Zeit ist gekommen, und sie kehren heim.« Dann, noch etwas ruhiger: »Wir kehren heim.«

Er wandte sich Morten zu und sagte: »Wir haben gesehen, was wir sehen sollten, und wir haben entdeckt, wozu wir ausgeschickt wurden. Komm ...«

Sie verließen diesen Ort, gerade als die Madjaren sahen, wo sie waren, und – erschüttert von allem, was sie gesehen und gehört hatten – zu ihrer Verfolgung ansetzten.

Obwohl ihre Pfoten sehr schnell auf dem Wolfsweg liefen, um zu Aragon und den anderen zurückzukehren und zu berichten, was sie gesehen hatten, waren sie doch nicht so schnell wie die Woge der Leidenschaft, die schon Elhana und Aragon überflutet und in ihrem ungestümen Strudel mitgerissen hatte.

Da sie einen so sicheren Ort wie die Moränen als Zuhause hatten und Tervicz' und Mortens Aufbruch zur Suche nach dem See sie von den Erinnerungen an Klimt und an Rivalität befreite, gab es kein Hindernis mehr. Nicht, daß Aragon seine Verantwortung gegenüber dem Rudel völlig ignoriert hätte. Er benutzte es eher für sein lustvolles Bedürfnis.

Die Grenzen des Reviers waren abgeschritten und markiert, die Wachen eingeteilt, und alltägliche Nahrung in Form von Kaninchen war gefunden. Im übrigen machte Aragon deutlich, daß er mit seiner Leitwölfin in Ruhe gelassen werden wollte. Stry oder Lounel sollten sie nur stören, falls sie mußten ... Dann sollten sie wirklich einen guten Grund dafür haben.

»Glaubst du nicht, wir sollten diese Gelegenheit nutzen, um die Steilhänge über diesem Moränengebiet zu erkunden?« fragte Stry mehr als einmal.

Aragon schüttelte so geduldig, wie er nur konnte, den Kopf und sagte: »Das hat keinen Sinn, solange wir nicht wissen, was die anderen herausfinden.«

»Oder vielleicht könnten wir ... nun ja, darüber reden, was wir vorhaben, wenn wir ein Revier gefunden haben?« versuchte Lounel.

»Ich glaube nicht«, sagte Aragon und beäugte seine Gefährtin, zu der er zurückkehren wollte.

»Aber, Wolf«, fuhr Lounel fort, »als wir ins Herzland unterwegs waren, hast du oft von den großen und heroischen Dingen geredet, die ein iberischer Wolf tun würde. Du hast gesagt ...«

»Zweifellos habe ich viele Dinge gesagt«, knurrte Aragon gereizt, »aber das war, bevor ...« und wieder beäugte er Elhana, während sie an nicht viel dachte, außer daß er Zeit mit Banalitäten verschwendete, während sie zusammensein könnten. Privat. An dem Platz tanzend, den sie entdeckt hatten und zu dem keine anderen Wölfe zu kommen brauchten. Sie schaute ungeduldig zu ihm hinüber.

»... bevor ich Tervicz und Morten mit einer Aufgabe wegschickte. Sie brauchen dafür zu lange. Sie halten uns auf.«

Das war alles Unsinn, und Lounel wußte es. Die Schwierigkeit lag darin, daß Aragon es nicht wußte. Er glaubte die Halbwahrheiten, die er erzählte. Lounel wandte sich müde von ihm ab, allerdings ganz ohne die Verachtung, von der Aragon zu meinen schien, Lounel lasse sie durchblicken.

Aragon stürzte sich auf seinen Freund, zwickte ihn ohne Warnung in die Hinterkeule, brachte ihn zu Fall und demütigte ihn.

»Aragon!« knurrte Stry.

»Du meinst ›Anführer‹«, sagte Aragon ruhig, wandte sich von Lounel ab, dem er nicht in die Augen schauen konnte, und ging geradewegs auf Stry zu und taxierte ihn.

»Anführer«, gab Stry widerstrebend nach.

»Wir warten bis zu ihrer Rückkehr, bevor wir etwas unternehmen. Bis dahin ruht euch aus und tut nichts. Du, komm!«

Die letzten Worte waren an Elhana gerichtet und sollten herrisch klingen. Für sie klangen sie so.

»Ich weiß nicht, was über die beiden gekommen ist«, brummte Stry, als sie fort waren.

»Die Lust«, sagte Lounel nüchtern und leckte die Stelle, an

der Aragon ihn blutig gezwickt hatte. »Ich dachte, du wüßtest mehr davon als ich.«

»Meinst du nicht, daß du zu hart zu ihnen warst?« sagte Elhana, als sie allein waren.

Er kam zu ihr, stieß sie und wollte, daß seine Taten lauter sprächen als Worte, denn er konnte keine Worte finden, die den Angriff auf Lounel oder die Weigerung, Stry zuzuhören, hätten rechtfertigen können. Statt dessen schnupperte er an ihr und leckte sie heftig.

»Meinst … du nicht …« versuchte sie es noch einmal und wich seinen Stößen und Berührungen aus und unterwarf sich ihm dann in der Weise, wie er sie unterwarf.

»Wen kümmert das, wenn wir … das haben«, sagte er mit belegter Stimme, die Augen für die Welt geschlossen. Sein Bedürfnis wechselte vom Allgemeinen zum Besonderen und vom Besonderen zum ganz Besonderen, das darin bestand, daß er irgendwo in ihr war.

»Aber …« sagte sie, wollte jedoch damit nicht widersprechen.

»Aber?« sagte er heiser und biß sie in den Rücken und den Nacken, während er sie bestieg und in sie eindrang.

»Aber nichts, Aragon, aber alles, aber tu's nur, aber, aber, aber …!«

Sie hielt den Seufzer so lange zurück, wie sie konnte, und als sie ihn dann ausstieß, war es ein Keuchen und ein Schrei.

»Sie reizen mich manchmal so sehr«, sagte er danach, als sie im trägen Sonnenlicht mit ineinandergeschlungen Gliedern dalagen. Ihr Bedürfnis war befriedigt, ihre gestillte Lust war jetzt nicht mehr als das trockene Gras, das vor ihren Gesichtern schwankte, und die Federmotte, die vorüberflatterte und sich im Schatten verlor.

»Mein Schatz, mein Schatz«, sagte sie, »du bist ihr Anführer und mußt ihnen zuhören.«

»Nicht du, Elhana«, sagte er ungeduldig. »Nein, nein, nicht auch du noch …«

»Nicht ich«, seufzte sie. Sie schob ihm sachte ihr Hinterteil entgegen und erregte ihn, denn sie wollte …

»Schon?«

»Fast bereit.«

Sie lachten und sprachen eine Stunde lang – oder vielleicht auch drei – von nichts. An Stry und Lounel, die außerhalb der Hörweite warteten, dachten sie überhaupt nicht. Tervicz und Morten und deren Aufgabe hatten sie völlig vergessen.

»Wir könnten«, begann sie, nachdem er sie wieder bestiegen und so lange genommen hatte, bis es fast schmerzte und er so müde war, daß er beinahe einschlief, »wir könnten tun, was Stry vorgeschlagen hat.«

»Was hat er vorgeschlagen?«

»Die Steilhänge zu erforschen.«

Aragon stöhnte.

»Nur ein bißchen.« Sie zog sich von ihm zurück. Plötzlich brauchte sie Raum, und plötzlich war sie recht gelangweilt. »Ich habe Durst«, log sie. Es war ihre erste Lüge. Lust und Liebe haben ihre Zeit, und wie das Leben einer Motte ist sie kurz.

Sie erhoben sich zusammen und gingen ins Unterholz und dann den Hang hinauf.

»Wohin geht ihr?«

Es war Lounel, weiter oben am Hang. Es kümmerte sie wenig, ob er sie beobachtet hatte und was er dachte.

»Erkunden«, sagte Elhana.

»Auskundschaften«, sagte Aragon und schaute ihm kühn in die Augen, doch dabei schämte er sich.

»Paßt gut auf!« sagte Lounel ruhig, mit einem sanften Lächeln, als hätte er fast einen Witz gemacht.

»Werden wir!« erwiderte Elhana schelmisch, doch Lounel lachte nicht, ebensowenig wie Aragon.

Sie zogen den Hang hinauf bis zu den Geröllhalden, die die Steilwände säumten. Während sie kletterten, wurden sie immer durstiger. Die nahe Klippe war steiler, und das Geröll war lose und schwierig zu begehen. Hier gab es nur ausgetrocknete, verirrte Pflanzen, den Geruch von Staub und die Losung von Hirschen entlang alter Wildpfade, die schmale Terrassen bildeten, auf denen so spät im Sommer nur eine dahinhüpfende Bachstelze von Leben kündete – und die herabgefallenen Federn von Raben, die oben in den Klippen wohnten.

»Nichts«, murmelte Aragon.

»Hier gibt es keinen Weg hindurch«, sagte Elhana, die ihren Hals reckte, um nach einem Weg Ausschau zu halten.

»Warum sollte es einen geben?« fragte Aragon.

»Ich habe so ein Gefühl, als müßte es einen geben.«

»Es gibt immer einen Weg für uns, allerdings nicht an einem so steilen Hang«, sagte er.

Plötzlich sah Aragon so jung aus, plötzlich fremd, und Elhana fühlte sich alt und etwas müde. In seinem schönen Pelz gab es noch keine graue Stelle, ganz anders als bei ihr. In seinem Gesicht war keine Narbe. Er war stark und jung.

Als sie da standen, über ihnen die Felsklippe, vor ihnen das Moorland, das sich weithin dehnte, und das rauhe, gestrüppreiche Moränengebiet direkt unter ihnen, sah sie ihn, wie er wirklich war, nicht wie sie glaubte, daß er sei. Sie sah einen Wolf, der zu jung war, um zu führen, einen Wolf zu voll mit Lust und Liebe, einen Wolf, der noch nicht sehr klug war.

»Ein Wolf, den ich närrischerweise gern habe und liebe«, sagte sie sich.

Sie lächelte darüber, wie er herumschaute und wie er auf sie herabschaute und sich fragte, was sie wohl dachte. Er war der Gefährte, den sie sich erträumt hatte, als sie mit ihrem Vater Ambato durch die Dolomiten gezogen war. Er machte sie lachen, er reizte sie gerade ein wenig, und sie hatte Angst um ihn. Sie war ihm zu spät begegnet, und er hatte sie viel zu früh gefunden.

»Was denkst du?« fragte er, wie sie es erwartet hatte.

»Ich hoffe, daß die Zeit die Dinge zum Besseren wendet«, sagte sie, »und daß ich dich liebe, Aragon. Ich liebe dich.«

»Und ich dich«, sagte er und kam näher zu ihr heran. Aber er verstand ihre Leidenschaft und die Tiefe dessen, was sie sagte, überhaupt nicht. »Was geht uns die Zeit an, wenn wir einander haben?«

Er drückte sich an sie, sie rutschten aus, fielen hin und

lachten. Obwohl sie keine Lust hatte, an Vergangenheit oder Zukunft zu denken, hörte sie sich sagen: »Es gibt hier oben für uns keinen Weg hindurch.«

Die Steilwand erschien düster und dunkel. Trotzdem fühlte sie sich von ihr angezogen, obwohl Aragon sich bemühte, sie an etwas anderes denken zu lassen. Sie blickte die Wand empor, während er sie aufs neue nahm, und sie verlor sich in den Ritzen und Wänden, in den Lücken und Vorsprüngen, den Höhen und Überhängen, in der ganzen Vielfältigkeit des Steilhangs.

Da erkannte Elhana, daß es einen Weg hindurch geben mußte. Sie dachte an Klimt und wußte, daß er hier oder sonstwo einen Weg hindurch finden würde. Sie dachte an Klimt und seinen Mut und seinen Schmerz, an seine Kälte und seine Verletzlichkeit, und als ihr junger Wolf sie liebte, wußte sie, warum sie weinte.

Am selben Tag, als Lounel beobachtet hatte, wie sie über die Baumgrenze hinaus und über die steilen Hänge nach oben kletterten, wanderte Stry auch los.

»Ich halte es nicht aus, nichts zu tun, also werde ich etwas tun. Ich gehe und suche etwas Beute.«

»Gib acht«, sagte Lounel, der an diesem Tag zu Warnungen auflegt zu sein schien. Er legte sich nieder und döste vor sich hin. An Spätsommertagen wie diesem gab es wenig, was ein Wolf tun konnte, um die Tage schneller vergehen zu lassen, hin zu dem kühleren Wetter und den Veränderungen, die kommen mußten. Am besten war, zu dösen und zu warten, ein Ohr aufzustellen, ein Auge halb zu öffnen und der Welt zu lauschen, die den Tag vorübergehen ließ, und dem fernen Geflüster der heraufkommenden Sterne.

Stry war in der Stimmung, Beute zu suchen, sich anzupirschen und sie vielleicht sogar zu fangen. Das war nie einfach. Außerdem war er der Kaninchen überdrüssig, was seine Chancen noch verringerte.

Die Sonne brannte herab, und schließlich faulenzte auch er, angezogen von einem Rinnsal. Er kühlte seine Pfoten in einem Wassergetröpfel, blickte zu den dunstigen Wänden des Steilhangs empor und wartete darauf, daß Morten und Tervicz zurückkehrten. Dann plötzlich die Witterung von Blut, ein Geraschel, und eine junge Hirschkuh kam angehumpelt, verwundet von Menschen, zum Sterben verurteilt.

»Mist!« sagte er und blieb, wo er war, bis sie ihren Hals dem Wasser entgegenreckte und er sie ganz einfach packte. Ein kurzer Kampf, ein Schrei, ein Zittern. Blut floß, da lag sie. Ihr Bauch atmete noch ein und aus, ein und aus, dann ... Ihre Läufe zitterten noch, nachdem sie gestorben war, ein Auge hatte sich langsam geschlossen. Die Schußwunde wimmelte von Fliegen. Von Menschen getötet zum Vergnügen oder nur aus Unfähigkeit?

»Wen kümmert es! Wulf sei gelobt, sie gehört mir, das allein zählt!« murmelte er und biß zu, riß die Haut auf, gab auf und machte sich an die Wunde, riß die Haut noch mehr auf, senkte seine Schnauze in das rote Fleisch der Schulter und begann mit einem gemütlichen Mahl. »Das Beste im ganzen Sommer«, brummelte er und keuchte gierig. »Das Beste seit Jahren!«

Er ruhte sich aus, döste ein wenig, verscheuchte Fliegen und eine schläfrige Hummel und senkte seine Schnauze erneut tief in das blutige Loch, das er gerissen hatte.

Als er hochkam, um Luft zu holen, verfinsterte sich der Himmel.

»Scheiße!« fluchte er und richtete sich knurrend auf. Dabei bewachte er, was er sich verschafft hatte.

Stry erkannte den Wolf sofort. Das letzte Mal hatte er ihn genau an einem solchen Wasserlauf gesehen. Benutzte er also Bäche als Pfade, und nutzte er deren Geräusche aus und die Luftbewegungen, die das Wasser hervorruft, und die wechselnden Witterungen? Es schien so.

»Sei gegrüßt«, sagte der riesige rauhe Wolf völlig ruhig.

»Ja«, sagte Stry, runzelte die Stirn und erwog seine Chancen. Sie waren nicht sonderlich groß. Aber schließlich hatte er gut gefressen. Oder ziemlich gut.

Er nahm einen weiteren Bissen, ohne seine Augen von dem Neuankömmling abzuwenden, der – ziemlich eindrucksvoll, wie es Stry schien – mitten im Bach stand.

Stry kam zu dem Schluß, daß er es nicht darauf ankommen lassen wollte, und riß sich schnell ein Stück ab, solange er noch konnte. Der Wolf trat einen Schritt vor, dann einen weiteren. Die Augen in seinem breiten und zerfurchten Gesicht schauten mit fröhlicher Dankbarkeit auf die Nahrung und mit relativer Gleichgültigkeit auf Stry.

Stry nahm einen weiteren Biß und zog sich dann klug zurück, setzte sich ein wenig zur Seite nieder, leckte seine Pfoten und benutzte sie dann, um seinen Gesichtspelz zu reinigen.

Der andere Wolf ließ es sich schmecken. Er riß Bissen ab, die größer waren als die von Stry, und er tat es mit beträchtlich mehr Kraft. Er fraß, ohne aufzublicken und ohne seine Stellung zu sichern – ein Wolf voller Selbstvertrauen.

»Aber ohne Aggression«, dachte Stry dankbar. Dann sagte er: »Mein Name ist Stry. Ich komme aus der polnischen Tatra.«

Der andere Wolf hielt inne und kaute dann weiter. Er rülpste ein- oder zweimal, hielt wieder inne und schaute zu Stry auf, als wollte er sich vergewissern, daß er noch da war.

Schließlich sagte er: »Und ich bin aus Rußland.«

»Ein russischer Wolf!« wiederholte Stry aufgeregt.

Das Gesicht des Wolfes verdüsterte sich. Stry begriff, daß der andere über dieses Thema nicht reden wollte.

»Erzähl mir von dem Rudel, mit dem du unterwegs bist«, sagte der Wolf schließlich und begann seine Pfoten zu reinigen, wie es Stry getan hatte, doch er ging dazu zum Bach hinab und stellte sich mit den Vorderpfoten hinein, bevor er seinen Kopf ein wenig eintauchte und dann trank. Diese Stellung ließ ihn ganz ungeschützt und verwundbar, aber er zeigte überhaupt keine Angst vor Stry.

Da Stry sich an das Gespräch mit den anderen erinnerte, wie gut sie einen Wolf wie diesen in ihrem Rudel brauchen könnten, auch wenn er etwas älter war, beantwortete er die Frage, indem er die Tugenden der Wölfe rühmte, mit denen er zog, verriet sonst allerdings nicht viel. Er erwähnte nicht, daß sie alle aus verschiedenen Gegenden gekommen waren, und erzählte nichts über die kürzlichen Veränderungen im Rudel.

Der Wolf zog sich vom Wasser zurück, ließ sich ein Stück weit vom Hirschkadaver entfernt nieder, so daß Stry sich ohne Hemmungen eine zweite Portion nehmen konnte, nickte ein wenig ungeduldig und sagte: »Ja, ja, schön. Ich glaube schon, daß sie alle, jeder für sich, gute Wölfe sind. Aber ich habe dich nach dem Rudel und seinem Ziel gefragt.«

Der Blick des Wolfes war scharf und klug. Stry hatte keinen Zweifel, daß er einmal der Anführer seines eigenen Rudels gewesen war. Alter, Verletzung, Niederlage – alles zusammen oder eines davon konnten dazu beigetragen haben, ihn zu verdrängen.

»Unser Rudel?« sagte er, um Zeit zu gewinnen.

Der Wolf seufzte müde und sagte: »Wohin ist euer Anführer gegangen, zum Beispiel? Oder, falls ihr welche habt, was sind die Kampfziele eures Rudels? Oder wenn das zuviel ist gegenüber einem, den du kaum kennst, wie wäre es dann damit: Was sind die Stärken und Schwächen eures Rudels?«

»Das sind ja eine Menge Fragen«, sagte Stry.

»Wenn ihr möchtet, daß andere mit ihrer Stärke die eure vergrößern, dann müßt ihr sie überzeugen, daß ihr etwas anzubieten habt, nicht wahr? Ihr braucht einen Wolf wie mich.«

»Hm, ja, vermutlich brauchen wir einen«, sagte Stry, der eine solche Befragung nicht gewöhnt war und den um so mehr verwirrte, daß sein Fragesteller besser damit umgehen konnte.

»Du hast nach Klimt gefragt. Aber wie weißt du …?«

»Ich beobachte in dieser Gegend schon seit einigen Monaten euch und die Madjaren, da ich entscheiden möchte, wem ich mich anschließen soll. Aber du hast mich ja selbst schon früher gesehen.«

»Ja, allerdings.«

»Also … Woher ist der Anführer gekommen, der gerade das Rudel verlassen hat?«

Diesmal klang die Frage ziemlich scharf, fast wie ein Befehl.

»Er ist ein nordischer Wolf.«

»Wie ist es dazu gekommen, daß er bei euch ausgestoßen wurde?«

»Er ist auf eigenen Antrieb gegangen, leider«, sagte Stry.

»Erzähl mir alles darüber«, sagte der Fremde, und sehr bald ertappte sich Stry dabei, daß er dies tat. Er spürte, daß er diesem Wolf trauen konnte. Es gab keine Möglichkeit, daß ein solcher Wolf sich ihrem Rudel anschließen würde, wenn er nicht überzeugt war, daß es sich lohnte.

Als das Gespräch vorüber war, war es schon später Nachmittag, und jeder hatte gut gegessen. Der Wolf hatte kaum etwas über sich selbst gesagt, außer daß er für mehr als ein Jahr ein Vagabund gewesen war, daß er Strecken zurückgelegt hatte, von denen Stry nur träumen konnte, und daß er wußte, wie ein Rudel funktionierte. Falls er nicht selbst der Anführer eines Rudels gewesen war, mußte er gewiß Mitglied in einem gewesen sein, das gut und offen geführt wurde.

Der Wolf erhob sich, um zu gehen.

»Du kannst kommen und dich mit uns treffen …«

Der Wolf schüttelte den Kopf.

»Ich bin dafür noch nicht bereit, und ich glaube, es ist an der Zeit, daß ich mit diesem Wolf Klimt spreche, falls ich ihn finden kann. Was eine Begegnung mit Aragon anlangt, so klingt es, als würde er mich als Bedrohung sehen, und das wäre mir zuwider.«

»Aber du bist doch nicht …«

»Schwache Anführer, besonders jüngere, sehen in allem eine Bedrohung. Es war ein Vergnügen, mit dir zu reden, Stry, und ich freue mich darauf, mich wieder mit dir zu treffen.«

»Wirst du …?«

»Wahrscheinlich ja. Der Winter kommt, und hier in der Gegend liegen Veränderungen in der Luft. Große Veränderungen. Ich bin gekommen zu helfen, sie in die richtige Richtung zu stoßen.«

»Wer bist du, Wolf?« fragte Stry, und seine Stimme klang plötzlich drängend. Er spürte, daß sie diesen Wolf nicht verlieren durften.

»Frag lieber, welche Rolle ich in eurem Rudel spielen könnte. Es gibt nur eins, was ich geben kann, so scheint es mir. Aber schließlich kennt ein Wolf nicht immer seine eigene Stärke und auch nicht seine eigenen Schwächen. Auf jeden Fall ...«

»Auf jeden Fall?« fragte Stry.

Der Wolf wurde gesprächiger und erzählte etwas mehr über die Natur von Rudeln. Er tat dies mit solcher Ernsthaftigkeit und Eindringlichkeit, daß Stry nicht anders konnte als zuhören. Dann nickte er lächelnd, um für die Nahrung zu danken, und bevor Stry sich aufraffen konnte, etwas zu sagen, platschte er hinab in den Bach, ohne Zweifel, um sich abzukühlen und keine Witterung zu hinterlassen, der andere folgen könnten.

»Und was hat er gesagt, als du ihn gefragt hast, was er mit ›auf jeden Fall‹ meint?« fragte Lounel später, als Stry ihm von der Begegnung mit dem fremden Wolf erzählte.

»Nun ja, ich glaube, er hat gesagt – und da hatten wir schon ziemlich lange geredet, oder er, er hat mir Fragen gestellt, und ich habe gemerkt, wie ich sie beantworte – daß ... daß ...«

»Nun, Wolf?« sagte Lounel ein kleines bißchen ungeduldig.

»Daß er zu seiner Zeit viele Rudel gekannt hat und daß ihre gemeinsamen Stärken und Schwächen ohne Ausnahme nie die gleichen waren wie die der einzelnen Wölfe, die sie umfaßten. Dann hat er etwas gesagt wie: ›Es hat noch nie ein Rudel gegeben, das sich seiner vollen gemeinsamen Stärke bewußt war, und wenn es so eins gibt, dann wird sich die Welt verändern. Dieses Rudel suche ich, Wolf. Ist das das Rudel, zu dem du gehörst?‹ Es klang alles sehr eindrucksvoll, Lounel, aber ich bin mir nicht sicher, was er damit gemeint hat.«

»Er hat gemeint, daß er uns ausforscht.«

»Nun, das tut er offensichtlich. Ich weiß.«

»Er hat gemeint, daß er das, was wir vorhaben, eher ernster nimmt, als unser Rudel es im Augenblick tut. Aber Aragon und Elhana brauchten schließlich Zeit. Und Klimt auch.«

»Nun, die haben sie doch gehabt, oder?«

»Ich hoffe es«, sagte Lounel, »denn ich glaube, unsere Zeit läuft uns davon.«

Morten und Tervicz kamen schließlich am nächsten Morgen zurück, voll von Neuigkeiten und Entdeckungen, und mußten feststellen, daß Aragon und Elhana nicht bei den anderen waren.

»›Sich mal frei nehmen‹, so hat er es ausgedrückt«, sagte Stry mit schwerer Stimme. »Hat uns gesagt, wir sollten uns ›ein bißchen ausruhen‹, bis ihr zurückkommt. Obwohl wir sie von Zeit zu Zeit sehen, na ja, du weißt schon ... Ich nehme an, sie werden im Laufe des Tages eintrudeln.«

»Was wir zu berichten haben, sollten der Anführer und die Leitwölfin des Rudels hören, aber wenn die nicht hier sind ... nun, ich nehme an, wir warten einfach«, sagte Morten.

Sie warteten bis zum Abend, aber als Aragon zurückkam, wirkte er müde und zerstreut und war nicht bereit zu reden. Am nächsten Morgen würde es auch noch reichen, meinte er. Elhana zeigte sich mehr interessiert. Hätte Aragon nicht darauf bestanden, es könne bis zum Morgen warten, dann hätte sie beide Wölfe erzählen lassen, was sie herausgefunden hatten. Elhana schien mehr gereizt als zerstreut zu sein.

Anführer und Leitwölfin sagten kaum ein Wort zueinander, bis Aragon einen Platz in der Lichtung einnahm, die sie benutzten, einen Platz, von dem er sie alle mit finsteren Blicken beobachten konnte. Für Tervicz und Morten war die Rückkehr deprimierend.

Die Nacht ging vorüber, der Tag kam, sie fraßen und wuschen sich. Aragon hörte ihnen freundlich zu und befragte sie gründlich über alles, was am See geschehen war. Er war freundlich, aber nicht sehr bewegt, er hörte zwar zu, war aber nicht sonderlich interessiert.

Tervicz versuchte zu beschreiben, was sie gesehen hatten, auch die Empfindung von Veränderung und Bestimmung.

Er erzählte, daß dort oben über der Steilwand sich ein Wolf befand, auf den die Beobachter warteten, und daß er kommen und mit sich eine Flut von Blut bringen würde.

»Ja, ja, ja ... Tervicz!« sagte Aragon schließlich. »Du hast das jetzt gerade auf eine Art gesagt und dann auf eine andere, und jetzt fängst du ein drittes Mal damit an. Wir alle wissen, daß ihr Bukov-Wölfe eine lebhafte Phantasie habt!«

Er lachte und schaute sich im Kreis um, ob die anderen mitlachten. Doch keiner fiel ein, nur Elhana brachte ein schwaches Lächeln der Loyalität zustande.

»Mißversteh mich nicht«, fuhr er nachdenklicher fort und trat jetzt den Rückzug vom offenen Spott an. »Ich nehme ernst, was du sagst, und ich vertraue eurem gemeinsamen Urteil, daß das, was ihr gespürt habt, gefährlich sein kann. Aber in Wahrheit habt ihr nicht viel anderes gesehen, als daß eine Bachrinne geflutet wurde. Und was das Blut angeht, nun, in Iberien, wo ich herkomme, gibt es immer wieder solche plötzlichen Überschwemmungen, und sie färben die Seen, in die sie fließen, mit der Farbe des Bodens und der losen Steine, über die sie hinwegfließen. Zufällig ist der Boden oft rot. Was die Beobachter angeht, so klingt das, als täten die Madjaren das, was jeder kluge Stamm im Sommer tun würde, wenn Vagabunden in der Nähe sind – und sie wissen, daß wir wahrscheinlich zurückkommen werden. Deshalb scheint mir, daß wir etwas anderes tun sollten, etwas, das ein bißchen unerwartet ist.«

Er hatte schwach angefangen, aber jetzt klang es so, als rückte Aragon endlich mit einer Strategie heraus. Sie rückten näher zu ihm heran.

»In den letzten paar Tagen haben ich und meine Leitwölfin diese Gegend hier ein wenig erkundet.« Er zögerte nur ganz kurz, als wollte er seinen Worten Nachdruck verleihen. Stry allerdings nutzte die Pause und warf einen Blick auf Elhana und sah auf ihrem Gesicht den Ausdruck leichter Überraschung. »Wir sind zu dem Schluß gekommen, daß es vielleicht einen Weg durch die Steilhänge über uns gibt, auf dem wir schließlich zu demselben Ort kommen wie auf der überwachten Route oberhalb des Sees, von der wir jetzt wissen. Nicht wahr, Elhana?«

Widerstrebend nickte Elhana, um zu zeigen, daß sie ihm zustimmte, aber sie konnte sich nicht dazu durchringen, das tatsächlich zu sagen – eine Tatsache, die Stry nicht entging. Inzwischen hatten Lounels Augen einen vagen und abwesenden Blick angenommen, der zwar auf die große Narbe in dem Steilhang über ihnen und deren ungastliche Länge geheftet war, aber anscheinend wo ganz anders umherwanderte, wo es Routen nach drüben gab und bessere Arten, sie zu finden.

»Die Moränen haben sich für uns als gutes und sicheres Zuhause erwiesen«, fuhr Aragon fort, »und deshalb sehe ich keinen Sinn darin, von hier aus jetzt weiterzueilen. Wir werden in aller Ruhe alles erkunden und dann in einem oder vielleicht zwei Monaten ...«

»Aber, Aragon ...« begann Tervicz.

»Ja?«

»Bei dem, was wir am See beobachtet haben, gab es ein Gefühl der Dringlichkeit, eine Notwendigkeit, den Augenblick auszunutzen. Ich glaube nicht, daß wir es uns leisten können, ›in aller Ruhe zu erkunden‹, wie du ...«

»Glaubst du nicht? Zweifelst du an mir? Gewiß denkst du nicht an die Zeit, die ich in den letzten paar Tagen darauf verwendet habe, mich mit den Bedürfnissen des Rudels zu befassen. Du hast nicht gedacht ...«

Es war Prahlerei, es war Unfug, und es war schade, daß kein Wolf da war, der Willen und Stärke besessen hätte, ihn offen herauszufordern. Aber wenn ein Leitwolf die Führung neu übernommen hat und seine Leitwölfin bleibt ihm loyal, dann ist es schwer, ihn zu verdrängen. Hätte es überhaupt einer von ihnen besser gemacht? Das Problem lag darin, daß Aragon nicht zuhörte, und die anderen, selbst Lounel, wie es schien, hatten nicht den Willen oder den Wunsch, ihn zu etwas Besserem hinzuführen. Der fremde Wolf hatte recht gehabt. Die Stärken eines Rudels konnten durchaus mehr sein als die Stärken der einzelnen Mitglieder, aber seine Schwächen ebenso.

»Es scheint, daß wir hier sicher genug sind«, sagte Morten langsam und dachte dabei vielleicht, daß sie dies dann am besten irgendwo taten, wo es sicher war, wenn sie sich schon darauf einließen, Schatten zu jagen und Wolfswege zu suchen, die wahrscheinlich nicht existierten. Aragon würde bald zur Vernunft kommen, und sie mußten einfach hoffen, daß es nicht zu spät war, um sich dann dem namenlosen Ding gegenüberzustellen, dessen Kommen er und Tervicz gespürt hatten. Wieviel einfacher wäre es gewesen, wenn sie einen Feind gesehen hätten! Aber es gab nichts, nichts als das durchdringende Gefühl von einem bevorstehenden Verhängnis.

»Vielleicht solltest du einmal selbst zum See kommen«, sagte er, da ihm plötzlich der Gedanke gekommen war, Aragon würde vielleicht seine Meinung ändern, wenn er tatsächlich dort gewesen wäre und das gleiche gespürt hätte wie sie.

»Ich bezweifle, daß ich etwas sehen würde, das ihr nicht gesehen habt«, sagte Aragon, »und ich möchte es nicht riskieren, die Madjaren wissen zu lassen, wo wir sind … Also, das war's dann. Die Entscheidung ist gefallen. In einem oder zwei Tagen werden wir entscheiden, wie wir es anfangen, die Steilwand über uns zu erforschen.«

Es dauerte vier Tage, bis sie endlich begannen. Tage, während denen jeder von ihnen ruheloser und unzufriedener wurde. Gleichzeitig gab es zwischen Aragon und Elhana weniger Gerede von Liebe, während die Lust zu ersterben begann, und jeder von beiden schob die Schuld für alles einem undankbaren Rudel zu …

Kapitel 5

Klimt macht die Bekanntschaft von drei Wölfen:
Der erste ist er selbst, der zweite hat Angst vor ihm,
und der dritte hat vor überhaupt keinem Wolf Angst

Als Klimt seine Abschiedsansprache an das Rudel begonnen hatte, war es gar nicht seine Absicht gewesen, Abschied zu nehmen. Eher im Gegenteil. Er hatte gehofft, ihnen sein Herz zu öffnen, Elhana enger an sich zu binden und das Rudel zu motivieren, zurück ins Herzland zu gehen und dort ein Revier zu gründen.

Es hatte nicht so funktioniert. Er war so wenig daran gewöhnt, persönlich zu sprechen, persönlich zu denken, daß er, als er es versuchte, merkte, wie er von seinen Gedanken ganz verblüfft und überrascht wurde. Er, der immer ein ehrlicher Wolf gewesen war, immer mit hohen Idealen und mit einem Ziel, das wenig mit seinen eigenen Bedürfnissen und sehr viel mit denen des Rudels zu tun hatte, hatte sich jetzt in die Abdankung hineingeredet. Denn je mehr er sich reden hörte, desto mehr schien das der einzig ehrenhafte Weg zu sein. Dem Schmerz, die Führerschaft aufzugeben, kam nur die zunehmende Einsicht gleich, daß er als Führer seine Leitwölfin im Stich gelassen hatte. Sie war mit ihm unglücklich. Welche schrecklichen Stiche verspürte er im Herzen, als er an ihrem Blick und an der Stimmung des Rudels sah, daß sie mit einem anderen glücklicher sein könnte.

Obwohl er das Wort »Liebe« benutzte, wußte er noch nicht, was es bedeutete, außer wenn es sich um Elternliebe handelte oder um die Liebe, die er für Elsinor empfunden hatte, die jung, lebensprühend, naiv und romantisch gewesen war, doch auch – wie es meistens bei einer solchen Liebe ist – dem Untergang geweiht. Beständige Liebe wächst durch ein offenes Herz und achtsame Gedanken für den anderen. Man findet sie nicht zufällig am Weg wie eine Schneewehe oder gefallenes Laub. Liebe, die dauerhafte, sichere Liebe zwischen einem Leitwolf und einer Leitwölfin, bei der ein

Rudel gedeihen und auf die es sich verlassen kann und die die Wölfe dieses Rudels aus innerem Selbstvertrauen gesund an Herz und Geist in die unsichere Welt hinausschickt, wird nie bloß gefunden. Sie ist das Ergebnis harter Arbeit.

Das wußte Klimt damals noch nicht. Er hatte seine erste Liebe, seine ersten Jungen, sein erstes Rudel auf äußerst schreckliche Weise verloren, und er empfand nicht nur Schmerz, sondern auch Schuld. Er konnte es nicht riskieren, sein Herz einer anderen zu geben, wie Elhana es wünschte. Aber in Klimts Entscheidung fortzugehen lag noch mehr – auch ein gewisser gesunder Wolfsverstand, wie Lounel als erster erkannt hatte.

Klimt verstand, daß er einen Kampf mit Aragon um Elhanas Loyalität, bei dem ihre Liebe für den einen mit ihrem Pflichtgefühl für den anderen im Widerstreit läge, nicht würde gewinnen können. Oder er konnte ihn zumindest nicht durch direkte Konfrontation gewinnen. Hier zeigte sich seine Intelligenz und seine Schläue. Je mehr er versucht hätte, Aragon zu dominieren, und je mehr er darin Erfolg gehabt hätte, desto mehr hätte Elhana es ihm übelgenommen. Und wenn er so weit gegangen wäre, Aragon zu töten oder zu verbannen, dann hätte er den Kampf um Elhanas Herz und Liebe für immer verloren. Es war viel besser, Aragon die Freiheit zu lassen, seine Schwächen und Fehler zu zeigen. Wenn er statt dessen seine Stärke zeigte, nun, dann konnte Klimt zufrieden sein in dem Wissen, daß er seinem Rudel am besten gedient hatte, indem er es verließ.

Das waren die Gründe für seinen Weggang. Wölfe, die mehr vom Leben wissen, als Klimt damals wußte, könnten durchaus zu dem Schluß kommen, daß zwar diese Gründe vernünftig genug sein mochten, daß sie aber dennoch nicht alles waren. Viel mehr konnte noch geschehen, andere Faktoren konnten ins Spiel kommen. Bei solchen vielschichtigen und gewichtigen Dingen wie Liebe und Führerschaft, Rudelleben und Einzelwolfdasein, Reisen ins Herzland und Errichtung eines Reviers tritt immer das Unerwartete ein. Darin, wie sie damit umgehen, offenbaren Wölfe ihren Wert.

Wenn Herausforderungen erfolgreich bewältigt werden

und die Veränderung der Stagnation weicht, verändert sich der Blick eines Wolfes auf die Welt, und vergangene Entscheidungen, ganz gleich, ob sie seinerzeit impulsiv oder mit Schwierigkeiten getroffen wurden, können plötzlich absurd, unwirklich, schwach erscheinen. Für einige scheint es zu spät zu sein, und lähmende Reue stellt sich ein. Anderen – und dies sind die bedeutenderen Wölfe – bieten neue Perspektiven, neue Herausforderungen. Die Vergangenheit ist vorbei, Reue ist Zeitverschwendung. Alles kann wiedergewonnen werden und noch viel, viel mehr …

Als Klimt das Rudel verließ und über das südliche Moorland loszog, war seine eigene Sicherheit seine geringste Sorge. Da er so plötzlich weggegangen war, machte er sich tatsächlich mehr Sorgen darüber, daß er am nächsten oder auch übernächsten Tag dem Rudel wieder über den Weg laufen könnte. Deshalb beschloß er, zu einem Ort zu ziehen, den er kannte, um dort eine Weile nachzudenken. So kam es, daß er sich bald wieder in der Felsenrinne befand, die zuvor schon sein Ausgangspunkt in das Herzland gewesen war und es jetzt wieder werden konnte.

Die Felsenrinne bedeutete für Klimt keine Ängste und keine besonderen Erinnerungen. Er bedauerte den Verlust der Jungen, aber … irgendwie war ihre Geburt ungünstig gewesen und zu früh gekommen. Es gab einige Anzeichen, daß kürzlich Menschen dort gewesen waren, auch Wölfe, allerdings hatte er keine klare Vorstellung, um wen es sich dabei handeln könnte.

Es gab dennoch Hinweise, die ihn nachdenken ließen. Den ersten fand er hingestreckt und ausgetrocknet oberhalb der Felsenrinne, auf dem kleinen Gelände, wo er und die anderen kurzzeitig in der Falle gesessen waren. Es handelte sich um die Haut und die Knochen eines Wolfswelpen, zweifellos des Jungen, das in Elhanas Schnauze gestorben war, als sie vergeblich versucht hatte, es in die Sicherheit zu tragen. Es war sein Sohn.

Er betrachtete den kleinen Kadaver leidenschaftslos, denn wenn ein Junges bei der Geburt so schwach ist, daß es um sein Überleben kämpfen muß, dann ist es besser, es sterben zu lassen. Während er die Überreste anschaute, verhärtete sich sein Gesicht, und seine Augen wurden wieder kalt. Klimt mußte weit wandern, bevor er sein Herz dem Mitleid und einfacher Traurigkeit öffnete. Er wandte sich ab, um an andere Dinge zu denken. Das kleine Leben, das gewesen und jetzt für immer fortgegangen war, lag einsam und zerbrochen da. Seine toten Glieder würden sich unter dem Einfluß des Wetters auflösen und spurlos in die Erde sinken. Es blieb nur ein Schatten im Herz seiner Mutter zurück, doch im Herzen des Vaters nicht einmal das.

Der andere Hinweis war geringer, aber wesentlicher, denn er erzählte vom Leben: Pfotenabdrücke in der Felsenrinne, und zwar von riesigen, eindrucksvollen Pfoten. Als Klimt der Fährte hinunter in den Steinbruch folgte, waren sie wieder zu sehen, jetzt noch deutlicher in einer Schlammpfütze. Sie waren so groß, daß er sich einen Augenblick lang fragte, ob es sich nicht um die Spuren eines riesigen Mischlingshundes handelte, bis er seine eigenen Pfoten in sie hineinsetzte und die fremden Spuren als das sah, was sie waren – einfach Abdrücke eines größeren Wolfes mit einer entsprechenden Schrittgröße.

Er untersuchte sie mit Interesse und mit einer gewissen Beklommenheit, denn einem Wolf wie diesem mochte man nicht unerwartet begegnen, selbst wenn es sich um einen Vagabunden handelte. Außer der Größe gaben die Spuren noch zwei weitere Hinweise. Erstens waren die Klauen dick und abgenutzt, was auf einen alternden Wolf hinwies, zweitens war die rechte Hinterpfote irgendwie beschädigt, doch Klimt wußte nicht, ob ein Teil der Pfote verloren oder der Wolf an diesem Lauf teilweise verkrüppelt war. In seinem Gespür für diesen geheimnisvollen Wolf gab es noch etwas Drittes, und das war äußerst seltsam. Obwohl er den Wolf bisher noch nicht zu Gesicht bekommen hatte, empfand er ihn als freundlich. Daß er in der Felsenrinne gewesen war und, wie Klimt später herausfand, dort einige Zeit zugebracht hatte, wies darauf hin, daß er das Alter des Ortes und seinen Widerklang aus der Vergangenheit schätzte. Von da an hielt Klimt ein Auge für diesen Wolf oder seine Spuren offen. Er war entschlossen, mit ihm Kontakt aufzunehmen.

Schließlich aber traf er keineswegs diesen Wolf als ersten – abgesehen von einigen Vagabunden, die er zuvor in der Gegend gesehen oder gewittert hatte, hauptsächlich Madjaren von geringer Bedeutung. Von ihnen hielt er sich fern. Nein, den ersten Wolf, den er traf, hörte er eines Nachts auf dem offenen Moorland heulen, und er folgte dessen Spuren zwei volle Tage und Nächte. Dem Geheul nach handelte es sich um eine Wölfin, ihre Witterung war ihm vertraut, und gut einen Tag, bevor er ihr gegenübertrat, hatte er schon herausgefunden, um wen es sich handelte.

»Jicin?« knurrte er eines Morgens aus dem Schatten einiger Lärchen heraus. Nie war eine Wölfin so heftig aufgeschreckt und so voller Angst gewesen. Sie lag ausgestreckt im Schatten einer Felsspalte, die ihr Unterschlupf und ihr Trost zu sein schien. Als sie sich entdeckt sah, schrumpfte sie förmlich vor seinem Blick, zitterte und schwitzte, ihre Schnauze wurde bleich, in ihre Augen trat schreckliche Angst.

Ihre Reaktion auf sein unerwartetes Erscheinen an einem Ort, an dem sie sich wahrscheinlich ganz sicher gefühlt hatte, war so extrem, daß Klimt fast glaubte, er hätte Ungeheuer mit sich gebracht, und er schaute hinter sich, um sich zu vergewissern, daß dies nicht der Fall war. Doch nein, die Ungeheuer waren alle in ihrem Kopf.

Es dauerte eine Stunde, bevor sie überhaupt ein Wort sprach, und die einzigen Laute, die sie von sich gab, waren Gestöhn, Geschluchze und Gewinsel, das zusammen etwa das zu ergeben schien: »Töte mich schnell! Ich habe mein Bestes getan, und ich hatte überhaupt keine böse Absicht, bestimmt nicht! Ich habe mich verloren und alles, was mein ist, ich wäre lieber tot als hier und ... jetzt! Bitte mach es schnell!« Als sie endlich begriff, daß er sie dafür, daß sie das von Elhana geborene Junge »verloren« hatte, nicht töten würde, schwieg sie eine weitere Stunde – dies war so schrecklich zu beobachten wie ihr vorhergehender elender Schrecken –, bis sie schließlich zu dem Schluß kam, daß er statt auf Mord auf Paarung aussein mußte.

»Wenn du möchtest, kannst du es haben. Nimm mich jetzt! Paare dich mit mir! Ich mag dich bitten, nimm mich einfach und …« Als sie sich ihm auf so obszöne Weise anbot, wich sein früheres Mitleid mit ihr seinem Zorn. Hin und her gerissen zwischen den beiden Möglichkeiten, sie zu attackieren oder sie zu lassen, wo sie war, und allein weiterzuziehen, wandte er sich einfach ab, bis sie schließlich nach weiteren Versuchen, ihn mit Worten und Bewegungen zu gewinnen, verstummte und wimmerte.

»Was möchtest du denn?« fragte sie schließlich.

Es war viel später, die Abenddämmerung war gekommen, und er war halb eingeschlafen. Was mochte er? Er hatte keine Vorstellung, da jedenfalls noch nicht, und so blieb er stumm und dachte nach. Warum fühlte er sich hier besser als vorher, als er allein gewesen war?

Gesellschaft. Diese Gesellschaft? Irgendeine war besser als keine.

»Gespräch«, sagte er laut. »Da hätte ich nichts dagegen.«

Er sprach es mit einem bestimmten Staunen in der Stimme aus, denn ein so einfacher Gedanke und ein so einfaches Bedürfnis waren ihm vorher noch nicht gekommen.

»Oh«, sagte sie und verfiel sofort in Schweigen. Dann sagte sie schließlich ziemlich schüchtern: »Das ist wirklich schwer.«

Schwer? Was war so schwer daran? Es war … ja, es war schwer.

»Du hast recht. Es ist schwer«, gab Klimt schließlich zu. »Erzähl mir, was geschehen ist, nachdem wir anderen die Felsenrinne verlassen hatten.«

Sie versuchte es einige Male, aber ihre Stimme schwankte, und sie war den Tränen nahe. Klimt sah es nicht. Er lag immer noch von ihr abgewandt, die Augen halb geschlossen vor der Dunkelheit der Nacht. Ihn überkam eine gewisse müde Geduld. »Soll sie sich ruhig die Zeit nehmen«, war das einzige, was er denken konnte.

Schließlich erschien ihm das, was sie sagte, so seltsam, daß er dachte, er habe sich verhört.

»Hast du das gesagt?« fragte sie.

»Ich habe gesagt: ›Erzähl mir, was gescheh…‹«

»Nein, davor.«

»Ich habe gesagt …« begann er und versuchte sich zu erinnern, was er gesagt hatte.

»Du hast gesagt: ›Du hast recht. Es ist schwer.‹«

»Nun?«

»Tja!« sagte sie. »Du willst dich nicht mit mir paaren und du willst mich nicht töten, und du meinst, daß ich recht habe. Was willst du also mit mir tun?«

»Mit dir nichts. Ich werde schlafen. Ich bin müde. Du kannst Wache halten. Wecke mich nur auf, wenn es notwendig ist.«

»Oh!« sagte sie wieder. Ihre Überraschung war das letzte, woran er sich erinnerte, bevor er am nächsten Tag im Morgenlicht erwachte.

Jicin schlief nicht. Sie lag ganz still und überlegte, was sie tun sollte, wenn sie für einen anderen Wache hielt, denn so etwas hatte noch nie jemand von ihr verlangt.

Während sie so überlegte, tat sie zuerst überhaupt nichts, außer zu lauschen und Geräusche zu hören und erschreckt hochzufahren. Sie fragte sich nicht einmal, sondern tausendmal, ob sie ihn wecken sollte.

»Wecke mich nur auf, wenn es notwendig ist«, hatte er gesagt, und das verwirrte sie. Zuerst erschienen alle Geräusche so ominös. Das Knacken des Lärchenwäldchens schien gefährliches Leben und dunkle Absichten anzuzeigen.

Dreimal weckte sie ihn fast auf.

Das erste Mal ziemlich bald, weil sie sich sicher war, ein ganzes Rudel von Wölfen sei drauf und dran, sie beide anzugreifen. Das zweite Mal weil das Rudel auf einen geschrumpft war, aber dieser eine war noch näher gekommen und knackte Zweige und ließ Atemzüge vernehmen, die waren wie … wie … Die waren nichts anderes als der Nachtwind. Das dritte Mal, weil … weil sie einsam war, und sie wollte … Gespräch, Gesellschaft.

Sie starrte auf seinen Körper, der ihr riesig vorkam, und auf sein regloses Gesicht, auf seine geschlossenen Augen. Plötzlich fühlte sie sich durch seinen ruhigen Schlaf und sein

Vertrauen in sie entspannt, und sie ließ die Pfote sinken, bevor sie ihn berührte.

So schaute sie ihn dann einfach nur an, ließ sich nieder und erlebte, was sie bisher nicht gekannt hatte: den einfachen Frieden, wenn man weiß, ein anderer ist da, so beständig wie die Erde und so sicher.

Wie lange sie ihn anschaute und über ihn wachte, wußte Jicin nicht. Es war ihr gleich. Wie reines, kaltes Wasser war es für einen, der zu lange durstig gewesen war. Wie Nahrung für einen, dessen Hunger nie mehr zu enden schien. Vielleicht schlief sie ein wenig, denn die Morgendämmerung weckte sie sicher aus einem Wachtraum, der kein Traum war, denn er hatte davon gehandelt, wie Klimt dalag, und da lag er ja.

Nahrung. Sie holte sie für ihn, und die Nahrung wartete auf ihn, als er erwachte.

Wasser. Sie führte ihn zum Wasser und hatte Angst, er würde ihr nicht folgen. Doch er folgte ihr.

Friede. Sie fanden ihn langsam in den Tagen, die folgten. Der eine wurde die Last los, ein Rudel zu führen, die andere die Last, nie erlebt zu haben, daß ein anderer nichts von ihr verlangte, als daß sie nur sie selbst war.

Gespräch. Als es begann, floß es zwischen ihnen so leicht wie der kleine Wasserlauf, aus dem sie tranken. Mal schnell, mal langsam, mal dunkel und tief, mal von der Sonne beschienen und von Wellen gekräuselt, leicht, ohne Anstrengung. Beiden war es unerklärlich, aber keiner von beiden konnte leugnen, daß es so war.

Klimt redete von Tornesdal, sie von Dendrine. Klimt sprach von Jungen, die er verloren hatte, sie von Jungen, die sie sicher noch finden würde. Er von Pflicht, sie von Liebe, er von Staunen, sie von Leid und Hoffnung.

»Du brauchst etwas mehr Gewicht«, sagte er.

»Und du brauchst keins mehr.«

»Ich brauche Zeit.«

»Davon gibt es nicht viel.«

»Nein.«

Ihr gemeinsames Schweigen war so voll von Worten, wie

in ihren Worten eine Bedeutung mitschwang, die weit über das hinausging, was sie zu sagen versuchten. Aber am wichtigsten, am verwirrendsten, am seltsamsten war, daß keiner von beiden Angst davor hatte, was der andere sagen oder tun oder denken mochte.

»Klimt? Sehe ich seltsam aus?«

»Ja.«

Da lachte sie zum ersten Mal.

»Und ich?« wollte er wissen.

»Oh, bestimmt.«

Da lächelte er zum ersten Mal so einfach und so entspannt, daß all seine Runzeln zu verschwinden schienen.

Der Ort, an dem er sie gefunden hatte und wo sie sich aufhielten, war ein Platz mit kümmerlichen Bäumen, die Menschen gepflanzt hatten, an einem Wasserlauf und in einem so rauhen und welligen Terrain, daß sich dort Wölfe ein Jahr lang aufhalten konnten, ohne daß andere Wölfe sie sahen oder Menschen nach ihnen suchten. Für diese beiden Wölfe vergingen weit mehr als Jahre in diesen wenigen Tagen des Austausches. Keiner bedrohte den anderen. Keiner fragte zuviel. Jeder war damit zufrieden, daß sie gebraucht wurden, und jeder war Zeuge der Veränderung des anderen.

Jicin gewann ein wenig an Gewicht, wie Klimt es angeregt hatte, und der gehetzte Ausdruck verschwand aus ihrem Gesicht. Nichts konnte die Empfindung von Verlust und Schuld auslöschen, die den Schrecken von Dendrines Vernichtung ihrer Jungen begleitete, aber es gibt Wölfe, die mit Hoffnung geboren sind, und sie gehörte dazu. Es war nicht viel, aber schließlich kann ein Samenkorn, das ein Feuer in einem Tal überlebt, zu einem Oleander heranwachsen, zu einem Weidenröschen oder zu Kreuzkraut oder zu einer Eiche, die mit der Zeit alt und weise werden kann, fähig, andere vor den Regengüssen und Schneestürmen zu beschützen, die das Leben mit sich bringt. Hoffnung ist nicht immer vergeblich. Es gibt Wunder. Das ist die Macht der Götter, deren Namen für Jicin und andere ihrer Art Wulf und Wulfin lauteten.

Klimt, den so lange Pflichtgefühl und Zielstrebigkeit angetrieben hatten und den Schuld so belastet hatte wie Jicin, entdeckte, daß er entspannt leben konnte. Er konnte von unbehaglichen Dingen reden, und die Welt fiel nicht auseinander. Er konnte noch nicht allzu laut lachen und auch noch nicht weinen, aber soweit er dazu fähig war, konnte er dem Wolf ein wenig näherkommen, von dem andere gewünscht haben mochten, er solle so sein. Zumindest mit Jicin, mit ihr allein.

Sie paarten sich ein oder zweimal flüchtig und gaben es wieder auf, lachend, kichernd, anders als ein Rudelführer, anders als Jicin bisher. Es war noch nicht wichtig. Sie zogen es vor zu reden und sich zu entspannen. Wenn sie gefressen oder geredet oder über das Moorland geschaut hatten, lagen sie Flanke an Flanke und lauschten dem Gesumm der spätsommerlichen Fliegen und Bienen, die allmählich träge wurden. Das war unendlich besser als der plötzliche stoßende Akt, von dem sie meinten, sie sollten ihn vollziehen. Schließlich verlor er an Bedeutung.

Ein kälterer Tag kam, Klimt wurde unruhig, und Jicin sagte: »Nun?«

»Zeit, weiterzuziehen.«

»Wohin?«

Sie zweifelte nicht einen Augenblick daran, daß sie mit ihm gehen würde oder daß ihr Weg und ihr Ziel schwierig sein würden. Doch beide wußten – denn sie hatten darüber gesprochen –, daß das, was sie erhofften, etwas war, das weit über ihrer beider Leben hinausging. Zum Wulfsfelsen würden sie gehen. Die Wölfe der Zeit waren das Rudel, das Klimt führen würde, jetzt ein wenig klüger, und mit ihr als Teil davon. Sie wußten, daß alles schwer sein würde.

Sie hatten auch über das Revier gesprochen. Sie hatte ihm viel erzählt, von dem nur wenige andere hätten reden können.

»Jenseits des Roten Sees, wie wir Madjaren ihn nennen …«

»Warum ›rot‹?«

»Torf. Felsenfarbe. Niemand weiß es sicher. Es geschieht, wenn es regnet. Nun, dort oben jenseits der Steilwand sieht man …«

»Wir haben es gesehen, als wir vor Zänker flohen.«

»Ja, da müßtet ihr es gesehen haben. Jenseits davon liegt, was die Madjaren das Steilfeld nennen. Dorthin gehen nur wenige, und wenn, dann dürfen sie nicht weit hineingehen. Auf jeden Fall ist es zu gefährlich, heißt es.«

»Warum?«

Jicin zuckte mit den Schultern und sagte: »Mein Großvater behauptete, es sei alles Unfug. Er sagte, es gebe keinen Ort auf der Welt, wo Kaninchen besser zu finden seien und wo das Gras so grün und üppig sei, daß es fast blau war! Dendrine ist dort oben gewesen. Sie bringt dort oben ihre Jungen zur Welt. Sie hat auch mich irgendwo dort oben geboren.«

War dies die Wölfin, die vor kurzem noch vor ihm gezittert hatte?

»Jicin, wo bist du ... Ich meine, wie hast du überleben können?«

Er wollte sagen: überleben und fähig sein, normal zu reden und immer noch Ehrfurcht und Glauben zu haben, daß es dort oben jenseits des Steilfeldes etwas gab, das es wert war, all diese Jahrhunderte hindurch bewacht zu werden, trotz der Bosheit der Wächter.

»Die Madjaren sind nicht alle schlecht, weißt du. Mein Großvater war es nicht, und auch Zänker war es nicht, bis Dendrine ihn fest in ihre Klauen bekam, so habe ich gehört. Er war schon brutal, aber sie hat seinen Sinn umgedreht und verdreht, so daß er jetzt anderen befiehlt, Böses zu tun. Es ist Dendrines Schuld.«

Klimt lächelte und sagte: »Es braucht wieder andere, um eine Dendrine zu machen.«

»Auf jeden Fall ist sie ursprünglich eine Bukov-Wölfin, wie Tervicz. Hat er sie gekannt? Hat er dir von ihr erzählt? Ich hatte es nie gewagt, in deinem Rudel mein Maul lang genug aufzumachen, um zu fragen, aber ich habe es mir oft überlegt.«

Klimt erinnerte sich an seine frühen Wanderungen mit Tervicz und an alles, was er ihm erzählt hatte. Das Gespräch konnte er anderen nicht mitteilen, nicht einmal jetzt Jicin. Er wußte mehr, als sagen durfte.

»Vielleicht hat er, vielleicht auch nicht.«

»Du bist jetzt vorsichtig, Klimt.«

»Ich bin diskret.«

Sie sah ernst aus.

»Du wolltest gerade sagen, wohin wir gehen.«

»Nach Süden und Osten, um über die Stärke und die Verteilung deines freundlichen Stammes herauszufinden, was wir können, über das hinaus, was du mir schon erzählt hast.«

»Wenn sie mich fangen ...«

Sie hatte Angst, aber nicht soviel, daß sie sich davon abhalten lassen würde, mit ihm zu ziehen.

»Ich werde dafür sorgen, daß sie es nicht tun. Ich bin von Natur aus vorsichtig.«

»Ja, das glaube ich.«

Er blickte über das Moorland hin, überlegte, welchen Weg sie nehmen sollten, und während er dies tat, schaute sie ihn liebevoll an. Er hatte ihr ein Gefühl von Stolz gegeben. Obwohl sie nichts Besonderes war, verglichen mit Wölfinnen wie Elhana oder selbst auf ganz andere Art ihre Mutter Dendrine, so war sie wenigstens jetzt etwas und hatte Erinnerungen, die kein Wolf ihr mehr nehmen konnte. Sie vermutete, daß sie nie unter einem Führer Klimt Leitwölfin sein würde. Sie hatte nicht die notwendige Stärke und nicht einmal das Verlangen nach einer solchen Rolle. Aber welche Leitwölfin er auch finden würde, selbst wenn es wieder Elhana wäre, sie würde nichts von den kleinen Geheimnissen wissen, die sie beide in Gespräch und in Schweigen in diesen Sommertagen geteilt hatten, die jetzt zu Ende gingen.

»Gehen wir los?« fragte sie, plötzlich unruhig geworden. »Ich will hier nicht länger bleiben. Nicht einen Augenblick länger.«

Sie blickte nicht zurück, aber Klimt fragte sich, ob er diesen kleinen, namenlosen Fleck Erde jemals wieder sehen würde.

»Dieser Ort hier hat überhaupt nichts Bemerkenswertes an sich«, rief er hinter ihr her und hoffte dabei halb, sie möge sich umdrehen und sich seiner kurzen Träumerei anschließen.

»Nur diese Spalte in dem Fels, in dessen Schatten du mich

gefunden hast, Klimt, dort drüben bei den Lärchen. Die ist für mich bemerkenswert.«

Dabei wandte sie sich um und nickte in Richtung auf den Felsen, der sich im Windschatten der Bäume erhob, durch die er damals gekrochen war, um sie zu finden. Die Sonne schien jetzt auf ihn, und er war nicht bemerkenswerter als zehntausend andere kleine Felsbrocken.

Als sie ein Stück weit gezogen waren, konnten sie ihn überhaupt nicht mehr ausmachen.

»Ich werde diesen Ort nie vergessen«, sagte er.

»Ich auch nicht.«

Es waren nur ein paar Tage vergangen, da wurden sie sich bewußt, daß ein Wolf ihrer Spur folgte. Klimt fand schnell heraus, um wen es sich handelte. Die Spuren an einem Fluß in einem Tal südlich vom Moorland verrieten es ihm, obwohl – wie er sagte – ein solcher Wolf eigentlich keine Spuren hinterlassen würde, von denen er nicht erwartete, daß andere sie fänden.

In dieser Nacht riskierten sie ein Geheul, das erste, das sie zusammen heulten. Es erzählte von zwei Vagabunden ohne böse Absichten, die nichts gegen einen Kontakt mit einem Wolf in ähnlicher Lage hätten.

»Er wird kommen«, sagte Klimt nach einem weiteren Tag, »und dann wirst du dich fragen, wie wir ihn überhaupt verfehlen konnten!«

So trat der Unbekannte aus einem der Morgennebel heraus, die jetzt vor Tagesanbruch die tiefer gelegenen Gebiete einhüllten. In diesem Jahr war alles verdreht. Die ersten Anzeichen für den herbstlichen Wandel zeigten sich zuerst hier. Schon war das Heidekraut purpurrot, und das Gras und die Binsen waren von der Septembersonne und den Septemberwinden blankgefegt. Der Herbst war zuerst ins tiefergelegene Land gekommen.

Der fremde Wolf trat in der Nähe der Stelle aus dem Nebel, wo sie fraßen. Er stand eine Zeitlang still, trat ein Stück weiter vor, und plötzlich war er da, nicht weniger massiv als der Felsen, der Jicin geschützt hatte. Auch sein Pelz war nicht weniger schwarz. Jicin wich zurück. Klimt trat vor, seine

Nackenhaare sträubten sich, seine Haltung war zum Angriff bereit, doch seine Augen blieben ruhig. Er erkannte den Wolf sofort, und was er sah, bestätigte ihn in seiner Meinung, daß der andere freundlich war.

Der Wolf war etwas älter, als Klimt erwartet hatte, allerdings gab es nur wenige Spuren von Grau in seinem Pelz, und er war etwas kräftiger gebaut. Aber dem Körperumfang nach war er nicht ganz so groß wie seine Pfotengröße hatte vermuten lassen, doch Wulf weiß, wie eindrucksvoll und erschreckend er gewirkt haben mußte, als er noch jünger war. Nein, er war wie ein etwas verwitterter Berg. Die Ränder sanfter, die Klippen weniger steil, doch mit einem Gefüge, das ganz deutlich zeigte, wie eindrucksvoll dieser Berg gewesen sein mußte, als er aus der Erde hervorgegangen war und bevor die Zeit ihn abgeschliffen hatte.

»Du bist der Wolf Klimt«, sagte der Wolf. Seine Stimme war tief, mit einem Akzent. Sie war reich und bedächtig. An ihm war gar nichts Schwaches, am wenigsten in seinem Blick, der – wie Klimt jetzt sah – scharf und nicht ohne Humor war. In der Tat hätte man den Wolf fast freundlich nennen können. Er war sich seiner Stärke so sicher, daß er keinerlei Aggression zeigen mußte – wie ein großer Bär, der sitzt und schaut und keine Furcht empfindet. Klimt empfand eine instinktive Zuneigung für den Wolf, doch Jicin, die sich ihrer selbst weniger sicher und auch viel kleiner war, hatte sich so weit hinter Klimt zurückgezogen, daß sie kaum zu sehen war.

»In der Tat, ich bin Klimt von Tornesdal«, sagte Klimt und fragte sich, woher der Wolf seinen Namen wußte.

»Mein Name ist Kobrin«, sagte der Wolf.

Worte können nicht leicht das feierliche Gefühl von Autorität ausdrücken, das diese einfache Aussage vermittelte. Allerdings trug dazu vielleicht bei, daß Klimt sehr wohl wußte, was der Name »Kobrin« bedeutete – von seiner Mutter, deren Abstammung auf die Petschora-Wölfe in Nordost-Rußland zurückging, und von den Legenden, die Tervicz erzählt hatte. Aber gewiß wäre kein Wolf *der* Kobrin, nämlich: der Anführer der Leitwölfe der russischen Rudel, ein

Wolf der Wölfe. Kobrins *sind,* und dann sterben sie, und ein anderer übernimmt den Platz. Dieser Wolf hier, so eindrucksvoll er auch war, hatte einst gewiß nicht soviel Macht gehabt, daß er über so viele Rudel herrschte.

»Kobrin?« wiederholte Klimt nachdenklich. »Doch nicht etwa einst der Kobrin der russischen Rudel.«

Der Wolf nickte müde, als hätte er eine solche Reaktion halb erwartet und als hätte er Besseres zu tun, als sich zu erklären – obwohl er wußte, daß ihm dies nicht erspart bliebe.

»Genau der. Nicht alle sind Legende. Nicht alle sterben. Dieser hier hat überlebt und ist am Leben.«

»Aber …« begann Klimt. Dann besann er sich eines Besseren. Der Wolf war freundlich und bedeutete aus seiner Sicht keine Bedrohung. Offensichtlich war er kein Madjar und auch kein Spion. Ein Wolf mußte seinem eigenen Urteil vertrauen oder viel Zeit damit verschwenden, Bestätigungen dafür zu finden.

»… verzeih mir«, fuhr Klimt fort, »aber das ist ein berühmter und eindrucksvoller Name.«

»Und bin ich jetzt kein eindrucksvoller Wolf?«

Die beiden lächelten einander an. Klimt zuckte mit den Schultern und sagte: »Vielleicht weniger eindrucksvoll, als du einmal warst?«

»Vielleicht«, stimmte der Wolf bei und kicherte. »Nein, jetzt bin ich bestimmt weniger eindrucksvoll, ganz bestimmt. Nun, deine Freundin …«

»Jicin von … vom Steilfeld«, sagte Klimt und zog sie nach vorn.

Wenn Worte es zuvor nicht vermocht hatten, die Würde auszudrücken, die Kobrins Namen umgab, so versagten sie jetzt völlig, um einen Eindruck von seinem rauhen, gutmütigen Charme zu vermitteln.

Er trat vor, blickte auf Jicin herab, als wollte er sie umarmen, und sagte: »Du hast dich zum Besseren verändert, seit ich dich vor ein paar Monaten gesehen habe. Das ist sehr gut …«

»Oh!« stotterte Jicin, sehr verwirrt darüber, daß sie von

zwei so großen und eindrucksvollen Rüden eingerahmt wurde. »Habe ich mich verändert?«

»Ja«, sagte Kobrin und wandte sich wieder Klimt zu. »Nun, Klimt von Tornesdal, bevor wir noch mehr reden, solltest du lieber erzählen, wie es gekommen ist, daß du von deinem Rudel vertrieben wurdest.«

»Er ist nicht vertrieben worden«, sagte Jicin. »Er hat sie verlassen.«

»Das ist ja noch interessanter und seltsamer«, sagte Kobrin. »Besonders da das Rudel, das du verlassen hast, im Augenblick einige Schwierigkeiten hat und, wie die Polen sagen, seinen Arsch nicht von seinem Gesicht unterscheiden kann.«

»Es gab bei ihnen ein Problem, von dem ich meinte, es sei am besten, sie lösten es ohne meine Hilfe. Manchmal tun Rudelführer am besten daran, die Ereignisse ihren Lauf nehmen zu lassen und sich nicht einzumischen.«

»Starke Führer, ja«, stimmte Kobrin zu und beäugte Klimt. Was er sah, schien ihm zu gefallen.

»Und du?« fragte Klimt. »Warum sollte der Kobrin aller russischen Rudel sich dafür entscheiden, nicht nur seine Rudel zu verlassen, sondern auch all seine Territorien? Bist du vertrieben worden, wie du es formuliert hast? Vielleicht verletzt worden?« Klimt wies auf Kobrins rechten Hinterlauf, der – wie er zutreffend aufgrund der Spuren vermutet hatte – einmal gebrochen gewesen und jetzt steif und lahm war.

»Verletzt ja, vertrieben nein. Ein vertriebener Kobrin stirbt, und ich bin nie besiegt worden. Niemals. Ich war verletzt und begann etwas zu suchen. In diesen letzten Monaten meinte ich, daß ich vielleicht nahe daran bin, es zu finden.«

»Was suchen?« fragte Klimt.

»Einen Wolf, dem ich folgen kann«, sagte Kobrin ruhig.

Klimt blickte ihn ausdruckslos an, und Jicin schaute, wieder eingeschüchtert, vom einen zum anderen. Sie sah etwas jenseits von ihnen, was die beiden nicht sahen. Über der ersten hochragenden Steilwand, die zum Steilfeld führte, schwebten Wolken und wechselten sich mit der Wärme der Sonne ab. Dann kamen mehr Schatten.

»Folgen ...?« sagte Klimt zweifelnd.

»Folgen und Rat anbieten«, sagte Kobrin.

»Rat worüber?«

»Über den kommenden Krieg.«

»Gegen die Madjaren?« flüsterte Klimt.

Wieder kamen Wolken angeschwebt. Der Sommer ging zu Ende. Die Steilwände, die Jicin sehen konnte, waren erneut in Schatten getaucht, und über ihnen, wo das Steilfeld lag, das nicht zu sehen war, war der Himmel schwarz wie Angst.

»Nein, nein ...« knurrte Kobrin, »nicht gegen die Madjaren. Einen Krieg gegen die Menschen wird das Rudel führen müssen, dem ich mich anschließe.«

»Gegen die Menschen?« rief Klimt aus und schaute Jicin an. Er dachte, daß das, was sie zusammen gefunden hatten, plötzlich so zerbrechlich, so weit vergangen erschien, als würde es nie wieder sein. Vor dem, was Kobrin verkörperte, schien sogar die Erinnerung an das andere zu vergehen.

»Dann kommt«, sagte Klimt entschlossen, denn die Reise mußte immer vorwärtsgehen, wenn die Wölfe geistig am Leben bleiben wollten, nie zurück zu dem, was einmal war. »Wir drei werden miteinander reden. Du von der Hoffnung, Jicin, ich von der Führerschaft und Kobrin vom Krieg. Aber wir alle werden schließlich wie einer sprechen, denn wie lange auch unsere Reisen zum Herzland gewesen sein mögen und wie hart auch immer unsere Wanderungen auf den Wolfswegen sich noch erweisen werden, nur zusammen und mit anderen gleichgesinnten Wölfen werden wir Sucher der Sterne sein.«

Als Klimt ihnen voranging und Jicin ihm folgte, war in Kobrins Blick ein Ausdruck ernster Erregung, als hätte er einen Wolf und einen Weg gefunden, die er so lange gesucht hatte, daß er schon daran verzweifelt war, je mit seiner Suche Erfolg zu haben. Der Wolf, der der Kobrin aller russischen Rudel gewesen und nie einem anderen Wolf gefolgt war, folgte jetzt Klimt.

Kapitel 6

Aragon entdeckt, was Klimt schon weiß: daß Liebe und Führerschaft nicht leicht zusammengehen

Mitte September war der Sommer vor einem östlichen Ansturm nassen Herbstwetters geflohen, und im Oktober zogen die Hirsche hinab in tiefer gelegenes Gelände. Im Moränenland, das damals bei der Ankunft des Rudels so trocken gewesen war, war jetzt das Rieseln und Rauschen fließenden Wassers zu hören. Hier und da entlang der Steilwand waren Wasserfälle wieder erwacht, die den ganzen Sommer hindurch schlafende Rinnsale gewesen waren. Am Himmel flogen bei Tag und Nacht unaufhörlich die Zugvögel dahin – in der Morgendämmerung hörte man das Geschrei und Geschwirr vorüberziehender Gänse und manchmal, bei Abwind, das Gepiepse kleinerer Sperlingsvögel, die nach Südwesten flogen und ihren Brutplätzen in Afrika zustrebten.

Ihnen bedeutete die Welt dort unten überhaupt nichts, vielleicht eine kahle, schwarze Felsmasse, ein welliges Moorland, ein Ort, von dem ein Raubvogel aufstieg, bevor er sich wieder hinabstürzte, um schwächere Vögel zu töten, die sich verflogen hatten und sich in der Tiefe abquälten. Kluge Wölfe erinnern sich daran, daß für andere Geschöpfe, die ein anderes Leben lebten, die ganze Wolfheit vielleicht nur eine vorübergehende Erscheinung war, geheimnisvoll vielleicht, aber ohne jegliche Bedeutung.

Solche Gedanken kamen jedem von ihnen auf seine Weise, als der Oktober den Niedergang des Sommers fortsetzte, den der September begonnen hatte, und vor der Ankunft des Winters warnte – vor Verfall und Tod.

Der November kam, die Tage wurden dunkler, die letzten Blätter klammerten sich an die Bäume im Tal, bevor sie hangabwärts verstreut oder vom Zweig gegen den Stamm und vom Stamm gegen die Wand des Steinbruchs gepeitscht wurden. Das Rudel hatte seine Suche nach Wegen, die nach oben hinausführten, aufgegeben. Nicht, daß ihre Suche völlig gescheitert wäre, denn da Tervicz entschlossen war, sie aus dem Moränengebiet hinauszubringen, hatte er unermüdlich die steilen Hänge nach Osten und Westen zu abgesucht und Stellen gefunden, wo die Steilhänge in Felsenrinnen übergingen, und es gab Aussichten auf Wege hinauf, hinaus und hinüber.

Aragon ließ sich Zeit, diesen Hinweisen zu folgen, und bestätigte damit, daß er bis jetzt mehr ein Wolf des Stils war als einer, dem es um das Wesentliche ging. Ein Wolf, der vielleicht von großen Dinge träumte, die da kommen würden, der jedoch noch große Schwierigkeiten damit hatte, wie ungewiß die Dinge auszusehen begannen, wenn eine Entscheidung zu fällen war. Für solche Rudelführer ist es weniger anziehend, sich an etwas Neues zu wagen als auf Sicherheit zu gehen, und sie finden alle Arten von Entschuldigungen dafür, daß sie nichts anderes tun als in Sicherheit dort zu bleiben, wo sie nun schon einmal sind.

So kam es, daß Aragon anfangs argumentierte, sie sollten die Sicherheit des Ortes ausnutzen, an dem sie sich befanden, und dann später, als Stry sich seinen linken Vorderlauf verletzt hatte, sie sollten lieber in tiefer gelegenem Gelände bleiben. Als es Stry schließlich besser ging, argumentierte Aragon, das Kommen der Hirsche biete ihnen eine Chance für Nahrung, die zurückzuweisen töricht wäre.

»Wir sollten höher hinaufgehen, solange wir noch können, bevor der Schnee kommt«, sagte einer von ihnen. »Dort gibt es vielleicht ein besseres Gelände.«

»Was ist denn so falsch an dem Gelände, in dem wir uns hier befinden? Wenn wir darauf warten, daß etwas geschieht, wie ihr anderen zu meinen scheint, dann wird Wulf es wahrscheinlich hier ebenso gut geschehen lassen wie irgendwo dort oben ...«

»Vielleicht geschieht hier überhaupt nichts«, sagte Stry, der ebenso begierig darauf war, weiterzuziehen, wie die anderen.

»Du bist verletzt, Wolf«, sagte Aragon, »und wir hätten kaum vorher weiterziehen können. Jetzt ... nun ja, du bist immer noch schwach, wenn du hangaufwärts gehst ...«

»Ich werde nicht dadurch stärker, daß ich auf ebenem Grund bleibe!« erwiderte Stry tapfer, denn er wollte nicht, daß seine Verletzung als Entschuldigung für den Aufschub diente.

»Wie dem auch sei«, sagte Aragon vage, »ich habe jetzt andere Pläne, solche, die uns helfen werden, das, was wir wollen, auf sicherere Weise zu erreichen.«

»Was für Pläne?« fragten Tervicz und Morten fast gleichzeitig und gleicherweise mißtrauisch. Sie bezweifelten, daß Aragon überhaupt Pläne hatte, und sie hatten den Verdacht, daß es keine guten waren, wenn er welche hätte.

Aragon lächelte sanft und sagte, er würde seine Pläne enthüllen, wenn es ihm klug erschiene. Hätten sie in der Zwischenzeit nicht ein gutes, sicheres Territorium? Ja! Gab es da nicht reichlich Nahrung? Ja! Hatte es eine Wiederholung des Angriffs durch die berüchtigten madjarischen Wölfe gegeben? Nein!

Aragon lächelte wieder und entließ sein unzufriedenes Rudel. Er war über ihre Zweifel viel weniger besorgt, als er es noch vor drei Monaten gewesen wäre. Er hatte in den vergangenen Monaten vieles gelernt, und das Wichtigste davon war, daß er nicht mehr jedesmal mit einem Wolf kämpfen mußte, wenn der mit etwas nicht einverstanden war, was er gesagt oder befohlen hatte. Eine gelegentliche Zurschaustellung seiner Stärke tat nicht weh, aber er war jetzt klüger hinsichtlich des Wann und Wo. Es gab leichtere Methoden, ein Rudel unter Kontrolle zu halten, als mit Gewalt. Er hatte entdeckt, daß es in der Natur der Macht liegt, daß andere Wölfe bei den meisten Dingen ohne ernsthaften Widerspruch zustimmten – also lächelte er unverbindlich, war freundlich und sorgte dafür, daß sie sicher und wohlgenährt waren.

»Ihm fehlt jede Art von Inspiration«, brummelte Stry vor Morten. »Ich meine, ich habe Klimt nie sehr gemocht, aber man hatte das Gefühl, daß man mit ihm irgendwohin unterwegs war.«

»So?« meinte sein Bruder. »Ich glaube mich an Monate der Unentschlossenheit erinnern zu können.«

»Das war, nachdem die Jungen verlorengingen«, warf Tervicz ein, der immer bereit war, Klimt zu verteidigen.

»Und wessen Schuld war das?« fragte Stry und dämpfte dabei seine Stimme, weil Elhana in der Nähe erschienen war. Sie schaute die Wölfe nachdenklich an und wanderte dann wieder davon.

»Nun?«

»Es war unser aller Schuld«, sagte Tervicz, »und von keinem von uns. Der Jägermann war gekommen, und wir wissen, was geschehen ist. Kein Anführer, kein Rudel kann vorhersagen, was der Jägermann tun wird. Wenn er es wünschte, so könnte er uns alle im Herzland ausrotten. Klimt hat uns zumindest in Sicherheit geführt. Können wir so sicher sein, daß unser neuer Anführer das gleiche getan hätte?«

»Mhm«, murmelte Morten, nachdem er einen Augenblick lang nachgedacht hatte. »Vielleicht ist Aragon gerade in so einer Situation am besten. Als die Madjaren uns im Moorland angriffen, hat er die Lage gerettet, und wer von uns wird je vergessen, wie er mit den Madjaren umgesprungen ist, als wir wieder an der Felsenrinne ankamen, nachdem wir so lange gejagt worden waren? Na?«

»Nun, ich möchte nur sagen, wir könnten hier ein bißchen Inspiration gebrauchen. In der Zwischenzeit, ›Wölfe der Zeit‹, na leck mich!«

Sie lachten, sogar Lounel, der bei solchem Gemurre aus Loyalität zu Aragon schwieg. Dann redeten sie über andere Dinge, bis Stry einfiel, daß es an ihm war, von Aragon die Wache zu übernehmen.

»Eins kann man über ihn sagen, er ist klug. Ich habe noch keinen Rudelführer gekannt, der es mit der Wache so genau nimmt wie er.«

Stry eilte zu seiner Wache. Das Rudel ließ sich nieder, schwatzte, kratzte sich und zog sich in den Windschatten von Baum und Fels zurück, um dem scharfen Novemberwind auszuweichen.

Aragon kam zu ihnen, und jeder rückte ein wenig zur Seite, während er vorbeiging, um ihm Respekt zu erweisen. Schließlich ließ er sich neben Lounel nieder, dem einzigen im Rudel, der er selbst blieb, wenn Aragon in die Nähe kam, und der sich nicht bewegte.

»Alles in Ordnung?« fragte Lounel.

»Alles in Ordnung«, sagte Aragon, betrachtete das Rudel, den rauhen Boden der Moränen und die Steilwand über ihnen, die schon dunkel wurde und deren Farbe in Schwarz überging, obwohl es erst Mitte des Nachmittags war.

Alles war in Ordnung, sagte sich Aragon, aber es wäre noch besser, wenn seine Leitwölfin trächtig werden könnte. November, Dezember, Januar ... Dann würde es die richtige Zeit für Elhana sein. Dann würde das Rudel wieder ein Ziel haben: Junge bedeuteten Einheit, sie bedeuteten Loyalität, Junge machen einen Leitwolf stark. Die Wahrheit war, daß genau dies sein Plan war, falls er überhaupt einen hatte.

Inzwischen kam der Winter, und das gefiel ihm. Kein Rudel will im Winter zu hoch hinaufklettern. Schon kam die Beute von den Höhen herab. Das Murren des Rudels, von wegen in ein besseres Gebiet weiterzuziehen, würde mit den ersten Schneeflocken verstummen, und nach dem ersten dichten Schneefall würden sie überhaupt aufhören zu stöhnen.

»Beeil dich, Zeit«, murmelte Aragon bei sich, aber er richtete es nicht als Gebet an Wulf. Aragons Blick verdunkelte sich. Sollte sich doch das Rudel erst stabilisieren, seine Führerschaft noch sicherer werden, Elhana einige Junge haben. Sollte das neue Jahr ins Land gehen und der Sommer aufs neue kommen, und dann, nur dann, würde er seine Aufmerksamkeit wieder auf Wulf richten, auf den Wulfsfelsen und auf das heilige Gebiet oder was immer die Wölfe der Zeit besitzen sollten. Wölfe der Zeit – die Worte zerbröselten in seinen Gedanken. Wölfe ...

»Was denkst du, Lounel?« fragte er, weil er sich jetzt lieber mit anderen Gedanken als seinen eigenen beschäftigen wollte.

Lounel blinzelte, schüttelte leicht den Kopf, wandte sich um und schaute Aragon an.

Was dachte er? Er sah einen Wolf, der zu jung war für Führerschaft.

Was dachte er? Er sah einen Wolf, der sich Sorgen machte um eine unsichere Liebe zu einer Wölfin, die für ihn zu reif und zu stark war.

Was dachte er? Er sah einen Wolf, der für eine außergewöhnliche Zeit noch zu gewöhnlich war, aber mit dem er weit gereist war und der – da war er sich sicher – irgendwie fast bis zum Ende dabeibleiben würde.

Was dachte er? Er sah … Aragon.

»Nun?«

»Ich denke, Wolf, als wir uns begegneten und zusammen unsere Reise von der Auvergne aus begannen, da war es unser Ziel, das Herzland zu erreichen. Was ist jetzt unser Ziel? Was ist das Herzland, das wir gesucht haben? Dieser rauhe Streifen Land zwischen einem Moorland und einer Steilwand, über die du nicht hinausgehen willst? Wo ist unser Herzland jetzt? Ich denke, Wolf, daß ich des Wartens überdrüssig werde.«

»Du bist frei, allein weiterzuziehen, Lounel«, sagte Aragon recht freundlich.

»Ich denke, Wolf, daß ich dazu nicht frei bin. Ich gehöre zu diesem Rudel. Meine Aufgabe hat noch nicht begonnen.«

Jetzt war es an Lounel, freundlich zu sein, und er lächelte sogar sein unbestimmtes, schiefes Lächeln und rückte seine schlaksigen Glieder zurecht.

»Ich denke, Aragon, daß du mit der Zeit ein größerer Wolf werden wirst, als du jetzt sein kannst. Das denke ich.«

»Lounel …« begann Aragon warnend.

Die Steilwand schien immer näher zu rücken, je dunkler sie wurde. Ein Rabe schrie von oben herab. Ein nächtlicher Novemberwind fegte vorüber und trieb feuchten Nebel herbei, der die Wölfe sich enger zusammenkuscheln ließ.

»Lounel«, flüsterte Aragon. »Erinnerst du dich an diese Menschen, die wir im Bayerischen Wald tot auffanden?«

»Ja.«

»Zusammengekuschelt im Nebel?«

»Ja.«

»Denkst du je an sie?«

»Ja. Es wird noch mehr davon geben, viel mehr. Tote Menschen brüten mehr Tote aus.«

Der Wind pfiff heftiger, Bäume bogen sich, und Stry kam zurück. Sein Gesicht reichte aus, um das ganze Rudel hochfahren zu lassen, wachsam und mehr als nervös.

»Was ist los?«

»Die Madjaren sind in der Gegend, Aragon, schweigend und düster«, sagte er ernst.

»Wie viele?«

»Mindestens drei. Sicher mehr. Unter uns ...«

»Wir wissen alle, was zu tun ist«, sagte Aragon ruhig. In einer solchen Situation war er am besten.

»Ja, wissen wir«, murmelten sie.

»Dann tut es auch, Wölfe«, sagte er und führte zwei von ihnen in die eine Richtung, während Morten die anderen auf einem anderen Weg fortführte.

Wo sie gewesen waren, war nach wenigen Augenblicken nichts mehr, nur der heftige Wind, ächzende Bäume, der Ruf eines Raben und eine Witterung von Wölfen.

Kurze Zeit später erschien vom unteren Hang her Zänker an der dunkler werdenden Stelle, wo das Rudel gewesen war. Einige untergeordnete Rüden waren an seiner Seite. Sie untersuchten den Boden, witterten an Felsen und Bäumen, schauten einander an und blickten dann auf Zänker.

»Wie viele?« fragte er.

»Sechs.«

»Also folgen wir ihnen, meine Freunde.«

Er bellte scharf nach rechts und links. Dann heulte er ein grausames, unangenehmes Geheul, in das die anderen einstimmten, um es voll und häßlich zu machen.

»Unsere Wölfe wissen, was wir tun, und haben ihre Befehle. Ihre Wölfe wissen, daß wir kommen. Nur sechs! So viel zu den sagenhaften Wölfen der Zeit!« Er lachte tief. »Wenn wir sie einholen, dann soll der Anführer dieser

Emporkömmlinge mir gehören, die übrigen überlasse ich euch, meine Freunde.«

»Folgt ihnen!« rief einer von Zänkers Söhnen.

»Folgen?« knurrte Zänker und stieß ihn zu Boden. »Folgen? Die Madjaren folgen nicht. Wir treiben sie, wie die Menschen ihre Schafe und Kühe treiben. Wir werden sie in dieser Nacht hierhin und dorthin treiben und stören und morgen und in der Nacht danach, bis sie entmutigt, verwirrt und verzweifelt sind und nirgendwohin mehr gehen können, außer zurück zum See, wo sie uns schon einmal entwischt sind und uns zum Narren gehalten haben. Dann werden wir uns an ihnen rächen, was höchst angemessen ist. Dort werdet ihr das Rudel packen, und ich werde ihren Anführer töten.«

»Ja, ja …« winselten und knurrten und höhnten sie. »Das werden wir tun, Führer.«

»Ja«, schnurrte Zänker. »Das tun wir.«

Er schaute sich in der windigen Nacht um, dann in die Richtung, in die die Duftfährte des Rudels zu führen schien, und schon zogen die Madjaren fort, einer nach dem anderen, um ihre Rache an den Wölfen zu üben, die sie zu Narren gemacht hatten, denen das aber nicht länger erlaubt sein durfte.

Dann gab es nur noch das Tappen von Pfoten in einer grimmigen Novembernacht. Der Winter kam zu den Verfolgten und den Verfolgern. Auf sie alle wartete ein roter See, an dessen heiligen Wassern das Rudel der Wölfe der Zeit einst gebildet worden war und wo es jetzt vielleicht sein endgültiges Ende finden würde.

Doch in den Wassern des Sees war für Wölfe, die zu sehen wußten, selbst in einer so düsteren Nacht wie dieser, die Spiegelung eines Wolfswegs zu den Sternen sichtbar, auf dem Wölfe voller Glauben zu einem Territorium gelangen konnten, das seit so vielen Jahrhunderten auf sie wartete – wenn sie nur zuzugreifen und die Gelegenheit beim Schopf zu packen wüßten.

Tappende Pfoten, warnendes Gebell der Jagenden und der Gejagten, Müdigkeit und Erschöpfung … Die Möglichkeiten wurden immer weniger, eine nach der anderen, bis es nur noch einen Weg zu gehen gab – ganz gleich, um welches Rudel, welchen Wolf und welches Ziel es sich handeln mochte.

Ein oder zwei Nächte später warteten drei Wölfe auf der anderen Seite des südlichen Moorlandes, und zwar auf der nördlichen Windschattenseite des Kars, in dem der See lag, auf den die Madjaren Aragon und sein Rudel »zutrieben«. Jicin wartete voller Hoffnung, Kobrin wartete auf Krieg, Klimt wartete als Rudelführer.

Sie hatten sich unter den Schutz von Regen und dahinziehendem Nebel begeben und eine Mulde ausgescharrt, die groß genug war, daß jeder von ihnen darin liegen konnte, fast ohne gesehen zu. Sie hatten von Nahrung gefressen, die sie einen Tag zuvor gelagert hatten. Jetzt würden sie nicht mehr fressen, bis ihre Aufgabe erfüllt war. Sie redeten nicht, denn es war verboten zu sprechen. Sie bewegten sich nicht, denn es war verboten, sich zu bewegen. Sie reinigten ihre Köpfe und Körper nicht von dem Schlamm und Dreck, der sie bedeckte, denn auch das war verboten.

»Wir werden zu dem Staub werden, in dem wir liegen, zu den Felsen, die uns schützen, zu dem Dreck, mit dem wir uns bedeckt haben«, hatte Kobrin gesagt. »Wir werden zum Wind werden, wenn er auf uns weht, und zum Regen, wenn er auf uns fällt, zur Sonne, wenn sie aufgeht, und zur Nacht, wenn sie uns umhüllt. So werden wir warten, als wären wir nichts als die Elemente, die uns umgeben. Wir werden alles vergessen, was wir sind, bis der richtige Augenblick kommt. Wenn er kommt, wird er uns überraschen. In dieser Überraschung wird unser Vorteil liegen und die Grundlage unseres Sieges.«

So lagen sie nun da und warteten auf die Ankunft der Gejagten und die Ankunft der Jäger. Alles war ihnen verboten, außer zu denken, doch selbst das hätte Kobrin ihnen am liebsten verboten …

»*Ich* werde nicht denken«, hatte er gesagt, »denn es entzieht mir Energie, die ich für eine zukünftige Aktion brauche. Ich habe meine Denkarbeit erledigt. Meine Aufgabe ist einfach, auf das zu warten, von dem wir wissen – oder erhoffen –, daß es eintreten wird. Aber du, Klimt, und du, Jicin, ihr werdet denken. Ihr werdet versuchen, nicht zu denken, weil ich euch gesagt habe, ihr sollt versuchen, nicht zu denken. Aber dennoch werdet ihr denken. Da das so ist, versucht nicht an das zu denken, was sein kann, sondern an die Erfüllung der Kampfziele, die wir uns gesetzt haben. Falls ihr das könnt!«

Hoffnung, Krieg, Führerschaft. Drei Wölfe warteten im Dunkeln: Kobrin war ruhig, fast eingeschlafen, denn er hatte solches Warten auf Aktionen schon so viele Male zuvor durchlebt, und die anderen beiden, Klimt und Jicin, versuchten nicht zu denken, versuchten eine Vision der Zukunft zu sehen, einer Zukunft, in der die Kampfziele erreicht waren. Sie lernten die Kunst des Wartens, erinnerten sich an alles, das Kobrin sie gelehrt hatte, erinnerten sich die ganze Nacht hindurch und am nächsten Tag und am darauffolgenden Abend.

Der Schlaf mied sie, der Hunger nagte, die Glieder schmerzten, und als Regen und Windstöße und Nacht und Tag sie überfielen, ließen sie sich mit dem Wandel treiben, wurden zum Wandel, blieben völlig bewegungslos und unbemerkt – selbst von den Krähen, die sich in der Morgendämmerung auf einem Felsen in der Nähe niederließen, und von den Kaninchen, die nur eine Pfotenlänge entfernt vorbeihuschten. Durch all dies hindurch traten für eine Weile die Bilder der Monate seit ihrer Begegnung an die Oberfläche, trieben vor ihnen dahin, bevor sie sie gehen ließen …

Die Monate seit der Begegnung mit Kobrin waren erheiternd und gefährlich gewesen. Kobrin hatte sie überzeugt, daß die Menschen ihre Feinde waren, und Klimt hatte dieses Paradoxon schnell verstanden: Während die Madjaren sie als Fremde betrachteten und sie jetzt wahrscheinlich töten würden, wenn sie könnten, mußte jedoch Klimts Rudel – falls es wieder seines sein sollte – versuchen, die madjarischen Feinde zu Freunden zu machen. Teilung bedeutete Unterordnung unter die Menschen. Einheit bot die einzige Möglichkeit, sie zu dominieren.

»Ich sage dominieren, nicht besiegen. Das Kriegsziel ist,

Kontrolle zu gewinnen, und nicht, die zu vernichten, die euch im Weg stehen. Wir alle sehen im Kampf der Menschen mit der Erde die Sinnlosigkeit von Zerstörung, nicht wahr?«

»Wirklich?« fragte Jicin, die nie das Herzland verlassen hatte und deshalb weniger als die beiden anderen von der Umweltzerstörung durch die Menschen wußte.

»Erzähl es ihr, Klimt«, sagte Kobrin.

Klimt hatte Jicin schon von seiner Wanderung durch Skandinavien erzählt, doch dabei hauptsächlich von seiner Flucht vor den Menschen. Jetzt sprach er über einige der Dinge, die er auf seinem Weg besonders nach der Überquerung der Ostsee gesehen hatte – über das tote Land entlang der Menschenstraßen, über die Ausplünderung der Gegenden, wo Menschen wohnten, über die Müllhalden voller zerbrochener und verfaulter Dinge, die Lichtungen in der Vegetation, die Vergiftung des Bodens, die Verschmutzung der Gewässer.

»Daraus siehst du, Jicin, daß die Menschen im Krieg mit der Erde liegen, und ihr Ziel ist es, sie zu zerstören. Oder – wie sie hoffen – sie zu besiegen, so daß sie langsam stirbt.«

»Aber wir sind die Erde oder doch ein Teil von ihr«, sagte Jicin ruhig.

»Wir sind die Wölfe, die wir immer gewesen sind. Die Menschen führen Krieg gegen uns und gegen das Leben, das uns Leben gibt. Doch sie scheinen nicht zu begreifen, daß sie Krieg gegen sich selber führen und daß sie sich selbst vernichten, wenn sie die Erde besiegen. Aber dominieren, nun, das taten sie schon, lange bevor sie sich auf die Zerstörung verlegten. In Rußland wandelte sich das Dominieren erst in neuester Zeit zur Zerstörung, noch zu Wolfsgedenken des Petschora-Rudels, in das ich geboren wurde …«

So hatte Kobrin über die Natur der Menschen und des Krieges gesprochen und über verschiedene Arten des Krieges und darüber, wie er zu verstehen begonnen hatte, daß die wahren Feinde der Wölfe die Menschen waren, nicht andere Wölfe. Diese Tatsache bedeutete, daß sie Einheit innerhalb der Wolfheit erreichen mußten, bevor ein Krieg gegen die Menschen mit Hoffnung auf Erfolg begonnen werden konnte.

»Ich sage nicht, daß wir nicht andere Wölfe werden töten müssen, um ein Revier zu gewinnen, denn es wird uns nicht erspart bleiben. Aber wenn das Revier, das wir gewinnen, unbesetzt ist, dann dienen der notwendige Kampf und das Töten einfach der Erlangung und Bewahrung dieses Gebietes. Es gibt ein solches Revier.«

»Das Steilfeld!« sagte Jicin.

Kobrin nickte.

»Könnte es sein, daß Wulf es von Wölfen freigehalten hat, damit es für uns verfügbar wäre, wenn wir zurückkämen?« fragte Klimt.

Kobrin zuckte mit den Schultern und sagte: »Könnte sein. Du bist hier der Anführer, glaube ich, derjenige, der die Gründe suchen und den anderen erklären wird, warum sie loyal sein sollten und worauf sie ihren Glauben setzen sollten. Als einer, der zuviel Krieg und Kampf in seinem Leben gesehen hat, kann ich nur sagen, falls es ein solches Revier gibt, dann sollten wir es in Besitz nehmen. Je weniger wir dabei verletzen, verdrängen oder töten, desto leichter wird es sein, solche Stämme wie die Madjaren auf unsere Seite zu ziehen. Aber um das zu tun, müssen wir herausfinden, was wir hinsichtlich der Madjaren tun können. Ich habe einen großen Teil selbst entdeckt, aber ich würde andere an meiner Seite willkommen heißen, die bestätigen, was ich gesehen habe. Einen Krieg zu gewinnen ist nicht anders als einen Einzelkampf zu gewinnen: Je mehr man über den Gegner weiß, desto leichter wird es. Nun, Jicin, wir werden bald losziehen, um herauszufinden, was wir können, aber zuerst mußt du uns alles erzählen, was du weißt.«

Das tat Jicin und beschrieb die vier Hauptzweige des Stammes der Madjaren und wie in letzter Zeit Dendrines Söhne von Zänker in vielen Rudeln auf den ersten Rang gesetzt wurden.

»Es heißt, mein Vater, Zänker, sei, als er noch jünger war, regelmäßig zwischen den Hauptgebieten hin und her gereist und habe so seine persönliche Kontrolle über sie ausgeübt und sichergestellt, daß der Führer eines jeden örtlichen Rudels ihm untergeordnet blieb. Natürlich übte er sein Recht aus, sich mit den entsprechenden Leitwölfinnen zu paaren, und stellte sicher, daß er während ihrer Ranzzeiten bei ihnen war ...«

»Da muß er aber im Januar und Februar ganz schön beschäftigt gewesen sein«, bemerkte Kobrin amüsiert.

»Und ganz schön müde«, fügte Klimt hinzu, allerdings ohne zu lächeln. »Vielleicht wäre das die richtige Zeit gewesen, um ins Herzland selbst vorzustoßen, wenn er in einem anderen Teil der Karpaten unterwegs war ...«

»Ich bin zu jung, um mich daran zu erinnern, aber in jenen Tagen hatte er eine Ratgeberin, eine Wölfin namens Raute, die schon die Ratgeberin des vorhergehenden Rudelführers gewesen war.«

»Eine Fähe als Ratgeber?« rief Kobrin überrascht aus. »Bei den großen russischen Rudeln waren die Ratgeber immer Rüden.«

»Nun, wie dem auch sei«, fuhr Jicin fort, »Zänker behielt Raute als seine Ratgeberin bei, und vielleicht mag es einem Wolf wie dir, Kobrin, noch seltsamer vorkommen, aber sie war es, die Ordnung im Rudel hielt, wenn der Führer fort war. Sie schien dabei keine Schwierigkeiten zu haben, allerdings war das, bevor sie zu altern begann. Aber dann ...«

»Ja, Jicin?« sagte Klimt sanft mit freundlichen Augen, denn er wußte, sie erzählte von Dingen, die ihr zu Herzen gingen. Kobrin hatte eine Unbefangenheit und Großzügigkeit an sich, die Klimt seine Hemmungen verlieren ließ, seine Gefühle für Jicin zu zeigen.

»Nun, ich war zu jung, um mich daran zu erinnern, weißt du, Klimt«, sagte sie und rückte näher an ihn heran, froh, ihm nahe genug zu sein, um ihn einmal mehr berühren und unbefangen ihre Zuneigung zeigen zu können. »Ich kann nur sagen, was mir erzählt wurde, aber es kam aus einer zuverlässigen Quelle, von meinem Großvater nämlich. Er war es, den Dendrine tötete. Mein Großvater sagte, daß Raute geliebt und geachtet wurde und daß sie nie unnötige Gewalt einsetzte. Sie hatte Vorrang vor der Leitwölfin, wenn Zänker nicht da war.«

»Eine bemerkenswerte Wölfin«, sagte Kobrin. »Sie wäre vielleicht ein guter Rudelführer gewesen, wenn sie ein Rüde gewesen wäre! Hat sie nie versucht, die Leitwölfin zu verdrängen?«

Jicin schüttelte den Kopf. »Zum einen war sie keine Mutterwölfin, und zum anderen war sie, wie mein Großvater immer sagte, zu ehrenhaft. Sie diente keinem bestimmten Stammesführer, weißt du, sondern dem Wolf, den sie als den Wächter der Wächter betrachtete, was, wie sie dachte, der Führer der Madjaren war.«

»Du sagst, ›wie sie dachte‹, als meintest du, sie hätte Zweifel gehabt«, sagte Klimt. Kobrin zeigte mit einem Nicken, daß ihn diese Frage auch interessierte.

»Ich kann nur wiederholen, was man mir erzählt hat: Ich begegnete Raute zum ersten Mal, als ich sehr jung war. Sie kam, mich zu besuchen, mich anzuschauen. Mein Großvater war dabei. Das war das letzte Mal, daß ich ihn sah. Sie redete ein bißchen mit mir, sie sagte seltsame Sachen, sie ... Nun, das war vor langer Zeit, und ich war jung, vielleicht zu jung, um zu verstehen. Nachdem sie gegangen war, vertraute mein Großvater mir an, Raute beginne zu glauben, daß sich vielleicht die Madjaren nicht länger aufführten, wie es Wächter tun sollten, oder nicht einmal mehr wüßten, wovon sie die Wächter waren. Da war Dendrine schon Leitwölfin und untergrub erfolgreich Rautes Autorität als Ratgeberin. Raute verlor schließlich die Macht zur gleichen Zeit, als Dendrine meinen Großvater tötete. Die beiden Dinge waren irgendwie miteinander verknüpft.«

Jicins Stimme zitterte, ein schmerzlicher Ausdruck erschien auf ihrem Gesicht.

»Also wurde Raute auch getötet«, sagte Klimt düster.

»O nein, Raute die Ratgeberin wurde nie getötet. Das weiß jeder Madjar. Sie lebt noch, oder sie lebte noch zu Beginn dieses Sommers, als ich den Mut fand, die Madjaren zu verlassen und mich euch anzuschließen.«

»Lebt noch!« sagte Kobrin überrascht. »Aber warum? Wenn Dendrine sie so sehr haßte.«

»Zänker hätte nicht erlaubt, Raute zu töten: Er achtete sie zu sehr. Er war abergläubisch und dachte, wenn sie unnatürlich sterben würde, dann brächte dies Unheil über die Madjaren. Also setzte mein Vater sich für sie ein. Sie war sowieso dabei, zu erblinden. Welche Bedrohung konnte sie noch sein? Dendrine nahm ihren Platz als Ratgeberin ein, und Zänker befahl, daß für Raute gesorgt wird, bis sie stirbt.«

»Und du sagst, sie war im vergangenen Frühling noch am Leben. Hast du sie wirklich gesehen?« fragte Kobrin. Er tauschte mit Klimt einen Blick aus. Wenn das stimmte, was Jicin sagte, dann mußten sie versuchen, diese Wölfin zu erreichen. Eine Wölfin, die ihnen helfen konnte, das Herz der Madjaren zu erreichen und sie zu Wölfen der Zeit zu machen und damit einen langen Krieg und viel Blutvergießen zu vermeiden. Wenn nur ...

»Natürlich habe ich sie gesehen!« sagte Jicin, als befürchtete sie, die anderen bezweifelten, was sie erzählt hatte. »Wißt ihr, als sie zu mir sprach, damals als ich jung war, da sagte sie, wenn ich je ihren Rat bräuchte, dann sollte ich ihn suchen, und sie würde ihn mir geben. Ich ging sie suchen, und es war nicht schwer, sie zu finden. Aber sie schien sehr alt zu sein, Klimt, und obwohl sie inzwischen ihr Augenlicht völlig verloren hatte, war sie eine weise Wölfin. Das merkte man! Zwei junge Rüden kümmerten sich um sie. Als ich zu ihr kam, durfte ich mit ihr allein reden. Damals sagte sie mir, es sei schon zu spät für mich, zurückzugehen. Eine andere Wölfin, die bei ihr gewesen war, sei von Dendrine auf ihrem Rückweg zum Rudel getötet worden. ›Du hast schon deine Wahl getroffen, meine Liebe‹, sagte sie zu mir, ›jetzt erzähl mir von diesen Wölfen, denen du begegnet bist ...‹ Da erzählte ich ihr von der kurzen Begegnung mit dir und den anderen oberhalb des Sees, als ihr aus Zänker einen Narren gemacht hattet, indem ihr vor ihm geflohen seid. Ich erzählte ihr, daß Klimt die Wölfe der Zeit erwähnt hatte. Raute wurde ganz aufgeregt, als ich das erwähnte, und sie sagte, ich müsse meinen Instinkten folgen und euch suchen. Ich könnte, sagte sie, sowieso nichts anderes tun. Ihre Helfer halfen mir zu entkommen, und so kam ich davon, ohne daß Dendrine oder ihre Spione mich entdeckten. So erreichte ich euer Rudel. Aber dann ...«

»Es ist nicht notwendig, Kobrin all das zu erzählen«, sagte Klimt und dachte an die Jungen und wie sie verlorengegangen waren. »Ich habe es ihm erzählt, und er versteht es. Jetzt hast du uns von Raute erzählt, und es ist sicher offenkundig, daß ...«

Er schaute wieder Kobrin an. Kobrin erwiderte seinen Blick.

»Wir müssen sie finden, Wolf«, sagte Kobrin. »Keiner wird besser als sie wissen, was wir von den Madjaren wissen müssen. Nun, wo lebt sie?«

»Am oberen Ende des Popradtals, wo Zänkers Kernrudel der Madjaren lebt. Raute selbst lebt im Verborgenen ein Stück nach Nordosten, auf hohem Gelände, wo sie keinen Wolf beeinflussen kann. Außer daß sie mich beeinflußt hat! Dort werdet ihr sie finden, falls sie noch am Leben ist, aber der Ort ist gut bewacht.«

So kam es, daß die drei Wölfe Ende August ihre geheime Reise in das Territorium der Madjaren begannen, um die Stärke der ›Feinde‹ festzustellen, von denen Kobrin glaubte, sie müßten sie irgendwie zu Verbündeten machen, bevor sie einen Kampf gegen die Menschen begannen. Sie hofften auch, Kontakt mit Raute aufzunehmen und ihre Hilfe zu gewinnen.

Aber sie zogen vorsichtig dahin, denn es bestand kein Zweifel, daß Jicin – wenn die Madjaren sie fingen – getötet würde, vielleicht auf grausame Weise. Dendrine würde sie nicht mit Folterungen verschonen, vor denen Zänker sie nicht würde schützen können. Diese Notwendigkeit zur Vorsicht bedeutete, daß sie – obwohl sie viel erfuhren – klugerweise vor dem Oberlauf des Flusses Poprad abschwenkten, da auf der Hauptroute zu viele Madjaren unterwegs und die Nebenrouten sorgfältig bewacht und verteidigt waren, so daß jeder Wolf große Schwierigkeiten gehabt hätte, dieses Territorium ungesehen zu betreten.

Kobrin entschied, diesen Teil ihrer Erkundung abzubrechen.

»Denkt daran«, sagte er flüsternd, denn sie waren nur wenig von einer Patrouille entfernt, als sie entschieden, nicht weiterzugehen, da alle anderen Wege ebenso gut geschützt waren, »wer immer diese Verteidigung eingerichtet hat, erkennt vielleicht nicht, daß es schwieriger ist, hinein- als hinauszukommen. Ich behaupte nicht, Jicin, daß du keine Leistung vollbracht hast, als du aus diesem Gebiet geflohen bist, ohne gesehen zu werden. Aber die Art, wie sie ihre Beobachter aufgestellt haben, bietet allen, die sich schon hinter ihren Linien befinden, große Möglichkeiten. Eins der schwersten Dinge im Krieg, Klimt, ist, Verteidigung in Angriff umzuwandeln, und die Madjaren haben es sich besonders schwer gemacht. Ein entschlossener Angriff durch eine kleine Gruppe von Wölfen auf eine ihrer Stellungen und erfolgreiche Infiltration hinter ihren Linien würde ihnen trotz ihrer viel größeren Anzahl große Probleme bereiten. Aber einstweilen müssen wir uns zurückziehen und anderswo weiter erkunden. Wir müssen jeden Versuch, mit Raute Kontakt aufzunehmen, aufschieben, bis wir Wölfe haben, die gut in dieser Art geheimer Unternehmung sind, und bis wir mehr sind und ein eigenes Revier haben, in das wir uns zurückziehen können.«

Danach wurden sie durch die Begegnungen, die sie unterwegs hatten, zu anderen Orten, in andere Gebiete und auf andere Gedanken abgelenkt. Die Wochen wurden zu Monaten, während sie in neue Gebiete des Herzlandes und dann südostwärts in dessen karpatische Randgebiete zogen.

Hier konnten sie sich endlich als Vagabunden ausgeben, ohne daß sie fürchten müßten, Jicin würde erkannt. Selbst wenn sie wirklich Wölfe getroffen hätten, die sie als eine Fähe gekannt hatten, die mißbraucht worden war, um die Launen von Zänkers Untergebenen zu befriedigen, so wäre sie nicht leicht erkannt worden. Sie hatte Gewicht zugelegt, die Wanderungen hatten sie gesünder gemacht und sehr gestärkt, und – am wichtigsten von allem – Klimt hatte ihr Selbstvertrauen gegeben. Manchmal, wenn sie vielleicht müde oder in der Nähe fremder Wolfsjunger war, kehrten ihre alten Zweifel und Traurigkeiten wieder, aber solche Augenblicke gingen schnell vorbei. Sie schaute jetzt anders aus, da sie sich verändert hatte. Auf der Reise mit Klimt und Kobrin spielte sie erfolgreich den dritten Part in einem eindrucksvollen Trio.

Sie waren im Osten in den Muntii Rodnei in Nordrumänien, als Ende Oktober der erste Schnee fiel. Sie überlegten, ob sie noch ein paar Tage weiterziehen sollten, um Tervicz' Sippe in der Bukovina aufzusuchen. Aber das Gelände wurde zu schwierig und zu gefährlich. Es galt, Schluchten zu durchqueren und große Aufstiege hinter sich zu bringen, und sie entschlossen sich zum Rückzug. Auf Klimts Drängen hin beschlossen sie, in der letzten Nacht, bevor sie sich wieder nach Westen wandten, Tervicz' Namen und Abstammung hinauszuheulen, in der Hoffnung, daß ihr Geheul gehört und von Bukov-Wölfen beantwortet würde. Diese Maßnahme erinnerte Klimt daran, wie sehr ihm der Wolf fehlte, der seit Beginn seines Abenteuers mit den Wölfen der Zeit sein Freund gewesen war, und lange nachdem die anderen müde geworden waren, heulte er noch weiter Tervicz' Namen hinaus.

»Er hat eine Schwester namens Szaba«, erklärte Klimt den anderen, »und einen verkrüppelten Bruder namens Kubrat. Sein Vater heißt Zcale, ein Wolf, den man respektieren muß. Ich hätte ihm gerne erzählt, daß wir sie getroffen, oder einfach, daß sie auf unser Geheul geantwortet haben …«

»Horcht! Was war das?« sagte Jicin und hob den Kopf, während sie versuchte, ostwärts in die Nacht zu schauen und zu lauschen. Aber der Wind kam aus ihrem Rücken, und obwohl er ihr eigenes Geheul weit trug, verringerte er die Wahrscheinlichkeit, daß sie eine Antwort hören würden. Vielleicht einen Fetzen von einem Antwortgeheul, einen kurzen Moment der Erwiderung.

»Nichts«, seufzte Klimt und schüttelte den Kopf, während sie noch etwas länger lauschten. »Nichts von Bedeutung.«

Doch danach, auf der langen Rückreise, erinnerte er sich oft an diesen Augenblick, und es kam ihm vor, als hätte er etwas geehrt, das Tervicz ihm überreicht hatte; als wäre der Versuch, mit anderen jenseits des Herzlandes Kontakt aufzunehmen, der Beginn von etwas Neuem. Sie hatten ein Signal gegeben. Vielleicht waren sie gehört worden. Eines Tages, wenn Wulf mit ihnen war, würden sie weiter in diese Richtung ziehen.

»Je mehr von uns wissen, desto besser«, sagte er später. »Wir werden wie Samen im Herbstwind sein, zerstreut und weit ausgesät, unsichtbar in dem langen Winter, der uns bevorsteht, aber dann, wenn der Frühling wiederkehrt, werden diese Samen sprossen und wachsen. Die Wolfheit wird wieder Stärke finden und einen Ort zum Wachsen. Das ist vielleicht unsere Rolle.«

Kobrin nickte und sagte: »Auf diese Weise werden wir unseren Krieg mit den Menschen gewinnen.«

»Krieg oder die Entdeckung des Friedens?« sagte Jicin ruhig und schaute vom einen zum anderen.

»Beides«, sagten sie übereinstimmend.

Es war windiger November, als sie in das südliche Moorland zurückkamen und entdeckten, daß die Madjaren sich sammelten und hinauf zu den Moränen zogen. Es war nicht schwer, sich gelegentlich unter Gruppen von Wölfen zu mischen, die keinen Verdacht schöpften, denn es waren auch viele Vagabunden unterwegs. So fanden sie heraus, was vor sich ging. Sie hörten, oben in den Moränen seien fremde Wölfe, falsche Wölfe, die sich die Wölfe der Zeit nannten. Sie sollten nach Osten getrieben werden, wie Vieh, zu den Ufern des Sees, und dort dann getötet von Zänkers Stärksten …

»Unsere beste Chance ist also hier und jetzt«, sagte Kobrin und übernahm auf diesem letzten Teil ihrer langen Reise das Kommando. »Ich kenne das Gelände, und es ist nicht einfach, aber es bietet Möglichkeiten. Kommt, und ich werde euch sagen, was wir meiner Meinung nach tun müssen …«

Zwei Tage später waren sie im Schutz der Dunkelheit und des Regens in ihrer Stellung oberhalb des Sees. Sie hatten sich nicht bewegt, denn Bewegung war verboten. Sie hatten sich nicht von dem Schlamm und Dreck gereinigt, der ihre Köpfe und Körper bedeckte, denn das war verboten. Sie hatten bis zu diesem Moment nicht gesprochen.

»Macht euch für meinen Befehl bereit«, sagte Kobrin mit heiserer Stimme. Denn aus dem Morgennebel, der vom Osten herübertrieb, kamen vier Madjaren und huschten hinab zum See, um sich dort zu verstecken und zu warten. »Ich kann ihn jeden Augenblick geben, oder es kann noch Stunden dauern, aber seid bereit. Nicht wahr, Jicin?«

Sie nickte mit entschlossenem Gesicht. Ihr Herz pochte nervös. Es würde eine Chance geben, eine einzige Chance, und damit würde das Manöver beginnen.

»Schaut!« flüsterte Kobrin.

Die Madjaren waren zu einer Stelle zwischen den Felsen gegangen, andere huschten von den anderen Seiten des Kars, ganz offensichtlich um einen Hinterhalt zu verstärken. Keiner kam vom Plateau, das wenige Schritte über der Stelle begann, wo die drei Wölfe lagen.

Nebel trieb vorbei. Wassertropfen sammelten sich auf zitterndem Moos. Die Felsen waren naß. Die Fläche des Sees unten wurde sichtbar und verschwand wieder, je nachdem, wie der wechselnde Wind den Nebel hin und her trieb. Ein »Pst!«, und alle Wölfe waren außer Sicht. Warten, warten, warten. Eine Pfote glitt über Fels. Ein warnendes Bellen, müde und verzweifelt. Ein weiteres Gebell, weiter hinten, befehlend und selbstbewußt.

»Dort!«

Sie kamen von Osten her aus dem Nebel, zu müde, um zu laufen, zu erschöpft, um zurückzuschauen, dem Tode zu nahe, um auf viel Leben zu hoffen.

Morten führte sie, ein hinkender Stry folgte. Hinter ihm Elhana, den Kopf gesenkt und fast besiegt. Als nächster Tervicz, Schulter und Rücken blutig von einem Kampf, dann Lounel, schlaksig wie immer, wie gelähmt. Und schließlich Aragon, ein besiegter Anführer, aber noch immer stolz, immer noch entschlossen. Er schaute sich an diesem schrecklichen Ort nach einer Inspiration um, nach einem Ausweg. Keiner von ihnen wußte, daß der Weg, den sie genommen hatten, sie geradewegs auf wartende Wölfe zuführte.

Hinter ihnen kam aus dem Nebel stark und selbstbewußt Zänker mit einer Masse von Wölfen. Sie ließen sich Zeit, verlangsamten ihren Schritt, damit sie voller Vergnügen die letzten Augenblicke eines Rudels beobachten konnten, das zu hohe Hoffnungen und zu geringe Erfolge gehabt hatte.

»Noch nicht!« zischte Kobrin. »Noch nicht ...«

Unterhalb von ihnen hielt Morten an, aus einem Instinkt heraus, der ihm sagte, daß nicht alles in Ordnung war. Die anderen scharten sich um ihn. Aragon holte sie ein. Doch es war Lounel, der das Auge erblickte, Lounel, auf den das Licht schien, das dieser trübe Tag bereithielt.

Er schaute um sich und hangaufwärts zu der Stelle, wo Kobrin und die anderen beiden lagen, obwohl Wulf wußte, daß sie für gewöhnliche Augen unsichtbar waren. Er schien den Kopf zu schütteln, als könnte er nicht ganz glauben, was geschah oder was er sah ... Dann lachte er, das verrückte, wilde Lachen eines Wolfs beim Spiel, erfreut über eine Welt, die alle anderen schwarz sahen.

Noch während dieses seltsame Lachen von den Wänden des Kars widerhallte und dann erstarb und sich rings um das Rudel Wölfe aus dem Hinterhalt erhoben, flüsterte Kobrin, immer noch ungesehen und allen unbekannt, Jicin seinen Befehl zu: »Jetzt, Wölfin, tu's jetzt! Und möge Wulf mit uns allen sein!«

»Jetzt!«

Sechstes Buch

Neugeburt

Worin Wulfin über eine heilige
Geburt wacht,
bei der Er, der mehr ist als ein Wolf,
wiedergeboren wird

Kapitel 1

Die Wölfe der Zeit finden endlich ihr eigenes Revier

Auf Kobrins Befehl erhob sich Jicin langsam von der Stelle, wo sie lag – für alle, die sie da sahen, Freund oder Feind, eine überaus seltsame und erschreckende Gestalt. Mit verschmutztem und verfilztem Pelz und bleichen, eindringlichen Augen erschien sie aus vorübertreibenden Nebelschwaden, an einem Ort, wo vorher kein Wolf gewesen war, und ihr Ruf, ein einziges Wort, war eine Anklage, ein Stich in die Herzen aller, die ihn hörten.

»Du!«

Es war mehr als ein Ruf. Es war ein gellender Schrei, ein Schrei aus der Hölle. Mehr noch, es war eine Einladung – eine Einladung, auf die kein Wolf gerne eingegangen wäre. Eine Einladung, sich umzuwenden und sich einer bösen Vergangenheit zu stellen.

»Ja, du!«

Es war ein so einfacher und doch so mächtiger Schrei, daß alle, die ihn hörten, dachten, sie seien gemeint, und alle, die ihn hörten und zu weit weg waren und deshalb die Wölfin, die diesen Schrei ausgestoßen hatte, nicht deutlich sehen konnten, drehten sich um und eilten ein Stück heran, um zu sehen, wessen Stimme das war.

»O ja, Zänker, Führer, Vater, du.«

Während Jicin dies hinausschrie, bewegte sie sich ein wenig hangabwärts, damit sie besser gesehen und ebenso besser gehört werden konnte. Der Augenblick war so seltsam, und die Akustik des Ortes bündelte den Klang so vortrefflich, daß die Wölfe überhaupt nichts anderes als Jicins Stimme hörten. Nicht den tobenden Wind, nicht das Rauschen der Bäche, nicht das Krachen stürzender Felsbrocken in der Ferne. Nichts als ihre Stimme und das Geheul, das sie jetzt ausschickte und dessen endgültige, schreckliche Anklage von den Felsen widerhallte.

Das gellende Geheul, das Erschütterung und Schrecken auslöste, war aus Dendrines Grausamkeit geboren. Dendrines Morde an denen, die Jicin liebten, hatten es genährt, das Gift von Zänkers Willfährigkeit hatte es durchdrungen, und es endete hier und jetzt inmitten von Zänkers Rudel, so grimmig und unleugbar wie die steilste der rutschigen Felswände, die ringsum im Lande aufragten.

Deshalb stockte der Hinterhalt und kam zum Stehen. Tatsächlich kam er zu einem absoluten Stillstand, als wären die Wölfe, die sich dazu erhoben hatten, ebenso wie die Opfer, Tervicz, Morten, Aragon und die anderen, an Ort und Stelle in einem Schneesturm erstarrt. Doch wo immer sie standen oder lagen oder hockten, bereit zum Angriff oder zur Verteidigung, ob auf den Hängen ringsum oder am See, der unten im wehenden Nebel lauerte, sie drehten langsam den Kopf, während ihre Körper reglos blieben, drehten ihn wie ein einziger Wolf Zänker zu, um zu sehen, wie er darauf reagieren würde.

Jicins Geheul endete so plötzlich, wie es begonnen hatte. Sie sagte, mit schrecklicher Deutlichkeit und bevor Zänker überlegen konnte, wie er darauf reagieren solle: »Nach der alten Lehre der Madjaren, aufgrund der Rechte, die jedes Mitglied eines alten Rudels besitzt, vor dem Urteil von Wulf und Wulfin selbst, erkläre ich, daß du, Zänker, Führer, Vater, unsere Aufgabe verraten hast, die da war, unser Rudel zu schützen, das Herzland zu schützen und mich zu schützen.«

Diese Worte, die Kobrin und Klimt sich zusammen ausgedacht hatten, kamen ein wenig geschraubt heraus, denn Jicin hätte normalerweise nicht so gesprochen.

Bevor Zänker noch sein Maul öffnen konnte, um zu antworten, fügte Jicin eine außerordentlich überraschende Herausforderung an: »Deshalb, Zänker, falscher Führer unseres Rudels, bestreite ich dein Recht, uns jetzt oder in der Zukunft zu führen.«

»Du bestreitest was?« schrie Zänker, der sich jetzt faßte, nachdem Jicin ihre Botschaft aufgesagt hatte. »Mein Recht?!«

Er lachte, doch dieses Lachen war etwas hohl, denn in der Anklage, die sie vorgebracht hatte, lag etwas Grundsätzliches und Unausweichliches. Doch seine Speichellecker, die ihn umstanden, stimmten wie ein Echo in sein hohles Gelächter ein.

»Sag mir«, sagte er etwas bestimmter, bemüht, wieder die Oberhand zu gewinnen, »willst du mich als Führer herausfordern? Will eine Fähe mit mir kämpfen? Will eine Tochter mit mir kämpfen?«

Er versuchte, sein Rudel erneut zum Lachen zu bringen, aber diesmal offener und spöttischer. Sein Rudel wurde unruhig, und die Initiative ging auf ihn über.

»O nein!« schrie sie.

Kobrin, der für jeden Augenblick dieses entscheidenden Wortwechsels empfindsam war und wußte, daß seine Wirkung völlig auf dem Element der Überraschung beruhte, die jetzt nachließ, und auf der Scheu, die sie einflößte und die beträchtlich war, aber jetzt ebenfalls nachließ, war beeindruckt von der Macht, die Jicin noch über die Wölfe hatte. Das Gelächter erstarb sofort, als sie sprach: »Nicht ich, Vater, sondern ein anderer Wolf. Einer, der größer ist als wir beide.«

»Und wo ...?«

Das war Klimts Stichwort. Er erhob sich, massig, langsam und sicher hinter Jicin, die sich auf Kobrins früheren Befehl hin etwas niederduckte, um Klimt größer scheinen zu lassen. Der Nebel hätte sich nicht passender bewegen und der Wind nicht besser in den Felsen um sie herum heulen können.

»Ich fordere dich heraus, Zänker«, sagte Klimt, »um zu zeigen, daß du fähig bist, einen zu besiegen, der stärker ist als du, ohne daß du dabei Zuflucht zu Gaunereien oder zu anderen nimmst, die dir siegen helfen.«

Lounel, nicht Tervicz, erkannte als erster, wer dieser mit Schmutz überzogene, so massig wirkende und wild dreinschauende Wolf tatsächlich war. Er lachte, wie er zuvor schon gelacht hatte, verrückt, wild, seltsam. Aber es war Tervicz, der die Natur der Situation erkannte und den Rest möglich machte. Denn während Zänker herausgefordert dastand und abwägte, was er tun sollte, trieb Tervicz erst einen vom Rudel und dann einen anderen den Hang hinauf zu der Stelle, wo Jicin und Klimt standen. Das mußte schnell und glatt ablaufen, fast als wäre nichts geschehen oder als wäre es zufällig, vorübergehend, flüchtig.

So kamen sie also den Hang herauf, nicht ohne Schwierigkeiten, denn sie waren müde, und der Hang war steil. Zwei oder drei der madjarischen Wölfe kamen hinter ihnen her.

»Also!« schrie Klimt daraufhin. »Du befiehlst also deine Speichellecker hinauf, damit sie deine schmutzige Arbeit tun?«

»Nein!« schrie Zänker.

Wie Kobrin gehofft hatte, wurde dieses »Nein« von den Madjaren als Befehl verstanden, den flüchtenden Wölfen nicht zu folgen. Das reichte, um dem Rudel Zeit zu geben, Klimt zu erreichen und zu ihrer Überraschung den Befehl des nahezu unsichtbaren Kobrin zu hören: »Rennt weiter, Wölfe, rennt weiter! Rennt um euer Leben! Wenn ihr auf dem Plateau zögert, dann kommen sie hinter euch her. Rennt weiter!«

Klimt wollte sich umdrehen und sie alle noch einmal sehen und sich mit ihnen sammeln, aber Kobrins Warnung war heftig gewesen: »Wenn sie stehenbleiben und sich um uns versammeln, dann sehen wir aus wie das schwache Rudel, das wir tatsächlich auch sind, verglichen mit der Menge der Madjaren, mit der wir rechnen müssen. Unser Wölfe müssen weitergehen, hinauf aufs Plateau und dann außer Sichtweite, fast, als hätte es sie nie gegeben. Jicin kann ihnen folgen, denn ihre Aufgabe ist dann schon erfüllt. Du mußt allein stehen, Klimt, und darfst deinen Blick nie von Zänker abwenden.«

Der Nebel trieb dahin. Lounel, der letzte vom Rudel, der Klimt erreichte, lief weiter, und Jicin wandte sich um und folgte ihm, wie Kobrin es ihr gesagt hatte. So schien dann Klimt der letzte zu sein – ganz allein.

»Nun, Zänker, hier bin ich. Klimt von Tornesdal. Der Wolf, der schon einmal einen Narren aus dir gemacht hat.«

»Du forderst mich um die Führerschaft der Madjaren heraus?«

Der entscheidende Augenblick war gekommen, und Klimt durfte nicht lügen.

»Du hast gehört, was Jicin, deine Tochter, gesagt hat«, sagte er. »Ist das wahr?«

Es klang gerade schwach genug, und wenn Klimt auch eindrucksvoll war, so sah er doch schwach genug aus, daß Zänker den Hang hinauf auf ihn zuging.

»Du kannst von mir nicht erwarten, daß ich überhaupt mit dir kämpfe, am wenigsten auf einem Hang und unter Bedingungen wie diesen ...«

Zänker rückte ein weiteres Stück vor, immer noch allein, und immer noch blieb sein Rudel, wo es war. Er schaute nach hinten, zu ihnen hinab, und kam sich plötzlich ein wenig schutzlos vor.

»Hast du Angst, Zänker, Führer?« sagte Klimt kalt und verächtlich. Weder seine Stimme noch sein Gesicht verrieten den Zweifel, den er hegte, oder wie sehr sein Herz in der Brust pochte. Er hatte einstweilen sein Rudel gerettet, jetzt mußte er sich selbst retten und jede Neigung der Madjaren, ihm zu folgen, unterdrücken. Wenn sie folgten, dann würde es bedeuten, daß sein Rudel floh, und wenn es floh, dann würde es überwältigt und getötet werden.

Zänker machte einen weiteren Schritt, dann noch einen und schließlich noch einen. Wenn dieser letzte auch zögernd war, so war er doch genug.

Klimt wich einen einzigen Schritt zurück und dann einen zur Seite – genug, um Schwäche zu anzudeuten, aber nicht soviel, um Flucht zu signalisieren.

Zänker tat seinen allerletzten Schritt, jetzt mit mehr Selbstsicherheit. Auf seinem Gesicht begann sich ein Lachen abzuzeichnen, als er den Kopf umdrehte, um seinen Wölfen zu befehlen, sie sollten ...

Was?

Kein Wolf wird es je wissen. Während er sich umdrehte, schien sich die Erde vor ihm zu öffnen. Das war Kobrin, und während dieser sich noch aus seiner Deckung erhob, sprang Klimt vorwärts und biß in Zänkers gedrehten Hals. Kräftig und brutal ...

»Es darf keinen Zweifel geben, keine Verzögerung, Klimt«, hatte Kobrin gesagt. »Du mußt es so absolut tun, daß dieser

Wolf stirbt, bevor einer von uns seinen ersten Biß lockert. Das ist die einzige Methode. Überraschung, Schock, Grausamkeit. Um dein Rudel zu retten und die Madjaren so zu erschrecken, daß sie passiv bleiben, wird es nur einen einzigen Weg geben.«

So hatte es Kobrin gesagt, und so machten es die beiden Wölfe jetzt auch. Der Schock über Kobrins Erscheinen und seine wilde Attacke war so heftig, daß Zänker keine Chance hatte. Er sah seinen eigenen Bauch offen, sah, wie das Blut spritzte, und während sein Blick schon zu schwanken begann und seine Läufe weich wurden und einknickten, sah er Eingeweide, seine eigenen, die heraushüpften, herausrollten und blutig auf den rauhen Hang gespien wurden.

Dann packten Zähne seine Kehle, nicht Zähne eines Wolfes, sondern die Zähne des Lebens selbst, eines Lebens, das sich in eine blutrote Dunkelheit wandelte, bevor alles Leben aus ihm wich.

»Keine Herausforderung um die Führerschaft!« schrie Klimt, während Zänker vor ihm niedersank.

»Der Beginn eines Krieges!« brüllte Kobrin. Größer als Klimt und auch blutiger, erschien er den madjarischen Wölfen unten so erschreckend, daß sie zurückwichen – murmelnd, erschrocken und entsetzt.

»Denn wir«, sagte Klimt fast flüsternd, »wir sind die Wölfe der Zeit und beanspruchen jetzt unser rechtmäßiges Revier, das Steilfeld, den Ort der Götter. Dafür werden wir Krieg führen, wegen allem anderen kommen wir in Frieden.«

Das Blut des madjarischen Führers tropfte von seinem Maul, sein Pelz war zerzaust, aber seine Augen waren so ruhig und kalt, wie seine Wölfe sie bislang noch nie gesehen hatten. Und an seiner Seite stand ein Wolf, der so schrecklich anzuschauen war, so mächtig in seiner Wirkung, daß keiner wagte, sich zu bewegen – außer sich umzudrehen und zu fliehen.

Der Nebel wallte, Zänkers Kadaver rutschte und rollte ein Stück hangabwärts. Sein Kopf war halb abgerissen, sein Bauch klaffte offen, und die beiden, die das getan hatten, standen da, schauten, wandten sich dann langsam um und waren verschwunden.

Zänker rutschte noch ein Stück hangabwärts. Grau und rötlich, ineinander verschlungen, glitten seine Eingeweide noch weiter, wie Schlangen, als seien sie noch lebendig, noch nicht ganz tot.

Doch der Führer war tot, und das Rudel hatte sein Oberhaupt verloren. Die Madjaren kamen sich so schwach und flüchtig vor wie der Nebel, der sie einhüllte. Keiner bewegte sich. Keiner übernahm die Führung. Keiner setzte zur Verfolgung an.

Die Wölfe der Zeit waren gekommen, sie hatten getötet und waren jetzt fort, unterwegs, ihr rechtmäßiges Revier in Besitz zu nehmen, und keiner wagte, es ihnen zu verwehren.

Klimt und Kobrin fanden das Rudel zusammengekuschelt und müde im Schutz eines kleinen Felsens, unter einer einsamen Eberesche, deren Laub schon längst abgefallen war und deren letzte rote Beeren im Wind raschelten.

Bis jetzt hatte Kobrin Klimt geraten, was er tun sollte und wie er es tun sollte, und alles war gutgegangen. Aber von hier an und wenn es um die Rückgewinnung der Führerschaft ging, war Klimt auf sich gestellt. Er wußte es.

Während der langen Wartezeit in der Deckung oberhalb des Sees hatte er über vieles nachgegrübelt, auch darüber, ob er die Führerschaft wieder übernehmen solle. Er hielt es für seine Pflicht, bei der Rettung des Rudels zu helfen, wenn er konnte, aber die Führerschaft ... Sie hatte ihm zuvor keine Freude und kein Behagen bereitet, und jetzt hatte er bei Jicin Kameradschaft und Zuneigung entdeckt – Liebe wagte er nicht zu sagen. Er wollte dies nicht dadurch gefährden, daß er erneut die Verantwortung der Führerschaft übernahm.

Seine Gedanken würden sich jetzt anderen Dingen zuwenden müssen, und falls Elhana Leitwölfin blieb, was sehr wahrscheinlich schien, was wurde dann aus Jicin? Was wurde aus den Zeiten, die sie allein gehabt hatten und wo sie zusammen in Gedanken und Gefühlen herumgewandert waren, niemandem verantwortlich als sich selbst, unaufdringlich und zufrieden? Klimt wußte, solche Dinge würden weniger werden und vielleicht ganz verschwinden. Er würde sich von Jicin entfernen, sie sich von ihm oder noch schlimmer: Sie würden sich nach einander sehnen über die große Kluft, die durch ihre verschiedenen Stellungen im Rudel entstehen würde, und daraus würde sich viel Dunkles und Klägliches ergeben.

Das waren Klimts Gedanken. Er war voller Zweifel. Und doch, wie konnte er je das Versprechen vergessen, das er Wulf in jener Nacht in Helsingborg gegeben hatte, als Wulf ihn geführt hatte und überleben ließ.

»Ich werde dir immer dienen ...« hatte er gelobt, und in seinem Herzen wußte Klimt, daß dies bedeutete: als Führer des Rudels.

»Doch nicht ganz Führer«, hatte er einmal in diesen guten Tagen des Hochsommers Jicin anvertraut. »Ich sehe mich als den Schöpfer des Rudels und als Wächter seiner Zielstrebigkeit, denn gewiß wird ein anderer den Rang von mir übernehmen, und er wird stärker und größer sein als ich und für die Vollendung der Aufgabe sorgen, die ich begonnen habe. Es ist nicht an mir, der einzige Anführer eines so großen Rudels zu sein, nicht an einem gewöhnlichen Wolf wie mir, der nicht einmal zu lieben weiß ... Der die Enge und die Kälte seines Herzens kennt und doch nicht weiß, wie er sie ablegen kann und wie er wagen soll, die Liebe frei laufen zu lassen.«

Das war sein Zweifel und sein Zwiespalt. Doch als Klimt das Rudel gesehen hatte, wie es so müde, so fast besiegt zum See zog, da wußte er, er liebte diese Wölfe als ein Rudel. Wenn es um die einzelnen ging, so empfand er für manche mehr als für andere. Tervicz, noch so stolz und stark, sicher in seiner Bestimmung als der Bukov-Wolf, der sie eines Tages zum Wulfsfelsen selbst führen würde. Elhana, Leitwölfin durch Geburt und Erziehung, durch so vieles verletzt, jetzt der Niederlage nahe. Wie sehr bewunderte er sie und wie sehr sehnte er sich danach, ihr zu geben, wonach sie sich sehnte. Lounel, ein weiser Wolf, dessen Größe sich noch zeigen würde. Morten, Stry – zuverlässig, von Wulf und Wulfin geschickt, Wölfe, denen man vertrauen konnte. Und Aragon, o Aragon, hast du die Führerschaft übernommen, die ich zurückließ? Habe ich dir zu früh zuviel gegeben? Doch hast du Elhana die Liebe gegeben, nach der sie verlangte, und die Kameradschaft?

Auf diese Frage hatte er im letzten Augenblick, bevor Jicin ihre Überraschung anbrachte, die Antwort erkannt: Ja, Aragon hatte Elhana mehr gegeben, als er, Klimt, ihr hatte geben können. Denn als die Madjaren sich ringsum aus ihren Hinterhalt erhoben, da war das erste, was Elhana und Aragon taten, einander anzuschauen. Ihre Augen sprachen nicht von Angst, nicht einmal von Verlust, sondern von Liebe, die sie gefunden hatten, von Leidenschaft, an die sie sich erinnerten, von Dankbarkeit für das, was gewesen war.

Als er sie wiedersah und an sie dachte, erkannte Klimt, wie sehr sie ihm am Herzen lagen, und er wußte in diesem Augenblick des Schicksals, daß er, was auch immer geschehen würde, die Führerschaft wieder übernehmen mußte. Sie war seine Aufgabe und nicht die eines anderen Wolfes, es sei denn, es käme einer, der stärker war als er. Ja, es würde einer kommen, ein Wolf mit reinem Herzen, groß in der Liebe, ein Führer, vor dem alle anderen Rudelführer den Kopf neigen würden.

So wie Aragon und Elhana Blicke ausgetauscht hatten, so taten es dann auch Klimt und Jicin. In Erinnerung an Liebe, die sie gefunden, und an Freundschaft, die sie geschlossen hatten, an Herzen, die für gegenseitige Sorge so offen waren wie der Himmel der Erde gegenüber offen ist und das Meer für den Wind. In diesem letzten Blick lag auch Traurigkeit, daß jetzt alles verloren sein könnte, und Verwirrung, daß der Weg der Pflicht nicht immer der Weg des Glücks war und daß das Spiel der Gerechtigkeit nicht immer die Freuden der Zufriedenheit brachte.

Dann ging alles unter in diesem Spiel der Finten und des Kampfes, das Kobrin geplant hatte, und im Beginn eines Krieges, dessen Ziel es war, eine blutige Schlacht mit den Madjaren zu vermeiden, damit ihr Leben bewahrt blieb für den kommenden Krieg gegen die Menschen.

Jetzt mußte Klimt in seinem Umgang mit Aragon entschlossen sein, so wie er es mit Zänker gewesen war. Einer würde vielen zuliebe leiden müssen, der Schlag mußte dort erfolgen, wo er am meisten bewirkte, um späteren Streit zu vermeiden. Jetzt …

Sie kauerten sich zusammen und wandten sich um, als Klimt und Kobrin aus dem Nebel auftauchten, nachdem ein fragendes Bellen durch ein Gebell des Erkennens und ein Wilfern durch ein Gewilfere beantwortet worden war und es keine Jagdgeräusche gab.

Jicin hielt sich auf der einen Seite etwas abseits, Elhana auf der anderen. Tervicz, der sich sicher war, wo seine Loyalität lag, hielt sich von allen entfernt. Aragon stand stolz da, gefährlich bereit, das zu schützen, was er fair gewonnen und fair verteidigt hatte.

Klimt hatte keinen Zweifel, daß es Aragon zu verdanken war, daß die Wölfe den See gemeinsam erreicht hatten. Ein Wolf, der in Kampf und Flucht weniger klug war, hätte sich umgewandt und sich den Madjaren gestellt. Dann wäre alles verloren gewesen. Aber die Zeiten ändern sich, Augenblicke kommen und gehen, der Führer mag in einer bestimmten Stunde geboren werden, aber sein Wert muß sich in den Tagen, Monaten und Jahren beweisen. Das Rudel hatte eine größere Aufgabe, als nur zu überleben und sich fortzupflanzen, und vielleicht hatten sie das vergessen. Jetzt standen sie gespalten und unsicher da. Die Frage, wer sie denn führen würde, konnte nicht mehr aufgeschoben werden.

Klimt überholte Kobrin und begann seinen Angriff aus dem Nebel und hinunter zu der geschützten Stelle, wo sie standen. Hart und schnell ging er auf Aragon los, so fürchterlich, wie er zuvor bei Zänker gewesen war.

Aragon sah ihn und zuckte nicht zurück. Tatsächlich bewegte er sich ein wenig zur Seite, um sich größere Freiheit für Bewegungen und Finten zu verschaffen und auch damit sonst keiner vom Rudel im bevorstehenden Kampf verletzt würde. Dann setzte er seine Pfoten auf den Boden, beobachtete kühl Klimts Angriff und ging erst in eine Richtung und glitt dann in die andere, um Klimt irrezuführen und um die Chance zu gewinnen, ihn anzugreifen, während er an ihm vorüberstieß. Aber Aragon war in seiner Bewegung zu langsam, und Klimt war schnell. Klimt erkannte die Finte und ging auf die richtige Seite. Er hob Aragon halb von den Pfoten, seine Zähne vergruben sich in Pelz und Haut von Aragons Schulter, und seine Vorwärtsbewegung war so kraftvoll, daß Aragon hinunter- und mitgerissen wurde und dann hinauf und hinaus in die Dunkelheit jenseits der Felsenrinne und ihrer kahlen Ebereschen.

Das Rudel schaute zu, auch Kobrin, während die Wölfe im wehenden Nebel kämpften. Ihrer beider Pelze waren vom selben Dunkelgrau. Das Aufeinandertreffen ihrer Körper, die sich vor einem weißen Himmel kreuzten und überschnitten, wirkte wie ein Schattenspiel. Ihre Leiber wurden zu einem, die Gliedmaßen ineinander verschlungen, so daß niemand mehr wußte, wer wer war. Eines nur war sicher: Aragon gab seinen Rang nicht leicht auf. Er hatte vielleicht die Initiative verloren, aber er machte es wett, kam zurück, fand trotz seiner Müdigkeit und Erschöpfung noch Kraft und kämpfte, so gut er konnte.

Zuletzt schwankte er und fiel hin, und eine Wolfssilhouette stand über der anderen und verlangte Unterwerfung oder Tod.

Ein Augenblick herrschte Reglosigkeit, doch dann erhob sich der Sieger vom Unterlegenen und wandte sich aus dem Dunkel heraus dem Rudel zu. Sie sahen, daß es Klimt war. Hinter ihm zappelte Aragon und erhob sich, hinkend und verwundet, und stellte sich in der Nähe auf, wo alle ihn sehen konnten.

»Ich habe ihm gesagt«, knurrte Klimt, »daß er einstweilen beim Rudel bleiben kann, vorausgesetzt, er gesteht seinen niedrigeren Rang ein.«

Aragon senkte den Kopf und zog den Schwanz ein. Es war genug. Worte waren nicht mehr nötig, um zu bestätigen, was alle sehen konnten.

»Ich habe ihm gesagt, daß wir ihn brauchen, wegen seiner Stärke und seines Mutes. Er hat nicht mehr getan, als jeder von uns getan hätte, nicht mehr als das. Aber …«

Eine schreckliche Kälte und eine grimmige Entschlossenheit erschienen jetzt in Klimts Augen. Sein Gesicht verhärtete sich auf eine Weise, wie es bei Aragon nicht möglich gewesen wäre. Der eine hatte das Gesicht eines Führers, der andere das eines stolzen Liebhabers. Der eine, das konnten sie sehen, hatte aus Pflicht und um das Rudel gekämpft und hatte gewonnen. Der andere hatte aus Stolz und um Liebe gekämpft, und er hatte verloren.

»... aber wenn der Frühling wiederkehrt, und Aragon hat uns den Winter hindurch gedient und geholfen, dann werde ich ihn für eine Weile aus unserem Revier verbannen. Er soll noch einmal als Vagabund umherziehen. Er soll lernen, wie ich gelernt habe. Er soll dann entscheiden, ob er auf einen geringeren Platz zurückkehren will, nicht aus der Not des Augenblicks, sondern aus Ergebenheit gegenüber unserer gemeinsamen Zukunft. Das ist meine Entscheidung als euer Anführer.«

Er schaute der Reihe nach jeden von ihnen kühn an, und jeder erwiderte seinen Blick, selbst Elhana, selbst Aragon, und sie murmelten ihre Zustimmung. Doch mehr als dies. Sie rückten enger zusammen, sie bildeten eine geschlossene Gruppe. Außer Kobrin, der einfach dort stehengeblieben war, wo er bei Beginn des Kampfes gestanden hatte.

Dann sagte Klimt: »Das ist Kobrin aus Rußland. Er ist mein Berater im Krieg. Er ist der Wolf, dem die meisten von euch ihr Leben verdanken. Deshalb ehrt ihn!«

Sie schauten alle auf Kobrin, der sich jetzt hinhockte, wobei seine Vorderläufe sein massiges Gewicht trugen und sein Kopf sich gegen den Nebel zu bewegen schien, obwohl es der Wind und der Nebel waren, die sich in Wirklichkeit bewegten. Seine Augen verengten sich, und sein Blick war zwar wild, blieb aber freundlich.

»Ehrt ihn!!«

Einer nach dem anderen taten die Wölfe, wie ihnen geheißen, gingen zu ihm hin und berührten ihn mit der Pfote oder manchmal auch mit der Schnauze. Er nahm ihre Ehrerbietung bereitwillig an, lächelte einigen zu, sagte anderen einen Gruß, kicherte gemeinsam mit Stry. Doch für Jicin hatte er ein Lächeln und eine Berührung Wange zu Wange, denn sie hatte es gut gemacht, vielleicht besser als jeder von ihnen, und sie hatte eine Kaltblütigkeit und einen Mut gezeigt, die das Rudel nie vergessen würde.

»Also ...« sagte Klimt, da jetzt sein Rudel aufs neue ihm gehörte und die Wölfe der Zeit wieder beisammen waren, »wir werden das Plateau überqueren und einen Weg zum Anfang des Steilfeldes suchen. Dort werden wir uns ausruhen, und am Morgen, wenn sich der Nebel verzogen hat, werden wir in das Gebiet weiterziehen, das nur Lounel schon einmal besucht hat – abgesehen von Ambato seligen Angedenkens –, und herausfinden, woraus es besteht und was es für uns bedeutet. Tervicz, du gehst vorne mit mir und Lounel. Kobrin, du bildest mit Morten die Nachhut. Aragon, du kannst in der Mitte gehen, mit den Wölfinnen ...«

Das war das Stärkste, was Klimt an strafenden Worten für seinen besiegten Rivalen aufbrachte. Keiner konnte es ihm übelnehmen. Er war der Anführer. Er konnte über sie verfügen, wie er es für richtig hielt. Die meisten waren sowieso so müde, daß das, was er sagte, weniger zählte als die Tatsache, daß er zurückgekommen war. Er hatte den Befehl übernommen, und sie fühlten sich sicherer als in den vergangenen Monaten. Wenig später zogen sie los.

Die Wölfe erreichten Geröllhalden, von denen sie erhofften, sie befänden sich am Fuß der ersten Steilwand. Zwischen den herabgestürzten Felsbrocken fanden sie notdürftigen Schutz vor Regen und Nebel. Zitternd vor Kälte und Erschöpfung, hatte sie zum großen Teil nur noch die Angst vor dem, was sie zurückgelassen hatten, angetrieben. Vielleicht auch die Hoffnung auf das, was vor ihnen lag. Sie schliefen dort, wo sie zu Boden taumelten, ausgenommen Klimt und Kobrin, die Wache hielten, und später Tervicz, der darauf bestand, die Wache in der tiefsten Nacht zu übernehmen, damit sein Meister Ruhe finden konnte.

Nicht, daß es da viel zu sehen gab. Keinen Mond, keine Sterne, keine Schatten in der Dunkelheit, keinen Himmel, von dem sich ein düsterer Horizont abzeichnete, überhaupt kein Licht. Nichts zu sehen, und doch waren Dinge zu fürchten. Während Tervicz' Wache schien sich die Nacht zu bewegen, hinauf zu der Festung über ihnen und über das Plateau, das unter ihnen lag. Seltsame Schreie und Rufe. Bewegungen, die nicht zu sehen waren. Augen, die sich öffneten, um zu schnüffeln und zu spähen.

Es war die längste Wache, die Tervicz je übernommen hatte. Als die Morgendämmerung langsam dahergekrochen kam, sah er, daß der Nebel sich gelichtet hatte, allerdings nur wenig. Als er zur Steilwand emporschaute, war deren obere Hälfte noch in einen Nebelwirbel eingehüllt.

Lounel erwachte, spähte um sich und sagte dann, er habe keine Ahnung, welchen Weg er und Ambato zuvor genommen hatten. Alles schaute anders aus, alles schaute gleich aus.

»Du kannst also in die Zukunft sehen, aber nicht in die Gegenwart«, scherzte Stry.

»Mhm«, murmelte Lounel, dessen Pelz von der Feuchtigkeit schimmerte.

»Selbst wenn das so ist, wir müssen weiterziehen«, sagte Klimt, »denn wenn ich ein Madjar wäre, dann würde ich mich jetzt erholen und wäre wütend. Ich würde sagen, wenn das Wetter sich beruhigt, werde ich losziehen, über das Plateau, wenigstens bis zum Fuße des Steilfeldes, was bedeutet: bis hier. Deshalb ziehen wir weiter und verschwinden oben. Furcht und Aberglaube und die Notwendigkeit, in das Herz ihres eigenen Gebietes zurückzukehren, bevor schlimmeres Winterwetter kommt, wird die Madjaren wieder forttreiben. Also, Lounel, du hältst deine Augen auf nach etwas Vertrautem – vielleicht nach einem Felsblock, an dem du damals vorbeigekommen bist, oder nach einem Streifen Gras oder nach der Art, wie der Wind in eine Felsenrinne hinaufpfeift. Wir werden den Weg finden, den wir gehen müssen. Aber, Wölfe, bleibt eng zusammen, und du, Stry, bleibst immer in unserer Mitte und bellst uns zu, wo du bist, und erwiderst, falls nötig, unser Geheul. Diese Gegend ist dunkel, und wir sollten verhindern, daß wir getrennt werden.«

Dazu kam es nicht. Der Regen ließ nach und hörte auf, und der Nebel hob sich ein bißchen mehr. Am Vormittag fand Lounel einen Weg, der weiterging und sie durch eine Steinrinne aufwärts und dann zwischen großen Pfeilern aus schwarzem Fels hindurchführte.

In einem Unterschlupf dort sammelte sich das Rudel wieder. Es waren alle wohlbehalten da. Klimt schaute auf die zu beiden Seiten aufragenden Wände der Rinne und nach vorn und sagte: »Gut! Dann vorwärts! Folgt mir. Diesmal, Kobrin, übernimmst du die Nachhut. Wir wollen keine weiteren Überraschungen, und wenn Wulf will und dieser Tag vorüber ist, dann werden wir einen Ort gefunden haben, der sicher ist und wo wir Nahrung und Zuflucht finden und unsere Strategie für die bevorstehenden Wintermonate planen können ... Was war das?«

Was er gehört hatte – was sie alle gehört hatten – war ein dünner und ferner Schrei, der bei einem solchen Wind gar nichts bedeuten mochte und bloße Einbildung sein konnte. Doch angesichts der Düsternis des Ortes, wo sie angehalten hatten, und der Umstände ihrer Reise und ihres zunehmenden Vertrauens, daß sie ihre Schwierigkeiten hinter sich gelassen hatten und sich jetzt nur ein oder zwei Tage anstrengen mußten, bevor sie eine neue Sicherheit und Zeit zum Ausruhen gewonnen hätten, angesichts all dessen war es ein Schock, daß der Schrei von irgendwo oberhalb von ihnen kam. Madjaren? Ein sterbender Hirsch? Menschen?

Klimt schüttelte den Kopf, die anderen murmelten miteinander, und gegen den Wind anschreiend sagte er zu ihnen: »Was immer das war, es kann nicht viel gewesen sein. Wir werden so schnell, wie wir ... Was!?«

Wieder dieser Schrei, ein wenig lauter, ganz furchtbar, bestimmt von einem Wolf – und dann wieder nur der Wind.

»Kommt!« befahl Klimt, führte sie vorwärts, einen nach dem anderen, wobei Morten und Stry die Seiten übernahmen und Kobrin und Tervicz die Nachhut. »Kommt, Wölfe, Zaudern ist nur Nahrung für Furcht! Es klingt wie ein einzelner Wolf, aber es könnte eine Falle sein. Bleibt zusammen, bleibt bereit und rückt mit mir zusammen vor!«

Die Wände der Felsenrinne wurden enger, der Wind sammelte sich, wurde stärker und jagte hinter ihnen hoch. Was immer da geschrien hatte, es mußte in der Nähe sein, wenn es gegen einen solchen Wind zu hören war. Gras und Geröll bildeten den Pfad, denn sie einschlugen, und über ihren Köpfen verloren sich die Wände der Rinne im Nebel.

Wulf weiß, was für einen schrecklichen Anblick sie für jedes Geschöpf bedeutet hätten, das ihnen auf diesem Weg entgegenkam: ein Rudel von Wölfen, entschlossen und gut geführt, das aus den nebligen Tiefen emporkletterte. Doch der Anblick, den sie boten, war gewiß nichts im Vergleich zu dem Anblick, den sie sahen. Es war ein Wolf. Er lag auf dem Hang über ihnen und sah schrecklich aus, äußerst traurig ... Ein Wolf, der hingefallen war und dessen Glieder im Todeskampf zitterten. Seine Flanken waren blutig rot, sein Pelz war ganz verschwunden, ausgenommen um den Kopf. Ein seltsamer Zwerg von einem Wolf, das Maul geöffnet zum letzten Atemzug, auf seinem Gesicht einen Ausdruck unendlichen Leidens.

So seltsam und schrecklich erschien er ihnen, daß sich ihr Nackenpelz sträubte und ihre Augen sich verengten. Hatten Menschen das getan? Boshafte Götter? War dies eine Warnung, nicht weiterzugehen?

Klimt trat zu dem Wolf.

»Tu mir nicht weh«, sagte dieser.

»Wir werden dir nicht weh tun, Wolf«, flüsterte Klimt, »wir werden dir nicht weh tun ...«

In den Augen der gebrochenen Kreatur erschien ein Blick der Überraschung, dann der Hoffnung.

»Wulf hat euch geschickt«, flüsterte der Wolf. »Er hat euch geschickt, damit ihr mich zu den Sternen führt. Dorthin habe ich zu fliehen versucht, dorthin, wo er ...«

»Was für ein Wolf bist du?« fragte Klimt.

»Bruder, ich bin Bruder. Der Bruder von Dendrines Sohn und seine Nahrung ...«

»Jicin!« sagte Klimt und rief sie herbei.

Sie kam, sie schaute, sie blickte in die Augen des sterbenden Wolfs, und sie wußte, was für ein Wolf das war. Ihr Bruder. Sie ging hin und hielt das arme, zerrissene, nicht gewachsene Ding und sagte, sie verkörpere die Sterne. Wulf warte dort, und an seiner Seite sei Wulfin, und zusammen würden sie ihn heilen …

Der Wolf starb, während sie ihn hielt. Er schaute in den Nebel und sah mehr als die anderen von der Güte und Freundlichkeit des Augenblicks, die sie gebracht hatten. So erfuhr er am Ende seines Lebens ewige Freude.

Jicin weinte. Die anderen standen schweigend und voller Scheu. Seine Körperteile waren roh angefressen, die Pfoten waren jedoch noch heil und unberührt. Doch beide Ohren waren fort. Vieles, was roh erschien, war zu Narbengewebe verheilt, und doch war einiges frisch angenagt.

»Was ist mit ihm geschehen?«

»Was ist das für ein Ort?«

Klimts Ausdruck änderte sich nicht, seine Entschlossenheit geriet nicht ins Wanken. Seine Augen waren so kalt wie nie.

»Glaubt ihr, der Ort, zu dem wir gehen, würde seine Geheimnisse auf angenehme Weise enthüllen?« sagte er schließlich. »Hier betreten wir das Steilfeld. Selbst die Wächter haben diesen uralten Ort gemieden. Was, Lounel?«

Lounel nickte und trat vor. Er schaute neugierig auf den toten Wolf und berührte dessen Kopf. »Er hat gelebt, bis wir kamen. Für ihn werden wir leben …«

»Ja«, flüsterte Klimt. »Ja, Lounel …«

In Lounels Augen war Mitleid und überhaupt keine Furcht. »Laß mich führen«, sagte er sanft, »denn diesen Weg bin ich schon zuvor gekommen, und was immer vor uns wartet, wird mir nichts tun. Auch wir sollten ihm nichts tun, wie böse es auch sein mag. Friede soll unser Weg zu diesem verborgenen Ort sein, an dem wir Frieden gefunden haben, nur Frieden …«

Er wiederholte das Wort einige Male, als wollte er den Ort besänftigen, der vor ihnen lag, und den Nebel weniger düster machen, weniger windgepeitscht. Jeder von ihnen berührte den toten Wolf mit Ehrfurcht, damit sie nicht vergäßen, was sie gesehen und gehört hatten, ein gestohlenes Leben, das sie jetzt statt seiner zu leben versuchen mußten.

Dann ging Lounel weiter, ganz schnell. Sie eilten hinter

ihm her, um mit ihm Schritt zu halten, und ließen die Wolfsleiche zurück. Immer weiter kletterte er, immer schneller.

»Lounel!«

Er war im Nebel verschwunden, der ihn wirbelnd ihren Blicken entzog.

»Lounel!«

Klimt lief die letzten paar Schritte hinter ihm her, die anderen folgten dicht auf. Sie liefen auf Furcht und Schrecken zu, sie liefen, um ihn einzuholen, bevor …

»Lounel!«

Da stand er, vom Nebel enthüllt, zuverlässig, sicher, ganz reglos. Die Steilwände der Rinne hatten sich geöffnet, der Aufstieg war sanfter geworden und dann zu einer Wiese aus üppigem, feuchtem Gras abgeflacht. Der Nebel lichtete sich, und es schien, als kämen zwei Wölfe auf sie zu, doch in Wirklichkeit standen diese beiden Wölfe still. Sie waren lebendig, aber schrecklicher im Leben als das Opfer, das sie gesehen hatten, im Tod.

Eine hagere Hexe von einer Wölfin, den Pelz vom Wind zerzaust, mit wilden und kriegerischen Augen, auf dem Gesicht den Irrsinn einer Mutter, die glaubte, ihr Junges sei bedroht. In ihren Augen kalte Grausamkeit, Spott, Roheit, Bosheit.

Dendrine.

»Haut von hier ab, ihr Mistkerle, ihr Scheißkerle, ihr …« Und dann lachte sie und lachte.

Lachte sie über den Gesichtsausdruck der anderen Wölfe, als die den Rüden sahen, der neben ihr stand und schon ein bißchen größer und breiter war als sie? Ergötzte sie sich an der Erschütterung der anderen? Sie lachte krächzend, während die anderen entsetzt stehenblieben.

»Mein letztgeborener Sohn«, zischte sie, als stellte sie ihn vor. »Mein Süßer und mein Lieber. Tut ihm was zuleide, und ich werde euch verfluchen. Verletzt ihn, und ich werde euch zerreißen. Belästigt ihn, und …«

Plötzlich bewegte sich der Wolfssohn. Sein Kopf war riesig und monströs, dunkel mißgestaltet. Bis jetzt hatte er dicht vor sich auf den Boden gestarrt, doch sie wußten nicht, hatte er dort hingeglotzt wie ein Narr oder daran gewittert? Jetzt hob er den Kopf, und sie sahen seine Augen. Die Augen starrten sie an. Dann stürzte er auf sie los, wild und schnell, als wären sie eine Welt, gegen die er wütete. Er bewegte sich mit der Schnelligkeit und Anmut der Jugend. Der Kopf, so schrecklich, so verzerrt in seiner Form und so wild in seinem Blick, kam näher und immer näher, so daß sie sich alle bereitmachten, seine Attacke abzufangen, denn er schien sich auf alle zu stürzen.

Als es schien, er könnte nicht mehr anhalten, wandte er sich zur Seite, rannte einen Hang hinauf, auf eine Geröllhalde zu und war im Nebel verschwunden. Eine üble Vision, die sich plötzlich in das Geräusch auf Fels tappender Pfoten verwandelt hatte.

Wieder lachte Dendrine.

»Mein Süßer wird zurückkommen«, flüsterte sie heiser, mit offensichtlichem Stolz und Vergnügen. »Bald.«

Sie warteten in einem Schweigen, das nur der Wind brach und das Rauschen von Wasser jenseits des Nebels, oben zwischen den Felsspitzen.

Ihr Sohn kam tatsächlich zurück, doch wie er von der anderen Seite der Rinne kommen konnte, wie er so schnell dorthin gelangt war, wußte keiner. Doch er kam, immer schneller. Dann wurde er langsamer und machte riesige Sprünge wie ein Hund, wie ein Hirsch, wie ein Kaninchen. Er ahmte im Spott alle Geschöpfe nach und begann dann zu sprechen.

»Mein Bruder ist tot«, sagte er, »aber ich lebe, ich lebe ...«

Seine Stimme war jugendlich und tief. Sie klang unsicher, ein bißchen verloren. Furchtsam vielleicht.

»Ich lebe!« Das war gebrüllt und klang einschüchternd.

Dendrine lachte und sagte: »Mein Süßer, dein Bruder ist weggelaufen und gestorben, damit du leben kannst. Ich habe dir gesagt, es war Zeit zu gehen. Wölfe sind gekommen, damit du gehst. Friß sie nicht!«

Sie lachte und kam auf die anderen zu. Die Wölfe wichen zur Seite, als wäre Dendrine die leibhaftige Pest. Als sie an Jicin vorbeikam, schaute sie ihr in die Augen und sagte: »Na, das bist ja du, du, meine Liebe, mein Wechselbalg! Eines Tages werde ich dafür sorgen, daß er dich bei lebendigem Leib auffrißt. Aber paß auf ihn auf, er mag Zitzen und neigt dazu, solche Dinger abzureißen.«

Dann lachte sie wieder, als sie hinabstieg, völlig gleichgültig, jetzt ihren bösen Sohn an ihrer bösen Seite, der ihre schlaff herabhängenden Zitzen beäugte und sich dann eines Besseren besann. Er hielt unten am Hang an, blickte furchtlos zu ihnen empor und scharrte mit den Pfoten, als wollte er erneut auf sie losgehen.

»Was sind das für Wölfe?« fragte er.

»Die?« sagte sie, ohne sich umzuschauen. »Die Wölfe der Zeit, mein Lieber. Klimt hat aus deinem Vater einen Narren gemacht und wahrscheinlich den dummen Bastard inzwischen getötet, so daß du seinen Platz einnehmen kannst. Die anderen kenne ich nicht, abgesehen von deiner Schwester Jicin.«

»Was ist eine ›Schwester‹?«

»Eine Schwester? Eine Närrin!« Dendrine lachte sanft, berührte ihn voll echter Liebe, wandte sich kurz um und schaute zurück wie eine Mutter, die stolz ihren Liebling zeigt. Dann sagte sie: »Komm mit, es ist Zeit, daß du zu deinem Rudel kommst. Deine Zeit hier ist um.«

»Wir sollten sie töten ...« sagten Morten und Stry gleichzeitig. »Solche Kreaturen sollten nicht am Leben bleiben. Sie werden Schwierigkeiten machen, wenn wir sie am Leben lassen.«

»Nein«, sagte Klimt und wußte nicht, warum er es sagte, außer daß Lounel gewarnt hatte, sie müßten in Frieden kommen. Töten war nicht der richtige Weg.

Dann kam mehr Wind auf und trieb Nebel herbei. Dendrine und ihr Sohn waren verschwunden. Klimt und die anderen blieben allein in ihrem neuen Revier zurück.

KAPITEL 2

Das Rudel erforscht sein Revier, und seine Leitwölfin wird trächtig

Fünf Tage vergingen, bis der stürmische Wind und der Regen nachließen und einem kälteren, klareren Wetter wichen. Die Wölfe sahen zum ersten Mal die Ausdehnung und die Natur ihres neuen Reiches. Es enttäuschte sie nicht.

Wenige Gebiete sind so großartig und so geheimnisvoll wie das sagenhafte Steinfeld der Tatra. Höher als das südliche Moorland, niedriger als die Gipfel der Tatra selbst, bietet das Gebiet alles, was ein Rudel braucht. Es umfaßt eine Reihe steiler, miteinander verbundener Wände, einige davon sind groß, andere weniger eindrucksvoll, viele sind von Felsspalten durchzogen und seltsam, einige setzen sich um den Berg herum bis außer Sichtweite fort, andere sind nicht mehr als Stufen zu größeren Steilwänden, entstanden aus Felsen, die einmal oben gelegen waren und angehoben, gekippt und erodiert wurden.

Die Felsen sind unterschiedlich: Schicht- und Sedimentgestein, mit Intrusionen vulkanischer Lava, die die Felsstufen gedreht und gewendet haben, so daß sie Zapfen und Gangstöcke gebildet haben, die, da härter als die umgebenden Felsen, seltsame Felssäulen und Vorsprünge formen, alle dunkel, manchmal zerklüftet.

Zerklüftetes Land also, dessen Hauptgeschiebe von Ost nach West verläuft, aber dessen spaltenreiche Natur einen Wolf nach oben lockt, da er sehen will, was oben lebt. Doch bei dem Versuch, ein Muster zu erkennen, wo Muster so komplex sind, Höhen und Tiefen so unvorhersagbar, Dunkel und Licht so vermischt, schmerzt der Kopf eines Wolfes, um so mehr, wenn er es zu verstehen sucht. Das ist die Natur des Steilfeldes.

Dazu gehören die geschützten Winkel, wo ein paar vom Wind zerzauste Ebereschen überleben, die allerdings im Vergleich zu ihren Verwandten im Tiefland nur Zwergengröße haben. Daneben gibt es seltsame Teppiche von Gebirgsblumen: Steinbrech und Fetthenne, Alpen-Frauenmantel und Zwergenzian, so blau wie das tiefste, leuchtendste Blau eines klaren Junihimmels. All dies ist buchstäblich überlagert von einem Mikroklima, das so vielfältig ist wie der Boden, über dem es wirbelt und sich bildet: Nester von Tau, Senken voller Nebel, wilde Winde um eine Felsecke an einem Tag, der ganz still erscheint, und alle Variationen von Sonne im Sommer und Schnee im Winter. Dies ist eine Welt en miniature, wirklich ein Ort, an dem vielleicht einmal Götter in die menschliche Welt geboren wurden.

Hier gibt es auch, was ein neues Rudel braucht: Deckung hinter Felsen, in Geröllhalden, durch Bodenwellen und durch Leere. Deckung durch Wolken und Nebel, der sich – da die Landschaft den Wind so dreht – bildet und wieder neu bildet, dahintreibt und gleitet, und das in Mustern, die einen Wolf erschrecken, bis er sie versteht.

Hier gibt es auch Beute, denn ein Gelände wie dieses, dessen Geschiebe und Felsstaub alle Arten von Boden hervorbringt, manche sauer und manche milder, fördert viele Mikro-Biotope. Und Kaninchen gedeihen dort. Ihre weißen Rippen und Schädel liegen dort über den Rasen verstreut, als Beweise für vergangenes Leben und das Picken von Raben. Die Raben sind die dunklen Herrscher der Lüfte über jenem seltsamen Revier. Es ist eine natürliche Heimat für Hirsche. Sie kommen von den Bergen herab und vom Moorland herauf, herunter zur Brunft und zur Paarung, herauf zur Geburt ihrer Jungen.

Das Steilfeld erstreckt sich nach Ost und West, eine oder zwei Tagesreisen in beide Richtungen. In seinem höheren, rauheren, wilderen Teil, wo die Felsenrinnen fast Schluchten und die Felsklippen fast Berge sind, kann es in einer dunklen Nacht oder an einem nebligen Tag schon vorkommen, daß ein Wolf um eine Ecke biegt und sich einbildet, er sei für immer verloren, so verwirrend sind hier die Wege. Dieser Teil ist der Mittelpunkt des Steinfelds.

Irgendwo in diesem mittleren Teil, dort oben inmitten der Klippen, zwischen zwei Felssäulen hindurch, über diese Geröllhalde hinauf und um diesen großen, umgestürzten

Felsblock herum, dahinter, dort ... läuft ein grasiger Weg zu einem heiligen und geheimnisvollen Ort, an den sich kluge Wölfe nicht wagen. Dort herrscht ein seltsames Licht, und aus den Höhen hallen Echos wider. Wenn ein Wolf reinen Herzens diesen Ort durchwandert, so kann er den Wulfsfelsen finden – so sagen die Wölfe, so glauben es viele.

Der November ging dunkel in den Dezember über. Auf den flacheren Hängen unter dem Felsbrocken, der den Eingang zu einem Weg markierte, den bisher nur Lounel sich entlanggewagt hatte (und selbst er war umgekehrt, während Ambato weitergegangen war und sich in der Dunkelheit und dem Licht dahinter verloren hatte), legte das Rudel seine Verstecke an. Es gab viele Stellen, von denen aus man das Revier überwachen und Warnungen geben konnte, falls Fremde kamen. Ein weites und geschütztes Gebiet, Platz genug für Wölfe, um allein zu sein, wenn sie Einsamkeit brauchten, und doch in Rufweite zu bleiben. Auch Platz genug, um Junge großzuziehen, wenn ihre Leitwölfin mit ihnen gesegnet würde.

Aber welche Leitwölfin? Elhana, die bis jetzt nicht verdrängt worden war und bis jetzt den Vorrang für sich beanspruchte, oder Jicin, Klimts Freundin? Alle Rüden im Rudel spürten, so wie Klimt seine Führerschaft hatte bekräftigen müssen, so mußte Elhana mit Jicins Ankunft sich ebenso bestätigen oder ihr Platz machen. Nicht, daß ihr Jicin dafür einen konkreten Grund gab, denn die jüngere, kleinere Wölfin war respektvoll und gab in allen wichtigen Dingen nach. Nein, ihr Fehler war, daß sie manchmal mit Klimt allein sprach, in ruhiger Vertrautheit und kameradschaftlich, und das gefiehl Elhana nicht.

Wenn sie hinging, um sie auseinanderzubringen, dann zog sich Jicin zurück, allerdings nicht unterwürfig. Eher ließ sie es so erscheinen, als verstünde Elhana nicht, als könnte sie nicht verstehen, als würde sie nie verstehen, und das gefiel Elhana nicht, selbst wenn diese Augenblicke der Kameradschaft zwischen zwei Freunden selten genug waren, denn Klimt war taktvoll und wußte, daß er Anstoß erregte.

Um es noch schlimmer zu machen, verzieh Klimt Aragons Freundschaft mit Elhana leichter, als sie seine Freundschaft mit Jicin ertragen konnte. Aragon trug ihm überhaupt nichts nach, und obwohl Klimt gelegentlich auf ihn losging und ihm Beine machte, einfach um das Rudel daran zu erinnern, wer hier das Sagen hatte, grollte Aragon ihm nicht, sondern verstand ihn. Dominanz bedeutete Führerschaft. Verständnis und Toleranz war ebenfalls Führerschaft. Klimt fing nun an, mit solchen Dilemmata gut umzugehen.

Was – vielleicht unvernünftigerweise – noch mehr an Elhana nagte, die sich gewünscht hätte, Klimt wäre weniger vernünftig, wenn es um Aragon ging. Toleranz von Klimt war nicht ganz das, was sie wünschte, falls sie sich endgültig von ihrem Liebhaber abwenden und sich ihrem Rudelführer ergeben sollte. Ein wenig Eifersucht von seiten Klimts hätte ihr sehr gutgetan.

Während der Dezemberwochen, als die klaren Tage wieder niedrigen Wolken und Regenfällen wichen, wirbelten diese Gedanken wie Nebel in Elhanas Kopf und nagten an ihr, während Klimts Denken sich mit ganz anderen Sorgen und unmittelbarsten Bedürfnissen befaßte und er für solche Gedanken keinen Platz hatte. Vor allem wünschte er, das Steilfeld so weit, wie die Mitglieder des Rudels dazu in der Lage waren, kennenzulernen, bevor Eis und Schnee einsetzten.

»Wir müssen seine Wege, seine Gefahren und seine Möglichkeiten gut genug kennen, damit wir – wenn der Winter wirklich beginnt – sicher Schwierigkeiten vermeiden, uns vor Gefahren verstecken und dazu sicherstellen können, daß wir genug Nahrung haben, um durch die schwere Zeit zu kommen«, sagte er dem versammelten Rudel. »Es gibt die Gefahr der Madjaren, obwohl ich glaube, daß sie uns mindestens die nächsten paar Monate nicht behelligen werden. Auf lange Sicht gesehen möchte ich sie zu Verbündeten machen ...«

Das rief erstauntes Gemurmel hervor, denn Kobrins Vorstellung von einem Krieg gegen die Menschen und die Bedeutung eines vorherigen Friedensschlusses mit den Madjaren hatte keiner der beiden Wölfe mit den anderen besprochen, ausgenommen mit Jicin, die es für sich behalten hatte. Ihre Bedürfnisse waren jetzt unmittelbarer und konkreter. Am vordringlichsten für sie war jetzt, wie Klimt gut wußte, mehr Junge hervorzubringen. Wulf wußte, wie schwer das noch für ihn und Elhana würde, aber Lehre war Lehre, und solange sie seine Leitwölfin war, mußte sie diejenige sein, die die neuen Welpen des Rudels zur Welt brachte.

»Zu den Madjaren will ich jetzt nur sagen, daß wir wachsam und vorsichtig sein und erst den Winter hinter uns bringen werden, bevor wir uns wieder mit ihnen befassen, wie auch immer wir das dann machen werden«, erklärte Klimt. »Inzwischen werden wir uns paarweise verschiedene Gebiete des Steilfeldes vornehmen, und jedes Paar wird es erforschen, davon berichten und das, was wir darüber wissen, den anderen zeigen. So werden wir als Rudel einander helfen, unser Revier besser kennenzulernen. Ich befehle, daß keiner von euch je über den Felsklotz hinausgeht, der sich oberhalb unseres Versteckes befindet. Lounel hat uns erzählt, daß dieser Felsen an dem Weg steht, den Ambato ging, als er zum letzten Mal lebend gesehen wurde, und der Instinkt sagt uns allen, daß dies der Weg zu einem heiligen Platz ist, vielleicht zum Wulfsfelsen selbst. Unsere Aufgabe hier ist, zu lernen und uns auf unserem Weg voranzutasten, zu entdecken, was Wulf und Wulfin von uns wollen und warum wir es von diesem seltsamen Territorium aus tun sollen. In den Wochen, die vor uns liegen und in denen wir das Steilfeld kennenlernen, werde ich euch alle beobachten und mein Bestes tun, euch zuzuhören und für die dazusein, die mich brauchen. Ich bin kein geborener Führer. Kein Wolf ist das. Eines Tages wird einer kommen, der größer ist als ich, und ich werde meinen Platz ihm überlassen. Inzwischen denkt darüber nach: Unser Rudel ist, was wir daraus machen, und euer Rudelführer ist, was ihr aus ihm macht, genau wie eure Leitwölfin. Versucht deshalb, uns zu helfen, wie wir versuchen werden, euch zu helfen. In der Zwischenzeit, während die Jahreszeit dunkel in ein neues Jahr übergeht und wir uns durch den Winter auf den Frühling zubewegen, ist es wichtig, daß wir unsere gegenseitigen Stärken und Schwächen kennen. Einige sind am besten im Kampf, einige im Finden von Wegen, einige im Greifen von Beute. Einige im Ratgeben …«

Er lächelte, und sie lachten, denn welches Rudelmitglied gab es, das nicht manchmal lieber Rat gab als ihn annahm oder nicht lieber beriet als handelte?

»Wir können lachen«, sagte Klimt unbefangen, mit jedem Tage, der verging, anscheinend sicherer in seiner Stellung, »und wir können lernen. Die Madjaren hatten traditionell einen Berater des Führers, den sie den Ratgeber nannten. Das ist eine gute Idee, die ich übernehmen möchte. Es ist auch kein Geheimnis, daß von uns allen Kobrin die größte Kriegserfahrung und tatsächlich auch die größte Erfahrung in der Führung hat. Hört auf ihn, wie ich es in den jüngst vergangenen Monaten getan habe, und lernt von ihm, denn er hat uns viel zu lehren.«

»Habe ich das?« knurrte Kobrin.

»Ja«, sagte Klimt. »Nun zu diesen Paaren. Morten, ich wünsche, daß du mit Lounel arbeitest. Ich weiß, ich weiß … Du würdest es vorziehen, mit deinem Bruder zusammenzusein.«

Die beiden Brüder nickten wehmütig.

»Nun, Lounel ist kein Narr, auch wenn er manchmal vorzieht, wie einer auszusehen. Wir müssen uns bemühen, einander besser kennenzulernen. Wenn gewohnheitsmäßig immer die gleichen zusammen sind, dann entstehen Absonderungen, und Absonderungen schwächen ein Rudel. Deshalb werden Morten und Lounel eine Weile zusammensein.«

Sie nickten und rückten näher zusammen.

»Du, Stry, wirst zusammensein mit …« setzte Klimt seine Befehle fort und teilte die Paare ein, damit die Gegenden, die sich an ihr Versteckgelände anschlossen, methodisch erkundet werden konnten.

Klimt ließ Kobrin und Tervicz bis zuletzt übrig und rief sie zu sich zu einem vertraulichen Gespräch.

»Für euch habe ich eine besondere Aufgabe, die nicht leicht sein wird. Aber begreift dies von Anfang an. Euer

Leben ist wichtiger als die Aufgabe selbst, nehmt deshalb keine Risiken auf euch oder zumindest keine, die euch keine gute Chance auf sicheres Entkommen lassen. Kobrin, du weißt schon davon, aber du noch nicht, Tervicz, also hör zu, hör gut zu ...«

Was die Aufgabe dieser beiden war, machte Klimt nicht allgemein bekannt, und keiner der anderen hatte eine Gelegenheit, die beiden Wölfe zu befragen, selbst wenn sie bereit gewesen wären zu sprechen. Denn sobald Klimt sie alle instruiert hatte, ordnete er an, sie sollten sich ausruhen. Einige Zeit vor Einbruch der Nacht waren die beiden losgezogen, wieder hinab über Steilwand und Hang, hinab durch die Felsenrinnen in Richtung auf das südliche Moorland.

»Wie lange werden sie unterwegs sein?« fragte Aragon, dessen Partner bei der Erkundung Klimt selbst war.

»Tage, sogar Wochen«, sagte Klimt zurückhaltend und zog sich zurück.

Vielleicht hoffte ein Seelenteil dieses klügeren und realistischeren Klimt darauf, daß Elhana und Jicin zu einem Einverständnis kämen, zu einer Art des Zusammenlebens, die keine gewalttätige Konfrontation mit sich brachte und keine unvermeidliche Demütigung für die eine oder andere von ihnen. Wenn Jicin nicht mit Klimt nach dessen Weggang vom Rudel soviel Zeit verbracht hätte und ihre Beziehung nicht so zärtlich und tief gewesen wäre – und wenn Elhana nicht die Leitwölfin gewesen wäre, die sie war –, so wäre das vielleicht möglich gewesen. Aber so lagen die Dinge nun einmal nicht.

Die Tage wurden kälter, kürzer und weniger angenehm, während der Dezember voranschritt. Beide Fähen wurden unruhig, wie es bei Wölfinnen üblich ist, wenn der Januar näher kommt und ihr Bedürfnis zur Paarung beginnt. Beim kältesten Wetter geraten sie in Hitze, und dann halten sie es weder mit Sinn noch mit Verstand. Elhana ärgerte sich in zunehmendem Maße über Jicin, und in zunehmendem Maße sah Jicin, daß das, was sie wünschte, vielleicht nie ihr eigen werden würde, wenn sie nicht darum kämpfte.

»Alles, was ich will«, pflegte sie sich zu sagen, denn sie vertraute keinem anderen, »ist das, was ich vorher mit Klimt hatte und was keinem Wolf weh tat, was richtig für jeden von uns war und sicher wieder sein könnte ...«

Aber die Zeiten hatten sich geändert, und Klimt war kein freier Wolf mehr, sondern Symbol und Verkörperung des Rudels. Es betrübte ihn sehr, daß er nicht länger einfach er selbst sein konnte.

So mußte Jicin in der Hoffnung kämpfen, daß sie vielleicht gewinnen würde. Dabei wollte sie das gar nicht, was dieser Kampf ihr aufzwingen würde, falls sie gewinnen würde: Leitwölfin sein. Elhana jedoch, deren Hoffnung auf Liebe mit Klimt erloschen war, strebte danach, zu sein, wovon sie wußte, daß sie es gut sein konnte – Leitwölfin des Rudels der Rudel. Sie mußten also kämpfen, obwohl sie unterschiedliche Dinge wollten, und eine mußte gewinnen und eine verlieren.

Die letzten Dezembertage kamen, und die beiden lagen sich in den Haaren. Die Rüden hielten sich abseits. Sie sahen, was kommen würde, waren sich aber nicht ganz sicher, wann es eintreten würde.

»Jicin hat keine Chance«, stellte Morten fest, »aber vermutlich muß sie da durch, doch ich bin mir nicht so sicher ... Jicin ist jünger, und sie ist jetzt anders beieinander als damals, als sie zu uns kam. Wer hätte gedacht, daß sie sich so sehr verändern oder so stark werden würde? Eine Wölfin wie sie wächst innerlich weiter. Sie würde eine gute Leitwölfin abgeben, wenn sie nur daran dächte.«

Stry nagte nachdenklich an einem Knochen, an dem schon lange kein Fleisch mehr war. »Wenn sie aufeinander losgehen, dann wird es wenigstens die Luft reinigen. Man kann sich in einem Rudel nicht wohl fühlen, wenn es Streit um die Führerschaft gibt.«

»Leitwölfinnenschaft«, sagte Morten. »Ist das nicht das richtige Wort? Lounel? Du bist doch der Intelligente unter uns.«

»Führerschaft«, sagte Lounel, »ist neutral und paßt.«

»Was denkst du über das Ganze?«

»Ich denke, Klimt wird danach, wenn es entschieden sein wird, eine schwierige Entscheidung hinsichtlich Jicin treffen müssen. Ich denke auch, daß er sie treffen und gut treffen wird. Wir haben einen klugen Wolf als Rudelführer und vielleicht einen großen.«

»Er ist ein starker Rudelführer, das steht fest«, sagte Morten respektvoll. »Er ist auch zuverlässig!«

»Ich wünschte mir, er würde ein bißchen mehr lachen«, sagte Stry mit einem Grinsen, »aber ich halte ihm zugute, daß er sich damit in letzter Zeit mehr Mühe gegeben hat.«

»Das ist Jicins Einfluß«, sagte Lounel. »Aber schließlich ...« Er verstummte und sagte nichts mehr.

»Aber schließlich ..., Lounel?« sagte Morten, dessen Verständnis und Zuneigung für Lounel in den Wochen der Zusammenarbeit gewachsen waren, genau wie es Klimt erhofft hatte. »Du kannst nicht immerzu deine Gedanken losmurmeln und sie uns dann vorenthalten.«

»Aber schließlich«, sagte Lounel bitter, »sollte ein Wolf nicht kurzfristig denken, besonders nicht in diesem Rudel.«

»Ein Wolf hat nur ein Leben, Kumpel«, sagte Stry.

»Das reicht völlig aus«, sagte Lounel, »und ihre Liebe braucht es vielleicht ganz ...«

Der Kampf zwischen Elhana und Jicin begann ganz plötzlich an einem Morgen, als Ärger in der Luft lag. Die Luft war durchtränkt davon, so daß das versammelte Rudel – natürlich hatte Elhana dafür gesorgt, daß alle da waren und sahen, wie sie ihre Wut austobte und Vergeltung übte – sich gedrückt zusammenkauerte, ohne jede Energie und auf neue Befehle und Impulse von Klimt wartete.

Jicin befand sich auf einer Seite und fraß, Elhana auf der anderen und brütete vor sich hin. Klimt blickte zu dem fahlen Himmel empor und überlegte, ob nicht schon der erste schwere Schnee fällig war, um den Beginn des echten Winters zu markieren.

Elhana erhob sich, drehte sich um und stürmte los, so brutal und zielstrebig, wie sie konnte. Sie hatte nicht umsonst so lange und so erfolgreich als Leitwölfin des Benevento-Rudels überlebt, und sie hatte auch nicht vergessen, wie ihre Tochter ihr das Recht, Leitwölfin zu sein, entrissen hatte. So stürzte sie los und hatte Jicin an der Kehle, bevor die Zeit hatte, das loszulassen, was sie gerade aß.

Aber schließlich hatte auch Jicin die Aufmerksamkeiten ihrer Mutter und ihrer Brüder nicht umsonst überlebt. Sie wußte sich zu drehen und zu wenden. Sie wußte, wie sie weglaufen und einen Gegenangriff starten mußte. Sie wußte, wie man sich gut verteidigte. Die Niederlage mochte an diesem Tag ihr Los sein, aber sie wußte, wie man sie ehrenvoll hinnahm. In der Tat, je länger sie kämpfte und je wirksamer ihre Verteidigung wurde, desto weniger durchschlagend würde Elhanas Sieg sein.

Die Rüden zogen sich zurück, einige beobachteten mit offenem Interesse, andere taten so, als interessierte es sie überhaupt nicht. Ihre scheinbare Ruhe machte den blutigen, bitteren Kampf nur noch dramatischer und schrecklicher.

Als Jicin schwächer und Elhanas Attacken brutaler wurden, war offensichtlich, daß die eine gut gewinnen und die andere grausam verlieren würde.

Klimt wollte nicht Zeuge eines so schrecklichen Schauspiels werden und ging fort. Lounel senkte seinen Blick. Morten und Stry, die schon Schlimmeres gesehen hatten, beobachteten und warteten: Solche Dinge gerieten manchmal außer Kontrolle, und es war schon vorgekommen, daß siegreiche Leitwölfinnen zu weit gegangen waren und ihre Rivalinnen getötet hatten. Blutgier ist etwas Schreckliches, und Morten würde nicht zulassen, daß sie die Oberhand gewann. Falls es dazu käme, dann würde er sich auf eine Lehre berufen, die größer war als diejenige, die besagt, daß man es den Fähen überlassen muß, untereinander für Klarheit zu sorgen. Diese größere Lehre lautet, daß das Leben bewahrt werden soll, wenn möglich. Also beobachteten Morten und sein Bruder weiterhin, zum Eingreifen bereit.

Aragon war ebenfalls zur Intervention bereit, doch seine Gefühle waren gemischt und schwierig. Er wollte gern sehen, wie die Wölfin, die er liebte, triumphierte, das erregte ihn, und er war aufgewühlt von dem, was er sah. Aber ihm war auch unbehaglich zumute. Er bewegte sich nicht und wandte seinen Blick nicht von den blutenden, kämpfenden, knurrenden Wölfinnen ab. Er wollte Elhana für sich selbst. Er beobachtete …

Stry seinerseits sah nur Jicins Tragödie und hatte Mitgefühl mit ihr, und auch mit Klimt. Er beobachtete, wie Jicins Hoffnung erstarb, er sah ihren schwächer werdenden Kampf um die Bewahrung einer Liebe, die soviel gab und so wenige verletzte. Er beobachtete, wie eine gute Wölfin in einem Meer des Schicksals versank, das zu rauh und zu wild für sie war. Während er schaute, füllten sich seine Augen mit Tränen.

Dann war es so plötzlich vorüber, wie es begonnen hatte, ohne daß ein Wort gesprochen wurde, es war nur ein Kampf gewesen, lang und schrecklich. Jetzt blieb Elhana stehen und atmete schwer. Ihr Körper war von Jicins Wunden ebensosehr mit Blut besudelt wie von ihren eigenen. Jicin kroch fort, zu sehr verletzt, als daß sie noch voller Stolz hätte gehen können, doch ihr Geist war noch ungebeugt, ihr Mut nie in Frage gestellt. Sie rappelte sich hoch, wandte sich um und schaute zu der Stelle, wo das Rudel wartete, dann verschwand sie zwischen den Felsen, um zu zittern und sich zu erholen und die endgültige Demütigung zu bedenken, die ihr noch bevorstand: die Rückkehr in den Kreis des Rudels zu Elhanas Schadenfreude.

Kaum hatte sich Jicin zurückgezogen, da gesellte sich Klimt erneut zum Rudel. Er mußte nah genug gewesen sein, um zu hören, was am Ende geschehen war.

»Laßt uns allein!« sagte er mit Nachdruck und befahl allen anderen wegzugehen, Elhana ausgenommen.

Sie stand da, müde, aber triumphierend, doch nicht gerade voller Jubel. Sie hatte nach den Regeln getan, was eine Leitwölfin tun mußte, und es tat ihr leid, was das für ihn bedeuten mußte, aber Lehre ist Lehre, Rudel sind Rudel. Sie hatte nicht mehr getan als das, was sie sollte.

»Elhana«, begann er, »du bist jetzt meine Leitwölfin, das ist unbestreitbar, und ich bin dein Leitwolf. Als dies letztes Mal der Fall war, machten wir unsere Sache dem Rudel gegenüber nicht gut. Jetzt müssen wir es gut machen und mehr als gut.«

Sie nickte zustimmend mit melancholischer Miene.

»Ein Rudelführer und eine Leitwölfin müssen nicht Liebe füreinander empfinden«, fuhr er fort, seine Stimme klang jetzt ruhiger und resignierter, »aber sie können sich bemühen, einander zu mögen, sie können einander Respekt zeigen, und sie können immer einander ehren ...«

»Ja«, sagte sie so ruhig wie er, und vielleicht auch ebenso unglücklich.

»Nun denn, Wölfin«, sagte er etwas liebevoller und ging näher an sie heran, doch er brachte es noch nicht ganz fertig, sie zu berühren. »Wir müssen zusammenzuleben, wie ein Rudelführer und eine Leitwölfin es sollten, und wir müssen um Wulfs und Wulfins Hilfe bitten, damit wir es gut machen.«

»Jicin ...« begann sie.

»Du hast jetzt Vorrang über Jicin, jetzt und immer, solange du Leitwölfin bist«, sagte er. Sie sah, daß es ihm ernst war, und sie wußte auch: Klimt war Klimt, und sie kannte keinen anderen Wolf, dessen Worte so wahrhaftig waren wie die seinen. Aber es bereitete ihr keine Freude.

»Aber du liebst sie, Klimt, du liebst sie, wie ich gern geliebt worden wäre.«

Sie setzte sich jetzt nieder, müde vom Kampf. Ihre Prellungen begannen weh zu tun, ihre Wunden begannen zu schmerzen.

»Du bist meine Leitwölfin«, sagte Klimt vorsichtig.

»O ja, aber, mein Lieber, du liebst sie und wirst sie immer lieben, und es wird schmerzlich für mich sein, sie zu sehen.«

»Und Aragon?«

Sie lächelte das müde, liebevolle Lächeln, das eher das Lächeln einer Mutter für einen erwachsenen Sohn war als für einen Liebhaber.

»Ich habe ihn geliebt, und er mich, aber ... die Dinge haben sich geändert. Er ist jung. Du hast gesagt, du würdest ihn verbannen, wenn der Frühling kommt, und wenn du das tust und wenn er weit gewandert ist, dann wird er einer anderen Wölfin begegnen und sie lieben. Er war noch nicht bereit, Führer des Rudels zu sein. Vielleicht eines anderen Rudels, aber nicht dieses hier. Doch er ist ein guter Wolf, Klimt, vielleicht ein großer ...«

»Ich weiß es«, sagte Klimt. »Ich weiß es gut. Er gehört zur Bruderschaft der Wölfe der Zeit.«

»Bruderschaft? Gibt es nicht auch eine Schwesternschaft?«

Sie lächelten beide, das erste Lächeln seit langer Zeit.

»Mit Jicin hier unter uns wird es schwierig werden – schwierig für uns alle«, räumte er ein. »Aber es ist nicht recht, daß sie das Rudel verläßt, jetzt auf keinen Fall. Mit ihren jetzigen Verletzungen, unserer Liebe beraubt und mit den Madjaren, die nur darauf warten, sie umzubringen, würde sie nicht lange überleben. Deshalb bitte ich dich, Elhana, großzügig und großmütig zu sein, wo du doch jetzt deine Vorrangstellung bekräftigt hast. Laß sie hier in Frieden bei uns bleiben, laß sie und mich miteinander reden, wie wir es taten, bevor ich zum Rudel zurückkehrte. Laß uns Freunde sein, ohne Druck und Einmischung von dir bis zum Frühling. Dann werden wir wieder darüber sprechen. Viel kann sich bis dahin verändert haben, und wir alle sehen die Dinge vielleicht anders.«

Er meinte damit natürlich, daß Elhana vielleicht Junge zur Welt gebracht hätte, und falls ja, daß sich dann die Sichtweise des ganzen Rudels ändern würde und die Sache mit Jicin weniger wichtig wäre.

»Und als Gegenleistung?« sagte sie kühl. Da sie früher schon Leitwölfin gewesen war, wußte sie, daß es einen Zeitpunkt gab, da mußte man sich einsetzen, um höchsten Gewinn zu erzielen, und der war jetzt da. Was sie jetzt vereinbarten, würde eingehalten werden, müßte eingehalten werden, denn darin bestand der Kern des Wertes des Rudels.

»Als Gegenleistung«, sagte Klimt, »werde ich deiner Kameradschaft mit Aragon nicht im Wege stehen, von welcher Art sie auch sein mag. Ich bitte nur um Zurückhaltung. Ich verstehe die Schmerzen der Liebe und ihre Forderungen ...«

»So soll es sein, Klimt«, sagte sie schnell, bevor er seine Meinung änderte. Es war mehr als sie und Aragon hätten hoffen können. »Und, Klimt ...?«

»Wölfin?«

»Ich werde zwei oder drei Tage brauchen, bis ich mich erholt habe, aber dann wird der Januar da sein und der Winter wird einsetzen. Eine Zeit der Dunkelheit und der Geheimnisse, eine Zeit zum Brüten, Zeit dafür, daß ein Rudelführer und seine Leitwölfin ihre … ihre Pflicht dem Rudel gegenüber erfüllen, wie schwer es auch manchmal erscheinen mag. Begreifst du, daß ich ein Verlangen nach Paarung und nach Jungen habe? Mit dir, wenn es Wulfins Wille ist.«

»Ja«, sagte Klimt widerstrebend. »So soll es sein. Ich werde zu dir kommen.«

Dann verließ er sie, und er ließ eine traurige Wölfin zurück. Er hatte ihr die Freiheit mit Aragon gelassen und dabei gesagt, daß er Liebe verstand. Nun, vielleicht verstand er, und sie beneidete ihn, daß er Liebe gefunden hatte. Aber Liebe ist eine Sache, Lust eine andere, und an beiden war nichts Schlimmes. Ihre Gefühle für Aragon konnte sie nicht länger Liebe nennen, aber wie auch immer sie sie nennen sollte, sie empfand sie immer noch und sie sehnte sich nach ihm – um so mehr, als sie mit Klimt gesprochen und die Tiefe seiner Gefühle für Jicin gesehen hatte.

»Oh …« seufzte sie und wandte sich um. Sie sah, wie Klimt wegging, während von der anderen Seite her Aragon sie beobachtete, mit einem Blick, der soviel von einer Sache verriet, wie Klimts kluge Worte und seine Tat von vielen anderen erzählten.

»Oh«, seufzte sie wieder und ließ sich nieder, um sich auszuruhen, während das Rudel sich in ihre Nähe begab.

Jeder von ihnen hielt in den folgenden Wochen sein Wort, Wochen strengen Wetters, als der schneereiche Himmel herunterkam und Schneestürme tosten. Die Wölfe verlegten ihre Verstecke auf ein tiefer gelegenes Gelände im südwestlichen Windschatten des Steilfelds. Dort hatten sie Zugang zu ausgedehntem Waldland und der Beute, die dort Schutz suchte.

Klimt traf sich in diesen dunklen Wochen mit Jicin allein, ohne Behinderung durch Elhana, doch die beiden redeten wenig miteinander, denn sie hatten Erinnerungen an einen Sommer der Freiheit und Freundschaft und unausgesprochene Hoffnungen, daß sie eines fernen Tages wieder einen Sommer der Freiheit erleben würden, in dem dann die Freundschaft offen Liebe genannt werden konnte.

»Ich werde dann schon alt sein«, flüsterte Jicin, während der Wind eisig über ihren Unterschlupf hinwegfegte, »und du auch, mein Lieber.«

»Alt, und meine besten Tage sind dann vorbei«, sagte er sanft. Wenn er mit ihr zusammen war, dann war er immer so unbeschwert, immer so frei, er selbst zu sein.

Stry, der es in Tervicz' Abwesenheit übernommen hatte, auf Klimts Bedürfnisse zu achten, war nicht weit weg, weit genug, um taktvoll zu sein, nahe genug, um ihm Nachrichten über Gefahren oder gute Gelegenheiten zu überbringen. Aber in diesem ersten Winter in ihrem Revier gab es wenig Gefahren, Möglichkeiten dagegen viele, doch die größte, erfüllte Liebe, war von ihm genommen.

»Klimt?«

»Mhm?«

»Ach, nichts.«

»Es war alles«, sagte er mit Gefühl.

»Ja, mein Lieber, ja.«

Inzwischen gab es neue Zuneigung zwischen Klimt und seiner Leitwölfin und mehr Freude an der Paarung, die sie vollzogen. Elhana war, das muß gesagt werden, schön, und er, so empfand sie, war herrischer als zuvor und doch fürsorglicher. So liebten sie sich, neben Felsen und windgeschüttelten Waldbäumen, an vereisten Tümpeln und unter den Sternen.

»Es ist genug«, seufzte sie dann immer. Manchmal spürte sie seine Zärtlichkeit, und es kam ihr vor, als hätte sie die einer anderen gestohlen. Sie spürte seine Traurigkeit.

»Ich bin deine Leitwölfin«, schrie sie manchmal, denn gelegentlich gerieten sie in Ekstase, in kurze Augenblicke des Vergessens.

»Und ich dein Leitwolf!« seufzte er dann und wünschte sich etwas, das er nicht länger haben konnte.

So fanden sie langsam Verständnis füreinander und Respekt, wenigstens so viel davon, daß daraus Samen der Zuneigung wurden. Er hielt auch sein Wort und ließ sie in jenen seltsamen, schläfrigen Wochen mit Aragon zusammensein. Wohin sie gingen oder was sie taten, kümmerte ihn nicht. Diese Begegnungen waren nicht häufig und dauerten nicht lang, tatsächlich weniger als seine Begegnungen mit Jicin. Es waren die Zeiten der Paarung, wie das ganze Rudel wußte, aber das Rudel hatte Verständnis.

Das Rudel litt nicht unter diesen verschwiegenen Treffen: Das Rudel empfand diesen Kompromiß als heilsam. Einmal ließ Elhana es zu, daß Aragons Leidenschaft sie mit sich riß, zu jenem Ort, zu dem sie einmal mit ihm aufgebrochen war, den sie aber nicht ganz erreicht hatten. In einer Nacht Anfang Februar wagten sie diesen Weg noch einmal und fanden, daß die Götter mit ihnen waren und sie in eine Zeit äußersten Vergessens führten, über die Nacht hinaus und in einen Tag hinein, der noch nicht gekommen war. Da konnte das Rudel so tun, als hörte es das Geheul ihrer Ekstase nicht. Aber sie wußten, und die Götter wußten, das war gerade der Augenblick des Abschieds, in dem alles, was sie versucht hatten, mit Lust zu sagen, schließlich gesagt war.

»Aragon«, seufzte sie danach.

»Elhana?«

Obwohl sie wußte, was dieser Akt in dieser Nacht bedeutete, sagte sie es nicht. Es war nicht notwendig, daß er oder Klimt wußte, daß an diesem Tag mit Klimt oder in dieser Nacht mit Aragon die Götter mit ihnen allen waren. Sie spürte, was in dieser Nacht geschehen war, doch sie wußte nicht, wer der Vater war.

»Ich bin trächtig, Klimt.«

Ihre Augen begegneten sich, und sie sah in seinem Blick keine Frage oder nicht einmal Interesse dafür, wessen Junge das sein würden. Das bedeutete nicht, daß ihn das nicht kümmerte, doch es kümmerte ihn mehr, daß sie trächtig war, als von wem die Jungen waren. Pflichtgefühl. Liebe. Rudelführer. Leitwölfin.

Er lächelte und sagte: »Es ist gut, es ist gut, und diesmal, Elhana, wird dein Rudelführer deine Jungen schützen, wie es ein richtiger Leitwolf tun sollte.«

»Es ist gut«, ahmte sie ihn nach, und sie lachten natürlich und vergnügt, denn zwischen ihnen wuchs die Zuneigung, und sie überlebten ihren dunklen Winter.

»Wann, meine Liebe?« sagte er, und er war ihr nahe gekommen und berührte sie einen Moment lang ganz natürlich, auf eine Art, wie er es nie zuvor getan hatte, und sie berührte ihn.

»April, Mai, vielleicht. Der Schnee wird dann schmelzen, und ich möchte meine Jungen lieber in der Mitte des Steilfeldes bekommen, in unserem heimatlichen Versteckgelände. Es werden die Jungen des Rudels sein, und das Rudel soll sie bewachen.«

»Hoffen wir, daß das Wetter mild genug ist, damit du sie in der Mitte des Steilfeldes zur Welt bringen kannst«, sagte er. »Sie werden die Jungen der Wölfe der Zeit sein, und da die Götter sie gemacht haben, sollen sie uns zu den Göttern führen.«

»Komm, mein Lieber«, und sie riefen das Rudel zusammen und sagten ihnen, was bevorstand. Selbst Aragon, Elhanas Geliebter, und Jicin, die Liebe von Klimts Leben, waren froh. Die Götter hatten dem Rudel eine zweite Chance gegeben, und das Schicksal kreiste in den Sternen, flüsterte im Wind. Es gehörte jetzt ihnen, wenn sie den Mut und den Glauben hatten, ihre Opfer zu bringen, und die Geduld, klug zu sein.

Kapitel 3

Die Götter schicken dem Rudel eine Wölfin und nehmen einen anderen Wolf auf einen Wolfsweg zu den Sternen

Obwohl Jicin wirklich froh war für das Rudel, daß Junge unterwegs waren, so empfand sie doch eine tiefer werdende Traurigkeit. Klimt gehörte ihr nicht mehr und konnte ihr nie mehr gehören. Während die Zeit verging und Elhanas Trächtigkeit sichtbar wurde, wußte sie, daß das Interesse und die Loyalität des Rudels sich auf die Jungen konzentrieren würde und mußte. Unwillkürlich empfand sie erneut den Kummer um den Verlust ihrer eigenen Jungen, und es schien, daß niemand ihr Leiden lindern konnte, selbst Klimt nicht. Vielleicht war die Zeit die einzige Heilerin, die es noch für sie gab.

Obwohl sie traurig war, gewann sie einen seltsamen Trost aus Klimts stummem Selbstvertrauen, sogar aus seiner guten Laune, als wüßte er etwas, das sie nicht wußte, ein Geheimnis, das ihr Freude bereiten, einen zukünftigen Umstand, der die alte Traurigkeit von ihr nehmen würde.

»Du mußt versuchen daran zu denken, daß dieser grimmige Winter eines Tages vorüber sein wird«, sagte er immer wieder. »Dann wird es vielleicht eine Aufgabe für dich geben, die dich an andere Dinge denken läßt.«

»Was für eine Aufgabe?«

»Eine Aufgabe …« sagte er ausweichend, und sie konnte nur unwillkürlich lächeln, denn wenn es je einen Wolf gab, der nicht gut ausweichend antworten konnte, so war es Klimt von Tornesdal. Ausweichen, Täuschen, Lügen, das lag nicht in seiner Natur, und er verstand sich kaum darauf.

»Du sagst mir nicht die Wahrheit«, sagte sie dann.

»Nun, ich erzähle auch nicht gerade eine Lüge. Ich will sagen … Ich …«

Nein, Klimt war nicht sehr gut im Ausweichen, und so fand sie Trost in der Tatsache, daß er es für sie wenigstens versuchte.

Doch als der Januar voranschritt, beschäftigten andere, ernstere Sorgen das Rudel. Lounel war einige Zeit krank. Er zitterte und hatte am ganzen Leib Schmerzen, dabei murmelte er etwas über Vergangenheit und Gegenwart, verwechselte die Auvergne mit Aragon und warnte vor einer Zukunft, die keiner kennen konnte.

Tage später litt Stry an der gleichen Krankheit, allerdings weniger schlimm, und das Bein, das er sich im August verletzt hatte, begann wieder zu schmerzen, besonders an feuchten Tagen oder wenn es gefror. Von da an hörte es nie ganz auf zu schmerzen. Wenn er je das Alter erreichen würde, würde ihn diese Verletzung an die Strapazen und Leiden erinnern, die ein Griff nach den Sternen mit sich brachte.

»Alter«, brummelte er Morten gegenüber. »Ich werde alt. Was habe ich denn je vollbracht?«

»Zum Teufel mit dem Alter«, sagte Morten gereizt.

Dann war auch die Beute rar geworden, und es gab Tage, an denen sie hungrig blieben. Aber die dauerten nie lang, denn ihr Revier war gut gelegen, und je mehr sie das tiefer gelegene Gelände an seiner Peripherie erkundeten, desto leichter wurde es zu wissen, wo und wann sie jagen sollten. Nicht, daß sie Elhana jemals lange ohne Nahrung ließen, selbst an kargen Tagen nicht, und obwohl Klimt beim Fressen immer den Vorrang hatte, so sorgte er doch dafür, daß genug Nahrung für sie da war, auch für die Kranken, wenn sie es brauchten.

Was Ende Januar dem Rudel am meisten Sorgen bereitete, war die andauernde Abwesenheit von Kobrin und Tervicz. Klimt hatte nur gesagt, er denke, sie würden »noch ein paar Tage« wegbleiben. Aber aus Tagen wurden Wochen, und das Wetter wurde ständig schlechter. Falls sie also weit gezogen waren, dann wurde es immer weniger wahrscheinlich, daß sie sicher oder vor Ende des Winters zurückkehren würden. Um welcher Aufgabe willen sie losgezogen waren, verriet Klimt nie. Wenn er allerdings darüber befragt wurde, dann lächelte er ein bißchen über sein eigenes Widerstreben, darüber zu reden.

»Verzeiht mir, aber es ist eine Aufgabe, die nicht zu gefährlich sein dürfte, es sei denn, sie haben Pech. Ich gebe zu, es scheint erheblich länger zu dauern, als ich mir gewünscht hätte.«

Ein paar Tage später, Anfang Februar, wurde Lounel nervös, so wie es bei ihm oft der Fall war, bevor er eine Einsicht hatte oder die Vorahnung einer Veränderung oder einer Not bekam.

»Nun, Wolf, was ist los?« wollte Klimt wissen. Er hatte sich inzwischen schon an Lounel gewöhnt.

»Wenn ich es wüßte, würde ich es sagen. Da ich es nicht weiß, wünsche ich mir, daß mir das Rudel Raum zum Nachdenken gibt«, sagte Lounel mürrisch.

»Lounel, was ist los?«

»Wann bist du zum letzten Mal zu unserem alten Versteckgelände hinaufgegangen?«

»Ich? Vor ein paar Tagen, vor einer Woche oder mehr. Aber Morten war vorgestern dort.«

»Du solltest wieder dorthin gehen.«

Klimt schaute Lounel an und wußte, daß er es ernst meinte. Er wußte ebenso, daß Lounel in solchen Momenten keine Ahnung hatte, was ihn dazu trieb, solche Dinge zu sagen. Es gab einfach etwas, das er wußte.

»Ich gehe mit dir«

»Geh allein«, sagte Lounel. »Schließlich bist du der Anführer.«

»Allein«, sagte Klimt resigniert. »Lounel, weißt du, was ein Ratgeber ist?«

»Nein.«

»Dann frag mal Jicin. Sie soll es dir sagen. Vielleicht wird das deine Rolle in diesem Rudel sein, meine ich.«

»Aah!« sagte Lounel zweifelnd. »Aber ...«

Er runzelte wieder die Stirn und dachte nach. Sein Kopf war halb in den Wind gereckt, dessen Stimme er normalerweise so gut verstand, doch diesmal war das Geflüster des Windes nicht klar genug, wenigstens nicht für ihn.

»Aber was?« wollte Klimt wissen.

»Ich ... ich bin mir nicht sicher ... Ich ...«

»Aber ich!« sagte Klimt, der sich plötzlich wirklich sehr sicher war. »Unterwegs ist jetzt noch weit schlimmeres Wetter. Schnupper nur mal in die Luft, Lounel. Dafür braucht man kein zweites Gesicht! Es ist eine Tagesreise entfernt, schlimmstenfalls zwei Tage, dann wird der Zugang zur Mitte des Steilfeldes noch schwieriger. Deshalb werde ich nicht allein gehen.«

»Aha!« sagte Lounel, dem ein Licht aufging, doch anscheinend langsamer, als es bei Klimt der Fall gewesen war.

»Ja, ja, Wolf«, fuhr Klimt fort. »Ich sehe, was wir tun werden. Das ganze Rudel wird mit mir kommen.«

»Das ganze Rudel«, wiederholte Lounel.

»Deine Idee, Wolf, du hast es erwähnt.«

»Ich habe nur das Steilfeld erwähnt«, sagte Lounel steif.

»Ganz recht. Also versammeln wir uns und gehen wir los!«

»Wozu?« fragte Lounel gereizt. Manchmal dachte er, es gebe nur wenige Wölfe, die ihn so überraschen könnten wie Klimt.

»Ich weiß es nicht, aber ich bin sicher, wir finden es bald heraus.«

Sie spürten alle, wie das Wetter schlechter wurde. Der Wind war unruhig und ungeduldig, als wollte er, daß sie so schnell wie möglich zum Steilfeld hinauf und wieder zurück gingen. Für kurze Zeit stieg die Lufttemperatur jäh an und fiel dann wieder ganz plötzlich, als sie sich ihrem Ziel näherten. Der Himmel nahm dieses fahle, schimmernde Grau an, das Schnee voraussagt. Wie ein Gewicht, das über ihnen allen hing, das sie aber nicht lockern konnten.

»Hier oben gibt es nicht viel Veränderung, außer ein bißchen mehr Eis und Schnee!« murmelte Stry. »Warum hat er uns hier hochgebracht?«

Morten zuckte mit den Schultern und schaute zu Elhana hinüber.

»Unserer geliebten Leitwölfin gefällt es ganz und gar nicht, hier heraufgeschleift zu werden. Sie hat sich in den letzten Tagen nicht wohlgefühlt.«

Lounel brach sein langes Schweigen und sagte: »Es wird schneien«, und er verstand nicht, warum alle lachten.

Das Rudel wurde ungezwungener, sie waren froh, wieder dort zu sein, wo sie – wie alle es empfanden – hingehörten. Sie waren Klimt gegenüber dankbar dafür, daß er gedacht hatte, woran keiner von ihnen gedacht hatte – nämlich daß eine letzte gemeinsame Zeit hier oben eine gute Erinnerung wäre, an die sie sich halten könnten, bis alle wieder heil im Frühling zurückkehrten.

»Mit Jungen vielleicht«, sagte Jicin ruhig.

»Oh, schon eher, Wölfin«, sagte Lounel. »Ich glaube, du wirst sehen, daß Elhana ihre Jungen hier oben zur Welt bringt, im Bereich der Felsbrocken. Aber schau, hier ...«

Die ersten Flocken des neuen Schneefalls kamen herabgeschwebt.

Sie tanzten im leichten Wind, waren zuerst klein und wurden dann dicker und schwerer und trieben durch die Felsenrinnen vom Plateau hoch.

Das Rudel war ausgelassen und zufrieden, einstweilen sicher hier oben, und doch glücklich zu wissen, daß sie weiter unten ein sicheres und geschütztes Versteckgelände hatten. Nur Klimt war nervös und ruhelos, ging hin und her, schaute dahin und dorthin. Spürte er Gefahr?

»Nein, nein, keine Gefahr, etwas, ich bin nicht sicher. Fragt Lounel.«

»Etwa, weil er den Schneefall vorhergesehen hat?«

»Nein, weil ... weil ...«

Aus dem Schneetreiben kamen sie heraus, gerade als der Schnee sich auf dem Boden niederzulassen begann. Aus der Felsenrinne tauchte zuerst ein Wolf auf, dunkel und massig. Er wandte sich um und rief hinter sich hinab, um einen anderen Wolf aufzumuntern.

»Schaut!«

»Kobrin ...« flüsterte Klimt, endlich erleichtert. Seine Ruhelosigkeit fiel von ihm ab.

Dann holte ein zweiter Wolf den ersten ein.

»Tervicz ist bei ihm, Wulf sei gelobt! Sie sind endlich zu Hause.«

Doch als die beiden Wölfe näher kamen, sah das Rudel, daß noch ein dritter dabei war, ein Fremder.

Aus dem vorübertreibenden Schnee trat jetzt eine sehr alte, lahme Wölfin hervor. Die Wölfe des Rudels sahen, daß sie auf beiden Seiten von Kobrin und Tervicz geführt wurde. Sie geleiteten sie, als wäre sie das Kostbarste, um das sie sich je gekümmert hätten.

Alt und grau, den Kopf geneigt, spürte sie, daß Wölfe vor ihnen waren, und wandte sich zu Tervicz. Sie fragte ihn, ob sie endlich ihr Ziel erreicht hätten.

»Ja«, sagte Tervicz sanft, »wir sind hier, und das Rudel erwartet uns.«

Daraufhin hob sie den Kopf. Die anderen sahen durch das Schneegestöber hindurch, daß jede Schneeflocke so weiß war wie ihre blinden Augen.

»Das ist Raute«, flüsterte Jicin. Ihr brach die Stimme vor Rührung, und sie konnte ihren Augen nicht ganz trauen.

Plötzlich verstand sie, um was Klimt Kobrin und Tervicz gebeten hatte: eine Wölfin zu suchen, die sie, Jicin, liebte. Eine Wölfin, die sie brauchte, eine Wölfin, die noch viel zu geben hatte. Klimt nickte ihr zu, sie solle vortreten und die alte Wölfin in ihrer aller Namen willkommen heißen, willkommen auf dem Steilfeld, willkommen im Rudel, willkommen vielleicht zu einer letzten Aufgabe …

Als Jicin vortrat und Raute umarmte, wurde ihr bewußt, wie tief Klimt sie liebte. Was er jetzt nicht so leicht geben konnte, mochte eine andere ihr bringen: Trost und Kameradschaft, das Gefühl, gebraucht zu werden, und jemanden, den man umsorgen konnte. Noch mehr, eine Wölfin, die sich nach so vielen Jahren der Loyalität von den Madjaren abgewandt und lange genug überlebt hatte, um sich den Wölfen der Zeit anzuschließen. Klimt war klüger, als sie geahnt hatte. Mit Rautes Ankunft kam ein Samenkorn des Friedens.

Die drei Wanderer traten vor, erschöpft nach der Überwindung ihrer langen Strapazen. Welchen Schwierigkeiten sie begegnet waren, welch tiefen Mut und welche Zielstrebigkeit sie an den Tag gelegt hatten, würde das Rudel bald hören und zu einem Teil seiner eigenen Geschichte und Lehre machen. Zwei seiner Mitglieder waren ins Gebiet der Madjaren losgezogen und hatten tapfer eine alte, weise Wölfin mitgebracht, die – obschon an der Schwelle des Todes – dem Leben noch soviel zu geben hatte. Sie waren ein Rudel, das nur eine Gegenwart schaffen und einer Zukunft entgegenschauen konnte und von seinem Führer gezeigt bekam, daß es nicht die Vergangenheit vergessen durfte.

»Da, Klimt, Meister, unser Rudel ist jetzt vollständig«, sagte Tervicz mit einem Lächeln auf seinem müden Gesicht.

»Fast vollständig, Wolf, fast«, sagte Klimt und hieß auch Kobrin willkommen. »Im Frühling werden sich einige junge Wölfe uns anschließen.«

Er nickte in Richtung auf Elhana. Tervicz und Kobrin verstanden, was sich in ihrer Abwesenheit ereignet hatte.

»Jetzt«, sagte Klimt und hob den Kopf zum ersten Geheul des Rudels im Steilfeld, um eine alte Wölfin willkommen zu heißen und um den neuen Wölfen, die schon unterwegs waren, eine gute Reise zu wünschen. Ein Geheul, das von Reisen erzählte, die vollendet waren, und von Reisen, die noch bevorstanden. Ein Geheul, um auch den Winter willkommen zu heißen und sich auf den Frühling zu freuen.

»Willkommen, Raute, Jicins Freundin. Ich weiß viel über dich …« sagte Klimt später.

Sie langte mit einer schwankenden Pfote nach ihm, berührte seine Flanke und dann sein Gesicht.

»Du bist der Führer der Wölfe der Zeit«, sagte sie mit sanfter Stimme. »Ich habe gehört, Zänker seit tot, aber sein letzter Sohn sei angekommen. Du weißt das, nicht wahr, und was es vielleicht bedeutet?«

Hierbei schienen Schatten über ihre weißen Augen hinwegzuhuschen wie Nachteulen über stille Seen.

»Ja«, sagte Klimt. »Ich weiß. Ich habe Zänkers Sohn gesehen.«

»Er ist böse«, flüsterte sie.

»Eine Bedrohung für Wulf selbst.«

»Und auch für Wulfin. Glaub mir, Wolf, Dendrines letztgeborener Sohn ist eine Bedrohung für uns alle.«

»Das ist zum Teil der Grund, warum ich dich gebeten habe

hierherzukommen. Wir brauchen deine Hilfe. Hat Tervicz dir das erzählt?«

»O ja, und doch hätte er nichts erzählen brauchen. Auf dich und dein Rudel habe ich mein ganzes Leben lang gewartet. Das weiß ich jetzt, wo ich hier bin.«

»Wirst du uns helfen?«

»Wir werden uns helfen.«

»Wirst du dich uns anschließen?«

Sie lachte ein zartes, zerbrechliches Lachen, und ihr Gesicht legte sich in Runzeln der Heiterkeit. Sie langte erneut mit der Pfote nach ihm.

»Ich bin zu alt, als daß man mich einlädt, mich einem Rudel anzuschließen.«

»Aber ich bitte dich«, sagte Klimt förmlich, und selbst für sie war er eindrucksvoll. »Wir brauchen eine Wölfin, die uns Rat gibt ...«

»Willst du mich als Ratgeberin haben?« flüsterte sie überrascht.

Er schüttelte den Kopf. »Nein, doch es gibt einen Wolf hier, dem du helfen kannst, diese Aufgabe bei uns zu übernehmen. Sein Name ist Lounel. Schließ dich uns an und sei die Wölfin, die du bist.«

»Alt und der Fürsorge bedürftig?«

»Alt und weise und der Fürsorge bedürftig«, sagte Klimt sanft.

Sie langte noch einmal nach ihm und berührte sein Gesicht, als wollte sie die Natur seines Herzens erspüren.

»Du bist ein seltsamer Wolf, Klimt, aber ein geborener Rudelführer. Und du bist auch noch etwas anderes.«

»Was denn?« fragte Klimt erstaunt.

»Jicins Freund«, sagte Raute sanft. Tränen traten in ihre weißen Augen.

»Ja«, sagte Klimt liebevoll.

»Nun denn, schon das würde ausreichen, daß ich mich eurem Rudel anschließe, mein Lieber, und ich tue es frohen Herzens. Gewiß bin ich alt und der Fürsorge bedürftig, doch was die Weisheit angeht, das mußt du beurteilen.«

Er wandte sich dann den anderen zu, während der Schnee

auf dem Boden immer dichter wurde und sich auf ihren Pelzen niederließ. Die Dunkelheit senkte sich herab.

Er blickte sie der Reihe nach an.

Tervicz stand für Loyalität.

Morten für Stärke.

Stry für Brüderlichkeit.

Jicin für Freundschaft.

Kobrin für Krieg.

Raute für Fürsorge.

Elhana für Leben.

Und Lounel für Verständnis der Sterne.

Schließlich kehrte sein Blick zu Tervicz zurück, dem ersten, der sich ihm angeschlossen hatte. Eines fernen Tages würde er der letzte sein, der ihn verließ, denn er war der Bukov-Wolf und würde leben, bis ein Wolf kam, den Tervicz zurück zum Wulfsfelsen und den Wolfsweg zu den Sternen führen würde.

Das Rudel stand da und schaute. Alle warteten auf Klimts Worte. Sie sahen einen großen Wolf. Auf seinem edlen und strengen Gesicht und besonders in seinen kühlen Augen sahen sie, daß er die Herausforderungen des Lebens angenommen hatte. Sie sahen in ihm Loyalität und Stärke, Brüderlichkeit und Freundschaft, Krieg und Fürsorge. Und manchmal auch Schwächen.

Klimt war für sie wie das Leben selbst.

Schließlich sagte er: »Wenn Wulf will, werden wir im Frühling hierher zurückkehren und die Geburt der Jungen unseres Rudels erleben. Inzwischen ist mit Rautes Ankunft unser Rudel vollständig, und der Winter setzt ein. Folgt mir jetzt, denn unsere gemeinsame Reise hat begonnen.«

Sie folgten ihm einer nach dem anderen, während er sie nach Südwesten auf sichereres Gelände hinabführte. Hinter ihnen füllte das Schneetreiben ihre Spuren aus, und die Nachtzeit des Winters brach herein.

Doch bevor das Rudel sich der Hoffnungen auf Frühling und neue Geburt erfreuen konnte, mußten sie bitteres Wetter und die Wirklichkeit von etwas noch Schlimmerem durchleiden.

Klimt hatte angeordnet, daß alle paar Tage zwei der Wölfe über Schnee und Eis wieder zur Mitte des Steilfelds emporsteigen sollten, um nachzusehen, ob sich Madjaren oder sogar Menschen dorthin gewagt hatten und ob sie irgendwie eine Gefahr darstellten. Anfangs waren diese Unternehmungen ziemlich leicht gewesen und hatten nicht mehr als ein paar Stunden bei Tageslicht erfordert. Das hatte für zwei Wölfe ausgereicht, um die Mitte zu erreichen und das Gelände nach Osten und Westen abzusuchen, dann nach Süden, zu der Felsenrinne hin, die hinunter zum Plateau und zum Moorland führte. Dann waren sie schon wieder auf ihrem Rückweg zum Rudel.

Im Norden der Mitte erhob sich die steilste und am meisten zerklüftete Steilwand. Viele der Wölfe empfanden immer ihre Pflicht erst dann als erfüllt, wenn sie genau bis zu dem Felsbrocken hinaufgestiegen waren, der den Eingang zu jenem Scheideweg markierte, auf den sich keiner von ihnen hineinwagen durfte. An diesem Felsen konnten sie sich umwenden, sich für eine Weile niederlassen und – wenn das Wetter klar war – den mittleren Teil des Steilfeldes überblicken und eine Aussicht über einen Teil des südlichen Moorlandes gewinnen.

Als der erste Schnee kam, wurde diese Aussicht großartig, besonders gegen Ende des Tages, wenn die Sonne im Westen unterging und ihre Strahlen die Umrisse einer verschneiten Felswand nach der anderen hervorhoben, dazu die Felsenrinnen, die herabgestürzten Felsbrocken und die Gebiete flachen Graslands, die jetzt alle völlig weiß waren, außer dort, wo sich die Löcher der Kaninchenbaue zeigten. Diese Aussicht wurde um so eindrucksvoller durch das Gerumpel und Geriesel, wenn sich in den Höhen über ihnen oder manchmal auch zwischen den kleinen Klippen unter ihnen Schnee oder Steine verschoben.

All dies wurde noch von malvenfarbenen Schatten betont, die länger und dunkler wurden, während ein Wolf mit Schauen beschäftigt war, und ihn warnten, daß die Zeit gekommen sei, zum Rudel und auf sichereres Gelände zurückzukehren.

Doch als der Winter voranschritt und der Februar Schneestürme mit sich brachte und tiefe, an der Oberfläche gefrorene Schneewächten, die den Pfoten eines Wolfes keine Trittmöglichkeiten gaben, da wurde der Besuch im mittleren Steilfeld beschwerlicher. Obwohl jeder Wolf bereit gewesen wäre zu gehen, übertrug Klimt diese Aufgabe jetzt nur den stärkeren Mitgliedern des Rudels, also Morten und Stry, Aragon und sich selbst. Diese vier waren folglich die einzigen, die sahen, wie mit dem Schneefall und den herabstürzenden Felsen und Eisbrocken der höchste Teil des Steilfeldes seinen Charakter änderte. Es war jetzt furchteinflößend, um so mehr an einem dunklen Tag mit wirbelndem Nebel und Schnee, wenn aus der eiskalten Dunkelheit Felsen wie Klippen aufragten und der Boden sich unter den Pfoten eines Wolfes ohne Vorwarnung öffnen konnte und ihn am Rande eines Abgrundes stehen ließ, von dessen Vorhandensein er gar nichts gewußt hatte.

Der Boden wurde so gefährlich, daß Klimt allen Wölfen verbot, sich vom Hauptweg hinauf ins Steilfeld zu entfernen. Bei bestimmten Bedingungen, besonders in den dunklen Tagen Ende Februar und Anfang März, machten sie diese Wanderung sogar überhaupt nicht.

Inzwischen gab es vieles andere, was die Wölfe beschäftigte. Die Jungen, mit denen Elhana trächtig war, zeichneten sich schon in ihrem Bauch ab, und mit jedem Tag, der verging, überkam sie eine neue Ruhe und Entspannung, auch die gelegentlichen Scherereien und Streitigkeiten des Rudels beruhigten sich. Es war noch zu früh, als daß sie ihr Geburtsversteck vorbereitet hätte, und außerdem hatte sie sowieso schon lange erklärt, falls es die Bedingungen Ende April zuließen, dann würde sie zum ursprünglichen Versteckgelände zurückkehren und dort einen Platz für die Geburt herrichten. Es wäre angebracht, daß ihre Jungen so nahe an der Mitte des Steilfeldes wie möglich zur Welt kämen.

Mitte März tobte der letzte wirkliche Schneesturm, und binnen Tagen zeigten sich die ersten Hinweise auf den kommenden Frühling. Die Tage wurden jetzt wahrnehmbar heller, und der Himmel war, wenn er klar war, von einem kräftigen Blau. Der Schnee auf den nach Süden exponierten Hängen und in den sonnigeren und geschützteren Winkeln wurde naß und weich, tröpfelte bei Tag und gefror bei Nacht. Hier und da lockte die neue Helligkeit die ersten zitternden Blumen heraus, und an einer einsamen Stelle in der Nähe des Versteckgeländes der Wölfe streckte sich ein einzelner blauer Krokus zum Himmel empor.

Anfang April waren Morten und Stry an der Reihe, ins Steilfeld hinaufzugehen, eine Aufgabe, die sie gerne übernahmen, denn es war ein strahlender Tag, und überall im Wald und auf den niedrigeren Hängen unterhalb der Geröllgrenze, die sie überquerten, war das Rieseln fließender Bäche zu hören. Die Schneeschmelze hatte noch nicht voll begonnen, war aber unterwegs. Spätestens in ein paar weiteren Tagen würde das Schneewasser von den Berghängen herabströmen, und der Schnee auf dem Steilfeld würde verschwinden.

Sie kletterten höher in die kühleren Bereiche hinauf. Wo es Schatten gab, war der Schnee noch hart und fest. Sie bummelten unterwegs und staunten über Sonne und Schatten, die über die Steilwände und die Täler hinwegzogen.

»Es wird nicht mehr lang dauern, und Elhana wird hier heraufkommen wollen. Sie wird jeden Tag schwerer!«

Sie lachten, als Bruder hinter Bruder hersprang, die Hänge hinauf, über matschigen Schnee. Sie rutschten über hartgefrorene Schneewächten, balgten sich und rollten umher, genau wie in ihrer Jugend.

»Los, Morten!« rief Stry, denn Morten war immer ein bißchen langsamer als er und geriet leichter außer Atem.

»Verdammt, Wolf, du bist zu schnell!«

»Verdammt, Wolf, du bist zu langsam«, spottete Stry und sprang weiter.

Das plötzliche Krachen und Rumpeln von fallendem Eis und Fels über ihnen ließ sie beide anhalten und zueinander eilen. Das gefährliche Geräusch des Gleitens hörte so plötzlich auf, wie es begonnen hatte.

»Wir halten uns eng am Boden und gehen vorsichtig voran«, sagte Morten nüchtern. »Der Frühling bringt immer solche Stürze und Erdrutsche mit sich. Halt dich eng an den Boden …«

Sie eilten weiter zur Mitte des Steilfeldes und fanden es voller Sonne und dem Geplätscher fließenden Wassers. Sorgfältig untersuchten sie die Wege, die hinein und hinaus führten, und sahen keine Anzeichen fremden Lebens.

»Da gibt's überhaupt nichts Verdächtiges«, sagte Stry.

»Nichts«, sagte Morten und schaute vorsichtig zu den fernen, steileren Wänden empor, die über ihnen nach Norden zu aufragten, mit Klippen, die von der Schneeschmelze schwarz waren und glänzten. Die Schneewehen in ihren Spalten waren von herabgestürzten Steinen schwarz und grau gesprenkelt.

»Wir haben genug gesehen. Machen wir uns auf den Heimweg!« sagte Morten.

Ihre Route führte sie hangaufwärts zu dem Bereich ihres sommerlichen Versteckgeländes, in dessen Nähe Elhana wohl ihre Jungen würde zur Welt bringen wollen, wenn die Schneeschmelze so anhielt wie bis jetzt.

»Ein großartiger Ort, um Junge großzuziehen«, sagte Stry. »Besser als der Platz, den wir hatten.«

»Ja …« sagte Morten und erinnerte sich an ihre bittere Vergangenheit. Wulf hatte gut an ihnen gehandelt, sehr gut sogar.

»Los!« sagte Stry und lief voraus. Dann wandte er sich um und rannte, wie er es immer tat, den Hang hinauf, um ein paar Augenblicke unter dem Felsblock zu sitzen und ihr Revier zu überblicken.

Morten lachte und beobachtete seinen Bruder, wie er schnell vor ihm her über den matschigen Schnee lief, zwischen den Felsen hindurch und dann weiter zu der steilen, mit Eis bedeckten Geröllhalde.

»Stry …« begann er unsicher, und dann: »Stry!«

»Los, komm!« schrie Stry. Die Geräusche seines eigenen Laufs und des Bergwindes waren zu laut, als daß er die Warnung in Mortens Schrei hätte hören können.

»Schon gut …« murmelte Morten und folgte seinem Bruder.

Der Hang war steil und rutschig, doch der Felsblock ragte über ihnen empor und rief sie weiterzugehen.

»Komm, alter Wolf!« rief Stry erneut, wandte sich um und schaute zu Morten hinab, der sich hinter ihm hochkämpfte.

Morten blieb stehen, um Atem zu holen, und blickte zu Stry empor. Beide lachten, auf beide schien die Sonne. Dann gab es ein Beben und ein Gerumpel, und was immer Morten hinter Stry sah, nahm ihm das Lächeln aus den Augen. Er rannte auf Stry los und rief: »Schnell in den Windschatten des Felsen, Stry! Lauf, Wolf, lauf um dein Leben!«

Stry drehte sich um, sah den Erdrutsch, der über ihm in Bewegung geriet, und lief los. Jeder Schritt hangaufwärts schien ein ganzes Leben zu dauern, jede Bewegung hangaufwärts brachte ihn näher an das Tosen und Wüten von Eis und Fels heran, das da auf sie herunterstürzte.

»Lauf, und möge Wulf mit uns sein!« schrie Morten hinter ihm. Gegen den zunehmenden Lärm klang seine Stimme schwach.

Strys Herz und Lunge waren nahe daran zu bersten, als er sich in den Schutz des Felsbrockens warf und zu beiden Seiten die erste große Masse des Bergrutsches mit zunehmender Geschwindigkeit vorbeifegte. Er wandte sich sofort um und wollte Morten zu sich heraufführen, aber über ihm verfinsterte mit einem Tosen den Himmel eine Masse aus Fels und Eis, die sich bis zum Felsbrocken hinaufgetürmt und dann darüber hinweggeschoben hatte.

Dunkelheit und Verwirrung herrschten, und Stry erhaschte einen letzten Blick auf Morten, der zu ihm hoch und in die Sicherheit greifen wollte, bevor er überwältigt und hinabgerissen wurde, überrollt vom vorüberstürzenden Bergsturz. Das Gedröhn war das Gebrüll des Todes. Dann folgte ein Schweigen, ein Schweigen so massiv wie der Erdrutsch, der über sie hereingebrochen war, abgesehen von dem ersterbenden Echo des Tosens. Weit über der Stelle, wo Stry lag, hörte man das letzte Geklicker und Geklacker von Steinen auf Fels, oben auf der Steilwand, wo der Bergrutsch begonnen hatte.

»Morten!« schrie Stry und rannte hinaus zwischen die Felsen und Eisbrocken, die jetzt verstreut lagen, wo Morten gewesen war.

Morten ...

Doch wo immer er war, er war nicht mehr. Den Namen seines Bruders murmelnd und stöhnend kletterte Stry hier und da über die herabgestürzten Steine, gehetzt zuerst, dann ziellos, schließlich in Schock und Trauer, untröstlich.

Als er später allein sein trauriges Geheul des Verlustes anstimmte, wurden die anderen alarmiert. Einige von ihnen kamen vom tiefer gelegenen Gelände heraufgerannt und fanden ihn da stehen und auf die Stelle starren, wo seiner Empfindung nach Morten begraben lag, unter unbeweglichen Felsen, die größer waren als Wölfe, und unter Eis, das so grau war die Augen eines toten Wolfes.

»Morten ...« flüsterte er, als sie ihn zu seinem eigenen Schutz wegführten, denn die Felsen rumpelten und bewegten sich immer noch, und dort gab es kein Leben mehr.

An den Frühlingstagen, die folgten, flüsterte er immer wieder: »Morten«, wenn er dorthin kam und das Gebiet des Erdrutsches nach einem Bruder absuchte, den er nie wieder lebend sehen würde. Er flüsterte »Morten«, wenn er sich müde, hoffnungslos und hilflos im Windschatten des Felsbrockens niedersinken ließ und auf die Stelle hinabblickte, wo er seinen Bruder zum letzten Mal lebend gesehen hatte.

Von allen Wölfen konnte nur Jicin ihn trösten, doch nicht mit Worten, sondern nur mit ihrer Gegenwart. Sie hatte auch einmal diejenigen verloren, die sie liebte, und sie war in ein Herzland des Schmerzes gereist, in dem Stry jetzt allein weinte. So hielt sie sich in seiner Nähe, ließ sich neben ihm nieder, und wenn er sprach, dann antwortete sie, und wenn er schwieg, war sie still.

»Morten ...« flüsterte er immer wieder, und es machte ihm nichts aus, daß Jicin seine Tränen sah.

Kapitel 4

Das Rudel entdeckt seine große Aufgabe und verabschiedet sich von denen, die als erste in seinem Namen auf den Wolfswegen wandern werden

Der April schritt voran. Einige Tage vor seinem Ende wurde Elhana unruhig und bat, sie sollten sie in die Mitte des Steilfeldes zurückbringen. Sie führten sie dorthin und wachten über sie, während sie sich dahin und dorthin wandte, über die feuchten Hänge emporkletterte und einen Ort suchte, wo sie ihre Jungen zur Welt bringen konnte.

Neben einem Felsen machte sie sich ein Geburtsversteck an einer Stelle, wo früher einmal Kaninchen gewohnt hatten und dann vor vielen Jahren für einige Zeit etwas Größeres. Jetzt war das Versteck leer und bereit, erneut in Besitz genommen zu werden. Es brauchte nur eine kleine Veränderung hier und etwas Ausscharren da. Das Nestmaterial holte sie selbst zusammen, und der Platz war wieder für neues Leben bereit.

Das Rudel war unruhig, wachte, prüfte, schützte, während Klimt ausgedehnter in der Gegend herumwanderte, manchmal mit Kobrin, zu anderen Zeiten mit Tervicz, und eine Zukunft für sie alle plante.

Wenn er zurückkehrte, fragte er jedes Mal: »Hat sie schon begonnen?«

Die anderen schüttelten die Köpfe.

»Sind sie schon gekommen?«

Noch nicht, Klimt, noch nicht …

»Noch nicht?« fragte er immer und immer wieder.

Noch nicht ganz.

Sie kamen endlich Anfang Mai, bei Tagesanbruch und am Morgen. Es waren fünf. Ein Rüde, drei Fähen und schließlich noch ein Rüde. Ein Quintett von Welpen, die dem Rudel ein Ziel gaben.

Es folgten Tage ruhigen Wachens, denn bis zur Entwöhnung würden sie alle ruhig sein. Das Rudel jagte und wartete. Das Rudel schlief und wartete. Das Rudel wachte und wartete, jeder bereit, zu ernähren und zu schützen, was Elhana geboren hatte.

»Können wir sie sehen?«

Kopfschütteln.

»Können wir sie anschauen?«

Noch nicht, Wolf, sei geduldig …

Schließlich wurde Klimt gestattet, sie zu sehen, und er erklärte, er habe an ihnen Gefallen gefunden. Raute kam als nächste dran und durfte sie berühren. Jicin wurde auf Distanz gehalten. Tervicz erhaschte einen Blick – nur eine weiche Pfote, eine Schnauze, die sich kurz zeigte, große blaue Augen.

»Du mußt hierher zurückkommen, meine Liebe …«

»Nein, nein …« und das Rudel hörte Elhanas Gelächter und ihre müde Stimme, während die Jungen in der Dunkelheit ihres Verstecks heranwuchsen, tranken und schliefen und wuchsen. Sie erlebte erneut die Mutterschaft.

Die anderen hörten die Jungen fiepen und ihr erstes Geplärre. Sie hörten Elhanas Stimme immer öfter, während die Jungen an Selbstvertrauen zunahmen und die Mutter sie im Griff zu halten suchte. Schließlich sahen die anderen Elhanas müde und magere Gestalt, wenn sie herauskam, nachdem sie die Jungen gesäugt hatte, und sie einige Zeit sich selber überließ, während sie die Luft des Steilfeldes einatmete, auf den frischen Tag schaute und sah, daß alles gut und sicher war.

Zum ersten Mal kamen sie an einem Mittag heraus, guckten herum und schoben sich eins über das andere, die Ohren aufgestellt und die Augen so groß wie der Himmel. Dann gingen sie wieder in ihr Versteck zurück.

Das zweite Mal wagten sie sich an einem Morgen weiter vom Versteck weg, auf das grüne, wachsende Gras und dann über einen Stein. Dann purzelten sie herum und spielten ein bißchen, bis Elhana sie zurückrief und ihnen erlaubte, an den Flanken der alten Raute herumzuklettern, bevor sie sie wieder in das Versteck scheuchte.

Zwei oder drei Tage später, nach einem Tag der Überlegung und des vertraulichen Gesprächs mit Raute und Lounel und dann einem langen Gespräch mit Aragon, rief Klimt das Rudel zusammen.

»Nun denn, unsere Jungen wachsen, und es gibt genügend von uns, die sich um sie kümmern können. Zu viele, vielleicht … Aber ihr wißt schon, daß Aragon uns verläßt. Es ist besser, daß er das eine Zeitlang tut, besser für uns alle.«

Sie nickten, und Aragon nickte ebenfalls. Ein Rudel darf nicht gespalten sein, und ihr Anführer und seine Leitwölfin brauchten jetzt Zeit, Zeit ohne die Einmischung von Dingen, die nicht den Bedürfnissen des Rudels dienen würden. Zeit, um allein die Bindungen zu ihren Jungen zu festigen.

»Ich habe entschieden«, fuhr Klimt fort, »daß Aragon nicht allein gehen soll, und außerdem soll er nicht ohne ein Ziel gehen. Für uns, die wir zurückbleiben, gibt es die Aufgabe, die große Aufgabe, die neuen Jungen großzuziehen, die wir haben. Wir werden sie schützen und ernähren und unterrichten. Doch das Rudel hat noch ein anderes Bedürfnis: in die Welt hinauszugehen und aufs neue auf den Wolfswegen zu wandern. Einen Weg nach vorn für die Wolfheit zu sehen und zu spüren. Ich habe gesagt, daß die Menschen unsere Feinde sind, nicht andere Wölfe. Hier im Herzland wird die Aufgabe unseres Rudels sein, unsere Jungen großzuziehen und ein Bündnis mit den Madjaren zu suchen. Aber jenseits des Herzlandes wird es jetzt Aragons Aufgabe sein, eine kleinere Gruppe zu führen, die möglichst viel über die Wege und Plätze der Menschen lernen und Dinge verstehen soll, an die wir nur im Vorübergehen gedacht haben. Die Wolfheit verändert sich, und auch die Menschen scheinen sich zu verändern. Ich weiß nicht, was er in einer solchen Veränderung entdecken wird, aber ich weiß, es ist wichtig, und ich weiß auch, daß er nicht allein gehen soll. Es wäre zu unsicher für ihn, und wenn er verlorenginge, wie würden wir dann lernen, was er gelernt hat? Deshalb werden zwei Wölfe mit ihm gehen. Stry, du wirst der eine sein. Jicin, du die andere. Einer für Bruderschaft, eine für Freundschaft …«

Sie schauten einander an und bekundeten mit einem

Nicken ihr Einverständnis. Besonders Jicin, denn nun, da die Jungen geboren waren, verstand sie, daß Klimt ihre Freundschaft nicht leicht fortsetzen konnte. Raute hatte sich eingewöhnt, und es ging ihr gut. Sie würde einige Zeit ohne Jicin auskommen. Wie Aragon weggehen mußte, so auch sie. Stry, der immer noch um seinen Bruder trauerte, würde neue Dinge kennenlernen und sein Lebensgefühl zurückgewinnen, wenn er auch mit ihnen zog.

»Also, nun ...« fuhr Klimt fort. Sie sprachen weiter darüber, wie es ein Rudel tun sollte. Sie tauschten ihre Zweifel und Ängste aus, nahmen Abschied, sagten ihre guten Wünsche und ihre Gebete.

»Aber denk daran, Aragon«, sagte Klimt am Ende, »ich gebe dir höchstens ein Jahr, bis zum nächsten Frühling. Dann komm zurück und bringe Stry und Jicin sicher nach Hause. Oder wenn sich eine Gelegenheit ergibt, dann schick uns eine Nachricht ...«

»Das werde ich tun«, sagte Aragon, gerührt durch das Vertrauen, das man in ihn setzte, und durch die Klugheit, die Klimt bewiesen hatte, indem er auf diese Weise eine solche Aufgabe auswählte. »Stry und Jicin werden bei mir sicher sein.«

»Und er bei uns!« sagte Stry beherzt, schon ein bißchen wieder wie früher.

»Ihr drei werdet dann morgen losziehen«, sagte Klimt.

Am späten Nachmittag desselben Tages kamen die Jungen erneut heraus. Es war ein grauer Tag, ein trüber Tag. Winzige Schneeflocken kamen leicht und fast schwebend vom Himmel herab, der letzte Abschied des Winters. Die Jungen sahen sie und wollten sie fangen, konnten es aber nicht. Der Schnee fiel wie Puder auf den Boden und ließ sich auf Fels und Erde, Gras und Geröll nieder, dünn wie Spinnweben, und verschwand sofort, wenn eines der Jungen mit der Pfote danach griff oder einen Bruder oder eine Schwester jagte oder vor ihnen floh.

Fünf Junge im abendlichen Pulverschnee, drei Fähen und zwei Rüden, jedes so sanft und weich wie die anderen, außer daß einer der Rüden jetzt ein bißchen größer war, ein bißchen bleicher, und eine der Fähen ein bißchen kleiner, leichter. Langsam begannen sich Unterschiede zu zeigen.

Endlich wurden die Welpen müde und wandten sich wieder Elhana zu, die am Eingang zu ihrem Versteck lag, und stupsten sie mit den Schnauzen. Sie wollten Milch, sie wollten Schlaf, sie wollten wieder hinab in die Dunkelheit gehen. Die winzigen Schneeflocken tanzten herab, schwebten und legten sich wie Staub auf alles, selbst auf die weichen Köpfe der Jungen.

Plötzlich wurde das Rudel ganz still, sogar die Jungen. Still, stumm und erfüllt von Ehrfurcht. Nicht Furcht, sondern Ehrfurcht, denn hier, wo sie waren, hier und jetzt, fühlten sie, daß ihr Rudel eins war, und daß das Eine mit ihnen war.

Sie wandten sich um und sahen auf dem Hang über ihnen, im Windschatten des Felsbrockens, eine Wölfin reglos stehen. Ihre Augen leuchteten wie Sterne, als sie auf die Wölfe hinabschaute, ja, ihre Augen waren ganze Galaxien von Sternen. Sie bewegte sich, und ihre Bewegung war so still wie Wolken, die am Himmel dahintrieben.

Das Rudel sammelte sich um Elhana und die Jungen. Klimt stand unerschütterlich an der Spitze. Die Wölfin kam den Hang herunter auf sie zu, und keiner von ihnen konnte sich nach eigenem Willen bewegen oder denken. Ihre Augen waren sanft und voller Liebe, die Herzen der Wölfe pochten, und sie empfanden große Ehrfurcht.

»Zeigt mir«, sagte sie oder schien sie zu sagen, »zeigt mir, was ihr gemacht habt.«

Das Rudel machte ihr Platz, sie kam heran, sanfter als ein Sommerwind, und brachte eine Welt mit sich, in der es keine Furcht mehr gab und wo nur Liebe blieb.

»Zeigt mir ...«

Sie langte mit einer Pfote nacheinander zu jedem Jungen und berührte sie wie eine Mutter.

»Ja«, flüsterte sie mit einer Stimme, die den endlosen und zeitlosen Rhythmus eines Meeres in sich enthielt. Die Klippen und Bodenwellen des Steilfelds schickten ein Echo dieser Stimme zurück, »o ja ...«

»Klimt!«

Er kam zu ihr.

»Elhana und ihr anderen, laßt uns eine kleine Weile allein, laßt uns allein …« befahl sie den anderen.

»Meine Jungen«, flüsterte Elhana …

»Sie sind bei mir sicher.«

Elhana ließ sie allein.

»Klimt«, sagte sie, »weißt du, welcher Wolf unter diesen fünf geboren wurde?«

»Ja«, sagte Klimt, dem jetzt bewußt wurde, daß er es wußte.

»Weißt du, welcher von den beiden Rüden er ist?«

Er schaute die Welpen an und wußte es nicht. Der größere? Der kleinere? Er wußte es nicht.

»So soll es sein, Wolf«, sagte sie. »Zieht sie auf gleiche Weise groß, oder doch so gleich, wie sie es zulassen. Lehre sie alles, was du weißt, und laß die anderen ebenfalls sie alles lehren, was sie wissen.«

»Das werde ich tun«, flüsterte Klimt.

»Ich weiß«, sagte sie zu ihm und berührte seinen gesenkten Kopf. Er wußte ganz sicher, welche Wölfin ihn da berührte.

»Nun höre mir gut zu«, sagte sie. »Das dunkle Jahrtausend ist beinah vorbei, und damit wird sein letztes Leben vollendet werden. Die Jahrhunderte hindurch bin ich ihm gefolgt und habe über ihn gewacht, doch jetzt bin ich müde und muß gehen. Ich werde auch wiedergeboren werden, doch ich weiß nicht, wo. Also … ich muß ihn den Wölfen der Zeit anvertrauen, deren Aufgabe dies immer gewesen ist. Ihr alle seid gerufen worden, diese Aufgabe zu erfüllen. Zieht ihn klug groß, denn er wird nur das wissen, was ihr ihn lehrt und woran er sich aus seinen früheren Leben erinnern kann. Sein letztes Leben hat begonnen und mit ihm seine letzte Chance, den Wulfsfelsen zu erreichen, den Wolfsweg zu den Sternen zu finden und unsere Welt zu erneuern, die die Welt der Wolfheit und der Götter ist. Euch vertraue ich ihn an, dir und dem Rudel, das du führst. Lehre ihn alles, was du kannst, und doch, Klimt, liebe ihn auch, von Anfang bis Ende, wie ich ihn geliebt habe …«

»Das werde ich tun«, sagte Klimt.

Sie lächelte ein uraltes Lächeln und sagte: »Eines Tages wirst du wissen, welcher er ist. Du wirst es wissen. Denn du bist der Anführer der Wölfe der Zeit, bis ein Größerer als du die Kraft dazu finden wird. Er, der wiedergeboren wurde, hier im Herzland, wo alles begann und alles enden wird, er wird die Führerschaft von dir übernehmen. Habe Glauben und Mut, die anderen zu führen, und wisse, daß er, den du hier großziehst, dich erst ersetzen wird, wenn die rechte Zeit gekommen ist.«

Damit wandte sie sich von ihm ab und ging zu Stry, der in einiger Entfernung stand und, wie die anderen, alles ehrfürchtig beobachtete.

Sie schien kein Wort zu ihm zu sprechen, doch alle schienen zu wissen, daß er mit ihr gehen mußte.

»Komm«, schien sie zu sagen.

Stry folgte ihr zu dem Hang, der zu dem Felsblock hinaufführte, der jetzt in der Abendluft schimmernd aufragte. Seine Oberseite war bleich mit Schnee überstaubt. Dort blieb die Wölfin stehen.

»Warte hier, Wolf, und habe Vertrauen. Halte eine Wache bis zum Morgen und sei still, denn dein Bruder kennt jetzt einen größeren Frieden, und er wartet auf dich. Den letzten Wolfsweg werdet ihr zusammen nehmen.«

Dann ging sie weiter, hinein in die zunehmende Dunkelheit, und als sie zu dem Felsklotz kam, wandte sie sich um und schaute ein letztes Mal hinab. Ihre Augen leuchteten vor Liebe. Dann ging sie hinüber zu den Klippen der großen Felsenrinne und zwischen ihnen weiter hinauf, bis die anderen Wölfe sie nicht mehr sahen.

Langsam kehrte wieder Leben in das Rudel zurück. Elhana nahm die Jungen zurück hinunter ins Versteck. Die anderen versammelten sich um Klimt nahe dem Versteck und ließen sich nieder, um die Morgendämmerung zu erwarten, ausgenommen Stry, der dort blieb, wo sie es ihm gesagt hatte. Keiner sprach. Ein Frieden herrschte unter ihnen, und nur Jicin bewegte sich. Sie hatte die Empfindung, daß Stry sie vielleicht in der Nacht brauchen würde, und so ließ sie sich auf dem Hang in der Nähe nieder, um an seiner Wache bis zum Morgen teilzunehmen.

Das Rudel schlief, als wären sie tausend Meilen gereist und brauchten jetzt Ruhe. Doch es waren tausend Jahre, die sie gereist waren, und sie waren heimgekommen. Dunkelheit senkte sich über sie herab und Friede.

Dann am Morgen ein Schrei. Ein Schrei von Stry. Er stand dort, wo er sich niedergelassen hatte, und zeigte auf etwas am Hang. Jicin rannte zu ihm hinauf und sah die Pfotenabdrücke eines Wolfes, eines großen Rüden: Spuren, die irgendwann in der Nacht im pulverigen Schnee zurückgelassen worden waren und hinauf zu dem Felsblock und darüber hinaus führten.

»Morten«, flüsterte Stry ehrfürchtig.

Sie folgten den Spuren hangaufwärts, der Rest des Rudels hinter ihnen her, und während sie hinaufstiegen, ging die Sonne im Osten auf und schien auf den Weg und auf den Felsklotz, der Strys Leben gerettet hatte. Die Spuren umrundeten ihn und führten dahinter zum Eingang der Felsenrinne, hinein zwischen die Felswände, hinein in die dortigen Schatten und weiter, dorthin, wo das Rudel noch nie gewesen war. Da blieben sie stehen.

Dann sagte Klimt: »Sie hat mir erzählt, daß sie uns zeigen wird, wie die Dinge sein werden, wenn der Glaube unseres Rudels groß genug ist, und sie hat es getan. Ambato ist als erster gegangen, den Wulfsfelsen zu suchen. Jetzt ist uns Morten vorangegangen. Jeder von uns ist bis hierher gewandert und muß eines Tages weiterziehen. Mögen wir Wulf und Wulfin gut dienen ...«

Ein großer Schrei erscholl. Er schien aus der Welt selbst zu kommen, der Schrei einer gebärenden Wölfin, wie ihn auch Elhana ausgestoßen hatte, der Schrei des neugeborenen Lebens ...

»Wiedergeboren«, flüsterte Klimt. »Irgendwo ist auch sie wiedergeboren worden. Jetzt beginnt das Ende des dunklen Jahrtausends, und unsere Götter sind wieder zu uns zurückgekehrt, damit wir sie nähren und großziehen können, bis sie stark sind. Wulf, unser Gott, ist in unserer Mitte geboren worden, und irgendwo ist auch Wulfin wiedergeboren worden. Während er uns hat, hat sie überhaupt niemanden. Tausend Jahre lang hat sie über seine Leben gewacht, doch nun hat sie ihn uns übergeben, als unsere Aufgabe und unser heiliges Geheimnis. Mögen wir mit ihr im Geiste verbunden sein, so wie wir es mit ihm im Leibe sind. Dafür wurden wir alle geboren, dafür wurden wir zurückgerufen, um unser Rudel zu bilden.«

Sie wandten sich um, gingen wieder den Hang hinab, einen Hang, der jetzt von der Sonne beschienen war. Während sie dahingingen, verging der letzte Schneestaub vor ihren Augen, und die Spuren eines Wolfs, der ihnen zum Wulfsfelsen und darüber hinaus vorausgegangen war, schmolzen davon in die Erinnerung des Rudels.

Doch am Versteck warteten auf sie fünf Junge mit großen blauen Augen, drei Fähen und zwei Rüden. Sie rannten ihnen entgegen und purzelten dahin, scheu und impulsiv zugleich. Dann hüpften sie wieder zu Elhanas Flanken.

Als das Rudel näher kam, trennten sich die beiden Rüden von ihren Schwestern, rollten umher und kämpften, plärrten und spielten und hörten erst auf, als sie vor den felsklippengleichen Pfoten und den Steilwänden der Brüste und Köpfe zweier erwachsener Rüden zum Stehen kamen: Klimt und Aragon. Ein Welpe war größer und heller, der andere kleiner und dunkler, beide hatte Augen so strahlend wie das Leben selbst. Sie hielten an und schauten, bevor sie sich umdrehten und zurück zu Elhana, in die Sicherheit, liefen.

»Welcher ist Er?« flüsterte Klimt. »Welcher?«

Er wußte es nicht, genausowenig wie Aragon.

Später am selben Morgen versammelten sich diejenigen, die zurückblieben, und beobachteten, wie Aragon, Stry und Jicin loszogen. Sie ging ruhig, denn die Abschiedsgrüße hatten sie schon am Tag zuvor gesagt. Die Luft war voll mit den Geräuschen des Frühlings, von fließendem Wasser und spielenden Welpen, während hoch in den Steilwänden die Raben ihre Kreise zogen und krächzten.

»Lebt wohl«, schienen auch sie zu sagen. »Lebt wohl.«

Als die drei Wölfe loszogen, beobachtete einer der kleinen

Rüden die Wanderer. Der andere wandte sich von ihnen allen ab, den Steilwänden zu, und beobachtete, wie die weißen Wolken am frühlingsblauen Himmel dahinzogen. Dann senkte er seinen Blick. Obwohl er mit den Augen eines Welpen schaute, war es, als suchte er eine Wölfin, die er dort verloren hatte, sie, die er ein ganzes Jahrtausend gesucht hatte. Jetzt hatte er eine letzte Chance, sie zu finden.

Sara Douglass
Sternenströmers Lied

Unter dem Weltenbaum 2
Roman. Aus dem australischen Englisch von Marcel Bieger. Ca. 400 Seiten. Gebunden

Um eine uralte Prophezeiung zu erfüllen, stellt sich Axis, charismatischer Anführer der Axtschwinger, mutig den mächtigen Widersachern des Landes Achar. Schauerliche Nebelelfen, die von der Furcht anderer leben, versuchen die Hauptstadt des Landes zu erobern. Als Axis während des Kampfs tödliche Verletzungen erleidet, zeigt sich, daß Faraday zauberische Gaben besitzt: Sie heilt seine Wunden. Nun aber ruft die Weissagung Axis dazu auf, die heillos zerstrittenen Völker seiner Welt wieder zu vereinen, damit sie zur einstigen Harmonie mit der Natur zurückfinden. Mit den gewaltigen Kräften weiser Magie und der Liebe einer starken Frau tritt der Axtherr dem Bösen entgegen. Wird es ihm aber auch gelingen, das Geheimnis zu lüften, das seine Herkunft umgibt?

»Am Ende des Buchs wünscht man sich, daß die Fortsetzung schon nächste Woche erscheint.«
Locus

06/1007/01/L

Kathryn Wesley

Das zehnte Königreich

Roman. Aus dem Amerikanischen von Frauke Meier. 526 Seiten. Serie Piper

Als Kellnerin fristet Virginia in New York ein eher freudloses Dasein. Bis ihr eines Tages ein Hund vors Fahrrad läuft. Unversehens findet sie sich in einem magischen Paralleluniversum wieder, denn der Hund entpuppt sich als verzauberter Prinz und dekadenter Nachkomme Schneewittchens und Aschenputtels. Sein Königreich befindet sich – fernab aller Märchenträume – allerdings am Rande einer Katastrophe. Gemeinsam mit Virginia und einem blutrünstigen Wolf zieht er in den Kampf gegen kriegerische Trolle und eine böse Königin.

05/1392/01/L

Sean Stewart

Hexensturm

Roman. Aus dem Amerikanischen von Hannes Riffel. 316 Seiten. Serie Piper

Schon immer waren Toni die Hexenkünste ihrer Mutter unheimlich. Nach deren Tod hofft sie, daß die Dämonen endlich mit ihr gestorben sind. Doch ein Schränkchen, das die Tochter erbt und in dem sechs Geister hausen, birgt seltsamste Kräfte … In diesem Roman verbinden sich Wehmut und Humor zu einer fesselnden Mischung aus Magischem Realismus und texanischer Lebenskunst. Stewart führt den Leser gekonnt über den schmalen Grat zwischen Zauberwelt und ganz heutigem Alltag.

»Erinnert an die besten Romane von Le Guin und an Tolkien.«
Booklist

05/1393/01/R